소유

소유 
Possession

앤토니어 수전 바이어트 장편소설 윤희기 옮김

POSSESSION
by A. S. BYATT (1990)

이 책은 실로 꿰매어 제본하는 정통적인 사철 방식으로 만들어졌습니다.
사철 방식으로 제본된 책은 오랫동안 보관해도 손상되지 않습니다.

소유 하
439

역자 해설
사랑 독해(讀解): 근시안의 세계를 넘어
897

앤토니어 수전 바이어트 연보
905

13

신들이 만나 회의를 여는 이다 들판을 벗어나
세 명의 아사 신(神)들이 이리저리 거닐었다. 뚜렷한 눈썹에
쾌활한 목소리로 이야기를 주고받던 그들은
죄악의 무거움도, 사악한 세상에 대해서도 알지 못했다.
찬란한 햇빛과 은은한 달빛이 사방을 비추고, 황금의 성벽
안에서는
황금 사과들이 열린 황금의 나무들이 자라고 있었다.
시간의 무릎 안에 잠든 채 아직 태어나지 않은 인간들,
그들을 위해 만들어 놓은 중앙 정원으로 아사 신들이 들어
섰다.

환히 빛나는 그들의 성스러운 얼굴 주위로 쉼없이 몰려오는
신선한 대기. 그들의 아름다운 발 밑에서는 최초의 봄이 뿜
어 대는
싱그러운 물들에, 누구의 손도 닿지 않고 거둔 일 없는
파릇한 풀과 부추들이 새롭게 돋아났다.

그들은 해변으로 내려갔다.

소금기 머금은 파도가 지금껏 들어 보지 못한 굉음을 내며,

지금껏 보지 못한 물굽이로 소용돌이치면서 아무도 밟지 않은

모래밭에 밀려와 부서졌다. 이루 형용할 수 없는 파도의 소리와 모습,

어떤 식으로든 이름 짓고 비유할 인간이 아직 존재하지 않으니.

그곳에는 오로지 그들뿐이었다. 그들은

자신들의 후손이 맞추어 나갈 시간의 흐름을 알지 못한 채,

영원히 새롭게 변화하면서 흥망성쇠를 맞이하였다.

이 세 명의 아사 신들은 격노 속에 거인 유미르를 살해하여

그의 시체를 대지를 구성하는 요소로 변화시킨 보르의 아들들.

죽은 거인의 몸은 흙이 되었고, 그가 흘린 땀은 바다가 되었으며

뼈들은 언덕을 이루었고, 흩날리던 머리칼은 바람에 흔들리는

나무들이 되었다. 그리고 그의 회색 뇌수는

천상을 흘러다니는 잿빛 구름이 되었다.

세 명의 아사 신들은 바로 신들의 주신(主神)인 오딘과,

그의 형제이자 빛과 지혜로 불리기도 하는

생각이 깊은 호니르, 그리고 화로의 신인 뜨거운 로키였다.

로키의 거침없는 불길은 처음에는 세상을 따뜻하게 했지만

나중에는 가정과 화롯가를 벗어나

끝없는 탐욕으로 불타오르더니 세상과 천상을

하나의 잿더미로 만들고 말았다.

세상의 젖은 바닷가에 감각을 잃은 두 물체가
밀물의 끝자락에 누워 물결에 몸을 맡기며
밀려오는 파도를 타고 잠시 위로 솟았다가는
다시 미끄러져 내려간다.
뿌리째 뽑힌 통나무처럼 누워 있는
물푸레나무와 오리나무.
푸르던 자존심은 잘려 나갔지만
완전히 죽지는 않은 듯 둥근 몸통 중앙의
목질의 핵심을 향해
빠른 속도로 수축되어 간다.
(새롭게 돋아난 목질로 지탱해 온 세월들이 아니라
영원한 세월을 살아가는, 마치 새로운 웅덩이 속에서
소용돌이치는 물결처럼 시간의 손길에 의해 용틀임하는
과거를 끌어안은 영원한 현재.)

새로운 태양이 창공에 자리 잡았다. 태양의 수레는
이제 겨우 두 번 자신의 길을 왕복하였으며, 그 이후로
새벽에서 다음 새벽, 즉 세상이 차갑게 식어 차분한 여명 속에
뿌옇게 동이 틀 때까지 정해진 길을 쉬지 않고 돌며 달렸다.
단 한 번의 실수도 없이, 자신의 행로에서 단 한 번도 벗어남이 없이
최후의 불길 속에 모든 것이 삼켜질 때까지.
태양의 열기 속에서 전능한 주신은 자신의 힘을 느꼈다.
그는 말했다. 과연 이 나무들이 살아날 것인가? 그리고 그는 보았다.
수축 속에서 노래를 부르는 생명, 식물의 생명을.

빛나는 호니르가 말했다. 만일 이들이 움직이고 느낄 수 있
으며
보고 들을 수 있다면, 저 뛰노는 빛살들이
그들의 눈과 귀에 대고 말을 걸리라. 정원의 나무 열매들이
생명을 이어 가고, 이 아름다운 세상은
널리 알려지고 사랑을 받게 되리라. 그리하여 그들의 삶 속
에서
영원한 생명을 누리리라. 그리고 그들은 세상의 아름다움에
귀 기울이고 찬사를 보내리라. 그때가 바로 최초의 아름다
움이
그 존재를 알리는 첫 시간이리니.
마지막으로
불길을 숨기고 있는 어두운 신이 말했다. 〈나는 그들에게
뜨거운 피를 주겠노라. 그들의 얼굴에 화색이 돌게 하고,
그들이 정열적으로 몸을 움직여 서로를
서로에게 이끌리도록 하리라. 마치 쇠붙이가
언제나 자석에 이끌리듯이. 나는 그들에게 피를 주겠느니 ─
인간적인 불길로 붉게 물들은 인간적인 따스함,
생명의 불꽃들의 흐름을 주겠노라. 잘 보존하면
서로에게 신성함을 일러 주는 것이겠지만,
시간의 종말이 올 때면 흩뿌려져 죽음의 멸망을 보리니
왜냐하면 그들은 죽을 운명의 존재들이기에.〉

그렇게 신들은 서로 웃으며 즐겁게 일을 시작하여
그 무감각한 나무토막으로 남자와 여자를 만들었다.
그러곤 그들을 물푸레나무와 오리나무의 이름을 따서
아스크와 엠블라로 불렀다.
오딘은 영혼을 불어넣어 주었으며,

빛나는 호니르는 감각과 이해력과
서서 움직일 수 있는 힘을 주었다. 마지막으로 어두운 신 로키는
피가 흐르는 혈관을 짜넣은 다음
마치 대장장이가 풀무질로 불꽃을 피우듯
생명의 열기를 담은 불꽃을 불어넣었다. 그러자 불타는 듯
후끈거리는 격렬한 불안의 고통과 더불어
무감각한 통나무로 만들어진 두 인간의 내부에서 생명이 꿈틀거리고
새 혈관들을 따라 생명의 피가 요동을 치며 흘러서는 마침내
새롭게 형성된 뇌와 심장 속으로,
귀와 코의 미세하고 꼬불꼬불한 막 속으로 들어갔다.
그리고 마지막으로, 두 눈이 열리며 새 세상을 바라보았다.

이 최초의 인간들은 세상의 빛에 눈이 부셨다.
인간 최초의 날들을 비추는 바닷가의 태초의 빛. 바닷가 모래를
은빛과 금빛으로 씻어 내고, 바닷물을 황금색으로 물들이며
일렁이는 파도의 모든 마루들을
반짝이는 은빛으로 잠재우는 최초의 빛.

졸졸 흐르는 수액으로 살아왔고
흔들리는 잎사귀의 느낌으로 대기의 흐름을 분간하였으며,
따스함과 차가움의 기운을 맞이하는 거친 나무껍질이나
부드러운 껍질을 통해 어둠과 밝음을 알았던 이들이 —
이제는 두 눈으로 바라보았다. 겹겹의 아치 모양으로
쏟아지는 무심한 빛의 파장들, 황금빛으로
빛나는 눈부신 모래밭, 찬란한 섬광과

반짝이는 티끌들이 모여 흐르는 무지개의 샘을.

이 모든 것들을 그들은 그저 바라만 보았다.
그런 다음 돌아서서는 신들이 오묘한 손길로 빚어낸
멋진 인간의 모습을 서로 마주 보았다.
불그레한 황금색으로 섞여 빚어진 푸른 혈관의
하얀 육체, 어느 누구의 손길도 닿지 않아
진주처럼 빛나며 신선한 대기를 마시는 하얀 피부들.
밝게 빛나는 천상의 숙녀가 내보이는 불타는 얼굴에
잠시 눈이 멀었던 그 네 개의 눈이 이제는
반짝이는 금발의 왕관을 쓴
상대방의 온화하고 둥근 눈동자를 바라보았다.

최초의 남자가 강철처럼 푸른 두 눈으로
청금석처럼 빛나는 엠블라의 눈에서 화답의 빛을 보았을 때
로키 신은 그들의 얼굴에 붉은 피를 샘솟게 하여
뜨겁게 달아오르도록 만들었다. 그때 최초의 남자는 알게
되었다.
그녀가 자기와 같은 존재이면서 다른 모습이라는 것을. 그
녀 또한
그의 미소 짓는 얼굴을 바라보며 자신의 얼굴을 알게 되
었다.
그렇게 두 사람은 서로를 바라보며 미소 지었고, 신들도
그들의 훌륭한 작품을 바라보며 미소 지었다.
서로의 승인과 공감으로 시작했던 멋진 작업이었으니.

곧 아스크는 발자국 하나 없는 깨끗한 해변으로 발걸음을
옮겨

그녀의 손을 잡았고, 그녀 또한 그의 손을 꼭 쥐었다.
아무 말 없이 그들은 파도 소리를 들으며
해안선을 따라 걸었다.
그들 뒤, 곱게 펼쳐진 모래밭 위로는
소금기 어린 최초의 발자국이 이어졌다.
최초의 인간의 발자국들, 생명과 시간과
사랑과 희망의 자취, 그리고 덧없이 사라질 인간의 흔적.
— 랜돌프 헨리 애쉬,
『신들의 황혼 II』 1행부터

비록 애쉬의 편지에는 아무런 언급이 없었지만, 1859년에도 호프 런 스파우트 호텔이 있었다. 애쉬는 스카보러에 있는 클리프에서 잠시 묵었으며, 필리에서 기거하기도 하였다. 모드는 『진미의 먹거리 안내서』라는 책에서 그 호텔을 찾아냈다. 그 책자에서는 호텔의 음식이 〈어디에 내놔도 손색이 없는 신선한 생선 요리, 그리고 다소 무뚝뚝한 듯하면서도 소홀한 곳 하나 없는 훌륭한 서비스〉라는 글귀로 소개되어 있었다. 값도 싼 편이었다. 사실 모드가 그곳을 선택한 것은 롤런드를 생각해서였다.

호텔은 로빈후드 만에서 휘트비로 가는 도로가의 황야 지대 가장자리에 자리 잡고 있었다. 회색의 높지 않은 긴 석조 건물이었다. 그 건물의 외관은 북부 지역 사람들한테는 친근하게 여겨지겠지만, 포근한 인상을 풍기며 곡선이나 모서리 처리가 잘된 벽돌 건물에 익숙한 남부 지역 사람들한테는 다분히 낯선 인상을 심어 주기에 충분했다. 흰색 새시 창들이 나 있는 슬레이트 지붕의 그 호텔은 아스팔트로 덮인 넓은 주차장 한가운데 우뚝 서 있는 모습이었다. 1859년 『실비아의 연인들』을 구상하기 위해 휘트비를 방문했던 개

스켈 부인[1]은, 북부 지역에서는 정원 가꾸기가 그리 유행이 아닌지 딱딱한 느낌을 주는 석조 건물들의 서쪽이나 남쪽, 어느 쪽의 공지에도 정원수나 꽃들이 심어져 있지 않다고 말한 적이 있었다. 봄에는 간혹 황량하게 보이기까지 한 석조 건물의 벽면을 따라 잠시나마 십자화과의 꽃들이 밝은 빛을 내보이기도 한다지만 대체로 호프 런 스파우트 호텔과 같은 건물 주변에는 어떤 화초도 심어져 있지 않은 것이 특징 아닌 특징이었다.

모드는 링컨에서부터 녹색의 소형차에 롤런드를 태우고 달려왔다. 그들이 도착했을 때는 저녁 식사 시간 전이었다. 레스토랑의 주인인 듯 보이는 예쁘장하면서도 몸집이 커다란 바이킹족 후예의 한 여자가 책 꾸러미를 들고 술집과 레스토랑 사이의 계단으로 오르는 그들을 무덤덤한 표정으로 바라보고 있었다.

레스토랑은 천장이 높아서인지 그리 밝지 않은 조명에 거무튀튀한 칸막이들이 미로처럼 설치된 곳이었다. 롤런드와 모드는 각자의 짐을 푼 뒤 그곳에서 만나 가볍게 먹을 수 있는 음식을 골라 시켰다. 그들이 시킨 음식은 시제품이 아니라 식당에서 직접 만들었다는 야채 수프, 새우를 곁들인 가자미 요리, 그리고 조그만 크림 케이크였다. 젊어 보이는 바이킹족 아가씨가 제법 단단해 보이는 몸집에 진지한 표정으로 음식을 날라다 주었다. 음식은 맛이 있었을 뿐만 아니라 양도 푸짐했다. 구근과 콩을 섞어 끓인 수프가 두툼한 스튜 냄비에 담겨 나왔으며, 생선은 갈빗살 크기의 살토막 두 쪽을 적당히 두드려 납작하게 만들었는데 그 사이에 참새우를 집어넣어 큼직한 흰빛의 샌드위치 같았다. 그리고 테니스 공

1 Mrs. Gaskell(1810~1865). 영국의 소설가.

크기의 크림 케이크 위로는 진한 초콜릿 소스가 듬뿍 뿌려져 있었다. 모드와 롤런드는 푸짐한 음식에 여러 차례 탄성과 칭찬의 말을 아끼지 않았지만 그들이 이곳에 온 목적을 결코 머릿속에서 지우지는 않았다. 그들은 음식을 먹으며 그들의 일정과 행동 계획에 관해 궁리하기 시작했다.

그들에게는 5일간의 시간 여유가 있었다. 처음 이틀 동안은 해안의 필리, 플램버러, 로빈후드 만, 휘트비 등을 방문하기로 결정을 내렸다. 그런 다음에 그들은 강과 폭포를 따라 걸으며 애쉬의 행적을 추적해 보리라 마음먹었다. 그리고 마지막 날 은 무슨 일이 있을지 모르니 예비로 남겨 놓기로 하였다.

***

롤런드의 침실은 푸른 잔가지 무늬의 까실까실한 벽지에 경사진 천장의 방이었다. 바닥은 고르지 않은데다 삐걱이는 소리까지 났으며, 문도 엄청나게 큰 열쇠 구멍에 커다란 고리가 달린 구식이었다. 그리고 검은 칠을 한 나무 장식이 달린 침대는 꽤 높아 보였다. 이 작은 공간을 둘러본 롤런드는 순간 자기만의 완전한 자유를 누리게 되었다는 느낌에 흡족했다. 그는 혼자였다. 그가 자기 혼자 있을 수 있는 장소를 찾는다면 결국 이런 곳이 아니겠는가? 그는 침대 속으로 들어가 크리스타벨 라모트에 관한 책을 읽기 시작했다. 모드가 그에게 빌려 준 레오노라 스턴의 『라모트 시의 모티브와 모체』라는 책이었다. 그는 각 장의 제목을 훑으며 책장을 넘겼다. ─ 「비너스의 언덕에서 불모의 황야까지」, 「여성적 풍경들과 이어진 물줄기들: 침투할 수 없는 표층들」, 「갈증의 샘에서 아르모니카의 해수면까지」.

우리 여성들 — 남근 중심의 텍스트에서 무엇인가가 테
두리를 장식하듯 둘러싸고 있는 매혹적인, 혹은 혐오스러
운 구멍으로 나타나는 우리 여성들이 선택하여 찬양할 수
있는 지상의 풍경은 무엇인가? 여성 작가들과 화가들은
나름대로 의미있는 도피의 풍경을 창조해 왔다. 그런 풍경
들은 뚫어지게 응시하는 시선을 감쪽같이 속이거나 회피
하는 특징을 지니고 있으며, 눈으로는 감지할 수 없는 촉
감의 풍경이기도 하다. 여주인공은 자체의 모양을 그대로
다 드러내는 세계 속에서 쾌락을 추구한다. 그런데 그런
여인들이 머무는 세계란 작은 언덕이나 얕은 산을 지니고
있는 세계로, 흔히 경사진 내리막이나 가려서 보이지 않는
균열의 틈, 생명의 샘물들이 흘러 나가고 또 흘러 들어오
는 하나가 아닌 다수의 숨겨진 웅덩이나 구멍 등을 감추고
있는 수풀이나 불쑥 솟아난 암반들이 사람의 시선을 속이
고 있는 세계다. 여성들의 내적 비전을 구체적인 모습으로
보여 주는 외적 풍경으로는 조지 엘리엇의 붉은 골짜기,
조르주 상드[2]의 베리 지방에 있는 차단된 구불구불한 길,
그리고 윌라 캐서[3]의 계곡 등이 있다. 이 외적 공간들은 모
두 여성들의 비전을 담고 있는, 여성들만이 누릴 수 있는
지형이다. 시수[4]는 말하길, 많은 여성들은 자기 색정과 이
성과의 애무를 통해 얻어지는 성적 절정의 순간에 동굴이
나 샘의 환상을 경험한다고 했다. 그것은 바로 접촉과 이

2 George Sand(1804~1876). 프랑스 파리 태생의 작가로 100권이 넘는
책을 씀. 시골 전원 생활의 모습을 섬세하게 그려 낸 것으로 유명하다.
3 Willa Cather(1876~1947). 미국의 소설가. 『나의 안토니아』란 소설
로 유명하다. 1922년 퓰리처상을 수상하였다.
4 Héléne Cixous(1937~). 알제리 태생의 페미니스트로 1955년에 프
랑스로 이주. 정신분석과 언어와의 관계를 여성 중심 문제에 중점을 두어 연
구하는 학자.

중 접촉의 풍경이다. 왜냐하면 우리 내면 깊숙한 곳에 간직하고 있는 〈비전〉이란 자기 자극, 우리 두 입술의 접촉과 키스, 즉 〈더블 섹스〉와 더불어 드러나기 때문이다. 많은 여성들은 문학 작품 속에 나타나는 여주인공들이 보통 그와 같이 눈에 띄지 않는 비밀스러운 풍경 속에서만 자신들의 강렬한 쾌락을 찾는다는 사실에 주목해 왔다. 그런데 나는 해변의 부서지는 파도에서도 또한 그런 절정의 쾌감을 느낄 수 있다고 믿는다. 계속해서 규칙적으로 부서지는 파도는 파장처럼 계속 밀려오는 여성 오르가슴과 상당한 연관 관계를 지니고 있기 때문이다. 바다의 파도 속에는 여성이 존재한다. 그런데 그 여성은, 물에서 태어나는 비너스*Venus Anadyomene*처럼, 오이디푸스 콤플렉스에 사로잡힌 이들이 아버지 시간*Father Time*을 거세함으로써 심연 속에 뿌려져 침전된 남성 정액에 의해 생성된 존재는 아니다. 일정한 모양은 없으되 나름의 패턴을 지니고 있는 물의 흐름 속에서, 계속적으로 해변에 부서지는 무형인 동시에 유형의 파도 속에서 여성들이 찾을 수 있는 쾌락이 바로 버지니아 울프의 예술적 본질에 속하는 것이며, 또한 그런 파도의 양상이 바로 그녀 문체의 특징이기도 하다. 나는 샬럿 브론티의 여자 친구들이 보여 주었던 여성들의 본능적인 섬세함과 감수성에 그저 놀랄 따름이다. 그녀들은 필리에서 브론테가 처음 바다의 엄청난 힘과 대면했을 때 서로 어긋나 있었지만 침착하게 기다린 끝에 마침내 상기된 얼굴에 눈에는 눈물이 가득한 채로 몸을 덜덜 떨고 있는 그녀와 다시 만날 수 있었다.

라모트의 작품에 나타난 여주인공들은 전형적인 바다의 존재들이다. 가모장적인 여마법사이자 여왕인 다후드는 아르모리카[5] 만의 깊은 바다 속에 숨겨진 한 왕국을 지배한 여인이었다. 요정 멜루지나도 원래는 물의 존재였다. 그녀는 자신의 어머니이자 여마법사인 프레신느와 마찬가지로 갈증의 샘(퐁텐느 드 스와프*Fontaine de Soif*)에서 자신의 남편이 될 사람을 처음 만나게 된다. 그런데 여기서 그 갈증의 샘이란 메마른 샘, 혹은 갈증을 축여 주는 샘, 이 두 가지 의미를 동시에 지니고 있다. 비논리적인 지적 체계와 감정과 직관에 토대를 둔 성격 구조를 지닌 여성의 세계에서 보자면 후자, 즉 갈증을 축여 주는 샘으로 해석하는 편이 다분히 〈논리적〉이겠지만, 어떻게 보면 메마른 샘이란 의미가 쉽게 와 닿지는 않으나 그래도 일차적인 의미로 받아들여야 할 것이다. 그러면 라모트는 그 갈증의 샘을 어떻게 얘기하고 있는가?

넓은 의미에서 보면 그녀의 시는 수도사인 장 다라의 로망스에 기초한 것이다. 장 다라는 그 샘물이 〈거대한 바위들로 덮여 있고, 울창한 산림이 끝나는 곳에 골짜기를 따라 아름다운 초원이 펼쳐져 있는 어느 황량한 산줄기에서 시작된다〉라고 말했다. 멜루지나의 어머니가 바로 그 샘가에서 노래를 불렀는데, 그것은 〈그 어떤 사이렌이나 요정, 혹은 님프들이 부르는 노래보다 훨씬 더 아름다운 선율의 노래〉였다. 남성의 관점에서 보면 매력적인 자연의 힘과 결탁된 그 요정들은 바로 유혹의 여인들이다. 그러나 이와는 반대로 라모트의 샘물은 누구도 접근할 수 없는 숨겨진 샘물이다. 길 잃은 기사와 그가 탄 말이 샘에서 울려 나오는 요정 멜루지나의 〈작고 청아한〉 목소리를 듣고 산을 타고 내려가며 그 샘을 찾았지만, 그들이 축축이 젖은 내리막길을 내려가다 돌멩이 하나를 건드려 소리를 내는 바람에 멜루

5 고대 프랑스 북서부에 있었던 지방 이름으로 대체로 브르타뉴 지역과 일치함.

지나는 〈더 이상 노래를 부르지 않게〉 된다. 숲 속의 양치류나 초목들에 관한 라모트의 묘사는 그 세밀함이나 섬세함에 있어서 라파엘 전기에 속한다고 할 수 있다. ― 가령, 〈이끼〉, 〈풀〉, 〈박하〉, 그리고 〈공작고사리〉 등이 마치 모피처럼 덮여 있는 〈둥근 바위〉의 묘사가 그러하다. 샘물도 〈솟아나는〉 것이 아니라 〈잔잔하고 은밀한〉 웅덩이로 〈졸졸 흘러나와〉 고이며, 그 웅덩이에는 〈몰려오는〉 물줄기들의 〈맑은 상쾌함〉에 둘러싸인 이끼 낀 납작한 돌멩이가 놓여 있다.

이 모든 것들은 여성 언어의 상징이기도 하다. 강압적인 남성 앞에서 침묵하는 여성의 언어는 어떤 의미에서 억압된 언어이며, 또 그렇기에 자기와의 대화라는 속성을 지니고 있다. 남성의 샘물은 분출하듯 힘차게 솟아나는 샘물이다. 반면에 멜루지나의 샘물은 웅덩이에서 조금씩 새어 나오는 샘물이기에 〈여성〉 특유의 촉촉함이라는 속성을 지니고 있다. 따라서 멜루지나의 샘은 우리의 일상 언어로는 뭐라 말하기 힘든 여성 분비물 ― 메말라 잠잠한 여성의 가래나 콧물이나 젖, 혹은 체내의 여러 분비물들을 상징하고 있는 것이다.

그 신비의 샘가에서 혼자 노래 부르는 멜루지나는 사물의 처음과 끝을 아는 대단히 권위있고 능력있는 존재이다. ― 또한 물뱀의 형상을 하고 있는 그녀는, 앞에서도 지적했듯이, 아무런 외부의 도움 없이도 혼자의 힘으로 생명을 잉태하고 의미들을 창출할 수 있는 완벽한 존재이기도 하다. 이런 의미에서 이탈리아 출신의 학자 실비아 베게티 핀지는 멜루지나의 그 〈흉측한〉 몸뚱어리를 성교 없이도 생식이 가능한 육체라고 하면서, 이는 여성 특유의 자기 색정의 환상에서 비롯되었다고 하였다. 그녀는 이와 같은 여성의 욕망을 제대로 표현한 신화는 거의 없다고 주장하면서 이렇게 말했다. 〈우리는 창조의 신화에서 그러한 여성의 욕망이 우주적 질서에 선행하면서 그 질서를 정당화하는 혼돈으로 그려지고 있는 것을 종종 발견한다. 그러한 종류의 신화로는, 뱀의 원시적인 생식 방법을 발견하고 여성 욕망이 지니고 있는 그 뛰어난 특질과 상치의 식물적 순환이 보여 주는 환상적 요소를 비교 평가했던 아시리아 바빌로니아의 티아마트 신화나 티레시아스 신화가 있다.〉

롤런드는 가늘게 한숨을 내쉬며 레오노라 스턴의 책을 내려놓았다. 그는 그들이 찾아가야 할 땅을 그려 보았다. 무엇인가를 빨아들일 듯한 인체의 구멍들과 체모들로 뒤덮여 있을 그 땅. 그는 이런 공상이 싫었다. 그래도 현대를 살아가는 한 사람으로서 어떤 물고기 알 모양의 암석에 관한 지질학적 분석보다는 그런 생각이 다소나마 의미있다고 여겨지고 또 더 마음에 끌리는 것도 사실이었다. 어느 한쪽의 성에 대한 관심은 모든 것이 다 똑같이 희미하게 보일 뿐인, 뿌연 김이 서려 있는 두꺼운 유리와도 같았다. 그는 물이 고여 있는 돌 웅덩이를 머릿속에 그릴 수가 없었다.

롤런드는 잠을 청했다. 흰색의 시트가 풀을 먹인 듯이 다소 빳빳하게 느껴졌다. 시원한 바다 냄새와 찝찔한 염분 냄새가 한데 섞여 배어나는 것 같았다. 그는 그 깨끗한 백색의 세계 속으로 기어들어 가 마치 자신의 몸뚱이를 두 다리에 내맡기고 헤엄치듯 자유롭게 떠다녔다. 긴장된 근육이 풀어지고, 그는 곧 잠이 들었다.

라스를 넣은 석고벽을 사이에 두고 옆방에서는 모드가 소리 내며 읽던 『위대한 복화술사』를 덮었다. 그녀는 이 책 역시 다른 많은 전기물들처럼 주제가 되는 대상 인물 못지 않게 저자 자신의 이야기가 많이 담겨 있다고 판단했다. 그녀는 모티머 크로퍼와 같은 부류의 사람을 좋아하지 않았다. 더 나아가 크로퍼의 글에서 드러난 랜돌프 헨리 애쉬 역시 좋아할 수가 없었다. 따라서 그녀의 마음 한구석에 어째서 크리스타벨이 애쉬의 강요에 굴복할 수밖에 없었는지 적잖은 실망감이 자리 잡은 것도 사실이었다. 차라리 모드는 편지 속에 나타난 크리스타벨처럼 나름의 생각에 따라 행동하는 자존심 강하고 독립심 있는 크리스타벨의 모습이 — 처음 그녀가 생각했던 모습이 — 더 좋았다. 그녀는 아직 애쉬의 시에 관해서 단 한 번도 진지한 연구를 한 적이 없었다. 그리고 싶은 마음도 없었다. 그러나 요크셔 지방으로의 여행에 관한 크로퍼의 설명은 하나도 빠뜨리지 않고 다 읽었다.

1859년 6월의 청명한 어느 날 아침, 필리에서 해수욕을 하던 여자들은 브리그까지 이어져 있는 쓸쓸한 백사장을 따라 터벅터벅 발걸음을 옮기고 있는 한 고독한 사내를 보았을 것이다. 그는 새롭게 시작한 자신의 취미를 위해 온갖 도구들 — 쪽대 그물, 납작한 바구니, 지질학자용 해머, 끌, 굴까기용 칼, 연금술사들이 사용할 법한 작은 유리병과 납작하면서도 볼록한 유리 용기들, 그리고 조잡하게 보이는 탐침용의 짧고 긴 철사줄 등 — 을 담은 배낭을 들고 있었다. 그리고 그는 표본 상자도 하나 들고 다녔는데, 그것은 그 자신이 방수 처리까지 해가며 직접 만든 것으로 안에는 작은 동물들이 들어 있는 밀폐된 유리그릇도 있었다. 또한 그는 어디를 가나 늘 단단한 물푸레나무 막대기 하나를 지팡이처럼 들고 다녔다. 그 나무는 내가 앞에서 이미 언급했듯이 그 자신의 개인적인 신화의 한 부분이며,

확대해서 얘기하면 그의 자아에 관한 상징이기도 하다.
(그 나무 막대기의 믿을 만한 견본을 하나 구해 스탄트 컬
렉션에 전시해야 하는데 그러지 못해 대단히 유감이다.)
처음 채집에 나섰을 당시 황혼 무렵이면 야광충과 같은 미
세 동물들이 발하는 형광을 관찰하기 위해 그가 마치 거머
리 채집자[6]처럼 막대기로 웅덩이를 휘젓고 다니는 모습이
여러 번 목격되었다고 한다.

　어쩔 수 없이 물가나 바닷가로 찾아오는 동물들을 추적
하고 다니는 비슷한 부류의 많은 사람들처럼 비록 그가 목
에 장화를 둘러멘 아주 우스꽝스러운 모습으로, 말하자면
바닷가에 나타난 겉으로는 그럴듯한 백의의 기사처럼 보
일지라도 우리가 기억해야 할 것은, 당시 그 비슷한 유행
병에 걸렸던 사람들과 마찬가지로 그 역시 자연에 많은 폐
해를 끼쳤다는 점이다. 불운했던 동물학자로 해상 동물 채
집 여행에 관한 필독서라고도 할 수 있는『해상 동물 생태
입문서』의 저자이기도 한 필립 고스의 아들이자, 현대의
전기 및 자서전 기술 방법의 위대한 선구자이기도 한 에드
먼드 고스[7]는 자신이 살아가는 동안 목격한 것은 자연이라
는 순결의 낙원이 강탈당하는 장면이었다고 하면서, 그러
한 강탈이 이제는 대량 학살로 치닫고 있다고 하였다. 그
는 이렇게 말했다.

　우리의 해안에 살아 있는 아름다움으로 존재하는 둥
근 고리 모양의 웅덩이는 매우 연약하고 손상되기 쉬운
것이다. 그것이 수세기 동안 존재할 수 있었던 것은 오

6 옛날에는 의학용으로 쓰기 위해 거머리를 채집하였다고 함.
7 Edmund Gosse(1849~1928). 영국의 시인이자 전기 작가인 동시에
비평가.

로지 인간들의 무관심, 아니 축복 어린 인간들의 무지의 결과이다. 이러한 웅덩이들 — 가장자리는 산호말들이 에워싸고 있고, 맑은 하늘처럼 투명한 물들이 가득 차 있으며 예민하고 아름다운 생명체들이 득실거리는 이 웅덩이들이 이제는 더 이상 존재하지 않는다. 모두가 다 더럽혀지고 텅 비어 있다. 한 무리의 〈채집가〉들이 그 곁을 지나가며 구석구석 죄다 황폐화시켜 버린 것이다. 의도는 좋았지만 신중하지 못하고 호기심 많은 인간들의 무자비한 손길 아래, 동화 속에서나 나올 낙원이 침해되고 수세기 동안 자연도태의 산물로 생겨난 기묘한 생명체들이 짓밟혀 버렸기 때문이다.

심지어 〈생명의 기원과 생식의 본질〉을 파헤치겠다고 나선 그 시인마저 무심코 보통 사람들과 다를 바 없는 실수를 저지르고 말았다. 그는 생고무로 만든 튼튼한 장화를 신고 해부용 메스와 유리병을 들고 다니며 스스로가 아름답다고 찬사를 아끼지 않은 생명체들에게 죽음을 가져다주고, 원시의 아름다움을 간직하고 있는 해변가를 파괴하는 일에 앞장섰던 것이다.

파도가 거세게 몰아치는 북부 지방에 머무르는 동안 랜돌프는 아침마다 표본 채집에 나섰으며, 그가 머물렀던 집의 인심 좋게 생긴 여주인이 그 표본들을 갖가지 파이 접시와 〈도자기 그릇〉들에 담아 그의 거실 주변에 진열했다. 또한 랜돌프는 그의 부인에게 편지를 보내 자신의 〈의미심장한 무질서〉를 참지 못하는 그녀의 정연한 마음가짐으로는 그가 인공의 웅덩이들을 만들어 놓고 그 가운데서 식사하고 또 오후가 되면 현미경을 들여다보며 작업하는 자신의 모습을 상상도 못할 것이라고 하였다. 그는 특히 바닷

말미잘 — 그가 찾았던 해안에는 여러 가지 모양의 말미
잘들이 풍부했다 — 에 각별한 관심을 쏟으며 연구했다.
그의 그러한 태도는, 그 자신이 인정했듯이, 당시 영국 전
역을 휩쓸었던 대중들의 열광적인 취미 — 잘 꾸며 놓은
응접실에 온갖 유리 탱크와 수족관 같은 것을 설치하고는
그곳에 작은 생명체들을 잡아넣어 응접실의 거무튀튀한
분위기와 유리돔 안의 박제된 새나 핀에 꽂힌 곤충들의 희
멀건 색채를 서로 경쟁이나 시키듯 대비하며 눈요기를 즐
기던 취미 — 와 전혀 다를 바 없었다.
　그 당시는 유식하다는 사람들이나 미혼의 여선생들, 그
리고 프록코트를 차려입은 성직자들, 성실한 노동자들,
이 모든 사람들이 너나 할 것 없이 모두 해부라는 것에 무
작정 덤비던 시대였다. 모두가 알 수 없는 생명의 의미를
찾아낸다고 온갖 수단을 동원하여 생명체들의 단단한 껍
질이나 섬세한 조직을 가르고, 자르고, 엷게 벗겨 내고,
찌르는 일에 빠져 있었던 것이다. 물론 생체 해부를 반대
하는 목소리도 격렬했었다. 랜돌프도 그런 사실을 모르는
바는 아니었다. 그는 자신이 메스나 현미경을 사용하여
실시하던 그 난폭한 수술을 두고 너무 잔인한 것이 아니
냐는 비난의 소리가 있을 수도 있다는 사실을 알고 있었
다. 그러나 그에게는 시인들이 흔히 지니고 있는 고지식
함과 단호함이 있었다. 그는 세간의 소리가 어떻든 아랑
곳 않고, 여러 원시적인 유기체에서 고통이나 아픔에 대
한 반응으로서 나타난다고 생각되는 몸부림이 사실은 사
후에 — 그 생명체의 심장이나 소화 기관을 해부한 뒤 한
참 후에 — 나타나는 현상임을 입증하기 위해 여러 가지
정교한 실험을 했다. 그 결과 그는 원시 유기체들은 우리
가 고통이라 부르는 그 어떤 것도 느끼지 못하며, 그 생명

체들이 이상한 소리를 내고 몸을 움츠리는 것은 그저 반사적인 반응에 불과한 것이라고 결론을 내리기도 했다. 만일 이런 결론에 도달하지 못했다면 어쩌면 그는 계속해서 생체 실험을 했을지도 모르는 일이다. 그는 지식과 학문이라는 것이 인간에게 내려진 〈무거운 책임〉이라고 믿고 있었기 때문이다.

그는 특히 자신이 선별한 생명체들의 생식 기관에 관한 연구에 각별한 관심을 쏟았다. 이런 그의 관심은 이미 오래전부터 있어 왔다. ——『스바메르담』의 저자인 그는 인간과 곤충 세계에 있어서 난자의 발견이 지니고 있는 중대한 의미를 잘 인식하고 있었다. 게다가 그는 위대한 해부학자인 리처드 오언[8]의 처녀 생식, 혹은 성교가 아닌 세포 분열에 의한 생식 연구에 많은 영향을 받았다. 그래서 그는 무성아(無性芽) 생식이라고 알려진 과정을 통해 이전의 똑같은 꼬리에서 새로 머리와 신체의 각 부분이 솟아나는 갖가지 종류의 강장동물들을 꼼꼼하게 실험하고 연구하였다. 특히 폴립[9]이라고 하는 무수정 싹에서부터 아름답고 투명한 해파리가 생겨나는 과정에 그는 대단한 흥미를 느끼고 있었다. 히드라의 촉수들을 잘라 내고 폴립을 여러 부분으로 갈라 내면 그 각각이 바로 새로운 생명체가 되었던 것이다. 이런 진기한 현상에 그는 푹 빠져 있었다. 그에게는 그것이 바로 모든 생명의 지속성과 독립성을 의미했으며, 또한 개체의 죽음에 대한 기존의 개념을 수정하는 데 도움을 주고, 하늘의 약속이 희미해짐에 따라 그와 그의 동시대 사람들이 사로잡힐 수밖에 없었던 커다란 두려움에 현

---

8 Richard Owen(1804~1892). 영국의 동물학자이자 해부학자.
9 강장동물 중에서 착생 생활을 하는 개체로 말미잘이나 히드라 따위를 말함.

명하게 대처할 수 있는 토대를 마련해 주었다.

그 무렵 그의 친구인 미슐레는 『바다』라는 책을 집필하고 있었다. 1860년에 나온 그 책에서 역사가인 미슐레 역시 죽음을 극복하는 영원한 생명의 가능성을 바다에서 찾으려 하였다. 그는 자신이 〈바다의 점액…… 점성 성분〉이라고 불렀던 어떤 물질을 비커에 담아 그것을 어느 유명한 화학자와 생리학자에게 차례로 보여 주며 자신이 체험한 여러 가지 경험을 설명하였다. 그의 설명을 들은 화학자는 그것이 바로 생명 그 자체라고 대답했으며, 다른 한편 그의 설명을 들은 생리학자는 그 소우주의 세계를 이렇게 묘사했다.

우리는 혈액의 성분에 관해 잘 모르듯이 물의 성분에 관해서도 대체로 모르고 있다. 해수의 점액에 있어서 우리가 가장 쉽게 판단할 수 있는 것은 그것이 바로 생명의 끝인 동시에 시작이라는 사실이다. 그것은 바로 수많은 죽음의 찌꺼기의 산물이며, 죽음은 그 찌꺼기들에 생명을 불어넣은 것이 아니고 무엇이겠는가?

그것은 틀림없는 하나의 법칙이다. 그러나 사실 바다의 세계에서는 모든 존재들이 산 채로 흡수되며, 그렇게 급격히 흡수되는 생명체들은 죽음의 파괴 작용이 서서히 일어나는 이 지상에서와는 달리 죽음의 상태에서 오래 머무르지 않는다.

그러나 생명이라는 것은 완전한 해체의 상태에 도달하기 전에 끊임없이 털갈이와 허물 벗기를 계속하며, 불필요한 모든 것을 밖으로 내보낸다. 지상의 동물인 우리 인간들의 경우는 표피인 피부가 벗겨지기를 계속한다. 바다의 세계에서는 우리가 매일매일의 점진적인 죽음이라고 부를 수 있는 이러한 허물 벗기로 인해 접착성의 풍요로운 물질들이 가득하게 되고, 새로 태어나는 생명체들은 이 물질로부터 잠시나마 새로운 생명의 혜택을 받는다. 즉, 갓 태어난 생명체들은 바다 속을 부유하는 가운데 살아 있는 액체이자 활동 분자들인 이 점액성의 분비물을 발견하게 된다. 말하자면 이 모든 요소들이 무기물의 상태로 되돌아가는 것이 아니라 새로운 유기체 내로 진입하는 것이다. 이것이 우리가 내릴 수 있는 가장 타당한 가정이라고 본다. 우리 인간 역시 이런 변화의 과정을 상실한다면 심각한 상태에 놓이게 되기 때문이다.

이 글을 읽고 나면 그 당시 왜 애쉬가 이 생리학자에게 〈이 세계는 하나의 거대한 동물이라고 한 플라톤의 가르침이 담고 있는 깊은 의미를 알겠다〉는 내용의 편지를 보냈는지 이해가 된다.

아무튼, 앞에서 우리가 살펴본 것과 같은 당시의 그 열광적인 행위를 현대의 정신분석 비평은 어떻게 해석할 것인가? 해부와 생식기 관찰이라는 그 광란과도 같은 행위와 개인 영혼과는 무슨 관계가 있는 것인가?

확실한 것은 그 무렵 랜돌프는, 그가 살았던 시대도 마찬가지겠지만, 우리가 거칠게나마 〈중년의 위기〉라고 부르는 단계에 서서히 접어들고 있었다는 사실이다. 훌륭한 정신분석학자이자 개인의 삶과 정체성을 연구하는 뛰어난 시인이었던 그는, 이제 자신의 앞에는 오로지 몰락과 쇠퇴만이 놓여 있다는 사실과 하나의 개체로서의 자기 존재는 후세로 계속 이어지지 않는다는 사실, 그리고 인간은 모두 물거품처럼 어느 순간 흔적없이 사라진다는 사실을 알고 있었다. 그래서 그는 당시의 많은 사람들과 마찬가지로 죽어 가거나 이미 죽은 사람들에 대한 개인적인 연민에서 벗어나 생명과 자연과 우주에 대한 보편적 공감으로 나아갔다. 말하자면 그것은 일종의 다시 태어난 낭만주의였다. — 이전의 구태의연한 낭만주의에서 다시 발아한 새로운 낭만주의였다. 즉 개인의 영혼이 아니라 영원하고 신성한 우주적 질서 내지 조화에 관한 새로운 기계론적 분석과 새로운 낙관주의가 결합된 낭만주의였다. 테니슨처럼 애쉬는 자연이란 그 이빨과 발톱이 피로 붉게 물들어 있다고 보았다. 그런 냉엄한 자연에 대한 대응으로써 그는 아메바에서 고래에 이르기까지 모든 생명체들의 소화 기관이 영속의 기능을 한다는 사실에 각별한 관심을 쏟았던 것이다.

모드는 크로퍼의 상상력에 뭔가 끔찍한 요소가 있음을 직감적으로 알 수 있었다. 어떻게 보면 그는 악의에서 비롯된 성인 연구를 하고 있는 셈이었다. 자신의 연구 대상의 주체를 있는 그대로 평가하고 싶은 마음이었는지도 몰랐다. 순간 그녀는 그 〈주체〉라는 말이 안고 있는 모호성에 관해 재미있는 생각을 하게 되었다. 과연 크로퍼의 연구 방법과 사고 법칙의 대상이 애쉬란 말인가? 누구의 주관성이 연구되고 있는 것인가? 문장의 주체는 누구인가? 문장의 문법적 주어와 그 문장에서 논의되는 목적어로서의 주체 〈나〉는 서로 다르다고 한 라캉의 통찰에 과연 크로퍼와 애쉬는 어떻게 적용이 되는 것일까? 모드는 이런 생각을 한 사람이 자기가 처음이 아닌가 생각해 보았지만 그렇지 않으리란 결론을 내렸다. 최근에 활발히 진행되고 있는 문학의 주체 연구에 비추어 볼 때 그럴 리가 없으리라 생각했다.

크로퍼는 또 다른 곳에서, 거의 불가피한 일이겠지만, 『백

경』의 한 부분을 인용하고 있었다.

나르키소스의 이야기는 더 깊은 의미를 지니고 있다. 그는 샘물의 수면에 비친 이미지를 파악하지 못해 그 물속으로 뛰어들어 익사했다. 이와 똑같은 이미지를 우리는 모든 강과 바다에서 발견할 수 있다. 그것은 바로 포착할 수 없는 생명의 환영이라는 이미지이다. 만물의 의미를 이해하는 해결의 열쇠가 바로 이것이다.

나르시시즘, 불안정한 자아, 분열된 에고 — 모드는 생각했다. 나는 누구인가? 텍스트와 기호들의 속삭임은 어떤 모체에 토대를 둔 것인가? 자신을 단속적이고 부분적인 존재로 생각해야 한다는 불가피성에 그녀는 즐겁기도 하고 불쾌하기도 하였다. 그리고 이 거추장스러운 육체는? 살갗, 숨결, 눈, 머리칼, 그리고 분명 있을 법한 이것들의 역사는?

***

그녀는 커튼을 걷은 창가에 서서 머리를 빗으며 달을 올려다보았다. 보름달이었다. 멀리서 북해의 멀어져 가는 파도 소리가 아스라이 들려왔다.
잠시 후 그녀는 침대로 들어갔다. 옆방의 롤런드처럼 그녀도 가위질을 하는 듯한 몸부림으로 헤엄을 치며 하얀 시트 속으로 들어갔다.
기호학이 그들의 첫날을 거의 망쳐 놓았다. 그들은 작은 녹색 차를 타고 선배이자 안내자라 할 수 있는 모티머 크로퍼가 검은 메르세데스를 타고 지났던 길을 따라, 즉 크로퍼가 그의 선배인 랜돌프 애쉬와 가상의 유령 크리스타벨의 뒤를 추적했던 길을 따라 플램버러로 갔다. 그런 다음 롤런드와 모드는 옛날 그들이 발걸음을 내디뎠을 길을 따라 필리브리그까지 걸어갔다. 하지만 이제는 그들이 찾고 있는 것에 대한 확신도 없었으며 그렇다고 주변의 풍광을 즐길 만한 여유도 없었다. 그들은 함께 보조를 맞추며 씩씩하게 발걸음을 옮겼다. 서로가 미처 깨닫지는 못했지만 그 두 사람은 정말 힘차게 잘 걸었다.

크로퍼가 쓴 글에는 다음과 같은 대목이 있었다.

랜돌프는 브리그 북부의 깊고 얕은 바위 웅덩이를 바라보며 여러 시간을 보냈다. 그는 물푸레나무 막대기로 웅덩이 속의 형광 물체들을 휘저어 열심히 채집을 해서는 양동이에 담았다. 그러고는 그것을 집으로 가지고 와 야광충이나 해파리 같은 미세 동물들을 조사했다. 그들은 〈육안으로 보면 물거품과 거의 구별이 안 되지만〉 자세히 살펴보면 〈움직이는 꼬리가 달린 소구체의 활동성 젤리 덩어리들〉임이 드러나는 동물들이다. 그곳에서 그는 말미잘도 채집하였으며, 황제의 욕실 — 옛날 어느 유명한 로마 황제가 목욕을 했다는 커다랗고 둥근 푸른 웅덩이 — 에서 목욕도 하였다. 이처럼 늘 깨어 있는 역사적 상상력 속에서 그 지역의 먼 과거를 직접 체험하며 그는 도락을 즐겼다.

롤런드는 핑크빛과 황금빛, 그리고 붉은빛과 검은빛으로 반짝이는 모래층 위의 움푹 파인 어떤 돌출 암석 밑에서 검붉은 피멍 색깔을 띠고 있는 바닷말미잘 하나를 발견하였다. 단순한 태고의 모습이면서도 매우 새롭게 반짝이는 그 말미잘에는 마치 장식이 주렁주렁 매달린 관처럼 수면을 마구 휘젓는 분주한 더듬이들이 잔뜩 달려 있었다. 어떻게 보면 홍

옥수 보석이나 검붉은 빛의 호박(琥珀) 같은 그 말미잘은 그
것의 줄기인지 밑바닥인지 아니면 다리인지, 어떻게 불러야
할지 모를 부분으로 바위에 찰싹 달라붙어 있었다.
　모드는 그녀의 긴 다리를 감추고 롤런드가 발견한 웅덩이
위 바위에 앉았다. 그러고는 무릎 위에『위대한 복화술사』를
펼치더니 크로퍼가 애쉬의 말에서 인용한 부분을 읽어 내려
갔다.

　　장갑에 바람을 넣어 팽창시켜서는 그것을 하나의 완벽한
원통 모양들로 만들어 장갑의 밑바닥 부분엔 평평한 가죽
으로 막아 놓고 엄지손가락 부분은 제거한 대신 나머지 손
가락들은 원통형의 꼭대기 부분을 둥글게 감싸고 있는 것
을 상상해 보라. 손가락들이 이루고 있는 원형 안쪽의 원판
중앙을 힘껏 눌러 그 탄력있는 가죽이 〈안쪽으로 접히고〉,
그래서 원통 속에 매달린 낭(囊) 모양의 주머니가 만들어진
다고 하면, 그것이 바로 입과 연결된 위 모양이 될 터이다.

「재미있는 비유로군요.」롤런드가 말했다.
「라모트에게 있어서 장갑이란 항상 비밀과 예절에 관련된
것이었어요. 뭐랄까, 무엇을 덮어 가리는 것, 그것이었죠. 물
론 블랑슈 글로버도 마찬가지였어요.」
「애쉬도 〈장갑〉이라는 시를 쓴 적이 있어요. 중세 때 어느
한 기사에게 사랑의 표시로 장갑을 주었다는 어떤 숙녀에 관
한 이야기죠. 〈작은 진주알들이 촘촘히 매달린 우유같이 하
얀〉 장갑이었답니다.」
「크로퍼가 여기서 얘기하고 있는 것은 말미잘의 난소가 장
갑의 손가락 속에 있다는 식의 애쉬의 가정이 틀렸다는 뜻일
거예요…….」

「어렸을 때는 그 기사가 장갑을 〈어디에서〉 끼고 다녔는지 이해할 수 없었어요. 사실은 지금도 이해하지 못해요.」

「크로퍼는 또 계속해서 애쉬가 자신의 이름을 어떻게 생각하고 있는지 보여 주고 있어요. 재미있는 부분이에요. 분명한 것은 크리스타벨이 글로버에 대해서 많은 생각을 했다는 것이고, 그 결과 다소 어지러운 듯하면서도 멋진 시들이 몇 편 만들어질 수 있었다는 것이지요.」

「애쉬의 『신들의 영혼』에는 토르 신이 어떤 거대한 동굴에 몸을 숨겼을 때의 이야기가 나오는 부분이 있어요. 그런데 그 동굴은 바로 어떤 거인이 끼고 다니던 장갑의 새끼손가락이었어요. 그 거인은 토르 신을 속여 바닷물을 마시게 하려고 했던 것이죠.」

「헨리 제임스가 발자크를 두고 한 말도 있잖아요. 마치 장갑 속으로 들어가는 손가락들처럼 구조화된 의식 속으로 비집고 들어가려 한다고 말예요.」

「그건 남근의 이미지죠.」

「물론이에요. 다른 모든 것들도 갖다 붙이면 다 그렇죠, 뭐. 하지만 블랑슈 글로버는 아녜요.」

「저 말미잘이 웅크리는데요. 제가 찌를까 봐 그러는 모양이죠?」

말미잘은 몸을 수축시키는 과정에서 고무로 만든 배꼽 모양으로 변하더니 수염을 두세 개 빠끔 내밀었다. 그러자 구멍을 둘러싸고 있는 모양의 검붉은 살덩어리의 언덕이 형성되었다.

「레오노라 스턴의 논문 〈비너스의 언덕에서 불모의 황야까지〉를 읽었더랬어요.」

모드는 뭐라 대꾸할 말을 찾는 듯하더니 「매우 의미심장하죠」라는 말로 대신했다.

「물론 의미심장한 글이죠. 하지만 — 골치 아프고 좀 심하던데요.」

「그러라고 쓴 글 아닐까요?」

「아뇨, 제 말은 그런 뜻이 아니라…… 제가 남자이기 때문에 그렇다는 게 아니고…… 우리가 만들어 놓은 메타포가 세상을 다 잠식하고 있다는 느낌을 가진 적은 없습니까? 제 말은 모든 것이 서로 연결되어 있고 관계를 맺고 있다는 뜻이죠. 그리고 제 생각에 사람들이 문학을 공부하는 것도 그러한 연관과 관계가 끊임없이 흥미를 불러일으킬 뿐만 아니라 또 어떤 의미에선 위험스러울 정도로 강력하기 때문이라고 봅니다. 말하자면 사물의 진정한 본질을 밝혀 줄 수 있는 단서를 쥐고 있을 수도 있기 때문이죠. 조금 전에 말했던 그 모든 장갑들, 우리가 어떤 전문적인 짜맞추기 게임을 했던 것은 아닐까요? 중세의 장갑, 거인의 장갑, 블랑슈 글로버, 발자크의 장갑, 바닷말미잘의 난소 — 사실은 이 모든 것을 잼을 끓이듯 인간의 성(性)으로 환원시킨 것은 아닐까요? 마치 레오노라 스턴이 지구의 전 대지를 여성의 육체로 — 그리고 언어, 모든 언어로 읽듯이 말입니다. 모든 식물은 공동의 체모가 되는 거죠.」

모드는 냉담한 웃음을 흘렸다. 롤런드가 다시 말했다.

「그러면 말예요, 정말로, 모든 것을 인간의 성의 관점에서 바라볼 때 우리가 지니고 있는 이 불가사의한 힘은 무엇이죠? 사실은 〈무력감〉 아닌가요?」

「성적 무능력이죠.」 모드가 몸을 기울이며 재미있다는 듯 대꾸했다.

「그렇게 말하고 싶진 않습니다. 핵심을 짚어 주는 말이 아닌 것 같아요. 이제 조금씩 드러나고 있어요. 우리가 찾아낸 것은 바로 원시적인 교감의 마술이에요. 여러 형태의 유년기적 도착증. 모두가 〈우리〉와 관련되어 있으며, 우리는 바로 우리 자신에 갇혀 있는 셈이죠. 그래서 우리는 〈사물〉을 볼 수가 없어요. 그리고 우리는 이런 메타포로 모든 것을 채색하고 있고요.」

「레오노라의 글에 몹시 기분이 상하셨군요.」

「아녜요, 좋은 글이죠. 하지만 그녀의 시각대로 보고 싶지는 않습니다. 그녀의 성과 제 성의 문제가 아니거든요. 그러고 싶지 않아요.」

모드는 잠시 생각하는 듯하더니 곧 다시 입을 열었다. 「모든 시대마다 사람들이 맞서 싸울 수 없는 진실이 반드시 있어요. 그들이 원하든 원하지 않든, 당대의 진실이 미래에도 계속 진실로 남을지 아니면 허위로 판명될지 알 수 없지만 말예요. 우리는 좋든 싫든, 프로이트가 발견한 것이 진실로 받아들여지는 세계에서 살고 있어요. 우리가 아무리 그 발견을 수정한다고 해도 사정은 마찬가지일 거예요. 그가 인간 본성을 그릇되게 해석한 것이 아니냐 — 이렇게 생각하거나 상상할 자유마저도 실상 우리에게는 없는 것 같아요. 물론 세부적으로 들어가면 잘못된 부분이 있겠지만 커다란 구도에 있어서는 틀린 얘기가 아니거든요.」

롤런드는 〈그래, 그런 식의 해석을 좋아하십니까?〉 하고 물어보고 싶었다. 그녀의 연구가 주로 정신분석적인 연구이고, 또 의식의 경계나 의식의 한계에 관심을 가지고 있으니 당연히 좋아하리라는 생각이 들었다. 그가 말했다.

「그들이 세상을 어떻게 보았는지 생각해 보려면 상당한 상상력이 필요하겠죠. 애쉬가 이 암석 위에 서 있었다면 그때 그가 본 것은 무엇일까요? 그는 말미잘에 관심이 있었어요. 생명의 기원에 말예요. 그리고 우리를 이곳에 오게 한 이유, 거기에도 관심이 있었겠지요.」

「그들은 저마다 자기 자신을 굉장히 소중히 여긴 사람들이
죠. 한때는 신이 그들을 중시하고 소중히 여긴다고 알고 있
었지요. 그러다 그들은 이제 신은 더 이상 존재하지 않으며
오직 무자비한 세력만이 존재할 뿐이라고 생각하기 시작했
어요. 그러니 그들이 자기 자신을 소중히 여기고, 또 자신을
사랑하며 자신의 본성에 충실할 수밖에요…….」
「우리는 안 그런가요?」
「역사의 어떤 시점에서 그들의 자기 존중이 바뀌게 되었어
요. 당신이 걱정할 정도로 말예요. 무서우리 만치 극도로 단
순화되었죠. 제일 먼저 죄의식이 없어졌어요.」
  그녀는 『위대한 복화술사』를 덮고 앉아 있던 바위에서 몸
을 일으키며 손을 뻗었다.
「이제 가야죠?」
「어디로 가야 하죠? 이젠 뭘 찾아야 합니까?」
「이미지뿐만 아니라 실재의 사실도 찾아야겠지요. 휘트비
로 가요. 애쉬가 흑옥의 장식핀을 샀다는 곳 말예요.」

  사랑하는 엘렌에게,
  휘트비라는 마을에서 아주 묘한 것들을 많이 발견하였
소. 휘트비는 에스크 강 어귀에 있는 아주 힘찬 어촌이오.
— 마치 산 위에서부터 밀려 내려오는 듯한 형상의 마을
로 그림처럼 아름다운 골목길과 마당들, 그리고 가파른 돌
계단들이 강으로 하강을 하는 듯하다오. — 말하자면 계
단식 대지에 형성된 마을이지. 그 마을의 꼭대기, 그러니
까 어선들의 돛과 연기가 모락모락 피어 오르는 굴뚝보다
더 높은 곳에서 보면 마을과 항구와 폐허가 된 대수도원과
독일해 등이 한눈에 다 들어온다오.
  이곳 주변에는 곳곳에 과거의 흔적이 남아 있소. 황야

지대의 무덤들과 고대 브리튼인들의 무덤에서부터 로마인들의 점령과 성 힐다[10]가 주도한 초기 기독교의 복음 전파에 이르기까지 많은 자취들이 서려 있다오. ── 그 당시에 이 마을은 스트레온샬로 불렸고, 따라서 우리가 흔히 664년 휘트비의 교회 회의라고 알고 있는 것도 실은 스트레온샬의 교회 회의라고 해야 하는 거요. 나는 폐허가 된 수도원에 찾아 든 갈매기들을 바라보며 명상에 잠겼더랬소. 그리고 빛 바랜 고대의 흔적들을 보았소. ── 황야의 고분들, 고대 켈트족이 믿었던 드루이드교 사원들, 환상의 석조 도로 한쪽 면을 이루었던 것으로 생각되는 스톤헨지와 같은 종류의 슬리츠 입석군들. 더욱이 정밀한 세공품들을 바라보면 오래전에 사라져 버린 그 종족들이 다시 상상 속에 불현듯 살아날 것 같소. 가령, 이 근처에서 어느 해골의 턱뼈와 함께 발견된 하트 모양 흑옥 귀걸이나, 고분 속에 무릎이 턱까지 올라오는 웅크린 자세로 묻힌 그 무덤의 주인인 듯한 사람과 함께 발견된 다각형의 갖가지 큼직한 흑옥 구슬이나 목걸이들이 그런 것들이라오.

내 머릿속에서 마치 저 먼 고대의 신들이 지금 살아 있는 듯한 착각을 불러일으켰던 그 입석들에는 신비한 이야기가 하나 얽혀 있소. 옛날 휘트비에 한 거인이 있었다고 하오. 웨이드라는 무시무시한 거인인데, 그 거인이 아내인 벨과 함께 황야에 바위를 들어 나르는 일에 열심이었다는군. 아스가르드의 성벽을 쌓았던 흐림스루스나 요정 멜루지나처럼, 고마워할 줄 모르는 인간들에게 성을 쌓아 주었던 웨이드와 벨이 황야를 가로질러 기쁨의 도시 피커링까지 로만 로드*Roman Road*를 건설하는 일을 맡았기 때문이었지. 그

10 St. Hilda(614~680). 영국의 성자 가운데 한 사람으로 그녀가 세운 수도원은 영국 북부의 종교 중심지가 되었다.

도로는 자갈이나 황야의 사암층에서 나온 모래를 깔고 그 위에 돌을 덮어 만든 정식 도로라고 하오. 이 지방에서 웨이드의 대로라고 불리며, 또 웨이드가, 황야에 거대한 젖소를 방목하고 있던 아내 벨이 젖을 짜러 갈 때 안전하게 갈 수 있도록 만든 길이라고 전해지는 그곳을 내가 한번 따라가 볼 작정이오. 아참, 그때의 그 거대한 반추 동물인 젖소의 갈비뼈 하나가 멀그레이브 성에서 전시되었다는데 그것이 사실은 고래의 턱뼈였다오. 그리고 앞치마에 바위를 담아 열심히 나르던 벨이 이따금씩 앞치마의 끈이 끊어지는 바람에 떨어뜨린 바위 덩어리들이 바로 황야의 고분들이라고 합디다. 찰튼은 거인 웨이드의 이름을 고대의 신 우든[11]에서 따왔다고 믿고 있소. 분명한 것은 색슨 시대에 이스트로 계곡 상류의 토르디사라는 마을에서 북구 신화의 토르 신을 숭배했다는 사실이라오. 많은 옛것들의 부분들을 서로 뒤섞어 당대의 현실에 적용함으로써 새로운 하나의 전체를 만들어 내는 인간의 상상력 — 얼마나 시적이오. 고래 한 마리, 피커링의 성, 고대의 천둥신, 고대 브리튼인들의 무덤, 색슨족의 수장들, 정복자 로마 군대의 군사적인 야심 — 이 모든 것들이 한데 뒤섞여 이 지방의 거인과 그의 아내의 모습으로 형상화되었으니. 비록 로마인들의 도로 건설에 사용된 돌들이 메마른 석조 성벽의 건축에 쓰이고, 고고학의 손실을 가져오고, 동시에 우리네들의 양 방목지의 돌담으로 쓰이기는 했지만 — 또한 벨의 아들이 슬리츠 황야에 내던진 거대한 바위, 그의 어머니 벨의 쇠로 된 흉곽에 받혀 움푹 파인 그 거대한 바위가 도로 보수에 쓰이기 위해 잘게 부숴지긴 했지만 — 내가 바로 그 길을 따라

11 앵글로색슨족이 믿었던 신으로 스칸디나비아 신화의 주신 오딘과 동일한 신.

온 것이오.

나는 이곳의 흑옥 세공업을 둘러보았소. 장사도 잘되고 또 정교한 기술로 아름다운 물건들을 많이 만들어 내고 있었소. 당신에게 언제나 변함없는 내 사랑과 함께 그 흑옥 세공품을 하나 보내었소. ― 짤막한 시 한 편을 붙여서 말이오. 정교한 물건들을 좋아하는 당신, 솜씨 좋은 이곳의 제조업자가 만든 많은 것들을 보면 틀림없이 눈이 휘둥그레질 거요. 많은 것들을 조합해서 만든 멋진 장식품들 ― 마치 고대의 암모나이트 화석충들이 잘 다듬어진 장식편으로 새 삶을 찾은 듯하오. 또 하나, 화석이 섬세한 공예품으로 변형된 모습 또한 기가 막히다오. ― 광택이 나는 표면 위로 죽은 뱀꼬리같이 또아리를 튼 모양의 태곳적 유해나 원시 소철나무 잎사귀들이 당신이 채집하여 기도서 안에 끼워 둔 꽃잎이나 양치류의 식물만큼이나 분명한 형태로 드러나 보이니 어찌 진기하지 않겠소. 엘렌, 작가인 내가 꼭 다루고 싶은 주제가 있다면 그것은 바로 이미 오래전에 죽었지만 완전히 사라진 것은 아닌 존재들의 끊임없는 형태 전환의 생명력이라오. 그런 주제로 멋진 작품을 써서 오랜 세월이 흐른 뒤에도 화석 속의 생명체처럼 그렇게 두고 볼 수 있었으면 좋겠소. 비록 이 지상에서의 우리의 삶이 그것들의 생명만큼 길지는 않겠지만 말이오.

흑옥도 한때는 살아 있는 것이었소. 〈과학적 사고를 가진 어떤 사람들은 광유나 광물의 역청이 경화되어 나타난 것이 흑옥이라고 추정하였다. ― 그러나 이제는 흑옥의 기원이 목질이라는 사실이 일반화된 견해다. ― 흑옥은 폭이 좁고 긴 압축 덩어리로 발견되는데 ― 그 바깥 표면에는 나뭇결 같은 세로 홈이 나 있으며, 조가비 모양에 반들반들한 수액막이 덮여 있는 가로로 갈라진 균열은 압축

된 타원형의 모양으로 매년의 성장을 나타내는 나이테와 비슷하다.〉 이것은 영 박사의 글에서 인용한 것이오. 하지만 나도 여러 작업장에서 가공하지 않은 상태의 흑옥 덩어리를 직접 보았지. 내 두 손에 들고 말이오. 나는 그 타원형의 덩어리가 품고 있는 시간의 흔적 ― 말로 표현할 수 없을 정도로 먼, 저 먼 과거가 퇴적된 시간의 자취 ― 에 할 말을 잊었더랬소. 어떤 경우에는 그 흑옥들이 실리카를 과도하게 함유하고 있는 물질에 의해 오염될 수도 있다고 합디다. ― 그래서 장미꽃이나 뱀, 혹은 기도하는 두 손을 조각하던 세공사들이 흑옥 속에 규조토나 부싯돌이 섞인 선이나 흠을 발견하면 미련없이 작업을 그만둔다고 하오. 나는 그런 세공사들의 작업도 직접 보았소. ― 정말 고도의 기술을 지닌 전문가들이오. 흑옥을 자르고 조각하는 사람이 그렇게 해서 만들어진 브로치를 전문적으로 도안만을 새기는 사람한테 넘기기도 하고 ― 혹은 그 흑옥에 금 세공이나 상아 세공이 더해지기도 한다오.

이 모든 새로운 시각과 발견들이, 당신도 짐작은 했겠지만, 모든 방향에서의 시의 확산을 가져온 것도 사실이오. (내가 여기서 〈확산〉이라고 한 것은 본[12]이 〈영속하는 것의 밝은 불꽃〉이라고 한 말과 같은 의미에서요. 그 의미는 바로 눈부시도록 밝은 섬광과 시위를 떠나 날아가는 화살, 그리고 점점 커져 불꽃을 확 피우는 불씨의 이미지, 그런 이미지들을 담고 있소. ― 당신이 나에게 나의 그 〈번쩍이는 규조토〉를 보내 주었으면 좋겠소. 이곳에서 일하고 있는 동안 내내 그의 시에 대해 또 그 돌의 메타포에 대해 많은 생각을 해봤소. 내가 보낸 그 흑옥의 장식핀이 도착하

12 Henry Vaughan(1622~1695). 영국의 시인이자 신비가.

거든 그것을 문질러 머리칼이나 종잇조각에 한번 대어 보
시오. — 자력의 성질도 지니고 있다오. — 그래서 늘 마
술이나 요술에 사용되고, 민속 의술에서도 사용되고 있는
것이오. 두서없이, 생각나는 대로 마구 펜을 놀렸구려. —
내가 쓰고 싶은 시가 하나 있는데, 그것은 라이엘이 말한
바와 같이 고대의 자분정(自噴井)에서 발견되는 규조토가
섞인 지맥들에 관한 시라오.)

당신의 건강은 어떤지, 집에는 아무 일 없는지, 그리고
독서는 잘되고 있는지 — 모든 게 궁금할 뿐이오.

당신을 사랑하는 남편
랜돌프

모드와 롤런드는 휘트비 항구를 둘러보고, 또 그 항구로부
터 마치 부채꼴 모양으로 가파르게 위로 뻗어 있는 좁은 길
거리를 오르내렸다. 지난날 랜돌프 애쉬는 힘차게 번창하는
곳이라고 얘기했지만 이제는 실업과 의욕 상실이 항구 전체
의 분위기를 지배하고 있었다. 항구에 정박해 있는 배들도
거의 없었으며, 간혹 눈에 띄는 것마저 다 찌그러지고 또 사
용하지 않는지 쇠사슬로 꽁꽁 묶여 있었다. 어디에도 모터
돌아가는 소리 하나 들리지 않았고, 펄럭이는 돛도 하나 보
이지 않았다. 석탄 타는 냄새가 나기는 했지만 그것이 풍기
는 의미 역시 동력이나 활력과는 다른 것이었다.

앞쪽에 드러난 상점들의 분위기는 고풍스럽고 낭만적인 데
가 있었다. 한 생선 장수의 가판대에는 입을 딱 벌린 모양의
상어 턱뼈와 가시가 많은 흉측한 생선들이 널려 있었고, 어느
사탕 가게에는 밝은 색의 각사탕과 알사탕들을 담아 놓은 오
래된 항아리들이 아이들의 손길을 기다리고 있었다. 그곳에
는 흑옥을 전문으로 하는 보석 상점들도 몇몇 있었다. 모드와

롤런드는 〈홉스와 벨의 가게, 흑옥 장식품 판매〉라는 간판이 걸린 한 보석 상점 앞에서 걸음을 멈추었다. 높지만 폭이 좁은 상점이었다. 상자를 똑바로 세워 놓은 것과 같은 진열창이 있었고, 그 진열창 각 면에는 빛나는 검은 구슬들 — 로켓[13] 들이 매달려 있는 구슬, 다면체로 깎아 만든 구슬, 그리고 반들반들하고 동그란 구슬 등 — 을 꿰어 만든 로프들이 꽃줄 장식처럼 드리워져 있었다. 진열창의 정면은 브로치와 팔찌와 반지들을 끼워 놓은 먼지가 낀 채 다 갈라진 벨벳 카드들, 찻숟가락들, 종이칼들, 잉크병들, 그리고 어두운 색의 갖가지 조개껍질들이 파도에 흔들린 선원의 소지품 상자인 양 어지럽게 진열되어 있었다. 롤런드는 생각했다. 〈이것이 바로 석탄 덩어리처럼 단단하고 검은 느낌을 주는, 그리고 항상 정교하진 않지만 그래도 먼지를 벗겨 내면 밝은 빛을 찾을 수 있는 북부의 분위기로구나……〉

모드가 먼저 입을 열었다. 「레오노라에게 뭐 하나 사다 주면 좋겠죠? 그 여자 진기한 보석들을 좋아하는데 말예요.」

「저 장식핀이 괜찮겠는데요. — 가장자리를 따라 물망초가 새겨져 있고 기도하는 두 손이 그려진 것 말입니다. 〈우정〉이라는 말이 새겨졌군요.」

「예, 그래요. 그녀가 좋아하겠어요.」

그때 키가 아주 작은 여자가 상점 문가에 나타났다. 그녀는 검은 가죽 점퍼스커트 위에 자주색과 회색의 작은 꽃무늬가 그려진 커다란 앞치마를 두르고 있었다. 둥근 빵 모양으로 돌돌 말린 하얀 머리 아래 작지만 단단해 뵈는 갈색 피부의 얼굴과 바이킹족 여자들이 그렇듯 푸른 눈을 가지고 있었다. 그녀의 벌어진 입에서 하얀 치아 세 개가 드러났다. 오래

---

13 사진 등을 넣어 목걸이에 매다는 것.

된 사과처럼 주름투성이였지만 그래도 건강해 보이는 여자
였다. 묶는 끈이 달린 검은색의 두툼한 신발과 복숭아뼈 근
처에서 늘어진 스타킹은 맵시 있어 보이지 않았지만 그나마
깨끗한 앞치마가 깔끔한 인상을 풍기고 있었다.

「안으로 들어와서 구경하세요. 안에 물건이 더 많아요. 죄
다 휘트비 흑옥의 명품들이랍니다. 모조품은 갖다 놓지도 않
아요. 어디 가도 이만한 물건들은 없을 겁니다.」

가게 안의 카운터에는 목걸이와 핀과 묵직한 팔찌들이 제
멋대로 뒤섞여 있는 또 하나의 유리 상자가 있었다.

「마음에 드는 것 아무거나 골라 봐요. 내가 꺼내 드릴 테니.」

「저것이 괜찮아 보이는데요.」

몸을 숙여 항아리에 물을 붓는 옛 여인의 전신 초상이 희
미하게 새겨진 달걀 모양의 로켓이었다.

「저것은 빅토리아 시대에 유행하던 애도용 로켓이고, 아마
토머스 앤드류즈가 만들었을 겁니다. 여왕에게 흑옥 세공품
을 만들어 주던 사람이었어요. 그때가 휘트비의 전성 시대였
지요. 여왕의 부군이 사망하고 나서 말입니다. 그 당시 사람
들은 죽은 사람들을 기리고 기억할 수 있는 물건들을 몸에
지니고 다니기 좋아했대요. 지금이야 죽고 나면 금방 잊어버
리지만…….」

모드는 그 로켓을 내려놓았다. 대신 그녀는 기도하는 두
손이 새겨진 〈우정〉 브로치를 보여 달라고 하였다. 늙은 여주
인이 유리 상자에서 그 브로치를 꺼내 주었다. 롤런드는 분
명 명주실을 엮어 만든 것처럼 보이는 브로치와 반지들을 요
모조모 뜯어보고 있었다. 어떤 것은 흑옥이 둥글게 감싸고
있는 모양이었고, 또 어떤 것은 진주알이 박혀 있었다.

「이것 참 예쁜데요. 흑옥과 진주와 명주실의 조화라…….」

「오, 그거 명주실이 아니랍니다. 모발이지. 모발을 넣어 만

든 다른 형태의 애도용 브로치지요. 여길 봐요. 테두리를 따라 〈인 메모리엄*In Memoriam*〉[14]이라는 글자가 적혀 있지요? 임종할 때 잘라 낸다고 합디다. 늘 생생하게 기억하기 위해서지.」

롤런드는 유리를 통해 서로 얽혀 있는 가늘고 하얀 모발을 들여다보았다.

「온갖 것 다 만들어요. 아주 놀라운 솜씨죠? 자, 이걸 한번 봐요. 이건 누군가의 긴 머리카락을 땋아 만든 시곗줄이지요. 그리고 하트 모양의 예쁜 고리가 달린 이 팔찌, 이것은 검은 머리카락으로 아주 정교하게 만들었죠.」

롤런드는 그 팔찌를 들어 보았다. 금빛 고리는 차치하고라도 아주 빛나는, 하지만 살아 있음의 기미는 느낄 수 없는 것이었다.

「이런 물건들을 많이 파는 모양이죠?」

「아니, 이따금씩이죠. 이런 것들을 수집하는 사람이 있어요. 시간만 있으면 무엇이든 다 수집하고 돌아다니는 사람들이죠. 나비에서부터 칼라 단추에 이르기까지…… 심지어는 내게 1960년까지 쓰던 구식 다리미가 있었는데, 우리 에디스가 하도 고집스럽게 바꾸라고 해서 전기 다리미로 바꾸고 나니까 글쎄, 그 낡아 빠진 다리미를 자기한테 줄 수 없느냐고 성가시게 조르던 사람도 있었지요. 젊은이 — 저 팔찌에는 많은 노력이 깃들어 있고, 또 많은 정성이 담겨 있어요. 금도 18캐럿이고요. 핀치베크[15]나 구할 수 있었던 시절엔 꽤 비싼

14 〈누구를 기리며〉 혹은 〈기념하여〉라는 뜻으로, 빅토리아 여왕 시대에 소중한 사람을 잃었을 때 그 사람을 기억하고자 하는 시대의 분위기를 잘 반영한 말이기도 하다. 그 시대의 대표 시인인 알프레드 테니슨 경이 죽은 그의 친구를 기리며 쓴 대표시 「인 메모리엄」이 그 좋은 예.
15 구리와 아연의 합금으로 금의 모조품으로 씀.

물건이었죠.」

모드는 카운터 위에 브로치 한 줄을 늘어놓았다.

「물건 보시는 안목이 있군요. 그런데 내가 어디 가도 볼 수 없는 진짜로 멋진 조각품 하나 보여 드릴까요? 꽃말을 생각해서 새긴 것이죠. 클레마티스, 가시금작화, 삼색제비꽃…… 마음의 아름다움과 변함이 없는 애정, 그리고 〈그대를 항상 생각하며〉라는 뜻이지요. 젊은 처녀에게는 그게 좋을 거예요. 옛날 머리칼보다야 훨씬 좋지.」

롤런드는 별로 내키지 않는다는 듯 그냥 만지작거리기만 할 뿐이었다. 그때 그 늙은 여주인이 앉아 있던 높은 의자에서 몸을 숙이더니 모드의 녹색 스카프를 가리키며 말했다.

「그거, 쉽게 구할 수 없는 물건 같군요. 내가 보기엔 아이작 그린버그가 만든 최상품 가운데 하나인 듯한데, 거, 왜 유럽의 여왕들과 왕자들에게 보냈다는……. 내가 좀 자세히 살펴봐도 되겠어요?」

모드는 두 손을 머리에 올렸으나 잠시 브로치만 뽑을지 아니면 스카프 전체를 다 풀어 보일지 망설였다. 마침내 그녀는 조금은 멋쩍은 표정에 어색한 태도로 스카프를 풀어 카운터 위에 내려놓은 다음 스카프에 꽂혀 있는 검은색의 큼직한 브로치를 풀어 늙은 여주인에게 건네주었다.

브로치를 받은 여주인은 터벅터벅 진열대로 걸어가서는 거기서 새어 나오는 희미한 불빛에 브로치를 이리저리 살펴보았다.

롤런드는 모드를 바라보았다. 예쁘게 묶인 하얀 머리칼들이 그녀의 머리를 둥글게 감고 있었다. 온갖 장신구들이 내뿜는 형형색색의 빛과 비스듬히 스치고 지나가는 햇빛 속에서 그녀의 머리칼은 놀라울 정도로 하얗게 빛났다. 그녀는 마치 진열대 속의 벌거벗은 인형처럼 속살을 다 드러내고 있는 것 같았다. 아니, 이것은 순간적인 롤런드의 생각이었다. 곧 그녀가 고개를 돌려 그를 바라보았을 때 인형처럼 무표정하고 도도했던 얼굴이 아주 연약하고 상처받기 쉬운 여인의 얼굴로 바뀌어 있었다. 롤런드는 그녀의 묶인 머리카락을 풀어헤치고 싶었다. 한데 모아져 머리핀으로 무자비하게 묶인 그녀의 머리카락을 보니 자신의 머리마저 죄어 오는 듯했다. 두 사람은 거의 동시에 두 손을 각자의 관자놀이 근처로 가져갔다. 서로가 상대방의 거울인 양.

늙은 여주인이 다시 자리로 돌아오더니 모드의 브로치를 카운터 위에 올려놓고는 먼지 낀 작은 앵글프와즈 스위치를 켰다. 브로치의 명암을 살펴보기 위해서였다.

「이런 것은 전혀 본 적이 없어요. ── 아이작 그린버그가 만든 것은 틀림없는데 말이에요. 맞아, 옛날 런던 대박람회[16]에서도 산호와 바위를 새긴 그의 작품이 전시되었다고 하던데……. 하지만 인어와 산호를 새긴 물건은 나도 처음 보는군요. 그런데 이거, 어디서 구했어요?」

「우리 집안 대대로 내려오던 물건이었던가 봐요. 제가 아주 어렸을 적 집에 제법 큼직한 화장품 상자가 하나 있었는데 거기서 찾아낸 거예요. 오래된 버클과 단추들, 온갖 잡동사니들이 다 들어 있던 상잔데, 거기에 있었어요. 별로 좋아할 사람이 없을 거라고 생각했는데……. 저의 어머니는 기분 나쁜 빅토리아조의 폐품이라고 생각하셨거든요. 그런데 이거, 빅토리아 시대의 물건 맞죠? 저는 이것이 작은 인어를 생각나게 해주기 때문에 가지고 다니는 거예요.」 그녀는 롤런드를 바라보며 다시 말을 이었다. 「그리고 최근에는 요정 멜

16 1851년 런던의 하이드 파크에서 근대 공업과 과학의 산물들을 전시하기 위해 개최된 박람회로 빅토리아 여왕 시대의 경제적 번영을 상징적으로 보여 주었던 박람회.

루지나를 생각해서…….」

「그래요, 빅토리아 시대의 물건이군요. 사실대로 말하면 이건 1861년 여왕의 부군이 죽기 훨씬 전에 만들어진 것이죠. 그전에 더 깜찍한 물건들이 많이 만들어졌거든요. 아, 물론 슬픈 의미의 물건들이 지배적이긴 했지만 말이죠. 곱슬거리며 나풀거리는 머리칼하며 작은 지느러미 꼬리가 살아 있는 것 같지 않아요? 기막힌 재주죠. 그 당시 사람들이라야 할 수 있는 기술이지요. 요즘은 세상 천지 어디에 가도 이런 것을 구하지 못해요. 다 옛날얘기고 잊힌 기술이지요.」

전에는 한 번도 모드의 브로치를 주의 깊게 바라본 적이 없었던 롤런드는 이제야 꼼꼼히 살펴보게 되었다. 정말로 브로치에는 바위 위에 앉아 있는 작은 인어의 모습이 새겨져 있었다. 매끄럽고 검은 양어깨가 비스듬히 정면을 향하고 있는 모습으로 보아, 인어의 작은 가슴을 애써 조각하는 일을 피하려고 했던 듯하다. 그러나 등을 따라 치렁치렁 흘러내린 머리칼하며 바위 아래까지 미끄러져 내려간 꼬리가 정말 대단한 솜씨였다. 전체는 나뭇가지 같은 것이 둘러져 있었는데 더 자세히 살펴보니 여주인이 말한 대로 산호초였다.

그는 모드에게 말했다. 「크리스타벨의 책에 나오는 것을 물려받으신 셈이군요…….」

「예, 그래요. 하지만 그런 생각은 못 했어요. 내 말은, 이 브로치를 늘 지니고 다녔지만 이게 원래 어디서 나왔는지 물어볼 생각을 못 했다는 뜻이죠. 그런데…… 이 가게 안에서 보니까 확실히 달라 보이는데요. 이 물건들하고 같이 보니까 말예요. 이건 내 노리갯감이었는데…….」

「어쩌면 그의 노리개였는지도 모르죠.」

「설령 그렇다손 치더라도…….」 모드는 얼굴을 찡그리며 말했다. 「아무리 그렇더라도 그녀가 〈이곳〉에 왔었다는 증거는 아니잖아요. 확실한 것은 그가 동시에 두 여자에게 브로치를 사줬다는 사실이죠……」

「반드시 그렇지만은 않을 겁니다. 그녀 스스로가 자기 것을 구입했을 수도 있잖아요.」

「만일 그녀가 이곳에 왔었다면 말이죠.」

「아니면 그런 물건을 파는 다른 어떤 곳에서 샀는지도.」

「그 물건 잘 간수하세요.」 늙은 여주인이 두 사람의 대화에 끼어들었다. 「그거, 아주 독특한 브로치예요, 정말이지.」 그러더니 그녀는 롤런드에게로 얼굴을 돌리며 말을 이었다. 「저 꽃말 브로치 어떠세요? 작은 인어 브로치와 짝을 아주 잘 이룰 듯한데 말이죠.」

「〈우정〉 브로치로 하겠어요.」 모드가 얼른 말을 막았다. 「레오노라에게는 그게 잘 어울릴 법하네요.」

롤런드는 그 거무스름한 흑옥으로 만든 것 가운데 무얼 하나 갖고 싶은 마음이 간절했다. 애쉬의 손길이 닿았고 그가 시까지 썼던 흑옥. 그러나 꽃이 새겨진 브로치는 마음에 들지 않았으며, 또 사실 누구에게 선물해야 할지 마땅한 사람도 떠오르지 않았다. 이런 물건들은 옛날이든 지금이든 분명 발의 스타일에는 어울리지 않았다. 그는 카운터 위의 녹색 유리그릇에 꿰어져 있지 않은 구슬들과 작은 수정알들이 한 움큼 담겨 있는 것을 발견했다. 하나에 75페니씩 파는 것들이었다. 늙은 여주인이 그를 위해 몇 개 골라 주었다. 둥근 것 몇 개, 타원형의 납작한 것 몇 개, 육각형 하나, 그리고 쿠션 모양의 대단히 반짝이는 것 하나.

「제 개인용의 안심 염주로 쓰려고요. 걱정거리가 많아서 말이죠……」 롤런드가 모드에게 말했다.

「알았어요.」

14

여자들은 변한다고들 말합니다. 그렇지요.
그러나 그대는 변화 가운데서도 늘 변하지 않습니다.
샘물에서 나와 마침내 잔잔한 웅덩이에 안기는
떨어지는 폭포수의 수많은 물방울들처럼
그대는 처음부터 끝까지 거듭 새로 태어나고
끊임없이 움직이는 존재이옵니다.
그리고 그대는 그 형태를 움직이고 유지케 하는
힘입니다. — 그래서 나는 그대를 사랑합니다.
— R. H. 애쉬,
『아스크와 엠블라 XIII』

사랑하는 엘렌에게,

오늘 나는 해부와 확대 관찰에 필요한 채집을 위해 고
스랜드 혹은 고드랜드라고 불리는 골짜기 주변을 이 고랑
에서 저 고랑으로, 이 폭포에서 저 폭포로 많이 돌아다녔
소. — 참, 당신은 아마 어떤 곳의 지명이 아직 하나로 정
해지지 않고 두 이름으로 불리는 것이 별로 탐탁스럽지 않

을지도 모르겠소. 이 이름들은 고대 바이킹족들 — 이 지역에 정착해서 기독교를 포용했던 데인족, 그리고 아일랜드에서 침입해 내려왔다 브루난버에서 패퇴하고 말았던 노르웨이의 야만 이교도들 — 이 붙였다오. 그들이 250년 동안 이곳에서 농사도 짓고 싸움도 벌이며 남겨 놓은 자취가 이제는 거의 남아 있질 않소. — 오직 그들이 쓰던 말과 명칭들뿐. 그러나 그것들도 이제는 워즈워스가 관찰했듯이 다 사라지고 소멸되어 갈 뿐.

보라! 만물이 다 정해진 길에서
벗어나고, 또는 꿈처럼 사라지는 것을,
해안에서 해안으로 또 다른 언어가 확산되고 있음을.
법률과 신조와 사람들이 다 사라지고 만 뒤에
오로지 어떤 우울한 냇물과
성난 언덕들만이 옛 이름을 지키고 있구나!

머크 에스크 강을 형성하는 두 개의 지류가 있소. 엘러 베크와 휠데일 베크 — 이 두 지류는 베크 홀이라고 불리는 곳에서 하나로 합친다오. 그리고 이 두 시냇물이 흘러가는 주변에는 멋진 수로들이 많이 있지. — 토머슨 포스, 워터 아크, 그리고 워크 밀 포스 — 그다음에는 넬리 에어 포스와 100피트 높이에서 숲 속의 계곡으로 떨어지는 매우 인상적인 말런 스파우트. 우거진 나뭇잎의 싱그러움 속에, 폭포수 웅덩이의 깊은 속에, 그리고 어둠과 밝음을 교대로 내보이며 몰려다니는 구름들 속에서 나타나는 명암의 효과가 정말 기가 막힐 정도요. 글래이스데일과 휠데일 황야로 올라가 보았소. — 그곳에는 앞에서 얘기한 시냇물들의 수원이 있고, 그 수원에서 나온 물들이 작은 실개

천을 형성하며 히스와 작은 바위틈 사이로 흘러 내려가고 있었소. 그늘지고 서늘한 작은 골짜기 — 그리고 몰려 떨어지는 폭포수들을 금방 고요 속에 묻어 버리는 어두운 동굴과 웅덩이들, 한참을 가도 이따금씩 놀라 쉰 목소리로 울어 대는 새소리나 — 혹은 짹짹이며 지저귀는 또 다른 새 울음소리를 제외하곤 아무 소리도, 부스럭거리는 움직임도 없는 넓은 개활지. 이 두 세계의 대조는 정말 자연스러우면서도 완벽하다오. 그리고 이 두 세계를 넘나드는 시냇물들 — 누구라도 이곳, 이 거친 북부에 와보면 이곳이 바로 낙원은 아니더라도 〈태초의 땅〉이라고 생각하겠지. 바위, 돌, 나무, 공기, 물 — 모든 것이 단단하고 전혀 변하지 않듯이 말이오. — 그러나 사물의 모습을 드러냈다 감추고, 밝게 비추었다가는 다시 어둡게 만드는 빛과 그늘의 경쟁 속에서 모든 것들은 그 모습을 변모시키며 물 흐르듯 달아난다오. 엘렌, 남부의 기름진 계곡과는 달리 이곳에 있으면 누구든지 먼 옛날 사람들과 가까이 있다는 느낌을 받게 되오. 우리의 피와 뼈를 만들고, 아직도 그들의 몸속에 살아 있는 듯한 그들의 피와 뼈 — 브리튼인과 데인인들, 노르웨이인과 로마인들. 그리고 더 먼 과거의 존재들 가운데는 대지가 아직 뜨거웠을 때 이곳을 거닐었던 생명이 있소. — 1821년 커크데일의 동굴을 조사하던 버크랜드 박사가 발견했다는 하이에나의 굴, 그 굴에서 옛날 하이에나가 먹어 치웠던 많은 설치류의 동물이나 새, 그리고 호랑이, 곰, 늑대, 사자와 같은 육식 동물, 코끼리, 코뿔소, 말, 소 등의 뼈와 사슴뼈 세 개가 발견되었다고 하오.

이곳의 공기를 당신에게 어떻게 표현해야 할지 모르겠소. 다른 곳의 공기와는 다르오. 우리의 언어로는 아직 공기의 차이를 설명할 수가 없는 것 같구려. 잘못하다간 무

의미한 서정주의에 빠지거나 부정확한 은유를 사용하는 오류에 빠지기 십상이지. — 그래서 나는 무슨 포도주니 크리스털이니 하는 용어로 공기를 묘사하지 않으려는 거요. 아, 물론 그런 단어들이 머릿속에서 맴돌기는 하지만 말이오. 나는 전에 몽블랑의 공기를 맛본 적이 있었소. — 아득히 먼 곳의 빙하에서부터 출발해서 눈의 청결함을 머금은 싸늘한 공기. 그러면서도 송진 냄새와 높은 고지 위 목초지의 건초 냄새가 깃들어 있는 공기였소. 셰익스피어가 말했듯이 모든 사라지는 것들의 내음을 담고 있는, 우리 인간의 감각으로는 감지할 수 없을 정도로 깨끗이 순화된 〈여린 공기〉. 그러나 이곳 요크셔의 공기, 이곳 황야 지대의 공기는 유리처럼 빛나는 싸늘함이 없소. — 살아 있고 움직이는 공기, 마치 히스가 무성한 황야 지대를 여린 줄기로 뚫고 지나는 시냇물들의 흐름과 다름없다고나 할까. 이곳의 공기는 눈에 보이는 공기요. — 맨살을 드러낸 바위들의 어깨 위로 줄지어 내달리는 공기의 흐름 — 아스라한 곳의 샘물에서 피어 올라 한낮의 들판 위에서 파르르 몸을 떨며 아른거리는 작은 움직임. 그리고 그 내음 — 코끝을 찌를 듯한 그 내음을 잊을 수가 없소. — 그 속에는 땅 위에 튀어 오르는 맑은 빗물과 태곳적 피어 올랐던 나무 연기들의 환영이 담겨 있다오. — 또한 차디찬 시냇물의 맑음과 — 무언가 섬세하고 정밀한 것이 녹아 있는 듯한…… 아, 뭐라 묘사할 수가 없구려. 인간의 정신을 드넓혀 줄 것 같은 이 공기, 이곳에 오기 전에는 알지 못했던 독특한 감각과 의식을 제공하는 이 공기…….

다음 날 물줄기를 따라 작은 골짜기로 향하는 롤런드와 모드의 도보 여행은 보다 많은 즐거움 속에서 이루어졌다. 그들은 고스랜드를 지나 말런 스파우트의 유리처럼 반짝이며 가는 줄기로 떨어지는 부채꼴 모양의 폭포를 구경하였다. 그런 다음에는 흐르는 물줄기 위의 둑길을 타고 내려가서는 강변에 펼쳐진 황야를 가로질렀다. 커다란 바위들 사이로 마치 무슨 마술의 보자기를 깔아 놓은 듯 듬성듬성 잔디밭이 펼쳐져 있었다. 양들이 끊임없이 찾아와 조금씩 뜯어 먹은 듯 차분히 가라앉은 모양의 잔디밭은 입석들과 얼룩무늬의 자주색 디기탈리수 풀들에 의해 빙 둘러싸인 형상이었다. 그들 주위로 이상하게 생긴 투명한 곤충들이 윙윙대며 날아다녔고, 모래톱에서는 물까마귀들이 달음박질을 치고 있었다. 그리고 어느 한 습지에서는 그들의 발소리에 놀란 어린 개구리들이 무리 지어 발 아래 작은 물보라를 일으키며 튀어 올랐다. 넬리 에어 포스 근처의 한 잔디밭에서 점심을 먹은 그들은 곧 그동안의 진척 사항에 관해 논의했다. 간밤에 잠자리에 누워 『멜루지나』를 읽었던 롤런드는 크리스타벨이 틀림없이 이곳 요크셔에 왔었다는 확신을 갖게 되었다.

「여기 왔었음에 틀림없어요. 여기 아니면 다른 곳 어디겠어요? 이 작품을 보면 이곳의 토착 언어가 많이 나타나거든요. 가령 개울을 뜻하는 길*gill*이나 산마루라는 뜻의 리그*rig*, 그리고 히스를 가리키는 링*ling*이란 단어들이 그렇잖아요. 애쉬의 편지에 묘사된 이곳의 공기가 이 작품에도 나오고요. 그녀는 이곳의 공기를 황야에서 뛰노는 여름날의 수망아지 같다고 했어요. 바로 요크셔 사람들이 쓰는 말이잖아요.」

「그런데도 아무도 그걸 알아채지 못한 것은 직접 찾아보지 않아서 그랬을 거예요. 말하자면 사람들은 항상 그녀의 작품 속에 등장하는 풍경이 프와투라는 브르타뉴 지방의 풍경이라고 생각했기 때문이죠. 그리고 낭만주의의 지방색에 많은 영향을 받았다고 단정해 버렸으니…… 브론테 자매, 스코트,

워즈워스, 혹은 상징주의 등……」

「그럼 당신도 그녀가 이곳에 왔었다고 생각하시는 겁니까?」

「예, 그래요. 확실한 것 같아요. 하지만 그 사실을 입증할 만한 증거는 아직 없어요. 장난꾸러기 요정, 요크셔 방언, 그리고 이 브로치……. 내가 아직도 이해하지 못하는 것은 어떻게 그가 크라스타벨과 같이 있으면서 이 편지들을 자기 아내에게 쓸 수 있었느냐 하는 점이에요. 그게 아직도 궁금해요.」

「부인을 사랑했으니까 그랬겠죠. 〈내가 돌아갈 때〉라는 말을 자주 한 것으로 보아 그는 항상 집으로 돌아갈 생각을 했고, 또 그랬잖아요. 크리스타벨이 이곳에 왔었다고 해도 그게 무슨 사랑의 도피 행각하고는 다른 문제일 겁니다.」

「나는 그게 무슨 문제인지 알고 싶어요.」

「그건 그들의 문제죠. 사적인 문제……. 그런데 한 가지 말하고 싶은 것은 『멜루지나』가 애쉬의 시풍과 매우 흡사하다는 점이에요. 그녀가 쓴 다른 시들과는 전혀 어울리지 않아요. 꼭 애쉬가 쓴 시 같은데 — 저에게는 그렇게 보여요. 주제가 그렇다는 것은 아니고 스타일이 꼭 그래요.」

「난 그렇게 생각하고 싶지 않아요. 하지만 무슨 뜻인지는 알겠어요.」

***

토머슨 포스는 황야의 작은 산들로 둘러싸인 오목한 곳에 자리 잡고 있는 베크 홀에서 가파른 길을 따라가면 나오는 곳이었다. 그들은 폭포 아래 웅덩이를 보기 위해 황야에서부터 내려가는 길을 택하는 대신에 가파른 그 길을 따라가기로 했다. 상쾌한 날이었다. 돌담과 숲길 위의 푸른 하늘에는 흰 구름들이 흘러가고 있었다. 롤런드는 어떤 돌담 벽면에서 반짝이는 은빛 그물을 발견했다. 동굴거미들의 굴 입구에 쳐진 거미줄이었다. 지푸라기로 가느다란 그물망을 건드리자 어디선가 거미들이 입과 앞다리들을 부지런히 휘저으며 달려나왔다. 포스로 향하는 길은 가파른 내리막이었다. 그들은 바위틈 사이로 조심스럽게 기어 내려갔다. 폭포수는 이름 모를 어린 나무들이 위태위태한 목숨을 애써 유지하고 있는 야트막한 벼랑과 바위들이 둥글게 원을 그리듯 둘러싸고 있는 천연 동굴 모양의 웅덩이 사이로 떨어지고 있었다. 이끼가 끼고 잡초가 우거진, 음침하고 냉기가 감도는 폭포였다. 푸른빛과 황금빛과 은빛을 뒤섞어 놓은 듯한 광채를 내뿜으며 떨어지는 폭포수를 바라보던 롤런드는 잠시 후 소용돌이치는 웅덩이로 시선을 돌렸다. 그때 햇살이 웅덩이로 세차게 쏟아지면서 수면 위에 유리처럼 반짝이는 빛을 뿌렸고, 동시에 수면 아래 움직이던 살아 있는 식물과 낙엽들이 아른거리는 광선의 그물에 걸려 그 모습을 드러냈다. 순간 그는 이상한 자연의 현상을 보게 되었다. 동굴 안쪽, 그리고 그 입구의 양쪽 돌무더기 사이에서 백색 광선 줄기가 위로 치솟아 오르는 듯한 현상이 일어났던 것이다. 수면에서 반사된 빛이 쏟아지는 울퉁불퉁한 바위 어느 곳이든, 수직 혹은 수평으로 갈라진 바위의 균열이 있는 곳이면 어디든지, 그 비슷한 광채가 날리듯 흔들리며 퍼부어지고 있었다. 창백한 불꽃이 일듯, 아른거리는 가는 광선의 그물이 환상적인 무늬를 그리며 피어나는 것 같았다. 그는 주위의 한 바위 위에 한참 동안 쪼그리고 앉아 그 현상을 지켜보다가 마침내 시간과 공간 의식도 잃고, 자신의 현재 위치에 관한 의식도 잃어버렸다. 그 환영의 불꽃이 자기 의식의 중심인 듯한 착각에 빠졌다. 그때 모드가 다가와 곁에 앉으며 그의 명상을 깨뜨렸다.

　「무슨 생각에 빠졌어요?」

「빛이에요. 광선의 불꽃. 저 빛의 효과를 보세요. 동굴 지붕 전체가 불꽃이 일듯 반짝이잖아요.」

모드가 말했다. 「그녀도. 저런 현상을 보았어요. 정말이에요. 여기『멜루지나』의 첫 부분을 보세요.」

세 요소가 결합해서 네 번째 요소가 만들어진다.
대기를 가르던 햇빛이
(허공의 절벽 틈 사이에 드문드문 박혀 있는 이탄 덩어리에 위태롭게 뿌리를 내린 애쉬 나무 어린 가지를 비스듬히 비추며)
빛나는 수면 위에 모자이크 무늬를 만든다.
살랑살랑 흔들리는 뱀의 비늘처럼
몸을 떨며 잔물결을 일으키는 수면으로 광선이 달린다.
치렁치렁 늘어진 쇠사슬 갑옷의 어른거리는 빛처럼
수면 아래로 녹아드는 빛줄기; 그러나 수면 위에서는
물과 빛이 한데 섞여 우중충한 돌담과 습한 동굴 지붕 위에
튀어 오르는 불꽃의 장관을 연출한다. 화강암 암석을
혓바닥으로 핥듯이 타고 오르며 첨탑처럼 치솟는 광선이
바위의 갈라진 틈마다 굴절되어 그 거친 모습들을
교묘히 비추고, 분명 그늘이 있어야 할 곳에
가늘고 긴 광선의 줄기를 내뿜으며
원추형의 불꽃과도 같은 하얀 형태를 형성한다.
사물을 가열시키지도 그을리지도
또 다 삼켜 버리지도 않는 불꽃, 그러나 거듭 피어 올라
그 불꽃에 태워지지도 또 불꽃을 삼키지도 않는 싸늘한 바위에서
스스로를 사르는 불꽃. 빛과 돌의 조화로 만들어진

　　싸늘한 불꽃의 샘물에 힘찬 폭포수가
　　소란을 일으킨다. 그리고 그 물줄기의 힘에서 빌려 온
활기로
　　샘물은 더욱 부풀어 오른다…….

「그녀는 애쉬와 함께 이곳에 왔었어요.」 모드가 말했다.
「이 시가 그 증거는 안 될지 몰라도 맞을 겁니다. 또 햇빛
이 비치지 않아 제가 이 현상을 못 봤다 하더라도……. 하지
만 저에게는 이 시가 그 증거인 것 같군요.」
「애쉬의 시를 읽었어요. 『아스크와 엠블라』 말예요. 좋은
시더군요. 시인이 자신에게 하는 얘기가 아니었어요. 그는
분명 그녀 ― 그러니까 엠블라, 아니면 크리스타벨에게 애
기하고 있었어요. 대부분의 사랑의 시가 스스로에게 자문하
는 시들인데 그의 시들은 좀 다른 데가 있더군요. 좋았어요.」
「그에 관해서 좋은 점을 발견하셨다니 기분이 좋군요.」
「그를 상상해 보려고 많이 노력했어요. 그들을 말예요. 그
들은 분명, 뭐랄까 어떤 극한의 상황에 있었던 듯해요. 지난
밤에 생각해 봤죠. 당신이 우리의 생식과 성에 관해서 한 말
있잖아요. 당신이 말했듯이 도처에서 관찰할 수 있죠. 이젠
모든 게 서서히 드러나는 것 같아요. 물론 다른 모든 것들도
알고 있긴 하지만……. 세상엔 단일한 에고만 존재하는 것이
아니라는 사실, 우리는 서로 얽혀 있는 갈등의 체제로 이루
어져 있다는 사실 ― 그렇지 않아요? 우리도 역시 욕망의 지
배를 받고 있지만 그들이 바라보는 식으로 보지는 않잖아요?
우리는 사랑이라는 단어를 한 번도 말한 적이 없어요. 사랑
이란 의심스러운 이념적 구성 개념임을 알고 있기 때문이죠.
특히 낭만적 사랑이 그래요. 그래서 우리가 이곳에서 그들이
느꼈던 느낌을 갖고, 그들이 믿었던 것을 같이 공감하기 위

해 정말 대단한 상상의 힘이 필요한지도 몰라요. 사랑 — 그 것을 그들은 중요하게 여겼으니까요.」

「그래요. 크리스타벨이 한 말 아시죠? 〈안전한 우리의 작은 보금자리 밖에 신비가 흐른다〉라는 얘기 말예요. 우리는 그런 신비감도 떨쳐 버려야 해요. 그리고 또 우리가 조심스럽게 언급했던 그 욕망이라는 것도 그렇고요. 이렇게 꼼꼼히 따지다 보면 욕망이 이상하게 채색되어 나타나는 것 같기도 해요.」

「내 생각도 그래요.」

롤런드가 조심스럽게 말했다. 「이따금씩 저는 욕망이 없는 상태가 가장 최선의 마음 상태가 아닌가 하는 느낌을 가질 때가 있어요. 실제로 제 자신을 바라보면…….」

「자아를 두고 하는 얘기죠?」

「제 삶과 삶의 방식을 돌이켜 보면 진정으로 제가 원하는 것은 무소유가 아닌가 해요. 텅 비어 있는 깨끗한 침대 하나 면 족하죠. 아무런 바람도 없고 바랄 수 있는 것도 없는 빈방 에 깨끗이 비어 있는 침대 하나의 이미지. 이는 제 자신의 개 인적인 상황과 관련되어 있죠. 물론 어떻게 보면 보편적인 인간의 조건과도 관련이 있겠지만…….」

「무슨 뜻인지는 알겠어요. 하지만 그건 너무 허약한 말 같 아요. 그 이상의 분명하고 뚜렷한 무엇이 있는데……. 나도 혼자 있을 때 그런 생각을 했어요. 아무것도 소유하지 않음 이 얼마나 좋은 일일까. 아무것도 바랄 것이 없으면 또 얼마 나 좋을까. 그리고 당신의 생각과 똑같은 이미지 — 빈방에 빈 침대. 하얀색의…….」

「맞아요, 하얀색.」

「정말 똑같군요.」

「정말 묘하죠?」

「어쩌면 우린 기력이 다 빠져 버린 학자나 이론가의 조짐을 드러내고 있는지도 몰라요. 아니면 벌써 그렇게 됐는지도 모르고요.」

「정말 우스워요. 우리가 이곳에 와서 여기 이렇게 앉아 서로에 관해 이야기를 나누고 있다는 사실이……..」

그들은 묵묵히, 숲 속과 물가의 새소리를 듣고 자연의 변화에 귀 기울이며 숙소로 돌아왔다. 그날 밤, 저녁을 먹고 난 뒤 그들은 『멜루지나』를 샅샅이 뒤져 요크셔 방언을 찾아내기 시작했다. 롤런드가 말했다.

「지도를 보니까 보글 홀이라는 곳이 있더군요. 멋진 지명이죠? 우리, 하루 정도 그들에게서, 그들의 이야기에서 벗어나 우리 자신을 찾아보는 게 어때요? 크로퍼의 책에도 애쉬의 편지에도 보글 홀이란 말은 안 나오잖아요. 어디에도 관련이 없다는 얘기 아닙니까?」

「그럴까요? 그런데 날씨가 더워지고 있어서…….」

「그건 문제가 안 돼요. 그냥, 아무 의미도 부여하지 말고 단순한 흥미로 새롭게 바라보고 싶어요. 뭔가 새로운 것을 말예요.」

* * *

새로운 그 무엇 — 그들은 이렇게 말했다. 그들은 이를 위해 하루를 완전히 다 바치기로 했다. 먼 옛날 어렸을 적 누구든지 기대했을, 아니 세월이 흐른 뒤 새롭게 기억해도 늘 — 과거, 현재, 미래에도 — 변하지 않는 기억으로 자리잡을 그런 푸르름과 밝은 햇살이 가득한 날이었다. 새로운 곳을 찾아가기에 정말 어울리는 좋은 날이었다.

그들은 간단한 소풍 준비를 했다. — 갓 구워 낸 갈색 빵, 하얀 웬슬리데일 치즈, 당근, 노란 버터, 주홍빛이 감도는 토마토, 연한 초록의 동그란 그래니 스미스 애플칩, 그리고 미네랄워터 한 병. 책은 갖고 가지 않기로 했다.

보글 홀은 절벽 아래 움푹 들어간 모양의 작은 만이었다. 그곳에는 지금은 유스호스텔로 변한 옛날의 한 방앗간에서 흘러나온 물이 모래밭을 지나 바다로 흐르고 있었다. 그들은 꽃이 피어 있는 오솔길을 따라 걸었다. 키 높은 울타리마다 노란 꽃가루들이 묻어 있는 황금색 꽃술의 들장미들이 두텁게 뒤덮여 있었다. 대부분이 선명한 핑크색 장미꽃들이었지만 드문드문 백장미도 눈에 띄었다. 그리고 무성한 야생의 인동이 자신도 뒤질세라 크림색의 꽃을 장미꽃들 사이로 길게 늘어뜨리며 뒤엉켜 있었다. 롤런드나 모드는 그리 넓지 않은 장소에서 화들짝 피어 올라 그 화려함을 자랑하는 야생화들을 본 적도, 또 그 진한 향기를 맡아 본 적도 없었다. 게다가 부드러운 바람이 꽃향기를 몰고 와 그들 주변의 공기를 더욱더 짙은 향으로 물들이고 있었다. 사실 두 사람은 먼 옛날 셰익스피어가 두 눈으로 확인하고 모리스가 화폭에 옮겼던 잡목림 가운데 지금까지 겨우 살아남은 한두 송이의 꽃만이 있으리라고 추측했었다. 그러나 만발한 꽃들 — 그들은 이곳에 성장이 있고, 또 이곳에 향기 어린 빛나는 삶의 언덕이 있음을 발견했다.

절벽 아래는 엄밀한 의미에서 해변은 아니었다. 그곳에는 모래밭이 길게 뻗어 있었고, 그다음에는 암초들이 줄지어 있었으며, 웅덩이를 형성하고 있는 암석들이 바다까지 쭉 뻗어 있었다. 특히 돌출된 암석들은 밝은 색채의 조화를 부리고 있었다. — 핑크색 돌, 물밑의 은빛 모래, 주홍과 녹색이 뒤섞인 이끼 긴 잡초, 올리브색과 노란색의 해초가 피어 있는 둑 가운데 무더기로 자란 빨간 손가락 모양의 잡초들. 절벽 자체는 우중충한 회색에 엷게 벗겨 낸 듯한 모양이었다. 롤런드와 모드는 절벽 밑바닥의 평평한 바위에 깃털과 관 모양의 화석이 박혀 있는 흔적을 발견했다. 그곳에는 안내문도 하나 있었다.

〈절벽을 훼손하지 맙시다. 우리 모두를 위해 우리의 유산을 아끼고 보존합시다. 암모나이트와 벨렘나이트[1]는 휘트비에서 판매하고 있습니다.〉

이런 안내문에도 불구하고 둘둘 말린 모양에다 테를 두른 듯한 원형의 물체가 여기저기 돌출되어 있는 절벽면을 망치와 포대를 든 한 젊은이가 열심히 뜯어내고 있었다. 그 해변에는 특이하게도, 둥근 모양의 큼직큼직한 돌멩이들이 마치 폭격 후의 잔해처럼 여기저기 흩어져 있었다. 돌멩이들은 색깔이나 크기가 가지각색이었다. 검게 빛나거나, 유황처럼 누렇거나, 푸른색의 매끄러운 표면에 모래를 뿌려 놓은 듯한 늙은 감자 모양의 돌멩이, 붉은 석영빛이 감도는 하얀색⋯⋯. 모드와 롤런드는 고개를 숙이고 걸으며 서로 상대방에게「이것 좀 보세요, 이것은 어때요? 저것 좀 보세요.」하며 열심히 주변을 살폈다. 그러고는 다시 눈을 들어 제멋대로 흩어져 있는 돌멩이들이 해변 전체의 구도 속에 어떤 변화로 부분부분 바뀌는지도 눈여겨보았다.

평평한 바위 하나를 잡아 그 위에 물건을 풀어놓은 다음에야 그들은 해변 전체를 한눈에 둘러볼 수 있었다. 롤런드는 신발을 벗었다. 마치 칠흑 같은 어둠 속에서 막 솟아난 듯이 그의 두 발이 모래 위에 하얗게 드러났다. 청바지에 짧은 소매 셔츠를 걸친 모드는 바위 위에 걸터앉았다. 하얗게 드러난 그녀의 두 팔 ─ 하얀 피부에 황금빛으로 반짝이는 솜털이 눈부실 정도였다. 그녀는 녹색 페리에 플라스크에서 물을

1 오징어 등의 화석.

따르며 그 물이 진짜 광천수임을 자랑하였다. 종이컵 속에서 광천수 거품이 부글부글 일었다. 바닷물이 몰려 나가면서 바다가 아주 먼 곳으로 떠나는 듯했다. 이젠 두 사람이 서로 대화를 나눌 시간이 되었다. 두 사람은 그렇게 느꼈다. 몹시 얘기를 나누고 싶었지만 어색한 분위기였다.

「돌아가고 싶지 않죠?」 모드가 먼저 입을 열었다.

「당신은요?」

「이 빵 참 맛있는데요……. 당신이나 나나 다 섭섭해 할 것 같아요.」

「블랙커더 교수하고 크로퍼에게 뭐라고 말을 해야 할지 결정해야죠.」

「레오노라에게도요. 이 일로 누가 득을 보게 될지……. 레오노라가 걱정되는군요. 그녀는 지나치다 싶을 정도로 정열적이기 때문에 때론 일을 망치는 경우가 있거든요.」

롤런드는 레오노라가 어떤 여잔지 아직 상상이 잘 안 되었다. 몸집이 크다고 알고 있었기 때문에 순간 그의 머릿속에 떠오른 그녀의 이미지는 그녀가 고전 시대의 여신처럼 주름진 긴 옷을 입고 까탈진 모드를 잡아끄는 모습이었다. 달리는 두 여인의 모습. 레오노라가 쓴 글로 봐선 단순히 그런 모습일 것만 같지는 않았다. 두 여자…….

그는 청바지에 하얀 셔츠를 입고 태양 아래 앉아 있는 모드의 모습을 뜯어보았다. 그녀는 여전히 스카프를 두르고 있었다. ── 하지만 지금은 예의 그 실크 터릿이 아니라 초록색과 하얀색이 섞인 사각형의 면 스카프가 그녀의 머리 아래 목을 감싸고 있었다.

「그 여자에게 무슨 말을 해야 할지 결정해야죠.」

「예, 결정했어요. 아무 말도 하지 않을 거예요. 적어도 당신하고 나하고 어떤 결론을 내리기 전까지는 아무 말도 하지 않는 편이 좋겠어요. 물론 쉬운 일은 아니죠. 그 여자, 대단히 집요한 성격이라서…… 게다가 누구한테든 친하게 접근하면서 달라붙는 일에는 전문가거든요. 아마 내 공간을 살살 갉아먹을 거예요. 나는 그런 일에 소질이 없는데 말예요. 전에도 말했지만 어떤 면에서 난 그래요.」

「어쩌면 조지 경이 나서지 않을까요?」

「그렇겠죠.」

「돌아가면 어떤 일들이 벌어질지 모르겠어요. 아시겠지만 사실 따지고 보면 전 직업이 없잖아요. 그저 가르치는 일 조금하고 편집일이나 돌봐 주고 있는 형편이에요. 블랙커더 교수에게 목매단 셈인데, 그 사람은 어디 좋은 자리가 나도 추천서를 흐리멍텅하게 써주는 바람에 제가 더 멍청해진 것 같아요. 아무튼 이 모든 일을 그 사람한테는 말하지 않을 생각입니다. 물론 언제까지 말을 않고 있을지는 모르겠지만 말예요. 그리고 발은…….」

모드가 그를 바라보았다. 그러나 이내 그녀 앞에 놓인 사과를 향해 눈길을 돌렸다. 그녀가 예리한 칼로 사과를 자르자 반달 모양의 사과 조각이 종이처럼 하얀 속살과 검은 씨를 드러냈다.

「난 발이 누군지 모르고 있어요.」

「제가 얘기 안 했죠? 안 하는 게 좋을 것 같아서…… 지금도 그런 느낌이긴 하지만…… 대학에 들어간 뒤부터 그녀와 같이 살았어요. 그녀가 돈을 벌어다 주죠. 이곳에 오는 데 쓴 비용의 일부에도 그녀의 돈이 포함되어 있으니까요. 그녀는 자신이 하고 있는 일에 불만이 많아요. 그러면서도 저 때문에 그만두지 못하고 그 일을 계속하고 있어요. 제가 빚을 많이 지고 있는 셈이죠.」

「무슨 말인지 알겠어요.」

「그렇지만 그건 밑 빠진 독에 물 붓기 아니겠어요? 저에게 무슨 다른 속셈이 있어서가 아니라 그냥 ― 거 왜, 제가 말씀 드린 그 하얀 침대의 공상이 제 마음속에 자리 잡고 있기 때문이죠.」

모드는 사과를 다 잘라 종이 접시에 담아서는 롤런드에게 내밀었다.

「알아요. 나도 퍼거스와 같이 있으면서 그런 점을 많이 느꼈어요. 내 얘기, 들었죠?」

「예.」

「그 사람이 얘기했으리라고 예상했어요. 퍼거스와 사귀었을 때는 아주 힘든 시기였어요. 우리는 서로를 고문한 셈이죠. 나는 싫었어요. 그 야단스럽고 시끄러운 소리하며 정신을 산만하게 하는 그 모든 것들…… 아참, 당신이 말했잖아요. 말미잘, 장갑, 그리고 비너스의 언덕을 언급한 레오노라 ― 그 얘기들을 생각하다가 떠오른 게 하나 있어요. 그때 떠오른 사람이 바로 남근 숭배에 관해 나한테 너절하게 이것저것 길게 늘어놓던 퍼거스였어요. 그는 말할 때 자기 혼자 흥분해서 언성을 높이는 사람이에요. 상대방이 무슨 말을 하려고 입만 벙긋해도 목소리를 높이면서 금방 딴 애기로 넘어가죠. 심지어는 아침 여섯 시에 나에게 프로이트를 강의하곤 했어요. 〈끝낼 수 있으면서 끝낼 수 없는 분석〉, 그는 아침에 무척 일찍 일어나는 사람이었어요. 일어나서는 맨발로 아파트 주변을 마구 뛰어다니는 거예요. 그것도 프로이트의 말을 큰 소리로 외면서 말예요. 〈분석 작업을 하다 보면 한 여성에게 남근에 대한 열망을 포기하라고 설득하느니 차라리 바람에 다 대고 설교하는 편이 덜 고통스러울 때가 있다.〉 뭐, 이렇게 떠들면서……. 나는 그런 프로이트의 말이 옳다고 생각하지는 않아요. 어쨌건, 아침 식사 전에 그렇게 떠들면서 바보처럼 뛰어다닌다는 것이 우스운 일 아녜요? 사정이 그런데 내가 무슨 일을 하겠어요? 그렇게 된 거예요. 나는 완전히 두 손 들고 말았어요. 그뿐이에요.」

롤런드는 모드가 혹시 웃음을 터뜨리지 않나 싶어 그녀의 얼굴을 쳐다보았다. 그녀는 조금은 당혹해 하면서도 생각만 해도 불쾌하다는 듯한 씁쓰레한 미소를 지었다.

롤런드는 웃음을 터뜨렸다. 그녀도 웃었다. 롤런드가 말했다.

「정말 맥 빠지는 일이죠. 특히 어떤 음흉한 정치적인 계산에서 모든 것을 행할 땐 더욱 그렇죠. 아무리 그게 재미있다 하더라도…….」

「그래서 새로운 즐거움으로 독신 내지는 육체적 순결을 주장하죠. 새로운 쾌락의 추구랄까.」

「그렇게 생각하시면 그 속에서 만족을 찾아야겠죠. 그런데 왜 항상 머리를 감추고 있는 겁니까?」

그는 이 말을 던지자마자 곧 자기가 그녀의 기분을 상하게 하지 않았나 생각해 보았다. 그러나 그녀는 그저 고개를 숙이고는 잠시 후 학생들에게 설명하듯 또박또박 정확하게 대답했다.

「이것도 퍼거스와 관련이 있어요. 퍼거스하고도 그렇고, 또 머리 색과도 관련이 있어요. 옛날엔 머리를 아주 짧게 깎고 다녔어요. 정말 박박 깎았을 정도였죠. 지금 이 색도 제 머리 색이 아녜요. 이유가 있어요. 한번은 어떤 회의 석상에서 내가 남자들의 시선을 끌기 위해 머리카락에 물을 들이고 다닌다고 비난받은 적이 있었어요. 그래서 싹둑 잘라 버렸어요. 그런데 퍼거스가 말렸어요. 그렇게 머리를 깎는 행위는 책임 회피거나 굴복이라고 하면서 말예요. 내가 마치 해골처럼 보인다나요. 그냥 기르라고 했어요. 그래서 길렀죠, 뭐. 그런데 너무 길어지다 보니 어떻게 처리를 해야겠다고 생각하다가……」

「안 좋은 것 같아요. 그냥 풀어놔 두세요.」

「왜죠?」

「왜냐하면, 머리 모양을 볼 수 없으니까 혹 사람들이 자꾸 엉뚱한 생각을 하게 되고, 그러다 보면 자연히 사람들의 시선을 끄는 꼴이 되잖아요. 그리고 또……」

「알겠어요.」

롤런드는 잠자코 있었다. 모드가 스카프를 풀었다. 땋아 올린 머리채 모양이 마치 줄무늬가 있는 반짝이는 타원형의 작은 돌 같았다. 애기똥풀 같은 노란색, 밀짚 같은 노란색, 그리고 은빛으로 빛나는 노란 머리 — 구속된 삶. 롤런드는 가슴이 뭉클했다. 어떤 욕망 때문이 아니라 그 머리채들이 겪었을 구속과 속박, 늘 똑같은 모양으로 지탱해야 하는 제한된 삶에서 야릇한 연민의 감정을 느꼈기 때문이었다. 눈을 슬며시 감으며 살짝 훔쳐본 그녀의 머리는 바다를 배경으로 마치 울퉁불퉁한 뿔이 달린 모양이었다.

「인생은 짧아요.」 롤런드가 말했다. 「자유롭게 숨을 쉴 권리가 있어야 해요.」

이 말은 일종의 사로잡힌 존재에 억눌려 왔던 그녀의 머리를 보고 느낀 그의 감정 표현이었다. 모드가 머리핀을 하나하나 빼내자 머리카락들이 미끄러져 흘러내렸다. 하지만 머리카락은 여전히 예전의 땋아 놓은 모양을 유지하며 목덜미 주위에서 흔들리고 있었다.

「당신은 참 묘한 사람이로군요.」

「제가 무슨 구애를 하는 것은 아닙니다. 오해 마세요. 그냥, 풀어헤쳐진 머리를 보고 싶었을 뿐이죠. 정말입니다. 진심이에요.」

「예, 알아요. 그러니까 묘하다는 거죠.」

그녀는 손가락을 곱게 펼쳐 긴 머리채를 천천히 풀어헤치기 시작했다. 롤런드는 그 모습을 뚫어지게 바라보았다. 마지막으로 두 가닥씩 엮어 세 줄로 땋은 여섯 개의 두툼한 머리채가 그녀의 어깨 위로 흘러내렸다. 그녀는 머리를 숙이고는 고개를 좌우로 흔들었다. 묵직한 머리카락들이 흩날리고, 그 속으로 바람이 파고들었다. 긴 목을 숙인 채 그녀는 머리를 더 세차게 흔들었다. 순간 밝은 햇살이 몰려들면서 그녀의 흩날리는 머리칼 위에서 반짝였다. 자신의 머리칼에 파묻힌 모드는 황금빛 모발이 무리 지어 흔들거리는 모양을 보며 눈을 감았다. 감긴 눈에서 주홍의 핏발이 어른거렸다.

롤런드는 지금까지 자신을 꼭 붙들고 있던 그 무엇이 내부에서부터 차츰 느슨해지는 느낌을 받았다.

그는 말했다. 「마음이 한결 편안해졌어요.」

머리를 한 손으로 쓸어 젖힌 모드는 얼굴을 약간 붉히며 롤런드를 쳐다보았다.

「그래요. 기분이 훨씬 좋아졌어요.」

15

그렇다면 사랑은
전기 충격과도 같은 흥분이나
대지 내부의 뜨거운 불길이
화산 폭발로 분출되며 발하는
천둥 소리와 같은 굉음,
그 이상이 아닌가요?
우리는 자동 인형인가요
아니면 천사와 같은 존재인가요?

— R. H. 애쉬

  기차의 객실 안에 두 남녀가 서로 마주 앉아 있었다. 아무런 말도 없이, 매우 정숙한 모습이었다. 두 사람은 각자 무릎 위에 책을 펼쳐 놓고 있었고, 기차의 흔들림이 잦아질 때마다 책을 눈에 가까이 했다. 남자는 발목을 서로 엇갈린 자세로 좌석 한쪽 구석에 등을 편하게 기대고 있었다. 새치름한 표정의 여자는 책에서 거의 눈을 떼지 않았다. 물론 이따금씩 뾰족한 턱을 들어 올려 차창 밖으로 스쳐 지나가는 시골 풍경들을 응시하기도 했다. 누군가가 옆에서 그 두 사람을 지켜보았더라도 그들이 서로 아는 사이로 함께 여행하고 있는지, 아니면 서로 모르는 사람들인지 잘 구분되지 않았을 것이다. 두 사람의 눈길이 서로 마주치는 경우가 드물었고, 또 설혹 마주친다 하더라도 둘 다 무표정한 얼굴에 신중한 태도를 취했기 때문이었다. 그리고 한참을 지켜본 뒤 내릴 수 있는 결론이라고 해야 고작 남자가 여자를 대단히 받드는 듯한 태도를 취하고 있다거나 또 그 여자에게 상당한 관심을 지니고 있다는 것뿐이었다. 여자가 책을 내려다보든, 차창 밖으로 쏜살같이 스쳐 지나가는 들판과 가축 떼를 응시하든, 남자의 시선이 잠시도 그녀에게서 떨어지지 않았기 때문이었다. 물론 그 남자의 눈길이 사색에 잠긴 눈빛인지, 호기심 가득한 눈빛인지는 구분하기가 매우 힘들긴 하겠지만……

그는 매우 잘생긴 남자였다. 짙은 갈색 머리, 곱슬거리는 곳마다 빛을 받아 반짝거리는 적갈색이 슬쩍슬쩍 드러나는 멋진 머리칼, 마로니에처럼 연한 갈색의 윤이 나는 턱수염, 대단히 지적인 인상을 풍기면서 또 한편으로는 따뜻하고 감정이 풍부한 사람의 분위기를 내보이고 있는 넓은 이마, 다소 거칠어 보이는 두터운 눈썹, 세상을 두려움없이 바라보는 듯한 자신감에 넘쳐 있으면서 뭔가 숨기고 있는 듯한 커다랗고 검은 두 눈, 그리고 오똑한 코와 굳게 다문 입 — 이런 그의 얼굴을 보면 그가 자기 자신을 잘 알며, 또한 세상을 어떤 식으로 살아야 하는지 나름의 결심이 선 인물임을 알 수 있었다. 그가 무릎에 올려놓고 있는 책은 찰스 라이엘 경의 『지질학 원리』였다. 그는 집중해서 책을 읽을 때는 굉장히 속도가 빨랐다. 그의 복장은 세련되었으면서도 과장이 없는 차림이었다. 누군가가 옆에서 그를 관찰했다 하더라도 그가 과연 적극적이고 활동적인 삶을 살아가는 사람인지, 아니면 명상적이고 관조적인 삶을 살아가는 사람인지 분간하기 어려웠으리라. 그의 얼굴은 결심을 하고 결정을 내리는 데 익숙한 표정이기도 했지만 그 이면에는 〈깊이, 오래 생각하는〉 사람의 인상을 진하게 풍기고 있었기 때문이었다.

여자의 옷차림은 적극적으로 시대의 유행을 따르는 스타일은 아니었지만 그런대로 섬세하고 우아한 분위기를 자아내기에 족했다. 그녀는 회색 줄무늬의 모슬린 정장을 입고, 그 위로 엷은 비둘기색 바탕에 푸른색의 화려하고 정교한 무늬가 새겨진 페이즐리 직물 인디언 숄을 걸친 모습이었다. 또한 머리에는 회색의 작은 실크 보닛 모자를 쓰고 있었으며, 모자에는 장식으로 장미꽃 봉오리가 몇 개 달려 있었다. 그녀는 정말 살결이 흰, 새하얀 피부를 가진 여자였다. 그리고 적당히 큰 두 눈에는 햇빛의 변화에 따라 오묘한 색의 변주를 보여 주는 묘한 초록빛이 서려 있었다. 그렇지만 엄밀한 의미에서 미인은 아니었다. ― 비록 얼굴 윤곽이 또렷하고 입 또한 우아한 곡선을 이루며 차분한 인상을 주었지만 조금 긴 듯한 얼굴에다 갓 피어나는 젊음의 홍조 따위도 없었다. 치아는 섬세하게 음식의 맛을 구분하기에는 조금 커 보이기도 했지만 그래도 하얗게 반짝이는 모양이 건강해 보였다. 그냥 눈으로 봐서는 이 여자가 결혼을 했는지 처녀인지 구분하기도 매우 힘들었다. 그리고 이 여자가 어떤 상황에 처해 있는지 알아내기란 더더욱 불가능해 보였다. 그녀를 둘러싸고 있는 모든 것들은 깔끔한 인상을 주었으며 또한 뛰어난 미적 감각으로 고른 듯하면서도 지나치게 화려한 구석은 없었다. 그렇다고 호기심 가득한 주변의 눈길에 거부의 흔적이나 인색함의 기미를 내보이지도 않았다. 그녀가 끼고 있는 자그마하고 하얀 장갑은 무척 부드러워 보였다. 그리고 간혹 기차의 진동 때문에 흔들리는 그녀의 스커트 자락 사이로 살짝살짝 모습을 드러내던 작은 발은 끈이 달린 옅은 녹색의 반짝이는 가죽 구두 속에 얌전히 감싸여 있었다. 그녀는 같이 여행하는 남자의 관심 어린 시선을 의식하고는 있었지만, 애써 그의 시선을 피하는 대신에 짐짓 모르는 척 태연한 태도를 취했다. 그런 점이 오히려 더 정숙하고 겸손한 여인의 태도인지도 몰랐다.

이 두 사람의 관계가 드러난 것은 그들이 탄 기차가 요크 지방을 훨씬 지난 다음에서였다. 그때가 되어서야 남자가 몸을 앞으로 기울이며 매우 정중한 어조로 그녀에게 어디 불편한 곳은 없는지, 피곤하지는 않은지 물어보았기 때문이었다. 요크를 지나자 객차 안에는 다른 승객들이 아무도 없었다. 요크에서 기차를 갈아타거나 요크가 최종 목적지인 승객들이 전부였으며 말톤과 피커링을 지나 계속 여행하는 사람들이 없었기에 객차 안에는 그들 두 사람만 남게 되었다. 그제서야 그녀도 그에게 시선을 주면서 자신은 전혀 피곤하지 않다고 대답했다. 그러고는 잠시 무슨 생각을 하더니 이내 자기가 피곤함을 느낄 여유있는 마음의 상태도 아니라고 덧붙였다. 그 말과 동시에 그들은 서로 얼굴에 미소를 지어 보였다. 곧이어 남자는 몸을 앞으로 더욱 기울이더니 그녀의 장갑 낀 작은 손 하나를 살며시 잡았다. 가만히 놓여 있던 그녀의 손도 곧 그의 손을 꼭 잡았다. 그는 그들이 이곳으로 떠나오기 전에 서로 논의했어야 했던 문제가 있었는데 너무 급히 서둘러 출발하는 바람에 미처 꺼내지 못했다며 다시 말문을 열었다. 그러곤 좀 듣기 거북하고 신경이 쓰이는 문제이긴 하지만 마음만 먹으면 쉽게 풀릴 수 있다는 말로 그녀를 안심시키려고 했다.

사실 그는 그들이 킹즈 크로스를 떠날 때부터 그 문제를 언급해야겠다고 다짐했었지만 어떻게 얘기를 꺼내야 할지,

그녀가 어떤 반응을 보일지, 도대체 감을 잡을 수 없어 망설였던 것이다.

그녀는 무슨 애긴지 들어 볼 테니 말하라고 하면서 그의 손 안에 있는 자신의 작은 손을 동그랗게 오므렸다. 그는 다시 그녀의 손을 꼭 쥐었다.

「우리는 지금 함께 여행하고 있는 중입니다. 우리는, 아니 당신은 마음먹고 이곳으로 왔죠. 그런데 궁금한 것은 그대가…… 당신이 이 순간 이후 저하고 따로 떨어져 다른 곳에 숙박을 할지…… 아, 아니면 제 아내인 것처럼 행동하며 같이 여행을 할지…… 참으로 대단한 마음의 결정을 내리는 일이 될 테고, 또 여러 가지 불편과 거북함이 뒤따르는 일이긴 합니다만…… 제가 스카버러에 부부가 함께 묵을 수 있는 방을 잡아 두었습니다. 가명을 써서 다른 방을 잡을 수도 있지만……. 아니면, 당신이 저의 제안을 받아들이고 싶지 않으면 어디 다른 곳에 따로 방을 잡아도 됩니다. 불쑥 이런 말을 해서 미안합니다. 정말로 당신이 무엇을 원하는지 알고 싶어서 그랬습니다. 아주 기분이 좋은 상태에서 출발했기 때문에 자연히 그런 마음이 생기더군요. 하지만 결정은 당신이 내리세요.」

「전 당신하고 같이 있고 싶어요.」 그녀가 말했다. 「당신 말대로 이미 마음의 결정을 내렸어요. 그렇게 해야 한다면 받아들여야죠. 언제부터 그런 마음이 생기셨는지는 모르겠지만 저를 당신의 아내라고 불러 주니 굉장히 행복하다는 생각이 들어요. 저는 그렇게 이해했어요……. 그리고 저는, 아니 우리가 이미 그렇게 결심한 것 아닌가요?」

그녀는 또박또박 빠른 속도로 말을 이어 나갔다. 장갑 낀 그녀의 손이 그의 손아귀에서 꼼지락거렸다. 그는 여전히 침착한 어조로 조용히 말을 받았다.

「깜짝 놀랐습니다. 정말 대단히 관대한……」
「어쩔 수 없잖아요.」
「그렇다고 슬픈 표정을 짓지도 않고, 의심 어린 눈길을 보이지도 않고, 또……」
「그럴 필요 없잖아요. 이건 필연이에요. 잘 아시면서……」 그녀는 이 말과 함께 고개를 돌려 창밖을 내다보았다. 먼지 낀 차창 밖으로 한가한 들녘의 풍경이 천천히 지나가고 있었다. 「물론 겁이 나요. 하지만 그건 중요치 않아요. 이전의 모든 생각과 모든 근심들이 이제는 더 이상 그리 중요한 것 같지 않아요. 한 번 떠올랐다 사라질 생각이나 근심은 아니지만 어쨌든 그런 것 같아요.」
「나중에 후회하시면 안 됩니다.」
「그런 말씀 하지 마세요. 당연히 후회하겠죠. 당신도 그럴 거예요, 안 그럴까요? 하지만 그것 역시 지금 이 순간에는 중요하지 않아요.」
잠시 그들은 아무 말도 없었다. 그가 다시 말 하나하나를 신중히 선택하며 조심스럽게 입을 열었다.
「만일 당신이 제 아내가 되어 같이 여행하는 의미로 받아들이신다면 이 반지를 받아 주세요. 우리 가족의 반지죠. 원래 어머니가 끼시던 겁니다. 데이지 꽃이 새겨진 그냥 평범한 금반지예요.」
「이미 끼고 있는 반지가 있는데…… 케르코즈의 소피 대고모님께서 끼시던 거예요. 녹색 비취인데 S자가 새겨진 단순한 반지예요.」
「그럼 제 반지 안 받으시겠군요?」
「아니, 그런 말은 안 했잖아요. 전 그냥 어떤 마음으로, 어떤 결심을 하고 왔는지 그 증거를 보여 드릴려고 했을 뿐이에요. 당신의 반지, 기꺼이 끼고 다니겠어요.」

504

그는 그녀가 끼고 있던 작고 하얀 장갑을 벗겨 낸 다음, 그녀의 손가락에 끼여 있던 녹색 비취 반지 위에 자신의 반지를 끼워 주었다. 반지 두 개가 나란히 손가락을 장식했다. 그가 끼워 준 반지는 약간 헐렁한 감이 없지는 않았지만 그래도 잘 맞는 편이었다. 그는 무슨 말인가를 하고 싶었다. ─ 〈이 반지와 더불어 나 그대와 백년가약을 맺으며, 온몸을 다 바쳐 그대를 사랑하리니.〉 그러나 진심에서 우러나온 이 좋은 말이 실상은 두 여성을 동시에 배반하는 말일 수 있었다. 말없는 두 여인의 모습이 그의 눈앞에 어른거렸다. 그는 그녀의 작은 손을 꼭 쥐고는 자기 입술에 갖다 대었다. 그러고는 다시 뒤로 물러나 앉으며 그의 손에 들어 있는 그녀의 장갑을 만지작거렸다. 그는 그 가죽 장갑의 손가락들을 다시 제 모양으로 만든 다음 구겨진 부분들을 부드럽게 문질러 펴기 시작했다.

런던에서부터 줄곧 그는 맞은편의 접근할 수 없는 좌석 한쪽 구석에 앉아 있는 그녀의 실제 모습을 보며 몹시 혼란스러웠다. 사실 그는 여러 달 동안 그녀의 모습을 머릿속에 그리며 상상 속에 빠져 있었다. 그녀는 어느 탑 속의 공주처럼 먼 곳에 갇혀 있는 존재였다. 오직 그의 상상력의 힘을 빌려서만 그녀의 모습, 그녀의 모든 모습을 그리고 느낄 수 있었다. 그녀의 우아함과 신비함, 사람의 마음을 자석처럼 끌어당기는 눈처럼 하얀 그녀의 순수성, 그리고 날카롭게 쏘아볼 때나 감겨 있을 때나 녹색의 빛을 발하는 두 눈.

그러나 그녀의 실제 모습을 그려 내기란 불가능했다. 아니, 더 엄격히 말해서 그것은 상상 속에서나 가능한 일이었다. 그런데 지금 그녀가 그 앞에 있으니 ─ 그는 열심히 그녀의 모습을 뜯어보았다. 그가 꿈꾸던, 아니 꿈속에서 잡으려고 애쓰던 모습과 닮은 모습인지 아니면 다른 모습인지…….

＊＊＊

　그는 워즈워스와 고독한 하이랜드 처녀의 이야기에 많은 감동을 받았었다. 처녀의 매혹적인 노랫소리를 들은 시인은 불멸의 시를 쓰기 위해 정성을 쏟는 만큼 그 노래에 귀 기울였다. 그러다가 시인은 더 이상 그녀의 노래에 귀를 기울이지 않게 된다. 그는 자기 자신이 다른 사람이 되어 있음을 발견한 것이다. 그는 더 많은 정보와 더 많은 사실, 더 자세한 사실들을 캐내려고 애쓰는 시인이었다. 아무리 사소하더라도 그의 관심 밖으로 밀려나는 것은 아무것도 없었으며, 무엇 하나 중요치 않은 것이 없었다. 시인은, 자신이 할 수만 있다면, 개펄에 그려진 잔물결 하나하나, 바람과 조수가 은밀히 남겨 놓은 흔적 하나하나도 다 그려 내고 싶었다. 지금, 이 여자에 대한 그의 사랑이 바로 그러했다. 잘 안다고는 하지만 전혀 아는 바가 없는 이 여자에 대한 그의 사랑이 그녀에 관해 더 자세한 것을 알고 싶어하는 갈망으로 바뀌었다. 그는 그녀를 요모조모 살펴보았다. 관자놀이 근처에서 동그란 곡선을 그리고 있는 그녀의 머리칼 하나도 놓치지 않았다. 윤기 나는 은빛 금발에는 싱그러운 기운이 서려 있었다. 녹이 슬어 썩어 가는 푸른 청동의 빛이 아니라 은빛으로 반짝이는 어린 나무 거죽이나 갓 피어난 목초의 푸른 다발 속에 은은히 드리운 푸른 그늘처럼 건강한 식물의 푸른 수액이 머리카락 속에 뿌려진 듯했다. 그리고 그녀의 눈 또한 푸른빛으로 반짝였다. 초목의 푸르름, 공작석의 푸른빛, 모래를 안고 밀려가는 바닷물의 연한 푸르름이었다. 두 눈 위의 속눈썹은 은빛으로 반짝였고, 눈에 띌 만큼 두꺼웠다. 얼굴은 그렇게 다정한 생김새가 아니었다. 윤곽은 또렷하지만 그렇게 아름다운 얼굴은 아니었다. ── 다소 단단해 보이는 인상에

506

관자놀이와 약간 홀쭉하게 파인 뺨이 두드러져 보였고, 그가 항상 푸른 기운이 서려 있을 거라고 상상했던 뺨에는 홍조가 그림자처럼 드리워져 있었다.

그가 그다지 다정다감해 보이지 않는 그녀의 얼굴을 사랑한다면 그것은 그녀의 얼굴에서 나타나는 어떤 분명함과 날카로움 때문이었다.

그녀 얼굴의 이런 특징들이 얼마나 진부한 언어적 표현에 의해 — 가령, 근엄한 얼굴이니, 임시방편으로 인내하고 있는 얼굴이니, 혹은 차분하게 보이지만 실상은 오만함이 깃들어 있는 얼굴이니 하며 — 위장되고 거듭 감춰졌는가. 무척 기분이 나쁠 때에도 — 비록 그는 그녀에게 사로잡혀 있었지만 이것만은 분명히 깨달을 수 있었다. — 그녀는 그저 얼굴을 돌리며 고개를 숙이고는 새침한 미소를 지을 뿐이었다. 거의 기계적인 억지웃음이었지만 진실한 미소는 아니었다. 말하자면 세상의 기대에 어쩔 수 없이 잠시 따를 수밖에 없다는 투의 그녀 나름의 관례화된 표정이었다. 그는 전에 크랩 로빈슨 씨 댁 조찬 모임 식탁에서, 논쟁을 벌이는 사람들의 말에 귀 기울이며 은밀한 관찰자로 앉아 있던 그녀의 모습으로부터 그녀의 본질이 무엇인지 금방 알아차릴 수 있었다. 대부분의 남자들이, 그녀의 얼굴에 감추어져 있는 거칠고 날카롭고 절대주의자적인 면을 발견하였다면 분명 그녀에게서 뒷걸음질쳐 물러났을 것이다. 그녀는 그녀가 벌을 가하고 명령하기를 은근히 바라는 소심하고 허약한 남자들이나 사랑할 여자였다. 아니면, 은근하면서도 차가운 그녀의 표정이 바로 여성의 순결함과 순수성을 보여 주는 얼굴 표정이라고 — 적어도 당시의 많은 사람들은 속이야 어떻든 겉으로는 그런 얼굴을 좋아했었다 — 생각했던 숙맥과도 같은 남자들이나 사랑했을 여자였다. 그러나 그는 그녀를 본 순간, 바로 이 여자가 실제로 어떻든 자신을 위해 존재하는, 즉 자신과 관련을 맺을 수밖에 없는 그런 여성이라고 생각했다.

＊＊＊

그들이 묵은 숙박업소는 카미쉬 부인이라는 여자가 운영하고 있는 집이었다. 그녀는 바이외 태피스트리[1]에 그려진 것처럼 옛날 이곳 해안에 긴 배를 타고 와 정착했던 고대 북구인의 모습을 닮아 짙은 눈썹에 험상궂은 얼굴을 한 키 큰 여자였다. 그 여주인과 그녀의 딸이 그들의 짐을 들어 주었다. 모자 상자, 철제 트렁크, 채집 상자, 그물, 휴대용 필통 등 짐이 많은 상태로 보아 그들이 뭔가 고상하고 대단한 일을 하는 사람으로 보였음에 틀림없었다. 짐을 다 옮기고, 그런대로 제대로 가구가 갖춰진 침실에 단둘이 남아 여행복을 갈아입던 그들은 갑자기 꿀먹은 벙어리처럼 서서는 서로를 바라보았다. 그가 양팔을 펼치자 그녀는 「지금은 곤란해요, 아직은……」이라는 말과 함께 그의 팔에 안겼다. 그 역시 「압니다. 지금은 안 되지요」라고 다정하게 말을 받았다. 그녀가 조금 긴장을 푸는 듯했다. 그는 그녀를 이끌고 창가로 갔다. 절벽 위라서 그런지 긴 모래밭과 은색 바다가 한눈에 들어왔다.

「저기가 독일해입니다. 내부에 생명이 살고 있는 은색의 강철 같지요?」 그가 말했다.

「전 가끔, 어떤 의미에서 제 고향이랄 수도 있는 브르타뉴 해안에 가보고 싶은 생각이 들어요.」

「그곳의 바다엔 가본 적이 없습니다.」

1 Bayeux Tapestry, 길이가 약 70m이고 폭이 20cm인 자수 린넨 태피스트리로 1066년 영국을 정복한 노르만인의 모습을 그려 넣은 것.

「굉장히 변화무쌍한 바다예요. 어느 날은 맑고 푸르다가, 또 어느 날은 난폭스럽게 변해 곳곳에 모래가 날리고 음침한 기운을 뿌리죠.」

「우리, 그곳에도 가봐야겠군요.」

「아니, 아녜요. 이곳으로 충분해요. 더 이상은…….」

그들에게는 그들만이 따로 쓰는 식당이 마련되었다. 그곳으로 카미쉬 부인이 한 열두 명은 먹어도 될 만큼 푸짐한 식사를 암청색의 테두리에 도톰한 핑크색 장미꽃 봉오리가 군데군데 그려진 접시에 담아 내왔다. 튜린 접시에 담긴 수프, 감자와 메를루사 고기를 함께 끓인 것, 커틀릿과 콩요리, 칡가루를 바른 빵과 당밀을 섞은 과일 파이 등이 있었다. 크리스타벨 라모트는 포크를 집어 음식을 접시 한쪽으로 밀었다. 그러자 카미쉬 부인이 애쉬에게, 부인이 좀 야윈 것 같은데 바닷바람도 좀 쐬고 좋은 음식도 많이 먹어야겠다고 일러 주었다. 여주인이 나가고 두 사람만 남자 비로소 크리스타벨이 입을 열었다.

「별로 맛이 없어요. 그리고 집에서는 아주 조금씩밖에 안 먹어서…….」

애쉬는 집 생각을 하는지 잠시 얼굴이 굳어지는 그녀의 모습을 보고는 편안하게 말해 주었다.

「주인 여자들이 하는 얘기에 신경 쓸 것 없어요. 하지만 그녀 말이 옳긴 옳아요. 당신은 바닷바람 좀 쐬야 해요.」

그는 그녀를 쭉 지켜보았다. 누가 봐도 그녀는 그의 아내라고 여겨질 만한 그 어떤 행동도 보이지 않았고, 그 또한 그 사실을 잘 알고 있었다. 그녀는 그에게 아무것도 건네주는 것이 없었으며, 그의 앞으로 다정하게 몸을 기울이는 법도 없었고, 그에게 어떤 존중이나 경의의 표시도 하지 않았다. 오히려 그녀는 그가 보고 있지 않을 때는 다소 매서운 표정을 지으며 그를 지켜보곤 하였다. 그 표정은 분명 염려나 애정을 담은 것이 아니었으며, 그렇다고 그가 그녀에 대해 가지고 있는 호기심 어린 표정도 아니었다. 그녀는 열대 정글에서 사는 어떤 빛나는 깃털을 지닌 새가 기둥에 묶여 주위를 눈여겨보듯 그를 바라보았다. 아니, 바위투성이의 북부 지방에서 날아온 빛나는 눈을 지닌 매 한 마리가 다리는 비록 가죽끈에 묶였지만 온갖 위엄의 자태로, 여전히 고고한 태도로 이따금씩 날개를 퍼덕이며 사람들의 모습을 지켜보는 표정이었다. 자존심을 잔뜩 머금은, 그러나 상당히 불편한 표정, 바로 그것이었다. 그녀는 소매를 걷어 올리고 의자에 몸을 맡겼다. 그는 이 상황을 바꾸고 싶었다. 아니, 바꿀 수도 있었다. 그는 자신이 그녀를 〈알고 있다〉고 믿고 있었다. 그녀에게 당신은 자신의 소유가 아니라고 알려 주고 싶었으며, 그녀가 자유롭다는 것을 보여 주고 싶었다. 그는 그녀의 날개가 반짝이며 퍼덕이는 것을 보고 싶었다. 그가 말했다.

「필연에 관한 시 한 편이 생각났어요. 당신이 기차 안에서 말한 그 필연에 관한…… 한평생을 살면서 우리는 우리가 하는 일이 정말 엄밀한 의미에서 불가피했다고 느끼는 적이 거의 없을 겁니다. 필연적이라 ── 죽음은 그런 것이죠. 만일 죽음이 서서히 다가온다는 것을 안다면 우리는 이제 삶이 완결되고 있다는 사실을 분명히 인식해야 하겠죠. 그렇게 되면 더 이상의 어쭙잖은 선택이나 쓸데없는 거부가 무슨 필요 있겠습니까. 우리네 인생이 언덕을 따라 굴러가는 공과 같을 텐데 말입니다.」

「되돌아올 가능성이 없는데 말이죠? 앞으로 전진하는 군대와도 같다고 할 수 있어요. 실제로는 돌아올 수 있으면서도 그 사실을 믿지 않고 오직 한 가지 목적지를 향해 지친 몸을 이끌고 전진하는⋯⋯.」

「당신은 어느 때고 돌아갈 수 있습니다, 만일⋯⋯.」

「제가 말씀 드렸잖아요, 전 그럴 수 없다고요.」

***

그들은 바닷가를 따라 걸었다. 그는 그들의 뒤로 이어진 발자국들을 바라보았다. 물결의 끝자락이 그어 놓은 선을 따라 직선으로 이어진 그의 발자국들, 그리고 뱀이 지나간 흔적처럼 그의 발자국에서 멀어졌다가 다시 그의 것과 만나는 그녀의 발자국들. 그녀는 그의 팔을 잡지도 않았다. 다만 한두 번씩 다시 그의 곁으로 다가올 때만 그의 팔을 잡았으며, 그러다간 이내 그의 곁에서 빠르게 발걸음을 옮겼다. 그들의 발걸음은 빠르게 이어졌다. 그가 그녀에게 말했다.「잘 걷는데요. 보조가 잘 맞아요.」

「저도 그럴 거라고 생각했어요.」

「저도 그렇게 생각했습니다. 어떻게 보면 우리는 서로를 아주 잘 알고 있는 것 같습니다.」

「또 어떻게 보면 전혀 그렇지 않아요.」

「그거야 차츰 알게 되면.」

「전부를 다 알 순 없어요.」 그녀는 다시 그의 곁에서 떨어졌다. 갈매기 한 마리가 소리를 질렀다. 늦은 오후의 석양이 서서히 물들고 있었고, 한 자락의 바람이 바다에 잔물결을 일으켰다. 푸른빛과 은빛이 한데 어우러진 바다였다. 그는 내면에 폭풍을 안고 조용히 걸었다.

「여기에 물개가 있을까요?」 그녀가 물었다.

「물개요? 없을 겁니다. 더 북쪽으로 가야죠. 노섬버랜드 해안이나 스코틀랜드에 가면 물개 여자, 즉 인어에 관한 전설이 많이 있어요. 바다에서 나온 여인들, 가끔씩 육지로 나왔다간 다시 사라져야 하는 존재들.」

「전 물개를 본 적이 없어요.」

「저는 전에 스코틀랜드를 여행하다가 본 적이 있습니다. 사람의 눈처럼 매우 지적이고 눈물 가득한 눈을 가졌죠. 몸체는 둥글고 미끈하답니다.」

「거친 듯하면서도 친근한 모습이겠지요.」

「물속에서는 몸집이 거대하면서도 유연한 물고기처럼 민첩하게 헤엄치지만 육지에 올라오면 몸이 마비되어 말을 안 듣는지 살살 기다가 나뒹굴어지고 말지요.」

「인어에 관한 이야기를 쓴 적이 있어요. 변신에 관심이 있거든요.」

그는 그녀에게 〈당신은 인어처럼 내 곁을 떠나진 않겠지요〉라고 말하고 싶었지만 그럴 수가 없었다. 그녀는 그의 곁을 떠날 수 있으며, 아니 떠나야 하기 때문이었다.

그가 말했다. 「수수께끼 같은 말이겠지만, 변신이란 바로 우리가 동물 세계의 한 부분임을 보여 주는 방식입니다.」

「당신은 인간과 물개 사이에 어떤 본질적인 차이점이 없다고 믿으시나요?」

「차이점에 관해서라면, 그건 잘 모르겠습니다. 하지만 유사점은 굉장히 많죠. 손과 발의 뼈라든지 심지어 별나게 생긴 그 지느러미 같은 것까지, 그리고 두개골이나 척추도 마찬가지죠. 우리는 모두 물고기에서 시작됐으니까요.」

「우리의 영혼까지도요?」

「우리가 영혼이라고 부르는 것과 거의 구별이 안 될 정도로 뛰어난 지능을 지닌 존재들이 있어요.」

「당신은 영혼을 잃어버린 사람처럼 보여요. 좀더 소중하게 채워야 할 것 같아요.」

「비난하신다고 해도 별수 없습니다.」
「비난하려고 한 말은 아녜요.」

*＊＊

하루 해가 다 저물었다. 그들은 클리프 여관으로 되돌아와
식당에 앉았다. 차가 나왔다. 그는 차를 따르고, 그녀는 자리
에 앉아 그의 모습을 지켜보았다. 그는 마치 어수선하고 낯
선 방에서 여기저기 더듬거리는 장님처럼 행동했다. 어딘가
에 위험이 도사리고 있다는 어렴풋한 감각으로 주변 사물들
의 존재를 느낄 뿐이었다. 아버지에게서 아들로, 혹은 친구
에게서 친구로 전달되어 온 신혼여행 때 지켜야 할 예의규범
이 있었다. 반지와 성혼 서약서와 더불어 그런 규범들을 생
각할 때면 그의 목적이 흔들렸다. 하지만 지금은, 신혼여행
처럼 엄숙함과 정중함이 깃들어 있는 여행이기는 하지만 결
코 신혼여행이 아니었다.

「당신 먼저 올라가시겠습니까?」 그의 목소리는 여전히 가
볍고 다정했다. 그 긴 하루 동안 그런 목소리를 유지한다는
것이 그로서는 대단히 힘겨운 일이었다. 자리에서 일어나 그
를 바라보는 그녀의 얼굴엔 긴장된 듯하면서도 어딘가 우습
다는 표정이 담겨 있었다. 그녀는 미소를 지으며 대답했다.
「원하신다면요.」 그러나 그녀의 목소리는 전혀 복종이나 순
종에서 우러나온 목소리가 아니었다. 오히려 즐거워하는 듯
한 목소리였다. 그녀는 양초를 들고 나갔다. 그는 차를 더 따
랐다. ── 차라리 코냑을 마시고 싶은 생각이 간절했다. 그러
나 카미쉬 부인이 그런 데까지 신경 쓸 여자는 아니었던 듯하
고, 그 자신 역시 여행 가방 속에 술 종류를 넣어 올 생각은
미처 하지 못했다. 그는 길고 가는 잎담배에 불을 붙였다. 그

러고는 그의 희망과 기대를 생각했지만 뭐라 적절히 표현할
길이 없었다. 완곡하게 표현하는 방법도 있을 테고, 남성들이
흔히 그러하듯 투박하고 거친 표현도 있을 테고, 또 책에서
인용할 수도 있었다. 그는 자신의 이전의 삶을 생각하고는 무
엇보다 책을 생각했다. 매캐한 연기를 내며 타는 난로 주변을
서성이며 그는 셰익스피어의 『트로일러스』를 기억해 냈다.

어떻게 될 것인가.
물맛이 정말 세 번씩 거듭 정수된
사랑의 감로맛이라면?

그는 발자크도 생각했다. 그로부터 많은 것을 배웠다. 물론
그중에는 틀린 부분도 있었고, 또 어떤 것들은 너무 〈프랑스
적〉이어서 그가 살고 있는 세계에서는 별로 쓸모가 없기도 했
다. 위층으로 올라간 여자가 바로 어느 면에서는 프랑스인과
같은 속성을 지니고 있었고, 또 독자였다. 그녀가 수줍음도
타지 않고 또 놀라울 정도로 직설적인 면을 내보이는 것도 그
런 연유에서인지 몰랐다. 그렇지만 발자크의 냉소에는 늘 낭
만적인 데가 있었다. ── 정말 대단한 품격이었다. 〈불쾌감.
그것이 현명한 시각이다. 그러나 한번 누군가에게 홀리고 나
면 사람들은 애정을 현실적으로 받아들이게 된다.〉 왜 그럴
까? 왜, 혐오나 불쾌감이 욕망보다 더 현명한 것으로 받아들
여지는가? 이 말들은 다 그 나름의 리듬을 지니고 있다. 그는
떠올려 보았다. 어린 시절, 아주 어린 시절, 가슴 아픈 깨달음
이었지만 그는 자신이 싫든 좋든 어쩔 수 없이 언젠가는 어른
이 된다는 사실을 알았다. 그는 영국 소설 『로더릭 랜덤』[2]을

2 Roderick Random. 영국 초기의 소설가인 토비아스 스몰렛Tobias
Smollett(1721~1771)이 1748년에 발표한 첫 소설.

기억해 냈다. 인간의 조건과 인간의 여러 결점들에 대해 대단한 혐오를 담고 있었지만 발자크 류의 인간 정신 습속에 대한 치밀한 해부나 분석은 결여된 작품이었다. 결과는 해피 앤딩이었다. 마지막에 주인공은 침실로 통하는 문가에 남겨진다. 그런 다음 마치 그 작품의 후기인 양 주인공이 침실 안으로 들어가는 장면이 나온다. 그리고 그의 애인은 ── 그는 그 이름을 기억해 낼 수 없었다. 셀리아인지 소피아인지, 그녀는 어떤 면에서는 전혀 개성이 없이 육체적 정신적 완벽함을 보여 주는 존재, 혹은 좀더 정확히 말하면 남성들의 상상 속에 이상적인 여성으로 나타날, 그런 여자였다. ── 아무튼 그 여자가 속이 다 비치는 헐렁한 실크 드레스를 입고 나타난다. 곧 그녀는 실크 드레스를 머리 위로 벗어던지고는 주인공과 독자에게로 돌아선다. 그러고는 휴식과 약속을 그들의 몫으로 남겨 놓는다. 바로 그 순간이 주인공의 진가를 판별하는 시금석과도 같은 순간이었다. 그 소설을 읽을 때 그는 어린 소년이었기 때문에, 아니 지금도 마찬가지지만, 실크 드레스가 어떤 것인지 알지 못했다. 그저 기껏해야 불그레한 알몸으로 드러났을 팔과 다리 등등을 어렴풋이 그려 볼 수 있을 뿐이었다. 그래도 몸이 떨리고 흥분되었던 기억이 떠올랐다. 그는 이리저리 서성거렸다. 과연, 위층에 있는 이 여자는 자신을 기다렸다는 듯이 맞이할까? 그는 발걸음을 옮겼다.

층계는 매우 가팔랐다. 윤이 반지르르한 목조 층계였으며, 검붉은 융단이 깔려 있었다. 카미쉬 부인은 집을 잘 가꿔 놓은 편이었다. 나무들마다 밀랍으로 꼼꼼하게 잘 닦았는지 냄새가 아직 가시지 않았으며, 융단을 고정시키기 위해 박아 놓은 황동못마다 빛이 반짝였다.

침실에는 초록 바탕에 장미꽃들이 격자무늬로 그려진 벽지가 둘러져 있었다. 화장대 하나, 옷장 하나, 커튼이 쳐진 반

침, 가죽을 댄 팔걸이에 둥글게 휘어진 다리가 달린 안락 의
자 하나, 그리고 깃털을 넣은 매트리스가 여러 겹 놓여 있어
웅장하게 보이는 큼직한 황동 침대 하나 — 침대의 매트리
스 위에 그녀가 그를 기다리며 앉아 있었다. 그녀는 다소 빳
빳한 듯 보이는 뜨개질한 하얀 침대보와 누비이불을 가슴 높
이까지 치켜 올린 채 그를 바라보았다. 물론 그녀의 드레스
는 헐렁한 실크 드레스가 아니었다. 목둘레는 얕게 파여 있
고, 정교한 주름 장식이 있는 발목과 손목 부분의 가장자리
에는 레이스가 달려 있으며, 린넨으로 만든 작은 단추들이
채워진 흰색의 얇은 고급 면 나이트 드레스. 촛불의 불빛을
받은 그녀의 얼굴은 하얗게 반짝이고 있었다. 핑크빛의 따뜻
함 따위는 전혀 없었다. 머리칼 역시 가늘고 고운 은빛으로
빛났다. 여러 타래로 곱게 땋은 머리여서 그런지 마치 용수
철이 튀어 오르듯 살아 움직일 것 같은 곱슬곱슬한 머리가
촛불 빛에 금속처럼 빛나며 목과 어깨를 살짝 가리고 있었
다. 그러나 그 속에도 역시 푸른 기운이 흘렀다. 칼처럼 날카
로운 잎의 식물이 심어져 있는 화분, 그 화분을 올려놓는 장
식 그릇에 촛불이 반사되어 나타났기 때문인가. 그녀는 아무
말 없이 그를 바라보았다.
　다른 많은 분별없는 여성들과는 달리 그녀는 자신의 옷가
지나 물건들을 방 여기저기 늘어놓지 않았다. 그녀가 벗어
놓은 크리놀린 스커트가 철사로 된 버팀 살대와 가죽띠 때문
에 흡사 흔들리다 주저앉는 새장처럼 의자 위에 얹혀 있었
고, 의자 아래로는 작은 초록색 부츠가 가지런히 놓여 있었
다. 머리빗이나 화장품 같은 것은 눈에 띄지도 않았다. 그는
촛불을 훅 불어 끄고는 어둠 속에서 옷을 벗었다. 그녀는 그
런 그의 모습을 지켜볼 뿐이었다. 그가 고개를 들자 두 사람
의 눈이 마주쳤다. 그는 그녀가 얼굴을 다른 쪽으로 돌리고

누워 있으리라 생각했는데, 그게 아니었다.

그가 양팔로 그녀를 감싸 안자 그녀가 거친 목소리로 물었다.「두렵지 않으세요?」

「아니오, 전혀. 나의 인어, 눈처럼 하얀 나의 여인, 크리스타벨.」

***

그날은 그들이 함께 보냈던 낯설고 긴 밤들 가운데 첫날이었다. 그녀는 그의 정열만큼이나 강렬한 열정으로 그를 받아들였다. 그로부터 자신의 쾌락을 끌어내고, 쾌락에 몸을 맡기고, 단말마와도 같은 짧은 동물의 울음소리를 내며 그 쾌락을 움켜잡았다. 그녀는 그의 머리를 쓰다듬으며 그의 감긴 눈 위에 키스했다. 그러나 그 이상, 그를 즐겁게 해주는 어떤 구체적인 행동도 취하지 않았다. ─ 그들이 함께 지내야 할 여러 밤 동안 그러리라. 그는 생각했다. 마치 프로테우스[3]처럼 그녀는 움켜쥔 그의 손가락 사이를 유연하게 빠져나오는 액체와도 같은 존재였으며, 그의 주위에서 솟구치는 파도와도 같은 존재였다. 얼마나 많은 남성들이 그런 생각을 하는가. 각양각색의 기후 아래, 얼마나 많은 곳에서, 얼마나 많은 방과 객실과 동굴에서 뭇 남성들은 그들 스스로를 파도가 일렁이는 바다에서 헤엄치는 존재라고 생각하지 않았을까. 그들 스스로를 독특한 존재라고 생각하지 않았을까. ─ 아니, 그런 존재라고 알고 있지 않았을까. 여기, 이곳, 바로 이곳으로 그의 머릿속의 울림이, 그의 삶이 그를 이끌어 온 것이 아닌가. 지금까지의 모든 것이 바로 지금 이 순간의 행동, 이 장

3 Proteus, 바다의 신이며 여러 모습으로 변신하는 능력을 지닌 신.

소, 이 여성, 어둠 속에 하얗게 빛나는 이 여자, 이 방을 미끄러지듯 흘러가는 침묵, 이 숨가쁜 갈망을 위해 마련된 것이 아니었던가.「나를 거부하지 마오.」그가 말했다.「안 돼요.」그녀가 단호하게 대꾸했다. 더 이상 말해 봤자 소용이 없다고 생각한 그는 그녀를 누이고 애무하기 시작했다. 그녀가 비명을 질렀다. 그가 다시 말했다.「나, 당신을 알아요.」곧 그녀가 가쁜 숨을 몰아쉬며 대답했다.「그래요, 맞아요. 당신은 절 잘 알고 있어요.」

한참이 지난 뒤, 그는 잠에서 깨어났다. 잠결에 파도 소리 같은 것이 들렸기 때문이었다. 사실 파도 소리가 들릴 만한 곳이었지만 그가 들었던 소리는 파도 소리가 아니라 그의 곁에서 소리 죽여 흐느끼는 그녀의 울음이었다. 그는 한 팔을 뻗어 그녀의 목을 껴안았다. 조금은 어정쩡한 행동이었지만 그녀의 얼굴이 그의 목에 닿았고, 그녀는 그냥 그렇게 얼굴을 내맡기고 있었다.

「왜 그러는 거요?」

「아, 견딜 수가 없어요.」

「뭘 말이오?」

「지금 이 순간, 너무나 짧은 시간이에요. 어떻게 이 시간들을 그냥 잠을 자며 보낼 수 있단 말예요?」

「자, 진정해요. 그리고 지금 이 순간은 단지 시작에 불과하고, 우리가 세상의 모든 시간을 다 소유하고 있다고 생각해 봐요.」

「하루가 지나고 또 하루가 지나면 우리의 시간도 점점 흘러가고 말겠죠. 그러다간 종말이 찾아오고.」

「그렇다고 그 마지막 순간만을 생각하는 건 아니겠죠?」

「그런 건 아녜요. 지금 이 순간, 이곳이 바로 저의 지나간 과거가 흘러와 머문 곳이에요. 나의 시간이 시작된 이후 지금까지. 제가 이곳에서 다시 떠나간다면 그때는 이곳이, 이 순간이 중간점이 되겠죠. 과거의 모든 것이 흘러왔다간 다시 그 모든 것들이 떠나 버리는 중간 귀착점. 하지만 지금, 내 사랑 당신과 저는 이곳에 있어요. 그 밖의 다른 시간들은 모두 다른 곳으로 흐르고 있고요.」

「시적인 생각이오. 하지만 위안을 주는 원리는 아니군요.」

「당신도 아시잖아요. 좋은 시가 늘 마음을 편하게 해주지는 않잖아요. 제가 당신을 붙잡고 있는 이 밤은 우리의 밤이고, 또 첫날이고, 그래서 이 순간이 우리에게 가장 가까이 있는 무한의 시간이죠.」

그는 자신의 어깨에 파묻힌 그녀의 얼굴이 다소 굳어 있고, 또 눈물에 젖어 있음을 느낄 수 있었다. 그녀의 숨겨진 공동 속을 따라 흐르는 붉은 혈맥과 혈관들, 그리고 그 알 수 없는 생각들 — 이것들이 살아 움직이는 그녀의 머리, 그녀의 얼굴…….

「마음 편하게 가져요.」

「전혀 편하지가 않아요. 당신과 함께 있어서…… 그렇다고 다른 어느 곳으로 가고 싶지도 않아요.」

***

다음 날 아침 몸을 씻던 그는 자신의 허벅지에 묻은 핏자국을 발견했다. 지금까지 그는 그녀가 모르는 근본적인 문제들을 생각해 왔었다. 그런데 여기 그 오랜 증거가 나타난 것이다. 그는 몸을 닦던 스펀지를 들고 서서 그녀에 대해 골똘히 생각하기 시작했다. 대단히 섬세한 손길, 벌거벗은 욕망, 그리고 아직 처녀라는 증거. 그로서는 가장 명백하게 보이는 것조차 거부하고 싶은 마음이 들 때가 있었다. 그러다가 마음을 고쳐먹고 다시금 그것을 곰곰 생각하다 보면 점점 흥미로워지기도 했다. 그러나 그는 물어볼 수가 없었다. 괜한 추측을 한다든지 호기심을 내보이면 그 자리에서 바로 그녀를 잃어버릴 것만 같았기 때문이었다. 구태여 생각해 보지 않아도 알 수 있는 뻔한 일이었다. 이는 멜루지나의 금기와도 같았다. 그리고 그에게는 불운했던 레이몬딘과는 달리 분별없는 호기심을 내보일 만한, 그를 구속하는 이야깃거리도 없었다. 그는 가능한 한 모든 것을 알고 싶었다. ── 이번 경우도 예외는 아니었다. 그러나 그는 그가 알아낼 수 없는 일에 대해 쓸데없는 호기심을 보일 만큼 어리석지는 않았다. 그녀역시 그 모든 것을 말해 줄 자신의 하얀 나이트 드레스를 짐꾸러미 속에 이미 치워 버린 듯했다. 다시는 그녀의 드레스가 눈에 띄지 않았기 때문이었다.

***

　정말 유쾌한 나날이었다. 그녀는 그의 표본 채집을 기꺼이 나서서 도와주었으며, 채집을 한답시고 이 바위 저 바위 위로 끙끙거리며 열심히 기어올랐다. 필리 브리그에서는 피바디 부인과 그녀의 가족이 쓸려 내려갔다는 바위 위에 올라서서 괴테의 사이렌처럼, 호메로스의 사이렌처럼 노래를 부르기도 하였으며, 또한 바람에 은발 머리를 휘날리며, 크리놀린 치마와 페티코트의 반이 몸 뒤로 날리도록 황야 지대를 용감하게 뛰어다니기도 했다. 또 어느 곳에서는 뗏장을 태우는 불가에 앉아 석쇠에 새끼 농어를 굽고 있는 한 노파의 손길을 물끄러미 바라보기도 했다. 그녀는 낯선 사람들에게 거의 말을 걸지 않았다. 자연히 사람들에게 이것저것 물어보며 친근감을 주고 여러 가지 사실들을 알아내는 역할은 그의 몫이 되었다. 그가 어떤 시골 사람을 붙잡고 약 반시간 동안 동물들의 교미와 불타 버린 황야와 이탄 덩어리를 잘게 부수는 일 등에 관해 이야기를 나누고 나자 그녀가 말문을 열었다.

「랜돌프 애쉬 씨, 당신은 모든 사람들을 다 사랑하는 것 같아요.」

「당신도 사랑합니다. 그리고 더 확대시켜 애기하자면 당신을 조금이라도 닮은 그 모든 창조물들을 사랑하죠. 모든 창조물을 다 사랑합니다. 왜냐하면 우리가 바로 어떤 신성한 유기 조직의 작은 한 부분이기 때문입니다. 나름으로 숨을 쉬며, 여기저기서 살다 죽어 가지만 크게는 영원히 결속되어 있는 유기적인 삶의 구조 말입니다. 그리고 당신은 그 유기 조직의 신비스러운 완벽함을 구현하고 있는 존재이고요. 당신은 만물의 생명입니다.」

「오, 아녜요. 저는 그저 차가운 인간에 불과해요. 어제 아침 제가 숄을 걸치고 있을 때 카미쉬 부인이 말했어요. 만물의 생명은 바로 당신이에요. 이곳에 서 있는 당신, 만물을 다 끌어안고 있잖아요. 생기없고 활기없는 것들에 당신의 눈길이 닿기만 해도 모두 반짝이며 빛나잖아요. 멈추라고 해도 떠나 버리는 것들, 당신은 그 사라지는 것들에도 똑같은 관심을 보이시잖아요. 저는 당신의 그런 면을 사랑해요. 동시에 두렵기도 하고요. 저에게는 평정과 무(無)가 필요해요. 당신의 그 빛나는 광채 속에 오래 같이 있다가는 저 자신도 꺼져 가는 불빛으로 그냥 사라지리란 생각이 들어요.」

***

모든 것이 끝났을 때, 그들의 시간이 다 흘렀을 때, 그의 기억 속에 가장 먼저 떠오르는 것은 보글 홀이라고 불리는 곳에서 보낸 하루였다. 그들이 그곳에 간 이유는 그 보글 홀이란 말이 좋았기 때문이었다. 그녀는 수석이나 가시 많은 바다 생물들을 채집하듯 그들이 수집한 생경한 북부 지방의 단어들에 상당한 재미를 느꼈다. 어글반비, 저거 하우, 하울 무어. 더욱이 그들이 황야 지대를 지나다가 마주쳤던 여자 이름을 따서 지은 듯한 호수나 입석들의 명칭을 작은 공책에 적어 넣기까지 했다. 팻 베티, 낸 스톤, 슬래버링 시스. 그녀는 이런 말도 했었다. 「슬래버링 시스에 얽힌 무시무시한 얘기가 있어요. 금화 몇 닢만 주면 제가 해드릴 수 있는데…….」푸른 하늘과 밝게 빛나는 태양, 정말 좋은 하루였다. 그에게는 천지 창조의 시간을 떠올리게 하는 하루였다.

그들은 여름날의 목초지를 지나 높다란 울타리 사이로 난 좁은 사잇길을 따라 내려갔었다. 크림색의 인동과 얼키설키 뒤섞인 들장미들이 울타리를 온통 뒤덮고 있었다. 그 모습을 보고 그녀는 꼭 낙원의 태피스트리 장식 같다고 하며 달콤하고 향긋한 냄새를 맡으니 스웨덴보리가 꽃은 언어요, 꽃의 색과 향기는 그에 상응하는 말씨라고 얘기한 천상의 정원이 연상된다고 하였다. 방앗간에서부터 그 사잇길을 따라 내려온 그들은 막다른 작은 만으로 들어섰다. 그곳에 이르자 향긋한 꽃내음이 사라지고, 대신 소금물과 몸을 뒤집으며 나아가는 물고기와 둥둥 떠다니는 잡초들을 가득 안고 북구의 빙하로 흐르는 북해의 시원한 바람이 짭짤한 소금기를 가득 싣고 있었다. 조수가 밀려왔다.

그들은 절벽의 돌출된 암벽 아래로 바싹 붙어 발걸음을 옮겼다. 그는 민첩한 동작으로 씩씩하게 나아가는 그녀의 모습을 지켜보았다. 그녀는 팔을 뻗어 작고 여린 손가락으로 바위의 작은 틈새를 꼭 움켜잡으며, 구두를 신은 작은 발로는 미끄러운 바위 위의 안전한 디딤목을 더듬어 찾으며 나아갔다. 바위는 그곳 특유의 암회색 점판암으로 가는 홈이 마치 줄을 그어 놓은 듯 나 있었다. 긁어내면 껍질이 벗겨지듯 떨어져 나오는 바위였다. 상층부에서 붉은 흙더미와 함께 물이 떨어지는 곳을 제외하고는 대부분이 반들반들 빛나는 면 없이 우중충한 색조를 띠었다. 회색의 암반층에는 몸체를 둘둘 감은 모양의 암모나이트들이 군락을 이룬 듯 모여 화석이 되어 버린 규칙적인 둥근 잔물결 무늬가 가득했다. 바위 속의 생명체, 석화된 생명. 둥글게 땋아 올린, 은빛으로 빛나는 그녀의 머리 모양이 그 화석의 모양을 본뜬 것 같았다. 바람이 들어와 부풀어 일어난 그녀의 치마, 새하얀 그녀의 옷이 바위의 회색과 한데 섞여 사라져 버린 듯한 착각도 들었다.

선반 모양으로 오밀조밀 중첩된 바위의 홈을 따라, 그물무늬로 미세하게 갈라진 바위의 틈을 따라 거미처럼 생긴 진한 주홍색의 아주 조그만 생명체들이 줄을 지어 달리듯 바쁘게 움직이는 모습이 보였다. 바위의 회색과 어울려서인지 그 붉은색이 더욱 진하게 느껴졌다. 마치 가는 모세 혈관처럼, 간헐적으로 튀어 오르는 불똥의 그물처럼 줄지어 내달리는 생명체. 회색의 바위 위에 별처럼 빛나는 그녀의 하얀 손, 그 손 아래와 주위로 바쁘게 움직이는 붉은 생명체.

그곳에서 시간을 보내는 동안 그는 치마가 펼쳐지기 바로 전의 잘록 들어간 그녀의 허리에서 시선을 뗄 수가 없었다. 그녀의 나신을 떠올린 그는 그녀의 허리를 팔로 감았다. 순간적이나마 그녀가 모래시계처럼 여겨지기도 했다. 모래처럼, 바위처럼, 작은 점으로 이어진 생명체처럼, 지금까지 존재해 왔고 또 계속 존재할 생명처럼 그녀의 내면에 포획된 시간. 그녀는 그의 시간을 손아귀에 쥐고 있었으며, 이 작은 경계 안에 아주 단호하게 그리고 아주 부드럽게 그의 과거와 미래를 붙들고 있었다.

그는 기묘한 언어학적 사실 하나를 기억해 냈다. 허리라는 말이 이탈리아어에서는 〈비타 *vita*〉, 즉 생명이라는 뜻의 단어와 같다는 사실이었다. 그리고 그는 생각했다. 이것은 틀림없이 배꼽과 연관이 있다. 배꼽은 바로 우리의 개별적인 생명의 줄이 풀어지는 곳이다. 불쌍한 필립 고스가 현재 속에 과거와 미래가 영원히 존재한다는 신비의 증표로 신이 아담에게 만들어 주었다고 믿었던 배꼽. 그는 또한 요정 멜루지나도 떠올렸다. 〈배꼽까지만 인간의 생명으로 존재했던〉 여성. 그는 생각했다. 지금 이 순간, 바로 이곳, 그녀의 이 가느다란 허리가 그의 중심이며, 그의 모든 욕망이 끝나는 곳이라고.

그 해안에서는 동그란 모양의 온갖 종류의 수석들 — 검은 현무암, 다양한 색깔의 화강암, 사암, 석영 등 — 을 찾아볼 수가 있었다. 그 돌들을 보고 눈이 번쩍 뜨였는지 그녀는 물속에서 투명한 분홍빛의 얼룩처럼 어른거리던 측량용 구체 모양의 검은 돌 하나, 황금빛으로 빛나는 돌 하나, 백악처럼 하얀색의 돌 하나를 주워 바구니에 담으며 말했다. 「집에 가져가야겠어요. 문을 받치는 데 사용해도 되고 제 시 원고를 눌러 두는 돌로 사용해도 되겠어요.」

「집에 가져갈 때까지는 제가 들고 다니지요.」

「아녜요. 제 짐이니까 제가 들고 다니겠어요.」

「내가 같이 있으면서 그럴 순 없어요.」

「더 이상 여기에 있을 것도 아니잖아요. 저도 이젠 갈 거예요.」

「제발, 우리 이제는 그 〈시간〉에 대해서 생각하지 말기로 합시다.」

「우리는 드디어 파우스트의 곤경에 처한 셈이군요. 매 순간순간 우리는 시간에 대해 〈아무튼 곁에 머물러만 주오. 너무도 아름다운 그대〉라는 식으로 말해 왔어요. 비록 우리의 운명이 금방 다 끝나 버리는 것은 아니지만 그래도 여전히 별들은 움직이고, 시간은 흐르고, 시계의 초침은 째깍거리잖아요. 흐르는 순간순간을 우린 슬퍼해야 하고요.」

「그런 생각 자꾸 하다 보면 지쳐 버려요.」

「이제는 끝내는 게 좋지 않을까요? 인간은 다른 어떤 고통과 질병이 없어도 똑같은 일을 반복하는 지리함과 지겨움 때문에 죽을 수도 있으니.」

「당신에 대한 나의 태도는 그런 것이 아닙니다. 그리고 이곳도.」

「싫증 난다 함은 인간의 정신 구조상 당연한 일 아닐까요? 다행스러운 현상이기도 하고요. 필연과 맞닥뜨려 보세요. 그리고 그것을 적당히 주물러 보세요. 〈우리가 비록 태양을 정지시킬 수는 없겠지만 태양을 움직이게 할 수는 있지 않겠는가.〉 제 마음에 드는 어느 한 시인의 말이에요. 물론 조지 허버트나 당신, 랜돌프 헨리 애쉬만큼 제가 사랑하는 시인은 아니지만……」

16

요정 멜루지나

서문

요정 멜루지나, 그녀는 누구인가?
사람들은 말합니다. 밤이면 성곽의 탑 주위를
날아다니는 긴 짐승의 활짝 편 날개 아래로
검은 바람이 일고, 그 짐승이 단단한 꼬리와
가죽 날개 끝으로 하늘을 가르며
피어 오르는 구름과 칠흑 같은 어둠 속을 날 때면
이따금 오싹한 비명 소리가 바람을 타고
들려온다고 합니다. 고통과 상실의 비명 소리.
울부짖는 바람 소리 속에 소용돌이치며 사라진다고 합니다.

사람들은 말합니다. 루지난의 군주들에게는
예정된 그들의 죽음의 날에 한 존재가 찾아온다고.
반은 음침한 뱀의 형상이고, 반은 흐느끼는 여왕의 모습으로

왕관을 쓰고 검은 베일로 얼굴을 가린 존재. 군주들은 얼른
성호를 그으며 천국의 영광스런 왕에게 화해를 요청한답
니다.
그러면 그녀는 고통의 비명 소리와 함께 사라진답니다.
천국의 희망에서 영원히 추방된 존재이기에
더 이상 그 이름도 들을 수 없답니다.

늙은 유모가 말합니다. 성 중앙의 탑 안에는
순진무구한 소년들이 가슴과 팔다리로 한기가 들지 않도록
서로의 팔을 베고 새록새록 잠들어 있었다고.
그런데 한밤중에 어느 여윈 손이
커튼을 열고 나타나 잠자는 아이들을 들어 올려서는
품에 안고 어머니의 젖을 빨게 하였답니다.
아이들이 꿈꿔 왔던 어머니 품, 아이들이 젖을 빠는 동안
내내
말없이 흐르는 따뜻한 눈물이 젖과 함께 섞여
꿈꾸는 아이들의 입으로 흘러 들었답니다.
따뜻함에 미소 짓던 아이들이 상실감에 울음을 터뜨리며
잠에서 깨어나고, 다시 꿈나라를 바라면서도 무서워했답
니다.
늙은 유모가 말했습니다. 소년들은 튼튼하게 자라고 있다고.

안전한 우리의 처소 밖으로 신비가 흐릅니다.
바람 소리마저 잠재우는 신비의 소리를 듣습니다. 우리는
봅니다.
신비의 힘이 어둡고 깊은 계곡에 거대한
소용돌이를 일으키는 것을. 한가로이 팽이를 돌리는 아이
들이

한참 팽이채를 내리치다 어느 순간 지쳐서는
비틀비틀 팽이가 쓰러지도록 내버려 두듯이. 회색의 담벼
락에서
우리는 신비의 보이지 않는 이빨에 파인 자국을 보았습니다.
숲 속 지표면 아래로 뱀처럼 기어다니며 나무뿌리와
씨줄과 날줄처럼 얽어지고 휘어진 줄기와 나뭇가지 장식
들의
삶과 죽음을 엮어 내고, 햇볕 잘 받는 나뭇잎에 숨을 불어
넣어
나뭇잎들을 흔들고 변색시키며, 푸르게 자라게 해서는
말라 떨어지게 만드는 신비의 소리를 듣습니다.
신비의 힘들이 우리의 작은 삶들을 방해합니다.
고래의 따뜻한 젖이 빙하의 바다 밑을 흐릅니다.

눈에서 눈으로 극에서 극으로
전류가 흐르고, 우리 존재의 외부로부터, 우리 존재를 통과
하고
우리 존재를 초월하여 자력을 지닌 메시지가 흐릅니다.
단단히 붙들고 놓지 않는 쇠고둥의 다리. 파도가
부드러운 듯 단단한 모래 위에 파편들을 쌓아 올립니다.
해골, 조개껍질, 뿔처럼 생긴 갑각류의 등딱지,
반짝이는 실리카 조각, 사암과 백악과 규질 사암 —
이것들을 한데 모아 공룡과 맘모스의 등 같은 모래 언덕을
만들고
이내 파괴해서는 다시 낱낱의 조그만 조각으로 흩어 놓습
니다.

나는 고대의 역사책에 씌어진 아라스의 요한의 글을

읽었습니다(그는 그의 군주를 즐겁게 하고 그에게
교훈을 주기 위해 그 글을 썼습니다). 〈다윗 왕이 말했습
니다.
주님의 심판은 담도 밑바닥도 없는
거대한 심연과도 같으며, 그 속의 밑도 보이지 않는 한 곳
에서,
심판의 뜻을 이해하지 못하는 인간의 정신을
모조리 다 삼켜 버리는 그곳에서
영혼이 빙빙 소용돌이치며 떠다닌다고.〉 수도사 요한은
겸손한 결론에 도달했습니다. 인간은 이성이 그 힘을
발휘하지 못하는 곳에서는 이성을 사용해선 안 된다고 말
입니다.
그 착한 수도사는 다시 말하길, 이성적인 인간이라면
이 세상에는 유사한 종류의 눈에 보이지 않는 존재와
눈에 보이는 존재가 공존하고 있다고 주장한
아리스토텔레스의 진리를 이해해야 한다고 했습니다.
그는 다시 사도 바울을 인용했습니다.
바울은 이 세상 최초의 무형의 존재들은
창조주의 전능을 증거하는 존재들이라 주장하였습니다.
호기심 많은 인간들의 범주를 초월하는 존재들이지만
드물게는 현자들이 쓴 의로운 책 속에 등장하여
방황하는 재사(才士)들의 안내자가 된다고 하였습니다.

그 용감한 수도사는 또 말했습니다, 대기 중에는
날아다니는 존재들, 창조물들이 있다고. 우리 눈에는 안 보
이지만
방황하는 우리들이 살고 있는 이 세상에 숨어 있으면서
때때로 우리의 지친 길을 가로막는 세력들,

그들은 바로 요정 혹은 운명의 여신들.
파라셀수스의 말에 의하면 그들은 한때 천사였는데
저주나 축복을 받은 것이 아니라 그저 단순히
단단한 이 지상의 땅덩어리와
닫힌 천국의 황금문 사이에서 영원히 내던져진 존재들 —
대기 중의 정령들, 인간을 구원할 만큼 선하지도 않으며
분명한 해악을 끼칠 만큼 사악하지도 않고
단순히 대기 속을 날아다니는 존재들일 뿐이니.

천국의 법칙이 이 지구를 관통하는 양극이 되어
주님의 명령에 따라 우리의 지구를 회전시키고,
또한 (비유를 바꾸어 말하면) 하늘과 바다와
흔들리는 모든 것들, 움직이는 물질들을
망사 같은 그물 속에 거두어들입니다. 그 그물 너머로는
물질도 빠져나가지 못하고, 정신도 발을 내디딜 수 없으니,
오직 상상만이 그 텅 빈
공포와 절망의 공간을 채울 뿐입니다.
그들은 누구인가요?
우리의 꿈속에 나타나 우리의 욕망을 약화시키며
사물의 순수한 얼굴을 바라보지 못하게 하는 그들.
공포의 자매들인가요, 아니면 정령의 힘으로부터
환영으로 쇠락해 버린 천국에서 추방된 여왕들인가요?

주님의 천사들이 헬멧을 쓰고, 금빛 은빛의 무리를 지어
천국의 문을 나와 행진합니다.
좌품(座品)천사, 주(主)천사, 권(權)천사, 역(力)천사, 능품
(能品)천사.
욕망과 행동 사이의 생각만큼이나 민첩한 그들의 발걸음.

그들은 법과 은총의 도구들입니다.
그렇다면 부정한 길을 방황하며,
손쉽게 대기의 벼랑을 오르려는 욕망에 사로잡혔다가
파멸의 쾌락을 추구한 대가로
솟아오르는 구름의 어두운 끝자락과
유백색으로 빛나며 끝없이 펼쳐진 하늘의 대양 사이,
그 갈라진 틈으로 다시 곤두박질치는 자들은 누구인가요?
그들은 누구인가요? 대지와 대양과 얼음과 불과
육신과 피와 시간을 한데 묶어 놓은 인과 법칙의 고정된 사
슬을
자신의 부드러운 손길로 풀지도 못하는, 그들은 누구인가요?

천상의 에로스가 프시케의 옆에 누웠을 때
프시케를 질투하는 그녀의 자매들은 태양이 떠오르면
그녀의 애인이 흉측한 뱀이라는 사실이 드러나리라 말했습
니다.
그녀가 법을 어기고 침대 위로 하늘거리는 불꽃을 잡는다면
완전한 인간의 모습을 한 그녀 애인의 몸으로
녹아내린 밀랍의 방울들이 떨어지고, 그러면 그는
격노하며 자리에서 일어나 총총히 사라진다고 했습니다.

신이 여성의 모습을 취하게 되면
그 신은 벌을 받습니다. 모든 사람들은
무서운 메두사의 얼굴과 그녀의 휘날리는 머리채를 피합
니다.
뼈로 가득한 동굴에서 스킬라로 인해 울음을 터뜨리며
자신의 꼬리를 내리치고, 울부짖는 개처럼 자신의 운명을
슬퍼하는 여인이 누구인가요? 한때는 아름다운 미모로,

신비스러운 모습으로 대양의 신에게서 사랑을 받았던
헤카테의 딸, 밤의 여신처럼 아름다운 그녀가 아니던가요?
히드라의 그 많던 머리가 떨어지는 것을 누가 슬퍼하나요?
사이렌은 계속 노래를 부르지만 선한 사람들은
귀를 막고 눈도 가리고, 그녀의 고통을 외면하며
항해를 계속합니다. 그녀가 사랑하는 것은 반드시 죽고
말며,
그녀의 욕망 또한, 아름다운 노래로 표현된 것이지만
인간에게 키스하는 순간 꺼져 버리고 마는 것.
음흉한 스핑크스는 바람처럼 자유롭게 여기저기를 배회하며
메마른 사막에서 그녀의 교활한 수수께끼의 해답이
그 어떤 신비도 아닌 단순히 인간,
벌거벗은 인간임을 알지 못하는 어리석은 사람들을 비웃었
습니다.
그러나 그 해답을 알아내었을 때 사람들은 그녀의 뻔뻔스
러움과
괴물 같은 모습을 저주하며 그녀의 피를 흩날렸습니다.
자신의 이름을 알아낸 인간, 그래서 그때까지 자신의 운명
이었던
그 질문자보다 더 많은 힘을 부여받은 것입니다.
그 후 그 괴물은 인간의 노예가 되고 희생자가 되었습니다.

그렇다면 요정 멜루지나, 그녀는 누구인가요?
흉측스러운 이키드나 뱀의 자식들, 비늘이 달린
게걸스러운 무리들이 그녀의 인척인가요, 아니면
꿈속에서, 혹은 황혼녘에, 혹은 어둠 속에서
아름다운 신비이며 약속의 선물로 나타나는
어둠 속의 방랑자들이 그녀와 같은 존재들인가요? ―

백의의 여인들, 치근대는 숲의 요정들, 변신의 여인들 —
모두가 미소 짓는 구름처럼, 반짝이며 흐르는 물줄기처럼
바다와 하늘의 빛나는 존재들,
소망엔 응답하지만 두려움을 주지 않으며,
그저 하루 해가 뜨기 시작하면 사라지는 존재들,
인간이 되고 싶고, 안정된 가정과 고정된 인간의 거처를 원
하다
쓸쓸히 운명을 맞이하는 존재들.

자 그럼, 그 요정의 이야기를 한번 해볼까요?
내 노래 속에 운명과 마법의 힘을 빌려 볼까요,
아니면 안전하고 견고한 땅 너머
영혼의 세계로 들어가 볼까요? 한번 해볼까요?
그대, 타이탄 여신이며 고대의 여신이며
천상과 지상의 딸이시며 뮤즈들의 어머니인
기억의 여신 므네모시네여, 저를 도와주소서.
꽃 피는 언덕이나 수정처럼 반짝이는 샘가에만 거주하지
마시고
이 어둡고 협소한 제 두개골의 동굴에도 들어와 주소서.
오, 기억의 여신이여, 나의 현대의 정신을
고대의 정신과 연결시켜 주옵소서.
유형과 무형의 존재들이 함께 누워 있었던 그 시절,
어둠 속에 꿈을 꾸며 출발했던 우리 인간의 태초와
연결시켜 주옵소서. 오, 언어의 기원이신 그대여,
저에게 현명한 언사와 올바른 행동의 지침을 주옵소서.
이야기를 시작하는 이 난롯가에서부터 바깥의
깜깜한 대기 속으로 들어갔다가 다시 돌아와
그리스도의 위안 속에, 정숙한 침대에 누워 잠들게 하소서.

제1권

흙먼지를 뒤집어쓴 기사가 말을 타고 황야로 들어섰다.
그의 뒤에는 두려움이, 앞에는 텅 빈 황야만이 펼쳐져 있
을 뿐.
피투성이에 기력이 다 빠진 그의 말은
주인의 몸이 축 늘어진 것을 느끼며, 땀으로 찌든
자신의 목에 고삐 역시 늦추어진 것을 느끼며
비틀거리며 천천히 터벅터벅 걷고 있었다. 하루 해가
저물었다. 황야에서는 작은 그림자들이
히스의 뿌리를 흔들며 잠식하고는
갈라진 골짜기와 어두운 협곡의 아가리 사이로
물개 몸뚱이처럼 부드럽고 음침한 혓바닥이 되어 사라졌다.
그곳으로, 기사와 말은 아무 생각도 없이 들어서고 있었다.
광활한 황야, 가는 길에 단조롭고 볼품없는
관목숲만이 펼쳐져 있는 황야에는
그들이 쉴 만한 곳도, 인도해 줄 길도 없었다.
오직 풀을 뜯으며 제멋대로 돌아다니는 양 떼들뿐.

거친 황야와 어머니처럼 따뜻한 태양 사이에는
반짝이는 섬광과 언짢은 표정이 교차한다.
태양이 몸을 숨기면
자줏빛 에리카 꽃과 핑커 링이 한데 엮어진 히스의 융단이
빛이 없는 우울한 어둠 속에 깔린다.
그것은 이탄과 규질 사암과 부싯돌 등을
무심하게 덮어 버리고, 우리 눈길이 닿는 저 먼 곳의
높은 산등성이까지 감싸는 거칠한 검은 코트.
그러나 태양이 미소를 지을 때면

작은 가지와 작은 꽃에서부터 수많은 광채가 발산되고,
반짝이는 빗물이 고인 황갈색의 연못 밑에서
이탄을 덮고 있는 하얀 모래들이 트래이서리 장식처럼
빛나는 곳에서도 광채가 발산된다. 그때는 황야 전체가
태양의 미소를 받아 미소 지으며 햇볕을 쬔다.
그리고 비가 내리고 나면 살아 움직이는 증기들이
모든 살아 있는 것들 위에서 뛰어다니며 하늘로 오른다.
흐름과 역류 — 바다의 파도처럼,
오, 목자들이 말하듯, 초원 위에서 뛰노는
여름날의 망아지처럼, 혹은 공기와
물살을 가르며 비행하는 거위들처럼.
그렇게 단조롭고, 그렇게 변화무쌍한 황야.

그러나 말을 타고 가는 기사는 어디에도 눈길을 주지 않았다.
모두가 광채없는 어둠뿐. 그가 멧돼지 사냥과 죽음에서
달아났을 때 예전의 그의 열정도 다 사라지고 말았으니 —
그때는 죽음이 가까이 있었다. 그의 인척이자 군주인
에이메리에게 바칠 무자비한 죽음이 가까이 있었다.
그러나 냉혹한 운명에 맞서는 방어의 몸부림이
가장 온화하고, 가장 다정하고, 가장 용감하게 보였으니
그가 사랑하고, 그가 곁에 같이 있고 싶은 존재들.
지친 그의 두 눈 앞에 혈관이 요동치고,
머리도 울린다.
절망과 죽음, 이제 어떻게 해야 하나?

커다란 두 바위 사이로 터벅터벅 내려가던 말은
어느 골짜기의 좁다란 사잇길로 들어섰다.
바람이 부는 그 골짜기의 양 측면에는 향나무와 팽나무

그리고 자라다 멈춘 것 같은 키 작은 가시나무가 울창했다.
축축한 암벽에서는 물이 새어 나오고 있었다. 이탄이 섞인
갈색의 물, 먼 옛날 초목을 태웠던 자리에 남아 있던
숯가루와 섞인 검은 물, 무거운 말발굽 아래 짓눌린
조그만 돌멩이들이 잠시 부석거리다가는
길 아래 개울로 굴러 떨어졌다.
차가운 물과 만난 돌멩이. 구불구불 이어진 계곡.
얼마나 오랫동안 내려왔는지, 그는 알지 못했다.
그러나 격렬한 고통과 극도의 피로 속에서도
그는 방금 전 어디선가
폭포수 떨어지는 소리가 들렸음을 알 수 있었다.
바람에 실려 온, 아무렇게나 쉴 새 없이 지절대는 듯한 소리,
끊길 듯 이어지는 음악, 끓어 넘치는 소리.

그리고 그는 들었다. 그 물소리 속에 실려 오는
더 유려하고 더 기묘한 선율의 소리를.
갈 길 서두르는 물줄기를 따라 길게 이어지며
소리 한 가닥 한 가닥마다 은빛의 모래와
조약돌 구르는 소리가 뒤섞인 청아한 은빛의 노래.
그들은 계속 귀를 기울이며
아래로 내려갔다. 길 양쪽의
물기 어린 돌벽이 점점 좁아지더니, 굽은 길을 지나자 나타
나는
확 트인 공간, 말과 기사는 돌연
길을 멈추었다. 윙윙 울리는 귀, 현기증을 일으킬 정도로
그들의 두 눈을 감싸는 신비.

텅 빈 방처럼 산속의 울퉁불퉁한 바위 아래

고요히 자리 잡은 잔잔한 비밀의 작은 못. 갈라진
한쪽 가장자리로는 바위를 타고 내려온 물이 떨어지고 있
었다.
　조각난 유리처럼 현란하게 반짝이며
떨어지는 은빛의 물방울들이
곱게 빗질하여 쓸어 내린,
한 가닥 백발의 머리채가 되어 끝없이 이어지는
마구 부딪히는 그 자체의 힘과 바람의 힘으로
못 가장자리에 고였다가는
은빛으로 빛나는 단단한 얼음처럼
이끼의 푸른빛과 검은빛이 어른대는
수면 깊숙한 곳으로 펼쳐졌다.

　희미하게 보이는 얽히고설킨 잡초들 가운데 놓여 있는
높지 않은 둥그런 바위 하나.
꼬불꼬불한 줄기를 따라 부글부글 끓으며 새어 나와서는
어둔 수면에 잔물결을 일으키는
많은 작은 샘물들, 그리고 흔들거리는 엽상체들.
맑은 녹색의 이끼와 고사리와 박하 식물들이
산뜻한 가죽처럼 덮고 있는 바위.
떨어지는 물줄기와 미풍 속에서
물을 튀기는 검은 수관과 진한 향을 내는 줄기들.
절벽을 타고 구르는 늘어진 잎사귀들이
피막이풀과 양지꽃에 한데 어울려
수면 위에 만들어 놓은
짙은 초록의, 황금빛과 자수정빛으로 반짝이는
살아 있는 융단.

바위 위에는 한 여인이 앉아 노래를 부르고 있었다.
맑은 목소리로 조용히 부르는 혼자만의 노래.
숨쉴 필요도, 생각을 위해 멈출 필요도 없이
끝없이 이어질 듯한 작고 청아한 황금의 목소리.
떨어지는 폭포처럼 꾸밈없고 끝없는,
휘휘 늘어진 잡초 사이로 여기저기,
솟아오르는 샘물처럼 눈부신 노랫소리.

저문 하루, 어느 한적한 나무 그늘 아래
우윳빛 장미들이 그 자체의 여린 광채로
여전히 환한 웃음을 짓고 있듯이,
그녀가 앉아서 노래 부르는 그 쓸쓸한 곳에도
부석 같은 부드러운 빛이 은은히 감돌고 있었다.
그녀가 입고 있는 새하얀 실크 시프트 드레스와
에메랄드 혹은 흠뻑 물 먹은 목초지의 풀처럼 초록의 거들이
돋구어 노래 부르는 그녀의 호흡에 따라 파르르 떠는 듯했다.
물속에 가지런히 잠겨 있는 그녀의 푸른 혈관의 두 다리는
프리즘에 굴절된 듯 비스듬히 비치는 그 모양이
마치 물살을 가르는 두 마리 물고기 같았다. 그녀가 그 두 다리를
쭉 뻗어 올렸을 때 하얀 발목에는 물의 장식 고리가 생겼다.
다이아몬드처럼, 투명한 진주처럼 빛나는 물의 보석 고리,
사파이어, 에메랄드, 오팔 등을 엮어 만든
값비싼 그녀의 목걸이만큼이나
찬란하게 빛나는 물의 보석들.

살아 꿈틀거리는 듯한 그녀의 머리칼은
창백한 바다 저 멀리에서 빛나는 인광의 푸른빛처럼
머리카락을 따라 흘러서는
어두운 공기를 밝게 비치며 흩어지는 수많은 광채들로
싸늘히 빛나는 황금보다도 더 밝게 빛났다.
노래를 부르며 그녀는 황금빛과 검은빛이 기묘히 섞인 빗
으로
양귀비처럼 빛나는 머리칼을 곱게 땋으려는 듯
자신의 머리를 빗었다.
샘물 소리와 노랫소리, 그리고 머리칼 자체의
살아 흔들리는 수군거림으로 온화한 밝은 빛을 내는 머리
카락들.
그는 손을 대고 싶었다.
피로 얼룩져 굳어 버린 그의 자아와
이 모든 아른거리는 광채 사이로
손가락 하나라도 뻗을 수만 있다면,
그녀의 얼굴은 살짝 감추어져 있었다.

그녀의 얼굴은
여왕의 위엄을 지닌 차분하고, 조각처럼 선명하고 강인한,
호기심도 없고 다정함도 없고 고고함도 없지만
다소곳이 노래 부르는 무심한 얼굴.
그의 눈과 그녀의 눈이 마주쳤을 때 그녀는 노래를 그치며
입을 다물었다. 이 침묵 속에
나뭇잎과 물줄기의 모든 수군거림도 잠잠해지는 듯했다.
서로 마주 보고 있는 두 사람,
그저 바라보기만 할 뿐 아무런 질문도
아무런 대답도 없었으며, 얼굴의 찡그림도 미소도,

입술과 눈과 눈썹과 여린 눈꺼풀의 움직임도 없었다.
그러나 그의 영혼을 빨아들여 희망을 넘어선,
의심과 절망의 경계를 넘어선 욕망으로 끌어들이는
그녀의 긴 시선 속에
그는 움직이지 못하는 하나의 사물이었다. 그의 모든 것,
두려움과 모순과 고통과
술꾼의 쾌락과 병든 자의 변덕,
이 모든 것이 사라졌다. 영원히 사라졌다. 모두가
이 적막한 곳의 은빛으로 빛나는 여인의
그 찬찬한 본질적인 응시 속에 불타 없어졌다.

그는 보았다. 그늘 속의 어렴풋한 움직임
곱슬한 거친 털과 연기처럼 하얀 몸뚱이로
피어 오르는 구름인 양 모습을 드러낸 무시무시한 개 한
마리.
주변 공기를 킁킁 들이마시며 정지된 공기의 움직임 하나
하나
귀를 곤두세우는 빛나는 두 눈의 고귀하게 생긴 얼굴이
그의 여주인 뒤에서 경계를 하듯 꼼짝하지 않고 서 있었다.

그때 레이몬딘은 생각했다. 자신의 사냥과
자신의 죄, 그리고 그 후의 자신의 도주를.
그는 말안장에 몸을 바싹 숙이고는
샘물을 마시게 해달라며 그녀의 은총을 바랐다.
정신이 희미해지고 여행에 지친 그는
물을 마셔야 했으니;
〈내 이름은 루지그난의 레이몬딘입니다.
내가 어디로 가는지, 또 어떻게 될지

나는 모릅니다. 다만 어디에서 쉬고 싶을 뿐,
흙먼지에 목이 타 물 한 모금 마시고 싶을 뿐.〉

그러자 그녀가 말했다. 〈루지그난의 레이몬딘이여,
당신이 누구인지, 또 당신이 어떻게 될지 ―
당신의 모든 행적, 당신이 어떻게 목숨을 부지하여
얼마나 큰 부귀영화를 누릴지, 이 모든 것을 전 압니다.
그러니 말에서 내리시어
맑은 샘물이 담긴 이 잔을 받으세요.
갈증의 샘이라 불리는 샘,
갈증을 축여 주는 샘, 그러니 내려와 마시세요.〉

그녀는 잔을 내밀었고, 그는 말에서 내려
잔을 받아서는 깊숙이 들이마셨다.
보석처럼 반짝이는 그녀의 시선에 그는 눈이 부셨다.
그녀는 그가 몹시 갈망하던 것을 베풀어 주었고,
흙먼지 뒤집어쓴 히스 풀이
태양의 얼굴에서 쏟아지는 광선을 받아 환하게 빛나듯이
그녀의 맑게 빛나는 눈길 속에 그의 얼굴 역시 빛났다.
이제 그는 그녀의 소유, 만일 그녀가
그의 몸과 영혼을 요구한다 해도 그는 다 바치리라.
이런 그의 마음을 읽은 듯 요정은 환한 미소를 지었다.

17

제임스 블랙커더는 『악마에 씌인 미라』(1863)에 대한 각주를 하나 작성했다. 현대적인 문서 작성법을 배우지 못한 그로서는 아직도 펜으로 글을 쓰는 형편이었다. 대신 파올라가 그의 원고를 가물거리는 워드 프로세서 스크린에 옮겨 넣는 일을 도맡아 해주었다. 쇳가루가 날리는 듯한, 플라스틱이 타는 듯한 냄새가 워드 프로세서 주변을 휘감고 있었다.

R. H. 애쉬는 적어도 두 번 정도 유명한 영매인 헬라 리즈 부인의 집에서 열린 교령회에 참석한 듯하다. 헬라 리즈 부인은 영혼의 형체화 문제가 대두된 초기부터 그 분야의 전문가였다. 특히 잃어버린 아이들에 관한 것이나 죽은 손의 촉진에 관한 한 일가견이 있었다. 그녀는 전혀 사기꾼으로 내몰리지 않았으며, 지금도 현대의 심령술사들로부터는 그 분야의 선구자로 인식되고 있다. (F. 포드모어의 『현대 심령학』, 1902, 제2권, 134~139쪽을 참조하시오.) 애쉬가 심령학의 무엇을 믿어서가 아니라 다분히 이성적인 탐구 정신에서 그 교령회에 참석했다는 사실에는

의심의 여지가 없지만, 그래도 그는 그 영매의 행위를 기록하면서 대단한 혐오와 두려움을 보였을 뿐 단순한 속임수라고 경멸하지는 않았다. 그는 또한 그녀의 행위 — 죽은 자의 생명을 〈거짓〉 혹은 〈허구〉의 환상으로 되살리는 것 — 를 자신이 시를 쓰는 행위와 비교하기도 하였다. 이러한 두 행위의 만남을 크로퍼는 『위대한 복화술사』라는 책의 340∼349쪽에서 자세히 설명하고(다소 섬뜩하고 상상적이긴 하지만) 있다. 또한 『마녀 연구 저널』에 실린 로안느 위커 박사의 글, 즉 애쉬의 제목 선정에 대해 페미니즘의 입장에서 공격한 흥미로운 에세이를 참조해도 좋을 것이다. 위커 박사는 애쉬의 시에서 화자로 등장하는 시빌라 실트(분명 헬라 리즈를 염두에 두고 창조한 인물)의 〈여성 본능적〉 행위를 혹평하면서 애쉬의 제목 선정법을 비난하였다. 『악마에 씌인 미라』는 물론 존 던의 「사랑의 연금술」이라는 시의 다음 부분에서 따온 제목이다. 〈여성들에게서 마음을 기대하지 말라, 기껏해야/ 사랑스럽고 재치있기는 해도, 소유해 보면 미라에 불과할 뿐.〉

자신이 쓴 글을 훑어보던 블랙커더는 〈페미니즘의 입장에서 공격한〉 다음에 나오는 〈흥미로운〉이라는 단어를 지워 버렸다. 그는 또한 교령회에 관한 크로퍼의 설명 부분에 나오는 〈다소 섬뜩하고 상상적이긴 하지만〉이라는 말도 지워 버릴까 생각했다. 이런 불필요한 수식어나 표현은 그 자신의 견해를 나타내는 말일 뿐, 정말 쓸모없다. 더욱이 그는 크로퍼와 위커 박사를 언급한 부분마저도 삭제하면 어떨까 생각해 보았다. 사실 대부분의 그의 글이 이 비슷한 운명을 겪었다. 글을 쓰고 난 다음 사적인 감정이 안 들어갔는지 살펴보고, 불필요한 데는 지워 버리는 작업. 그는 무엇을 삭제할지

고민하며 많은 시간을 허비하곤 했다. 늘 그랬다.

허연 물체가 그의 책상 모서리를 돌아 들어오는 것이 보였다. 퍼거스 월프였다. 그는 제멋대로 책상 한쪽 귀퉁이에 걸터앉더니 책상 위에 놓여 있던 블랙커더의 글을 내려다보았다. 블랙커더는 얼른 손으로 가렸다.

「나가서 햇볕 좀 쐬지 그러세요. 날씨도 좋은데 말이에요.」

「아, 그래. 하지만 옥스퍼드 대학 출판부는 날씨 같은 거 신경 쓰지 않잖나. 뭐 도와줄 일이라도 있나?」

「롤런드 미첼을 찾고 있던 중입니다만…….」

「지금 휴가 중이야. 일주일 휴가를 냈어. 생각해 보니까 최근에 휴가를 한 번도 간 적이 없었던 것 같아.」

「어디로 간다는 말은 없었나요?」

「없었어. 북부로 간다고 한 것도 같은데, 분명하게 말하진 않아서…….」

「발도 데리고요?」

「그랬겠지.」

「그 친구가 최근에 발견했다는 것, 어떻게 됐는지 아십니까?」

「최근에 발견한 거라니?」

「그 친구, 크리스마스 시즌에 아주 들떠 있더군요. 비밀 편지 뭔지를 발견했다는 모양이던데. 제가 잘못 알았나요?」

「그런 건 전혀 모르겠는데. 비코의 책에 무슨 글들이 적혀 있다는 것 말고는……. 그건 별로 중요한 게 아니고 그냥 평범한 내용 같더군.」

「아니, 사적인 문제와 관련된 내용인가 보던데요. 크리스타벨 라모트와 말입니다. 굉장히 흥분되어 있더라고요. 제가 링컨에 있는 모드 베일리를 만나 보라고 했습니다.」

「페미니스트들은 애쉬를 좋아하지 않아.」

「그 여자가 나중에 여기에도 왔었어요. 모드 베일리 말입니다.」
「라모트와 관련된 일이라, 난 잘 모르겠군.」
「롤런드는 알고 있을 겁니다. 하지만 아직 못 알아냈는지도 모르죠. 그렇지 않으면 선생님께 얘기했을 텐데 말예요.」
「그랬겠지.」
「맞아요.」

***

발은 콘플레이크를 먹고 있었다. 집에 있을 때면 그 밖의 다른 음식은 별로 먹지 않았다. 가볍고, 맛있고, 마음 편하게 먹을 수 있는 것, 그러나 이삼일 후면 푸석푸석해지는 것. 뒷마당에는 장미꽃이 계단을 타고 굴러 떨어지고 있었고, 길게 이어진 화단에는 참나리와 데이지가 활짝 피어 있었다. 런던의 날씨는 찌는 듯이 무더웠다. 발은 먼지와 고양이 냄새에서 벗어나 어디론가 가고 싶었다. 도어벨이 울렸다. 유안 맥킨타이어가 저녁 초대를 하러 온 것이 아닌가 생각하며 고개를 들었을 때 그녀의 눈에는 퍼거스 월프의 모습이 들어왔다.
「안녕. 롤런드 있어?」
「아니, 없어.」
「저런! 들어가도 돼? 어디 간 거야?」
「랭커셔나 요크셔, 아니면 컴브리아 어딘가에 있겠지. 블랙커더가 무슨 책을 하나 찾아보라고 보낸 모양이야. 뭔가 숨기는 게 있는 것 같기도 하고.」
「어디 있는지 전화 번호 알아? 급하게 연락할 게 있어서.」
「하나 남겨 놓겠다고는 했는데 떠날 때 내가 없어서……

남겨 놓지도 않았을걸. 남겨 놨는지도 모르겠지만 못 봤어. 전화도 없었고. 수요일쯤엔 돌아올 거야.」

「알았어.」

낡은 소파에 털썩 주저앉은 퍼거스는 고개를 들어 천장에 제멋대로 그려진 호수와 반도의 그림을 보았다.

「좀 이상하다는 생각 안 들어? 롤런드가 아무 연락도 안 한다는 게 말야.」

「내가 기분 나쁘게 해서 그런지도 모르지 뭐.」

「그래?」

「괜한 생각 하지 마, 퍼거스. 괜히 뻥 튀겨 추측하지 말라고. 뭐가 그리 궁금해?」

「아니, 그냥 생각하는 거지 뭐. 저어, 그럼 모드 베일리가 어디에 있는지도 모르겠네?」

「무슨 말을 하는지 알겠어.」 잠시 침묵이 흘렀고, 곧 발이 되물었다.「그 여자가 어디 있는지 알아?」

「잘 몰라. 하지만 무슨 일이 있는 것만은 틀림없어. 그래, 맞아. 곧 알게 되겠지.」

「그 여자, 롤런드를 찾는다며 이곳으로 한두 번 전화했었어. 아주 쌀쌀하게 대했지, 뭐.」

「쯧쯧. 무슨 일이 있는지 꼭 알아내야겠군.」

「랜돌프 헨리와 관련된 일이겠지.」

「맞아, 틀림없어. 하지만 모드, 그 여자하고 관련된 일일지도 모르지. 아주 만만찮은 여자지.」

「크리스마스 시즌에도 떠났었어. 무슨 작업을 한다고 말야.」

「그 여자 만나러 링컨에 갔을 거야.」

「그랬겠지. 두 사람이 어디로 가서 무슨 원고를 본다고 했으니까. 사실대로 말하면 난 그 따위 애쉬의 노트나 아니면 기차를 놓쳤다느니, 저작권법을 지지한다느니 등등이 적혀 있을 것이 뻔한 죽은 사람들의 편지에 관심 끊은 지 오래야.
따지고 보면 누가 그 대영박물관의 지하실에서 인생을 다 보
내길 바라겠어? 고양이 오줌 냄새가 코를 찌르는 우리 집 위
층과 다를 바가 뭐야? 또 누가 이 고양이 오줌 냄새 나는 곳
에서 옛날 요리책이나 보며 살고 싶겠어?」

「아무도 없지. 국제 회의에나 참석하며 그럴듯한 호텔에서
지내고 싶겠지. 그런데, 그들이 뭘 읽고 있는지 물어보지도
않았단 말이야?」

「말도 해주지 않던데 뭐. 내가 관심없는 걸 아니까.」

「그래서 그가 어디로 갔는지도 모른다 이 말이지?」

「그때 전화번호 하나 받아 둔 게 있었어. 비상시를 대비해
서 말야. 집에 불이 난다든지 아니면 가스 요금 못 내는 경우
에…… 물론 어떤 경우라도 그 사람이 할 수 있는 일은 없어.
문화 사업을 하면서도 어떤 사람은 돈을 벌고, 어떤 사람은
돈도 못 버니…….」

「어쩌면 이번 일로 돈을 벌지도 모르지. 그래, 그 전화번호
아직 가지고 있겠지?」

발은 홀로 나갔다. 전화는 홀 바닥에 널브러진 온갖 잡스
러운 종이들 ─『타임즈 문예 부록』, 오래된 도서 청구서, 소
형 콜택시 번호가 적혀 있는 안내지, 오모 다즈 코닥 뮤렉스
를 할인 판매해 주겠다는 광고지, 대학평의회와 국제협력국
의 초대장 등 ─ 위에 얹혀 있었다. 그녀는 놓인 곳을 분명히
아는지 잠시 뒤적거리더니 맨 밑에서 옥수수 요리 청구서를
꺼내 전화번호를 찾아냈다. 주인 이름은 적혀 있지 않았고
그냥 〈링컨의 롤런드 번호〉라는 글자만이 눈에 들어왔다.

「모드 집 전화번호 같은데.」

「아니, 그렇지 않아. 그녀 집 전화번호는 내가 알지. 내가
가져도 되지?」

「왜? 어쩌려고?」

「아니 그냥, 무슨 일이 있는지 알아보고 싶어서.」

「모드하고 관계된 일이야?」

「그럴지도 모르지. 모드에게 관심이 많거든. 나는 그녀가 행복해지기를 바라.」

「롤런드와 함께 있으면 행복하겠지 뭐.」

「아냐, 그렇지 않아. 롤런드는 그녀에게 어울리는 타입이 아니야. 괜히 기분 나빠서 이상하게 생각하지 마, 알았지?」

「모르겠어. 나는 그를 행복하게 해주지 못하니까.」

「그렇게 생각하면 롤런드도 마찬가지잖아. 자, 나가서 저녁이나 먹자고. 다 잊어버려.」

「그러지 뭐.」

「잘 생각했어.」

***

「예에, 베일리입니다.」

「베일리?」

「히스 박사?」

「아, 아닙니다. 저는 롤런드 미첼의 친구입니다. 왜 겨울에…… 그곳에서 작업을 했던…… 혹시 그가 어디에 있는지 아실 것 같아서요…….」

「전혀 모릅니다.」

「그곳으로 다시 돌아온다고 했습니까?」

「내 생각엔 오지 않을 것 같소. 이만 끊읍시다. 의사한테 전화 걸어야 할 일이 있어서.」

「아, 죄송합니다. 혹시 베일리 박사는 보지 못하셨나요? 모드 베일리 박사 말입니다.」

「아니, 보지 못했소. 볼일도 없소이다. 자, 그럼 이만 끊겠소.」

「그 사람들 일은 잘됐습니까?」

「요정 시인에 관한 건데, 잘된 것 같소. 기분들이 좋았던 모양이오. 모르겠소, 지나간 일이라서. 자, 이제 끊었으면 좋겠소이다. 바빠서…… 아내가 좀 아파서 말이오. 자, 그럼…….」

「그 요정 시인이 크리스타벨 라모트, 맞죠?」

「대체 뭘 알고 싶으신 거요? 전화 끊읍시다. 당신이 안 끊으면 내가……. 보시오, 내 아내가 아프다고 하지 않았소. 의사에게 전화를 해야 하오. 알아들으실 양반이.」

「다시 전화드려도 되겠습니까?」

「소용없을 거요.」

「안녕히 계십시오.」

***

모티머 크로퍼는 레스카르고 레스토랑에서 힐데브란드 애쉬와 점심을 마쳤다. 힐데브란드 애쉬는 토머스 애쉬 경의 큰아들이었으며, 애쉬 경은 글래드스톤 정권 아래에서 귀족의 칭호를 받았던, 랜돌프 헨리 애쉬 사촌의 직계 후손이었다. 감리교 신자인 애쉬 경은 이제는 나이도 많고 기력도 무척 쇠잔한 상태에 있었다. 크로퍼에게는 정중하게 대해 주었지만 그것은 예의상 그러는 데 지나지 않았다. 오히려 애쉬 경은 침울한 듯한 분위기에 스코틀랜드인 특유의 무뚝뚝함을 내보이는 블랙커더를 더 좋아했다. 그는 또한 민족주의자였다. 그가 소유하고 있던 애쉬의 원고들을 죄다 대영도서관에 맡긴 사람이었다. 40줄을 넘어선 힐데브란드는 원래는 붉은 머리였던 모양인데 지금은 많이 벗겨져 있었다. 쾌활한 성격이긴 하지만 조금 멍한 데가 있는 사람이었다. 그는 옥스퍼드에서 영문학을 1년 정도 공부하기도 했지만, 그 이후로는 여행사, 원예 서적 출판사, 상속 재산 위탁 관리업 등을 전전하였다. 크로퍼는 이따금씩 그를 불러내어 같이 식사하곤 했다. 그가 뭔가 야망을 감추고 있다는 사실을 알아차렸기 때문이었다. 그들은 현실적이면서도 그냥 구상에 그칠지 모르는 계획을 하나 세웠다. 미국의 각 대학들을 돌아다니며 힐데브란드가 애쉬를 회고하는 슬라이드 상영과 도서 전시회를 개최하고, 또 애쉬가 생존했던 당시 영국의 사회적 상황에 관해 강연을 한다는 계획이었다. 힐데브란드는 자신은 돈이 없기 때문에 어디 새로운 기관에서 기금을 받고 싶다고 하였다. 크로퍼는 애쉬 경의 건강을 물었고, 이제는 그의 기력이 다했다는 대답을 들었다. 그들은 가능한 장소가 어디며 돈은 얼마나 드는지, 많은 논의를 하였다. 그들은 오리 고기와 넙치, 그리고 땅에서 캐낸 지 얼마 안 되는 싱싱한 순무를 먹었다. 식사가 진행되는 동안 크로퍼는 얼굴이 더 하얗게 변했고, 힐데브란드는 더욱 불그레한 빛을 띠었다. 힐데브란드는 존경하는 눈빛으로 자신을 바라볼 미국 청중들을 생각하며 황홀경에 빠져 넋을 잃고 있었고, 크로퍼는 새로운 보물들이 담긴 유리 상자들을 자신만이 의기양양하게 바라보고 있는 광경을 머릿속에 그리고 있었다. 애쉬가 여왕으로부터 받은 편지들, 휴대용 필통, 노트에다 잉크로 쓴 『아스크와 엠블라』의 초고 ― 이런 보물들을 힐데브란드의 집에서는 결코 외부 어디로도 유출시키지 않고 레드버리에 있는 그들의 집 식당에서만 전시하고 있었던 것이다.

힐데브란드 애쉬가 택시 타는 모습을 보고 난 뒤 크로퍼는 상점들의 진열창을 기웃거리거나, 환한 건물의 계단 입구를 들여다보며 소호 거리[1]를 배회했다. 스트립쇼. 모델. 젊은 여자 구함. 라이브 섹스 논스톱. 와서 즐기세요. 진지한 가르침……. 그의 감각은 조금은 각별한 전문가적인 감각에 속했다. 그는 좋은 음식과 포도주를 상상하며 이 상점 저 상점을 계속 두리번거리며 지나쳤다. 그러던 어느 순간 그는 자신이 원하는 것을 발견하기라도 한 듯 걸음을 딱 멈췄다. 비비 꼬인 하얀 육체가 어렴풋이 시야에 들어왔기 때문이었다. ─ 그러나 그는 암시와 스쳐 지나가는 예시의 세계에 살고 있는 사람이었다. 그것으로 충분했다. 그곳으로 들어갈 것이 아니라 집으로 가야 한다고 그는 생각했다…….

「크로퍼 교수님.」 뒤에서 그를 부르는 소리가 들렸다.

「오!」 크로퍼가 대답했다.

「퍼거스 월프입니다. 기억이 나세요? 애쉬의 『치디오크 티키본』에 나오는 내레이터의 신분을 밝힌, 선생님의 논문을 읽고 연락해서 뵌 적이 있는……. 정말 뛰어난 추론이었어요. 물론 그 사람은 사형 집행인이었지요. 기억나세요?」

「기억나고말고. 반갑네. 방금 애쉬 경의 아들과 점심을 먹고 나오는 참이었지. 그 친구 우리 로버트 데일 오언 대학에 와서 그의 가족이 보존하고 있던 애쉬의 원고들에 관해 강연을 할 걸세. 『치디오크 티키본』은 물론 대영도서관에 있을 테고…….」

「그럼요. 그곳에 가시는 중이세요? 제가 같이 좀 걸어도 되겠지요?」

「아, 좋지.」

「전 요즈음 애쉬와 크리스타벨 라모트와의 관계에 관심이 좀 있거든요.」

「라모트? 아, 맞아. 『멜루지나』를 쓴 시인이지. 1979년 가

1 영국 런던에 있는 한 구역으로 소호 광장*Soho Square*을 포함하여 각종 레스토랑이 즐비한 지역.

을 학기에 페미니스트들의 항의가 있었다네. 『멜루지나』라는 시를 내 19세기 영시 시간에 『왕의 목가』[2]나 『신들의 황혼』 대신에 가르쳐야 한다고들 했지. 내 기억으로는 그때 그들의 요구를 들어주었던 것 같네. 그런데 그 시를 여성학 과정에서 대신 떠맡는 바람에 겨우 짐에서 풀려나 『신들의 황혼』을 가르칠 수가 있었지. 그런데, 그들 사이에 무슨 관계가 있었나? 실질적인 어떤 관계는 별로 없었다고 아는데……」

「편지가 발견됐다는 것 같습니다.」

「그럴 리가. 두 사람이 무슨 관계가 있다는 얘길 들어 보지 못했어. 그래, 크리스타벨 라모트에게 뭔가가 있다는 말이지?」

「롤런드 미첼이 뭘 발견한 모양입니다.」

크로퍼는 그릭 스트리트에서 걸음을 멈추었다. 뒤를 따르던 두 중국인도 멈춰 설 수밖에 없었다.

「무엇인가?」

「전 잘 모르겠어요. 아직은요. 중요한 것인가 보던데.」

「제임스 블랙커더도 그렇게 생각하나?」

「그분은 잘 모르고 계신 것 같아요.」

「참 재미있는 말을 들려주었네, 월프 박사.」

「그러실 줄 알았어요.」

「어때, 커피 한잔 하겠나?」

<hr>

2 영국 빅토리아 여왕 시대의 시인인 알프레드 테니슨 경이 영국 기독교의 왕이었던 아서 왕의 이야기를 12권으로 쓴 장편 서사시.

18

장갑이 포개져 놓여 있습니다
흐늘흐늘하지만 차분하게
손가락에 손가락을 대고
손바닥은 손바닥끼리
서로의 마음을 채우듯
새하얀 천으로 감쌉니다

이 고요한 집으로
하얀 두 손이 들어갑니다
잠에서 깨어나
활짝 기지개를 켜듯
손가락들끼리 꼭 깍지를 끼며
진실의 서약을 합니다.

—— C. 라모트

모드는 여성학 자원 센터의 오렌지색 책상 앞, 푸른 사과색 의자에 앉아 있었다. 그녀는 센터에서 보관하고 있는 블랑슈 글로버의 자살에 관한 세세한 자료들을 조사하고 있었다. 신문 기사, 사인 조사 사본, 아라라트 로드 산의 베다니에서 테이블 위에 화강암으로 눌려 있던 쪽지 한 장. 그리고 국회의원의 딸로 여성들의 주장에 동조적이었던 어느 나이 든 문하생에게 쓴 편지 몇 장도 있었다. 모드는 크리스타벨 라모트가 요크셔 여행에서 돌아온 뒤 경찰 심문이 있기까지의 기간 동안 어디에 있었는지 그녀의 행적에 관한 조그마한 단서라도 찾아낼 수 있었으면 하는 심정이었다. 그러나 블랑슈에 관한 자료는 남아 있는 것이 그다지 많지 않았다.

이 편지를 발견하시는 분께,
오랫동안의 심사숙고 끝에 저에게 내려진 결정, 건전한 정신으로 선택한 것을 이제 실행하려 합니다. 이유는 간단합니다. 첫째는 가난이죠. 이제는 더 이상 물감을 살 수도 없고, 그래서 지난 몇 달 동안 별로 만들어 낸 작품도 없답니다. 응접실에 예쁜 꽃을 그린 네 개의 꽃장식을 종이에 싸서 놔두었습니다. 예전 같으면 리치몬드 힐에 사시는 크레시 씨가 좋아할 종류의 작품인데……. 바라건대 그것들이 쓸모가 있다면 그분이 값을 후하게 치러 주셔서 제 장례식 비용으로 삼았으면 합니다. 그런 일까지 라모트 양에게 부담을 지우고 싶진 않아요. 그러니 비용 문제만큼은 크레시 씨가 맡아 주었으면 합니다. 그렇지 않으면 편히 눈을 감지도 못할 거예요.
둘째는, 비난받아 마땅한 이유 중의 하나가 되겠지만, 자존심 때문입니다. 저는 어느 누구의 집에라도 다시 가정 교사로 들어갈 수가 없었어요. 그런 삶은 지옥과도 같은 삶이지요. 아무리 그 가족이 친절히 대해 준다 하더라도 차라리 하녀로 들어가 사는 편이 더 낫겠다는 생각이 들더군요. 그리고 이제는 더 이상 라모트 양의 헌신에 제 자신을 다 맡겨 두고 싶지도 않았어요. 그녀에게도 스스로 부담해야 할 일들이 많았거든요.

셋째는 우리의 꿈이 실패로 돌아갔기 때문이에요. 저는 처음에는 라모트 양과, 그리고 나중에는 이 작은 집에서 홀로, 독립적인 독신의 여성들이 서로 교류를 맺으며 외부 세계로부터나 남성으로부터 어떠한 도움도 받지 않고 스스로가 유익하고 충만한 인간적인 삶을 누릴 수 있다는 신념에 따라 나름의 삶을 영위하려고 애썼답니다. 우리는 검소하게, 그러면서도 다른 이들에게 사랑을 베풀고, 자연과 조화를 이루며, 상대방과 화합하여 철학적이고 예술적인 삶을 누릴 수 있다고 믿었지요. 그러나 불행하게도 그러질 못했어요. 우리의 소박한 실험에 세상이 너무 가혹한 대접을 했든지(저는 바깥 세상이 정말 그랬다고 믿고 있어요), 아니면 우리 스스로가 능력도 없고 또 강인한 정신을 소유하지 못했든지(이따금씩은 이것이 진정한 이유가 아니겠는가 하는 생각도 들었어요), 이 둘 중의 하나일 거예요. 우리는 우리가 경제적으로 독립을 누리고, 우리가 일구어 낸 작품의 결과에 만족해 하던 초기의 그 열정적인 나날 동안에는 여타 강인한 정신의 소유자들이 우리와 같은 삶의 길을 택하더라도 실패하지 않으리라 생각했었지요. 독립적인 여성들은 스스로에게 더 많은 부분을 기대해야 할 거예요. 왜냐하면 남자들이나 가정에 길들여진 그 밖의 여성들은 우리와 같은 사람들에게서 그 어떠한 것도 기대하지 않을 뿐만 아니라 오로지 우리의 삶이 실패로 끝나기를 은근히 바라고 있기 때문이죠.

제가 남겨 둘 것은 거의 없어요. 몇 안 되는 저의 소유물들은 다음과 같은 방법으로 처리해 주었으면 합니다. 물론 여러 가지 정황으로 보아 이 글이 어떤 법률적인 강제성을 띤 문서는 되지 못할 겁니다. 하지만 이 편지를 읽으시는 그 어떤 분이라도 저의 이 말을 마치 법적인 효력을 지니는 문서처럼 여겨 주시면 정말 감사하겠어요.

제가 소유하고 있던 모든 옷가지들은 우리 집에서 일해 주었던 제인 섬머스에게 남깁니다. 그녀가 원하는 것은 모두 가져도 좋으며, 나머지 역시 그녀 마음대로 누구에게 나누어 주든 상관없어요. 이 기회를 빌려 사소하지만 한 가지 속인 것이 있어 그녀에게 용서를 빌어야겠군요. 어쩔 수 없이 그녀에게 나가 달라고 했거든요. ── 일한 대가를 충분히 지불하지도 못했으면서 말예요. 일하는 태도가 마음에 안 든다고 했는데 사실은 제 본심이 아니었어요. 이미 제 마음의 결심을 내렸기 때문이고, 또 그 결과를 놓고 그녀에게 어떤 직접적인 책임이나 부담이 지워지는 것이 싫어서 그랬지요. 이유는 그뿐이었어요. 원래 시치미 떼고 속이는 데는 재주가 없는 모양이에요.

이 집은 실질적으로 제 소유가 아닙니다. 라모트 양의 소유지요. 우리가 함께 돈을 모아 구입한 물건들이나 가재도구도 모두 그녀의 소유라고 해야 할 겁니다. 그러니 그 물건들은 그녀 마음대로 해도 괜찮겠지요.

제가 가지고 있던 세익스피어 작품집이나 키츠 시집들, 그리고 테니슨 경의 작품집 등은 엘리자 돈턴 양에게 주고 싶습니다. 비록 다 낡은 책이지만 도움이 되었으면 좋겠습니다.

저는 보석들을 거의 가지고 있지 않습니다. 또 있다 하더라도 제가 오늘 밤 목에 걸고 있는 작은 진주알로 만든 십자가 목걸이를 제외하곤 거의 가치가 없는 것들뿐이죠. 그 밖의 다른 장신구들은 제인이 좋다고만 한다면 그녀에게 물려주고 싶군요. 하지만 라모트 양이 우정의 상징으로 저에게 준 기도하는 두 손의 흑옥 브로치는 다시 라모트에게 돌려주고 싶습니다.

　이상이 제가 소유하고 있는 전부입니다. 그리고 제 작품이 있습니다. 저 스스로는 분명 가치있다고 믿고 있지만 지금은 사람들이 원하지 않는 것일 수도 있지요. 현재는 스케치만 한 작품들 외에 27점의 완성된 그림이 집에 남아 있습니다. 그중 「레오라인 경 앞에 선 크리스타벨」과 「메를린과 비비앙」, 이 두 작품은 라모트 양의 소유입니다. 저는 그녀가 이 작품들을 계속 보존하여 옛날처럼 그녀가 작품을 쓰는 방에다 걸어 두었으면 좋겠습니다. 그 옛날 행복했던 시절이 새록새록 기억 속에 솟아나게 말입니다. 설혹 그래서 마음의 고통이 뒤따른다 하더라도 그녀가 살아 있는 동안에는 누구에게 선물로 주는 일이나 팔려고 내놓는 일이 없었으면 좋겠습니다. 저 자신이 그러고 싶었듯이 훗날을 기약하며 보존되었으면 합니다. 그녀도 잘 알고 있겠지만 제가 그린 작품 가운데 최고의 것들이죠. 그 무엇도 영원히 지속되는 것은 없지만 훌륭한 예술은 어느 정도 계속 살아남잖아요. 아직 세상에 나오지 않은 사람들이 장차 제 작품을 평가하고 이해해 주길 바랍니다. 결국엔 그들 말고 누가 있겠습니까? 마찬가지로 제 다른 작품들의 운명도 라모트 양의 손에 맡기고 싶습니다. 그녀는 예술적 양심을 지닌 훌륭한 여성이니까요. 가능하다면 그 작품들이 어느 한 곳에 같이 모아져서 훗날 새로운 미적 감각과 새로운 판단력의 소유자들에 의해 진정한 예술적 가치가 무엇인지 평가되기를 바랄 뿐입니다. 하지만 이제 곧 저는 제 작품들을 지켜볼 권리마저 상실하고 말겠지요. 그것들은 저 스스로의 지루하고 힘든 길을 걸어야 할 겁니다.

이제 얼마 안 있으면 저는 정들었던 이 집을 떠나 다시는 돌아올 수 없는 곳으로 가야 합니다. 저는 『여성의 권리를 옹호함』[1]을 쓴 작가와 겨루고 싶은 마음이 있었어요. 그러나 그녀에게서 영향을 받은 라모트가 자신의 책상 위에 올려놓고 있었던 큼지막한 화산석들을 이제는 저의 외투 주머니에 집어넣고 아예 꿰매어 버렸습니다. 그렇게 해야 모든 일이 신속하고 확실하게 이루어지겠죠.

저는 죽음이 모든 것의 종말이라고는 믿지 않습니다. 리즈 부인의 교령회에서 우리는 기적과도 같은 많은 일들을 들었습니다. 그리고 저 먼 어떤 요정의 세계로, 저승의 세계로 떠났던 자들이 아무런 고통 없이 다시 살아나는 장면을 목격하기도 했습니다. 이러한 믿음 때문에 저는 저를 만드신 창조주께서 저를 보시고, 저의 모든 것을 용서하시며, 이후로 사랑과 창조적인 예술 행위에 대한 저의 능력 — 이 지상에서는 별로 발휘하지도 못하고, 또 누구도 알아주지 않던 — 을 긴히 쓰시리라 믿고 있습니다. 정말이지 저는, 이 지상에선 잉여의 존재라고 생각해 왔습니다. 저 세상에서는 저 스스로를 제가 잘 알아야 하고 또 인정도 받아야겠지요. 우리와 우리보다 먼저 떠난 사람들 사이를 가로막고 있는 어두운 장막 뒤로 가물거리는 희미한 불빛을 바라보며 저는 진정 말하고 싶었습니다. 서로 용서하고 용서받게 해달라고 말입니다. 신이시여, 제 불쌍한 영혼과 우리 모두의 영혼을 불쌍히 여기시어 자비를 베풀어 주소서.

미혼 여성 블랑슈 글로버가 씀

---

[1] 영국 낭만주의 초기의 소설가이자 프랑스 혁명의 영향을 받아 인간의 권리나 여성의 권리에 관해 많은 글을 쓴 메리 울스턴크래프트 Mary Wollstonecraft(1759~1797)가 1792년에 쓴 대표작.

이 글을 읽고 모드는, 몸을 부르르 떨었다. 크리스타벨은 이 글을 읽었을 때 어떤 생각을 했을까? 1859년 7월과 1860년 여름 사이 크리스타벨은 어디에 있었으며, 또 왜 그 집을 떠났으며, 그리고 랜돌프 애쉬는 어디에 있었는가? 롤런드는 애쉬가 그 당시 집에 없었다는 기록은 없다고 했다. 애쉬는 1860년 한 해 동안 어떤 작품도 발표하지 않았으며, 편지도 거의 쓰지 않았다. 라모트를 연구하는 학자들도 블랑슈가 자살할 당시 크리스타벨 라모트가 집에 없었다는 사실에 대해 만족할 만한 설명을 해주지 못하고 있다. 그냥 두 여자가 언쟁을 벌인 것이 아니냐는 식의 막연한 추측뿐이었다. 그러나 이제는 언쟁을 했다는 추측도 그 사실이 좀더 분명해지기 전까지는 다른 각도에서 바라볼 필요가 있다고 모드는 생각했다. 그녀는 그 당시 신문에서 오려 낸 것을 집어 들었다.

비바람이 세차게 몰아치던 6월 25일 밤, 불운했던 또 한 명의 젊은 여인이 부풀어 오른 템스 강물에 뛰어들었다. 6월 28일이 되어서야 강물이 줄어든 푸트니 다리 아래 한 자갈밭에서 그녀의 시신이 발견되었다. 누구에 의해서 살해당한 흔적은 없었다. 수수한 옷차림이었고 주머니는 큼직한 돌멩이 몇 개가 들어 있는 채 꿰매어져 있는 것으로 확인되었다. 사망자의 신원은 블랑슈 글로버 양으로 밝혀졌는데, 그녀는 최근 함께 살던 여류 시인 크리스타벨 라모트 양과 헤어져 혼자 기거한 것으로 알려졌다. 한편 라모트 양의 소재는 현재 확인되지 않았으며, 최근에 그 집에서 집안일을 돌보다가 그만둔 제인 섬머스에 의하면 한동안 라모트 양의 소재를 아무도 모르고 있었다고 한다. 경찰도 라모트 양의 소재를 파악하기 위해 노력하고 있다고 알려졌다. 그리고 글로버 양의 자살 동기를 밝혀 주는 유일한 증거는 편지 형태로 씌어진 유서로 마운트 아라라트 로드에서 발견되었다.

경찰도 크리스타벨을 찾았다고 하는데, 그러면 그녀는 어디에 있었단 말인가? 칸막이 뒤편에서 급한 발걸음 소리가 들리더니 「놀라셨죠?」라는 목소리가 크게 울려 왔다. 의자에서 반쯤 일어나던 모드는 뒤에서 그녀를 감싸는 따뜻하고 커다란 팔에 꼼짝없이 묶이고 말았다. 사향 같은 향수 냄새가 풍겼고, 부드러운 앞가슴이 등 뒤로 느껴졌다.

「모드, 당신이 어디 있을까 생각하다가 분명 일을 하고 있으리라 점을 치고는 곧장 이리로 달려왔어요. 놀랐죠?」

「레오노라, 이 팔 좀 풀어 줘요. 숨을 쉴 수가 없어요. 정말 놀랐어요. 당신이 온난 전선처럼 대서양 건너 날아오리라고는 생각했지만.」

「멋진 은유로군요. 당신의 언어 구사는 정말 멋져요.」

「하지만 이렇게 급습하리라고는 생각하지 못했어요. 오늘 말예요. 아무튼 기뻐요.」

「하루 이틀 정도 재워 줄 수 있죠? 그리고 이곳에 특별히 자리 하나 마련해 줄 수 있죠? 이곳의 공간이 좁다는 것을 알고 있으면서도 늘 까먹고 있으니 ― 정말 여성학 연구를 멸시하든가 아니면 영국의 대학 당국이 쩨쩨한 것 아녜요?」

모드는 항상 레오노라가 찾아오는 것을 걱정하는 편이었지만 이번에는 달랐다. 정말 그녀를 만나자마자, 나중에야 어떤 기분이 들든지, 적어도 처음에 이렇게 기분 좋은 적이 거의 없었다. 좁은 자원 센터를 레오노라의 듬직한 몸집이 가득 채우는 듯했다. 레오노라는 어느 모로 보나 우아하면서도 몸집이 큰 여자였다. 몸매에 맞게 옷을 차려입은 그녀는 긴 스커트와 셔츠처럼 생긴 길고 헐렁한 재킷을 걸치고 있었으며, 옷마다 오렌지빛과 금빛이 반짝이는 햇살 모양의 브로 치와 꽃무늬 장식을 달고 있었다. 팽팽한 올리브색 피부에 인상적으로 생긴 오똑한 코, 무언가 가득 물고 있는 듯한 입, 아프리카 흑인 여자들의 인상을 풍기는 입술, 그리고 천연의 오일을 발라 살아 움직이는 듯 어깨선까지 내려온 — 손으 로 쥐면 흩어지지 않고 한데 뭉칠 것 같은 — 검은 머리. 또 한 그녀는 호박과 여러 가지 달걀 모양의 구슬들이 달린 야 하면서도 값비싼 목걸이를 여러 개 목에 걸고 있었다. 머리 에는 노란색의 실크 머리끈이 매어져 있었는데 아마 60년대 말 히피 생활을 할 당시 같이 어울렸던 인디언족들을 생각하 며 매고 다니는 듯했다. 원래 배턴 루지[2] 출신인 그녀는 자신 이 크리올 사람, 즉 프랑스계 미국인인 동시에 인디언 조상 의 피를 타고났다고 주장했다. 결혼하기 전 처녀 시절의 그 녀 이름은 상피옹이었는데, 그것 역시 자신이 프랑스계 미국 인임을 보여 주는 증거라고 했다. 현재의 스턴이라는 이름은 첫 번째 남편이었던 너사니얼 스턴의 성을 이어받은 것인데, 그는 프린스턴 대학의 조교수로서, 예전에는 꼼꼼한 신비평 의 수호자로 학문적인 행복을 구가하였지만 나중에는 레오 노라를 부양하는 데 실패하고 또 구조주의, 후기 구조주의, 마르크시즘, 해체주의, 페미니즘 등의 격렬한 이념 논쟁에서 살아남지 못한 사람이었다. 『보스턴 사람들』[3]의 조화와 불화 를 주제로 쓴 그의 작은 책도 어떻게 보면 시기를 잘못 타고 난 책이었다. 1860년대 보스턴의 〈성적 감성〉에 대한 제임스 의 근심 어린 시각을 적극 옹호하고 나선 그의 글을 페미니 스트들이 공격하기 시작했으며, 레오노라도 한몫 거들었던

2 Baton Rouge, 미국 루이지애나 주의 주도.
3 『The Bostonians』, 미국 소설가인 헨리 제임스의 1886년 작품으로 한 중년 여인이 어린 소녀에게 반해 두 사람 다 불행을 맞이한다는 내용의 소설.

것이다. 곧이어 그녀는 솔 드럭커라는 히피 시인과 함께 뉴 멕시코에 있는 한 히피 부락에서 살게 되었다. 한편 모드가 오타와에서 열린 한 회의 석상에서 만난 적이 있는 너사니얼 스턴은 매우 야심있고 예리한 성격의 키가 작은 백인이었지만 페미니스트들을 달래려는 의도에서 마거릿 풀러 오솔리[4]의 전기를 쓰기 시작했다. 그러나 20년이 지난 지금도 그는 아직 그 일에 매달려 있으며 어느 누구로부터, 특히 페미니스트들로부터 인정을 받지 못하고 있는 실정이었다. 레오노라는 항상 너사니얼을 〈불쌍한 멍청이〉라고 불렀지만 아직도 그의 성을 이름에 붙이고 다녔다. 그녀가 라캉에 심취하기 이전에 쓴 작품으로, 19세기 여성 작가들의 소설에 등장하는 가정의 이미지를 연구한 그녀의 첫 주요작인 『가정 같은 곳은 없어라』의 표지에도 그녀는 남편의 성을 딴 이름, 레오노라 스턴을 그대로 썼다. 솔 드럭커는 레오노라의 열일곱 살짜리 아들인 대니의 아버지이다. 레오노라에 의하면 드럭커는 꼬불꼬불한 붉은 수염을 길렀으며, 몸통에도 불그레한 털이 나 있고, 배꼽에서 음모까지도 그런 털이 나 있는 사람이었다. 솔 드럭커의 용모에 대해서 모드가 알고 있는 점은 그것이 전부였다. 물론 쉽지는 않았겠지만 가끔씩 레오노라를 두들겨 팰 수 있을 만큼 몸집도 큰 사람이었다. 그가 쓴 시는 대부분이 온통 상스러운 욕설과 말도 안 되는 소리로 뒤덮여 있었다. 그 가운데 가장 유명한 시 『천 년 동안의 기어다님』은 블레이크와 휘트만과 에지킬의 영향을 받아 쓴 시로 인간과 뱀들이 죽음의 계곡에서 부활한다는 내용을 담고 있었다. 레오노라는 매우 신랄하면서도 추잡한 시라고 하였

4 Margaret Fuller Ossoli(1810~1850). 미국의 작가이자 문학 비평가로 초월주의의 한 그룹을 형성했으며, 여성 교육을 통한 여성의 권리 증진에 힘을 쏟았던 사람.

다. 모드가 한때 그 제목에서 〈millenarial〉이라는 단어를 보고는 〈millennial〉이라는 단어가 옳지 않느냐고 물었을 때 레오노라의 대답이 걸작이었다. 「더 이상 언급도 되지 않을 텐데 그냥 놔두지 뭐.」 그녀는 드럭커를 〈뚱뚱한 사람〉이라고 불렀다. 나중에 그녀는 자신에게 요가와 채식주의를 가르쳐 주고, 거의 실신 상태에까지 이르는 오르가슴의 터득 방법을 일깨워 주고, 또 아내의 순사[5]나 남근 숭배에 대한 격렬한 비판 의식을 심어 주었던 인류학 교수인 한 인디언 여자 때문에 드럭커를 떠나게 되었다. 솔 드럭커는 현재 몬타나에 있는 목장에서 일하고 있으며 — 레오노라는 「그는 말도 다룰 줄 모르는 사람이지」라고 말했다 — 아들 대니는 그가 키우고 있었다. 레오노라의 말에 의하면, 그는 재혼을 했고, 그의 새 아내가 대니에게 아주 헌신적이라고 했다. 아무튼 그 여교수 다음에는 마거릿, 브리지카, 포커혼타스, 마르티나 등의 여자가 레오노라의 주변에 등장하게 되었다. 레오노라는 이런 말을 곧잘 했었다. 「나, 그 여자들 정말 좋아해요. 어쨌든 난 가정을 갖는다는 것에 관해 편집광적인 데가 있어요. 안락함 속에 빠져 들어 거기에 매달려 살아야 한다는 것은 견딜 수 없는 일 아녜요? 세상엔 다른 멋진 사람들이 많은데 말예요…….」

***

「뭐하고 있어요?」 그녀가 모드에게 물었다.
「블랑슈 글로버의 자살에 관련된 내용들을 읽고 있어요.」
「그건 왜죠?」

---

5 殉死. 힌두교의 풍습으로 남편이 죽으면 아내를 같이 매장하는 것.

「그녀가 물속에 뛰어들었을 때 크리스타벨이 어디에 있었는지 궁금해서요.」

「당신이 프랑스어를 읽을 수 있다면 도움을 줄 수 있을 것도 같은데. 낭트에서 아리안느 르 미니에라는 사람이 보낸 편지가 있는데, 나중에 보여 줄게요.」

그러면서 그녀는 블랑슈 글로버가 자살 직전에 쓴 편지를 읽기 시작했다.

「불쌍한 블랑슈. 얼마나 격정적이고 고귀한 태도야. 또 얼마나 고통스러웠을까. 그 그림 본 적 있어요? 굉장히 환상적인 그림 같은데. 입증된 레즈비언 페미니스트의 작품들.」

「아무것도 발견되지 않았어요. 크리스타벨이 다 보관하고 있었는지도 모르죠. 아니 어쩌면 절망감에 다 불태워 버렸을 수도 있고…….」

「아마 전에 총을 들고 나를 내쫓았던, 그 못된 영감쟁이가 살고 있는 집으로 가져갔을 거예요. 그 늙은이, 들고 있던 낫으로 어찌 할까 하더니…… 돼지 같은 사람 같으니. 어쩌면 그 창고 같은 곳에서 무슨 흉계를 꾸미고 있는지도 몰라요.」

모드는 레오노라의 생각이 맞다고는 느꼈지만 더 이상 조지 경에 관한 이야기는 하지 않았으면 싶었다. 그녀가 말했다.

「레오노라, 그 그림들 어땠을 것 같아요? 훌륭한 작품들이었겠죠?」

「그랬을지도 몰라요. 그 여자가 그림에 굉장한 정열을 쏟아 부었으니 스스로는 당연히 애지중지했겠지요. 어쩌면 매우 여리면서도 팽팽한 긴장이 감돌고, 육감적이면서도 여린, 풍만한 가슴에 라파엘 전기 스타일의 머리 모양을 한 날씬하고 우아하며 아름다운 여성의 모습을 그리지 않았을까요? 하지만 그 작품들이 정말로 창조적인 작품이라면 우리가 발견할 때까지는 뭐라 상상할 수도 없을 것 같아요.」

564

「이런 제목의 작품도 있었다죠. 〈헬라 리즈 교령회의 영혼의 후광과 아름다운 영혼의 손〉.」

「그 소리를 들으니 그리 희망적이진 않군요. 하지만 그래도 그 손은 뒤러[6]의 손처럼 훌륭할 테고, 그 후광은 판탱라투르[7]가 그린 것처럼 보이겠죠? 물론 어디에서 보고 이끌어 낸 것이 아니라 독창적인 것이긴 하겠지만.」

「그렇게 생각하세요?」

「아뇨. 하지만 보지 못했으니까 좋게 말해 줘야죠. 그녀는 수녀였어요.」

「예, 맞아요.」

그날 밤, 그들은 모드의 아파트에 함께 앉아 있었다. 모드는「전체적인 요지는 알겠는데 내 프랑스어 실력이 아주 형편없어서……. 영문학 공부라는 게 뭔지」라고 말한 레오노라를 위하여 르 미니에의 편지를 번역해 주었다.

모드는 높다란 스탠드 아래에 있는 흰색 소파 한쪽 구석, 그녀가 늘 앉던 곳에 아무 생각 없이 앉았다. 그런데 레오노라가 바로 그녀 옆에 털썩 앉고는 한쪽 팔을 소파 뒤로 얹어 모드의 등을 감싸는 것이 아닌가. 따라서 자연히 레오노라가 움직일 때마다 그녀의 엉덩이가 모드의 몸에 바싹 밀착되었다. 모드의 몸은 위협을 느끼는 듯 긴장되었다. 한두 번 일어나고 싶은 충동이 없었던 것은 아니지만 괴롭기만 할 뿐 아무 도움도 안 되는 영국인의 예절 의식을 떠올리고는 겨우겨우 참아 냈다. 모드는 자신의 기분이 어떨지 잘 알고 있으면서도 레오노라가 그런 상황을 즐기고 있음을 눈치 챘다.

그 편지는 귀중한 것이었다. 시치미 떼는 데에는 블랑슈 글로버가 제인에게 했던 것보다 더 능숙했던 모드는, 그저

---

6 Albrecht Dürer(1471~1528). 독일의 화가이자 조각가.

7 Fantin Latour(1836~1904). 프랑스의 화가.

늘 지니고 있는 단순한 학자적 호기심 이상의 감정은 내보이지 않은 채 무덤덤하게 편지를 읽어 내려갔다.

　　스턴 교수님께,
　　저는 이곳 낭트 대학에서 여류 작가들의 작품을 연구하는 프랑스 학생입니다. 예전부터 여류 시인들, 특히 크라스타벨 라모트의 의미 구조에 관해 많은 관심을 쏟고 연구해 오신 선생님을 존경해 왔습니다. 브르타뉴의 피가 섞이고, 독특한 여성 세계를 창조하기 위해 브르타뉴의 신화와 전설에 많이 의존했던 라모트에게 저도 대단한 관심을 지니고 있거든요. 더욱이 『요정 멜루지나』의 풍경적 요소가 지니고 있는 성적 의미에 관한 선생님의 연구는 정말 의미 있고 감동적이었어요.
　　최근에 선생님께서 페미니스트로서의 라모트의 삶을 구명할 여러 가지 자료들을 연구하고 계신다는 얘길 들었어요. 그런데 제가 어쩌면 선생님이 관심 가질 만한 자료 하나를 우연히 습득했답니다. 요즘 저는 거의 작품집을 내지 않았던 사빈느 드 케르코즈라는 작가를 연구하고 있는데, 그녀가 1860년대에 발표한 몇 안 되는 시 가운데 조르주 상드를 기리는 소네트가 몇 편 있어요. 그녀는 조르주 상드를 만난 적도 없지만 그 여인의 이상과 삶의 방식에 대단한 경의를 지니고 있었다나 봐요. 또한 출판되지 않은 네 편의 소설이 있어요. ―「오리안느」, 「아우렐리아」, 「즈네브 사람들의 번민」, 그리고 「제2의 다후드」. 저는 이중에서 「제2의 다후드」를 잘 편집해서 조만간 세상에 내놓을 작정이에요. 그 소설은 라모트가 아름다운 시로 그렸던 것과 똑같이 물에 잠긴 도시 이즈의 전설을 토대로 씌어졌지요.
　　이미 알고 계실지도 모르겠습니다만, 그 케르코즈라는

여자는 아버지 쪽의 조모로 해서 크리스타벨 라모트와 인척 관계에 있답니다. 선생님은 아마 1859년 가을에 라모트가 프웨스낭에 있는 그녀의 가족을 방문한 사실을 모르고 계실 겁니다. 제가 가지고 있는 자료라는 게 바로 사빈느 드 케르코즈가 솔랑주라는 그녀의 사촌에게 보낸 편지예요. 그 편지가 여러 가지 서류들 — 아마 사빈느(그녀는 포르닉의 케르가르웨 집안에 시집을 갔는데 1870년에 아이를 낳다가 그만 목숨을 잃고 말았죠)의 후손이라는 사람이 우리 대학에 맡긴 이후로는 제대로 편집도 안 되고 연구도 안 된 서류들일 거예요. — 가운데 섞여 있었지 뭐예요. 제가 그 편지의 사본을 하나 동봉해서 보내 드립니다. 혹 관심이 있으시면 앞으로도 제가 확보할 수 있는 자료들을 더 제공해 드릴 수 있는 영광을 주세요. 안녕히 계세요.

「서투르게 번역을 해서 미안해요, 레오노라. 그럼 이제 사빈느 드 케르코즈의 편지를 읽겠어요.」

　사랑하는 나의 사촌에게,
　이곳에서의 지루하고 단조롭던 우리의 나날들이 예기치 않던 — 적어도 나는 기대하지도 못했던 일이야. — 먼 사촌의 방문으로 인해 갑자기 활기를 띠었단다. 영국에서 사는 라모트 양이라고, 프랑스 신화와 브르타뉴의 전설과 민담을 수집했던 이시도르 라모트의 딸이란다. 내가 얼마나 흥분했는지 한번 상상해 보렴. — 처음 만난 사촌이 여류 시인에다가 비록 영어로 쓰긴 했지만 많은 작품을 발표했고 또 영국에서는 주목받는 시인이라니 말야. 그런데 그녀가 지금은 몸이 아파 침대에 누워 있어. 폭풍우를 뚫고 영국에서 오느라고 그랬다나 봐. 몰아치는 강풍 때문에 생말로 항구의 방조벽 밖에서 거의 24시간 동안 머물렀대. 도로가 온통 물바다를 이루고 바람도 세차게 불었다고 해. 그녀가 누워 있는 방에 난로를 하나 피워 주었는데, 아마 그녀는 그런 배려가 금욕과 검소를 신조로 살아가는 이 집 안에서 유일한 영광을 누리는 일임을 모르고 있을 거야.

그녀의 모습이 대단히 마음에 들었어. 작고 호리한 몸매, 희고 커다란 얼굴(아마 힘들게 바다를 건너와서 그랬겠지), 조금은 커 보이는 듯한 하얀 치아. 첫날 같이 저녁 식사를 하는데 거의 말이 없었어. 나는 그녀 곁에 앉아서 귓속말로 나도 시인이 되기를 꿈꾼 적이 있다고 말했지. 그런데 그녀는 「시인이 되면 불행해져」라고 말하는 거야. 그렇지만 난 내가 무슨 글을 쓸 때에만 살아 있다는 느낌을 받는다고 반박했어. 그러자 그녀가 말했어. 「만일 그렇다면, 행인지 불행인지는 모르겠지만, 내가 무슨 말을 해도 소용이 없겠는걸」 하고 말이야.

그날 밤도 바람은 엄청났어. 약해지지도 않고 계속 흐느끼는 소리로 불어 댔지. 고요한 밤에 영혼과 육체의 고통을 당한 사람처럼 말야. 이른 아침이 되어서야 그치더군. 보통 아침에는 시끄러운 소리 때문에 잠에서 깨어나는데 그날 아침은 오히려 시끄러움 속에 있다가 갑자기 바람 소리가 고요해지는 바람에 깨어났다고. 아침에 보니까 그 사촌은 밤새 잠도 못 잔 것 같았어. 아버지께서 말씀하시더군, 딸기잎을 넣은 차를 마시고 방에서 쉬라고 말야.

아차, 그녀가 커다란 사냥개를 한 마리 데리고 온 얘기를 하지 않았구나. 개 이름이 〈트레이〉라고 하는 것 같았어. 개도 폭풍 속에 많이 시달렸나 봐. 주인이 자는 방의 작은 테이블 아래 귀를 파묻고 누워서는 꼼짝도 안 했어. 그 사촌이 그러더군, 날씨가 좋아지면 아마 브로셀리앙드 숲 속을 마구 뛰어다닐 거라고. 그런 숲 속이 그 개의 자연의 집이라는군…….

「조사해 볼 가치가 있겠어요.」 모드가 편지를 다 읽자 레오노라가 입을 열었다. 「어느 정도 내 추측과 맞아요. 낭트에 한 번 가봐야겠어요. 낭트가 정확히 어디죠? 아무튼 그곳에 가서 르 미니에라는 여자가 무슨 자료들을 가지고 있는지 알아봐야겠어요. 그런데 옛날 프랑스어를 읽을 수가 있어야지……. 같이 안 가겠어요? 놀다 오는 셈 치죠 뭐. 라모트와 바다 음식과 브로셀리앙드, 어때요?」

「나중이라면 모를까, 지금은 요크 세미나에서 발표할 메타포에 관한 논문 때문에 안 돼요. 더구나 논문이 잘 풀리질 않아서…….」

「말해 봐요. 한 사람보다는 두 사람이 달려들면 더 나을지 모르니. 어떤 메타포죠?」

모드는 당황했다. 크리스타벨에 대한 레오노라의 관심을 딴 데로 돌리는가 싶었는데, 도리어 아직 머릿속에 골격도 안 잡혀 있고 어렴풋한 윤곽이라도 잡으려면 한 달은 더 있어야 할 듯한 자신의 논문으로 화제가 돌아갔기 때문이었다.

「아직 막연해요. 그냥 멜루지나와 메두사, 그리고 메두사의 머리는 거세 환상, 즉 욕망이 아닌 두려움의 대상으로서 여성의 성이라는 프로이트의 생각 등과 관련지어 볼까 해요.」

「아!」 레오노라가 말했다. 「그렇다면 내가 얘기 하나 해줄게요. 괴테의 『파우스트』를 연구하는 어느 독일인이 보낸 편진데, 왜 잘려 나간 히드라의 머리가 무대로 다시 기어 나와서는 여전히 자신들이 중요한 존재라고 생각하는 부분 있죠? ─ 요즘 내가 괴테에 좀 관심이 있거든요. ─ 〈영원한 여성〉, 모성, 마녀, 스핑크스…….」

레오노라는 얘기를 계속했다. 그녀는 쉬지 않고 말을 하는데도 지겹지가 않은 모양이었다. 모드는 대화의 방향이 브르타뉴에서 괴테로, 괴테에서 전체적인 성의 문제로, 다시 구체적으로 들어가 레오노라의 남편들이었던 두 남자의 특이한 습관으로 나아가는 데 안도감을 느끼기 시작했다. 레오노라는 이제 마치 우렁찬 오페라의 서창(敍唱)처럼 옛 남편들을 욕하고 또 가끔은 주절주절 칭찬을 늘어놓았다. 모드는 레오노라의 얘기를 듣다 보면 항상 모든 것을 필요 이상으로 알게 된다는 느낌을 받았다. 지금도 그랬다. 레오노라의 남편이었던 그 불쌍한 멍청이와 똥뚱한 사람의 기벽과 약점, 은밀한 욕정과 분별없는 행동, 냄새와 우스꽝스러운 소리, 그리고 떠벌리는 말과 사정(射精) 등 온갖 얘기가 쏟아져 나왔다. 또 모드 자신은 항상 잘못된 여자로 둔갑해 버리기가 일쑤였다. 레오노라는 자신이 가장 만족해 할 수 있는 곳에서 욕구를 돋우며, 또 소파에서의 장광설로부터 시작해서 베갯머리에서 끝없이 책을 쓰는 것으로 이어지는, 말하자면 언어의 클레오파트라였다.

레오노라가 모드에게 불쑥 물었다. 「그런데 당신, 요즘 애정 생활은 어때요? 오늘 저녁은 이상하게 말씀이 없으셔.」

「무슨 말을 하겠어요?」

「놀랐는데요. 그럼 내가 계속하죠. 하지만 너무한 게 아닐까요? 너무 자신의 성에 관해서 긴장하고 있는 것 아니에요? 퍼거스 월프라는 그 나쁜 자식 땜에 상처받은 게로군요. 그렇다고 처참한 꼴을 보여선 안 돼요. 사업을 확장해 보면 어때요? 다른 멋진 사람으로.」

「여자 얘기 하는 거죠? 독신으로 살 작정이에요. 그게 좋은 것 같아요. 한 가지 위험한 게 있다면 자기네들 방식대로 누구를 바꾸려는 사람들이 많다는 거죠. 저처럼 한번 새로운 길을 찾아보지 않으실래요?」

「예에, 지난 가을 한 달가량 시도해 봤어요. 처음에는 좋았지요. 그런데 자연히 내 자신에 몰두하다 보니 뭔가 건강치 못한 느낌이더라고요. 그래서 포기하고 찾아낸 사람이 메리 루라는 여자죠. 누군가를 구원해 준다는 것이 더 스릴 만점이고 또 좋은 일 아니겠어요, 모드?」

「바꾼다는 제 말뜻을 잘 알고 계신 것 같군요. 포기하세요, 레오노라. 나는 내 삶의 방식에 만족하고 있으니까요.」

「그건 당신의 선택이고.」 레오노라가 계속 말을 이었다. 「이곳으로 오기 전에 전화 많이 했었어요. 당신이 어디에 있는지 아무도 모르더군요. 어떤 남자와 차를 타고 갔다고는 하던데……. 부서에서 말해 주었어요.」

「누가 말했죠? 누가 그런 말을…….」

「정곡을 찌른 모양이죠? 즐거운 시간이었길 바라요.」

모드는 자기 이름처럼 아주 차가우면서도 무표정한 얼굴로 쌀쌀하게 대꾸했다.

「예, 고마워요.」 그러곤 입을 꼭 다문 채 하얀 얼굴을 하고는 허공을 바라보았다.

「자, 이제 하나 맞췄죠? 무단 침입자는 아닐 테고……. 아무튼 누군가가 있다니 기쁘군요.」

「아무도 없어요.」

「좋아요. 아무도 없다고 치죠, 뭐.」

***

레오노라는 모드의 욕실에서 한참 동안 목욕을 하였다. 그녀가 나가고 난 욕실 바닥에는 여기저기 튀긴 물방울들과 뚜껑 열린 화장품들이 널려 있었고, 무슨 크림을 썼는지는 몰라도 여러 가지 향내가 진동하였다. 모드는 화장품 뚜껑을 다시 찾아 닫았으며, 튀긴 물방울들도 닦아 내고는 커튼을 친 채 마약인지 독약인지 이상한 연고 냄새를 맡으며 샤워를 하였다. 샤워를 끝낸 그녀가 시원한 자신의 침대로 들어갔을 때 레오노라가 문가에 나타났다. 허리끈도 없는 자주색 실크 가운을 걸친 것 이외에는 알몸의 모습이었다.

「굿나잇 키스를 하려고.」레오노라의 말이었다.

「전 할 수가 없어요.」

「괜찮아요. 마음 편히 먹어요.」

침대로 다가온 레오노라는 모드를 껴안았다. 모드는 코를 돌리려고 애썼다. 자연히 그녀의 손이 레오노라의 배와 풍만한 가슴으로 올라갔다. 그러나 레오노라의 가슴을 〈밀어낼〉 수가 없었다. 그냥 얼굴을 내맡기는 것만큼이나 역겨운 일이었다. 그녀는 어찌 할 수 없어 그만 울음을 터뜨리고 말았다.

「왜 그래요, 모드?」

「내가 말했잖아요. 이젠 이런 일에서 손 뗐다고요. 정말이에요. 애길 했는데도……」

「내가 편안하게 해줄게요.」

「당신은 편안하게 해준다고 하지만 나에겐 그렇지 않다는 점을 알아주세요. 어서 침대로 가세요, 레오노라. 제발.」

레오노라는 무슨 개나 곰의 울음소리와도 같은 이상한 소리를 내고는 웃으면서 모드의 방을 나갔다. 「내일은 기분이 달라질 거예요. 좋은 꿈 꿔요, 공주님.」

***

절망감, 아니 자포자기의 심정이 모드의 마음을 짓눌렀다. 레오노라의 커다란 몸집이 그녀와 그녀의 책 사이를 가로막으며 거실의 소파 위에 누워 있었다. 모드는 빠져나갈 구멍 없이 꼭 갇혀 버렸다는 느낌에 온몸이 쑤셔 오는 듯했다. 게다가 그런 느낌과 더불어 퍼거스 월프와 지냈던 그 끔찍했던 마지막 날들이 생각나는 바람에 더욱 미칠 지경이었다. 그녀는 뭔가 단순하면서도 핵심만을 말하는 자신의 목소리를 듣고 싶었다. 누군가와 얘기하고 싶었다. 쉽게 떠오르는 사람이 자기처럼 고독한 흰 침대를 고수한다는 롤런드 미첼이었다. 그녀는 시계도 보지 않았다. ― 늦은 시각이었지만 공부하는 사람에게는 그리 깊은 밤도 아니라는 생각에서였다. 일단 전화를 걸어 보고 몇 번 벨이 울린 다음, 그래도 대답이 없으면 이내 끊어 버릴 작정이었다. 그러면 전화벨 소리에 방해가 되었다 하더라도 누군지 모를 것이 아닌가. 그녀는 침대 곁에 있던 수화기를 들고는 런던의 롤런드 집 번호를 돌렸다. 무슨 말을 할 것인가? 사빈느 드 케르코즈 얘기는 하지 말고 대신 할 말이 있다고 하면 되었다. 또 집에 누가 와 있다는 말만 하면 될 것 같았다.

전화벨이 두 번, 세 번, 네 번 울렸다. 수화기 드는 소리가 들렸다. 상대방은 아무 말 없이 듣고만 있었다.

「롤런드?」

「지금 자고 있어요. 지금 몇 신지 아세요?」

「죄송합니다.」

「혹시 모드 베일리 아니세요, 맞죠?」

모드는 아무 말도 하지 않았다.

「맞죠? 모드 베일리죠? 왜 우릴 그냥 놔두지 못하는 거죠?」

모드는 화난 목소리를 들으면서도 잠자코 수화기를 들고만 있었다. 인기척에 고개를 들자 자주색 실크 가운에 검은 머리칼을 반짝이며 문가에 서 있는 레오노라가 눈에 띄었다.

「미안해요. 두통약 없어요?」

모드는 수화기를 내려놓았다.
「방해해서 미안해요.」
「아녜요, 괜찮아요.」

***

다음 날 모드는 블랙커더에게 전화를 걸었다. 물론 그것은 실수였다.
「블랙커더 교수님이세요?」
「예, 그렇습니다.」
「링컨의 여성학 연구 자원 센터에 있는 모드 베일리예요.」
「아, 그러세요.」
「롤런드 미첼 씨와 연락을 했으면 하는데…… 좀 급한 일이라서요.」
「베일리 박사, 저에게 전화해 봐야 소용없습니다. 요즈음은 도무지 그 친구를 못 봤으니까요.」
「제 생각엔…….」
「최근에 어딜 다녀온 모양인데, 그 후로는 어디가 아픈 모양입디다. 그동안 계속 아파서 내가 못 봤는지도…….」
「죄송합니다.」
「아니, 뭐 죄송할 것까지는 없지요. 그 친구가 아픈 게 어디 당신 책임도 아니잖소?」
「혹시 만나면 제가 전화했었다고 전해 주시겠어요?」
「보게 되면 그렇게 하지요. 그 밖에 달리 전할 말은 없습니까?」
「그럼, 저에게 전화 좀 해달라고 부탁드려도 될까요?」
「무슨 일 때문이라고 할까요, 베일리 박사?」
「탈라하세에서 스턴 교수가 왔다고 전해 주세요.」

「내가 잊어버리지 않으면, 그리고 그 친구를 만나게 되면 말하죠.」

「고맙습니다.」

***

링컨의 한 상점을 막 빠져나온 모드와 레오노라는 하마터면 소음도 없이 빠른 속도로 후진하던 커다란 승용차에 치일 뻔했다. 그들은 단단한 빗자루 모양의 막대기에 벨벳으로 만든 머리가 달리고, 부드럽게 흘러내리는 실크 갈기와 수놓아 만든 심술궂게 생긴 눈동자의 흔들리는 장난감 말을 들고 있었다. 레오노라가 굉장히 영국적이고 마술의 분위기가 감돈다며 여러 대자(代子)들에게 주기 위해 산 것이었다. 후진하던 차의 운전자는 푸르스름한 차창을 통해 하늘거리는 스커트에 머리에는 스카프를 두르고 토템 신앙의 우상인 듯 이상한 모양의 짐승을 들고 있는 두 여자를 보고는, 마치 그녀들이 광신자가 아닌가 생각하며 경멸의 손가락질을 했다. 그러자 레오노라가 들고 있던 장난감 말을 높이 치켜들면서 그 사람에게 더럽고 역겨운 별 미치광이 다 보겠다며 욕을 해댔다.

그녀의 욕설을 들었는지 못 들었는지 운전자는 차를 멈추었다. 그러자 차를 따라오던 유모차 한 대, 노파 한 사람, 자전거를 탄 두 사람, 심부름하던 소년 한 명, 그리고 코르티나 차 한 대가 잠시 멈추었다가는 그의 차 옆으로 돌아갈 수밖에 없었다. 레오노라는 ANK 666이라고 적혀 있는 차 번호를 적어 두었다. 모드나 레오노라 모두 모티머 크로퍼를 본 적이 없었다. 그들의 활동 범위가 달랐기 때문이었다. — 다른 세미나에 참석하고, 다른 도서관을 이용하였던 것이다. 그래서 대형 승용차가 다닐 수 있을 정도로 만들어진 것이 아닌 오래되고 좁은 길을 메르세데스가 빠져나가는 모양을 보고도 모드가 아무런 위협의 징조도, 불안의 기미도 못 느꼈음은 당연한 일이었다.

만일 크로퍼가 이 두 여자들 가운데 한 사람이 모드 베일리라는 사실을 알았더라면 그도 아마 차를 멈춰 세우지는 않았을 것이다. 레오노라의 경우는 그녀의 미국식 발음을 금방 알아보고는 별로 신경도 안 썼던 것이다. 그는 할 일이 있었다. 백 앤더비 근처의 꼬불꼬불한 작은 고원길에서 그는 건초 더미를 실은 마차 때문에 애를 먹어야 했다. 마차의 앞을 잘 주시한 다음 난간에 바싹 붙어 가까스로 그 마차를 추월할 수가 있었다. 그는 창문을 닫고, 가죽 인테리어 장식이 되어 있는 차 내부에 에어컨을 틀어 놓았다.

실 코트로 들어서는 차도 입구에는 경고문을 적어 놓은 게 시판들이 우뚝우뚝 서 있었다. — 낡은 것은 초록색의 글씨가 적혀 있었고, 새것은 흰 바탕에 붉은 글씨가 적혀 있었다. 〈사유지임 접근 금지〉, 〈무단침입 금지〉, 〈맹견 위험〉, 〈사유 재산 보호〉, 〈사고 발생시 책임지지 않음〉. 크로퍼는 차를 차도로 몰았다. 그는 경고문이란, 불법 침입자를 사로잡기 위한 함정이 있다는 표시가 아니라 그런 함정을 대신해서 세워 둔 것에 불과하다는 사실을 경험을 통해 알고 있었다. 너도 밤나무가 심어져 있는 차도를 따라 미끄러져 들어간 그는 담이 둘러쳐져 있는 앞마당에 차를 세웠다. 시동을 켠 채로 그는 다음 행동을 궁리했다.

산탄총을 들고 부엌창을 통해 밖을 내다보던 조지 경이 문가에 모습을 드러냈다. 크로퍼는 차 안에 앉아 있었다.

「길을 잃었소?」

크로퍼는 차창을 내렸다. 금방이라도 허물어질 듯한 석벽이 시야에 들어왔다. 그는 잘 훈련된 눈으로 주변을 꼼꼼히 둘러보았다. 다 쓰러질 듯한 성의 흙벽이 보였으며, 문도 비스듬히 기울어져 있었고, 마구간에는 잡초가 무성했다.
「조지 베일리 경이십니까?」
「음, 그렇소만 어쩐 일이시오?」
크로퍼는 엔진을 끄고 차에서 내렸다.
「제 명함입니다. 뉴 멕시코의 하머니 시, 로버트 데일 오언 대학 스탄트 컬렉션에서 일하는 모티머 크로퍼 교수입니다.」
「뭔가 착오가 있으신 모양이군요.」
「아, 아닙니다. 시간 좀 내주십사 요청하려고 이렇게 먼 길을 왔습니다.」
「난 바쁜 사람이오. 아내도 병이 들어서…… 그래, 뭘 물어보실 거요?」
크로퍼는 그에게 다가섰다. 안으로 좀 들어가도 되는지 물어볼 참이었다. 그러자 조지 경이 총을 약간 들어올렸다. 크로퍼는 마당에 멈춰 설 수밖에 없었다. 그는 짙은 회색의 플란넬과 크림색의 실크 셔츠 위에 실크와 모직을 섞어서 만든 품이 넉넉해 보이는 검은색 재킷을 입고 있었다. 몸은 마른 편이었지만 그래도 단단해 보이는 체격으로, 인상이 꼭 영화 속에 나오는 버지니아 사람을 닮아 금방이라도 여기저기 뛰어다닐 가축 우리 속 고양이의 기세를 하고 있었다.
「이런 말 해도 괜찮을지 몰라도, 저는 랜돌프 헨리 애쉬에 관한 한 세계적인 학자에 속한다고 할 수 있습니다. 선생께서 그 시인이 가지고 있던 여러 서류들, 가령 편지라든가 원고 등을 가지고 계시다는 얘기를 여기저기서 듣고 왔습니다.」
「어디서 들었소?」
「여러 곳에서 들었습니다. 이런 것은 금방 다 밝혀지거든요. 조지 경, 저는 애쉬의 원고를 소장한 곳으로서는 이 세상에서 가장 큰 컬렉션을 대표하고, 또 책임지고 있는 사람입니다.」

「보시오, 교수 양반. 나는 그런 얘기에 아무 관심 없소이다. 나는 그 애쉬라는 사람에 관해 아무것도 모르고 또…….」

「제가 알아본 바에 의하면…….」

「그리고 나는 영국의 재산이 외국인에게 팔리는 것을 매우 싫어하는 사람이오.」

「그 말씀은 선생님 집안의 조상으로 유명한 시인이었던 크리스타벨 라모트와 관련된 문건들을 말씀하시는 거지요?」

「그녀는 유명한 사람도 아니었소. 내 조상도 아니고, 둘 다 틀렸소. 어서 가시오.」

「잠시 안으로 들어가서 그 문제에 대해 상의했으면 합니다. 그저 학문적인 견지에서, 선생님이 소유하신 것들이 어떤 종류인지 좀 알고 싶은 마음뿐인데…….」

「이제 다시는 우리 집에 학자니 뭐니 하는 사람들 들이지 않을 작정이오. 괜히 누가 관여하는 것이 싫단 말이오. 난 할 일이 있어서…….」

「뭔가를 가지고 계신 것은 틀림이 없군요.」

「난, 그런 말 한 적 없소이다. 그리고 당신이 상관할 문제도 아니고. 어서 여길 떠나시오. 그 불쌍한 요정 시인을 괜히 들쑤시지 말고 말이오.」

조지 경은 완강한 발걸음을 앞으로 내디뎠다. 그러자 크로퍼가 익숙한 몸짓으로 손을 내저었다. 악어 가죽으로 만든 그의 허리띠가 마치 권총 벨트처럼 약간 들썩였다.

「쏘지 마십시오. 가겠습니다. 전 싫다시는데 괜히 성가시게 구는 사람은 아닙니다. 하지만 이 점은 말씀 드려야 할 것 같군요. 만일 선생님께서 어떤 원고나 편지를 가지고 계신다면 그게 얼마만큼의 가치가 있을지 혹 생각해 보셨습니까?」

「가치?」

「돈으로 말입니다, 돈, 조지 경.」

잠시 침묵이 흘렀다.

「예를 들어 애쉬가 보낸 편지 한 통이 있었어요. 그저 단순히 초상화 작가와 시간 약속을 하는 편지인데도 그 편지가 최근 소더비에서 500파운드에 팔렸습니다. 물론 저희들이 구입했습니다. 자랑처럼 들릴지 모르겠습니다만 솔직히 말씀 드려 저희들은 시시콜콜한 도서관 세칙을 만들어 놓고 대학 예산으로 그것을 맞추려고 애쓰는 사람들과는 다릅니다. 조지 경, 저희들은 수표책을 가지고 다닙니다. 만일 선생께서 지금 편지나 시 어느 쪽이라도 한 통 혹은 한 편 이상 가지고 계시다면……」

「계속해 보시오.」

「가령, 장문의 편지가 열두 통 있다고 치죠. ― 아니, 짧막한 편지 스무 통이라도 상관없습니다. 그러면 선생님은 여섯 자리 숫자 이상의 금액을 받으실 수가 있는 겁니다. 영국 파운드로 여섯 자리 숫자라 ― 제가 보기엔 선생님의 이 훌륭한 집도 손을 좀 많이 봐야 할 것 같은데요.」

「요정 시인이 쓴 편지를 말하는 거요?」

「랜돌프 헨리 애쉬의 편지를 말씀 드린 겁니다.」

조지 경의 불그레한 이마에 주름이 잡혔다.

「그래서 만약 그 편지들을 입수하면……」

「예에, 하머니 시에 보관을 하면서 세계의 모든 학자들이 언제든지 열람할 수 있도록 하는 겁니다. 아주 완벽한 상태로 보존이 됩니다. ― 기압이나 습도, 빛 등 ― 우리 학교의 보관과 전시 조건은 세계 최고라 해도 과언이 아닙니다.」

「내 생각은 영국의 것은 영국에 있어야 한다는 것이지……」

「충분히 이해합니다. 정말 훌륭하신 생각입니다. 하지만 오늘날처럼 모든 문서나 자료들이 마이크로필름화되고 사진 복사화가 되는 시절에는 어울리지 않는 생각이죠.」

조지 경은 산탄총을 든 채 몸을 한두 번 움찔거렸다. 곰곰이 생각해 보는 중인 듯했다. 크로퍼는 조지 경에게서 눈을 떼지 않은 채 양손을 어정쩡하게 들고 있었다. 그러고는 얼굴에 미소를 띠었다. 무언가 기대에 찬 미소도 아닌, 단지 지켜볼 뿐이라는 뜻이 감춰진 음흉하고 간사한 미소였다.

「조지 경, 선생께서 어떤 중요한 새 원고들을 발견하셨다는 얘기들이 있는데, 제가 잘못 알았습니까? 그 대답만 해주시면 전 금방 떠나겠습니다. 제 명함을 드리겠습니다. 아마 크리스타벨 라모트의 옛날 편지들이나 혹은 일기들, 아니면 무슨 장부 같은 데를 꼼꼼히 살펴보셔도 애쉬가 쓴 중요한 글들이 나타날 수 있을 것입니다. 그리고 원고의 내용이 뭔지 잘 모르신다면 제가 감히 검토해 드릴 수도 있습니다. 정말 편견없는 판단을 내릴 수가 있죠. 출처나 가치에 대해서 말입니다. 그리고 값어치도요.」

「모르겠소이다.」 조지 경은 두 눈을 끔벅거리는 황소처럼 멍청한 표정을 지었다. 크로퍼는 조지 경의 눈을 보고 분명 그가 머릿속으로 요모조모 계산하고 있음을 감지하고는 틀림없이 무엇인가가 있으며, 그것도 조지 경의 손에 있다는 사실을 확신할 수 있었다.

「제 명함을 드릴 테니 총은 쏘지 마십시오.」

「명함이야 받겠소. 하지만 이게 무슨 소용이 있다는 말은 하지도 않았으니까 그리 큰 기대는 하지 마시오. 나는…….」

「그럼요, 선생께서는 아무 말도 하지 않으셨습니다. 정말 사심없고 청렴한 마음이십니다. 충분히 이해했습니다.」

메르세데스가 처음 이곳에 올 때보다 더 빠른 속도로 빠져나갔다. 크로퍼는 모드 베일리를 찾아갈까 생각하다가 지금 이 시점에서는 그러지 않는 편이 더 좋겠다고 마음을 다졌다. 그는 크리스타벨 라모트를 생각했다. 스탄트 컬렉션에 크리스타벨 라모트에 관한 자료들이 전시되는 광경이 머릿속에 사진처럼 분명하게 어른거렸다. 그게 대체 뭘까?

***

모드는 가판대 사이를 이리저리 빠져나가며 링컨 마켓 스퀘어를 가로지르고 있었다. 그러다 그녀는 전에는 못 보던 옷차림의 몸에 꼭 끼고 푸른빛이 감도는 갈색 양복을 입은 조지 경과 마주쳤다. 그는 그녀의 소매를 잡으며 큰 소리로 말했다.

「아시는지 모르겠군. 당신 전기 휠체어가 얼마나 하는지 아시오? 아니면 계단을 오르내릴 수 있는 리프트의 가격이 얼마나 하는지 아시오?」

「모릅니다.」 모드가 말했다.

「알아보시오. 방금 내 사무 변호사를 만나고 오는 길이오. 그런데 그 사람은 당신을 아주 낮게 평가합디다, 모드 베일리. 아주 낮게 말이오.」

「무슨 말씀을 하시는지…….」

「괜히 부드러운 표정 지을 필요 없소이다. 메르세데스를 타고 온 날렵한 카우보이가 여섯 자리 숫자 이상이라고 했소. 그런데 당신은 그런 얘기는 한마디도 하지 않았잖소. 당신의 그 차가운 입에서는 버터도 녹지 않을 거요, 안 그렇소?」

「그 편지들을 말씀하시는 거로군요…….」

「노포크 베일리 집안은 실 코트에 한푼도 보태 준 것이 없소이다. 옛날 우리 선친께서 이를 악물고 그 집을 지었는데, 아마 노포크 사람들은 그게 지금 그대로 허물어지는 모양을 보고 춤을 출 거요. 안 그렇소? 하지만 젊은 아가씨, 당신은 전기 휠체어, 그것에 대해서 생각이라도 해봤소?」

모드는 갑자기 가슴이 덜컥 내려앉는 느낌이었다. 메르세데스를 타고 온 카우보이라니? 그 편지들은 어떻게 될까? 대체 받침 접시를 고른다고 상점 사이를 헤집고 돌아다니는 레오노라는 이런 사실도 모른 채 어디에 있는 걸까?

「죄송합니다. 그런 것들이 얼마나 하는지는 잘 모르겠어요. 아마 상당히 비싸겠지요. 하지만 제 생각에는 그 편지들은 원래 있던 곳에 그대로 있어야 할 것 같은데요. 크리스타벨이 놓아 둔 곳에 그대로……」

「내 아내 조안은 살아 있지만 그녀는 죽은 사람과 다름없지 않소?」

「물론 무슨 말씀인지는 알겠습니다.」

「물론 무슨 말씀인지는 알겠습니다……」 조지 경은 모드의 말을 흉내 냈다. 「하지만 당신은 모르고 있소. 내 사무 변호사는 당신이 혼자 이익을 보려는 속셈이 아닌가 생각합니다. 학문적으로나 아니면 그것들을 팔아서 말이오. 내가 아무것도 모른다고 해서 이용해 먹으려는 작정 아니오?」

「뭔가 잘못 아신 것 같아요.」

「잘못 생각한 것 하나도 없소이다.」

그때 레오노라가 은은한 향기를 뿜으며 열지어 늘어선 꽃과 해골 그림이 그려진 가죽 재킷들의 옷걸이 사이로 모습을 드러냈다.

「모드, 누가 괴롭히고 있어요?」 레오노라는 이 말과 함께 모드 앞에 서 있는 사람을 쳐다보았다. 「아, 당신이로군요. 야만인처럼 총이나 들고 다니는 나무꾼.」

「아니, 당신!」 조지 경의 얼굴이 검붉게 변했다. 그는 속에서 무언가 치미는지 모드의 소매를 잡고 비틀었다. 「어딜 가도 미국인들이로구만. 당신도 가담한 모양이군.」

「어디에요?」 레오노라가 물었다. 「어디 전쟁이 났나요? 아니면 무슨 국제적인 사건이라도 터졌어요? 모드, 당신 지금 위협당하고 있는 거죠?」

이 말과 함께 그녀는 고개를 바싹 들고 적개심을 내보이며 조지 경에게 다가갔다.

긴장하면서도 이성을 잃지 않는 모드는 우선 조지 경의 분노부터 진정시켜야 할지 아니면 편지 건에 대해서 전혀 모르고 있는 레오노라가 뜻밖에 그 사실을 알게 되는 일을 막아야 할지를 곰곰이 생각했다. 조지 경은 일단 어쩔 도리가 없었다. 하지만 레오노라의 경우, 그녀는 마음의 상처를 받거나 배신을 당했다고 느끼면 무슨 끔찍한 일을 벌일지 몰랐다. 그렇다고 무슨 말을 해야 할지, 아직 감이 잡히지 않았다. 그때 레오노라가 조지 경의 다소 마르고 주름진 손을 자신의 길고 억센 손으로 움켜잡으며 말했다.

「내 친구를 잡은 이 손, 어서 놓으세요. 그렇지 않으면 당장 경찰을 부르겠어요.」

「경찰을 부를 사람은 당신이 아니라 바로 나요. 무단침입자들, 도둑들, 냄새나는 탐욕자들 같으니.」

「점잖지 못하게 왜 이래요? 무식한 무뢰한처럼.」

「레오노라, 제발.」

「설명 좀 해보시오, 베일리 양.」

「지금 여기선 안 돼요. 오, 제발.」

「아니 무슨 설명을 해달라는 거야, 모드?」

「중요한 거 아녜요. 오, 지금은 그럴 상황이 아니라는 걸 모르시겠어요, 조지 경?」

「알지. 어서 내 손 놓으시오. 추잡한 여자들이 어딜 ─ 썩 꺼지시오. 당신 두 사람, 다시는 만나지 않았으면 좋겠소.」

조지 경은 휙 돌아서서는 무언가 구경을 하고 있던 사람들을 헤치고 서둘러 발걸음을 옮겼다.

레오노라가 말했다. 「무슨 설명을 해달라는 거예요, 모드?」

「나중에 얘기할게요.」

「꼭 해줄 거죠? 대체 무슨 일인데…….」

모드는 절망의 늪에 빠져 헤어 나오지 못할 것만 같은 느낌이 들었다. 지금 이곳이 아닌 다른 곳에 있었으면 하는 생각이 간절했다. 그녀는 요크셔를 생각했다. 토머슨 강줄기에서 반짝이던 하얀 빛들, 보글 홀에 있던 유황처럼 누런 바위들과 빛나는 암모나이트 화석들을.

***

검은 얼굴의 여수위가 쩔렁쩔렁 열쇠 소리를 내며 하얀 얼굴의 파올라에게 손짓했다.

「전화 왔어요. 애쉬 전집 편집자를 찾는데요.」

파올라는 열쇠 소리가 나는 곳을 따라 보안 지대에 있는 전화기로 달려갔다. 그 전화는 애쉬 공장이 비상시나 긴급한 용무가 있을 때 사용할 수 있도록 배려된 것이었다.

「파올라 폰세카입니다.」

「당신이 랜돌프 헨리 애쉬 전집의 편집자입니까?」

「그분 밑에서 일하는 사람인데요.」

「블랙커더 교수님께 전화해 보라는 말을 들어서요. 제 이름은 바잉입니다. 사무 변호사죠. 제 고객을 대신해서 전화 드리는 건데, 혹 어떤 원고가, 그럴듯한 원고가 있다면 그 원고들의 시장 가격을 알 수 있는지 자문해 보고 싶어서요.」

「그럴듯한 원고라고 했나요, 바잉 씨?」

「제 고객이 뭐라 분명히 말하지는 않았습니다. 어쨌든 블랙커더 교수님하고 직접 통화할 수는 없을까요?」

「가서 모시고 오죠. 시간이 좀 걸릴 테니 기다려 주셔야 합니다.」

블랙커더는 바잉이라는 사람과 통화를 끝내고는 매우 화가 나 흥분한 상태로 다시 애쉬 공장으로 돌아왔다.

「어떤 멍청한 사람이 애쉬가 어느 미지의 여인에게 보낸 편지들, 몇 통이나 되는지 모르겠지만, 아무튼 그 편지들의 가치를 알고 싶은 모양이야. 그래서 내가 말했지. 대체 편지가 다섯 통인지 열다섯 통인지 스무 통인지 모르는데 어떻게 말하느냐고. 바잉도 잘은 모르겠지만 한 쉰 통 정도 된다고 하더군. 무슨 치과 의사와의 약속이나 감사의 편지가 아니라 꽤 긴 편지들이라고 해. 그 고객의 이름을 알려 줄 수는 없다는군. 내가 그렇게 중요한 거라면 어떻게 눈으로 보지도 않고 가격을 매길 수 있느냐고 했지. 난 항상 그런 말투를 싫어하면서도 꼭 그렇게 쓴단 말이야. 안 그런가, 파올라? 그냥 〈보지도 않고〉라고 하면 될 텐데 〈눈으로 보지도 않고〉는 또 뭐야. 동어 반복 아닌가? 아무튼 바잉이 얘기하더군. 이미 제의가 있었던 모양인데 여섯 자리 숫자를 거론했던가 봐. 영국인의 제의냐고 내가 물었지. 아니라더군. 그런 것 같지 않다는 거야. 분명히 그 크로퍼 자식이 다녀간 거라고. 어디서 전화 거시는 거냐고 물었더니 링컨에 있는 턱 레인 챔버스라고 하더군. 그리고 내가 그 물건들을 좀 볼 수 없느냐고 했더니 자기 고객이 매우 화도 잘 내는 성미인데다가 번잡스러운 상황을 싫어하는 양반이라나. 그래, 어떻게 하면 좋을까? 내가 적당한 선에서 적정 추정가를 얘기해 주면 한번 보여 줄 법도 한데 말야. 그러나 그렇게 했다가는 크로퍼가 고액의 수표를 제시하지 않는다고 하더라도 우리 기금으로는 어림도 없을 테고, 또 바잉의 고객이라는 양반은 이미 학문적인 가치보다는 돈 문제를 먼저 물어보는 모양인데 말야. 파올라, 내가 말하겠는데 말야, 분명 이 문제는 롤런드 미첼의 그

우스운 행동 때문에, 그리고 그 친구가 링컨으로 베일리 박사를 방문한 것 때문에 일어난 일인 듯해. 아니, 그런데 그 친구는 어디서 뭘 하는 거야? 어디 있는지 아나? 그 친구한테 무슨 말을 들을 때까지는 기다려야……」

「롤런드?」
「아니에요. 누구세요? 모드 베일리?」
「파올라 폰세카예요. 모드 베일리하고는 목소리가 전혀 딴판일 텐데. 발, 롤런드와 통화할 수 있어요? 급한 일이에요.」
「예에…… 더 이상 도서관에 나가지 않겠다던데. 여기서 글이나 쓰겠다고……」
「지금 거기 있어요?」
「당신이나 모드 베일리나 항상 급하다고 하시니……」
「모드 베일리는 왜죠?」
「모르겠어요. 숨이 막 넘어갈 정도니……」
「발, 지금 있으면 얼른 바꿔 줘요. 여기 복도예요. 전화통에 오래 매달려 있을 수 없어요. 여기 이 전화를 잘 아실 텐데.」
「바꿔 드리죠.」
「롤런드? 파올라예요. 큰일 났어요. 블랙커더가 무척 화가 나 있어요. 당신을 찾고 있단 말예요.」
「멀리 보지 못하는 모양이로군요. 저 여기서 논문 쓰고 있다고요.」
「잘 이해를 못하는 모양인데, 들어 봐요. 당신한테 중요한 일인지 어떤지는 모르겠지만…… 바잉이라는 사람에게서 전화가 왔었어요. 애쉬가 어떤 여성에게 보낸 약 쉰 통의 편지가 있는데 그 가격을 알고 싶다고요.」
「어떤 여잔데요?」
「말하지 않은 모양이에요. 블랙커더는 그 사람이 알고 있을 거라고 생각하더라고요. 물론 당신도 알고 있다고 말예요. 그는 당신이 자기 뒤에서 무슨 꿍꿍이수작을 벌이고 있다고 생각해요. 비열하다는 거죠. 롤런드, 듣고 있어요?」

「예. 생각 좀 하느라고요. 전화해 줘서 고맙습니다, 파올라. 괜히 신경 쓰이게 해서, 아무튼 고마워요.」

「그야 야단법석 시끄러운 게 싫어서죠, 뭐.」

「시끄러운 거요?」

「예. 만일 당신이 이곳에 나타나면 그 양반 분명히 대단할 거예요. 고함을 지르며 으르렁거릴 테니 말예요. 구역질이 나요. 난 소리치는 거 싫어하거든요. 그리고 또 당신을 좋아하니까요.」

「고맙습니다. 저 역시 고함 소리를 싫어해요. 크로퍼도 싫고, 애쉬 공장도 싫고…… 어디 다른 데에 가 있고 싶어요. 아니면 이 지상에서 완전히 사라진다든지…….」

「그러면 오클랜드나 예러반에 장학금을 받아서 가보든지요.」

「땅속에 구멍을 파서 그 안에나 들어갈까요? 제가 어디에 있는지 모른다고 하세요. 아무튼 고마워요.」

「발이 화가 난 것 같던데.」

「툭하면 그래요. 그래서 제가 고함 소리를 싫어하는 거예요. 대개는 제 잘못이지만 말예요.」

「관리인이 오고 있어요. 이제 그만 끊어야겠어요. 조심하세요.」

「여러모로 감사합니다.」

롤런드는 밖으로 나갔다. 무력감과 절망감이 찾아들었다. 자기와 같은 위치에 있는 지성인이라면 일이 이런 식으로 악화되리라는 것을 미리 예상했어야 하지 않은가? 여태까지 그

는 그 편지들이, 자신이 그 이야기의 전말을 파악하고, 또 랜
돌프 애쉬가 무엇을 원했는지 알아낸 다음 세상에 공표할 때
까지는 자신만의 비밀로 남아 있으리라 확신하고 있었다. 발
이 어딜 가느냐고 물었지만 그는 대꾸하지 않았다. 그는 누구
의 눈치도 볼 필요가 없는 공중전화 부스를 찾아 푸트니 하이
스트리트를 걸었다. 도중에 그는 한 인디언 옥수수 가루를 파
는 식품 가게에 들러 공중전화 카드를 사고 동전을 한 움큼 바
꿨다. 푸트니 다리를 건너 풀럼으로 들어선 그는 그곳에서 카
드 공중전화를 하나 찾아냈다. 사람들이 줄을 서 있는 모양으
로 보아 분명 고장난 전화기는 아니었다. 그는 기다렸다. 두
사람, 흑인 남자와 백인 여자는 카드를 다 쓸 때까지 통화했
다. 이번에는 또 다른 백인 여자가 자신의 자동차 열쇠로 전화
기를 어떻게 하더니 통화가 되는지 끝없이 수다를 떨었다. 롤
런드를 비롯하여 함께 줄을 서 있던 사람들이 모두 눈짓을 보
내고는 마치 먹이를 찾는 하이에나처럼 공중전화 부스를 빙
둘러쌌다. 그런 다음 사나운 눈빛으로 이따금씩 손바닥으로
유리를 탁탁 쳤다. 마침내 그 여자가 밖으로 나오더니 고개도
못 들고 종종걸음으로 사라졌다. 그러자 롤런드의 앞에 섰던
사람들은 고맙게도 간단히 통화를 끝냈다. 그는 그래도 앞줄
에 선 편이었다. 아무도 그가 어디에 있는지 모르리라.

전화가 연결되었다.

「모드?」

「그녀는 지금 당장은 전화를 받을 수 없는데요. 무슨 전하
실 말씀이라도?」

「아, 아닙니다. 괜찮습니다. 공중전화라서요. 언제 돌아
오죠?」

「어디 밖에 나가진 않았어요. 목욕 중이랍니다.」

「좀 급해서 그런데, 기다리고 있는 사람들이 있어서…….」

「모드……. 제가 한번 불러 볼게요. 잠시만 기다려 주시겠어요? 모드.」

기다리는 사람들이 언제 유리창을 두드려 댈까?

「아, 이제 나오네요. 누구라고 전할까요?」

「괜찮습니다. 그냥 바꿔 주세요.」

롤런드는 젖은 몸에 하얀 타월을 두른 모드의 모습을 상상했다. 그런데 이 미국 여자는 누구인가? 레오노라가 틀림없었다. 모드가 혹시 레오노라에게 얘기하진 않았을까? 레오노라 앞에서 전화로 얘기나 할 수 있을까……?

「여보세요? 모드 베일리입니다.」

「모드. 이제야 받으셨군요. 롤런드예요. 지금 공중전화로 거는 겁니다. 일이 엉망이 된 것 같아서…….」

「예, 정말 그래요. 우리, 얘기 좀 해야겠어요. 레오노라, 제가 이 전화 침실로 가져가서 얘기 좀 해도 되겠죠? 사적인 전화라서요.」 잠시 아무 소리도 안 들리더니 다시 연결되었다. 「롤런드, 모티머 크로퍼가 왔어요.」

「어느 사무 변호사가 블랙커더에게 전화를 했었답니다.」

「링컨에서 조지 경을 만났는데 무시무시하더라고요. 전기 휠체어 얘기를 하던데, 돈이 필요한 모양이에요.」

「그럼 그 사무 변호사가…… 무척 화난 표정이었나요?」

「머리끝까지 났어요. 더군다나 레오노라를 만났으니…….」

「그녀에게 얘기했어요?」

「아뇨. 하지만 얘기하지 않고 있다가는 무슨 억측을 할지 몰라요. 사태가 나날이 악화될 뿐이라고요.」

「모든 사람들이 우리를 나쁜 시각에서 바라보는 것 같아요. 크로퍼, 블랙커더, 레오노라 등.」

「들어 보세요. 레오노라에 관한 애긴데요, 그녀가 하나 찾아낸 게 있어요. 크리스타벨이 브르타뉴에 있는 가족을 찾아갔다는 사실이죠. 그곳에 시를 쓰는 사촌이 있었다나 봐요. 그 자료들을 입수한 어떤 프랑스 학자가 레오노라에게 편지로 알려 줬어요. 한동안 그곳에 머물렀대요. 블랑슈가 자살한 그 시기도 포함될 거예요. 그녀가 어디에 있었는지 아무도 몰라요.」

「내가 어디에 있는지도 아무도 몰랐으면 좋겠어요. 사실은 블랙커더가 나를 찾는 모양인데, 그냥 도망쳐 나왔어요.」

「통화 한번 하려고 애 많이 썼어요. 그녀가 얘기 안 하던가요? 물론 전달해 줄 것 같지도 않았지만 말예요. 우리가 어떻게 해야 하는지, 정말 모르겠어요. 어떻게 이번 일을 크로퍼와 블랙커더로부터 지켜 낼 수 있을지…….」

「그리고 레오노라도 마찬가지지요. 힘들 거예요. 우리가 모든 사실을 알게 되면…… 시간이 필요한 것 같군요. 이건 우리가 추적해야 할 일이죠.」

「알아요. 하지만 그들은 그 꼴을 못 볼 거예요.」

「어디로 사라져 버렸으면 좋겠어요.」

「당신은 늘 그런 말만 하는군요. 실은 나도 그래요. 레오노라와 같이 이 집에 있다는 것 자체가 고역이에요. 비록 조지경이나 이 모든 문제가 아니더라도…….」

「정말입니까?」 그는, 실은 한 번도 본 적이 없지만, 하얀 타월을 벗겨 내고 있는 레오노라의 모습을 탐욕스러운 상상의 눈으로 그려 보았다. 모드가 목소리를 낮추며 말했다.

「사실 나는 북부 지방의 강줄기에서 우리가 서로 주고받았던 말들 있잖아요, 텅 빈 침대 ― 그 말들을 줄곧 생각해 왔어요.」

「나도 마찬가집니다. 그리고 그 바위 위에 쏟아지던 하얀 빛줄기들. 보글 홀의 태양.」

「그런 데가 바로 우리가 찾던 곳이지요. 크리스타벨처럼 그냥 사라져 버릴까요?」

「브르타뉴로 말입니까?」
「꼭 그곳이 아니더라도. 아니, 뭐, 못할 이유도 없잖아요.」
「돈이 없어서⋯⋯.」
「나한테 있어요. 차도 있고요. 그리고 프랑스어도 제법
해요.」
「프랑스어라면 나도 좀 하죠.」
「우리가 어디에 있는지 아무도 모를 거예요.」
「레오노라도 모를까요?」
「거짓말 좀 하죠, 뭐. 그 여자는 나한테 숨겨 둔 애인이 있
다고 생각하고 있어요. 낭만적인 여자예요. 그녀가 알아낸
정보를 가지고 달아난다면 배신감을 느낄 거예요.」
「그 여잔 크로퍼와 블랙커더를 잘 아나요?」
「말 한번 못 붙인 사이일 거예요. 당신이 누군지도 몰라요.
물론 이름도 모르고.」
「발이 말할지도 모르겠군요.」
「이 집에서 나가게 하죠, 뭐. 어디 다른 곳에서 초대하게
해놓을 테니⋯⋯.」
「나는 본성이 무슨 음모를 꾸미는 성격이 아니라서.」
「그건 나도 마찬가지예요.」
「집에 들어가고 싶지 않아요. 블랙커더도 그렇고, 발도 그
렇고⋯⋯.」
「들어가야 해요. 집에 들어가서 한바탕 소란을 피워요. 그
러곤 몰래 여권을 가지고, 그리고 자료들도 가지고 빠져나와
요. 블룸스베리에 있는 작은 호텔로 말예요.」
「대영박물관과 너무 가깝지 않아요?」
「그럼 빅토리아로 가요. 나도 레오노라를 어떻게 한 다음
거기로 갈게요. 전에 묵었던 곳이 한군데 있어요⋯⋯.」

19

바람이 아우성치듯 세찬 소리를 내고,
바다는 휘날리는 갈기처럼 세찬 물보라를 날린다.
방파제로, 그리고 다후드와 그녀의 애인이
폐쇄된 고요 속에 하얀 알몸으로
긴 밤 나란히 누워 있는
성탑으로.
사람들은 거리를 뛰어다니며
공포의 비명을 지르고, 그들의 젖은 손으로
거리 맞은편의 철문을 두드리지만
전과 다름없이 아무 응답이 없으니.

다후드의 품 안에서 어찌할 바 모르는
그는 불길한 예감을 느끼고는
백설처럼 하얀 그녀의 알몸에 묻혀 심장 뛰는 소리만 듣던
그의 귀를 들어 문을 두드리는 소리
그 너머로 들려오는 성난 바다의
파도 소리를 듣는다.

「창가로 가보세요」 그때 그녀가 말한다.
「바다의 움직임이 어떤지,
그의 색깔과 그의 계략이 무엇인지 말해 줘요.」
「여인이여, 파도는 온실처럼 푸르고
하늘은 흑옥처럼 검다오. 작은 보트들은
여기저기 날짐승처럼 날아다니다간
날개에 물이 젖은 듯 다시 빨려 들어가 물속에 잠긴다오.」

「그렇다면 어서 오셔서 저를 포옹해 주세요.
내 당신의 얼굴에 키스해 드리겠어요.
그 열기와 강렬함이
만물의 소란스러움과 거친
바다의 굉음을 막아 줄 거예요.」

마술에 걸린 그는 그녀의 요구대로 응할 수밖에,
그러다 마침내 그는 성탑 현관의 문 옆에서 부서지는
파도 소리를 듣고는 소리 높여 외친다.
「여인이여, 그가 오고 있소. 우리는 일어나야 하오.」

「파도가 일고 있군요.」 곧 그녀가 대답한다.
「우리는 안전해요, 파도가 철대문을 통과할 때까지는.
창가로 가보세요, 그리고 말해 줘요.
바다의 속도와 움직임을.
그리고 그의 색깔과 그의 계략을.」

「여인이여, 그의 파도는 검푸르고
하늘엔 하얀 물보라가
장막을 친 듯 뒤넢고 있으며, 물에 빠진 사람들이

파도 위에서 비명을 지르다간 다시 잠겨 버리고 있소.」

「이리 오셔서 내 팔 안에 잠자코 누우세요.
허약한 존재들의 피해를 왜 우리가 걱정해야 하나요?
나의 마술로 바다를 잠재울 수 있어요.」

다시 그는 몸을 일으키며 소리 질렀다.
「바다가 오고 있소, 우린 일어나야 하오.」

「창가로 가보세요, 그리고 말해 줘요.
바다의 높이와 움직임을,
그의 색깔과 그의 계략을.」

「여인이여, 그의 파도가 이젠 검은색을 띠며 끓고 있소.
심하게 요동치며, 마치 불속에 끓는 기름처럼,
높이 아주 높이 치솟으며, 그의 수백만 개의 턱이
목구멍을 딱 벌리고 탑을 집어삼키려 하오,
날카롭게 구부러진 하얀 이빨로
변신하는 밤의 괴물들처럼 입을 딱 벌리고, 높이 치솟으며,
하나가 되었다가 수백만 개로 흩어지며 말이오.
여인이여, 이젠 하늘을 볼 수가 없소.
별들도 사라지고,
바다가 탑이 있는 곳까지 달려오오.
교회의 뾰족탑이 가리키고, 시계탑이 미소 짓던 곳을 지나서.
이젠 만물이 요동치고, 거칠게 변하였소.
쇠사슬 끄는 소리가 들리고
탑이 흔들리며 삐걱거리오.
그는 성난 미소를 지으며 주먹을 내리치니,

자, 일어나시오. 여인이여, 아니면 우리 물에 빠져 죽으리니.」
　　　　　　　　— 크리스타벨 라모트, 『물에 잠긴 도시』

　그들은 〈프린스 오브 브르타뉴〉 호의 선실에 있었다. 밤이
었다. 들려오는 소리라곤 규칙적으로 움직이는 엔진 소리와
거친 파도 소리뿐이었다. 극도의 흥분과 격정의 파도가 그들
의 마음을 휘감았다. 그들은 영국을 떠날 때 갑판 위에 서서
포츠머스 항[1]의 불빛들이 가물거리다가 서서히 사라지는 모
습을 지켜보았었다. 비록 런던에서는 미묘한 감정에 휩싸여
서로를 와락 끌어안기도 하였지만 서로의 몸에 손도 안 댄 채
조금 떨어져 서 있었던 것이다. 지금은 선실의 아래칸 침대에
나란히 앉아 면세 위스키와 물을 마시고 있는 중이었다.
　「우리가 미쳤어요.」 롤런드가 먼저 입을 열었다.
　「예, 그래요. 그리고 찜찜하기도 하고요. 레오노라에게 시
치미 딱 떼고 거짓말까지 했으니. 점점 더 나쁜 짓만 골라 하
는 것 같아요. 그녀 몰래 아리안느 르 미니에의 주소를 훔쳐
보질 않았나……. 크로퍼나 블랙커더와 다를 바가 없어요. 하
긴 모든 학자들이 다 미친 사람들이에요. 또 무엇에 사로잡
힌다는 것은 위험한 일이에요. 감당할 수가 없어요. 하지만
시원한 바닷바람을 쐬고 또 계속 몇 주 동안 레오노라와 함
께 살지 않아도 된다고 생각하니 그건 축복스러운 일이기도
하지요…….」
　롤런드는 미쳤다는 얘기와 축복스럽다는 얘기를 거침없이
내뱉는 모드의 말을 듣고는 묘한 기분이 들지 않을 수 없었다.
　「저는 지금까지 내가 소유해 왔고 또 아껴 왔던 모든 것들
을 다 잃어버렸다는 느낌이 들어요. 애쉬 공장에서의 일자리

---

1 영국 남부 사우스 햄프셔에 있는 항구.

도 그렇고, 발도 그렇고…… 말하자면 집을 잃었다는 뜻이지요. 발이 집세를 지불했으니까 그녀 소유인 셈이지요. 두려운 느낌이 들기도 하고. 어쩌면 당연한 일이겠지만 ── 그래도 지금 이 순간은 머릿속이 깨끗해지고 〈혼자〉라는 느낌이 드니까 좋아요. 무슨 뜻인지 알죠? 바다 때문에 기분도 훨씬 좋고요. 런던의 그 흙먼지 속으로 가는 길이라면 영 멍청한 기분이 들었을 겁니다.」

그들은 서로 접촉이 없었다. 그냥 다정하게 가까이 앉아 있었을 뿐 육체의 접촉은 없었다.

「묘하다는 생각 안 들어요?」 모드가 말했다. 「만일 우리가 서로에게 빠져 있다면 어느 누구도 우릴 미쳤다고 보지는 않을 거잖아요.」

「발은 우리가 서로 빠져 있다고 생각해요. 심지어 랜돌프 애쉬에게 빠져 있으니 그런 편이 훨씬 건강하다고까지 하더군요.」

「레오노라는 내가 애인한테 전화를 받고는 정신없이 달려 나갔다고 생각할 거예요.」

롤런드는 현기증이 날 정도로 이렇게 머리가 맑은 이유는 두 사람이 서로에게 집착하지 않기 때문이라고 생각했다.

그가 말했다. 「침대가 좁기는 하지만 참 깨끗하고 하얗군요.」

「그래요. 위층을 쓸래요, 아니면 아래층을 쓸래요?」

「난 아무래도 상관없어요. 당신은요?」

「그럼 내가 위로 올라가지요.」 그녀가 웃었다. 「레오노라가 있었으면 릴리스[2] 때문이라고 했을 거예요.」

2 Lilith. 유태 민담에 나오는 여자로 이브가 창조되기 전에 아담의 첫 번째 부인이었다고 함. 아담에게 쫓겨난 이후로는 사막 지대에 살면서 어린이들을 공격하는 여자 마귀로 둔갑함.

「왜죠?」

「릴리스는 낮은 위치를 싫어했대요. 그래서 아담이 그녀를 내쫓았고, 그 뒤로는 아라비아 사막을 배회하는 어둠 속의 악마 비슷한 존재로 변했다고 해요. 어떻게 보면 멜루지나의 화신이기도 하죠.」

「위든 아래든 별로 중요할 것 같지 않은데……」 롤런드는 자신은 아무렇지 않다는 듯이 말했다. 침대 얘기를 하면서 옛날 신화나 성적 편견 따위가 거론되는 것이 어딘지 우스꽝스럽게만 여겨질 뿐이었다. 어쨌든 그는 행복감을 느꼈다. 모두가 우스꽝스럽고 또 즉흥적이지 않은가. 그는 샤워기의 손잡이를 틀었다.

「샤워할래요? 소금기가 있어서 그런지 물이 미끈거려요.」

「그럴 거예요. 바다 밑에서 바닷물로 샤워를 한다. ― 우리가, 이 선실에서 바다 밑에 있는 거 맞죠? 당신 먼저 해요.」

샤워 물소리가 쉿 소리를 내며 가늘고 세차게 떨어졌다가는 조금 뒤 잠잠해졌다. 밖에서도 똑같은 물이 이 거대한 선박에 의해 갈라지며 어둠 속을 흐르고 있으리라. 그리고 그 너머에는 눈에 보이지 않는 생명체들의 부산한 움직임과 균형을 유지하며 어둠 속을 배회하는 거북이와 노래 부르는 돌고래 무리들, 물살을 가르며 달리는 고등어와 대구 떼들, 해파리의 요동치는 몸체들, 그리고 미슐레가 바다의 우유라고 불렀던 인광을 내는 물체 등이 있으리라. 아래칸 침대에 가만히 누워 있던 롤런드는 자신의 베개 밑을 내달리는 무리들 ― 그게 정확히 무엇인지는 기억나지 않지만 ― 을 신비적으로 묘사한 멜빌의 글을 생각했다. 모드의 샤워하는 소리가 들렸다. 보이지 않는 모드의 몸 위에 방울을 튀기며 떨어지고 있을 물줄기, 분출되어 떨어지는 물줄기와 밑에서 피어 오르는 증기 사이에서 이리저리 움직이고 있을 우유처럼 하얀 그녀의 몸 ― 롤런드는 그냥 어렴풋한 상상을 할 뿐이었다. 잠시 후, 사다리를 오르는 그녀의 모습이 두 눈에 들어왔다. 가늘고 하얀 그녀의 발목, 하얀 수건에 가려진 채 은은한 파우더 향을 풍기는 그녀의 몸, 그리고 젖은 머리. 눈에 보이지 않고 또 접근할 수 없지만 그녀가 그곳, 자기 바로 위에 있다는 사실만으로도 롤런드는 대단히 만족스러웠다. 「잘 자요.」 그녀가 말했다. 「잘 자요.」 롤런드도 똑같이 대답했다. 그러나 한참 동안 롤런드는 잠을 잘 수가 없었다. 눈을 뜬 채 어둠 속에 누워 위층의 그녀가 몸을 뒤척일 때마다 들리는 침대 삐걱이는 작은 소리와 바스락거리는 소리, 그리고 그녀의 숨소리에 욕망의 귀를 열어 놓고 있었다.

＊＊＊

모드가 아리안느 르 미니에에게 전화를 걸었다. 그녀는 남부로 휴가를 떠나려는 참인데 잠시 시간을 내어 그들을 만나 보겠다고 약속했다. 그들은 맑은 날씨 속에 평화로운 마음으로 낭트를 향해 차를 몰았다. 그러고는 멋진 기둥과 보석이 박힌 스테인드글라스에 세기말의 터키 식 타일이 고풍스럽고 신비스러운 분위기를 자아내는 어느 고급 레스토랑에서 만나 점심을 같이했다. 아리안느 르 미니에는 젊고 따뜻한 여자였으며, 시원시원한 구석이 있었다. 검정 잉크처럼 까만 그녀의 머리는 이마를 비스듬히 내려와 목덜미 부분에서 각을 이루는 모양의 분명한 기하학적 형태로 다듬어져 있었다. 두 여자는 금방 친해졌다. 그들은 학문을 연구하는 데 있어서는 정열과 엄밀함의 태도를 견지해야 한다는 점에 의견의 일치를 보았으며, 곧 의식의 경계에 관해, 그리고 위니코트가 〈전환기의 영역〉이라고 말한 멜루지나의 그 흉측스런 모습 — 여성을 성적 편견으로부터 해방시켜 주는 상상의 구조물 — 이 본질적으로 어떤 속성을 지니고 있는지에 관해 많은 이야기들을 주고받았다. 롤런드는 거의 아무 말도 하지 않았다. 프랑스에서 직접 맛보는 첫 프랑스 음식. 그는 해산물과 신선한 빵, 그리고 그 미묘함 때문에 하나하나 분석하고 싶지만 분석할 수도 없는 진기한 소스 등 프랑스 음식의 훌륭한 맛에 압도되어 있었다.

모드가 해야 할 일은 세심한 신경을 요하는 일이었다. 그녀의 요구와 레오노라의 부재 사이에 어떤 상관관계가 있는지 설명하지 않고서도 사빈느 드 케르코즈의 자료에 접근할 수 있어야 하기 때문이었다. 아리안느가 휴가를 떠난다고 하니 처음부터 그녀의 기대가 더욱 실현되기 힘든 일인 듯 보였다. 분명 어딘가에 꼭꼭 숨어 있을 자료들이니 아리안느가 없으면 접근이 불가능한 것은 당연한 일이 아닌가. 아리안느가 말했다. 「당신들이 오시는 줄 알았다면…….」

「어차피 우린 서로 몰랐던 사이잖아요. 우리도 짧은 휴가나마 보내려고 온 것이고요. 우린 브르타뉴로 여행을 해서 라모트 가족의 집을 구경할 생각인데…….」

「저런, 거긴 볼 것이 하나도 없어요. 1차 세계대전 시 모두 불타 버렸거든요. 하지만 그냥 피니스테르와 오디에른 만 — 그 전설상의 이즈 도시가 묻혀 있다는 곳이지요 — 을 구경하시고 죽음의 만을 둘러보시는 거라면 혹시…….」

「1859년 가을 라모트가 프랑스로 찾아온 일에 관해서는 또 다른 자료들이 없나요?」

「아, 당신이 깜짝 놀라실 자료가 하나 있어요. 스턴 교수님께 편지를 쓰고 난 뒤 발견했는데, 사빈느 드 케르코즈가 쓴 비밀 일기예요. 라모트가 방문하던 당시를 거의 다 포함하는 기간의 일기죠. 제 생각에는 사빈느가 조르주 상드를 흉내 내어 일기를 쓴 것 같아요. 그런 이유 때문인지는 몰라도 브르타뉴어가 아닌 프랑스어로 썼지요. 당연한 일이겠지만…….」

「그걸 좀 볼 수 있었으면 정말 좋겠어요.」

「그렇다면 또 한 번 깜짝 놀라시겠네요. 제가 복사를 하나 해두었거든요. 실은 스턴 교수님께 보여 드리려고 했는데……. 하지만 멜루지나에 관한 당신의 연구에 제가 대단한 감명을 받았으니. 그리고 제가 없는 동안에 혹 기록 보관소가 문을 닫을지도 몰라서……. 복사기란 정말 민주적인 발명품이에요. 같이 공부하는 사람들끼리는 정보를 교환해야 하고, 더구나 협동으로 연구할 수 없을 땐 더더욱 그렇죠. 그게 페미니스트들의 원칙 아닌가요? 이 일기의 내용을 보시면 아마 깜짝 놀라실 거예요. 다 읽고 나시면 저와 함께 그 의미들을 논의해 보기로 해요. 이젠 시간이 없어서……. 깜짝 놀라시는 그 기분을 망쳐서는 안 되겠죠?」

모드는 정말 어안이 벙벙하여 놀라움과 감사의 말을 표했다. 나중에 레오노라가 무슨 말을 할지 머릿속에 그려지기는 했지만 호기심과 자료에 대한 욕심이 더 앞서 있음을 어쩌랴.

***

다음 날, 그들은 브르타뉴를 통과하여 땅의 끝이라고 불리는 피니스테르까지 자동차를 몰고 갔다. 또한 펨폴과 브로셀리앙드 숲을 통과하여 적막에 싸여 있는 프웨스낭 만에 도착했다. 그곳의 캡 코즈에서 그들은 호텔을 하나 발견했다. 세찬 바닷바람에 곧 떨어져 나갈 듯한 어수선한 북부의 분위기와 꿈속처럼 부드러운 정취를 자아내는 남부의 분위기가 한데 어우러져 있는 호텔이었다. 테라스와 야자수가 한 그루 있었으며, 아래쪽으로 늘어선 지중해 소나무들 너머로 시선을 향하면 곡선을 이루고 있는 모래밭과 푸른 바다가 한눈에 들어오는 곳이었다. 그곳에서 그들은 3일 동안 사빈느의 일기를 읽었다. 그들의 생각은 나중에 얘기하기로 하고 우선 일기의 내용을 보기로 하자.

사빈느 루크레스 샬럿 드 케르코즈
나 자신의 일기
케르느메의 저택에서 쓰기 시작함

1859년 10월 13일

이 하얀 종이들의 여백이 나에게 두려움과 욕망을 가득 심어 주고 있다. 나는 이 종이 위에 내가 쓰고 싶은 얘기를 모두 기록해 두고 싶다. 하지만 어디서부터 시작해야 할까? 이 일기를 통해 나는 진정한 작가로 태어나고 싶다. 이곳에서 글 쓰는 기술을 배우며, 이곳에 내가 흥미롭게 경험하고 관찰한 모든 것을 기록해 두고 싶다. 그래서 나는 사랑하는 나의 아버지 라울 드 케르코즈에게 이 공책을 달라고 졸랐다. 아버지가 민담이나 과학적 관찰을 기록해 놓을 목적으로 이 공책들을 구입하셨기 때문이다. 그리고 이렇게 일기를 쓰기 시작한 동기는 내 사촌이자 시인인 크리스타벨 라모트의 제안에 따른 것이었다. 그녀는 나에게 매우 감동적인 얘기를 들려주었다. 「어떤 작가가 진정한 작가가 되기 위해서는 끊임없이 재능을 훈련하고 언어에 대한 실험을 계속해야 해. 위대한 화가가 진흙과 유화 물감으로 계속 실험을 한 끝에 마침내 그 도구들이 제2의 천성이 되어 그 자신이 바라는 대로 주무를 수 있게 되듯이 말야.」 그녀는 또한, 내가 글을 쓰고 싶은 욕망은 큰데 일상에서 내 흥미를 끄는 사물이나 사건 혹은 감정, 즉 시나 소설의 주제가 될 만한 것들을 발견할 수 없다고 말하자 일상에서 관찰하는 것이면 무엇이든, 그것들이 아무리 진부하고 무미건조하다 할지라도 꾸준히 써내려 가는 일이 필수적인 훈련이라고 말했다. 그녀의 말에 의하면, 이런 일상의 기록은 두 가지 장점을 지니고 있다고 한다. 하나는 내 스타일이 유연해지고 관찰 또한 정확해진다는 점이다. 그래서 때가 되면 — 모든 삶 속에는 그런 때가 반드시 찾아오기 마련인데 — 어떤 중요한 것이 소리를 지를 때면 — 그녀는 〈소리를 지른다〉고 표현했다 — 그것을 기록할 수가 있다는 애기였다. 그리고 또 하나는 본질적으로 그 무엇도 무미건조한 것은 없으며, 또 그 자체로 흥미를 지니고 있지 않은 것은 아무것도 없다는 사실을 일기가 일깨워 준다는 점이다. 그녀는 비 내리는 우리 집의 과수원을, 무시무시한 해안선을 한번 낯선 사람이 되어, 내 자신의 눈으로 바라보라고 했다. 그러면 그 모두가 매력적인 아름다움과 슬픔과 다양한 색채로 가득 차 있음을 볼 수 있다고 했다. 그리고 부엌에 있는 낡은 단지와 단순하고 단단한 큰 접시들을 채색되지 않은 눈으로 바라보라고 했다. 그러면 작은 햇살이나 그늘과 조화를 이루는 미묘한 명암의 아름다움을 볼 수 있다는 것이었다. 그녀는, 작가라고 이런 현상들을 다 볼 수 있지는 않지만, 늘 재능은 충분하다 여기고 작가가 할 수 있는 일이 무엇인지 생각하라고 말했다.

벌써 한 장을 썼다. 그리고 이 한 장의 일기 속에 담긴 전부가 가치있는 그 무엇이라는 것이 내 사촌 크리스타벨의 교훈이다. 맞는 말이다. — 지금 내 삶에 있어서는 그녀가 가장 중요한 사람이며, 더욱이 그녀는 매우 중요한 작가로 인정받고 있고, 여성이라는 점에서 나의 빛나는 모범이며, 그래서 우리 여성 모두의 희망이고 인도자이다. 그녀가 그런 자신의 역할을 알고 얼마나 즐기고 있는지, 난 모르겠다. ─ 실제로 나는 그녀 내면의 생각과 느낌이 어떤지 전혀 알지 못한다. 그녀는 이 세상 어느 누구보다도 가장 부드럽게 나를 대해 주고 있다. 마치 그녀는 나의 가정교사이고, 나는 열정은 가득하지만 아직 인생이 무엇인지 모르는 말썽 많은 학생인 듯하다.

그런 그녀의 모습은 차분한 외관 뒤에 힘있고 정열적인, 그리고 예민한 감각을 지니고 있던 제인 에어[3]의 모습과 다를 바 없으리라.

앞의 마지막 두 문장을 쓰면서 나는 한 가지 문제를 생각했다. 나는 이 일기를 하나의 〈의무〉로써 ─ 작가 수업의 한 방법으로 크리스타벨에게 보여 주기 위하여 쓰는 것인가? 혹은 다정한 편지라 생각하고, 나중에 그녀가 혼자서 명상을 즐기는 시간에 읽어 보도록 하기 위하여 쓰는 것인가? 아니면 나 자신에게 충실하기 위하여, 오로지 진실을 위하여, 나 자신에게 쓰는 것인가?

그녀라면 후자를 생각했으리라고 나는 믿는다. 그래서 나는 이 일기를 감춰 두고 ─ 어쨌든 처음에는 ─ 오직 내 두 눈으로 관찰한 것만을, 그리고 숭고한 존재의 두 눈에 비치는 것만을 기록하리라. (숭고한 존재란 우리 아버지가 믿으시는 존재였다. 아버지는 고대의 신성한 존재들, 가령 루크나 다그다나 타라니스 등을 믿지 않으셨다. 크리스타벨은 그리스도에 대한 영국인 특유의 신앙심을 지니고 있었는데, 나는 그리스도의 존재를 완전하게는 이해하지 못한다. 또한 그녀의 교파가 가톨릭인지 프로테스탄트

---

3 샬럿 브론티가 1847년에 발표한 소설 『제인 에어』의 여주인공.

인지도 나는 잘 모르겠다.)

한 가지 교훈. 작가의 눈에 비친 것만을 써놓은 작품은 생명력이 없을 수가 있다. 그러나 반면에 자유를 불어넣어 주기는 한다. 또 내가 놀란 것은 점점 성숙해지는 자신의 모습을 발견할 수 있다는 점이다. 유아기 때의, 그리고 여성으로서 누군가의 시선을 끌려는 욕망이 사라지는 것이다.

나는 이 일기를 현재, 가을날의 어슴푸레한 오후 4시 케르느메의 모습을 묘사하는 데서 시작하려 한다.

나는 짧다면 짧은 지금까지의 내 삶을 — 물론 어떤 때는 매우 지루하고 길게만 느껴질 때도 있었지만 — 이 집에서 다 보냈다. 크리스타벨은 우리 집의 아름다움과 소박함에 깜짝 놀랐다고 했다. 아니지, 크리스타벨이 한 말을 해서는 안 되지. 내 두 눈에 아주 친숙하긴 하지만 〈권태로운〉 기분에서 그동안 보지 못했던 것을 기록해야 한다.

우리 집은 화강암으로 만든 집이다. 이 해안에 있는 대부분의 다른 집들과 마찬가지로 길쭉하지만 그리 높지 않고, 뾰족한 슬레이트 지붕에 박공이 달린 집이다. 마당이 있고, 그 둘레에는 높은 담이 둘러쳐져 있다. 그래서 다른 무엇보다도 바람이 못 들어오기에 담 안쪽으로는 고요함이 감도는 그런 집이다. 이곳에 있는 모든 것들은 휘몰아치는 강풍에 견딜 수 있도록, 그리고 대서양으로부터 불어닥치는 비바람을 막아 줄 수 있도록 지어져야 한다. 슬레이트 지붕은 젖어 있을 때 한층 더 반짝이는 듯하다. 물론 여름날, 뜨거운 열기 속에서 반짝이는 모습도 보기 좋다. 창문들은 마치 교회의 그것처럼 높은 아치 모양으로 안쪽으로 들어간 형태로 설치되었다. 방은 위층에 두 개, 아래층에 두 개이며, 각 방마다 벽 양쪽으로는 두 개씩의 창문이 있어 어떤 날씨에도 햇빛이 들어오도록 되어 있다. 밖에는 물론 작은 탑이 있으며, 그 위에는 비둘기집이 하나 있고, 아래에는 개집이 있다. 그러나 트레이와 우리 아버지의 개인 미르자는 집 안에 두었다. 바다가 안 보이는 집 뒤쪽에는 내가 어렸을 적 뛰놀았던 과수원이 있다. 어렸을 적에는 굉장히 넓어 보였는데 자라서 보니 좁아 보이기만 한다. 과수원에도 역시 담장이 둘러쳐져 있는데, 마른 돌멩이들과 조금은 커 보이는 바닷가 자갈들을 쌓아 놓은 담이었다. 농부들은 그렇게 얼기설기 쌓아 놓은 돌담들의 수많은 구멍과 틈 사이로 바람의 힘이 〈빠져 버린다〉고들 말한다. 폭풍이 부는 날이면 모든 돌담들이 노래를 하는데, 해변가의 조약돌처럼 돌들의 합창이라 할 만하다. 그런 때는 이곳의 전 지역이 바람의 노랫소리로 가득해진다. 바람이 불 때면 사람들은 발을 더 힘있게 내디디는데, 말하자면, 남자들은 더욱 낮은 소리를 내고 여자들은 더욱 목소리를 높인다.

(그다지 잘못 표현하지는 않은 듯싶다. 이렇게 쓰고 나니 내 마음에 이곳 시골 사람들과 바람에 대한 일종의 심미적 사랑이 더욱더 지극해지는 느낌이다. 만일 내가 시인이라면 그 애절한 노래를 시로 옮겼으리라. 혹 내가 소설가였다면 좀더 진실하게, 긴 겨울날에 그 단조로운 노랫소리를 들으면 마치 사막에서 물을 찾아 헤매는 목마른 사람처럼 고요와 적막함을 얻게 된다고 기술했을지도 모른다. 찬송가에서도 뜨거운 열기 아래 바위들 사이의 서늘한 안식처를 찬양하지 않았는가. 이곳의 우리는 한두 번 찾아오는 서늘함, 반짝이는 고요를 갈망하지 않는가.)

지금 우리 집에는 세 사람이 각자의 방에서 조용히 앉아 글을 쓰고 있다. 내 사촌과 나는 각각 위층의 두 방을 쓰고 있다. 그녀는 우리 어머니의 방을 쓰고 있다. ─ 아버지는 내가 그 방을 쓰는 것을 원치 않으셨다. (사실 나도 싫었다.) 위층에서는 들녘을 지나 낭떠러지의 가장자리까지, 그리고 그 너머 넘실대는 바다의 모습이 다 내다보인다. 날씨가 나쁜 날은 파도가 부글부글 끓듯이 일렁이고, 날씨가 좋은 날은 햇빛이 반짝이며 춤을 춘다. 정말인가? 다시 한 번 관찰해야겠다. 재미있는 표현 아닌가.

아버지는 아래층의 방 하나를 쓰신다. 그곳이 그분의 서재이자 침실인 셈이다. 방의 삼면은 책으로 가득 차 있다. 하지만 아버지께서는 눅눅한 바다 공기가 책장과 책의 제본 상태에 나쁜 영향을 미친다고 늘 투덜대신다. 어렸을 적에는 밀랍과 아라비아 고무인지 테레빈인지 하는 것을 한데 섞어 만든 방부제로 아버지 책의 가죽 커버를 닦는 일이 내 몫이었다. 책을 보호하기 위해 아버지가 직접 고안하신 일종의 약품이었다. 나는 자수 대신에 그 일을 했다. 나도 셔츠는 수선할 수 있으며, 또 필요에 의해서 그런 일들을 배웠고, 손쉬운 바느질 정도는 잘하는 편이다. 하지만 좀더 꼼꼼한 여성의 손길이 필요한 곳에 쓸 만한 재주는 아무것도 없다. 아름다운 젊은 여성들이 장미 향수나 바이올렛 향수 냄새를 기억하듯이 나는 밀랍의 부드러운 냄새를 기억한다. 밀랍이 묻은 내 손은 아주 부드럽게 반짝였다. 당시 우리는 아버지와 나, 이렇게 둘이서 훌륭한 벽난로와 자기로 만든 스토브가 있는 방에서 풍족하게 살았었다.

아버지는 커다란 붙박이장처럼 생긴 브르타뉴 식의 오래된 칸막이 침대를 하나 가지고 계신다. 그리고 어머니의 침대는 장식끈으로 테두리를 두르고 자수를 놓은 벨벳 커튼이 안을 가리도록 만들어진 것이었다. 두 달 전에 아버지는 이 두 침대를 청소해 두라고 하셨다. 이유는 말씀하시지 않았다. 그때 나는 아버지가 나를 결혼시키려고 그러시나 생각했었다. 어머니가 쓰시던 방을 신혼방으로 준비시키려나 보다고 말이다. 우리가 침대를 가리던 커튼을 내렸을 때 그것은 온통 먼지투성이였다. 고드는 커튼을 마당으로 가지고 나가 먼지를 털어 냈다. 그것 때문에 병이나 생기지 않았는지, 아무튼 그녀의 폐에는 평생 들이마실 먼지와 거미줄, 더러운 물질들로 가득 찼을 것이다. 그런데 먼지를 다 털어 내자 그 커튼은 다시 쓸 수 없을 듯이 보였다. 여기저기 찢어지고 너덜너덜한 곳이 한두 군데가 아니었다. 아버지께서 말씀하셨다. 「영국에서 네 사촌이 온단다. 새로 침대 커튼을 장만해야겠구나.」 나는 캥페르로 가서 드 케를레옹 부인에게 어떻게 하면 좋겠느냐고 물어보지 않을 수 없었다. 그러자 그 부인이 자기에게는 이제 별소용이 없다며 튼튼한 빨간색 린넨으로 만든 커튼 한 세트를 주었다. 테두리를 따라 백합과 장미 덤불이 수놓아진 그 침대 가리개를 사촌이 마음에 든다며 좋아하니 내 기분도 좋다.

방 안의 조그만 나무방 격인 브르타뉴 지방 칸막이 침대는 늑대들로부터의 피해를 막기 위해 고안되었다고 한다. 아직도 이 지역의 고지대나 황야에, 그리고 펨폴과 브로셀리앙드의 숲 속에는 늑대들이 배회한다고 한다. 옛날에는 마을이나 농가에 늑대와 같은 짐승들이 나타나 집 안으로 침입해서는 난로 근처의 작은 침대에서 새근새근 잠자고 있는 아기들을 낚아채 가곤 했다고 한다. 그래서 농부들이 밭으로 일하러 가기 전에 어린이들의 안전을 위해 아이들을 칸막이 침대에 누이고 문을 닫은 다음, 다시 현관문도 꼭꼭 잠근다는 것이다. 고드는 그런 침대가 무분별한 주둥이를 지닌 돼지들이나 여기저기 뛰어다니며 눈이나 귀나 조그만 손과 발등을 마구 물어뜯고 쪼아 대는 닭들로부터 아이들을 보호하기도 한다고 하였다.

고드는 내가 어렸을 적에 이런 끔찍한 얘기를 들려줌으로써 나를 굉장히 무섭게 하기도 했다. 나는 낮이건 밤이건, 비록 늑대를 한 번도 본 적이 없고 또 늑대 소리를 들은 적도 없었지만 늑대나 혹은 늑대 인간을 생각하며 무서워 떨었었다. 게다가 눈 내리는 밤이면 고드는 손가락으로 밖을 가리키며 〈무엇인가〉가 울부짖는다고 하며 이렇게 말하기도 했다. 「늑대가 가까이 오고 있는 것 같아. 배가 고파서 그럴 거야.」 아버지의 말씀에 의하면, 이곳의 안개가 자욱한 곳에서는 이승과 저승을 갈라놓는 석조 아치와 같은, 아니 방과 방 사이에 걸려 있는 흔들리는 장막이나 혹은 거미줄과 같은, 신화 및 전설과 사실의 세계 사이를 가르는 그런 경계선이 분명하지 않다는 것이었다. 진짜 늑대도 있고, 또 세상에는 늑대만큼 나쁜 사람들도 있으며, 그리고 그러한 사악한 힘을 통제할 수 있다고 스스로 믿는 마법사들도 있으며, 그래서 농부들이 늑대의 존재를 믿고 아이들을 이 모든 위험으로부터 보호하기 위해 그 사이에 단단한 문을 설치한다고 했다. 그런데 어린 시절에는 늑대보다 더 무서운 것이 빛도 없는 그 상자, 즉 칸막이 침대 안에 갇히는 일이었다. 어떻게 보면 귀중품을 담아 두는 상자나 서랍처럼 보이기도 했고 또 어떤 때는 안전한 은신처처럼 보이기도 했지만 나는 그곳이 싫었다. (옛날 기사들의 놀이를 하며 내가 랜슬롯 경의 역할을 할 때는 그 상자처럼 생긴 침대가 은신자를 위한 동굴처럼 여겨지기도 했다. 그러나 나는 내가 여자라는 것을 알게 되었고, 그래서 나중에는 고통과 슬픔 속에 죽어 간 엘렌느 오 맹 블랑슈의 역할에 만족해야 했다.) 나는 그 침대 안이 어두워서 싫다며 울어 댔다. 그러

608

나 몸이 아프거나 기분이 좋지 않을 때는 고슴도치나 잠자는 애벌레처럼 그 속에 작은 공 모양으로 몸을 웅크리고 누워 있기도 했다. 죽은 듯이, 혹은 태어나기 전 어머니 뱃속에 웅크리고 있듯이, 혹은 가을과 봄 사이 겨울잠을 자는 고슴도치처럼, 혹은 기어다니는 상태에서 날아다니게 될 때까지의 유충의 모습처럼…….

나는 지금 비유법을 사용했다. 크리스타벨이 일러주기를, 아리스토텔레스는 훌륭한 비유는 진정한 천재성의 징조를 보여 준다고 말했다. 이 일기가 이제는 벌써 긴 길을 걸어온 셈이다. 형식적인 출발에서부터 시작하여 내면의 공간인 과거의 시간으로 돌아갔다가, 다시 돌담으로 둘러싸인 우리 집 안의 칸막이 침대, 그리고 칸막이 침대에서 내 생의 시작으로 돌아왔다.

난 아직 내 글의 구성과 조직에 대해서 많은 것을 배워야 한다. 아버지의 침대에 관한 이야기를 쓸 때 나는 뒤이어 어머니의 침대에 관한 묘사를 하고 싶었고, 또한 칸막이 침대에 관한 설명 따위를 쓰고 나서는 실제와 환상 사이의 경계에 관해 자세히 이야기하고 싶었다. 전체적으로 만족스럽지 못하다. 문장과 문장이 매끄럽게 연결되지도 못하고, 생각이 이리저리 혼란스러운 느낌이다. 마치 돌담에 나 있는 커다란 구멍처럼 말이다. 하지만 그래도 무엇인가가 이루어졌고, 또 아직 미숙한 글쓰기의 재주로 보아, 작가 수업을 받고 있는 학생의 위치로 보아, 그래도 재미있게 쓴 것이 아닌가.

이제 다음엔 무엇을 써야 하나? 나 자신의 역사. 우리 가족의 역사. 사랑하는 사람들? 나에게는 애인이 없다. 아무도 없다. 난 누구에게 매달려 본 적도 없고, 나를 사랑한다고 하는 사람하고 같이 있어 본 적도 없다. 아버지는 그런 일이 결국에는 〈적당한 때가 오면〉 자연스럽게 잘 해결되리라 생각하시는 것 같다. 나는 이미 그런 때가 지나갔고, 시기를 놓치지 않았나 생각하지만 아버지는 아직은 그런 때가 아니라고 여기시는 모양이다. 나는 지금 스무 살이다. 그런 데 관해서는 더 이상 쓰지 않겠다. 내 생각을 어떻게 마음대로 통제할 수가 없다. 크리스타벨은 나의 이 일기가 〈평범한 가정을 지닌 평범한 처녀들의 끝없이 반복되는 부질없는 환상이나 황홀에 젖은 탄식〉으로부터 벗어나야 한다고 말했다.

지금까지 내가 묘사한 것은 부분적이나마 우리 집에 관한 내용이었다. 사람에 관한 얘기는 아직 하지 않았다. 내일, 사람들에 관한 얘기를 써보겠다. 〈인물이 아니라 행위〉가 비극의 본질이라고 아리스토텔레스는 말했다. 어젯밤에 저녁을 먹으면서 아버지와 내 사촌은 아리스토텔레스에 관해서 논쟁을 벌였다. 나는 아버지가 그렇게 활기있게 말씀하시는 모습을 본 적이 없다. 내 생각에 오늘날 여성들의 경우에는 〈무위〉나 나태가 비극의 본질인 것 같다. 그렇지만 나는 감히 아버지와 사촌이 그리스어로 — 크리스타벨은 자기 아버지로부터 그리스어를 배웠다고 하는데, 나는 그 언어를 전혀 모른다 — 논쟁을 벌일 때처럼 금언이나 교훈의 이야기는 하지 않겠다. 나는 십자군 원정 때 자신들의 집안을 이끌었던 중세의 여왕들이나 대수녀원에서 생활을 영위하고 있는 수녀원장들, 혹은 조르주 상드의 작품에 나오는 자크가 말했듯이 악마와 싸우기 위해 나섰던 어린 소녀 성 테레사 등을 생각할 때 일종의 부드러움 같은 것이 현대의 생활을 지배하고 있지 않나 생각해 본다. 발자크는 도시에서 남자들이 얻게 되는 새로운 직업,

상업 행위 등이 여성들을 예쁘장하고 말초적인 〈장난감〉이나 그저 실크 옷이나 걸치고 향수 냄새나 풍기며, 내실에서 환상에 빠져 있거나 음모나 꾸미는 그런 존재로 변모시켰다고 말했다. 그런데 나는 그런 실크 옷도 보고 싶고 내실의 분위기도 경험하고 싶다. —— 그렇다고 상대적이고 소극적인 존재가 되고 싶다는 말은 아니다. 나는 살고, 사랑하며, 글을 쓰고 싶다. 너무 과한 희망인가? 나의 이 선언도 환상에 불과한 것일까?

10월 14일 목요일

오늘은 사람들에 관한 얘기를 해야겠다. 아버지에 관한 묘사를 한다, 이 말이 과연 옳은 말인지는 모르겠다. 아버지는 항상 그곳에 계셨고, 또 그곳에 계신 분은 아버지 혼자셨다. 나의 어머니는 나의 어머니가 아니라 아버지 이야기의 한 부분으로만 자리하는 분이셨다. 어렸을 때는 아버지의 말이 사실인지 아닌지 분간하기 어려웠다. 물론 아버지는 당신의 이야기를 믿어야 한다고 끈질기게 설득하셨다. 알비에서 태어나신 어머니는 남부 출신이셨다. 「네 어머니는 항상 태양을 그리워하셨단다.」 아버지가 늘 하시는 말씀이었다. 나는 어머니의 임종을 생생히 그릴 수 있다. 아버지 말씀에 의하면 어머니는 나를 부르셨다고 한다. 이 거친 세상에서 돌봐 줄 어머니도 없이 내가 어떻게 커 나갈지 몹시 걱정을 하신 모양이었다. 이 세상 살아가시느라 힘이 다 빠지셨을 텐데 나를 봐야겠다며 계속 우셨던 모양이다. 내가 나타나자 어머니는 울음을 그치셨고, 창백하고 하얀 얼굴로 나를 물끄러미 쳐다보셨다고 한다. 아버지는 당신께서 나의 아버지 겸 어머니가 되겠다고 약속하셨고, 어머니는 재혼을 하라고 하셨던 모양이다. 아버지는 절대 그럴 수 없으며, 또 그럴 리도 없다고 하셨다. 아버지는 단 한 번의 사랑으로 만족하는 사람이라고 하시며 어머니에 대한 사랑이 불변임을 보여 주셨던 것 같다. 아버지는 정말 나에게 아버지와 어머니의 역할을 다 하시려고 무척 애쓰셨다. 그러나 아무리 부드럽고 인자하신 분이지만 부모로서의 역할을 모두 해내기란 그리 쉽지가 않았던 모양이다. 여자들처럼 생활에 있어서 좀더 실제적이고 현실적인 결정을 내리기가 어려웠기 때문이리라. 그리고 또 아버지는 내가 무엇을 무서워하고, 무엇을 바라는지 잘 모르셨다. 하지만 내가 아기였을 때 무한한 사랑으로 나를 꼭 안으시고는 얼굴에 키스를 하고, 달래고, 이야기책을 읽어 주시던 일이 아직도 기억에 남아 있다.

작가로서의 내 결점은 한 번에, 그리고 동시에 여러 방향으로 내달리려는 경향이다.

아버지에 관한 묘사는 좀 꺼려진다. 아버지와 나 사이에는 서로 말을 하지 않아도 직감으로 느끼는 부분이 있기 때문이다. 밤에 아버지의 거친 숨소리가 들리면 나는 즉각 혹시 숨이 막히는 것이 아닌가 알아보아야 한다. 나는 내가 아버지와 멀리 떨어져 있어도 혹 무슨 일이 있지 않나 알아보아야 한다. 그리고 아버지는 내가 어떤 위험에 처해 있는지, 어디 아프지는 않은지 알고 싶어하셨다. 아버지는 일에 정신을 빼앗긴 사람이셨다. 그러나 아버지는 우리 인간의 오감에다 또 하나의 감각, 즉 내면의 귀를 지니고 계셨으므로 늘 내 소리에 귀 기울이실 수가 있었다. 내가 조금 자라 꼬마가 되었을 때는 일하시는 동안 나를 당신의 책상에 마치 긴 동아줄로 묶듯이 린넨 끈으로 묶어 두셨다. 그러면 나는 아버지의 그 큰 방을 들락거리며 마구 휘젓고 다닐 수 있었다. 아버지는 그리스도와 성령의 상징이

도안으로 그려진 책 한 권을 가지고 계셨다. 아마 성령도 나와 똑같이 린넨 끈으로 묶여 집 안을 돌아다녔음에 틀림없었다. 아버지는 그 책이 당신에게 아이디어를 제공해 준다고 하셨다. 그때부터 나는 『사일러스 마너』[4]를 읽었다. 독신으로 사는 한 늙은 남자가 집 앞에 버려진 아이를 데려다 자기가 일할 때면 나처럼 그 아이를 베틀에다 묶어 놓고 키웠다는 이야기다. 내가 힘주어 달려 나가려 할 때나 빠르게 마구 왔다갔다할 때마다 린넨 끈이 당겨지는 것을 보신 아버지가 화도 내시고, 또 사랑 가득한 눈으로 바라보시던 모습을 나는 지금도 간직하고 있다. 나는 아버지에 대해서 구태여 객관적으로 쓰고 싶은 생각은 없다. 아버지를 마치 공기나 벽난로의 재받이돌이나 바람에 비틀어진 과수원의 사과나무나 저 밖에서 들려오는 파도 소리와 같이 사랑하기 때문이다.

발자크는 늘 자기 인물들의 얼굴을 마치 독일 장인들이 그린 얼굴들처럼 묘사했다. 감수성의 상징인 달팽이처럼 굽은 코, 흰 바탕에 붉은 섬유질의 두 눈, 푹 들어간 이마. 나는 그런 식으로 아버지의 눈과 머리와 구부정한 몸 등을 묘사할 수가 없다. 너무 가까이 계시기 때문이다. 희미한 촛불 아래 책을 얼굴 가까이 바짝 들이대면 글자가 희미하게 어른거릴 뿐 잘 보이지 않는 현상과 마찬가지다. 나의 아버지의 경우가 그렇다. 나의 할아버지는, 아주 어렸을 적의 기억으로는, 현인처럼 세상을 달관하신 분이었으며 공화파에 속하신 분이셨다. 당시 브르타뉴의 귀족이 그랬듯이 긴 백발에 머리칼보다 더 하얀 멋진 수염을 지닌 할아버지셨다. 그리고 어딜 방문하시거나 결혼식이나 장례

---

4 영국 빅토리아 시대의 여류 소설가인 조지 엘리엇이 1861년에 발표한 작품.

식에 참석하실 때면 늘 긴 장갑을 끼셨다. 할아버지는 케르코즈의 남작이셨지만 사람들은 우리 할아버지를 〈브느와(친절한 사람)〉라고 부르곤 하였다. 아버지는 라울이라고 불렀다. 사람들은 자기네들이 알지 못하는 문제가 있으면 우리 집에 찾아와 상의를 하고 조언을 얻기도 하였다. 우리는 벌집의 벌과도 같은 존재였기에 그런 일이 없으면 그리 잘 어울리지 못했을지도 모른다.

크리스타벨이 왔을 때 내 감정은 몹시 혼란스러웠다. 마치 솟아오르는 물살과 떨어지는 물살이 한데 뒤섞인 높은 파도와도 같다고나 할까. 그때까지 나에게는 여자 친구나 혹은 마음을 터놓고 얘기할 수 있는 사람이 없었다. — 유모와 하인들이 있었지만 그들은 너무 나이도 많고, 또 너무 정중해서 내 얘기를 속속들이 들어줄 만한 사람들이 못 되었다. 물론 나는 그들을 사랑한다. 특히 고드의 경우는 각별하다. 아무튼 나는 친구가 생긴다는 희망에 무척 마음이 설레었다. 하지만 다른 여자와 같이 살아 본 적이 없었기에 좀 두렵기도 했다. 은연중에 어떤 간섭이나 비난, 또는 곤란한 일 등이 생길까 봐 무서웠던 것이다.
아직도 조심스럽게 그런 느낌은 가지고 있다.

크리스타벨은 어떻게 묘사해야 할까? 지금의 그녀 모습은 — 벌써 우리 집에 온 지 꼭 한 달이 되었다 — 맨 처음 도착했을 때와는 아주 다른 모습이다. 우선은 첫인상이 어땠는지, 그것부터 시작하는 게 좋겠다. 그녀의 눈에 관해서는 쓰지 않겠다.
그녀는 폭풍의 날개를 타고 왔다. (너무 낭만적인 표현인가? 하지만 이런 표현으로는 그 끔찍했던 한 주일 동안 우리 집에 불어 닥친 비바람의 위력을 충분히 나타낼 수는 없으리라. 창문을 열거나 문 밖으로 한 걸음만 내디디려 해도 집어삼킬 듯한 억센 힘으로 몰려오는 비바람을 감당하지 못하고 물러서야 했다.)

그녀는 이미 어둠이 깔리고 난 뒤에 도착했다. 자갈 깔린 길을 따라오는 마차의 바퀴 소리가 힘에 겨운 듯 불규칙하게 들렸다. 돌담이 쳐진 마당으로 들어섰지만 여전히 마차는 요동치듯 흔들거리고 있었다. 지친 듯 고개를 숙인 말들의 등에는 흙탕물과 소금처럼 하얀 빗줄기가 뒤섞여 흐르고 있었다. 아버지가 무릎까지 닿는 망토에 방수 모자를 쓰시고는 곧 달려 나가셨다. 바람 때문에 마차의 문이 잘 열리지도 않았다. 아버지가 문을 열고, 야니크가 디딤 계단을 내리자 회색의 커다란 짐승 하나가 털을 휘날리며 천천히 내려섰다. 그 모습이 마치 어둠 속에 흐린 회색 물감이 번지다 만 것 같았다. 그 커다란 짐승 뒤로 아주 작은 여자가 내려왔다. 후드를 쓰고 외투를 입고, 그런 비바람에 아무 쓸모 없는 우산을 들고 — 모두가 검정색이었다. 계단을 내려오던 그녀는 갑자기 기울어지더니 아버지의 팔에 안겼다. 그녀가 브르타뉴어로 말했다.「제 안식처.」 팔로 그녀를 부축해 세운 아버지는 그녀의 젖은 얼굴에 키스하며 — 그녀의 눈은 감겨 있었다 — 말씀하셨다.「언제까지든 네 집으로 생각하고 있으려무나.」 나는 강풍에 문을 꼭 잡고 문가에 서 있었다. 치마 위로 굵은 빗줄기가 뿌려졌다. 그 커다란 짐승이 나를 밀치고 들어서면서 물에 흠뻑 젖은 몸뚱이를 흔들어 터는 바람에 내 옷에 흙탕물이 튀었다. 그녀를 안으로 끌고 들어온 아버지는 내 앞을 지나 그녀를 당신의 커다란 의자에 앉히셨다. 그녀는 거의 의식을 잃은 듯이 누워 있었다. 나는 그녀에게 다가가 사촌인 사빈느라고 말하고, 반갑다고 했다. 하지만 그녀는 내가 있는지도 모르는 모양이었다. 나중에 아버지와 야니크가 양쪽에서 그녀를 부축하고는 2층으로 올라가셨다. 다음 날 저녁 식사 시간이 되어서야 나는 다시 그녀의 모습을 볼 수 있었다.

처음부터 내가 그녀를 좋아했다고는 말할 수 없다. 그녀가 나를 별로 좋아하지 않는다는 느낌이 어느 정도 들었기 때문이었다. 나는 나 자신이 그런대로 따뜻하고 사랑스런 여자라고 생각한다. 또 나를 따뜻하게 맞아 주고 인간적으로 대해 주는 사람이 있으면 기꺼이 나 자신이 호감을 갖고 애정을 느끼는 사람이라고 믿고 있다. 그러나 내 사촌 크리스타벨이 우리 아버지에 대해 거의 헌신에 가까운 마음가짐으로 대하는 한편 나를 — 글쎄, 어떻게 말해야 할까? — 다소 차갑게 대하는 듯한 느낌을 지울 수가 없었다. 함께 저녁을 먹던 그 첫날, 그녀는 검은색과 회색이 어우러진 체크 무늬 치마에다 품이 넉넉한 숄을 걸치고 2층에서 내려왔다. 그렇게 우아한 모습은 아니었지만 깔끔하고 매무새가 단정한 차림이었다. 목에는 흑옥의 십자가가 달린 목걸이를 차고 있었고, 예쁜 녹색 부츠를 신은 모습이었다. 머리에는 레이스가 달린 모자를 쓰고 있었다. 나는 그녀의 나이를 몰랐다. 아마 35세쯤 되었을까? 머리는 반짝이는 금발이었다. 응달에서 자란 풀을 뜯어먹던 젖소에서 짠 우유로 만든 겨울철의 버터처럼, 약간은 싸늘한 냉기가 감도는 쇳조각에서 발산되는 그런 광채였다. 그녀는 그 머리칼을 귀 바로 위에서 둥글게 감아 올렸다. — 조금은 어울리지 않는 모양이었다.

작은 그녀의 얼굴은 갸름하고 하얀 얼굴이었다. 그 첫날 저녁의 그녀처럼 그렇게 하얀 얼굴은 처음 봤다. (지금도 하얗기는 마찬가지다.) 심지어는 콧구멍으로 살짝 드러난 코털이나 꼭 다문 입술도 하얗다. 아니, 여린 상아색의 기미가 있다. 그녀의 눈은 묘하게도 연한 녹색의 기운을 띠고 있다. 반쯤은 숨긴 듯 살짝 내리깐 두 눈. 입은 항상 꼭 다물고 있다. ― 입술은 얇았다. 그래서 입을 벌릴 때 드러나는 크고 고른 상아색의 치아를 보면 의외다 싶을 정도다.

우리는 닭죽을 먹었다. ― 아버지는 그 음식을 잘 보관하여 사촌이 원기를 회복할 때까지 먹도록 했다. 우리는 식당의 테이블에 둘러앉아 식사를 했다. ― 평상시에 아버지와 나는 아버지 방에서 치즈와 우유와 빵을 갖다 먹곤 했었다. 아버지는 우리에게 이시도르 라모트와 그분의 민담과 전설 수집에 관한 이야기를 들려주셨다. 그러고는 사촌에게, 작가라는 얘기를 들었는데 맞는지 잘 모르겠다는 말을 덧붙이셨다. 「영국에서 어느 작가가 유명하다고 해도 이곳 피니스테르에서는 한참이 지나야 알 수 있지. 게다가 우린 요즘 나오는 책들을 거의 읽지 않아서…….」

「예, 시를 쓰고 있어요.」 그녀가 손수건을 입에다 대고는 미간을 약간 찌푸리며 말했다. 「그냥 열심히 써서 재능을 인정받고 싶은데 아직 ― 말씀하신 만큼 인정은 못 받고 있어요.」

「크리스타벨 언니, 나도 작가가 되고 싶어요. 나는 언제나 그런 희망 속에 사는데…….」

그녀가 영어로 말했다.

「많은 사람들이 그렇게 바라지만 성공하는 사람은 거의 없어.」 그런 다음에는 프랑스어로 말했다. 「삶에 만족하며 살려거든 권하고 싶진 않아.」

「난 그렇게 생각해 본 적 없는데.」 나는 톡 쏘아붙이듯이 말했다.

아버지가 말씀하셨다. 「너와 마찬가지로 우리 사빈느도 가죽과 종이가 빵이나 치즈만큼 흔하고 필수적인 땅에서 자랐단다.」

「제가 만약 착한 요정이라면…….」 그녀가 말했다. 「저는 사빈느의 얼굴이 — 지금도 예쁘지만 — 계속 예뻐지고, 또 그냥 평범한 일상에서 즐거움을 찾는 능력을 지니게 되도록 바라겠어요.」

「그럼 나보고 그냥 보통 여자가 되란 말이에요?」 나는 화가 나서 버럭 소리 질렀다.

「그런 얘기는 아니야.」 그녀가 말했다. 「그렇게 극단적으로 생각하면 잘못이야. 육체와 영혼은 분리될 수가 없어.」 그녀는 다시 손수건을 입에 대고는 다소 기분이 상했는지 얼굴을 찡그렸다. 「내가 아는 한은 그래. 내가 아는 한은 말야.」

잠시 후 그녀는 먼저 자리를 떠서 미안하다며 그녀의 침실로 올라갔다. 고드가 그녀의 방에 불을 피워 주었다.

일요일

글을 쓰면서 얻는 즐거움은 여러 가지다. 사색의 언어는 그 나름의 즐거움을 안겨 주며, 서술의 언어는 또 다른 즐거움을 제공한다. 이 말은 결국 내가 어떻게 사촌의 신뢰를 얻게 되었는가를 설명해 준다.

폭풍은 삼사일 동안 누그러지지 않고 계속되었다. 처음의 그 저녁 식사 이후 그녀는 다시 아래층으로 내려오지 않았다. 그녀는 방에 처박혀 아치형의 창문 옆 움푹 들어간 벽감 아래 늘 앉아 있기만 할 뿐이었다. 화강암 벽면을 싹둑 잘라 내어 그곳에 박아 놓은 듯한 방의 창으로는 아직 물이 빠지지 않은 과수원과 두껍게 피어 오르는 안개 속의 돌담만이 눈에 들어올 뿐 그다지 많은 경치가 내려다보이지는 않았다. 고드는 그녀가 마치 병든 새처럼 먹지를 않는다고 걱정했다.

나는 그녀에게 방해가 되리라는 생각도 없이 그녀의 방을 자주 들락날락하였다. 그녀를 편안하게 해줄 뭔가가 없나 알아보기 위해서였다. 그녀에게 뼈를 발라 낸 서대라는 생선의 살점과 포도주를 섞은 쇠고기 젤리 등을 가져다 주며 먹어 보라고 했지만 그녀는 겨우 한두 스푼 뜨고는 그만이었다. 가끔은 내가 한두 시간이 흐른 뒤 들어가 봐도 그녀는 처음의 그 자리에서 전혀 움직이질 않고 꼼짝없이 앉아 있었다. 내가 주책없이 너무 일찍 들어오지 않았나 하는 느낌과, 그녀에게는 시간이라는 개념이 존재하지 않는다는 생각이 들 뿐이었다.

한번은 그녀가 말했다. 「내가 굉장히 성가신 존재라는 것 알아. 은혜도 모르고, 몸도 아프고, 속도 좁은 여자지. 그냥 여기 앉아 이것저것 생각이나 하게 놔둬.」

「난 언니가 이곳에서 편안하게, 그리고 행복하게 지냈으면 좋겠어요.」 내가 말했다.

그녀가 말했다. 「하나님은 내게 편안함의 능력은 주시지 않은 것 같아.」

나는 거의 열 살 때부터 우리 집의 소소한 일을 떠맡아 온 터였다. 그러나 내 사촌이 모든 실제적인 문제를 두고 아버지에게 존중의 뜻을 표하고, 또 아버지가 인자하시긴 하지만 직접 베풀어 주시지 못하고 대신 실질적으로는 내가 신경을 썼던 따뜻한 환대와 모든 안목있는 행동에 대해 아버지에게 직접 감사의 뜻을 표하는 것에 기분이 별로 좋지 않았다.

그 커다란 개 역시 잘 먹으려 하지 않았다. 그놈은 내 사촌의 방에서 바닥에 바싹 배를 깔고 누워서는 문에 코를 대고 있을 뿐이었다. 그냥 하루에 두 번 정도 몸을 뻣뻣하게 일으켜 밖에 나갔다 오는 것이 전부였다. 나는 그놈에게도 맛있는 음식 토막들을 갖다 주었지만 통 먹질 않았다. 처음에 그녀는 내가 그 개에게 말을 걸려고 애쓰는 모양을 그냥 지켜보고만 있었다. 뭐라 도움의 말도 없었다. 나는 계속 개에게 말을 시키려 노력했다. 그러자 어느 날, 그녀가 말했다.

「아마 아무 반응도 안 보일 거야. 나한테 굉장히 화가 나 있거든. 행복하게 잘 있던 집에서 먼 이곳까지 데려왔다고 말야. 게다가 배에서 두려움에 떨게 하고 병까지 걸리도록 했으니 화를 낼 만도 해. 그런데 아무리 화가 나도 그렇지, 이렇게 오랫동안 계속될 줄은 몰랐어. 고향을 떠나게 했다고 나에게 원한을 품다가 그냥 죽어 버리는 것은 아닌지 몰라.」

「아, 아뇨. 그런 말은 하지 마요, 언니. 기분이 좋지 않아서 그렇지 원한을 품지는 않았을 거예요.」

「아냐, 나에게 화가 나 있어. 내가 병을 옮겼으니. 저 착한 트레이는 어느 누구에게도 해를 끼치진 않는데 말야.」

이어 내가 말했다. 「아래층에 내려갈 때면 내가 데리고 과수원에도 나가고 할게요.」

「나가지 않을걸 아마.」

「만일 나간다면?」

「그렇다면 너의 인내와 친절이 효력을 발휘한 것이겠지. 하지만 저놈은 한 사람만을 따르는 개야. 아니면 내가 데려오지도 않았어. 최근에 잠시 저놈을 놔두고 어딜 갔다 온

적이 있었는데 내가 돌아올 때까지 아무것도 먹지 않았대.」

그래도 나는 계속 노력했다. 그러자 조금씩 그놈은 나를 따라 마당에도 나가고, 마구간과 과수원도 둘러보고, 홀에서도 마음을 편하게 가지는 것 같았으며, 나를 보면 그녀 문가의 자리를 떠나 달려와서는 나에게 그 큰 코를 문질러 대며 반갑게 인사하기 시작했다. 어느 날은 자기 여주인의 닭죽을 두 사발이나 먹어 치우기도 했다. 그러고는 무척 기분이 좋은 듯 꼬리를 크게 흔들어 댔다. 그 광경을 본 사촌이 마음이 상했는지 카랑카랑한 목소리로 말했다.

「저 녀석이 주인만 따를 줄 알았는데 그게 아니야. 그냥 집에 두고 왔어야 하는 건데 잘못했어. 우리 불쌍한 트레이, 브로셀리앙드의 숲 속은 리치몬드 공원만큼 네가 뛰어 놀기에는 좋지 않단다. 더 안심하고 뛰어놀 수도 있었을 텐데……..」

그녀가 말을 그쳤다. 나는 그녀가 실망의 빛을 감추지 못하고 있음을 눈치 챘지만 짐짓 모르는 척 말을 꺼냈다.

「날씨가 좋아지면 나랑 같이 트레이를 데리고 브로셀리앙드로 놀러 가요. 라즈 곶이나 트레파스 만으로 소풍 가서 자연의 풍광을 즐겨도 되고요.」

「날씨가 개면 우리가 어디에 있을지 어떻게 알아?」

「그때는 떠날 거예요?」

「어디로 가지?」

우리 두 사람은 마치 그곳이 어딘지 잘 알고나 있는 듯이 아무 말 하지 않았다.

금요일

고드가 말했다. 「열흘 후면 그녀가 원기를 회복할 거야.」 내가 말했다. 「언니에게 약초 스튜를 주었어요, 고드?」 모두가 잘 알고 있듯이 고드는 여자 마법사였다. 고드가 말했다. 「주었지. 그런데 안 먹으려고 해.」 내가 말했다. 「아줌마의 약이 효력이 있다고 내가 말해야겠어요.」 다시 고드가 말했다. 「소용없어. 다음 주 수요일이면 다 나을 텐데 뭘.」 나는 크리스타벨에게 이 이야기를 하면서 웃었다. 그녀는 아무 말도 안 하더니 고드가 정말 그런 기술을 가진 사람이냐고 물었다. 나는 그녀에게 고드가 사마귀나 혹·산통·불임·생리통·기침·급작스런 약물 중독 등을 알아서 잘 고쳐 준다고 알려 주었다. 고드는 부러진 팔다리도 맞추고, 산파 역할도 하고, 시체의 매장 준비도 도맡아 하며, 물에 빠진 사람을 되살리기도 한다고 내가 덧붙였다. 물론 우리가 이곳에 와서 알게 된 사실임을 빠뜨리지 않았다.

크리스타벨이 말했다. 「치료하다가 사람을 죽이는 일은 없단 말이지?」

내가 말했다. 「없어요. 내가 아는 한은 그래요. 굉장히 조심스럽고, 또 아주 똑똑하고, 운도 좋은가 봐요. 난 내 목숨도 고드에게 맡길 수 있어요.」

크리스타벨이 말했다. 「네 생명을 걸고 하는 얘기라면 믿을 수 있겠구나.」

「아니, 다른 사람들도 마찬가지예요.」 내가 말했다. 그녀의 말이 좀 섬뜩했다. 그녀의 말이 무슨 의미인지 알고 있었기에 나는 가슴이 덜컥 내려앉았다.

고드가 말한 대로 그녀는 점차 회복되었다. 11월 초가 되면 전혀 날씨를 예측할 수 없는 이 변화무쌍한 해안에서 가끔 그렇듯이 사나흘 날씨가 굉장히 맑았다. 나는 그녀와 트레이를 데리고 프웨스낭 만으로 바다 구경을 나갔다. 바람은 차가웠지만 그래도 그녀가 나와 함께 해변을 따라 뛰고, 바위에도 오를 수 있으리라 나는 생각했다. 그러나 그녀는 해안 한쪽 끝의 젖은 모래 위에 팔짱을 끼고 양손을 옷소매 깊숙이 집어넣은 채 우두커니 서 있을 뿐이었다. 부서지는 파도 소리와 갈매기 울음소리에 귀를 기울이는 모습이었다. 내가 그녀에게 다가갔을 때 그녀는 눈을 감고 있었다. 파도 소리가 들릴 때마다 그녀는 눈살을 조금씩 찌푸렸다. 마치 파도 소리가 그녀의 머리를 강타하는 듯이 느껴졌다. 그리고 그녀는 파도 소리를 들으며 애써 참아 내는 것처럼 보였다. 나는 자리를 피했다. 다가가 다정스레 구는 것이 오히려 더 큰 방해가 되지나 않을까 겁이 났기 때문이었다.

화요일

나는 글쓰기에 관해서 그녀와 대화를 나누고 싶다는 생각을 늘 가지고 있었다. 그러던 어느 날, 그녀가 기분이 많이 좋아졌는지 나에게 다정한 태도를 보이는 듯했다. 내가 침대 시트를 꿰매고 있는데 그녀가 도와주겠다고 나섰다. 그녀는 나보다 훨씬 바느질을 잘했다. 그때 내가 말했다.

「크리스타벨 언니, 난 정말 작가가 되고 싶어요.」

「그게 진심이고, 또 네가 재주도 있다면 내 말이 무슨 필요가 있어. 잘될 거야.」

「아니, 사실 그렇지 않아요. 부족한 게 많아요. 고독, 공감력의 부족, 나 자신에 대한 믿음 부족, 언니의 경멸.」

「나의 경멸?」

「언니가 나를 나 자신이 무엇을 원하는지 모르는 바보 같은 여자로 보니까 그렇죠. 언니 생각만 했지 내 생각은 안 하잖아요.」

「그래, 그러니까 내가 그런 잘못을 계속하면 안 된다는 얘기로구나. 사빈느, 너는 적어도 소설가로서의 재능 하나는 가지고 있는 셈이야. 피상적인 환상을 자꾸 무너뜨리려고 하니까. 공손함과 훌륭한 유머로 말야. 내 말이 맞을걸. 그래, 무슨 글을 쓰고 있니? 뭘 쓰고 있기는 하지? 글쓰기란 전문적인 일이고, 그래서 행동이 따르지 않는 욕망이란 파괴적인 환상에 불과한 거니까.」

「내가 쓸 수 있는 것만 써요. 쓰고 싶은 것을 쓰는 게 아니라 내가 알고 있는 것을 쓰죠. 한 여성의 감정의 흐름을 쓰고 싶어요. 현대 여성 말예요. 하지만 메를린의 가시나무 감옥과 이성의 시대 사이에 있는 이 화강암 돌담 안에서 내가 무엇을 알 수 있겠어요? 그래서 내가 잘 아는 내용만 쓰고 있어요. 아버지가 들려주신 이상한 환상적인 이야기들. 예를 들면 이즈의 전설 같은 것이죠.」

그녀는 내 이즈의 이야기를 한번 읽어 봤으면 좋겠다고 하였다. 그녀도 똑같은 주제로 영시 한 편을 썼다는 것이었다. 나는 영어를 조금은 알지만 능숙하지는 못하다고 하면서 그녀에게 좀 가르쳐 달라고 하였다. 그녀가 말했다.

「물론 가르쳐 줘야지. 하지만 난 훌륭한 선생이 아냐. 참 을성이 없거든. 그래도 한번 해볼게.」

그녀가 계속 말했다. 「이곳에 온 이후로 글을 쓸 수가 없었어. 어떤 언어로 써야 할지 생각이 나지 않았지. 나는 요정 멜루지나나 사이렌, 인어 등과 같아. 반은 프랑스어, 반은 영어, 그리고 그 이면에는 브르타뉴어와 켈트어가 숨어 있어. 내 생각을 포함해서 모든 게 유동적이야. 아버지의 영향을 받아 글을 써야겠다는 욕망이 생겨났어. 너의 아버지하고 비슷하신 분이었지. 하지만 내가 쓰는 언어 ── 정확히 말해서 나의 〈모국어〉 ── 는 아버지의 언어가 아니라 어머니의 언어야. 그리고 우리 어머니는 정신적인 여자가 아니기 때문에 그분의 언어도 다분히 세세한 가정의 언어고 또 여성의 언어였지. 게다가 영어는 작은 나무토막들이나 견고한 물체, 사물의 실질적인 면이나 서로 관련되지 않는 사실들로 가득 찬 언어이고, 관찰의 언어야. 그게 나의 첫 언어였어. 아버지는 모든 사람들에게는 나름의 모국어가 필요하다고 하셨지. 하지만 내가 어렸을 적에 아버지 스스로 당신의 주장을 철회하고는 나에게 영어로만 말씀하시고 영국의 이야기와 영어 노래를 가르쳐 주셨어. 나중에 커서야 아버지로부터 프랑스어와 브르타뉴어를 배우게 되었지.」

이것이 그녀가 나에게 보여 준 첫 번째 신뢰였다. 이는 또한 작가로서의 신뢰이기도 했다. 그때는 언어에 관한 그녀의 말에 그리 많은 생각을 하지 않았었다. 그녀가 자신의 어머니를 〈정신적인 여자가 아니다〉라고 말했기에 어머니가 살아 계신 모양이라고만 생각했지 사실 달리 많은 생각을 하지도 않았다. 분명한 것은 그녀가 대단한 고통 속에 있으면서도 그녀의 어머니에게 의지하지 않고 우리들, 나의 아버지에게 의지했다는 사실이었다. 그러면서도 나는 그녀 마음의 결정이 어떤 의미가 있는지 거의 신경도 안 쓰고, 중요하게 생각하지도 않았다.

토요일

그녀는 그래들론 왕, 다후드 공주, 모르박 말(馬), 그리고 대양이 등장하는 나의 이야기를 읽었다. 10월 14일 저녁에 내 글을 가져가더니 이틀 후에 내 방으로 와서는 무뚝뚝한 표정으로 내 손에 돌려주었다. 입가에 작은 미소를 띠며 그녀가 말했다. 「여기 있어. 여기다 직접 표시하지는 않고 대신 다른 종이에다 생각을 밝혀 두었으니 그리 알아.」

　나를 이제 진정으로 대해 준 셈이 됐으니 나는 얼마나 행복한가? 그녀가 내 글을 가져갔을 때 나는 그녀가 내 글에서 감상적인 모호한 표현이나 유쾌한 탄식 정도나 기대하고 있는 듯한 표정을 그녀의 얼굴에서 읽을 수 있었다. 그녀가 물론 그러지는 않았겠지만 그녀의 분명한 태도에 기가 죽은 나로서는 그렇게 느낄 수밖에 없었다. 그리고 나는 내 글 여기저기에 부족한 부분이 많다는 점을 알고 있었다. 그렇지만 또 한 가지 분명한 것은 내가 쓴 글은 분명히 언어로 씌어졌고, 그러기에 그 나름의 〈존재 이유〉가 있다는 사실이었다. 이러한 여러 가지 생각에 나는 기대 반 실망 반으로 그녀의 반응을 기다렸다.

　그녀의 손에서 얼른 내 글을 빼앗아 든 나는 그녀가 적어 놓은 노트를 단숨에 읽어 내려갔다. 실제적이고 지적인 면모가 풍기는 평가였으며, 나의 노력을 인정해 주는 따뜻한 격려이기도 했다.

　내가 의도했던 바는 다후드를 우리 여성들이 지니고 있는, 따라서 남성들은 두려워하는, 여성들의 자유와 자율성과 온당한 정열에의 욕망을 몸소 구현하고 있는 인물로 그리는 것이었다. 다후드는 대양이 사랑한 여마법사였지만 그녀의 지나침 때문에 대양이 이즈의 도시를 삼켜 버리게 된다. 아버지가 가지고 계시는 신화 모음집의 개정판 가운데 한 권에는 다음과 같은 편집자의 말이 실려 있었다. 〈이즈의 도시라는 전설에서 우리는 마치 소용돌이가 휘몰고 지나가듯 여성들의 고대 이교도 숭배 의식과 정열적인 관능의 추구가 가져다 주는 공포를 느낄 수 있다. 그리고 이 두 가지 공포에 덧붙여 제3의 공포, 즉 대양의 공포가 있다. 이 드라마에서 대양이 불러일으키는 공포는 인과응보와 운명의 공포이다. 이교 사상, 여성, 대양 — 이 세 가지 욕망, 남성들의 가장 큰 공포의 대상인 이 세 가지 요소가 혼합되어 끔찍하고 엄청난 결말의 충격을 보여 주는 기묘한 전설이 된 것이다.〉

한편 아버지는 다후드 혹은 다후트라고 불리는 이 이름이 고대에는 〈착한 여마법사〉라는 의미였다고 말씀하셨다. 다후드가 아이슬란드의 북구 전설에서처럼 어떤 이교도의 여사제이거나 아니면 셍 섬에 있던 드루이드교의 처녀 사제임이 틀림없다고 했다. 더 나아가 이즈는 어쩌면 무사들과 남자 사제들이 출현하기 이전 여성이 권력을 쥐고 흔들던 세계에 대한 기억의 흔적이라는 것이었다. 마치 아발론 낙원[5]이나 떠도는 섬들, 혹은 죽은 자들의 땅이라고 알려진 게일족의 시드와 같은 곳이라는 말씀이셨다.

왜 여성들의 욕망과 관념은 그리도 무시무시한 것일까? 여성의 욕망이 남성에게는, 따라서 인류 전체에게는 두려움의 대상이 된다고 말한 이 저자는 누구인가? 왜 그는 우리 여성들을 마녀나 버림받은 사람, 혹은 여마법사, 악녀 등으로 만들었을까…….

나는 크리스타벨의 노트 가운데 특히 나를 기쁘게 한 부분을 골라 적어 보겠다. 사실은 그녀가 너무 진부하고, 과장되고, 서투르다고 비판한 부분까지 다 적어야겠지만 — 그리고 그런 부분들이 내 마음속에 더 깊이 새겨져 있는 것도 사실이다…….

사빈느 드 케르코즈의 『착한 여마법사 다후드』에 대한 크리스타벨 라모트의 몇 가지 평.

〈네가 직관에 의해서건 지적인 능력에 의해서건 이 끔찍

5 아서 왕과 그의 영웅들이 묻혀 있다는 섬으로 켈트족의 전설에 등장하는 지상 낙원의 섬.

한 이야기에 어떤 보편성을 부여하기 위해 의미를 부여하고 또 나름의 형식을 찾아낸 방식은 아주 훌륭해. 알레고리도 아니고, 그렇다고 거짓 진실도 아니지. 너의 다후드는 한 개인일 뿐만 아니라 진실을 담고 있는 상징적인 존재야. 이 이야기에서 다른 작가들은 아마 또 다른 진실을 찾아낼지도 몰라. (나 자신도 그렇거든.) 그런 가능성을 현학적으로 무조건 배제해서는 안 돼. 모든 옛날이야기들은 다른 방식으로 끊임없이 되풀이되고 있어. 요는 그 이야기가 응당 지니고 있는 가장 단순하고 명료한 형식들을 살아 있는 것으로 만들고 잘 다듬어야 한다는 점이야. ― 네 이야기의 경우, 분노의 대양, 무서워 펄쩍 뛰는 말, 말안장에서 떨어지는 다후드의 모습, 물에 잠기는 광경 등이 그런 점에 해당하는 부분이지. 그리고 거기에다가 작가로서 너 자신의 그 무엇을 첨가해야 해. 물론 사사로운 개인의 의도에 따라 모든 것을 함부로 다루지 않고 모든 요소들을 새롭고 신선하게 그려야 한다는 뜻이야. 그런데 이 일을 네가 해낸 것 같구나.〉

금요일

그녀가 내 글을 읽고 난 뒤 모든 일이 잘 풀렸다. 모든 것을 다 기억할 순 없고, 또 이제 거의 이 일기를 쓰는 지금 이 순간까지 이야기가 흘러왔다. 나는 사촌에게 내 글이 나의 작품으로 읽히고, 또 그것을 평가할 수 있는 사람이 읽어 주었다는 사실에 얼마나 안심이 되는지 모른다고 말했다. 그녀는 이러한 경험이 어느 작가의 삶에서도 드문 일이라 하면서, 그러나 그런 경험을 기대하지 않고 또 그것에 의존하지 않고서도 잘 해나갈 수 있다고 말했다. 나는 그녀에게 그녀의 글을 읽어 줄 훌륭한 독자가 있느냐고 물었다. 그녀는 미간을 약간 찡그리더니 낭랑한 목소리로 말했다. 「두 명. 우리가 기대할 수 있는 것 이상의 능력을 지닌 독자야. 한 사람은 너무 관대하면서도 지적인 감수성을 지녔고, 또 한 사람은 훌륭한 시인이야. 나보다 훨씬 뛰어난 시인.」 그런 다음 그녀는 입을 꼭 다물었다.

화가 난 것은 아니었지만 그녀는 더 이상 아무 말도 하지 않으려 했다.

흔히 많은 사람들은 그들이 이루어 낸 일에 대해 낯선 사람들이 허위의 평가를 하다가도 그것이 가치있는 일임이 입증되고 난 뒤에는 태도를 싹 바꾸어 칭찬의 어조와 언어 및 그동안의 존중의 태도마저 정반대로 돌변하는 현상을 보게 된다. 이런 일이 여성의 경우에는 훨씬 더 심하다. 크리스타벨이 말했듯이 대체로 글도 잘 못 쓰고, 그렇다고 글을 쓰려는 시도마저 하지 않는 것으로 여겨지는 여성들이 뭔가를 이루어 낼 때면 사람들은 그 여성을 무슨 괴물이나 변덕스러운 존재로 생각하니 말이다.

10월 28일

그녀는 브르타뉴의 날씨와 같다. 미소를 지으며 아주 날카로운 몇 마디 농담을 할 때면 그 이외 다른 그녀의 모습을 상상하기가 쉽지 않다. ─ 마치 이곳의 바닷가가 햇빛을 받으며 미소 지을 때면, 내가 전혀 가본 적이 없는 햇빛 뜨거운 남부가 생각나듯 벡 메일의 움푹 들어간 작은 만에 소나무와 대추야자가 자라는 모습을 볼 때, 혹은 이솝 우화에 나오는 바람처럼 농부의 두꺼운 외투를 벗기는 따사롭고 부드러운 바람이 불 때면 폭풍이 휘몰아치는 날을 생각하기 어려운 것과 마찬가지다.

고드가 말한 대로 그녀는 훨씬 더 건강해졌다. 그녀와 트

레이는 함께 제법 먼 곳까지 산책을 하기도 했으며, 내가 초
대를 하거나 그녀가 나를 초대할 때면 나도 그들과 함께 돌
아다니기도 했다. 또한 그녀는 가사도 돕겠다고 나섰다. 우
리가 아주 긴밀한 대화를 나눈 곳이 바로 부엌과 옷가지를
수선하던 난롯가였다. 우리는 신화와 전설의 의미에 관하
여 많은 얘기를 주고받았다. 그녀는 이곳에서 제법 멀리 떨
어진 곳에 절벽을 따라 서 있는 입석을 보고 싶어했다. ―
나는 언제 그곳에 같이 가자고 약속을 했다. 나는 그녀에게
마을 처녀들이 아직도 5월제가 되면 그날을 경축하기 위하
여 흰옷을 입고 멘히르[6]를 둘러싸고 춤을 춘다고 알려 주었
다. ― 두 원을 그리며, 한쪽은 시계 방향으로, 또 다른 한
쪽은 반대 방향으로 돌다가 누군가가 지쳐서 손이 풀리며
쓰러지게 되거나 그 입석을 건드리게 되면 가차없이 손발
을 묶은 다음, 마치 자기 영역에 침입한 다른 새가 있으면
모두 달려들어 공격을 가하는 갈매기처럼, 한꺼번에 달려
들어 발로 찬다는 이야기였다. 아버지는 타락한 사람을 희
생양으로 바치는, 그런 의식이 어쩌면 드루이드교에서 행
하는 형태와 같은, 산 제물을 신에게 바치는 고대 의식의 잔
존이라고 하셨다. 그리고 그 입석은 바로 남성의 상징, 즉
남근을 의미하는데, 마을 여자들이 무엇인가를 준비해서
(고드는 그것이 무엇인지 알고 있었으나 아버지와 나는 몰
랐다) 어두운 밤에 찾아가 그 돌을 꼭 쥐거나 문지르며 튼
튼한 옥동자를 낳게 해달라고, 혹은 남편이 무사히 돌아오
게 해달라고 기원한다는 것이었다. 할아버지는 교회의 첨
탑이 바로 고대의 그 입석들의 변형된 형태라고 말씀하셨
다. ― 화강암이 슬레이트 기둥으로 바뀌었을 뿐 그 속에

6 큰 돌을 수직으로 세운 선사 시대의 유물.

담긴 의미는 동일하다고 하시면서, 그 아래 여자들이 하얀 암탉처럼 몰려드는 것도 그 옛날 흰옷을 입고 춤추던 여자들하고 똑같다고 했다. 나는 그런 말 듣기를 그다지 좋아하지 않았다. 또 크리스타벨은 확실히 기독교나 그 비슷한 것을 믿고 있기 때문에 그녀에게 그런 말을 들려주고 싶지 않았다. 그러나 그녀가 그런 것쯤은 대수롭지 않게 생각한다고 느낀 나는 그녀에게 그 이야기를 하고 말았다. 그녀는 웃으며 아마 그 얘기가 맞을 거라고 하면서 기독교는 고대 이교도의 의식을 받아들이고, 흡수하고, 또 부분적으로는 그 고대 신앙을 극복한 신앙이라고 설명해 주었다. 그녀의 이야기를 들으면서 나는 각 지역의 많은 성자들이 바로 그 지역의 수호신이며, 또 그것은 어느 특정한 샘 주변이나 나무에 거주하는 정령의 힘이라는 사실도 알게 되었다.

그녀는 또 이렇게 말했다. 「그러니 춤을 추다가 쓰러진 여자는 타락한 여자고, 그래서 다른 여자들이 그 여자에게 돌을 던지는 거로군.」

「내 말은 돌이 아니라 손이나 발로 때린다는 뜻이었어요.」

「그렇게 잔인한 사람들은 아니로구나.」 그녀의 말이었다.

금요일

이상한 것은 그녀가 이곳을 제외하고는 다른 곳에 생활의 근거가 없는 듯이 보인다는 점이었다. 그녀는 몸이 흠뻑 젖은 채 피난처를 찾아온 인어나 물의 요정처럼 어느 날 갑자기 폭풍 속에서 나타났다. 어느 곳에도 편지를 쓰지 않았고, 또 편지가 오지 않았느냐고 물어본 적도 없었다. 나는 눈치로 알았다. ― 나는 그렇게 바보가 아니었다. ― 그녀에게 무슨 일이 있었음이 틀림없었다. 어떤 끔찍한 일이 있어서 그 일을 피해 이곳으로 왔음이 분명했다. 그러나 나는 물어보지 않았다. 그녀도 누가 물어 오는 것을 원하지 않는 듯했다. 그러나 가끔 나는 그녀의 화를 돋우는 적이 있었다.

한번은 그녀에게 왜 그 개에게 트레이라는 이름을 붙였는지 물었었다. 그녀는 그냥 셰익스피어의 『리어 왕』에 나오는 구절에서 — 〈이 작은 개들, 트레이, 블랑슈, 그리고 스위트 하트가 나를 향해 짖는 것을 보시오.〉 — 힌트를 얻어 재미로 지은 이름이라고 말했다. 그녀는 계속 말을 이었다. 「저 개는 내가 그냥 우스갯소리로 스위트 하트라고 부르는 집에서 나와 블랑슈라는 여자와 함께 살았거든.」 그런 다음 그녀는 얼굴을 돌리더니 목이 메는지 더 이상 아무 말도 하지 않았다. 잠시 후 그녀가 다시 입을 열었다. 「옛날 어머니들이 불러 주시던 자장가에서 찬장이 텅 비어 있음을 알아낸 개 이름이 트레이였어. 사실은 옛날 할머니의 개 이름을 따서 그렇게 지었던 거야. 아무것도 찾지 못해 풀이 죽어 있던 개였거든.」

11월 1일, 만성절

오늘부터는 이야기 들려주는 일이 시작된다. 암흑의 달이 시작되는 만성절에서부터 브르타뉴의 곳곳에서는 이야기가 시작된다. 그리고 이야기는 그다음 암흑의 달인 12월까지 이어져서는 크리스마스 이야기로 끝을 맺는다. 어느 곳이든 이야기를 들려주는 사람들이 있다. 우리 마을 사람들은 주로 구두 가게 아저씨인 베르트랑 씨나 대장장이인 양니크 씨 가게로 모여든다. 그곳으로 사람들은 각자의 이야깃거리를 가져와 서로 따뜻함을 나누고 — 혹은 대장간의 열기에 얼굴을 후끈하게 달구며 — 두꺼운 돌담 밖으로 몰려오는 어둠 속에서 죽은 자의 소리에 귀를 기울이는 것이다. 나무 부러지는 소리, 날개 퍼덕이는 소리, 덜컹거리는 마차의 바퀴축이 삐걱이는 소리 등.

아버지는 그 두 달 동안의 암흑의 달에 매일 밤 나에게 이야기를 들려주셨다. 올해도 크리스타벨이 있다는 것만 제외하고는 여느 해와 다름이 없으리라. 아버지의 이야기를 듣는 사람의 수는 베르트랑 씨나 양니크 씨의 이야기를 듣는 사람들만큼 많지는 않았다. 사실 솔직히 얘기하면 아버지의 이야기 솜씨는 그 두 아저씨들만큼 그렇게 드라마틱하지 않았다. 어쩔 수 없는 아버지의 천성인 듯 항상 이야기 속에는 학문적인 신중함이 깃들어 있었으며, 조금은 지나치다 싶을 정도로 정확하고 꼼꼼한 언어의 선택이 오히려 이야기의 재미를 반감시키곤 했다. 그렇지만 아버지는 수년에 걸쳐 당신이 들려준 신화나 전설 속의 인물들이 실제의 인물인 양 믿게 하는 재주가 있으셨다. 아버지는 브로셀리앙드 마법의 숲에 있는 요정의 샘 바라퉁의 이야기를 들려주곤 하셨다. 그러면서 그 숲의 이름이 어떻게 변해 왔는지 학자적인 태도로 정확히 짚으셨다. 난 아직도 그 길고 지루한 이름의 변천사를 외울 수 있다. 브리셀리앙다, 베르실랑, 브루셀리에, 베르텔외, 베르슬리앙드, 브르슬리앙, 브르셀리외, 브로셀리앙드. 현학적이면서도 신비스럽게만 들리던 아버지의 말씀이 아직도 내 귀에 울리는 듯하다. 「숲의 경계나 그 속의 어두운 승마로나 오솔길의 방향이 바뀜에 따라 이름도 수시로 바뀌었단다. ― 그 이름을 뭐라고 정확히 꼬집어 얘기하거나 하나로 고정시킬 수 없음은, 숲 속의 눈에 보이지 않는 거주자들과 마법의 힘을 뭐라 얘기할 수 없는 이치와 같지. 하지만 숲은 항상 그곳에 있으니, 그 이름들은 어떤 한 시대나 시대의 일면을 보여 주는 데 불과하단다……」 매년 겨울마다 아버지는 메를린과 비비앙의 이야기를 들려주시는데, 똑같은 이야기를 하시면서도 이야기의 내용은 늘 달랐다.

크리스타벨은 자기 아버지 역시 겨울만 되면 이야기를 들려주셨다고 했다. 그녀는 이미 우리 난롯가 모임의 일원이 될 준비가 된 모양이었다. 그녀는 무슨 얘기를 할 것인가? 한번은 우리 집을 방문한 사람이 재미없는 이야기를 들려준 적이 있었다. 무섭고 잔인한 사람으로서의 루이 나폴레옹과 그의 희생물로 프랑스가 등장하는 정치적 알레고리였는데, 이야기를 다 듣고 나자, 그물을 건져 올렸건만 그 안에는 흐물흐물한 지느러미의 죽은 물고기 떼만 가득한 느낌을 받았을 뿐이었다. 어느 대목을 귀담아듣고, 어느 대목에서 웃어야 할지 도무지 감을 잡을 수 없었다.

그렇지만 그녀는 똑똑하고, 또 어느 정도 브르타뉴인의 솜씨가 있었다.

내가 들려줄 이야기가 있느냐고 묻자 그녀는 영어로 나에게 말했다. 「나도 이야기를 하려면 할 수 있어.」(그 이야기는 『햄릿』이었다. 기괴하면서도 상당히 시의적절한 이야기였다.)

고드도 항상 우리들 틈에 끼어 한 해 동안 이승과 저승 사이의 왕래에 관한 이야기를 들려주었다. 만성절이 되면 이승과 저승 양쪽에서 왕래가 시작되는데, 살아 있는 사람들이 걸어서 저승으로 건너가고, 저승에서는 첩자나 순찰병 혹은 죽은 자들이 이승의 짧은 낮 동안에 건너온다는 이야기였다.

만성절, 늦은 밤

아버지는 메를린과 비비앙의 이야기를 들려주었다. 그 두 인물에 얽힌 이야기는 해가 거듭될 때마다 바뀌었다.

메를린은 항상 나이가 많고 현명하며, 자신의 운명을 분명한 시각으로 바라보는 사람이었다. 비비앙은 항상 아름답게 그려지지만, 한편으론 늘 변화무쌍하고 위험스러운 존재로 얘기되었다. 이야기의 끝은 언제나 같았다. —— 그 오래된 요정의 샘에 마술사가 도착하고, 요정이 깨어나고, 산사나무 아래서 그들이 사랑을 나누고, 그리고 그 늙은 노인이 그녀에게 주문을 외어 그들 주위에 그의 눈에만 보이는 견고한 탑을 세운다는 이야기였다. 그러나 아버지는 이런 이야기의 구조에 다른 많은 스토리들을 삽입시켰다. 때때로 요정과 마술사는 진정한 연인으로 그려지고, 그래서 요정은 마술사와 힘을 합하여 대기로 영원한 석조 거실을 만들고, 그 방이 그들의 유일한 리얼리티가 된다는 식으로 얘기가 전개되기도 했다. 또 때로는 마술사가 너무 늙고 지쳐서 자신의 부담을 덜려 하지만 그녀는 악녀가 되어 계속 그를 괴롭힌다는 식으로 전개되기도 했다. 더러는 그 이야기가 재주를 뽐내는 싸움의 이야기가 되어 그녀는 그를 사로잡으려는 악마적 의지를 지닌 대단한 경쟁 의식의 소유자로 그려지고, 그는 현명한 인물이긴 하지만 그런 그녀의 의지 앞에 무력할 수밖에 없는 존재로 비쳐지기도 했다. 오늘 밤의 이야기에서는 마술사가 그다지 노쇠한 인물로 그려지지는 않았지만 그렇다고 똑똑한 사람으로 등장하지도 않았다. —— 그저 애처로울 정도로 그녀에게 정중하고, 자신의 운명이 다 끝나고 있음을 인식하고는 기꺼이 영원한 의식 불명, 혹은 꿈, 혹은 명상의 터널로 들어가는 데 만족해 할 뿐이었다. 샘물이 끓어오르듯 보글보글 솟아나는 요정의 샘에 관한 묘사는 정말 압권이었다. 연인들의 침대에 뿌려진 꽃들에 대한 묘사도 그러했다. —— 아버지는 달맞이꽃이나 야생의 히아신스를 멋진 상상력으

로 거침없이 그려 냈으며, 검은 감탕나무와 주목나무에서
노래 부르는 새를 묘사하실 때에는 정말 새소리가 들리는
듯했다. 그럴 때마다 이야기 속에서 살아왔던 내 어린 시
절이 생각났으며, 그 상상의 꽃과 샘물과 숲 속의 숨겨진
오솔길과 온갖 정령들이 눈앞에 떠올랐다. 그러면 실제 사
물들, 우리 집과 과수원과 고드가 존재하는 이 현실 세계
의 낱낱은 내 마음속에서 무시되거나 서서히 사라지고 말
았다.

아버지가 이야기를 끝마치셨을 때 그녀가 작지만 또렷
한 목소리로 말했다.

「라울 아저씨가 마술사인 것 같아요. 어둠 속에 빛과 향
기를 내뿜으시고, 정열을 내보이시니까 말예요.」

아버지가 말씀하셨다. 「그래, 그 늙은 마술사가 젊은 요
정에게 하듯 나도 내 재주를 다 펼쳤다.」

그녀가 말했다. 「그래도 아저씬 늙지 않았잖아요. 제 아
버지도 그 얘기를 들려주시곤 했어요.」

「누구나 다 기억하는 얘기니까.」

「그런데 그 의미는 뭐죠?」

이 대목에서 나는 화가 불끈 솟았다. 이런 암흑의 밤에
이야기를 들을 때면 우리는 19세기 현학자들처럼 그 이야
기의 의미가 무엇인지 캐는 것이 아니라 그냥 이야기를 들
려주고, 듣고, 또 그대로 믿는 것이 관례였기 때문이었다.
나는 아버지가 그녀의 질문에 대답하지 않으리라 생각했
다. 그런데 아버지는 잠시 생각에 잠기시더니 아주 친절하
게 대답하시는 것이 아닌가.

「내 생각으론 여성들이 무서운 존재임을 알려 주는 이야
기들 가운데 하나가 아닐까 싶다. 그러니까 정열에 굴복하
고 마는 남성들의 공포랄까 ── 욕망과 직관과 상상력의 지

배 아래서 깨어나지 못하고 잠을 자는 이성에 관한 얘기지. 그러나 사실 더 먼 옛날에는 꼭 그런 의미는 아니었을 거야. 좀더 화해적인 측면이 있었지. ── 그러니까 기독교가 들어오면서 설 자리를 잃은 고대의 신성한 여신들에 대한 경의의 표현이었던 게지. 다후드가 파괴적인 존재로 변모하기 전에는 착한 여마법사였던 것과 마찬가지로 비비앙도 바로 이 지방의 시냇물과 샘물을 지키는 신성한 존재 중의 하나였던 셈이야. ── 아직도 그런 사실을 받아들이니까 그 요정이 있었다는 곳에 작은 제단을 세운 것 아니겠어?」

「저는 다른 식으로 봤어요.」

「그래, 어떻게 봤니, 크리스타벨?」

「남성에 대항하는 여성의 이야기로요. 그녀가 원했던 건 그 남자가 아니라 그의 마술의 힘이 아니었을까요? ── 그러다 마침내 그의 마술로 그를 사로잡을 수 있음을 알게 되고 ── 그리고, 그다음엔…… 그 많은 재주와 함께 그녀는 어디로 가버렸죠?」

「예상치 못한 얘긴데.」

「저한테 그림 한 장이 있어요.」 그녀가 말했다. 「그 승리의 순간을 그린 그림인데 ── 그래요. ── 완전히 기대에 어긋나죠.」

내가 말했다. 「너무 의미만 좇는 것은 만성절에 어울리지 않아요.」

「이성이 잠을 자야 한단 말이지?」 크리스타벨이 말했다.

「의미 이전에 이야기가 있잖아요.」 내가 말했다.

「그래서 내가 말했잖아. 이성이 잠을 자야 한다고.」 그녀가 다시 말했다.

난 그 모든 설명들을 믿지 않았다. 설명은 빠져야 한다. 여성에 대한 생각은 비비앙의 눈부신 모습보다 못하고, 메를린에 대한 생각이 남성의 지혜로 해석될 수도 없다. 그는 그냥 메를린일 뿐이다.

11월 2일

오늘은 고드가 트레파스 만에 얽힌 이야기를 하였다. 나는 크리스타벨에게 언제 날씨가 좋을 때 한나절 그곳으로 같이 놀러 가자고 약속했다. 고드는 그 이름이 인상적이라고 했다. 그곳은 죽은 자들의 만이라기보다는 이승과 저승의 경계를 넘나드는 사람들의 만이라는 것이었다. 아버지는 그 이름이 그처럼 다른 세계와의 연관에서 생겼다기보다는 라즈 곶과 벤 곶의 모래톱에 걸려 난파된 배의 조각이나 사람들의 시체가 파도에 떠밀려 내려온 넓은 해변을 두고 무심코 사람들이 붙인 이름이라고 하셨다. 그러나 또한 말씀하시길, 사람들은 항상 그 만을 두 세계에 걸쳐 있는 이 지상의 땅 — 가령, 버질의 황금 나무 숲같이 — 으로 생각해 왔다고 말씀하셨다. 고대 켈트족 시대에는 죽은 사람들이 셍 섬으로의 마지막 여행을 떠나던 곳이 바로 그곳이었으며, 셍 섬에서는 드루이드교의 여사제들이 그 시신을 거두어들였다고 한다. (셍 섬은 남성들이 발을 들여놓지 못하던 섬이었다.) 그리고 전설에 의하면 그곳에서 죽은 자들은 지상의 낙원으로 가는 길을 찾는다고 했다. 바람과 폭풍과 무시무시한 파도가 휘몰아치는 가운데 황금 사과들이 익어 가고 있는 땅을 말이다.

나는 고드가 이야기하는 방식을 적을 수가 없다. 아버지는 가끔씩 그녀에게 이야기 좀 해보라고 부추기고는 그녀 말의 리듬을 따라서 하나도 가감하지 않고 정확히 있는 그대로 다 적어 두신다. 그러나 아무리 아버지가 그녀 말을 충실히 다 적는다 해도 종이에 적힌 글은 생명이 없다. 한 번은 아버지가 그런 실험을 하신 끝에 나에게 왜 드루이드 교도들이 말은 생명의 호흡이고 글은 죽음의 형식이라고 말했는지 이제야 이해가 간다고 말씀하셨다. 나도 처음에는 크리스타벨의 충고에 따라 내가 들은 내용을 정확히 기록할 수 있는지 보려고 이 일기를 썼는데, 사실 나의 의도는 고드의 이야기를 듣고 그 내용을 그대로 옮겨 보자는 욕심에서 출발한 것이기도 했다. 그러나 이제 그런 일은 그만두기로 했다. (어쨌든 관심은 그 나름의 생명을 지니고 있고, 또 그것이 글쓰기의 한 방식이 아니겠는가.)
　자 이제, 나는 고드의 이야기와 관련이 없는 이야기 하나를 하려 한다. 물론 처음에는 고드의 이야기였지만 다시 시작하는 것이다. 하나의 스토리를 위해 이 글을 쓴다. ── 이 일기를 나만 볼 수 있으니 얼마나 다행인가? 이제는 내가 무엇을 보았는지, 그것을 기록할 수 있기 때문이다.

　그리고 이젠 일종의 고통을 관심으로 돌리자. 하나의 호기심으로 돌리도록 하자. 그것이 나의 구원이 아니겠는가.

　고드의 이야기는 아버지의 이야기보다 훨씬 더 분위기에 의존하는 형식이다. 바깥의 어둠이 얼마나 짙게 깔렸는지, 실내에서 말하는 사람이나 듣는 사람들이 얼마나 오밀조밀 모여 있는지, 이런 사실들이 중요했다. 우리 집 거실은 가구도 별로 없는데다 한낮에도 썰렁하므로 그리 친밀감을 주는 장소는 아니었다. 그러나 암흑의 달 동안의 밤에는 달랐다. 우린 커다란 굴뚝이 달린 벽난로에 통나무를 태웠으며 ── 물론 저녁이 시작될 무렵에는 불이 간혹 가물거리고 꺼지기도 하면서 거실에 불빛이 닿지 않는 어두운 부분이 있기도 했지만 — 대개는 불타는 나무 아래 두툼하게 덮인 따뜻한 회색의 재가 담요처럼 깔려 있는 곳에 주홍빛과 황금빛의 불꽃이 온 거실을 환하게 밝혀 주었다. 그리고 우리가 앉아 있는 의자의 커다란 가죽 등받침은 거실 한쪽 끝에서 슬며시 찾아 드는 추위를 벽처럼 막아 주었고, 벽난로의 이글거리는 불빛은 우리의 얼굴을 밝혀 주었으며 옷소매와 색상을 붉게 물들이곤 했었다. 그런 저녁이면 기름 램프도 필요없었다. — 우리는 불 주변에 앉아 하늘거리는 불 그림자 밑에서 할 수 있는 일들, 가령 뜨개질이나 가위질, 혹은 주름 접는 일 등을 하였다. 그러면 고드가 케이크를 내오거나 아니면 구운 밤을 가지고 나와 함께 까먹는 것도 그런 저녁에나 누릴 수 있는 즐거움이었다. 그러나 그녀가 이야기를 시작하면 그녀는 손을 높이 쳐든다거나 고개를 뒤로 젖히고, 숄을 흔들어 대기도 했다. 그러면 가물거리며 길게 드리워진 그림자가 천장을 따라 방의 어두운 구석으로 이어지거나 딱 벌린 입과 흉측스러운 코를 지닌 거대한 얼굴들 — 난로 불빛에 변형된 우리의 얼굴들이 마치 귀신이나 유령의 얼굴인 양 천장에 어른거리는 그림자로 나타나기도 했다. 고드의 이야기는 바로 이 모든 현상, 난로 불빛과 움직이는 그림자들, 밝음과 어두움의 교차 등과 어우러진 하나의 놀이였다. 그녀는 마치 오케스트라의 지휘자와도 같은 이야기꾼이었다. (나는 오케스트라 연주를 한 번도 들은 적이 없다. 물론 시장 같은 곳에서 조그만 바자가 열릴 때면 하프나 파이프나 드럼 소리를 듣기는 했지만 내가 책에서나 읽은 그 숭엄한 합주의 소리는 그저 교회 오르간 소리를 통해서나 겨우 상상해 볼 수 있었다.)

아버지는 난롯가의 커다란 의자에 앉아 계셨고 수염이

불빛을 받아 붉게 물들어 있었다. 크리스타벨은 아버지 곁의 키 낮은 의자에 앉아서는 바쁘게 손을 움직이며 뜨개질을 하고 있었다. 그리고 고드와 나는 그 맞은편에 앉아 있었다.

고드가 이야기를 시작했다.
「옛날에 젊은 선원이 하나 있었어요. 가진 것이라곤 용기와 밝게 빛나는 두 눈밖에 없었지. ── 눈은 정말 밝게 빛났고, 신들이 부여해 준 힘 또한 무척 강했다지.

하지만 마을 처녀들하고는 어울리지 않는 사람이었어요. 가난한데다 거칠다고 소문이 나서 말이야. 그래도 젊은 처녀들은 그가 지나가면 그 모습만 보아도 좋았으며, 특히 그가 춤추는 모습을 보면 더욱 좋아했다는군. 긴 다리하며 멋진 발걸음, 그리고 웃음이 가득한 그의 입.

그리고 누구보다도 한 처녀가 그를 좋아했어요. 방앗간 집 딸인데 매우 아름답고 당당하며 자존심 강한 여자였지. 치마에는 벨벳 리본을 세 개 달고 다니며 자신이 그 선원을 좋아한다는 기색을 그가 눈치 채지 않도록 행동도 신중했어요. 하지만 그가 안 볼 때면 몰래 곁눈질로 그 사람을 쳐다봤다지 뭐야. 다른 처녀들도 그랬어. 언제나 그랬대요.

그는 바쁜 사람이었지. 집에 오래 머무를 수가 없었어요. 늘 긴 항해를 해야 했거든. 그는 고래를 찾으러 세상의 끝까지 갔다는 거야. 바다가 부글부글 끓고, 그 밑에서는 물에 잠긴 섬처럼 큰 고기가 헤엄치고 투명한 몸에 푸른빛의 지느러미가 달리고 머리칼을 나부끼는 인어들이 노래 부르는 곳이었대요. 그는 최고의 선원이고 또 작살을 잘 사용하기로 이름난 사람이었지만 돈을 벌지는 못했어요. 모든 이익은 다 주인의 몫이니 그럴 수밖에. 그래서 그는 도착하자마자 또 떠나야 했어요.

일단 마을에 도착한 그는 시장 바닥에 앉아 자신이 본 것을 사람들에게 얘기하기 시작했고, 그를 둘러싼 사람들이 그의 얘기에 귀를 기울였대요. 물론 사람들 가운데는 방앗간 집 딸도 끼어 있었지. 아주 깔끔한 차림에 당당한 태도인데다 공손하기까지 했으니 눈에 안 뜨일 리가 없었지. 그가 한쪽 끝에서 그의 얘기를 듣고 있는 그녀를 발견하고는 그녀에게 말했대요. 원하기만 한다면 동방에서 비단 리본을 하나 얻어 선물로 가져다 주겠다고 말이에요. 그녀는 대답하지 않았지만 그는 그녀가 마음속으로 자신을 좋아한다는 사실을 알았지.

그는 다시 바다로 나갔어요. 그러곤 여자들이 검은 비단과 같은 머리칼을 치렁치렁 늘어뜨린 어느 한 나라에 가서 그곳의 어떤 비단 장수 딸에게서 리본을 구했어요. 그런데 그곳의 여자들도 긴 다리에 발걸음이 경쾌하고 입가엔 웃음이 가득한 그와 춤추고 싶어했지요. 그래서 그는 그 비단 장수 딸에게 얘기했어요. 그 비단 리본을 향내 나는 종이에 잘 간직했다가 다시 돌아올 때 돌려주겠다고 말이에요. 그런 다음 얼마 후 다시 예전의 마을로 돌아와 그 리본을 방앗간 집 딸에게 주며 말했지요. 〈이것은 내가 당신에게 주는 리본이오.〉

그녀의 가슴이 막 뛰었지. 그러나 그녀는 그런 기색을 내보이지 않고 쌀쌀하다 싶을 정도로 냉정하게 값이 얼마냐고 물었대요. 그 리본은 무지개색의 비단 리본으로 그 지역에서는 전혀 찾아볼 수 없을 만큼 아름다웠죠.

그런데 선물이라고 갖다 준 물건의 값이 얼마냐고 물으니 화가 안 나겠어요? 그는 모욕이라고 생각했어요. 그가 말했지요. 자기가 그 리본을 구했을 때 지불한 만큼 지불하라고 말예요. 그녀가 말했어요.

〈얼마죠?〉

그가 말했어요. 〈내가 돌아올 때까지 잠자지 마시오.〉

그녀가 말했어요. 〈그건 너무 비쌉니다.〉

그가 말했어요. 〈가격은 이미 결정됐소. 그대로 지불해야 합니다.〉

그녀는 따를 수밖에요. 그리고 자존심이 상한 남자가 그 대가로 무엇이든 자기 마음대로 취하듯 그녀도 이를 당연하게 받아들였다나 봐요.

그리고 그가 말했어요. 자기가 다시 떠나 세상의 다른 곳에서 미래를 찾는다 하더라도 그녀는 자기가 다시 돌아와 그녀 아버지에게 딸을 달라고 할 때까지 기다려야 한다고요.

그녀가 말했어요. 〈오래오래 기다려야 하겠지요. 당신에게는 항구마다, 모든 선착장마다 리본을 펄럭이며 기다리고 있는 여자가 있을 테니.〉

그가 말했어요. 〈당신은 기다려야 하오.〉

그녀는 아무 대답도 하지 않았어요.

그가 말했어요. 〈당신 정말 지독한 여자로군요. 하지만 내가 다시 돌아올 테니 두고 보시오.〉

그 후로 마을 사람들은 그녀의 아름다운 모습이 점점 초췌해지고, 발걸음도 비틀거리는 모양을 보았지요. 그녀는 고개를 푹 숙이고, 늘 슬픔에 잠겨 있었대요. 물론 매일 부두에 나가 기다렸지요. 그가 탄 배가 혹시 들어오나 보려고 말이에요. 비록 그녀가 누구에게도 그의 행방에 관해 물어보지 않았지만 사람들은 왜 그녀가 그렇게 나와 있는지, 누굴 기다리는지 다 알고 있었지요. 그녀는 누구에게도 말을 걸지 않았지. 그저 그녀는 마리아 상을 모신 교회가 있는 곳에 서서 기도를 하며 기다렸다지요. 물론 아무도 그녀의 기도 소리를 듣지는 못했지만.

세월이 더 흘러, 많은 배들이 입항했다가는 다시 출항하고, 폭풍을 만나 배들이 난파되고 사람들이 실종되기도 했지만 그의 배는 보이지도 않고, 또 아무도 얘기하는 사람이 없었어요. 그럴 즈음 방앗간 집 주인은 헛간에서 올빼미 울음소린지 고양이 울음소린지, 무슨 소리가 들려 가봤더니 아무것도 없고 그냥 짚더미 위에 핏자국만 보이더라는 거예요. 그래서 그는 딸을 불렀지요. 그의 딸이 예의 핏기없는 하얀 얼굴을 하고 이제 막 잠에서 깨어난 듯 눈을 비비며 왔어요. 그녀의 아버지가 말했어요. 〈애야, 여기 이 핏자국 좀 보렴.〉 그러자 딸은 이렇게 말했다지. 〈아버지, 개가 쥐를 죽였든 아니면 고양이가 생쥐를 잡아먹었든, 이런 일로 저를 깨우지 않았으면 좋겠어요.〉

사람들은 하얀 얼굴의 그녀가 촛불을 들고 꼿꼿하게 서 있는 모습을 보고는 다시 다들 집으로 들어갔지요.

그때 그의 배가 해안선 너머로 나타나더니 항구로 들어왔어요. 배에서 풀쩍 뛰어내린 그는 그녀가 기다리고 있는지 살펴보았지요. 그러나 그녀는 없었어요. 그는 여태까지 그녀가 예쁜 얼굴에 당당한 태도로 미풍 속에 그 아름다운 비단 리본을 달고 그를 기다리고 있으리라 상상했었어요. 그런데 그녀가 나와 있지 않은 사실을 알고 마음이 어떠했을까요. 그는 그녀에 관해 전혀 물어보지도 않고 부두에 나와 있던 아가씨들에게 키스를 하고는 웃음 띤 얼굴로 언덕 위 그의 집으로 달려갔지요.

그런데 얼마 안 있다가 그는 담벼락 그늘을 따라 뭔가 흐리고 허연 물체가 비틀거리며 살며시 다가오는 모습을 보았어요. 절름거리면서 아주 천천히 말예요. 그는 처음에는 그 물체가 바로 그녀의 모습이라는 사실을 몰랐어요. 그렇게 그녀는 변해 있었지요.

그가 말했어요. 〈당신은 나오지 않았소.〉

그녀가 말했어요. 〈그럴 수 없었어요.〉

그가 말했어요. 〈변함없이 거리를 돌아다녔겠구려.〉

그녀가 말했어요. 〈저는 옛날의 제가 아니랍니다.〉

그가 말했어요. 〈그게 나하고 무슨 상관이란 말이오? 어쨌든 당신은 나오지 않았어요.〉

그녀가 말했어요. 〈당신에게는 상관없겠지만 나한테는 그렇지 않아요. 시간이 흘렀어요. 아무튼 과거는 과거고, 전 이제 가야 해요.〉

그리고 그녀는 가버렸대요.

그날 밤 그는 대장장이의 딸인 잔느라는 여자하고 춤을 추었지요. 그녀는 하얀 이에 도톰한 장미꽃 봉오리를 닮은 예쁘고 작은 손을 가진 여자였어요.

그리고 그다음 날 그는 방앗간 집 딸을 찾아 나섰어요. 언덕 위 교회에서 그녀를 찾았대요.

그가 말했어요. 〈자, 나와 함께 내려갑시다.〉

그녀가 말했어요. 〈작은 발이, 맨발의 작은 발이 춤을 추고 있는 소리가 들리세요?〉

그가 말했어요. 〈아니오. 해안에 부딪치는 파도 소리밖에는. 그리고 마른풀 위를 달리는 바람 소리와 그 바람 속에서 빙빙 도는 풍향기 소리밖에는.〉

그녀가 말했어요. 〈밤마다 그들이 제 머릿속에서 춤을 추었어요. 이리저리 빙빙 돌며 ── 그래서 전 잠을 잘 수가 없었어요.〉

그가 말했어요. 〈자, 나와 함께 내려갑시다.〉

그녀가 말했어요. 〈그 춤추는 소리를 들을 수 없단 말인

가요?〉

그렇게 한 주, 한 달, 두 달이 지났지. 그는 계속 잔느와 춤을 추고, 다시 교회로 올라가곤 했지만 방앗간 집 딸에게서는 똑같은 대답뿐이었대요. 결국 지쳐 버린 그가 성미 급하고 잘생긴 남정네들이 흔히 그러하듯 이렇게 말했대요.

〈내가 그렇게 기다렸는데도 당신은 내 말을 안 들었소. 나도 이젠 더 이상 기다리지 않겠소.〉

그러자 그녀가 말했어요. 〈당신이 아이의 춤추는 소리를 듣지 못하는데 내가 어찌 내려갈 수 있을까요.〉

그가 말했어요. 〈그렇다면 그 아이와 함께 있으시오. 나보다 그 아이를 더 좋아한다면.〉

그녀는 아무 대꾸도 하지 않았대요. 그냥 바다와 바람과 풍향기 소리에 귀를 기울일 뿐이었지. 그리고 그는 그녀 곁을 떠났지요.

그는 대장장이의 딸인 잔느와 결혼을 했답니다. 결혼식 날 피리 소리가 울리고 북소리가 퍼져 나가는 가운데 덩실덩실 춤판이 벌어졌지요. 그는 입가에 환한 웃음을 띠고는 그 긴 다리와 민첩한 발동작으로 껑충껑충 뛰며 춤을 추었지요. 잔느 역시 얼굴이 상기되도록 몸을 비틀고 빙빙 돌며 춤을 추었대요. 밖에는 바람이 일고 구름이 밤하늘의 별들을 다 삼켜 버렸지만 사과술을 얼큰하게 들이켜 기분이 좋은 그들은 침실로 가서 문을 꼭 닫고 푹신푹신한 이불 속으로 들어갔답니다.

한편 방앗간 집 딸은 시프트 드레스 차림에 맨발을 하고선 이리저리 마구 달리며 거리를 헤맸대요. 마치 도망가는 닭을 잡으려는 아낙네처럼 팔을 크게 벌리고 〈기다려, 잠깐만 기다려〉 하고 외치면서 말이에요. 그런 그녀의 모습을 보고 어떤 사람은 그녀 앞에서 발가벗은 작은 아이가 노란 불꽃 같은 머리칼을 휘날리고 손가락으로 이리저리 가리키면서 원을 그리듯 춤을 추며 껑충껑충 뛰어다니는 모습을 봤다고 주장했어요. 또 어떤 이들은 그냥 길 한가운데 모래 바람이 소용돌이쳤을 뿐이라고 하면서, 그 바람 속에 머리칼 한두 올과 작은 나뭇가지가 힐끗 보이기도 했다고 말했지요. 방앗간 집 주인 밑에서 일하는 총각은 지난 몇 주 동안 다락방에서 맨발로 바닥을 구르는 소리가 들렸다고 했지요. 늙은 할머니들이나 똑똑하다는 젊은이들은 쥐가 뛰어다니는 소리라고 했지만, 그 사람은 쥐가 뛰어다니는 소리가 어떤 소린지 구분도 못하겠느냐고 하면서 절대 그렇지 않다고 했어요. 더구나 그 사람은 마을 사람들에게서 예민하다는 소리를 자주 들어 왔던 총각이었거든요.

아무튼 방앗간 집 딸은 그렇게 춤추는 아이를 따라 길거리며 시장 바닥이며 언덕 꼭대기의 교회까지 마구 헤집고 다녔대요. 가시덤불에 정강이 살이 찢기면서도 늘 양팔을 벌린 채 〈기다려, 오, 기다려 줘〉라고 외치면서 말이에요. 그러나 그 아이는 아랑곳없이 계속 몸통을 뒤집고, 비틀고, 빙그르르 돌면서 춤을 추며 자갈밭이든 뗏장이든 마구 뛰어다녔대요. 그녀도 치마를 펄럭이며, 얼굴에 짙게 스미는 어둠을 물리치며 계속 따라갔어요. 그러다 절벽 위까지 다다른 그녀는 〈기다려, 기다려〉 하고 외치더니, 글쎄 절벽 아래 뾰족한 돌더미 위로 떨어져 죽고 말았다지요. 바닷물이 밀려 나가고 난 뒤 사람들이 그녀의 시체를 건져 왔는데 그녀의 몸은 온통 상처투성이에 뼈도 다 부러지고, 이미 그 옛날의 아름다웠던 모습은 사라지고 말았대요.

그때 길가에 나와 있던 그는 그녀의 시체를 바라보고는

그녀의 손을 꼭 잡으며 말했어요. 〈이게 다 내가 믿음이 부족해서 생긴 결과요. 당신이 말한 그 춤추는 작은 아이의 존재를 내가 믿지 않은 탓이오. 이젠 그 소리를 들을 수 있단 말이오.〉

그날부터는 불쌍한 잔느도 그와 함께 있는 것이 즐거울 리 없었겠지요.

만성절에 그는 잠을 자다가 갑자기 자리에서 벌떡 일어났대요. 사방에서 손바닥으로 두드리는 소리, 발 구르는 소리가 들렸는데, 그가 배를 타고 여러 나라를 돌아다녔지만 그 어느 곳에서도 들어 본 적이 없는 날카로운 목소리가 들렸기 때문이었어요.

그래서 그는 이불을 걷어 치우고 벌떡 일어나 사방을 둘러보았지요. 어렴풋이 알몸의 작은 아이가 보였어요. 싸늘하게 푸른빛을 내면서도 어떤 열기로 불그레한 기운이 감도는 물체였어요. 그는 물고기나 혹은 여름날의 꽃이 아닌가 생각했지요. 아무튼 그는 머리를 흔들며 춤추듯 달아나는 그 아이를 따라갔어요. 계속 그 뒤를 쫓아가던 그는 트레파스 만까지 가게 되었대요. 구름 한 점 없는 밤이었지만 그 만 위로는 엷은 안개가 피어 오르고 있었어요.

그리고 바다에서는 파도가 긴 물결의 선을 그리며 계속 몰려오고 있었어요. 그때 그는 넘실대는 파도를 타고 저 세상에서 이 세상으로 다가오는 죽은 사람들의 모습을 볼 수 있었다는군요. 야윈 몸에 흰옷을 걸치고, 힘없는 양팔을 벌린 채 찢어지는 듯한 날카로운 목소리로 그를 부르며 다가오고 있었대요. 그리고 춤추던 그 작은 아이는 계속 발을 구르며 껑충껑충 뛰어가고요. 그는 뱃머리를 바다로 향하고 있던 작은 배를 향해 달려갔어요. 배에 도착한 그는 갑판 위에서 눈에 보이지 않는 작은 형체들이 바글대고 있는 듯한 느낌을 받았어요.

그는 파도 위에, 그리고 배 안에 너무나 많은 죽음이 있다고 느끼고는 공포에 휩싸이기 시작했어요. 눈에 보이지 않고 형체도 없기에 그가 손을 휘저어 쫓으려 해도 소용이 없었지요. 끊임없이 주위에서 밀려오는 파도 소리에 맞춰 거친 비명을 내질렀으니까요. 울부짖는 갈매기 떼들도 없었는데 하늘과 바다엔 깃털이 가득한 것 같았으며, 그 깃털마다 영혼이 간직되어 있는 듯했지요. 그가 나중에 사람들한테 들려준 바에 의하면 그랬어요.

그래서 그는 춤추는 아이에게 말했대요. 〈이 배를 타고 바다로 나갈까?〉

그러나 아이는 잠자코 있을 뿐 아무 대답도 없었어요.

그가 말했어요. 〈이왕 여기까지 왔고, 또 무섭기도 하지만 그녀가 있는 곳으로 갈 수 있다면 가겠네.〉

작은 아이가 말했어요. 〈기다리세요.〉

그는 바다의 다른 죽음들 가운데 그녀가 하얀 얼굴에 가슴도 푹 들어가고 입술마저 검게 타버린 모습으로 서 있다고 생각하고는 바다를 향해 외쳤지요. 〈기다려 주오.〉 그러자 그녀의 목소리가 메아리치듯 들려왔대요.

〈기다리세요.〉

그래서 그는 무언가 가득 차 있는 듯한 허공을 향해 양팔을 마구 휘저으며 배 갑판 위의 죽음의 먼지 사이로 발걸음을 옮기려 했지요. 그러나 발이 무거워 떨어지지 않았지요. 움직일 수가 없었어요. 파도가 계속해서 그 곁을 밀려 지나갔어요. 그는 바다로 뛰어들고 싶었지만 몸이 움직이질 않았대요. 그래서 그 사람은 동이 틀 무렵까지 계속 서 있을 수밖에 없었고, 그사이 죽음의 형체들이 쉴 새 없이 찾아왔다간 물러가고, 파도에 밀려들었다간 다시 사라지고 했다나 봐요. 그들의 울음소리가 들리고, 드디어 작은 아이가 말했다지요.

〈기다리세요.〉

다음 날 새벽, 그는 완전히 기진맥진하여 마을로 돌아왔대요. 그는 시장 바닥에 노인들과 함께 앉아 있었지요. 고개를 푹 숙인 채 무슨 말을 하려 해도 입이 떨어지지 않았지요. 그저 〈내 귀에 다 들린단 말이오〉라는 말과 〈난 기다리겠소〉 이 두 말뿐이었다지요.

1년, 2년, 10년이 흐르고, 그는 고개를 들어 계속 사람들에게 〈작은 아이가 춤추고 있는 소리가 안 들립니까?〉 하고 물었지만 사람들은 안 들린다고 대답했대요. 그는 집으로 들어가 신속하게 자리를 깔고, 이웃 사람들을 부른 다음, 잔느에게 자신의 소지품 상자 열쇠를 주고, 바싹 마르고 지친 몸을 쭉 펴면서 말했어요. 〈결국에 나는 기다릴 만큼 기다린 셈이오. 그 아이의 발 구르는 소리가 들리는구려. 나는 참으며 기다렸는데 그 아이는 참질 못하는 것 같아.〉 그러곤 한밤중에 〈아, 그대가 거기 있었구려〉라는 말과 함께 죽고 말았대요.」

아니다. 나는 고드가 말한 그대로 말하지 않았다. 그녀 목소리의 흐름을 제대로 따르지 못하고 내 목소리를 삽입시킨 듯하다. 멋을 부리고 과장하는 문학적 어조를 피하려 하는데 잘되었는지 모르겠다. 그림 형제의 이야기와 라 모트 푸케의 『물의 요정』의 차이가 바로 그런 것인가 보다.

나는 내가 관찰한 내용을 써야 한다. 생각한 바를 쓸 수도 있겠지만 그렇게 되면 더 나쁜 글이 되지 않을까. 고드의 이야기가 진행되는 동안 나는 크리스타벨이 그 뛰어난 머리를 점점 더 푹 숙이며 뜨개질하는 손을 더욱 빨리 놀리는 모습을 보았다. 그리고 다시 얼마가 지난 뒤에는 일거리를 옆에 놔두더니 손을 가슴으로, 머리로 가져가는 것이 아닌가. 마치 열이 나는 듯, 아니면 숨이 막히는 듯 말이다. 그때 아버지가 그녀의 작은 손을 잡아 당신의 손 안에 꼭 쥐셨다. (그녀의 손은 작지도 크지도 않았다. 하지만 얼마나 시적인 표현인가. 힘있는 손이지만 초조함에 떨리는 그녀의 손.) 그녀는 가만히 있었다. 이야기가 다 끝나자 아버지는 고개를 숙여 그녀의 머리에 키스하셨다. 그러자 그녀는 다른 한 손을 들어 아버지를 꼭 잡았다.

난롯가에 둘러앉은 우리는 정말 가족처럼 보였다. 나는 항상 아버지를 아주 늙은 사람으로 생각했고, 내 사촌 크리스타벨을 내 나이 또래의 아주 젊은 여자, 마음을 터놓을 수 있는 친구로 생각했다.

그렇지만 그녀는, 사실 아버지보다는 내 쪽에 더 가까운 나이였지만, 나보다는 훨씬 나이 든 여자였다. 그리고 아버지는 그렇게 나이가 많지도 않았다. 그녀가 한번은 아버지에게 머리가 아직 그렇게 희지 않다고 말한 적이 있었다. 메를린처럼 나이 많이 드신 게 아니라는 뜻이었다.

아무튼 나는 일이 그런 식으로 되는 것이 싫었다. 나는 그녀가 계속 내 친구로, 내 동료로 남아 있어 주기를 원했다.

나를 대신하고, 나의 어머니를 대신하는 것이 싫었다.

이는 분명히 구별되어야 할 일이었다. 나는 한 번도 내 어머니의 위치에 오르려 한 적이 없었다. 그리고 어머니가 안 계시기 때문에 내 위치는 내 것으로 지킬 수 있었다. 또한 나는 다른 누군가 끼어들어 아버지를 보살펴 주려 한다든지 혹은 아버지의 생각이나 발견을 먼저 들으려 하는 것이 싫다.

혹은 아버지의 키스를 훔치는 것도 — 이건 내 느낌이
다 — 누가 아버지의 키스를 훔치는 것도 싫다.

나는 잠을 자러 갈 때 아버지를 포옹하지 않았다. 아버
지가 팔을 벌리셨지만 나는 얼른 그 팔 안에 들어갔다가는
금방 빠져나왔다. 어쩔 수 없는 의무감에서 나온 경직된
몸짓이었다. 아버지가 어떤 표정이셨는지 나는 쳐다보지
도 않고 내 방으로 달려가서 문을 꼭 잠가 버렸다.

버릇없이 굴지는 말아야 한다. 자연스러운 친절에 화를
내거나 아버지 쪽에서 내가 응당 받아들이리라 생각하는
일에 괜한 두려움을 보일 권한이 내게는 없었다. 지금까지
우리 생활이 얼마나 재미없었냐고 내가 얼마나 자주 불평
을 늘어놓았던가.

밤도둑이 침입했다, 나는 외치고 싶었다. 밤도둑이 침입
했다고.

이제 그만 그치는 편이 좋겠다.

11월

요즈음 아버지는 그녀와 함께 있는 것이 무척 즐거우신
모양이다. 나는 전에 그녀가 아버지한테 말을 붙이기 시작
했을 때 내가 얼마나 좋아했었는지 머릿속에 떠올려 보았
다. 그때만 하더라도 나는 그녀가 어디 다른 곳으로 떠나
지 않으리라 생각했으며, 또한 우리 집에도 유쾌함과 활기
가 되살아나리라 여겼었다. 그녀는 질문도 나보다 훨씬 잘
했으며, 아버지도 잘 받아 주셨다. 그녀의 관심 분야가 구
태의연하지 않고 항상 새롭게 변하기 때문이었으며, 또 아
버지에게 항상 새로운 정보를 가져다 주기 때문이었다. 반
면에 나의 모든 생각들은 아버지의 관심을 별로 끌지 못했
다. 아버지는 내 생각들이 아주 사소하고, 너무 여성적이

고, 상대방에게 불쾌감마저 준다고 여기셨기 때문이었다. — 그래도 혹 아버지의 관심을 끄는 경우가 있다면 내 생각이 아버지의 생각과 일치할 때뿐이었다. 그녀가 우리 집에 오기 전까지만 하더라도 나는 아버지가 말씀하시는 영원한 안개와 비, 성난 바다, 드루이드교, 고인돌, 그리고 그 밖의 모든 고대의 마술 등에 전혀 관심을 내보이지 않았다. 나는 그저 파리가 어떤 도시인지 알고 싶었으며, 그곳의 거리를 바지를 입고, 부츠를 신고, 우아한 재킷을 걸치고, 마치 상드처럼, 고독을 떨쳐 버리고 자유롭게 활보하고 싶었을 뿐이었다. 그러니 사실 내가 아버지를 실망시켜 드렸는지도 모르는 일이었다. 내 자신만을 생각하고, 그리고 다른 한편으로는 아버지가 나의 욕구가 무엇인지 전혀 생각하지 않으신다는 불만에 싸여 있었으니. 그런데 아버지는 그녀에게 매우 정중히 대해 주셨다. 그녀에게 말씀하실 때면 아버지의 목소리에 활기가 되살아났다. 오늘도 아버지는 당신의 생각에 그녀가 따뜻한 관심을 보이자 매우 유익하고 기분이 좋다고 말씀하셨다. 「그런 난해한 문제에 네가 관심을 보이니 매우 기분이 좋단다.」

그들은 점심을 먹으면서 이 세상과 저 세상의 교차에 관해서 이야기를 나누었다. 아버지는 늘 말씀하시던 대로 우리가 살고 있는 브르타뉴의 이곳은 — 코르느와이유, 아르모리크 — 죽음이란 인간 존재의 두 단계 사이를 연결해 주는 계단 혹은 통로라는 고대 켈트족의 믿음이 아직도 유지되고 있는 곳이라고 하셨다. 인간의 삶에는 여러 단계가 있는데, 지금 이 지상에서의 삶이 그중 하나이며, 다른 많은 세계는 서로서로를 둘러싸거나 혹은 서로 교차하며 동시에 존재한다는 것이었다. 그래서 우리가 정확하게 인식하지 못하는 영역 — 밤의 어둠이나 꿈, 혹은 고정된 땅과 흐르는 물이 만나 물보라의 장벽을 일으키는 해안선 등 — 이 바로 죽음의 경계가 되고, 그곳을 사람들이 건너고, 또 건너며 — 전달자들이 그 경계 사이에서 떠다닌다고 하셨다. 고드의 이야기에 나오는 춤추는 작은 아이나 대서양에서부터 날아온다고 알려진 올빼미나 나비들이 바로 그런 전달자들이라는 말씀이셨다.

아버지는 당신께서 알고 계신 드루이드교는 〈중심〉의 신비주의를 신봉하는 종교라고 말씀하셨다. — 그곳에는 직선적인 시간, 즉 1차원의 시간이 존재하지 않기 때문에 과거나 미래가 없으며, 오직 정지된 중심만이 존재하며 — 그것이 바로 행복의 땅 시드이고 — 그 땅을 흉내 내고, 또 그곳을 가리키는 것이 바로 그들이 세운 석조 회랑이라는 얘기였다.

반면에 기독교에서는 우리를 시험하는 무대인 이 지상의 삶이 전부이며, 그다음에는 오직 절대적인 의미의 천국이나 지옥만이 있을 뿐이라는 말씀이셨다.

그러나 브르타뉴에서는 사람들이 샘물에 떨어져 그곳에서 사과나무 울창한 여름의 땅을 발견할 수도 있으며, 아니면 그들의 낚싯바늘이 또 다른 세계의 물에 잠긴 교회 종탑에 걸릴 수도 있다고 하셨다.

「아니면 고분의 문을 통해 지상의 낙원인 아발론으로 들어갈 수도 있고요.」 그녀가 말했다.

그녀가 계속 말을 이었다.

「저는 영혼의 세계에 대한 요즈음 사람들의 관심을 살펴볼 때 그 문제에 있어서는 켈트족들의 견해가 옳지 않았느냐 하는 생각을 해봤어요. 스웨덴보리가 말하길, 자신이 영혼의 세계에 들어가 보니 존재의 단계가 계속 이어지고 있었다잖아요. 모두가 정화된 세계고, 또 나름의 집과 사원과 도서관을 갖춘 세계였대요. 그리고 최근에는 이승과 저승을 가로막는 장막 너머의 그 미해결의 땅에서 정말 메시지가 오는지 알아보려는 사람들이 많아요. 저도 제 눈으로 직접 설명할 수 없는 몇몇 신비한 행위들을 목격했고요. 보이지 않는 손이 가져온 영혼의 화관 — 하얗게 반짝이는 천상의 아름다움, 그 자체였지요. 오늘날의 시각에서 보면 굉장히 조잡하고 서투른 방법이겠지만 작은 손으로 두드려서 보내는 메시지, 뒤에 남겨 둔 사람들에 대한 사랑에서 나온 고통스러운 신호죠. 그리고 모든 사람들의 손이 닿지 않는 곳에 있는 벨벳 덮개 아래의 아코디언, 그 아코디언을 연주하는 보이지 않는 손. 움직이는 불빛.」

내가 말했다. 「저는 그런 응접실의 눈속임이 종교와 어떤 관계가 있다고는 믿지 않아요. 우리가 이곳의 냇물이나 샘물에서 듣는 소리하고는 아무런 관계가 없을 거예요.」

그녀는 나의 강력한 반대 의사에 흠칫 놀라는 기색이었다.

「그건 네가 너만큼이나 영혼도 저속한 것을 싫어한다고 잘못 생각해서 그런 거야. 영혼은 고드와 같은 수수한 시골 아줌마에게도 말을 걸 수가 있어. 그게 얼마나 사실적이고 생생한 모습이겠니. 한편으론 낭만적인 분위기의 울퉁불퉁한 바위들에 둘러싸여 있고, 또 다른 한편으론 아주 원시적이다 싶을 정도로 초라한 오두막에 살고 있으니 말이야. 그리고 그런 아낙네들의 집은 정말 두툼한 도덕의 어둠으로 덮여 있잖아. 하지만 정말 영혼이 있다면 왜 모든 곳에 존재하지 않지? 아니면 어디든 존재한다고 생각하지 못하느냐 말이야. 너는 이렇게 말할지도 몰라. 영혼의 목소리가 두꺼운 벽돌담이나 사치스러운 가구들, 혹은 장식 달린 커버 등에 의해 죽어 버리는 것이라고 말야. 하지만 마호가니 가구에 광택을 내는 사람이나 포목점 점원도 구원을 원하기는 마찬가지 아닐까? — 결국엔 시인이나 농부들처럼 내세를 확인하고 싶은 마음이 있는 게 아닐까? 그들이 결국에는 전혀 무관심하게 대하던 신앙에서 어떤 확신을 얻게 될 때 — 즉 교회가 그들 가운데 어떤 확실하고 견고한 실체로 자리 잡게 될 때, 그때 성령이 제단의 난간 뒤에 편안히 앉아 있게 되고 영혼들은 교회나 그들의 묘석 주변에 자리를 지키게 되는 것이 아닐까? 그런데 지금 사람들은 자신들이 선택을 받지 못할까, 그들의 관뚜껑이 열리지 않을까 두려워하고 있으며, 심지어 천국이나 지옥도 몇몇 오래된 교회 담벼락의 퇴색된 그림, 즉 밀랍으로 그려진 천사의 모습이나 무시무시한 유령의 모습 정도에 불과한 것이 아니냐 하는 생각에 젖어 있어. 그러면서 묻는 거야, 도대체 그곳에 무엇이 있느냐고 말이야. 그리고 만일 반들반들 윤이 나는 구두에 황금 시곗줄을 차고 다니는 남자들이나 봄바진과 고래 수염으로 심을 넣은 코르셋을 껴입거나 혹은 크리놀린 후프 스커트를 걸친 여자들이 — 기름이 잘잘 흐르고 삶이 권태로운 그들이 고드와 마찬가지로 영혼의 소리를 듣기 원한다면, 그러지 못할 이유가 없잖아. 복음이란 만인을 위한 것이고, 만일 우리가 계속 이어지는 삶의 단계에 존재한다면 우리들 안에 있는 유물론자들은 이 세상에서, 그리고 다음 세상에서 반드시 깨어나야 하는 거야. 스웨덴보리는 그들이 구더기 떼처럼 불신과 분노의 대가로 땀을 뻘뻘 흘리며 괴로워하는 모습을 보았대.」

「너무 말을 빨리 해서 내가 뭐라 반박할 수도 없잖아요.」 나는 불퉁한 표정을 지으며 말했다. 「저도 아버지가 갖고 계신 잡지에서 테이블 돌아가는 것이라든지 영혼의 두드리는 소리에 관해서 읽은 적이 있어요. 하지만 그게 다 마음이 약해져서 무엇이든 믿으려 하는 어리석은 사람들에게 부리는 속임수 아닌가요?」

「회의론자들의 글을 읽은 거야, 그건.」 그녀는 대단히 열을 내며 말했다. 「그렇게 비웃으면 안 돼.」

「저는 믿는 사람들이 써놓은 글을 읽었어요.」 나도 지지 않으려고 대꾸했다. 「그리고 그 글에서 쉽사리 잘 믿는 사람들의 성향을 알아냈고요.」

「왜 그렇게 화를 내니, 사빈느?」 그녀가 말했다.

「전에는 언니가 그렇게 바보 같은 말을 한 적이 없었기 때문이에요.」 내가 말했다. 비록 그것이 내가 화를 낸 직접적인 이유는 아니었지만 내 말이 틀린 얘기도 아니었다.

「응접실에서의 그런 재주로도 하위의 정령들을 불러내 올 수 있단다.」 아버지가 눈을 감고 생각에 잠긴 채 입을 여셨다.

11월

나는 늘 나 자신을 괜찮은, 사랑스런 여자라고 생각해 왔다. 오히려 내가 사랑할 사람이 많지 않음을, 혹은 내가 대단하다고 생각할 수 있는 사람이 많지 않음을 불만스럽게 여기고 있던 터였다. 지금까지 나에게는 증오나 미움의 경험이 없었다. 사실이다. 나는 증오를 싫어했다. 그런데 그것이 나의 외부로부터 다가와 나를 사로잡는 느낌이었다. 마치 구부러진 부리로 나를 쪼아 먹는 거대한 새처럼, 성난 눈으로 나를 노려보면서 더 유순하고 아름다운 나의 자아를 무기력하게 만들고 나의 두 눈을 멀게 하는 굶주린 그 무엇처럼 말이다. 나는 이런 비뚤어진 심성을 이겨 내려고 무진 애를 썼다. 아무도 그런 나의 심정을 눈치 채지 못하는 듯했다. 그들은 테이블가에 앉아 형이상학적인 이론들을 주고받았으며, 나는 변덕스러운 마녀처럼 분노로 속을 끓이다가는 다시 부끄러움에 기가 꺾인 채 그곳에 앉아 있었다. 그들은 아무것도 보지 못했다. 그리고 그녀의 모습은 나의 두 눈 속에 이미 변해 있었다. 나는 그녀의 부드러운 머리, 푸른빛이 감도는 두 눈, 치마 아래로 흘끗 보이는 빛나는 녹색의 발, 그 모두가 다 싫었다. 그녀는 마치 벽난롯가의 항아리 안에서 쉿 소리를 내며 슬며시 꿈틀거리다가는 관대함의 따뜻한 기운이 감돌면 언제든지 덤벼들 뱀과도 같은 존재였다. 그녀는 영국의 민담에서 할머니 흉내를 내는 늑대처럼 커다란 이빨을 가진 여자였다. 그녀가 자기가 뭐 할 일이 없느냐고 묻자 아버지는 내가 해오던 일을 그녀에게 맡기셨다. 게다가 이런 말씀까지 하셨다. ──「사빈느는 이런 글을 베끼는 작업이 지겨운 모양이야. 또 한 사람의 능력있는 손을 얻어서 기분이 좋구만.」아버지는 그녀 곁을 지나시며 그녀의 머리를 쓰다듬으셨다. 그녀의 목덜미를 감고 있는 머리칼을 말이다. 그녀가 아버지를 덥석 물어뜯을지도 모른다. 분명히 그렇게 되리라.

지금 이 글을 쓰고 있는 내가 얼마나 어리석은 존재인지 나도 안다.

그리고 이런 글을 쓰고 난 뒤에 나는 내가 그렇지 않다는 점도 안다.

11월

오늘은 절벽까지 먼 산책을 하기로 마음먹었다. 산책을 하기에 좋은 날씨는 아니었다. 안개도 짙게 깔리고, 눈보라가 휘날리고 있었다. 바람도 세찼다. 나는 트레이를 데리고 나갔다. 그녀에게 물어보지도 않고 말이다. 그녀는 그 개가 오직 한 사람만을 따르고 좋아한다고 했지만 그놈이 나를 따라나선다면 그녀가 어떻게 여길지, 생각만 해도 즐거웠다. 그 개는 나를 좋아했다. 그리고 그놈의 분위기가 나의 분위기와 딱 맞아떨어졌다. 슬픔에 잠겨 있으면서 속으로 꾹꾹 참고 있는다거나, 그런 악천후 속에서도 밖으로 나가고 싶어하는 심정 말이다. 물론 다른 개들처럼 뛰어다니거나 미소를 짓는 일은 없었다. 그의 사랑이란 그저 슬픈 표정으로 신뢰감을 준다는 데서 찾을 수 있을 뿐이었다.

그런데 그녀가 나를 따라나섰다. 전에는 없던 일이었다. 내가 같이 산책을 했으면 하고 그녀에게 사정을 하거나 건강에 좋다고 유혹하는 경우를 제외하고는 전혀 따라나선 적이 없었다. 그런데 요즘은 내가 그녀를 피해 밖으로 나가면 영락없이 그녀는 서둘러서, 그런 기색을 애써 감추며, 나를 뒤쫓아왔다. 커다란 케이프를 걸치고, 후드를 쓰고, 그리고 그런 바람 속에선 전혀 쓸모가 없는 그 우스꽝스러운 우산을 들고서 말이다. 그게 인간의 본성인가? 사람들은 누가 자신을 더 이상 사랑하거나 원하지 않는다고 느끼면 그를 따라다니며 매달리는 것인가?

모든 기념물들 — 돌멘, 쓰러진 고인돌, 화강암 석대 위에 화강암으로 조각된 성모 성당 등 — 사이를 가로지르는 작은 오솔길, 나는 그 길을 지나갔다.

내 곁에 따라붙은 그녀가 먼저 말을 꺼냈다.

「사빈느, 같이 가도 괜찮겠니?」

「마음대로 하세요.」 나는 트레이의 어깨에 손을 얹으며 말했다. 「언니가 원한다면 그렇게 하세요.」

몇 발자국 더 옮긴 뒤에 다시 그녀가 말했다. 「내가 너를 화나게 했니?」

「아니, 전혀.」

「넌 항상 나에게 친절했어. 그리고 나도 정말로 이제는 안식처를 찾았구나 하는 느낌이야. 여기 우리 아버지의 고향에서 집처럼 따뜻한 곳을 말야.」

「아버지와 저도 기뻐요.」

「그런데 너는 그렇지 않아 보여. 나는 말도 좀 쌀쌀하게 하고 인상도 차가운 사람이야. 혹 내가 무슨 말을 해도.」

「아뇨, 그렇지 않아요.」

「내가 너의 평화를 깨뜨리진 않았니? 하지만 너는 그런 너의 평화로움에 전혀 만족해 하는 듯하지 않았어 ― 처음에는 말야.」

나는 무어라 대꾸할 수가 없었다. 나는 걸음을 빨리했고, 트레이가 내 뒤를 성큼성큼 따라왔다.

「내가 건드리는 것은 모조리 망가지고 마니…….」 그녀가 말했다.

「무슨 얘긴지 난 잘 모르겠어요. 언니가 아무 말도 해주지 않았잖아요.」

이번엔 그녀가 잠자코 있을 뿐이었다. 나는 걸음을 더 빨리했다. 이곳은 내 고향이었으며, 나는 젊고 건강했다. 그녀는 따라오기가 좀 힘들었던 모양이었다.

「말할 수 없었어.」 한참 후에 그녀가 입을 열었다. 그렇게 애처로운 목소리는 아니었다. 물론 그녀는 무슨 말을 할 때 애처롭다든지 슬픈 기색을 좀처럼 내보이지 않았다. 그저 좀 쌀쌀하고 참을성없는 목소리가 들릴 뿐이었다. 「마음을 툭 터놓지 못하겠어. 그냥 나 혼자 삭일 뿐이야. 여태 그런 식으로 살아왔으니까 말이야.」

나는 그건 거짓말이라고, 아버지를 대할 때와 나를 대할 때가 다르지 않느냐고 물어보고 싶었지만 꾹 참았다.

「언니는 여자들을 믿지 못하는 것 같아요.」 내가 말했다. 「하기야 언니 마음이니까요.」

「나는 여자를 믿어.」 그녀는 계속 말을 이었다. 「그런데 그게 커다란 상처를 주었어. 내게 말이야.」

그녀의 목소리에는 마치 무당이 하는 말인 양 불길한 기운이 서려 있었다. 나는 더 빨리 걸었다. 잠시 후 그녀는 한숨을 내쉬며 옆구리가 아프다고 했다. 돌아가야겠다고 했다. 내가 부축해도 되겠느냐고 물었다. 물론 진심에서 우러나온 물음이라기보다는 그녀의 자존심이 그런 일을 허락하지 않으리라는 점을 미리 예상하고 한 말이었다. 그녀는 거절했다. 나는 트레이에게 내 곁에 있으라는 손짓을 했다. 트레이는 내 곁에 머물렀다. 나는 그녀가 옆구리에 손을 얹고 돌아서서는 고개를 숙여 바람을 피하며 걸어가는 뒷모습을 지켜보았다. 나는 젊었다. 그리고 하나 더 덧붙인다면 〈나쁜〉 심성을 지닌 여자라고 생각할 수도 있었겠지만 나는 그런 생각을 싹 지워 버렸다. 나는 돌아가는 그녀의 모습을 보며 미소 지었다. 내 마음 한구석에서는 전과 다름없이 그녀를 대해 주고, 그녀가 그렇게 감상적이고 애처롭게 보이지 않도록 무슨 수를 쓰고 싶었으나 나는 그냥 미소를 지으며 곧 돌아서서 내 갈 길을 갔다. 적어도 나는 젊고 건강한 여자였으니까.

아리안느 르 미니에의 노트

여기서부터는 몇 장이 빠져 있어요. 열의가 없이 계속 반복적인 글을 쓴 부분이라 제가 빼버렸어요. 그래서 11월의 나머지 부분에서부터 크리스마스 저녁까지는 복사하지 않았어요. 원하신다면 빠진 부분을 나중에 보여 드릴 수도 있으니까 안심하세요.

1859년 크리스마스 밤

우리는 모두 자정 미사를 드리러 성당에 갔다. 아버지와 나는 매년 자정 미사에는 꼭 참석했다. 할아버지는 성당엔 전혀 발도 들여놓지 않으신 분이었다. 공화파에다가 무신론자이셨으니 그럴 만도 했다. 사실 따지고 보면 아버지의 종교적인 믿음도 주임 사제를 기쁘게 할 만한 것은 못 되었다. 주임 사제와 그런 믿음에 대해 논의를 하면 금방 드러날 테지만 아버지는 그러지 않으셨다. 그러나 아버지는 우리 마을의 삶의 지속성에는 대단한 믿음을 가지고 계신 분이셨다. 예로부터 사람들이 찬양하는 크리스마스나 그 의미를 믿고 계심은 물론 오래된 것이든 새것이든 삶의 전통과 새로운 삶의 모습에 대해 무척 관심이 많으셨다. 그녀는 자신은 영국 국교도의 일원이지만 자기 아버지는 이곳에서 브르타뉴 전래의 가톨릭을 믿으셨다고 말했다. 내가 생각하기에 우리 주임 사제 역시 그녀가 생각하고 있는 바를 알게 되면 분명 깜짝 놀라실 테지만 그분은 그녀를 기꺼이 맞아 주시며, 그녀의 고립에 대한 배려를 아끼지 않으셨다. 그녀는 대림절[7] 동안에는 더욱더 성당을 자주 찾았다. 그녀는 싸늘한 한쪽 구석에 서서 예수의 십자가 상을 바라보고 있었다. 가공하기 어려운 화강암으로 애써 조각한 다소 거친 조각상이었다. 우리 성당에는 노새를 끌고 베들레헴으로 향하는 성 요셉의 상이 하나 있었다. (우리 성당은 성 요셉을 기리며 세워진 성당이었다.) 아버지는 우리 마을에서는 곳간에 있는 가축들도 전 세계가 태초의 순결함을 기리며 창조주와 하나가 되는 예수 탄생의 밤을 기린다고 말씀하셨다. 그러자 그녀는 반대로 청교도인

7 크리스마스 전의 4주일.

밀턴과 같은 시인은 예수 탄생의 순간을 자연의 죽음의 순간으로 그렸다고 말했다. — 밀턴은 그리스 여행객들이 그날 밤 각 교회마다 터져 나오는 울음소리를 들었다는 사실을 상기시켰다는 것이었다. 나는 아무 말도 하지 않았다. 아버지는 당신의 외투로 그녀의 어깨를 감싸고는 그녀를 성당 앞쪽의 우리가 늘 앉던 곳으로 인도했다. 오, 신이여 저를 도우소서. 그것이 곧 앞으로의 우리 삶이 나아가야 할 예시가 아니겠습니까.

새로운 세계, 새로운 한 해, 새로운 생명을 의미하는 촛불이 켜지면 우리 성당은 그렇게 아름다울 수가 없었다. 진실함이 가득한 우리의 작은 성당은 예수 탄생의 그림이 그려져 있는 동굴과 전혀 다를 바 없었다. 사람들 — 목자든 어부든, 모든 사람들이 무릎을 꿇고 기도를 올렸다. 나 역시 무릎을 꿇고 혼란스런 나의 모든 생각을 자비와 선의로 바꾸게 해달라고 기도했다. 나는 또한, 늘 하던 대로, 이 축제의 날을 보편적인 의미로 생각하시고 지키시는 아버지의 정신을 사람들이 이해하게 해달라고 기도 드렸다. — 아버지는 이 예수 탄생의 날을 겨울의 중요한 절기로, 즉 땅을 뒤집어 햇빛을 쐬게 하는 날로 여기셨다. 주임 사제는 아버지를 두려워하셨다. 그분은 아버지를 잘 다독거려 그렇게 생각해선 안 된다고 말해야 한다는 사실을 잘 알고 계셨지만 감히 그렇게 하지 못하셨다.

그녀는 무릎을 꿇지 않았다. 그런데 곧 그녀의 몸이 마치 어지러워 쓰러지는 듯 아주 천천히 기울고 있었다. 촛불이 켜지고, 우리가 다시 자리에 앉게 되었을 때 나는 그녀가 괜찮은지 둘러보았다. 그녀는 의자 한쪽 구석에서 머리를 등 뒤의 기둥에 기댄 채 앉아 있었다. 눈도 감고, 입도 겨우 다물고 있는 모습이었다. 성당 내부의 어둠이 그녀를 삼키고 있는 듯했다. 하지만 그녀의 얼굴이 창백해져 있음은 쉽게 알 수 있었다. 그녀는 두 손을 가슴에 댄 채 꼭 쥐고 있었다. 분명 몸이 뒤틀리는 것을 감추려는 태도였다. 예로부터 여인네들이 몸의 이상을 감추기 위해 애써 내보이던 그 고통스러운 손길 — 나는 그녀가 무엇을 감추고 있는지 알 수 있었다. 아니, 시골 처녀이자 한 집의 살림을 꾸리는 여자로서 이미 오래전부터 그런 사실을 알고 이해했어야 했다. 많은 여자들이 사람들의 눈을 피해 그런 몸짓을 하지 않았는가. 저렇게 기대고만 있다니, 나는 그녀가 얼마나 강인한 여자인지 알 듯했다. 그녀는 정말 안식처를 찾아, 아니 피난처를 찾아 우리 집에 왔던 것이다. 그렇다면 지금까지 그녀의 모든 행동, 전부는 아니더라도 대부분이 설명될 수 있지 않은가.

고드도 알아차렸다. 눈치가 빠르고, 또 그런 일에는 현명하게 대처하는 여자니까.

나는 아버지도 알고 계시리라 생각했다. 그녀가 오기 전에는 몰랐다 하더라도 그 이후에는 이미 오래전부터 알고 계셨음에 틀림없었다. 그렇다면 아버지는 동정과 보살펴 주어야겠다는 마음을 느끼셨으리라. 이제는 내 멋대로의 상상 속에서 존재했던 그녀에 대한 아버지의 그 따뜻한 감정이 무엇 때문이었는지 알 것 같았다.

나는 무슨 말을 해야 하나? 아니 이젠 어떻게 해야지?

12월 31일

내가 그녀에게 무슨 말을 할 수 있겠는가. 나는 오후에 보리 물엿과 그녀에게 화를 내기 전에 빌렸던 책 한 권을 들고 그녀의 방으로 올라갔다. 나는 그녀에게 말했다.

「언니, 언니에게 그렇게 어긋난 행동을 해서 미안해. 내가 오해했어요.」

「그래.」 그녀가 말했다. 그리 다정한 말투는 아니었다. 「오해라는 걸 알았다니 다행이구나.」

「이젠 다 알았어요.」 내가 말했다. 「나, 언니를 도와주고 싶어요.」

「다 알았단 말이지?」 그녀가 천천히 말했다. 「어떻게 된 일인지 다 알고 있단 말이지. 그래, 내가 어떻게 될 것 같니, 사빈느?」

그리고 그녀는 창백한 얼굴에 흐린 두 눈으로 나를 쳐다보았다. 그런 그녀의 표정을 보고 나는 말을 할 수가 없었다. 내가 혹 말한다면 그녀는 뭐라고 대답을 할까? 무슨 행동을 취할까? 나는 더듬거렸다. 내가 무슨 말을 하고 있는지도 몰랐다. 분명한 것은 내 말이 그녀를 더욱 불행하게 만들고 말았다는 사실이었다. 그녀는 계속 나를 쳐다보았다. 나는 울음을 터뜨리고 말았다.

「난 괜찮아.」 그녀가 말했다. 「난 어른이고, 넌 아직 어리잖니. 아직까지는 많은 공상도 하고 또 한창 이것저것 아무거나 할 수 있는 젊음이 있잖아. 내 몸은 내가 다스릴 수 있어. 사빈느, 말은 고맙지만 네 도움이 없어도 돼. 그냥, 네가 이제 다시는 화를 안 낸다니, 그것만으로도 기뻐. 화를 내다 보면 마음이 아프잖니.」

그녀는 모든 것을 알고 있었다. 내가 의심하고, 두려워하고, 분개하는 그 모든 것을 그녀는 알고 있었다. 그리고 그녀는 나를 용서하고 싶지 않은 모양이었다. 나는 내 자신에게 화가 나 계속 울음을 터뜨렸다. 내 도움이 필요없다고 했지만 그녀는 이미 도움을 요청하지 않았던가. 그래서 우리 집에 오지 않았나. 그녀는 어떻게 될까? 우리는? 아기는? 아버지에게 얘기를 해야 하나? 아직까지 나에게

는 그녀가 이솝 우화에 나오는 얼어붙은 뱀처럼 느껴질 뿐
이었다. 말이란 그 당위성이 사라진 뒤에도 여전히 우리의
상상 속에 그 그림자를 드리운다. 이런 경우 우리 가운데
누가 뱀인가? 그녀는 나를 차가운 시선으로 바라보고만
있었다. 조금은 정신 나간 여자처럼 보일 뿐이었다.

1월 말

오늘 나는 아버지에게 크리스타벨의 상태에 관해서 말
해야겠다고 결심했다. 전에도 한두 번 그런 생각이 들었지
만 그럴 때마다 무슨 일이 생겨 여의치가 않았다. 어쩌면
아버지 역시 나를 야단치실지도 모른다는 두려움이 앞서
서 그랬는지도 몰랐다. 아버지와 나 사이에는 계속 침묵만
이 흘렀다. 그래서 나는 그녀가 성당에 갈 때만을 기다렸
다. — 이제는 누구든지 그녀의 상태를 눈치 챌 수 있으리
라. 키가 작은 그녀로서는 자기 몸의 이상을 더 이상 감추
지 못하리라.

나는 아버지의 방으로 가서 내 마음이 변하기 전에 얼른
얘기해 버리고 말았다.

「아버지, 크리스타벨에 관해서 할 말이 있어요.」

「아버지로서는 참 유감스러운 일인데, 네가 언니에게 예
전처럼 잘하지 못하는 것 같구나.」

「그건, 그녀가 저의 사랑을 원치 않는다고 생각했기 때
문이었어요. 제가 오해했어요. 그녀가 아버지 곁에 너무
가까이 있는 듯해서 — 그러니까 제가 설 자리가 없다고
느꼈기 때문이죠.」

「정말 옳지 못한 생각이로구나. 그녀에게나 나에게나 말
이다.」

「그런데 이제 알았어요, 아버지. 이제는 그녀가 어떤 상

황인지 알았단 말예요. 제가 눈이 멀었었어요. 하지만 이젠 볼 수 있단 말예요.」

아버지는 창가로 시선을 돌리며 말씀하셨다.「그 얘긴 하지 말자꾸나.」

「제가 그런 얘기를 해서는 안 된다는 말씀이세요?」

「아니, 너나 나나 모두가 하지 말자는 뜻이야.」

「그래도 아버지 ─ 언니는 어떻게 되는 거예요? 그리고 아기는요? 여기 계속 있어야 되는 거 아녜요? 저는 이 집의 여주인이에요. 그러니 알아야 할 일은 알아야 한다고요. 아버지, 전 돕고 싶어요. 크리스타벨 언니를 돕고 싶단 말예요.」

「그녀를 돕는 가장 최선의 방법은 아무 말 않고 가만히 있는 거란다.」

아버지의 말씀이 좀 우습게 들렸다.「혹 아버지께서 언니가 무슨 생각을 하고 있는지 알고 계신다면 저도 좋아요, 가만히 있겠어요. 그 길이 돕는 일이라면 그렇게 하겠어요.」

「아, 내 딸아.」아버지가 말씀하셨다.「나도 네 언니가 무슨 생각을 하고 있는지 모른단다. 네가 답답한 만큼 이 아버지도 답답하다. 난 그저 네 언니가 원하는 대로 집을 제공해 주었을 뿐이란다. ─〈당분간만〉말이다. 크리스타벨이 편지에서 그 부분만 밝혔어. 그런데 왜 그런지는 알려주지 않았지. 내가 물어볼 기회를 안 주었단다. 오히려 일찍부터 나에게 눈치를 준 사람은 고드란다. 때가 되면 네 언니가 고드에게 모든 것을 맡길지 몰라. 어쨌든 우리 친척 아니니. ─ 그리고 우린 안식처를 제공했고.」

「언니는 자신의 고민이 무엇인지 애기해야 해요.」내가 말했다.

「나도 애를 써봤다.」 아버지가 말씀하셨다. 「뭔가 비뚤어져 있어. 자신의 상태를 부인하고 싶은 게지. 심지어 자기 자신조차도 말이야.」

2월

나는 이제 슬슬 이 일기에 흥미를 잃고 있다. 한동안은 이 일기가 작가 수업을 위한 것도 아니었고, 그렇다고 내가 경험한 세계의 기록도 아니었다. 단순히 질시와 당혹과 언짢음의 이야기에 불과했다. 그렇다고 그런 불편한 심기를 글로 옮겨서 기분이 좋아지지도 않았다. 오히려 그런 내 감정에 더욱 단단한 생명력을 부여하여 계속 상승 작용만 일으킬 뿐이었다. 내가 이 일기를 다른 사람의 개인적인 고통이나 염탐하자고, 나만 몰래 보고 내 기분을 풀어보자고 시작한 것은 아니었다. 행여 우연히 누군가 보고 오해할까 두렵다. 그래서, 이런 여러 가지 이유로 나는 당분간 일기를 쓰지 않기로 했다. 일종의 정신 수양을 위해.

4월

나는 정말 묘한 일을 목격하게 되었다. 너무나 묘해서 일기에 적어 놓지 않을 수가 없다. 일기를 당분간 쓰지 않겠노라 결심했었지만 스스로 이 일을 이해하기 위해선 다시 펜을 들지 않을 수 없다. 나의 사촌 언니는 이제 몸이 커지고, 배가 부를 대로 불렀다. 산달이 다 되었다. 그런데도 그녀는 자신의 상태에 대해 전혀 한마디 말도 없었다. 그리고 우리는 그녀의 주술에라도 걸린 듯이 감히 그녀를 비난하거나, 이미 다 알려진, 그러나 겉으로는 모른 척하고 있는 그 일을 그녀 입으로 스스로 애기하게끔 하지도 못하고 있었다. 아버지는 이미 여러 차례 그녀에게 뭐라 말을 시키려고 생각했지만 막상 실행하지는 못했다고 말씀하셨다. 아버지는 그녀에게 어떻게 해서 아기를 갖게 되었는지, 어쨌든 우리 집안의 아기이니 환영한다고, 그리고 그 아기를 잘 돌보고 훌륭히 키우도록 도와주고 싶다고, 그렇다고 그 대가로 무엇을 원하지도 않는다고 말씀하시고 싶었던 모양이다. 그러나 결국 말씀하실 수 없었던 데에는 두 가지 이유가 있었다고 하셨다. 하나는, 그런 얘기를 꺼내려는 순간부터 그녀가 눈빛으로나 태도로 아버지의 기세를 한풀 꺾이게 만들었다는 것이다. 그래서 도덕적으로는 당연히 그런 말씀을 하고 싶었지만 전혀 그럴 수가 없었다고 하셨다. 다른 하나는, 그녀가 제정신을 잃고 혹 예상치도 않은 일을 벌일까 봐 겁이 났기 때문이라고 하셨다. 그녀의 정신이 거의 완전히 분열되어 있는 듯했고, 또한 자신에게 일어날 일에 대해 스스로의 양심이나 공적인 자아가 용납을 하지 않고 있는 듯하다고 하셨다. 그래서 그녀가 틀림없이 마음의 준비는 하고 있겠지만, 혹 아버지가 말을 잘못하게 되면 그 충격으로 소외와 격분과 절망 속에 그녀 자신뿐만 아니라 아기까지 죽이게 되지 않을까 두려웠다는 것이었다. 결국 아버지는 그녀에게 차근차근 작은 사랑과 친절을 보여 주셨고, 그녀는 이를 당연하게, 자신이 무슨 여왕이라도 된 듯이 모두 받아들였으며, 그리고 그런 아버지의 호의에 대한 대가로 모르간 르 파이, 플로티우스, 아벨라르, 펠라지우스 등에 관한 얘기를 들려주었다. 그녀의 정신이 전보다 훨씬 맑아 보였다. 그녀는 아주 예민하고 면도날처럼 날카롭고 재치가 있는 여자였다. 불쌍한 나의 아버지만이 나처럼 스스로 애를 태우셨다. 그리하여 처음에는 친절과 즐거움으로 시작된 일이 이제는 실제적인 문제가 제기되면서 미묘한 마음의 갈등과 검열과 혼자만의 답변으로 바뀌고 말았다.

나는 아버지에게 그녀도 자신의 상태를 잘 알고 있는 듯하다고 말했다. 왜냐하면 그녀가 자기 옷의 팔 아래쪽 허리 부분을 뜯어 크게 늘리고는 아주 꼼꼼한 바느질로 말끔하게 차려입고 다녔기 때문이었다. 아버지는 그럴 리가 없다며 고드가 고쳐 주었는지도 모르겠다고 하셨다. 아무튼 크리스타벨에게 직접 물어볼 수가 없었던 아버지와 나는 고드에게 물어보기로 했다. 그러나 고드는 옷을 고쳐 준 일이 없다고 했다. 고드의 말에 의하면, 자신이 무엇이든 도와주겠다고 나서기만 하면 크리스타벨이 금방 화제를 딴 데로 돌려 버린다는 것이었다. 「내가 끓여 주는 티잔 차는 잘 마셔요. 하지만 내 기분을 맞춰 주려고 그럴 뿐이에요.」고드의 말이었다. 고드는 자신이 그런 부류의 여자들을 많이 알고 있는데, 처음에는 자신의 상태가 어떤지 명확하게 알려고 하지도 않다가 막판에는 아주 얌전히, 그리고 수월하게 해산하는 경우가 많으니 크게 걱정은 말라고 했다. 차라리 우울한 기분에 전부 자포자기하는 여성들이 자기 자신이나 아이를 둘 다 죽이는 경우가 많다며 모든 것을 그냥 그녀에게 맡겨 두는 편이 낫다는 견해였다. ― 그녀가 어떤 징조를 느끼고 해산이 임박했음을 알게 되면, 그때 약을 먹여 진정시키고 출산을 도와주면 된다고 했다. 나는 고드에게 사람들이 동물적이고 본능적인 속성을 내보일 때 그들을 판단하고 다루는 솜씨가 있다고 생각했다. 그러나 내 사촌 크리스타벨의 경우는 그녀로서도 어쩔 수 없는 듯했다.

나는 그녀가 말보다는 글을 읽는 편이 더 마음 편하지 않을까 하는 이유에서, 그녀에게 우리의 두려움과 우리가 알고 있는 상황을 소상히 적어 편지 형식으로 보여 주면 어떨까 생각해 보았다. 그러면 조심스럽게 쓴 그 글을 읽고 그녀도 생각하는 바가 있지 않을까. 그러나 나는 그 편지를 어떻게 보여 줄지 또 그녀가 어떤 반응을 보일지 몰라 그만두었다.

화요일

요즈음은 그녀가 나에게 참 잘해 주고 있다. 이런저런 문제를 같이 논의하기도 하고, 내가 하는 일이 어떤지 물어보기도 하고, 또 나 몰래 푸른색과 녹색의 실크로 그 위에 공작새 수를 놓은 예쁜 가위집을 만들어 주기도 했다. 하지만 나는 전처럼 그녀를 사랑할 수가 없었다. 왜냐하면 여전히 그녀가 자신의 마음을 털어놓지 않고 문제를 자기 혼자만 꼭꼭 간직하고 있었기 때문이며, 자기 자존심을 잃지 않으려는 고집과 제정신이 아닌 상태에서 나로 하여금 거짓된 삶을 살도록 만들었기 때문이었다.

오늘 우리는 과수원으로 가벼운 산책을 나갔다. 벚꽃이 만발한 가운데 우리는 시를 화제로 얘기를 나누었다. 그녀는 치마 위로 떨어지는 꽃잎을 무심히 털어 내며 『멜루지나』에 관해, 서사시의 본질에 관해 이야기했다. 그녀는 역사적 진실에 바탕을 둔 것이 아니라 시적, 상상적 본질에 바탕을 둔 요정에 관한 서사시를 쓰고 싶다고 하였다. ― 마치 스펜서의 『페어리 퀸』이나 아리오스토[8]의 작품처럼 역사와 현실의 모든 억압에서 벗어난 자유로운 영혼을 그리고 싶다는 것이었다. 그녀는 로망스가 여성에게는 가장 적절한 문학 양식으로 여겨진다고 했다. 여성이 자신의 진정한 본성을 가장 자유롭게 표현할 수 있는 영역이 로망스라는 얘기였다. 비록 이 세상의 영역은 아니지만, 말하자

8 Ariosto(1474~1533). 이탈리아의 시인.

면 생 섬이나 시드처럼 말이다.

그녀는 계속해서, 여성이 지닌 두 가지 본성이 조화롭게 화해될 수 있는 형식이 로망스라고 말했다. 나는 그 두 가지 본성이 무엇이냐고 물었고, 그녀는 남성들이 여성을 이중적 존재로 본다고 하면서 그것은 마녀나 악녀로서의 본성과 순진무구한 소녀로서의 본성이라고 하였다.

「모든 여성이 다 이중적인 요소를 지니고 있어요?」 내가 물었다.

「꼭 그렇다는 얘기는 아니야.」 그녀가 말을 이었다. 「모든 남성들이 여성들을 그런 시각으로 바라본다는 뜻이지. 멜루지나가 자신을 향한 시선이 없었을 때는 얼마나 자유로운 존재였는지 누가 알겠어?」

그녀는 물고기 꼬리를 얘기하면서 나에게 한스 안데르센의 작은 인어 공주 이야기를 아는지 물어보았다. 그 작은 인어는 어느 왕자를 위해 그녀의 꼬리를 버렸는데, 그것 때문에 말을 하지 못하게 되고, 끝내 왕자로부터도 버림받았다는 이야기였다. 「그 꼬리가 그녀의 자유였어.」 그녀가 말했다. 「다리로 걸으려 하다니 칼 위를 걷는 느낌이었지.」

나는 나 자신도 그 이야기를 읽고는 칼 위를 걷는 끔찍한 꿈을 꾸었다고 말했다. 내 말을 듣고 그녀는 기쁜 모양이었다.

그녀는 계속 이야기했다. 멜루지나의 고통에 관해, 그리고 인어의 고통에 관해 ― 그리고 더 나아가 앞으로 자신에게 닥칠 고통에 관해…….

나는 이제 그녀가 말하는 어지간한 비유적 표현은 알아들을 수 있다. 따라서 나는 그녀가 말하는 수수께끼 같은 얘기가 바로 여성 전체의 고통에 관한 이야기라는 정도는 쉽게 간파하였다. 물론 그녀가 그런 말을 하던 바로 그 당시에는 잘 이해하지 못했었지만……. 그리고 그녀의 목소리에는 어떤 확신 같은 것이 숨어 있었다. 예쁜 무늬를 수놓을 때의 그 꼼꼼한 바느질처럼 야무진 구석이 있었다. 그러나 동시에 나는 그녀 옷 안의 그 〈움직임〉, 그녀의 것이 아닌, 그리고 그녀의 그 밝은 모습 속에 애써 감추어져 있는 움직임을 보았다.

4월 30일

잠이 오지 않는다. 그녀가 나에게 준 선물을 받고 난 뒤 쓰는 글이다. 그녀가 무슨 일을 벌였는지 써보겠다.

우리는 이틀 동안 그녀를 찾아 돌아다녔다. 그녀는 어제 아침에 성당에 간다고 나갔다. 지난 몇 주 동안 자주 성당에 갔었기 때문에 별로 대수롭지 않게 생각했었다. 마을 사람들은 그녀가 한참 동안 서 있더니 성모 마리아 상에 기대어 거친 숨을 몰아쉬며, 성모 마리아의 삶과 죽음의 역사를 추적이라도 하는 듯이 손가락으로 조각상의 작은 부분 하나하나를 매만졌다고 하였다. 어떤 이는 그 모습이 마치 〈여자 소경의 모습〉이었다고도 했고, 또 어떤 이는 조각가가 작품을 만지는 듯한 모습이었다고도 했다. 그리고 그녀는 또한 성당에서 기도하며 여러 시간을 보냈다는 것이었다. 우리가 하듯이 머리에는 검은 숄을 쓰고, 꼭 맞잡은 두 손을 무릎 위에 올려놓고는 조용히 자리에 앉아 있었다고 하였다. 사람들은 어제, 평상시와 다름없이 그녀가 성당으로 들어가는 모습을 보았다고 했다. 그러나 그녀가 나오는 것을 아무도 보지 못했으니 틀림없이 아직 성당 안에 있으리라는 추측이 가능했다.

우리가 그녀를 찾기 시작한 때는 어제 저녁 무렵부터였다. 고드가 아버지 방에 가서 이런 말을 했다. 「제가 말과 소지품들을 챙겨 가봐야겠어요. 아직 아가씨가 돌아오지 않아서…… 이제 출산일도 다 되었는데 말이에요.」

우리의 머릿속에는 내 사촌이 어디 시궁창이나 들녘, 아니면 어느 마구간 같은 곳에서 고통 속에 쓰러져 있는 끔찍한 모습이 그려졌다. 그래서 우리는 말과 장구를 챙겨 돌담 사이로 난 길을 지나 이따금씩 큰 소리로 크리스타벨의 이름을 부르면서 골짜기처럼 움푹 파인 곳이나 외딴 오두막을 뒤지기 시작했다. 그녀를 잃었다는 생각에, 그런 몸 상태에서 그녀가 어딘가를 헤매고 있으리라는 생각에, 우린 말할 수 없는 자책감과 고통 속에 휩싸였다. 그녀를 찾아 돌아다니는 그 시간이 우리 모두에게는 두려움과 공포의 순간이었다. 특히 나에게는 더욱더 그러했다. 모든 것이 고통으로 다가왔다. ─ 인간의 모든 감정 가운데서 〈불안〉이 가장 고통스럽다는 생각이 들었다. 실망과 절망 속에 빠진 우리는 거의 숨이 막혀 가슴이 터질 것 같았다. 옅은 어둠 속에 크고 시커먼 물체가 보일 때마다 ─ 가령 누더기 조각처럼 놓여 있는 가시금작화나 벌레들이 득실거리는 버려진 그릇을 발견할 때마다 ─ 희망과 두려움이 동시에 찾아들기도 했다. 우리는 성모 성당으로 올라가 안을 들여다보았다. 안에는 아무도 없었다. 날이 어두워질 때까지 우리는 그렇게 그녀를 찾아 헤맸다. 마침내 아버지가 말씀하셨다. 「어디 절벽 같은 곳에서 떨어지지는 않았을 게다.」

「어쩌면 마을 사람 가운데 누구랑 같이 있을지도 모르잖아요.」 내가 말했다.

「그러면 나에게 알렸을 텐데.」 아버지가 말씀하셨다. 「사람을 보내 알려 주었을 것 아니냐?」

해변 주위를 찾아보기로 했다. ─ 우리는 배가 난파되

어 밀려왔을 때 혹시 생존자가 있으면 구하기 위해 혹은 다 부서진 배 조각이나마 건지기 위해 커다란 횃불을 만들어 해변을 뒤지듯, 그렇게 횃불을 만들어 해변으로 내려갔다. 야니크는 작은 모닥불을 피웠고, 아버지와 나는 좁은 만 구석구석을 돌아다니며 그녀의 이름을 부르며 횃불을 흔들었다. 한번은 울음소리를 듣고 허겁지겁 달려가 봤지만 그것은 갈매기 둥지였다. 우리는 그런 식으로, 밥 먹는 것도 잊은 채, 쉬지 않고, 달빛을 받으며 그녀를 찾아 돌아다녔다. 자정이 지나자 아버지는 집으로 돌아가자고 하셨다. 우리가 없는 동안 무슨 소식이 있었을지도 모르니 어서 가보자는 말씀이셨다. 나는 그렇지는 않을 거라고 했다. 만일 무슨 소식이 있었으면 사람들이 우릴 찾으러 왔으리라는 생각에서였다. 그러자 아버지는 혹 그녀가 돌아왔다면 몸이 성치도 않은 그녀를 돌보느라고 사람 손이 모자랄 텐데 누굴 보내고 할 정신이 있겠느냐고 하셨다. 그래서 우리는 혹시나 하는 일말의 희망을 안고 집으로 돌아왔다. 그러나 집에는 불을 피우고 있는 고드뿐, 아무도 없었다. 고드는 내일 아침에는 무슨 소식이 있지 않겠느냐면서 기다리자고 했다.

오늘 우리는 이웃들을 모두 깨웠다. 아버지는 자존심 따위는 아랑곳없이 아주 공손하고 정중한 태도로 집집마다 문을 두드리며 혹 무슨 소식을 듣지는 않았는지 묻고 다니셨다. ― 사람들은 모두 어제 아침에 성당에 있는 그녀를 보았지만 그 후로는 전혀 보지 못했다고 했다. 농부들이 나서서 다시 들녘이나 숲 속의 작은 길 등을 뒤지기 시작했다. 아버지는 주임 사제를 만나러 가셨다. 그분은 그다지 학식이 많은 사람이 아니었다. 그리고 자신의 생각에 가장 비종교적으로 보일 수밖에 없는 아버지의 종교적 견해에 사제로서 논박을 가하고 싶었지만 선뜻 나서지도 못하는 사람이었다. 아무리 그런 일이 영생과 영혼에 관계되는 일이라 하더라도 괜히 아버지 일에 개입함으로써 주변 이웃 사람들에게서 신망을 잃을까 두려워서였다.

주임 사제가 말씀하셨다.「틀림없이 하나님이 그녀를 보호해 주실 겁니다.」

아버지가 말씀하셨다.「신부님, 그 아이를 보셨습니까?」

다시 주임 사제가 말씀하셨다.「어제 아침에 성당에서 봤습니다.」

아버지는 주임 사제가 분명 그녀의 행방을 알고 있으리라 생각하셨다. 그분은 크리스타벨을 찾는 일에 적극적으로 가담하지 않았는데, 다른 때 같으면 마을에 무슨 걱정거리가 생겼을 경우 적극 나서곤 했었기 때문이었다. 그러나 다시 한 번 생각해 보면 그분은 몸도 뚱뚱하고, 또한 상상력도 풍부하지 않고 머리 회전도 빠른 편이 아니었기 때문에 누구를 찾아 나서는 일은 젊은 사람들이나 행동이 빠른 사람들에게나 어울리지, 그분에게는 어울리지 않을 만도 했다. 내가 말했다.「신부님이 어떻게 아시겠어요?」 그러자 아버지가 말씀하셨다.「네 언니가 그분에게 도움을 요청했을지도 모르잖니.」

그녀가 처해 있던 상황은 그만두고라도 과연 그 누가 주임 사제에게 도움을 요청할지, 나는 도무지 상상이 안 되었다. 그분은 쏘아보는 듯한 눈과 두터운 입술을 지녔고, 게다가 자기 취향에 따라 개인적인 욕심이나 챙길 사람처럼 보였기 때문이었다. 그러나 아버지는 이런 말씀을 하셨다.「그분이 캥페르로 가는 길목에 있는 성 안나 수녀원을 방문하신다는구나. 그런데 그곳은 주교가 예전부터 버려지거나 타락한 여성들을 돌보던 곳이거든.」

「설마 언니를 그곳에 보내진 않았겠죠?」 내가 말했다. 「그곳은 사람 있을 곳이 못 돼요.」

야니크의 누이 친구인 말르라는 여자가 그곳에서 아이를 낳은 적이 있었다. 그녀의 부모가 그녀를 버리고, 또 어느 누구도 그 아이가 누구의 아이인지 모른다는 이유로 아이를 받아 주지 않겠다고 했기 때문이었다. 그런데 말르라는 여자의 말에 의하면 그곳에서 수녀들이 그녀를 괴롭히고, 게다가 정말 힘들게 애를 낳자마자 오물 청소 등 온갖 더러운 일은 다 시켰다는 것이었다. 얼마 있지 않아 아이는 죽고 말았으며, 그녀는 캥페르의 한 장사꾼 집에 가정부로 들어갔다가 주인 여자가 너무 무자비하게 구박하고 때리는 바람에 오래 살지 못하고 세상을 떴다고 했다.

「어쩌면 크리스타벨이 그곳에 가겠다고 했을지도 모르지.」 아버지가 말씀하셨다.

「왜 언니가 그래야 하죠?」

「글쎄, 그러면 왜 지금까지 못 찾았겠니? 네 언니가 있을 만한 곳은 우리가 다 뒤졌다. 바다에 떠오른 사람도 없었지 않니?」

나는 우리가 직접 수녀들에게 물어볼 수도 있지 않느냐고 말했다. 그러자 아버지는 내일 직접 마차를 몰고 수녀원에 가보겠다고 하셨다.

나는 가슴이 아팠다. 그녀에 대한 걱정 ── 하지만 화도 났다. 아버지가 불쌍할 뿐이었다. 그렇게 선량하고 착하신 분이 고통과 고뇌와 수치심의 짐을 져야 하다니. 우리는 그녀가 사고를 당하지 않았으면 아마 안식처를 제공하겠다는 우리의 제의를 뿌리치고 다른 곳으로 떠났음에 틀림없다고 생각했다. 하지만 사람들이 혹 우리가 그녀를 버렸다고 추측한다면 어쨌든 그 또한 우리 집의 불명예가 아니겠는가.

그러나, 그녀는 어쩌면 어느 동굴에, 혹은 우리가 찾을 수 없는 어느 작은 만의 해안에서 죽어 가고 있는지도 모르는 일이었다. 내일 다시 나가 봐야겠다. 잠이 오지 않는다.

5월 1일

오늘 아버지가 수녀원에 갔다가 돌아오셨다. 여자 수녀원장이 아버지에게 포도주를 주며 이번 주에 수녀원에 들어온 사람 중에 크리스타벨이란 이름의 여자도, 그녀와 닮은 여자도 없었다고 했단다. 수녀원장은 불쌍한 그녀를 위해 기도해 주겠다고 했고, 아버지는 만일 그녀가 수녀원을 찾아오면 좀 알려 주었으면 좋겠다고 말씀하신 모양이었다. 그러자 수녀가 이렇게 말했다고 한다. 「그 문제는 이곳을 피난처로 생각하고 찾아온 이상 본인의 의사에 따라야지요.」

「그녀를 위해, 아니 그녀와 그녀의 아이를 위해 우리와 함께 살 수 있도록 모두 준비해 놓았다는 사실을 그녀에게 알려 주고 싶습니다. 그녀가 원한다면 언제까지든 말입니다.」

아버지의 말에 수녀는 이렇게 대답했단다. 「확신하건대 그녀도 어디에 있든 아마 그 사실을 충분히 다 알고 있을 겁니다. 다만 그런 고통 속에서 선생님께 갈 수 없다는 생각이겠지요. 수치심이든, 아니면 여러 가지 다른 이유에서건 아마 당분간은 돌아가지 않을 겁니다.」

아버지는 그 수녀에게 그동안 그녀가 보여 주었던 말 없던 고집과 거의 미친 짓에 가까운 행동을 애써 일러 주었건만 수녀는 아주 매정하게 모르겠다고 한 모양이었다. 아버지는 그 수녀가 마음에 안 든다고 하시면서 당신에게 위

세를 부리는 것 같다고 말씀하셨다. 아버지는 상당히 의기
소침한 표정이셨다.

5월 8일

그녀가 돌아왔다. 아버지와 나는 슬픈 표정으로 테이블
에 둘러앉아 그녀를 어디서 찾을지, 혹 그녀가 없어진 바
로 그날 우리 마을을 지나갔다는 두 대의 마차를 얻어 타
고, 아니면 여관 주인의 꼬임에 빠져 어디론가 가버리진
않았는지 걱정하고 있었다. 바로 그때 마당으로 들어서는
마차 바퀴 소리가 들렸다. 그리고 우리가 일어서기도 전에
그녀가 문 옆에 모습을 드러냈다. 또 한 번의 갑작스런 그
녀의 출현 — 밝은 대낮에 살아서 돌아온 유령과도 같은
사람 — 은 폭풍이 몰아치던 밤에 처음 우리 집을 찾아왔
을 때보다도 더 기묘하고 낯설었다. 옷 위에 무거워 보이
는 커다란 가죽 벨트를 바싹 조여 맨 그녀는 비쩍 말라 더
욱 애처로운 모습이었다. 창백한 얼굴에 뼈가 앙상하게 드
러날 정도로 여윈 그녀의 모습은 마치 몸속의 뼈 마디마디
가 금방이라도 튀어나올 듯한 처참한 몰골이었다. 게다가
머리칼까지 바싹 치켜 자른 모습이었다. 귀 밑으로 둥글게
말리고, 곱슬거리며 깜찍한 모습을 연출했던 예전의 머리
칼은 완전히 사라지고 없었다. — 그 머리 위에 뽀족한 모
자를 쓴 모습이 꼭 앙상한 밀짚 인형 같았다. 얼굴 깊숙이
쑥 들어간 두 눈에도 전혀 힘이 없어 보였다.

아버지가 그녀에게 달려가 따뜻하게 팔로 감싸려 했으
나 그녀는 뼈마디가 다 드러난 앙상한 손을 내저으며 입을
열었다.

「전, 괜찮아요. 감사합니다. 저 혼자서도 설 수 있어요.」

그러고는 아주 조심스럽게, 정말 내가 억지 자존심이라

고나 말할 수 있는 고집으로 그녀는, 정말 아주 천천히, 그러나 꼿꼿하게 서서, 발걸음을 난롯가로 옮기더니 그곳의 의자에 앉았다. 아버지가 2층으로 데려다 주겠다고 하자 그녀는 다시 똑같은 말을 반복할 뿐이었다.「전 괜찮아요.」 그러나 그녀는 포도주와 빵과 우유를 받자 굶주린 듯이, 순식간에 다 마시고 먹어 치우는 것이 아닌가. 우리는 그녀 옆에 둥글게 둘러앉아 이것저것 꼬치꼬치 캐물을 작정이었다. 그러자 그녀가 입을 열었다.

「제발, 아무것도 묻지 마세요. 저는 호의를 받을 자격도 없는 여자예요. 저는 이런 따뜻한 친절을 모욕하는 못된 행동을 많이 저질렀어요. 하지만 전 달리 선택할 방법이 없었어요. 이제 더 이상 친절을 욕되게 하는 행동은 하지 않겠어요. 그러니 아무것도 묻지 말아 주세요.」

그때 우리의 심정을 어떻게 글로 옮길 수 있을까? 그녀는 정상적인 인간의 모든 감정을 거부하고, 또 인간적인 평범한 따뜻함이나 대화마저도 부정했다. 우리의 친절을 더 이상 욕되게 하지 않겠다는 말은 대체 무슨 뜻일까? 이곳을 떠나겠다는 뜻인가, 아니면 이제 이곳에서 죽겠다는 뜻인가? 미친 것일까, 아니면 아주 똑똑하고 음흉한 것일까? 이곳에 온 이후로 마음에 품고 있던 계획을 이제 실행에 옮기겠다는 뜻일까? 우리 집에 머무를 것인가, 아니면 곧 떠나겠다는 뜻인가?

〈아기는 어디에 있을까?〉 우리는 모두 궁금해서 미칠 지경이었다. 그러나 그녀는 아주 현명하게, 아니 거의 필사적으로, 마치 무슨 죄인이라도 된 양 우리의 시선을 피하면서 우리의 걱정과 의문을 외면했다. 아기가 살았을까, 아니면 죽었을까? 사내애일까, 계집애일까? 도대체 그녀에게 무슨 꿍꿍이가 있는 것일까?

상대방이 터놓고 얘기하지 않는데 어떻게 그를 사랑할 수 있을까? 물론 이런 글을 쓰고 있는 나 자신이 좀 부끄럽긴 하지만 그것이 재미있는 인간 본성의 한 부분 아닌가. 그런 시각으로 그녀를 바라볼 때마다 나는 어쩔 수 없는 연민의 정을 느낀다. 형편없이 여윈 얼굴, 짧게 자른 머리 — 그녀의 고통이 어떠할지 상상이 간다. 그러나 그녀가 그런 나의 시선을 애써 외면하고 부인하기에 나는 그녀의 고통을 제대로 그려 볼 수도 없으며, 오히려 걱정보다는 화가 더 났다.

5월 9일

고드가 이런 말을 했다. 갓난아기의 셔츠를 벗겨 그 옷을 요정의 샘물 위에 띄우면 아이가 튼튼하게 잘 자랄지, 아니면 허약하게 자라거나 병들어 죽을지 알 수 있다는 것이었다. 그녀의 말에 의하면, 셔츠의 팔 부분에 바람이 들어가 옷이 부풋하게 불어나 수면 위를 떠다니게 되면 아이가 잘 자랄 터이고, 그렇지 않고 셔츠가 물에 젖어 물속으로 가라앉으면 아이가 죽는다고 했다.

아버지가 말씀하셨다. 「지금은 아이도 없고 더구나 아이의 셔츠를 구할 방법도 없으니 그런 점괘는 아무 쓸모가 없어.」

사실 크리스타벨은 아기를 낳기 전에 아기의 옷을 만든 적도 없었다. 우리 집에 와 있던 그 몇 달 동안 그저 펜이나 가위집을 만들고 담요나 옷감 중에 찢어진 데가 있으면 그것을 수선했을 뿐이었다.

그녀는 내내 자기 방에만 있었다. 고드가 전하는 말에 의하면 그녀는 열도 없고 기력이 아주 쇠한 정도도 아니었지만 몹시 허약했음에는 틀림없다는 것이었다.

　지난밤에 나는 악몽을 꾸었다. 우리는 커다란 웅덩이에 있었다. 시커먼 물이었다. 수면에 흑옥처럼 시커먼 물결이 반짝이며 일렁거리고 있었다. 우리 주변에는 마치 울타리처럼 온통 호랑가시나무가 둘러싸고 있었다. — 어렸을 적에 우리는 그 나뭇잎을 따서는 이리저리 돌리며 손가락으로 가시들을 떼어 내서 〈이건 내가 좋아하는 거, 이건 내가 싫어하는 거〉 하며 놀았었다. 내가 크리스타벨에게 그런 얘기를 하자 그녀는 호랑가시나무가 그런 놀이를 하는 데는 더 좋겠다고 하면서, 영국에서는 데이지 꽃잎을 따서 하나씩 하나씩 뜯어낸다고 말했다. 꿈속에서 나는 호랑가시나무를 무서워했다. 발 아래 무엇이 꿈틀거리기만 하면 혹시 뱀에게 물리는 것이 아닌가 기겁을 하듯 나는 그 가시나무가 무서웠다.

　물가에는 여러 명의 여자들이 있었다. — 꿈을 꿀 때는 늘 그렇듯이 꿈속에 등장했던 사람이 몇 명인지는 확실히 알 수가 없었다. — 여하간 내 어깨 뒤에 여러 사람들이 꼭 나를 밀치듯이 몰려 있는 느낌이다. 고드가 작은 꾸러미를 물에 띄웠다. — 처음에는 그것이 마치 갈대밭에 모세를 숨기는 그림에 나오듯 배내옷으로 감싸 둘둘 말은 아기처럼 보였다. 그러나 다시 보니 온통 주름투성이의 조그만 아기 셔츠였다. 그 셔츠가 웅덩이 중앙으로 흘러가고 있었다. — 사실은 물결도 일지 않았다. — 그러더니 셔츠의 텅 빈 팔이 물속에서 허우적거렸다. 그 시커먼 물에서 빠져나오려고 기를 쓰고 있었다. 그러나 그 시커먼 물은 서서히 셔츠를 삼키기 시작했다. 아니 시커먼 물이 아니라 끈끈한 진흙이나 젤리처럼 보이는 무언가가 그 속에서 빠져나오려고 발버둥치는 셔츠를 조금씩 빨아들였던 것이다.

비록 꿈이긴 하지만 이것이 무슨 의미인지는 분명했다. 그 꿈의 잔영 때문에 나는 아기가 어떻게 되었을까 생각할 때마다 그 검은 흑요석빛의 웅덩이와 그 속에 가라앉던 하얀 셔츠의 모습을 떠올리게 되었다.

5월 10일

오늘 아버지 앞으로 편지가 한 통 왔다. 미슐레라는 사람이 보낸 편지였다. 그리고 그 속에는 크리스타벨에게 보내는 편지도 한 장 들어 있었다. 그녀는 편지가 오리라 예상이라도 했다는 듯이 아주 침착하게 그 편지를 받아 들었다. 그러나 그녀는 숨을 한 번 크게 내쉬고는 편지를 뜯지도 않은 채 그냥 놔두었다. 아버지는 편지를 읽으시더니 미슐레 씨가 아는 친구 대신 보내는 편지라고 하면서, 확실히는 모르겠지만 그래도 라모트가 우리와 함께 있으리라는 희망 때문에 보내는 것이라고 적혀 있다고 말씀하셨다. 그러고는 혹 라모트가 우리 집에 없거나 그녀에게 전달해 줄 수 없는 경우 편지를 되돌려보내 달라는 말이 적혀 있다고 하셨다. 하루 종일 그녀는 편지를 뜯어보지 않았다. 언제 그녀가 편지를 열어 볼지, 아니 과연 열어 보기라도 할지, 나는 모르겠다.

아리안느 르 미니에가 모드 베일리에게 쓴 편지

베일리 교수님,

여기서 일기가 끝납니다. 그리고 일기장도 거의 끝나 가고 있고요. 어쩌면 사빈느가 다른 공책에다 계속 썼는지도 모르겠어요. 하지만 다른 일기장이 있는지는 아직 발견되지 않았으니…….

이 일기가 담고 있는 내용이 어떤 것인지는 교수님에게 말씀 드리지 않겠어요. 제가 처음 이 일기를 발견했을 때의 충격과 기쁨을 교수님도 누리시길 바랍니다. 나중에 제가 세벤느 산맥에서 돌아올 때 저와 교수님, 그리고 스턴 교수님과 함께 서로 노트들을 비교해 보기로 하죠.

제 느낌으로는 라모트를 연구하는 학생들은 그녀가 은둔 생활을 했고, 또 블랑슈 글로버라는 여자와 동성애적인 관계를 맺으며 행복한 삶을 살았으리라 믿고 있을 것 같아요. 혹시 교수님은 이 일기에서 드러난 아기의 아버지라고 추정되는 그녀의 애인이 누구인지 아시는지요? 자연히 이런 의문이 떠오르거든요. ── 블랑슈의 자살이 이 일기의 내용과 어떤 연관 관계가 있는 것은 아닐까 하는 의문 말예요. 저의 의문을 풀어 주시겠어요?

또 한 가지 말씀 드릴 것은, 저는 나름대로 그 아기가 과연 살아 있었는지 알아보려고 애를 썼다는 사실이에요. 우선은 성 안나 수녀원을 찾아봐야 했기에 그곳에도 가봤어요. 하지만 몇 안 되는 기록물에, 그나마 라모트의 흔적은 찾을 길이 없더군요. (1920년대 여자 수녀원장이 많은 기록들을 다 없애 버렸다나 봐요. 그 사람이 낡은 문서나 기록물들이 불필요한 공간을 차지하고 있는 것을 못마땅하게 생각하고, 또 그것들이 수녀들의 임무와도 전혀 상관없다고 여겨 다 없애 버렸대요.)

저는 아직도 그 주임 사제에게 의심을 두고 있어요. 다른 사람이 없잖아요. 저는 아기가 곳간에서 태어나 살해되었다고는 믿지 않아요. 하지만 그다지 오래 살아남지는 못했을 거예요.

영시 몇 편을 동봉합니다. 제가 사빈느의 물건 가운데서 발견한 것입니다. 라모트의 필체를 직접 본 적은 없지만 제 생각에는 그녀가 쓴 시 같아요. 확인해 줄 수 있으시죠?

그 사건 이후 사빈느는 한편으로는 행복하게, 또 한편으로는 불행하게 살았다나 봐요. 그녀는, 제가 언급한 적이 있지만, 세 편의 소설을 썼어요. 그중에서 「제2의 다후드」가 가장 재미있는데, 오만한 모습에 평범한 여자들의 미덕을 경멸하는, 대단한 정열과 의지를 지닌 여주인공을 그리고 있는 소설이랍니다. 그 여주인공은 두 가정의 평화를 깨뜨린 뒤 배를 타고 가다 물에 빠져 죽어요. 그때 그녀는 임신 중이었는데 그 아이의 아버지가 그녀의 허약한 남편인지 아니면 그녀와 함께 빠져 죽은 그녀의 낭만적인 애인인지는 밝혀지지 않아요. 그 소설의 강점은 브르타뉴 전설을 이용하여 주제를 심화시키고 또 상상적 질서를 문학적으로 재구성한 점이지요.

사빈느는 그녀 아버지와 오랫동안 옥신각신한 끝에 결혼 상대를 만나 1863년에 결혼을 했어요. 그런데 그녀와 결혼한 드 케르가르웨는 아주 재미없고 우울한 사람이었대요. 그녀보다 나이가 훨씬 많았는데, 정말 헌신적으로 그녀를 사랑하다 그녀가 셋째 아이를 낳다가 죽자 고통과 슬픔 속에 나날을 지내더니 1년 후에 그녀 뒤를 따라갔다고 하는군요. 그리고 그녀에게는 딸이 둘 있었는데, 둘 다 어렸을 적에 죽었답니다.

이 모든 사실에 교수님이 흥미를 느끼셨으면 좋겠어요. 나중에 언제 한가한 시간을 잡아 서로가 발견한 내용들을 비교해 봤으면 하고요.

그리고 마지막으로 드릴 말씀은, 사실 교수님과 잠시 만났을 때 제가 의식의 영역에 관한 교수님의 글을 얼마나 좋아하는지 전하고 싶었어요. 저도 그런 시각에서 생각하기를 좋아하지요. 그러니까 더더욱 사빈느의 일기에 교수님께서 관심을 가지실 것 같기도 했고요. 그녀가 말했듯이 브르타뉴에는 의식의 경계를 넘나드는 줄거리의 신화가 무척 많거든요.

아리안느 르 미니에

아리안느 르 미니에가 모드 베일리에게
동봉하여 보낸 시

우리의 성모 마리아 — 고통을 — 참으시며
십자가의 고통을 지셨다
영원히 그 고통을 지고 계신다 —
마치 그 얼굴의 상처를 — 그대로 안고 있는 — 바위
처럼

거친 고대의 바위 — 잠자는 바위 위에
망치가 그녀의 모습을 만들고
끌이 더욱 세련되게 그녀를 새긴다
눈물 흘리는 별들 주위에 —

바위에 새겨진 고통 —
그가 끌어안아야 할 고통 — 그녀가 참아 냈던 고통
그녀는 허약한 구조물이 깨지는 소리를 듣고 —
그가 — 더 이상 — 오지 않으리라는 것을 안다 —

모든 것이 잠잠하다.
작은 존재 —
더 이상 머무르지 않으리 —
우리의 의문 —

거친 숨소리
하나, 둘, 셋 —
그리고 그다음에 이어지는
영원 —

유리색의 살갗
자주색 — 사라져 버렸다 —
바위처럼
말없이 서 있을 뿐 —

나의 주제는 엎질러진 우유
형태가 손상된 하얀 물질
말없이 흐르는 매끄러운 물질
뿌려진 영양분

묵직한 단지 속의 다른 우유들은
시큼하고 은근한 포도주의 냄새를 풍기고 —
따뜻하게 분출된 이 하얀 것이
이 단단한 병 속의 것이 — 나의 것이었으니 —

그리고 이젠 하나의 역설
하얗게 바랜 얼룩,
깨끗하고 순결한 하얀 얼룩이
다시 흙 속으로 들어가니 —

암소가 질겅질겅 씹던
여름날 건초의 냄새 — 신성함의 내음 —
포근한 날개와 사랑의 내음

나의 사랑보다 — 더 차분하고, 더 조용하던 사랑 —

그것이 테이블 위에 흘러
바닥에 떨어지고
우리는 흐르는 그 액체의 소리를 듣는다
부드러운 먼지를 적시던 소리.

우리는 젖과 피를 흘린다
우리가 기꺼이 흘려 주는 젖과 피
굶주린 입들이 일어서지만
모두를 적셔 주지 못하고 흘리고 마니

다시 주워 담을 수 없는 것.
그 흐름을 다시 돌이킬 수는 없으니
완전히 씻겨 없어지지는 않은 이 하얀 물질
그러나 하얗게 엷어지고 있으니

아무리 내가 닦는다 해도
아무리 내가 미친 듯이 — 닦아 낸다 해도
엎질러진 내 우유의 유령이
내 주변의 공기를 시큼하게 만든다.

20

하얀 유리창에
손바닥을 대어 봅니다
유리창 너머 어둠 속에 있는 것이
당신의 모습입니까?

어떻게 그들은 우리에게 다가와 함께하나요?
가운을 입고 혹은 깃털 달린 모자를 쓰고
혹은 대리석처럼 하얀 알몸으로 찾아온 그들,
몸이 얼지나 않았을까요?

그들의 기억이 우리 곁을 떠나지 않습니다
손끝의 재주
우리가 꼭 잡아서 키스를 하였던
사랑의 손이

이젠 살과 뼈가
한데 녹아

무한한 은총으로
하나가 됩니다

추위가 몰아치는 밖에서
홀로 걷지 마세요
나 그대에게 가리니
알몸의 용기있는 그대여

당신의 예민한 손가락들이
내 물기 어린 뼈로부터
재빠르게 살점을 집어내어
나의 살과 접촉합니다 —

나의 따뜻함이 당신 추위의 식량이 되고 —
싸늘한 당신의 입김이 나의 공기가 됩니다
우리의 하얀 입들이 서로 만나
하나가 될 때 — 그곳에서 —

— C. 라모트

보통 때 같았으면 모티머 크로퍼는 조지 경을 지치게 하는데 얼마나 시일이 걸릴지 신경 쓰지 않았을 터이다. 결국 그는 병든 아내의 여린 신음 소리를 들으며 그 성 같은 집에 앉아 있을 것이 뻔했다. (그의 아내를 만나 본 적은 없으나 머릿속에서 생생하게 그릴 수는 있었다. 그는 정말 뛰어난 상상력의 소유자였다. 그리고 그것이 그의 커다란 재산이기도 했다.) 밤에는 자신이 입수한 편지들을 하나씩 넘기면서 그 내용의 암시와 비밀을 찾아내고, 또 그 편지들을 자신이 고안한 검은 상자의 밝은 눈에 대고 그대로 찍어 내리라.

그러나 지금은 사정이 달랐다. 제임스 블랙커더 때문에 기다리고 있을 시간도, 또 교묘한 술책을 부릴 여유도 없었다. 어쨌건 그 편지들을 자신의 손아귀에 넣어야 했다. 그는 시장기 같은 통증을 느꼈다.

그는 아름다운 시티[1]의 교회에서 〈어느 전기 작가의 예술〉이란 제목으로 강연을 하였다. 그 교회의 교구 목사는 사람들이 찾아오는 것을 좋아했으며, 또한 사람들이 기타를 들고, 성령의 치유를 받기 위해, 반인종차별주의를 외치며 농성을 하기 위해, 낙타의 바늘귀 같은 성적 차별에 관해 열정적인 논쟁을 벌이기 위해 기꺼이 찾아오리라 대체로 확신하고 있었다. 장로들이 주최한 티파티에 참석하여 처음 교구 목사를 만났을 때 크로퍼는 전기란 영혼이 굶주린 현대인들에게 있어서 성적 혹은 정치적 활동만큼이나 중요하다고 설득했었다. 그는 주장하기를, 세일 판매시의 상점을 구경하거나 일요판 신문의 기사들을 보면 사람들이 다른 이들의 삶의 방식에 관해 얼마나 알고 싶어하는지 알 수 있다고 했다. 그런 것들이 삶을 영위하는 데 도움을 주기 때문이며, 또 그래서 인간적인 면모가 드러난다고 주장했다. 교구 목사는 그런 것이 일종의 종교적 한 형태라고 대답했다. 크로퍼는 조상 숭배의 한 형태라고 응수하면서, 더 나아가 복음서도 전기의 예술을 여러 각도로 시도해 본 것 아니냐고 말했다.

그는 이미 일정이 잡힌 그의 강연을 잘 이용하면 자신이 원하는 소기의 목적을 달성할 수도 있으리라 생각했다. 그래서 그는 자신의 생각에 우호적이든 우호적이지 않든 여러 학술 단체에 정성 들여 편지를 써서 보냈다. 신문사에도 전화를 걸어 그동안 베일에 싸여 있던 중요한 비밀이 강연을 통해 밝혀

---

1 영국 런던의 상업, 금융 중심지.

질 것이라고 알려 주었다. 또한 시티에 영업망을 확장하려고 새로 지점을 개설한 몇몇 미국 은행과 금융 기관의 책임자들에게도 관심과 흥미를 불어넣어 주었다. 조지 경도 초대했는데 그는 아무런 응답이 없었다. 그러나 조지 경의 사무 변호사인 토비 바잉은 재미있어 보인다며 참석하겠다고 했다. 또한 베아트리스 네스트에게도 초대장을 보내고, 특별히 그녀를 위해 앞자리 하나를 확보해 두었다. 그는 블랙커더도 초대하였다. 그가 참석하리라 생각해서가 아니라 초대장을 받았을 때 얼마나 분통을 터뜨릴지 상상만 해도 즐거웠기 때문이었다. 그는 미국 대사도 초대했다. 그리고 라디오 방송국과 텔레비전 방송국에도 초대장을 보냈다.

크로퍼는 강연을 좋아했다. 그렇지만 최면에 걸린 듯한 눈과 아름다운 목소리만으로 청중을 사로잡으려 하는 구식의 강연자는 아니었다. 그는 최첨단을 달리는 강연자였다. 흰색의 스크린과 광선과 음향 효과와 영상의 확대를 마음대로 주무르는 마술사였다. 그는 교회 곳곳에 영사기와 대사가 적혀 나오는 투명 전광판을 설치했다. 마치 미국의 레이건 전 대통령이 이 고도의 연설법을 사용하여 즉석에서 자연스럽게 연설하듯 청중들을 속였던 것과 하나도 다를 바 없었다.
어두운 교회 안에서 진행된 그 강연은 이중 스크린에 비치는 밝은 영상들의 연속이었다. 유화 물감으로 그린 거대한 초상화, 보석으로 빛나는 확대된 축소 모형, 고딕 식 대성당의 부서진 아치 기둥들을 배경으로 긴 수염의 현인들을 찍은 옛날 사진들이 로버트 데일 오언 대학의 전경, 스탄트 컬렉션을 구성하고 있는 빛나는 유리 피라미드, 랜돌프와 엘렌의 머리카락을 보존하고 있는 휘황찬란한 작은 상자들, 레몬 나무가 수놓아진 엘렌의 쿠션, 그리고 녹색 벨벳의 그 쿠션 위에 곱게 올려져 있는 요크 지방의 장미가 새겨진 흑옥의 브로치 등과 대조를 이루듯 스크린에 비쳤다. 이따금씩 어쩌다 독수리 머리 모양을 한 크로퍼의 머리가 실루엣처럼 투시되어 움직이기도 했다. 한번은 자신의 머리가 비치자 크로퍼가 웃으며 사과를 하고는 자못 진지한 말투로 스크린에 비친 머리는 바로 자신이 보여 주는 영상들의 한 부분으로서 전기 작가의 모습을 여러 사람들에게 각인시켜 주는 것이라 했다. 역사가들의 직관이 대단히 존중되고, 또 지식인들의 관심을 불러일으키는 본질의 대상이 되었던 때는 바로 애쉬가 살던 시기였다. 시인이 곧 그의 시의 본질적인 한 부분이듯, 역사가는 그가 쓰는 역사의 영구불변의 한 부분이며, 마찬가지로 스크린에 흐릿하게 비친 전기 작가는 바로 자신이 쓰는 인물의 삶과 떼어 놓을래야 떼어 놓을 수 없는 한 부분임을 보여 주려 했던가……

바로 이 부분에서 크로퍼는 자기 자신을 잠시나마 돋보이게 했다. 그는 아주 명료하고 단호하게 말했다.

「물론 우리 모두가 바라고 또 동시에 두려워하는 것은 누구든 자신의 평생 작업을 확인시켜 주거나, 반박하거나 혹은 조금이라도 그 작업에 변화를 가져다 주는 새롭게 발견된 어떤 중요한 사실일 겁니다. 가령, 잃어버렸던 세익스피어의 극작품 하나, 에스킬루스의 사라져 버린 작품들 등. 최근에 그와 같은 발견이 하나 있었습니다. 워즈워스가 그의 아내에게 보낸 편지들이 어느 한 다락방의 트렁크에서 발견되었지요. 세상의 학자들은 워즈워스의 유일한 열정은 오로지 그의 누이에게 바쳐진 것이라고 말해 왔습니다. 그러나 그들의 결혼 생활이 어떠했든, 부부간의 성적 열정을 가득 담고 있는 편지들이 발견되었습니다. 역사는 다시 씌어져야 했습니다. 학자들 역시 역사를 다시 쓰면서 교만하지 않은 즐거움을 맛보았습니다.

제가 여러분에게 알려 드릴 사항이 하나 있습니다. 바로 그와 같은 중요한 발견이 제가 전공하는 분야, 즉 랜돌프 헨리 애쉬의 연구 분야에서 최근에 이루어졌다는 사실입니다. 그 시인과 여류 시인인 크리스타벨 라모트 사이에 오갔던 편지들이 발견된 것입니다. 분명 관련 분야에 전기적 충격, 아니 지각 변동을 일으킬 만한 발견입니다. 지금 이 자리에서 저는 그 편지들을 인용할 수가 없습니다. 현재까지는 그 일부분밖에 보지 못했기 때문입니다. 다만 그 편지들을 전 세계 모든 학자들이 열람하고 이용할 수 있게 되기를 바랄 뿐입니다. 왜냐하면 그 편지들이 세상 모든 곳에서 이용 가능하도록 만드는 일이 국제 소통과 자유로운 사상의 교류와 지적 소유권의 문제와 관계가 있기 때문입니다.」

크로퍼 강연의 결론은 그의 정열을 보여 주었다. 사실 그는 자기가 획득한 물건 자체뿐만 아니라 그 물건을 밝은 광선을 통해 투명하게 보여 주기를 좋아했다. 애쉬의 코담뱃갑을 생각할 때면 자신의 손에 느껴지는 그 담뱃갑의 무게와 손바닥에서 따뜻해지는 싸늘한 금속의 느낌뿐만 아니라 스크린에 확대되어 나타나는 모습을 떠올렸다. 애쉬도 그와 같은 천국의 황금새나 활짝 영근 포도나 검붉은색의 장미를 보지 못했을 것이다. 물론 그 모든 색채들이 그의 시대에 더욱 신선한 색조를 띠었겠지만 말이다. 또한 애쉬는 크로퍼의 영사기에서 나온 광선을 통하여 진주처럼 선명한 모습으로 드러난 사물의 윤곽을 보지 못했을 것이다. 강연의 끝에 크로퍼는 신비스럽게 떠오르는 물체처럼 홀로그램으로 교회 안에서 떠다니는 그 담뱃갑을 제시하곤 했었다.

또 그는 이렇게 말하곤 했다. 「미래의 박물관을 한번 보십

시오. 러시아인들은 이제 더 이상 그들의 박물관에 조각품이
나 도자기, 혹은 석고나 섬유 유리 모조품들을 채워 넣지 않
습니다. 대신 이와 같은 광선의 구성물들을 차곡차곡 쌓아
놓고 있습니다. 그 어떠한 것들도 어느 곳이든 있을 수 있어
야만 합니다. 우리의 문화도 마찬가지로 전 세계적이어야 합
니다. 그리고 세상에 하나밖에 없는 진품들은 최적의 공기
상태에서, 사람의 숨길조차 닿지 않는 곳에 보존되어야 합니
다. 라스코 동굴[2] 벽화들이 그것을 보고 탄성을 내지른 사람
들의 숨결에 의해 어떻게 훼손되었는지 한번 보십시오. 오늘
날처럼 기술 공학이 발달한 시대에는 과거의 유물을 보존하
는 일이 사실 그렇게 중요한 것이 아닙니다. 중요한 것은 그
런 깨지기 쉽고 소멸하기 쉬운 물건들을 위탁 관리하는 사람
들이 과연 그 유물들의 생명을 거의 영구적으로 지속시킬 수
있는 필수적인 기술과 능력이 있느냐 하는 점입니다. 그런
기술과 능력이 있어야만 두 눈으로 직접 보는 것 이상으로
생생하고 선명하게 진품의 재현물들을 온 세상 사람들에게
보여 줄 수 있습니다.」

그리고 강연 말미에 그는 애쉬의 그 커다란 황금 시계를
꺼내 시간을 재는 일이 거의 습관처럼 되어 있었다. 이번에
걸린 시간은 50분 22초였다. 그는 그 시계 역시 공공의 소유
여야 한다고 주장하던 옛날의 관례를 깨고 이제는 일종의 지
속성을 위해, 즉 애쉬의 시간과 자신의 시간을 맞추기 위해
자신이 가지고 다녔다. 사실 그 시계는 자신의 돈으로 구입
하긴 했지만 그의 주장대로라면 그 물건 역시 스탄트 컬렉션
의 어느 진열장 속에 보존되어 있어야만 했다. 그는 한번은
홀로그램으로 애쉬의 시계와 자신의 시계를 나란히 보여 주

2 1940년에 발견된 프랑스 라스코에 있는 동굴로 구석기 시대의 진기한
벽화와 조각품들이 발견된 곳.

면 어떨까 하는 생각도 해보았었다. 그러나 그는 애쉬의 시계에 대한 자신의 감정이 매우 사적이므로 공적인 감정과 혼동되어서는 안 된다고 생각했다. 그는 그 시계가 자신의 손에 들어왔고, 그렇게 되도록 운명 지워졌으며, 또 자신은 애쉬의 그 무엇인가를 소유해야 한다고 믿고 있었다. 그 시계가 그의 마음을 움직인 것이었다. 그는 시인이 되고 싶었다. 그는 시계를 연단 한쪽 끝에 올려놓고 질문에 답하는 시간을 쟀다. 시계는 경쾌하게 째깍이고, 그동안 신문사에서는 『빅토리아 시대 저명 인사들의 알려지지 않은 성생활』을 입수했다.

＊＊＊

그동안 크로퍼의 머릿속에는 희미한 기억이 하나 떠올랐다. 그의 조상 가운데 한 분인 프리실라 펜 크로퍼가 남겨 놓은 문서들 중에 크리스타벨 라모트에 관한 언급이 있었다. 그는 곧 하머니 시에 전화를 걸어 P. P. 크로퍼의 편지들을 찾아 달라고 요청하였다. 늘 그렇듯이 그는 모든 서류나 문헌들을 컴퓨터에 입력시켜 놓았었다. 다음 날 아침 그가 찾는 편지가 팩시밀리로 날아왔다.

크로퍼 부인 보세요,
저에 대한 부인의 따뜻한 관심 ― 대서양 저편에서 ― 울부짖는 갈매기들과 떠도는 얼음 조각들 ― 그리고 거친 바다 건너 ― 이곳에 있는 저에게 보여 주신 부인의 관심, 정말 감사합니다. 그런데 정말 신기한 일이죠. ― 그곳, 뜨거운 사막에서 ― 부인이 저의 작은 마음의 갈등까지도 다 아시다니 말예요. ― 물론 대륙의 끝에서 끝으로 ―

전신을 통해 체포 명령서나 물건 구매서를 온전히 보낼 수 있는 세상이니. 우리는 변화의 시대에 살고 있다는 얘기를 들었어요. 보이지 않는 힘의 분출에 익숙한 우아한 정신의 소유자 저지 양이 지난밤에 육체와 감각의 껍데기, 그 장막이 다 벗겨지리란 직관을 얻은 모양이에요. — 더 이상의 주저나 현관을 두드리는 부드러운 노크 소리가 있어서는 안 된다고 했어요. — 그러나 살아 있는 존재 게루빔 천사는 이 지상을 걸어다니며 우리와 연결되어 있다는군요. 그리고 그녀는 실제의 물질 — 조용한 그녀 방으로 스며드는 달빛이나 그 방의 난로 불빛 — 혹은 고양이 — 혹은 빗어 내린 머리카락들에서 일어나는 전기 스파크나 반짝이는 광선의 줄기처럼 — 실제의 물질을 감지하듯 이 사실을 알았다고 합니다.

부인은 말씀하셨습니다. — 아니, 그렇게 들으셨겠지요. — 저에게 어떤 힘이 있다고 — 영매로서의 힘 말입니다. 사실은 그렇지 않아요. 저는 리즈 부인의 민감한 신경을 기쁘게 하는 그런 움직임을 보지도 못하고 듣지도 못한답니다. 저는 리즈 부인이 행하는 많은 기적들을 보았어요. 현악기 소리를 — 공기를 타고 확산되어 여기저기에서, 동시에 모든 곳에서 울리는 그 악기 소리를 듣기도 했습니다. 또한 굉장히 아름다운 영혼의 손이 내 손을 따뜻하게 하고는 내 손아귀에서 녹아 증기로 변해 버리는 것도 보았지요. 저는 별의 왕관을 쓰고 있는 리즈 부인을 보았어요. 진정한 페르세포네, 어둠 속의 빛이었어요. 그리고 자주색 비누 조각이 마치 성난 새처럼 우리 머리 위로 소용돌이치며 날아 올라서는 이상한 소리로 흥얼거리는 것도 보았어요. 그러나 저에겐 — 그런 재주가 없답니다. — 물론 그것은 재주가 아니죠. — 아무튼 저에겐 사라져 버린 존재들을 다시 끌어당기는 힘이 없답니다. ── 그들이 오질 않아요. ── 리즈 부인은 사라져 버린 그들이 온다고 하는데, 저는 그 사실은 믿어요.

하지만 저에게는 수정점을 칠 수 있는 힘이 있어요. 저는 여러 존재들을 볼 수 있어요. ── 살아 움직이는 존재든 움직이지 않는 존재든 ── 혹은 아주 미묘한 광경이든 ── 한번은 수정구를 시험해 본 적이 있어요. ── 그 속에서 저는 이런 것들을 보았어요. 고개를 살짝 돌리고 바느질하는 여인, 비늘 하나하나를 셀 수 있을 정도로 커다란 황금 물고기, 금박을 입힌 시계 하나 ── 그 시계를 저는 약 일주일 후에 ── 나소 세니오 부인의 선반 위에 ── 많은 깃털 속에 숨막힐 듯 파묻혀 있는 그 시계의 실체를 보았답니다. 이러한 것들은 ── 마치 빛이 발산되는 지점처럼 ── 처음에는 흐릿하게 보이다가 ── 곧 단단한 실체를 지닌 모습으로 나타난답니다.

부인은 저의 신앙에 관해서 물으셨습니다. 저에게 신앙이 있는지 모르겠어요. 그 믿음이라는 것을 경험해야 진정한 믿음이 무엇인지 알겠죠. ── 매일 하나님께 기도를 올리던 조지 허버트는 ── 조급하게 조르는 자신을 스스로 책망했다고 하는군요.

그대를 향해 울부짖는 혓바닥을
흙으로 만들어 버릴 수 있는 그대여
왜 그 울부짖음은 듣지 않사옵니까!

그러나 「신앙」이라는 시에서 그는 ── 무덤을 얘기하고 ── 그 너머 ── 위대한 안식처를 얘기했습니다.

내 육신이 흙으로 변한다면 어찌 해야 하나요?
내 몸속을 파고든 믿음이 엄밀하고 각별한 신뢰로
가루 하나하나를 세며
다시 태어날 육신을 위해 모든 것을 보존하옵니다.

우리의 창문으로 몰려오는 그들은, 어떤 육신으로, 어떤 육체적 특성을 지니고 나타나며, 짙은 우리의 대기 속에 어떤 모습을 드러냅니까? 그들은 부활의 육신이던가요? 아니면 올리비아 저지가 믿고 있듯이, 꿋꿋한 영매에게서 물질과 운동의 힘이 일시적으로 물러나는 가운데 그 모습을 드러내는 것일까요? 만일 우리가 이루 형용할 수 없는 은총을 부여받았다면 우리 손에 쥐고 있는 것은 무엇인가요? 크로퍼 부인, 부패하지 않은 동방의 불멸의 밀알인가요. — 아니면 우리 타락한 육신의 환영인가요?

매일매일 걸을 때 우리의 몸에서는 우리 몸의 가루가 떨어집니다. 우리의 흙가루가 공기 중에 잠시 살아 있다가는 바닥에 떨어져 발에 밟히고 — 또 우리는 그것을 쓸어 버립니다. — 우리 몸의 일부를. 오, 우리는 매일 죽습니다. — 그리고 그곳에서 — 이 모두가 다시 모아지고, 회복되어 반짝이는 빛을 내고 꽃을 피우는 건가요?

우리의 테이블 위에는 — 향기 가득한 — 꽃들이 있습니다. — 성수를 뿌린 듯 물에 젖은 꽃들 — 이 세상의 것인가요? — 아니면 저 세상의 것인가요? 그러나 그들도, 다른 모든 존재들과 마찬가지로, 시들어서는 죽고 맙니다. 저에게는 화환이 하나 있습니다. — 지금은 온통 시들어 갈색이지만 — 하얀 장미꽃을 엮어 만들었지요. — 그러면 그 화환의 꽃들이 — 그곳에서 — 다시 피어날까요?

저는 현명하신 부인에게 묻고 싶습니다. 왜 저 세상에서 우리에게 다가오는 사람들은 — 우리를 방문하는 자들, 유령들, 사랑하는 사람들 — 왜 그들은 모두 하나같이 유쾌하게 말하고 노래할까요? 우리는 끊임없이 계속되는 — 그래서 점차 완벽하게 되는 — 발전과 진화가 있을 뿐 — 돌연한 축복은 없다고 배웠습니다. 왜 우리는 정당한 분노의 소리를 듣지 못할까요? 우리는 그들에게 죄 지은 사람들입니다. — 그들을 배신했습니다. — 우리 자신의 이익을 위해 — 그렇지 않다면 그들이 우리를 나무라고, 또 그렇게 무시무시한 모습으로 나타나진 않겠지요.

크로퍼 부인, 그들에게는 어떤 육체적 제약과 예법이 있을까요? 우리 이 슬픈 시대에는 신의 것이든 인간의 것이든 건강한 분노란 존재하지 않을까요? 저는 정말로 듣고 싶습니다. — 평화와 안식의 확신이 아니라 — 진정한 인간의 목소리를 듣고 싶습니다. — 상처받고 — 울부짖고 — 고통스러워하는 인간의 목소리 말입니다. — 그리고 그 목소리를 — 가능하다면 — 같이 나누고 싶습니다. — 내가 사랑하는 모든 이들과 함께 — 이 지상에서 사는 동안 — 그 모든 것을 같이하고 싶습니다.

저도 알지 못하는 말을 두서없이 지껄여 댔습니다. 저에겐 한 가지 욕망이 있습니다. 물론 그 욕망을 부인에게는 말하지 않겠습니다. — 아니 아무에게도 말하지 않으렵니다. — 제가 — 그 욕망의 본질을 알아낼 때까지는.

크로퍼 부인, 제 손에는 살아 있는 육신의 부스러기가 하나 있습니다. 아주 작은 티끌과도 같은 것. 지금까지 부정했던……

생각이 많은 부인의 친구
C. 라모트

크로퍼는 이 편지가 바로 마음의 혼란 상태를 보여 주는 부인할 수 없는 증거라고 단정하면서 편지 내용의 해석을 잠시 미루어 두기로 했다. 그저 무엇인가를 낚았다는 순수한 즐거움만이 짜릿한 쾌감으로 다가올 뿐이었다. 이제 단서를 하나 잡은 셈이었다. 랜돌프 헨리 애쉬가 한때 러스킨에게 보낸 편지에서 〈나의 가자의 위업〉이라고 불렀던 것을 실행한 곳이 바로 리즈 부인의 교령회가 열린 올리비아 저지 양의 집이었다. 애쉬의 가자의 위업이란 크로퍼가 『위대한 복화술사』에서 그 이름을 한 장의 제목으로 사용한 이래 학자들 사이에서는 이미 잘 알려진 에피소드가 되었다. 사실 이 편지는 그 에피소드와 관련된 애쉬를 염두에 둔 것이었다. 그리고 그 이야기의 전말을 애쉬가 더욱 발전시켜 그의 『악마에 씌인 미라』에 표현했음이 분명했다. 크로퍼는 자신의 『위대한 복화술사』를 꺼내 자기가 옮겨 놓은 애쉬의 말을 찾아보았다.

　나는 우리 모두가 이런 시체 도굴꾼이나 악귀에 속아서는 안 된다고 생각한다. 그들은 우리의 두려움과 희망을 교묘히 이용하여 지루한 삶을 사는 사람들에게 영혼의 떨림을 부여하거나 유가족이나 절망에 빠진 사람들의 허약한 감정을 재주껏 주무르는 사람들이다. 나는 인간이든 비인간적인 존재든 의식 속에 나타나게 될 때가 있다는 사실을 부인하지는 않는다. ― 장난기 많은 작은 악귀가 이리저리 걸어다니다 잉크병을 보고는 그것을 흔들리게 할 수도 있으며 ― 병자나 부상당한 사람들의 경우에서 볼 수 있듯이 사람들은 어둠 속에서 환각을 일으키기도 하기 때문이다. 우리는 욕망 때문에 현혹될 가능성이나 우리가 몹시 듣고 싶어하는 소리를 어쩌다 정말 들었다는 착각에,

또 이미 사라지거나 잃어버린 것을 자꾸 그리다 보면 어느 순간 눈앞에 정말 그 모습이 출연했다는 환상 속에 빠질 때가 있다. — 이것이 거의 보편적인 인간의 감정이 아닐까. — 극도로 긴장되고 불안정한 상태에서는 더욱 현혹되기 쉬운 인간의 감정 말이다.

나는 일주일 전에 한 교령회 집회에 참석한 적이 있었다. 그곳에서 사람들이 이상한 소리를 내고 손을 마구 휘저을 때, 나는 내 이마로 물방울을 똑똑 떨어뜨리며 머리 위에 떠 있던 둥글고 흐릿한 물체를 손으로 낚아채는 바람에 사람들로부터 따가운 비난의 시선을 받아야 했다. 내가 잡은 것은 바로 영매의 손이었다. — 헬라 리즈 부인이라고 하는 여자였다. — 그녀가 황홀 상태에 빠져 있지 않을 때는 하얀 얼굴에 어두운 그늘이 검은 두 눈 아래 드리워지며 심각한 표정을 지었는데 꼭 로마인들의 얼굴 표정 같았다. — 그러나 혼백의 정기가 내릴 때면 자신의 팔을 마구 휘두르고 소리를 지르면서 테이블 위의 자기 손을 꼭 쥐고 있는 조심스러운 손길들을 피해 살짝 손가락들을 빼내는 재주가 있는 여자였다. 우리는 어두운 방 안에 앉아 있었다. — 커튼 사이로 달빛이 살짝 비치고, 벽난로의 꺼져 가는 불빛만이 어른거리는 방이었다. — 그러고는 테이블의 한쪽 끝 위에 나타나는 손과 공중에서 떨어지는 온실의 꽃, 한쪽 구석에서 슬슬 끌려오는 팔걸이 의자 등을 보며, 무언가 따뜻한 살덩이 같은 것이 우리의 무릎과 발목을 톡톡 두드리는 느낌을 받는다. 또한 바람이 우리의 머리칼을 날리고, 그 속에 인광 같은 불빛이 떠다니는 모습을 본다. 여러분도 쉽게 상상할 수 있으리라.

그때 나는 우리가 그런 술수로 벌어먹고 사는 사람들에 의해 — 단순한 사기라고는 말하지 않겠다 — 이용당하고 있다고 확신했다. 그래서 나는 팔을 들어 올려 내 머리 위의 물체를 손으로 잡아 끌어내렸다. 그러자 그 허술한 술책이 금방 드러나고 말았다. 부지깽이 떨어지는 소리, 책과 테이블 다리가 흔들리고, 어딘가 숨겨 놓았던 아코디언과 요령들의 불협화음이 방 안을 가득 채웠다. ─ 사실 이 모든 것들은 소인국 사람들의 놀이처럼 보이지 않는 실에 의해 리즈 부인의 몸에 연결되어 있었다. 그 이후로 나는 〈나의 가자의 위업〉 때문에 많은 비난을 감수해야 했으며, 또 덕분에 심령이나 예민한 영혼의 정신 상태를 흔들어 깨워 달라는 부탁을 여러 차례 받기도 하였다. 그 교령회에서 나는 떠다니는 연기와 쨍쨍 울리는 심벌즈, 그리고 은은하게 퍼지는 향수 냄새 속에 분위기를 흩뜨려 놓은 난폭하고 무뢰한 불한당으로 비쳤음에 틀림없으리라. 그러나 만일 그들의 말대로, 정말 떠나간 영혼이 다시 환기된다 하더라도 ─ 그래, 그것이 무슨 소용이 있단 말인가? 우리가 어둠 속에 앉아 그 어둠의 한쪽 끝을 응시하며 살아야 한단 말인가? 소피아 코테럴이라는 여자가 겪었던 일에 대해서 사람들이 많은 말을 하였다. 그녀는 자신의 무릎 위에 죽은 아이를 올려놓고 약 15분 동안 있었다고 하는데, 그러는 사이에 아이의 손이 자기 아버지의 뺨을 어루만졌다는 것이다. 만일 그런 일이 고통 속에 있는 한 어머니의 마음을 이용하여 수작을 부린 속임수에 불과하다면 그야말로 사악한 행위가 아니고 무엇이겠는가? 그리고 사실이 그렇지 않더라도 ─ 즉, 무릎 위에 올려진 아이의 부드러운 몸이 어떤 악귀나 상상력의 작용에 의해 살아 있는 듯이 느껴진 것이 아니라고 하더라도 ─ 그 어둠 속에서 미친 듯이 열광하며 앉아 있는 사람들의 모습을 지켜보노라면 구역질 나는 혐오감을 느끼지 않을 사람이 누가 있겠는가……?

어쨌든, 그 모든 것이 교묘한 술책이었으니…….

크로퍼의 뇌리 속에 한 가지 생각이 번뜩 스쳐 지나갔다. 그렇다면 그때 올리비아 저지의 집에 있었을 라모트 역시 애쉬의 그 가자의 위업을 보았을 것이 아닌가? 그때의 교령회에 관한 설명은 리즈 부인의 자서전적 회고록인 『응달진 현관』에도 실려 있었다. 당시 리즈 부인은 관례대로 자신의 고객 이름과 그들이 받았던 사적인 메시지를 남에게 공개하지 않고 보호해 주었었다. 그 교령회에는 열두 명이 참석했다고 알려지는데, 그 가운데 세 사람이 내실로 들어가 리즈 부인을 통해 교시처럼 전달되는 영령의 인도에 따라 각기 영혼과의 의사 소통을 이루었다고 했다. 그리고 올리비아 저지가 트위큰햄에 있는 자신의 집으로 심령의 교화를 받기 원하는 일단의 여성들을 끌어 모으는 적극적인 선동가의 역할을 했다는 사실도 프리실라 펜 크로퍼의 편지를 통해 분명히 드러났다. 당시 저지 양과 정기적으로 교류를 맺고 있었던 크로퍼 부인은 저지 양을 통해 리즈 부인이 행하는 그 기적과도 같은 일에 관해 소상히 전해 듣고 있었으며, 그 밖의 다른 여러 가지 일들, 가령 영혼의 치유나 공상적 사회주의의 원리, 여성 해방, 독주 금지 등 많은 사항들에 관한 자세한 설명도 전해 들었다고 알려져 있다.

트위큰햄에 모였던 여성들의 모임은 〈순결의 빛〉이라는 이름으로 불렸다. 크로퍼는 그 이름이 구성원들 사이에서 다른 어떤 형식적인 명칭보다 더 즐겨 사용되었음에 틀림없다고 생각했다. 어쩌면 크리스타벨 라모트도 그 〈순결의 빛〉 모임에 가담했을지도 모르는 일이었다. 크로퍼는 현재 라모트의 생애를 밝혀 보려고 애쓰고 있는 중이었다. 그러나 링컨에 있는 편지들을 아직 입수하지 못했기 때문에, 그리고 그녀의 페미니스트로서의 사고를 떠받치고 있는 라캉 식의 언어 놀음에 익숙하지 못했기 때문에 그 일이 그리 수월하지가 않았다. 그리고 이 단계에서 그는 라모트의 생애에서 빠져 버린 한 해에 대해, 블랑슈 글로버의 죽음과 관련된 상황에 대해 전혀 모르고 있었다. 그는 맨 꼭대기 층에 심령학자들의 저서들을 모아 놓은 훌륭한 서가가 있는 런던 도서관으로 가서 『응달진 현관』을 찾아 달라고 하였다. 그러나 그 책은 대출되고 없었다. 대영도서관에도 찾아가 보았지만, 어느 못된 사람이 책을 엉망으로 훼손시켜 대출할 수 없다는 말을 들었을 뿐이었다. 별수 없이 그는 하머니 시로 연락하여 마이크로필름을 요청하고, 그것이 도착하기만을 기다렸다.

***

크로퍼와는 사뭇 다른 취미와 기호를 지니고 있었던 블랙커더는 런던 도서관에서 크로퍼보다 한 발 앞서 『응달진 현관』을 뽑아 들었다. 그 역시 크리스타벨 라모트의 행적을 전혀 모르는 상태에서 시작하였으며, 더욱이 크로퍼와는 달리 1861년 라모트와 헬라 리즈 사이에 어떤 관계가 이루어지고 있었다는 사실도 모르고 있었다. 그러나 그는 조지 경이 그의 관심을 끌려고 했던 한 편지에서 리즈 부인에 관한 언급을 찾아냈으며, 그래서 기존에 알려진 애쉬의 작품을 다시 철저히 읽고, 1856년 그 중요한 몇 달 동안의 애쉬의 삶에 대해서도 철저히 연구하였다. 그는 말미잘에 관한 글도 읽어 보았지만 별 흥미를 못 느꼈다. 그러나 1860년 초엽의 애쉬의 행적에 관해서는 뭔가 빠진 부분이 있다는 사실을 알아냈다. 그는 『악마에 씌인 미라』도 다시 읽어 보았다. 사실 그는 그 작품을 여자 주인공에 대한, 더 나아가 여성 전체에 대한 작가 자신의 적대 감정을 비유적으로 표현한 작품으로 늘 생각해 왔었다. 그런데 이제는 아직까지 제대로 설명되지 못한 그 반감의 분출이 크리스타벨 라모트에 대한 시인 자신의 감정과 연관이 있지 않은가 궁금해지기 시작했다. 물론 자기 아내에 대한 감정과도 관련 있음이 분명했다.

『응달진 현관』은 진한 자주색의 책이었다. 금분을 칠했는지 책장은 번드르르했으며, 표지는 양각의 디자인으로 화관을 문 금색 비둘기가 열쇠 구멍처럼 생긴 어두운 공간으로 솟아오르고 있는 그림이 그려져 있었다. 책장을 열자 권두 삽화인 듯 아교로 붙여진 푸진[3] 류의 아치 골격 안에 영매였던 리즈 부인의 사진이 타원형처럼 붙어 있었다. 검정 치마를 입고, 도톰하고 동그란 손을 무릎 위에 가지런히 올려놓은 채 테이블 옆에 앉아 있는 모습이었다. 묵직한 브로치가 달린 흑옥의 목걸이를 목에 건 그녀의 전면은 구슬로 장식해 놓은 듯했다. 얼굴 양쪽으로 쓸어 내린 머리는 검은빛이었으며, 매부리코에다 입은 큼직했다. 두툼하고 검은 눈썹 아래 두 눈은 깊이 쑥 들어가 있었고, 애쉬가 말했듯이 눈자위에 어두운 그늘이 드리워져 있는, 단단해 보이는 얼굴이었다.

블랙커더는 서론 부분을 넘겼다. 요크셔 출신인 리즈 부인은 퀘이커교와 관련된 집안에서 태어났다. 그녀는 어렸을 적에 퀘이커 교도들의 한 모임에서 백발의 이상한 사람들을 〈보았으며〉, 그곳에서 장로들의 머리와 어깨 주위를 감싸고 있는 오드[4]의 광선이나 구름을 익히 보아 왔다고 한다. 열두 살 무렵 그녀의 어머니와 함께 어느 극빈자 병원을 방문했을

---

3 프랑스의 건축 설계가이자 영국에서 고고학자로 활동했던 아우구스투스 찰스 푸진Augustus Charles Pugin(1762~1832)을 말함. 그의 아들 역시 영국의 건축가이자 디자이너였음.

때에는 환자들의 머리 위를 감도는 비둘기색의 뿌연 구름 같
은 기체나 자줏빛의 광선을 보고 누가 죽고 누가 회복할지를
정확히 예측하기도 했던 모양이다. 그러다가 어느 한 모임에
빠져 들어간 그녀는 그곳에서 실제 자신이 전혀 알지도 못하
는 히브리어로 열변을 토하기도 했다고 한다. 또 어떤 때는
폐쇄된 방 안에 바람을 일으키기도 하였으며, 자신의 침대
한쪽 모서리에 미소 띤 얼굴로 앉아 노래 부르는 죽은 할머
니의 모습을 보기도 한 모양이었다. 그 뒤로 영혼과의 통신,
테이블 옮기기, 석판 위에 메시지 쓰기 등이 이어지면서 영
매로서의 사적인 경력을 시작했다. 그녀는 또한 영혼의 안내
를 받아 심령의 힘을 설파하고 다니는 연설가로서도 성공을
거두었다. 그리고 그녀를 안내하는 영혼의 안내자로는 체리
라고 불리는(북미 인디언족의 하나인 체로키를 축약한 말인
듯) 한 인디언 소녀와 윌리엄 모턴이라는 스코틀랜드 출신의
죽은 화학 교수가 있었다. 특히 모턴이라는 사람은 정신적인
회의주의를 어렵게 극복하고는 마침내 자신의 진정한 본성
을 깨닫고, 죽을 운명의 인간을 도와주고 일깨우는 것이 자
신의 사명임을 인식한 사람으로 알려졌다. 그녀가 행했다는
강연의 일부, 즉 〈심령론과 유물론〉, 〈육체적 나타남과 환영
의 광선〉, 〈의식의 경계에 서다〉 등이 그녀 회고록의 부록으
로 실려 있었다. 그리고 그녀의 강연들은 겉으로 드러난 주
제가 무엇이든 다 동일한 속성을 지니고 있었다. ― 말하자
면 신들린 상태에서 나타나는 결과가 무엇인지 ― 그리고
그것들은 포드모어가 〈신들린 상태〉에서의 화법과 계시를 받
은 또 다른 화자의 정서 속에서 발견했다는 〈부드러운 우주
적 감정이 가미된 인간 음성의 원형질〉과 관계가 있었다.

  4 자기나 화학 작용 등을 설명하기 위하여 자연계에 존재한다고 가상한
자연력.

애쉬의 가자의 위업은 결과적으로 리즈 부인으로 하여금 대단한 분노를 자아낸 모양이었다.

때때로 여러분들은 자기 자신을 지나치게 믿는 사람이 이렇게 말하는 소리를 들을지도 모릅니다. 「내 앞에서는 심령술이라는 것이 아무 소용도 없어.」 그럴 수 있습니다. ─ 정말 그럴 수 있습니다! 그러나 그렇다고 그게 무슨 자랑거리라도 됩니까? 진정 그렇다면 꼴사나운 짓거리가 아닐까요? 어느 누구든 영혼을 자기 과신의 한 부분으로 취할 수 있다는 사실, 즉 그런 힘에 대한 불신과 회의를 가질 수 있다는 사실이나, 그럼으로써 육체와 분리된 영혼의 힘을 물리칠 수 있다는 사실은 분명 개인의 문제가 아닙니다. 심령술을 조사한다고 어떤 모임이나 교령회에 참석한 자기 과신의 사람은 누가 원하지도 않았는데 사진관의 그 어두운 암실에 광선이 들어오도록 한 사람과 다를 바 없으며, 씨앗이 자라는지 살펴본다고 땅속에서 그 씨앗을 파내는 사람과 마찬가지입니다. 바로 자연계의 자연스러운 진행을 훼방하는 난폭자와 같은 존재인 것입니다.

또 그런 사람은 이런 말을 할지도 모릅니다. 「왜 영혼은 어둠 속에 나타나듯 밝은 대낮에는 나타나지 않는 것이냐?」 이런 질문에 모턴 교수는 많은 자연계의 현상들은 밝음과 어둠 속을 수시로 왔다갔다하며 변한다고 대답했습니다. 식물의 잎은 〈태양 광선〉 없이는 〈산소〉를 생산하지 못합니다. 드레이프 교수는 최근에 다음과 같은 사실을 밝혀 주었습니다. 즉 탄소를 분해하는 광선들의 상대적인 힘은 스펙트럼을 통해 빨간색, 오렌지색, 노란색, 녹색, 파란색, 남색, 보라색의 순서로 나타난다고 말입니다. 그런데 영혼의 유형화 현상은 바로 그 스펙트럼의 파란색과 남색과 보라색 끝에서 가장 잘 나타납니다. 교령회가 이루어지고 있는 방이 프리즘을 통해서 들어오는 보랏빛으로 가득하다면 우리는 기적을 볼 수 있는 것입니다. 나는 랜턴의 두꺼운 유리 덮개로부터 비치는 극소량의 쪽빛이라도 우리 영혼의 친구들이 우리에게 어떤 선물을 가져다 주거나 잠시 동안만이라도 그들의 모습을 보여 주는 데 충분하다는 사실을 알았습니다. 그들이 아무런 불빛에서나 다 작용하지는 않습니다. 이는 과거 여러 세기에 걸친 실험의 결과로 입증된 사실이기도 합니다. 유령은 황혼 무렵에 나타나지 않습니다. 켈트족들은 소위 그들이 말하는 암흑의 달 동안에 죽은 자들의 메신저를 만나지 않았습니까?

자 이제, 자기 과신의 사람은 역겨운 빨간색 또는 노란색의 오드 구름을 종종 몰고 오기도 합니다. 영매나 예민한 사람들은 그 사실을 금방 감지할 수 있습니다. 또는 그런 사람의 몸에서는 싸늘한 기운이 발산되기도 합니다. ― 마치 서릿발에서 발산되는 차가운 광선처럼 말입니다. ― 그런데 그런 싸늘한 기운이 대기 속에 들어감으로써 오라[5] 혹은 영혼의 물질이 축적되는 현상을 방해하는 것입니다. 나는 그런 싸늘한 기운을 피부로 느끼기 전에 내 폐 속으로 들어오는 공기를 통해 느낄 수가 있습니다. 그렇게 되면 모든 외삼투의 작용이 중단되고, 그 결과 영혼이 그 모습을 가시화시킬 수 있는 대기의 형성이 이루어지지 않습니다.

아마도 세심한 주의를 요하는 영혼의 의사 소통 과정에서 그런 요소들이 개입하여 발생되는 가장 끔찍한 결말의 예가 바로 내가 올리비아 저지 양의 집에서 개최한 한 교령회 집회에서 랜돌프 애쉬라는 자기 과신의 시인이 저지

5 최면술사의 손끝에서 흘러나온다는 신비스런 기운.

른 짓일 겁니다. 그때 저지 양의 집에는 영혼의 진실을 파헤쳐 보려는 목적으로 〈순결의 빛〉이라 불리는 아주 뛰어난 감각의 여성들이 모였었습니다. 트위큰햄의 강가에 있던 저지 양의 집은 〈주목나무 오두막집〉이라 불리던 아름다운 집이었습니다. 많은 기적과도 같은 일들이 일어나며 산 자와 죽은 자가 함께 모이고, 많은 징조와 많은 위안의 말들이 오가던 곳이었습니다. 그녀 집의 잔디밭엔 물의 요정들이 뛰놀고, 황혼 무렵의 그녀 집 창가에선 자연의 웃음소리가 들리기도 했습니다. 그녀의 집을 찾는 사람들은 저명한 인사들이었습니다. 리튼 경, 트롤로페 씨, 코테럴 경과 그의 부인, 크리스타벨 라모트 양, 카펜터 박사, 드모간 부인, 나소 세니오 부인 등.

내가 말한 그날, 우리는 영혼의 친구나 영혼의 안내자들과의 대화를 위해 모였습니다. 그리고 많은 경이로운 일들이 틀림없이 일어나리라 확신하고 있었습니다. 그때 나는 리튼 경을 통해서 애쉬라는 사람이 우리의 그 교령회에 몹시 참석하고 싶어한다는 얘기를 들었습니다. 내가 뭐라 확답을 하지 않고 주저하자 ─ 잘못하다가는 지금까지 잘 진행되던 모임이 깨질 수도 있었기 때문입니다 ─ 리튼 경이 이런 얘기를 했습니다. 애쉬가 최근에 몹시 심한 상실감을 맛보았고, 그래서 영혼의 위로와 위안을 간절히 원하고 있다고 말입니다. 나는 여전히 의심스러웠지만 애원하듯 매달리는 바람에 어쩔 수 없이 승낙하고 말았습니다. 애쉬가 내세운 조건은 아무도 자신이 누구인지, 왜 그가 참석하게 되었는지 사전에 알아서는 안 된다는 것과 자신이 그 모임의 자연스러운 진행에 추호도 방해를 하지 않겠다는 것이었습니다. 나는 그 조건을 수락했습니다.

저지 양의 응접실에 애쉬가 들어섰을 때 나는 얼굴에 싸늘한 강풍이 와 닿는 느낌이었으며 목구멍에 숨이 막힐 정도로 무슨 연기 같은 것이 꽉 들어차는 느낌이었습니다. 과장된 얘기가 아닙니다. 저지 양이 괜찮으냐고 물었고, 나는 어떤 싸늘한 기운이 들어오는 느낌이라고 말했습니다. 애쉬 씨는 긴장된 태도로 나에게 악수를 청했습니다. 그의 손길에서 전해지는 감촉이 나에게 묘한 느낌을 갖게 해주었습니다. — 얼음장처럼 차가운 그의 회의와 의심 뒤에서 예민한 영혼의 감수성과 비상한 능력의 힘이 불타오르고 있음을 느꼈기 때문입니다. 그는 농담 비슷하게 내게 말했습니다.「심연 저 깊숙한 곳에서 영혼을 불러낸다는 사람이 바로 당신이로군요?」

나는 그에게 말했습니다.「놀리지 마세요. 나에게는 영혼을 불러올 만한 능력이 없어요. 나는 그들의 도구일 뿐입니다. 나를 통해서 그들이 말을 하는 것이지 내 마음대로 하는 것이 아닙니다.」그러자 그가 말하더군요.「저에게도 영혼이 말을 합니다. 언어를 매개로 해서 말입니다.」

그는 주위를 둘러보기는 했지만 다른 사람들에게는 한마디 말도 걸지 않았습니다. 모인 사람들은 나를 비롯한 일곱 명의 숙녀와 네 명의 신사들이었습니다. 예전의 모임에서와 마찬가지로 〈순결의 빛〉의 구성원들은 다 참석했습니다. 저지 양, 네브 양, 라모트 양, 그리고 퓨리 부인.

우리는 늘 그렇듯이 거의 칠흑 같은 어둠 속에서 테이블 주위에 자리를 잡고 앉았습니다. 애쉬 씨는 내 바로 옆 어떤 신사의 오른쪽에 자리를 잡고, 우리는 늘 하던 대로 손뼉을 쳤습니다. 그때 나는 내 폐와 목구멍으로 한기가 몰려오는 것을 느꼈습니다. 내가 계속 기침을 해대자 저지 양이 어디 아프냐고 물었습니다. 나는 괜찮다고 대답하면서 우리 영혼의 친구들이 무슨 메시지를 전달할지 알아볼 준비가 다 되었다고 할 수밖에 없었습니다. 그러나 한편으로는 영혼의 친구들이 우호적이지 못한 분위기 때문에 말을 하지 않을지도 모른다는 두려움이 있었죠. 그리고 얼마 안 있다가 나는 내 다리를 따라 올라오는 매섭고 차가운 기운을 느끼고는 몸을 와들와들 떨고 말았습니다. 무아지경의 신들린 상태로 접어들기 전에는 흔히 구역질과 현기증이 일어납니다. 그러나 그때 나는 죽음이 다가온다는 생각에 먼저 전율을 느꼈던 것입니다. 내 오른편에 있던 리터 씨가 내 여린 손이 돌처럼 차다고 말했습니다. 그리고 그 교령회에서 무슨 일이 일어났는지 내 의식 속에 남아 있는 기억은 지금 아무것도 없습니다. 다만 그때 있었던 일을 기록한 저지 양의 글을 있는 그대로 옮겨 보기로 하겠습니다.

　　리즈 부인이 몸을 마구 떨면서 목쉰 소리로 외쳐 댔습니다. 〈나를 밀지 마라.〉 우리는 체리가 왔느냐고 물었지만 부인의 대답은 〈아냐, 그녀는 오지 않을 거야〉가 고작이었습니다. 우리는 다시 물었죠, 누구냐고. 그녀는 소름 끼칠 정도로 날카롭게 웃음을 터뜨리며 말했습니다. 〈아무도 아냐.〉 네브 양은 아직 모습을 드러내지 않은 영혼이 우리에게 장난을 치고 있음에 틀림없다고 말했습니다. 그러자 곧이어 뭔가 삐걱거리고 두드리는 소리가 났고, 우리들 가운데 몇몇은 치마가 들어 올려지는 느낌과 어떤 영혼의 손이 무릎을 두드리는 느낌을 받았습니다. 퓨리 부인은 자신의 어린 딸인 아델린이 나타난 것이 아닌지 모르겠다고 했습니다. 다시 무서운 목소리가 크게 울렸습니다. 〈아이는 없어.〉 다시 외침 소리가 이어졌습니다. 〈호기심이 그 고양이 같은 아이를 죽이고 있어.〉

그러고는 다시 이상한 말이 몇 마디 이어졌죠. 웃음소리가 들리는 가운데 리즈 부인 옆의 테이블에서 책 한 권이 방 저편으로 날아가 버렸습니다.

네브 양은 아마 그 방 안에 어떤 적대적인 존재가 끼어든 모양이라고 말했습니다. 그러자 참석한 여자 중의 한 명이, 전에는 한 번도 영매로서의 기술을 내보인 적이 없던 그녀가 울다가 웃으며 독일어로 외쳐 대는 것이 아니겠어요? 〈나는 영혼이에요. 끊임없이 아니라고 대답하는 영혼이에요.〉 그때 리즈 부인을 통해서 들려오는 목소리가 있었어요. 〈돌들을 기억하라.〉 또 누군가가 외쳤어요. 〈당신은 어디에 있습니까?〉 곧이어 대답 대신에 물 흐르는 소리와 파도 소리가 아주 분명하게 들려왔어요. 나는 여기 참석한 누군가와 각별히 얘기를 나누고 싶어하는 영혼이 있는 게 아닌가 물었지요. 또다시 리즈 부인을 통해 제 질문에 대한 대답이 들려왔습니다. 그렇다고 말예요. 어렵게 모습을 나타낸 한 영혼이 이 가운데 자기를 두고 하는 말이라고 느끼는 사람이 있으면 영매를 따라 내실로 들어가자고 말한다는 것이었습니다. 그녀의 말이 끝나자 아주 부드러운 목소리가 들려왔습니다. 〈저는 화해의 선물을 가지고 왔습니다.〉 그리고 테이블 위로 하얀 손 하나가 떠오르는 모습이 보였어요. 아직도 이슬이 반짝이는 하얀 화관을 들고, 은빛의 왕관에 둘러싸인 손이었답니다. 영매가 천천히 자리에서 일어나 내실로 향했고, 대단한 감명을 받았는지 흐느껴 울던 두 여인이 그 영매의 뒤를 따랐습니다. 그런데 그때 애쉬 씨가 〈오, 나를 피하지 마시오〉라고 외치고는 〈빛! 빛!〉 하고 소릴 지르며 허공으로 손을 마구 휘둘렀어요. 영매는 실신하여 쓰러지고, 또 한 여자가 자신의 의자에 털썩 주저앉아 버렸답니다. 이윽고 불을 켜자 그 여자가 의식을 잃고 쓰러진 모습이 보였습니다. 그리고 애쉬 씨는 영매의 손목을 잡고 있었어요. 물론 그것이 떨어진 위치로 보아 어떻게 그럴 수가 있는지는 알 수 없었지요. 그리고 그 〈신사〉와 영매가 서로 위치하고 있던 자리를 볼 때 도저히 이해가 안 되었어요.

애쉬 씨의 그 충동적이고 파괴적인 행동 때문에 혼란과 위험이 야기되었습니다. 섬세한 두 조직이 교란된 것이었습니다. ── 내 자신의 경우처럼 절망적인 상황에서 처음으로 무아지경의 황홀한 상태를 경험한 또 한 여자의 경우가 그랬습니다. 그런데 그 시인은 새로운 실험적인 형태로 어렵사리 그 모습을 형상화하려던 영혼에게 자신이 어떤 해를 끼쳤는지 모르고 있었습니다. 저지 양의 기록에 의하면 나는 얼굴이 창백하고 싸늘하게 변하여 깊은 신음 소리를 내며 누워 있었답니다. 그사이 시인은 정도를 더하여 내 손목을 잡고 있던 손을 풀더니 여자에게 달려가, 그렇게 신들린 상태에 있는 사람을 깜짝 놀라게 하면 굉장히 위험하다는 다른 〈순결의 빛〉 가담자의 경고에도 불구하고 그녀의 어깨를 잡았답니다. 그 사람들 말에 의하면, 그는 그러고 나서 아주 미친 듯이 외쳐 댔다고 하더군요. 〈아이는 어디 있소? 아니, 아이를 어떻게 했는지 말해 주시오〉라고 말입니다. 나는 애쉬 씨가 잃어버린 자기 아이의 영혼을 찾으려 하는 줄 알았는데, 나중에 사람들이 하는 말을 들어 보니 애쉬 씨에게는 아이가 없었다고 하더군요. 그 당시 내 입술을 통해 말하던 목소리가 있었습니다. 〈그 돌들은 누구의 것인가?〉
그 여자는 안색이 창백하게 변했고, 숨도 거칠었으며,

맥박도 고르지 못했습니다. 저지 양이 애쉬 씨에게 나가 달라고 했지만 그는 그 요청도 거절했습니다. 자신은 대답을 들어야겠다며, 지금 자신이 〈이용당하고〉 있다고 했습니다. 그때 나는 정신을 차리고 그를 바라보았습니다. 이마에 혈관이 불뚝불뚝 솟아나 있는 끔찍하고 무서운 모습이었습니다. 그리고 그의 주위에는 사악한 에너지로 가득한 붉은 화학선의 광선이 감돌고 있었습니다.

그 순간의 그는 나에게는 바로 악마였습니다. 나는 힘이 하나도 없는 목소리로 떠나 달라고 요청했습니다. 그러는 사이에 다른 두 명의 〈순결의 빛〉 여자들이 의식을 잃은 그 여자를 데리고 갔습니다. 그녀는 이틀 동안 의식을 회복하지 못했으며, 깨어난 뒤에도 말을 하지 못하고 음식을 입에 대려 하지도 않았습니다. 충격이 너무 컸었던 탓입니다.

그럼에도 애쉬 씨는 자신이 그 집회에서 〈사기 행각〉을 밝혀 냈다고 여러 사람들에게 떠벌리며, 자기는 일종의 감시자로 참석했을 뿐이라고 말하고 돌아다녔습니다. 사실은 전혀 그렇지 않았습니다. 나의 설명뿐만 아니라 저지 양의 설명이 그 증거입니다. 나중에 그가 대중들의 환심을 사기 위해 『악마에 씌인 미라』를 발표했을 때, 그는 대중들에 의해, 사기에 대항하여 싸운 이성의 승리자로 받아들여졌습니다. 진실을 밝히려다 박해받은 사람들은 정말 행복한 사람들입니다. — 우리는 감히 이렇게 얘기할 수 있습니다. — 그러나 간접적인 악의보다 더 견디기 힘든 일은 없습니다. 나는 정말 무력한 실망감에 빠져 버리고 말았습니다. 애쉬 씨의 태도는 바로 그 자신의 실증적 태도로 인해 스스로가 배신당하고 만 꼴이기 때문입니다.

그리고 내가 받은 고통을 생각할 때, 또한 상처받은 그 여자의 입장에서 생각할 때, 그의 행동은 일고의 가치도 없는 한순간의 경거망동인 것입니다!

블랙커더는 애쉬와 라모트의 서신 교환에 관심을 표할 만하다고 생각되는 모든 공공 기관에 편지를 보냈다. 그는 예술품반출검사위원회에도 로비 활동을 하여 문화부 장관과의 면담도 요청하였다. 그러나 그 결과는 장관이 아닌 어느 하급 공무원이 나타나, 장관이 아직 그 편지 발견의 중요성을 완전히 납득하지 못하고 있기 때문에 정부에서 강제로 개입할 성질의 문제가 아닌 것 같다는 통보가 전부였다. 물론 국가유산감독청으로부터 어느 정도의 기금을 할당받게 해줄 수는 있다고 했다. 그러나 그것도 블랙커더가 느끼기에는 자신이 나서서 개인 후원자의 도움을 얻든 아니면 공공 단체나 기관에 호소하여 그 돈을 마련해 보라는 뜻 같았다. 간사한 미소에다 말투까지 딱딱거리던 그 젊은 공무원은 그 옛 편지들이 나라 밖으로 유출되지 않는 것이 정말 전 국가적인 관심 사항이라면 국가로부터의 어떤 인위적인 도움 없이도 저절로 문제가 해결되지 않겠느냐고 말했다. 다 쓰러져 가는 학교처럼 브뤼셀 스프라우트와 칠판 먼지 집진기의 냄새가 풍기는 복도를 따라 승강기가 있는 곳까지 블랙커더를 배웅하던 그 관리는, 자신이 대입 자격 시험에서 랜돌프 헨리 애쉬를 택했지만 아무래도 그의 시를 이해할 수가 없었다고 괜히 주접을 떨었다. 「그 당시 빅토리아 시대 시인들은 다 그랬나 봅니다. 괜히 점잔을 빼고 말입니다. 그렇게 생각하지 않으십니까?」 그가 승강기의 버튼을 누르며 말했다. 밑에서부터 올라오는 승강기의 삐걱거리는 쇳소리를 들으며 블랙커더가 말했다. 「그래도 그게 인간이 할 수 있는 일 가운데 가장 해롭지 않은 일 아니겠소?」 블랙커더가 승강기에 오르자

문을 닫으며 그 젊은 관리가 대답했다.

「그래도 너무 오만한 것이 아니었을까요?」

『악마에 씌인 미라』와 헬라 리즈의 회고록에 빠져 있던 블랙커더는 예술품 시장에 강제로 개입한 일은 애쉬의 가자 위업만큼이나 예측 불가능한 사태의 발전을 가져올지도 모른다는 사실을 느끼지 않을 수 없었다. 더욱이 그런 면에서는 박물관의 깊은 지하실에 앉아 있는 그보다는 모티머 크로퍼가 더 막강한 선에 줄이 닿아 있는지도 모르는 일이었다. 그는 크로퍼가 강연에서 그런 사실을 은근히 풍겼다는 얘기를 듣고 있던 터였다. 우울하긴 하지만 그는 이제 어떤 행동을 취해야 할지 곰곰 생각하기 시작했다. 그때 텔레비전 저널리스트인 슈실라 페이텔이라는 여자에게서 전화가 걸려 왔다. 그녀는 늦은 밤시각 마감 뉴스 분석 프로그램의 하나인「오늘의 중대한 문제들」에서 이따금씩 5분 동안 예술계의 문제를 다루고 있었다. 그녀는 크로퍼가 자본주의와 문화제국주의를 대표한다는 이유로 그를 반대하는 입장에 있었다. 그래서 여기저기 수소문한 결과 제임스 블랙커더가 그 문제를 다룰 적격자라는 소리를 들은 모양이었다.

처음에 블랙커더는 텔레비전의 힘을 빌려 자신의 주장을 펼 수 있다는 생각에 겉으로 드러내지는 않았지만 정말 대단히 흥분되어 있었다. 그는 방송에 등장하여 자신의 지식을 뽐내는 그런 류의 학자가 아니었다. 그리고 학술지를 제외하고는 어디에도 평론 하나 쓴 적이 없는 인물이었으며 라디오 방송에 출연한 적도 없었다. 그는 세미나에 발표할 논문을 작성하듯 노트에 애쉬와 라모트와 국보급의 국가 재산에 관하여, 그리고『위대한 복화술사』에서 이루어졌던 잘못된 해석에 대해, 그 편지들의 발견이 미칠 영향과 그 효과에 대해 차근차근 메모해 두었다. 그는 그런 종류의 방송이 레코드

취입 때의 녹음처럼 진행되는 것으로 머릿속에 그리고 있었기 때문에 크로퍼가 참석하는지의 여부를 알아볼 생각도 하지 못했다. 방송국에 출연할 날짜가 다가옴에 따라 그는 조금씩 불안해지기 시작했다. 텔레비전의 그 프로그램을 유심히 살펴보던 그는 정치인이나 의사나 정책 입안자, 혹은 경찰관 등 모든 출연자들이 입심 좋고 그리 다정하게 보이지 않는 진행자에 의해 단호하게 말을 제지당하면서 자기 할 말을 다 하지 못하는 장면을 여러 번 보았기 때문이었다. 그는 밤이면 악몽을 꾸기도 했다. 난데없이 웬 최종 학위 심사에 불려 나가 영연방 문학과 데리다 이후의 반대 해석에 관한 논문 심사를 받는다든가, 랜돌프 헨리 애쉬가 사회 보장 제도의 중단과 브릭스톤 폭동과 오존층의 파괴에 대해 무슨 말을 했는지에 관해 기관총 세례를 퍼붓듯 쏟아지는 질문 공세에 시달리는 꿈 등이었다.

방송국에서 차를 한 대 보내 주었다. 귀족적인 말투에다차에 무슨 흠이라도 하나 나지 않을까 몹시 신경 쓰는 운전수가 메르세데스 한 대를 몰고 왔다. 방송국에 도착한 블랙커더는 그곳이 지저분하고 작은 칸막이 방들과 분주히 오가는 젊은 여성들이 가득한, 마치 토끼 사육장처럼 미로와도같은 좁은 복도와 통로가 가득한 곳임을 알지 못했다. 그는 1950년대부터 줄곧 사용해 왔던 물통 모양의 모케트 카우치에 옥스퍼드 판 애쉬 전집을 손에 꼭 쥔 채 넋을 잃고 앉아서는 음료수 판매기를 바라보았다. 누군가가 그에게 별로 맛이 없는 차가 담긴 플라스틱 컵을 건네며 잠시만 기다리라고 했다. 마침내 미즈 페이텔이 노란 종이의 클립보드를 가지고 나타나 그의 옆에 앉았다. 무척 아름답고 몸매도 늘씬했으며, 검은 머리에 목에는 은과 터키 옥이 레이스 모양으로 엮어진 목걸이를 걸고 있었다. 은색의 꽃무늬 장식이 달린 광택 나는 청록색의 사리[6]를 입은 그녀에게서 뭔가 이국적인, 백단 같기도 하도 계피 같기도 한 냄새가 은은히 퍼져 나왔다. 블랙커더에게 미소로 인사한 그녀는 그로 하여금 따뜻한 환영의 느낌을 받게 하였다. 그러나 곧 그녀는 클립보드의 종이를 꺼내며 매우 사무적으로 말을 늘어놓기 시작했다. 「자, 그럼…… 랜돌프 헨리 애쉬에게 있어서 중요한 것이 무엇이죠?」

블랙커더는 자신의 평생의 연구에 관해 일관된 시각을 갖고 있지 못했다.

어떤 때는 참 멋진 글을 쓰기도 했지만, 어떤 때는 철학적인 농담으로 흐른 적도 있었으며, 또 어떤 때는 여러 사람들의 생각을 한데 버무려 놓은 듯한 견해를 보일 때도 있었다. 뭐라고 간단하게 말하기가 어려웠다. 그가 말했다.

「그는 19세기를 종교적 신앙이 상실된 시대로 이해했습니다. 그는 역사에 관해서 썼습니다. 그는 역사를 이해했습니다. 그리고 그는 발전이나 진보에 관한 새로운 사상들이 인간의 시대 의식에 어떤 영향을 끼쳤는지 알아낸 사람입니다. 그는 영시의 전통에 있어서 중요한 위치를 차지하는 시인입니다. 그를 이해하지 못하면 20세기도 이해할 수 없습니다.」

미즈 페이텔은 다소 당황해 하는 듯했다. 그녀가 말했다. 「죄송합니다만 저는 이번 이야기에 들어서기 전까지는 그에 관해서 들어 본 적이 없어서요. 대학에서 문학을 전공하긴 했지만 그건 미국 문학과 식민지 시대 이후의 영문학에 관심이 있어서……. 아무튼 왜 우리가 랜돌프 헨리 애쉬를 아직도 고려해야 하는지 말씀해 주시겠어요?」

「만일 우리가 역사를 고려한다면.」

6 Sari, 인도 여성이 입는 의복의 하나.

「영국 역사 말씀이죠?」

「영국 역사가 아니죠. 그는 유대인들의 역사, 로마의 역사, 이탈리아의 역사, 독일의 역사, 그리고 선사 시대에 관해서 글을 썼습니다. 아, 물론 영국의 역사도 포함됩니다.」

왜 영국이라는 말이 늘 변명이나 양념처럼 들어가야 하나?

「그는 어떤 특정의 시대에 개개의 사람들이 그들 삶의 모습을 어떻게 바라보았는지 알고 싶어했습니다. 그들의 신념에서부터 그들의 일상 식기에 이르기까지.」

「개인주의로군요. 알겠어요. 그런데 왜 우리는 그 서한들을 우리 나라에 꼭 간직해야 하죠?」

「그 편지들이 그의 사상을 조명해 주기 때문입니다. ― 그의 편지를 몇 통 본 적이 있는데 ― 그는 라자러스에 관한 이야기를 썼습니다. 라자러스에 관심이 많았지요. 그리고 자연에 관한 연구, 유기체의 진화에 관한 글 등…….」

「라자러스라.」 미즈 페이텔이 무표정한 얼굴로 중얼거렸다.

블랙커더는 주위를 둘러보았다. 희미한 불빛에, 꼭 멀건 포리지 죽처럼 회색의 상자 안에 갇혀 있다는 느낌이었다. 폐쇄 공포증이 찾아올 것만 같았다. 더구나 그는 애쉬에 관해 한 문장으로 간략히 자신의 주장을 펼 수 없는 사람이었다. 지금까지 알려지지 않은 사실이 무엇인지 객관적으로 입증할 만큼 거리를 두고 애쉬를 바라본 적이 없었다. 미즈 페이텔은 다소 실망스런 표정을 지었다. 「세 가지 질문을 하고 마지막으로 짧게 하나 더 질문할 시간밖에 없어요. 현재 우리 사회에 애쉬가 얼마나 중요한 인물인지 묻는다면 어떠시겠어요?」

블랙커더가 말했다. 「그는 신중하게 생각을 한 사람이지 서둘러서 어떤 마음의 결정을 내린 적이 없소이다. 그는 지식이 중요하다고 믿었습니다.」

「죄송합니다. 잘 이해가 안 되는데…….」

그때 문이 열렸다. 한 여자의 맑은 목소리가 들렸다.「또 한 사람의 대담자를 모셔 왔어요. 이 대담이「오늘의 중대한 문제들」의 마지막 방송 맞죠? 스턴 교수님이세요.」

무지개색의 테두리 장식이 달린, 동양적인 듯하면서도 페루 의상의 분위기를 내보이는 주홍색 실크 셔츠와 바지를 입은 레오노라가 나타났다. 눈부시면서도 야한 모습이었다. 어깨까지 흘러내린 검은 머리, 금빛의 태양과 별장식이 달린 손목과 귀와 다 드러난 가슴. 그녀의 모습이 음료수 판매기 옆의 작은 공간을 환하게 만들었다.

「스턴 교수님을 아시죠?」미즈 페이텔이 말했다.「크리스타벨 라모트를 전공하신 분이에요.」

「모드 베일리의 아파트에 묵고 있어요.」레오노라가 말했다.「사람들이 그녀를 찾다가 저를 이리로 데려오는 바람에 이렇게 오게 됐어요. 만나서 반갑습니다, 교수님. 서로 논의할 문제도 많은데.」

「저는 지금 블랙커더 교수님께 랜돌프 애쉬의 중요성에 관해서 질문을 하고 있던 참이었어요. 스턴 교수님에게도 크리스타벨 라모트에 관해서 똑같은 질문을 던지고 싶은데…….」

「해보세요.」레오노라가 다 들어 주겠다는 투로 말했다.

블랙커더는 혐오감과 감탄과 당황스러움의 복잡한 감정이 뒤섞인 상태에서 크리스타벨에 관해 거침없이 촌평을 하는 레오노라의 모습을 지켜보았다. 인정받지 못한 위대한 시인, 예리한 관찰력과 예리한 필치를 지닌 작은 여자, 여자의 성과 레즈비언과 평범하고 보잘것없는 것들의 중요성에 관해 거침없는 분석을 아끼지 않았던 여인…….「좋아요.」미즈 페이텔이 말했다.「훌륭했어요. 중요한 발견 아녜요, 그렇죠? 그리고 마지막으로 묻겠는데, 이번 발견이 어떤 중요성을 내포하고 있다고 보세요? — 아니, 지금 대답하실 필요는 없어

요. 이제 화장하러 갈 시간이 됐어요. 한 30분 후에 스튜디오
에서 만나요.」

　레오노라와 단둘이 남게 되자 블랙커더는 더욱 불안하였
다. 그녀는 그의 옆으로 엉덩이가 닿을 만큼 바싹 다가오더
니 물어보지도 않고 그에게서 애쉬 전집을 빼앗아 들었다.

　「지금은 책이나 읽는 게 좋을 거예요. 전 랜돌프 헨리를 그
렇게 잘 알지는 못해요. 너무 남성적이고 지루하지 않아요?
시대에 뒤떨어진 시인 같기도 하고…….」

　「그렇지 않소.」

　「물론 그렇진 않겠죠. 제가 하고 싶은 얘기는 이 모두가 공
개되고 나면 우리가 전에 했던 말들을 창피하지만 다 번복하
고 취소해야 한다는 것이죠. 책 여기 있어요. 탐욕스러운 눈
길로 바라볼 시청자들에게 이 문제의 중요성을 아무 예시물
도 없이 3분 안에 이해시켜야 한다……. 교수님은 애쉬가 얼
마나 섹시한 존재인가를 이해시켜야 해요. 시청자들의 불알
을 잡으세요. 탄성을 지르게 말이에요. 무슨 말씀을 할지 잘
생각하셨다가, 아까 그 예쁘장한 여자가 무슨 말을 시키든지
다 대답하셔야 해요. 제 말은…….」

　「오, 알겠습니다.」

　「한 가지만 말씀하세요. 그러니까 그것이 선생님께 할당
된…….」

　「알겠소. 한 가지라…….」

　「섹시한 것 하나요.」

　분장실에서 블랙커더와 레오노라는 옆에 나란히 누웠다.
그는 분을 바르고 화장솔에 얼굴을 맡긴 채 장의사의 손놀림
을 생각했다. 분명 그의 눈가에 그어진 잔주름들이 분가루에
의해 살짝 가려지리라. 한편 레오노라는 머리를 뒤로 젖힌
채, 그와 여자 분장사에게 쉴 새 없이 떠들어 댔다.

722

「눈까풀 주위에 색을 좀 진하게 칠하는 게 좋아요. 좀 듬뿍 칠해요. 얼굴이 커서 눈에 확 띄는 색깔을 칠해야 할 거예요. 참, 교수님. 교수님과 심각하게 할 얘기가 있어요. 저만큼이나 교수님도 모드 베일리의 행방을 알고 싶으시겠죠, 그렇죠? 아주 좋아요. 눈썹 밑에는 좀 진한 핑크색이 어떨까요? 그리고 립스틱은 아주 진한 주홍색으로 해주세요. 요즘은 공동으로 사용하는 크림이나 로션을 조심해야 해요. 교수님, 그 젊은 여자가 어디로 갔는지 알 수 있을 것 같아요. 교수님의 연구원과 같이 갔어요. ― 제가 길을 알려준 셈이 되어 버렸어요. 반짝거리는 장식 같은 뭔가가 없을까요? 스크린에 묘한 빛줄기가 비치도록 말예요. 학자의 세계에도 나름의 빛이 있다는 걸 보여 주고 싶은데……. 전 지금 몹시 흥분된 상태예요, 교수님. 하지만 놀라진 마세요. 교수님을 잡아먹으러 온 것은 아니니까요. 크리스타벨을 위해 한 방 먹이고, 그 모티머 크로펀가 하는 자식에게도 한 방 먹여야죠. 그는 자기 강의에 크리스타벨을 다루지도 않고, 제 친구 중의 하나를 명예 훼손으로 고소하겠다고 위협하던 사람이에요. 정말 그랬어요. 제 생각엔 이번 일이 그를 바보로 만들 수 있을 법도 한데, 어떠세요?」

「그렇게 못할 수도 있소. 일이 벌써 벌어지고 있습니다.」

「그렇다면, 교수님이 그 편지들을 입수하게 된다면 그를 바보로 만들 수 있다고 하세요, 예?」

***

슈실라는 두 사람의 초청 인사 사이에 앉아 미소를 지었다. 카메라를 바라보던 블랙커더는 자신이 깔끔하지 못한 바텐더와 같다는 느낌이 들었다. 공작처럼 화사한 두 여자 옆의 우중충한 모습은 아닐까. ─ 그는 후끈한 카메라 불빛 아래서 자신의 냄새를 맡을 수 있었다. 방송이 영원히 계속될 것 같은 느낌이 든 바로 그 순간, 갑자기 단거리 경주를 하듯 그들은 급하게 말을 주고받았고, 그러고는 또 갑자기 침묵에 휩싸였다. 그는 자신이 무슨 말을 했는지 희미한 기억만이 있을 뿐이었다. 두 여자는 수다스런 앵무새처럼 여성의 성, 억압된 성의 상징, 요정 멜루지나와 여성의 위험, 라모트와 감히 그 이름을 말할 수 없는 그녀의 애인, 그리고 크리스타벨이 한 남자를 사랑했을지도 모른다고 느껴졌을 때 굉장히 놀랐다는 레오노라의 경험 등을 잘도 지껄였다. 그는 이런 말을 했었다. 「랜돌프 헨리 애쉬는 우리 언어로 사랑을 노래한 가장 위대한 사랑의 시인 중 한 사람입니다. 『아스크와 엠블라』는 진정한 성적 정열이 무엇인지 보여 주었던 위대한 시 작품 중의 하나입니다. 그 시편들이 누구를 위해 씌어졌는지 지금까지 그 누구도 알지 못했습니다. 제 생각을 말씀드리면, 일반적인 전기에서 제시하고 있는 설명들이 항상 확실한 것도 아니고 또 좀 우습게 보였습니다. 이제 우리는 그 여인이 누군지 알게 되었습니다. ─ 어둠 속에 가려 있던 애쉬의 여인을 찾아낸 것입니다. 이는 모든 학자들이 꿈꾸어 온 발견이라고 할 수 있습니다. 그 편지들은 우리 나라에 있어야 합니다. ─ 바로 우리 민족의 이야기의 일부이기 때문입니다.」

슈실라: 「이 의견에 동의하지 않으시죠, 스턴 교수님? 미국인으로서 말입니다.」

레오노라: 「제 생각엔 그 편지들이 대영도서관에 있어야 한다고 봅니다. 우리는 모든 것을 마이크로필름화할 수도 있고 또 사진 복사도 할 수 있습니다. 문제는 정서의 문제죠. 그리고 저는 크리스타벨이 그녀의 모국에서 영예를 누리기를

바라며, 지금 생존해 계시는 가장 위대한 애쉬 연구가이신 여기 이 블랙커더 교수님이 그 편지들을 책임지고 관리해야 한다고 봅니다. 저는 어떤 사사로운 욕심에 사로잡힌 사람이 아닙니다, 슈실라. 저의 바람은 오직 그 편지들을 볼 기회가 생기면 그것들에 대한 최선의 비평문을 쓰고 싶을 뿐입니다. 문화제국주의의 시대는 이제 끝났습니다. 저는 이렇게 말하게 된 것을 아주 기쁘게……」

***

방송이 끝난 뒤 레오노라가 그의 팔을 잡았다.「한잔 사겠어요.」그녀가 말했다.「한잔 하고 싶으시죠? 저도 그래요. 잘하셨어요, 교수님. 생각보다 훨씬 잘하시던데요.」
「당신의 힘이 무척 컸어요.」블랙커더가 말했다.「내가 말한 것은 그냥 억지로, 서투르게 내뱉은 우스꽝스러운 몇 마디가 전부였소. 미안합니다, 스턴 박사. 당신 때문에 그런 서투른 말을 했다는 얘기가 아니고, 정말 당신의 힘을 얻어 내가 그나마 말할 수 있었다는 뜻이오.」
「무슨 말씀인지 알아요.」

21

악마에 씌인 미라

내가 벨벳 위에 나의 손을 펼치고 있으니
들여다보아라, 제럴딘, 불타는 보석들의 안을 —
가까이 오려무나, 애야. 수정점을 배워서
내 팔찌의 비밀을 알아내고 싶거든!
보려무나, 보석들이 우윳빛 피부 위에서 반짝이는 것을 —
귀족들과 귀부인들의 선물인
녹주석과 에메랄드와 녹옥수, 내 이것들을 소중히 여김은
값비싸기 때문이 아니라, 그들이 지닌 신비,
곧 어머니 대지의 미묘한 침묵의 언어이기 때문이란다.

네 손도 내 것처럼 감미로워서, 부드럽고 희구나.
내가 네 손가락을 만지면, 전기 스파크가
우리들 피부 사이에서 일어난단다. — 너도 느끼니? 좋아.
이제 보려무나,
변화무쌍한 빛이 보석들 위에서 흐르는 것을.

또한 보려무나, 어떤 환영이 네 앞에서 나타나는가를.
그것은 방사선의 유동하는 광채로
온통 붉어진 신비로운 얼굴일 수도 있고,
그것은 신의 영묘한 욕망의 과수 나무의
뒤엉킨 가지들일 수도 있단다.
뭐가 보이니? 거미줄 같은 빛이야?
그건 시작이란다. 그것은 이내
영적 세계의 저 신성한 모습을 띠게 된단다.
빛은 우리 마음속의 지성으로서, 그 효능을 우리는
알 수 없단다. 마치 여기 이 반짝거리는
보석 안에서 어떻게 장밋빛과 사파이어의 푸른빛과
한결같은 에메랄드빛이 빛나는가를 말할 수 없는 것처럼.
마치 아라비아 새의 목 언저리에 어떻게 저
오색의 눈부신 색조가 빛나는가를 말할 수 없는 것처럼.
기후가 보다 온화한 여기서는 그 새의 목이 잿빛이고,
황량한 극지에서는 눈부시게 희지만
그러니 신의 뜰에서 보석들은 얘기하고 빛나는 거란다.
여기서 우리는 보석들의 침묵을 읽거나,
지상의 빛나는 조각들 속에서 영원의 형태를 점친단다.

귀여운 제럴딘, 그 크리스털 공을 들어 올리려무나.
그 공을 응시하거라. 보려무나, 좌우상하가
그 속에서 뒤바뀌어 있는 것을.
그 안쪽에는, 아래로 향한 불꽃으로 에워싸인 세상처럼,
반짝이는 공간이 놓여 있단다.
이 모형의 공간 속에서는 모든 게 뒤바뀌게 되지.
열심히 보려무나. 그러면 너는 모든 것이 영적 환영의
베일을 쓰고 이동하는 것을, 그리고 또한

여기에는 없지만 저 피안에서 오는 것들을 보게 될 거야.
도치된 내 얼굴이 장미 잎새들 속에 잠기게 될 거야.
마치 말미잘 악티냐가 바위 동굴 속에서
신비한 자연력의 감춰졌던 후광을 내뿜는 것처럼 ——
내 얼굴 다음에 너는 보게 될 거야, 다른 빛 속에 잠긴
다른 형태들이 헤엄쳐 나타나는 것을.
정녕 너는 보게 되리니, 계속 참을성을 가지거라.
영매 속에서 생겨나 혼령 속의 대담한 친구들을 위하여
길을 밝혀 주는 저 결정적인 스파크는
그 효력이 단속적이어서, 도깨비불처럼 혹은
명멸하는 습지의 불꽃처럼, 일었다가는 다시 스러진단다.

뭔가를 가르쳐 주려고 내가 너를 여기로 부른 거야.
모두들 얘기가 네 시작이 좋다는 거야.
지난 일요일의 실신은 깊고 완벽한 것이었지.
내가 기절한 네 몸을 내 가슴에 안고 있는 동안
그 아름다운 입술 주위로 혼령들이 몰려와
순수한 위로의 말을 해주었단다.
순진한 네가 깨어 있는 동안에는 말로든 생각으로든
떠올릴 수도 없었던 악령들도 오기는 했지만.
그들에게 나는 「사라져!」라고 외치고
그들을 물리쳤단다. 그리고 나는 들었단다.
혼령들이 종소리같이 노래하며
그들의 크리스털 잔과 저 눈부시게 투명한 그릇으로
네가 선택되었다는 것을. 나라도 그러한 잔으로,
나의 예지가 지칠 때면, 한 모금의 감미로운 권능을
깊이 들이마시고 원기를 회복할 텐데.

내가 너를 선택한 것은 네가 나와 더불어
나의 강신회를 이끌어 가게 하려는 뜻이란다.
귀여운 나의 파트너, 이제는 나의 조수여,
잘하면 너도 앞으로 유능한 여자 점쟁이가 되겠지.

너도 오늘 밤에 올 귀부인들을 알 거다.
남작 부인은 보채고 있어. 그녀가 애도하는 것은
살찐 발바리인데, 이놈은 옛날에 그랬던 것처럼,
들판에서, 저 피안의 꽃밭에서 뛰놀고 있단다.
들리느냐, 그놈이 흡족해서 짖어 대는 소리가.
홀름 씨를 경계해라. 그는 판관인데,
회의라는 해로운 요정들을 좀처럼
억누르지 못하고, 쉬다가도 부당한 광경이나
소리에 대해서는 흥분하는 사람이란다.
— 정신 상태로 보아 — 가장 유망하고,
가장 상심해 있으며, 가장 슬픔에 젖은 사람은 저 젊은
클래어그로브 백작 부인이다. 그녀는 일 년 전에
외아들을 잃었는데, 그때 그 아이는
겨우 혀짤배기 말을 하는 두 살배기였단다.
그녀는 위로받으려 하지도 않고, 어디를 가든
아기가 죽었을 때 그의 대리석 같은 이마에서 잘라 낸
빛나는 머리채를 가지고 다닌단다.
무엇보다도 그녀가 원하는 것은 아기의 손을 만지고,
그의 조그만 뺨에 입 맞추고, 카오스와 어둠에 의해
그를 앗긴 것이 아니라 그가 여전히
살아 있다는 것을 확인하는 일이란다.
이런 얘기를 네게 하는 이유는 — 이런 얘기를 네게 하는
것은 —

요컨대 이런 얘기를 하는 것은, 혼령들이 우리에게 보내는,
때때로 우리가 보고 만지고 듣는 것이 허용되는,
신호들과 선물들은 순식간에 사라지는 것이라서,
그것들을 우리 자신의 것들로 엿가락처럼 늘여야 하기 때
문이란다.
어떻게 말해야 할까? — 혼령들의 진실을 입증하기 위해
그 조짐들을 우리는 꾸며 내는 것이란다.
정말이지 어떤 때는 우리의 방문객들이 벨을 울리고,
빛들이 실내에서 춤을 추며, 천상의 손길들이
육신을 만진단다. 꽃으로 빚은 술이 담긴 잔 —
향기로운 화환, 덥석 무는 심해의 가재 등의 환각들이
때로는 나타나기도 한단다.
때로는 초능력이 말을 더듬다가 입을 다물기도 한단다.
하지만 요즈음에는 얼이 빠지고, 쑤시는 내 몸은
그저 육중한 육신일 뿐, 아무런 소리도 낼 수 없단다.
그런데도 사람들은 열심히 찾아와 걱정거리와
진정되지 않는 슬픔과 미심쩍은 일들을 하소연하고 —
그래서 나는 혼령들에게 부탁하여
모면하는 법을 배웠지. 그래서 즉흥적으로
조짐을 꾸며 내고 신비를 가장하여,
슬픈 이를 위로하고 지독한 회의론자들을
가시적인 증거로 어리둥절하게 만들었단다.

흰 장갑과 가는 실은 형체없는 손처럼
움직여 사람들을 놀라게 하지. 천사의 화환은
가느다란 실로 샹들리에와 연결된 것이란다.
귀여운 것아, 한 영매가 할 수 있는 것을
두 영매들은 거의 무한하게 향상시킬 수 있단다.

사랑스런 것아, 네 모습은 요정처럼 고우니, 위급할 때면,
이 두 스크린 사이를 오락가락할 수 있겠지?
새끼 염소 가죽 장갑을 낀 네 조그만 손으로
심술궂게 회의적인 사내의 무릎을 만지거나,
스커트를 흔들거나, 좋은 향수 냄새 풍기며
턱수염을 쓰다듬을 수 있겠지?
무슨 얘기하는 거냐? 거짓말하기 싫다고?
현재와 과거의 네 신분을 망각하지 말았으면 한다.
넌 예쁜 하녀였지. 네 안주인은
너의 고운 자태라든가 집안의 젊은이에 대한
너의 정감 어린 시선을 좋게 보지 않았지.
그런데, 내 묻겠는데, 누가 너를 돕고, 집과
가재 도구하며, 빵과 옷을 주었지?
누가 너의 숨은 재주를 찾아 주었고,
너를 총애했으며, 너의 정감을
정신적이고 유익한 일로 전환시켜 주었지?
고마움을 느끼리라 믿는다. 그렇다면
나를 계속 믿으려무나.

우리들의 작은 속임수는 소박한 차원과
고상한 차원을 가진 일종의 예술이란다.
여자들은 이를 잘 알고 있지. 너그러운 사내들이
대리석의 천사를 위해서 비축해 놓은
기술과 소망을 밀랍 인형 만들기에 탕진하거나,
유화 물감으로 그리면 공작의 홀이나 도회지 미술관의
벽에 걸려 관객들을 놀라게 했을지도 모르는
눈부신 꽃송이들의 덤불을 초라한 집구석에서
수놓는 여자들 말이다.

네가 이 혼령의 연출을 거짓이라 하다니.
나는 이를 예술성, 혹은 단순히 예술,
설화, 이야기라 부른다. 여기에는 동화에서처럼,
심지어 훌륭한 책에서처럼, 진실이 숨겨져 있단다.

생각해 보려무나, 예술은 콜로라투라와 템페라,
혹은 돌 등의 매체를 가지고 있는 것을.
그림의 매체를 통해서 저 영원한 어머니의
이상적인 형태가 드러난단다.
(그 모델은 아마 제 주제도 모르는
천한 계집이라 상정할 수 있겠지만.)
언어의 매체를 통해서 위대한 시인들은,
단테의 육신은 먼지가 되었지만 베아트리체는 여전히
우리에게 말하듯이, 이상적인 것을 항상 간직한단다.
마찬가지로, 땀 흘리고 신음하고 토하고 동물적 고뇌를
외치는 이 초라한 육신의 영매를 통해서
저 가장 숭고한 영혼들은
꾸준히 기다리는 자에게 나타난단다.
그리고 그들은 이 똑같은 육신이 안광을 비추고,
실을 묶고, 양탄자에서 무거운 의자를 들어 올리는
재주를 갖도록 강요한단다.

혼령들은 공기와, 그 온기가 나의 입맞춤을 통해서
네 이마를 스치는, 보다 거친 나의 숨결로
영혼들에게 육신과 당당한 예복을 엮어 준단다.
어느 날 밤에 그들이 오지도 엮지도 않는다면 —
너와 내가 교묘한 손놀림과 똑같은 숨결로,
보다 뚜렷한 형태의 육신의 베일을 거두면서,

혼령들의 동작을 꾸밀 수도 있겠지…….
내 말 알아듣겠니?

어느 날 밤에는 플루트가 혼절할 만큼 감미로운
혼령들의 숨결로 가득하지. 다음에, 그들이 내키지 않는
다면,
그들에게 배움받은 나나 너의 숨결이 그들의 소리를
재현해야 할 거야. 그러나 그 가락은, 그 똑같은 가락은
감미로운 회한과 보다 감미로운 앞날의 희망에 관한 —
똑같은 소리를 여전히 토해 내겠지.
귀여운 소녀여, 예술은, 비록 그 얘기가 법정에서나
화학자의 약병 속에서는 거짓으로 통할지라도, 진실을 말
한단다.
우리는 혼령들의 진실을 위해서 기교가 있어야 하고,
또 그렇게 해서 그들에게 배움을 받는 거야. 알겠니?
곱고 커다란 눈에 의혹과 반짝이는
눈물을 가득 담고 나를 보아서는 안 돼.
야생화로 빚은 이 원기 돋우는 술을 마시려무나.
마음이 가라앉게 될 거야. — 가까이 와서 — 진정해라.
손을 맞잡고, 네 눈을 내 것에 고정시키고,
나와 함께 숨쉬거라. 그렇지. 첫 번째로
내 너를 최면시켜 너의 어린 영혼이, 아침의
꽃송이가 따스한 해를 향하여 꽃망울을 열듯이
내 것을 향해 열렸을 때, 나는 알았지
네가 분리된 존재가 되고 영혼이 되어
나의 능력에 유순히 감응한다는 것을.
내 눈을 쳐다보거라. 거기서 너는,
혼령들이 다른 것도 나타내 보이겠지만,

훌륭한 여인의 사랑을 볼 것이다, 얘야.
두려워 말고 그 감응력을 들이키거라. 보다 강한
나의 팔이 부드러운 네 몸을 받치고 있는 동안
이제 잠들어 진정하거라. 제럴딘,
나의 사랑은 주저없이 널 돕는단다.

모든 것이 측정되고 기계적인,
이성이 지배하는 냉정한 물질의 세계에서는
우리 여성들에게 아무 힘도 없다는 걸 넌 알지 못하니?
거기서 우리는 소지품이요 싸구려 물건이자 재산이란다.
마치 뿌리 잘린 채 꽃병에서 헐떡이는 꽃송이들이
하루살이로 빛나고 시들어 버리듯. 그러나 보려무나,
커튼이 온통 드리워져 막연한 부드러움이 감싸고,
깜박이는 불빛이 희미하게 비치고, 모든 형태들이
흐릿하며, 모든 소리들이 뒤섞여 울리는
이 은밀한 방에서는 우리에게 힘이 생기는 것을.
그리고 비이성이, 보이지 않는 힘이 지닌 직관이,
보이지 않는 힘과 그 감춰진 의도를
모으고 해석하고 전달하는,
전류와도 같은 우리 연인들의 신경에 대고 말하는 것을,
이것이 우리의 부정적 세계란다. 여기서는 보이지 않고, 들
리지 않고,
실체없고, 구속없는 것들이 우리에게, 그리고
우리를 통해서 말한단다. ─ 바로 우리가 듣고,
우리의 본성이 전율시키는 그들의 힘을 받는단다.
이 뒤바뀐 세계로 들어오려무나, 제럴딘, 여기서는
힘이, 유리구에서처럼, 위로 흐르고,
왼쪽이 오른쪽이고, 시계가 거꾸로 가고,

여인들이 옥좌에 앉아 예복을 걸친단다.
여기에는 향기로운 장밋빛 화환과 왕관,
머리를 장식하는 보석들, 마노,
월광석, 루비, 진주,
왕실의 모든 보석들이 있단다.
또 여기서는 우리가 여사제가 되고,
강력한 여왕이 되며, 모든 것이 우리 뜻대로 흐른단다.

모든 마술사들은 사기꾼들이었지. 우리는
모든 제사장들보다 나을 것도 못할 것도 없단다.
우리의 말에서 우리의 의도를 알아내려 하지 않는
저 멍청한 자들을, 불꽃과 마술로 꾸며 낸
눈부신 무리들이 믿음을 갖게 한단다.
이제 좀 진정되었구나. 좋아, 좋아. 내가
팔찌 낀 나의 손으로 네 팔의 정맥을
어루만지면 힘이 네게로 전달된단다. 넌
그 이점을 느낄 거야. 진정되었구나. 아주 평온하구나.

넌 스스로를 내 노예라 하는데, 그렇지 않단다, 애야.
이 새로운 영역에서 성공을 맛보려거든
지나친 말투나 어조를 피하거라.
넌 내 제자이자 소중한, 소중한 내 친구란다.
누가 알겠니, 대를 이어 머리 무녀가 될지.
그러나 지금은 근엄해야 돼. 그리고
부인들에게 존경을 표하고, 거친 사내들은
부드럽게 대하거라. 그들에게 차도 나르고, 미소도 짓고,
그들의 말을 경청해라. 그들의 무심결의 잡담이
누설하는 모든 걸 알아야 하니까.

여기에, 네가 보듯이, 숨겨진 얇은 천이 있고,
여기에 떨어뜨릴 꽃들이 있으며,
여기에 가벼운 요술에 쓰일 장갑이 있단다.

클래어그로브 부인의 아들 문제는 네 도움이 필요해.
그녀는 그를 만지고 그의 작은 손가락을 잡고 싶어서
미칠 지경이란다. 방이 어두워지거들랑 —
몰래 들어와서 팔꿈치를 고정시키고 —
잠시 후에 — 그녀의 빰을 만지거라. — 네 손가락들은
아주 절묘하게 옴폭 들어가고 곱단다.
아니, 너 무슨 말이냐? 그게 어째서 그녀를 해친다는 거야?
그녀의 믿으려는 의지는 유리한 점이야.
우리의 작은 사기와 즐거운 속임수는 그 믿음을 강화시키지.
그러니까 무해하고 좋은 일이란 말이야.
여기에 그녀 아들의 것만큼이나 금발에다 고운
머리채를 가진 하녀의 모발이 있다.
그것을 아주 적당한 시기에, 잘 들어 둬, — 그녀의 무릎이
나 —
움켜쥔 손가락 위에 떨어뜨리거라. 그러면
— 아주 좋은 일이 생기고 — 행복이 찾아와 너와 나는
느긋하게 행복을 누리며 잘살 수가 있단다.
우리는 선물을, 그녀는 일순간의 희망을 얻게 되지.
아니야, 더 나아가 그녀는 확신을 얻게 되지…….

(나머지 부분은 생략되어 있음.)

22

발은 뉴마켓 경마장의 스탠드에 앉아 있었다. 그녀는 텅 빈 트랙을 지켜보며 말발굽 소리에 귀를 기울이다가, 뿌연 흙먼지가 일어나는 것을 보고, 곧 빛나는 근육에 눈부시도록 휘날리는 은빛 갈기가 스쳐 지나가더니 순식간에 하나의 점, 적갈색과 회색과 밤색의 점으로 사라지는 것을 보았다. 그 짧은 순간의 천둥처럼 우렁찬 생명의 맥박을 느끼려고 그토록 오래 숨죽여 기다렸던 것이다. 그리고 그 뒤에 찾아오는 상쾌함, 긴장의 풀림, 콧구멍을 불쑥 들어 올리는 땀에 젖은 짐승들을 사람들은 축하하기도 하고 멋쩍게 바라보기도 한다.

「누가 이겼어요?」 그녀가 유안 맥킨타이어에게 물었다. 「너무 빨라서 보질 못했어요.」 물론 그녀는 말이 결승점에 들어오는 순간에 사람들과 함께 환호성을 지르긴 했었다.

「우리가 이겼어.」 유안이 말했다. 「그놈이 이겼다고. 리버 브레이터. 대단한 놈이야.」

발은 두 팔로 유안의 목을 감았다.

「축하 파티라도 열어야겠어.」 유안이 말했다. 「좋아. 잘해 낼 줄 알았지.」

「나도 이길 거라 생각했어요. 이름이 좋아서 백야라는 말에도 돈을 좀 걸었지만 우리 말이 이기라라고 확신했어요.」

「거 봐.」 유안이 말했다. 「내가 한번 해보라고 했잖아. 이건 도박이 아니야. 활기에 넘친 운동이지.」

「왜 진작 이렇게 멋진 일을 말해 주지 않았어요?」 발이 말했다.

정말 좋은 날이었다. 조금 흐릿하긴 하지만 그래도 햇살이 가득한, 정말 영국적인 날이었다. 말들이 모여 있는 트랙 끝, 가물가물하게 시선이 닿는 그곳에서는 안개 같은 말들의 입김이 흩어지고 있었다.

발은 경마장이라는 곳이 일종의 도박장으로 맥주 냄새가 역겹게 풍기고 내다 버린 담배꽁초들이 가득한, 그리고 오물이나 오줌 자국이 여기저기 널부러져 있는 데라고 생각했었다.

그런데 사실은 푸른 잔디에 맑은 공기, 그리고 활기 가득한 분위기와 춤추는 듯한 건강한 말들이 있는 정말 기분 좋은 곳이었다.

「그 친구들이 왔는지 모르겠군.」 유안이 말했다. 「한번 찾아볼까?」

유안은 두 명의 사무 변호사와 두 명의 증권 중개인으로 구성된 신디케이트의 일원이었다. 또 그들은 리버브레이터에 공동으로 투자한 사람들이기도 했다.

그들은 우승한 말이 있는 우리로 갔다. 말은 그곳에서 몸을 털며 서 있었다. 하얀 스타킹과 함께 땀에 찌든 모습으로, 등에서 발산되는 김과 입김이 한데 뒤섞인 가운데 당당한 모습으로 서 있는 적갈색의 말. 냄새도 좋았다. 발은 그 냄새가 건초와 건강과 노력의 냄새, 아주 자연스럽고도 자유롭게 발산되는 냄새라고 생각했다. 그녀는 말의 냄새를 들이켰고,

말은 자신의 콧구멍을 실룩거리며 머리를 흔들었다.

유안은 기수이자 조련사인 어떤 사람과 이야기를 주고받았다. 잠시 후 그는 또 다른 젊은 사람과 함께 발이 있는 곳으로 돌아왔다. 그의 동료 가운데 한 사람인 토비 바잉이라고 유안이 소개했다. 그는 유안보다는 몸이 마른 사람이었다. 얼굴에는 주근깨가 많았고, 양쪽 귀 위쪽으로만 곱슬곱슬한 금발의 머리털이 나 있을 뿐 살색이 그대로 드러나는 대머리였다. 그는 능직물로 만든 승마복을 입고 있었는데, 멋진 공작새가 그려진 착색 휘장의 트위드 재킷에 우아한 조끼를 걸친 모습이었다. 얼굴에는 부드러운 미소가 감돌았지만 그것도 잠시뿐, 아주 기쁜 기색을 감추지 못하는 사람이었다.

「내가 저녁 사겠네.」 그가 유안에게 말했다.

「아냐, 아냐. 내가 사겠네. 아니, 샴페인이라도 한 병 터뜨려야지. 오늘 저녁 멋진 계획이 있으니 말야.」

세 사람은 다정한 모습으로 경마장을 걸어 나와서는 샴페인과 훈제 연어, 그리고 바닷가재 샐러드를 샀다. 발은 여태까지 무엇을 즐긴다는 목적으로 해본 일이 아무것도 없다고 생각했다. 영화 구경이나 술집에서 저녁을 보내는 일 말고는 기억나는 것이 하나도 없었다.

그녀는 경마 일정표를 들여다보았다.

「말들의 이름이 참 재미있어요. 백야라 — 캐롤의 알리스에서 도스토옙스키가 따온 이름이잖아요.」

「우리도 유식한 사람이야.」 유안이 말했다. 「당신이 생각할 수 있는 정도는 우리도 다 생각한다고. 리버브레이터를 봐. 그놈의 아버지는 제임스 더 스코트이고 엄마는 록 드릴이야. — 착암기가 바위를 뚫을 때 그 반향되는 소리를 생각나게 하고, 또 미국인인 헨리 제임스는 리버브레이터라는 제목의 이야기도 썼잖아. 말의 이름은 양쪽 부모 모두의 이름을 연상시키는 이름이어야지.」

「굉장히 시적인데요.」 발의 마음에는 유안에 대한 호감이 가득했으며, 동시에 머릿속에는 온통 샴페인에 대한 생각뿐이었다.

「발은 문학에 관심이 많아.」 유안은 롤런드라는 사람을 개입시키지 않고 어떻게 발을 설명해 줄 수 있을까 고심한 끝에 토비에게 이렇게 말했다.

「저는 문학에 관계되는 일을 맡아보는 사무 변호사로 평이나 있습니다.」 토비가 말문을 열었다. 「그런데 사실은 그 분야가 제 전공은 아니죠. 최근에는 누가 발견했다는 죽은 시인들의 편지 때문에 아주 심한 분규 속에 휘말리고 말았지요. 미국인들이 제 고객에게 그 원고를 얻는 대가로 상당한 고액을 제시한 모양입니다. 그런데 우리 영국 사람들이 그런 사실을 알고는 그 편지들이 국가적으로 중요한 가치가 있는 물건이라 주장하면서 해외 반출을 저지하고 나섰거든요. 그리고 그 사람들 무슨 원수지간인지 굉장히 미워하고 있어요. 사무실에서 양쪽 사람들을 다 만나 봤거든요. 그 영국인은 그 편지들이 전 세계적인 학문 연구에 새로운 전기를 제공할 것이라 하더군요. 딱 한 번 그 견본이 되는 편지를 봤을 뿐이라고 했는데 ― 제 고객이 어지간히 까다로운 노인이어야지요. 절대 그 전체 원고들을 자기 손에서 내놓지 않으려 하니까요……. 그리고 이제는 언론에서도 그 문제를 다루기 시작했어요. 제가 TV 저널리스트들과 가십 칼럼니스트들에게 전화를 걸었지요. 그 영국인 교수는 문화부 장관을 만나려고 애를 쓰기도 했죠.」

「연애 편진가?」 유안이 물었다.

「오, 그래. 아주 〈복잡한〉 연애 편지지. 그 당시에는 왜 편지를 많이들 썼잖아.」

「어느 시인인가요?」 발이 물었다.

「랜돌프 헨리 애쉬라고, 학교 다닐 때 배웠죠? 전 도무지 이해하지 못하겠더라고요. 그리고 여류 시인은 전혀 들어 본 적이 없는 시인이죠. 크리스타벨 라모트라고 하던데……」

「링컨셔에 살았던……」 발이 말했다.

「예, 맞아요. 제가 링컨에 살아요. 그곳을 아십니까?」

「모드 베일리 박사?」

「아, 그래요. 사람들이 모두 그녀를 만나려고 해요. 그런데 어디로 사라지고 없어요. 틀림없이 휴가를 떠났을 것 같은데. 여름 방학이 되면 학자들은 어디로 떠나잖아요. 그녀가 그 편지들을 발견한 모양이던데……」

「저도 옛날엔 애쉬를 연구하는 학자랑 살았어요.」 이렇게 말하던 발은 순간 말을 끊고 말았다. 자동적으로 과거 시제가 튀어나오는 데에 자신도 몹시 혼란스러웠다.

유안이 그녀의 손을 잡더니 샴페인을 더 따라 주었다.

그가 말했다. 「정말 편지들이라면 소유권과 저작권의 문제가 굉장히 복잡하겠는데.」

「블랙커더 교수가 애쉬 경을 잠깐 방문한 모양이야. 그 사람은 자신이 대부분의 애쉬 원고에 대한 저작권을 가지고 있다고 여기고 있지. 하지만 그 미국인 말야, 크로퍼 교수라고 하던데, 그 사람은 자기네 대학 도서관이 거의 모든 편지의 원본을 소장하고 있다는군. 그리고 그는 큼직한 애쉬 서한집도 편집한 모양이야. 그러니 그 사람의 주장이 그럴듯하게 받아들여지는 거야. 한편 베일리 부부는 그 원고들을 자신들이 소유하고 싶어하는 듯하고. 그런데 그 편지를 발견한 사람은 모드 베일리인 것 같으니……. 크리스타벨이라는 그 여류 시인은 늙도록 혼자 살았는데, 그 편지들이 발견된 방에서 임종을 맞이했었다고 하더군. 편지들이 인형 상자인가 담요인가

하는 곳에서 발견됐다는데 — 우리 고객은 모드 베일리라는
여자가 그 편지들의 가치가 얼마나 되는지 자기네들한테 얘
기해 주지 않았다고 굉장히 화가 나 있기도 하지…….」
　「그 여자가 몰랐을 수도 있잖아.」
　「어쩌면 그랬을지도 모르지. 아무튼 그녀가 돌아오기만 한
다면 모두들 굉장히 좋아할 거야.」
　「과연 돌아올까요?」 발이 유안을 바라보며 말했다. 「제 생
각엔 그녀가 어떤 이유가 있어서 도망간 것 같은데요.」
　「여러 가지 이유가 있겠지.」 유안의 말이었다.

***

　발은 롤런드가 갑자기 사라져 버린 이유가 분명 모드와 함
께 있고 싶은 욕망 때문이라고 생각했었다. 그래서 그녀는 순
간적으로 울화가 치밀어 모드의 아파트로 전화를 걸었었다.
그러나 전화기를 통해서는 모드가 어딜 가고 없다는 미국 여
자의 느긋한 목소리만 들려올 뿐이었다. 그녀가 어디로 갔는
지 아느냐고 물었을 때 그 여자는 굉장히 재미있어하는 투로
심술궂게 「저에게는 그런 것을 알 특권이 없어요」라고 대답
했었다. 발이 이러한 사실을 유안에게 털어놓으며 불평하자
그는 이렇게 말했다. 「하지만 이제 그 사람을 더 이상 원하지
않잖아. 다 끝난 것 아냐?」 이런 그의 말에 발은 큰 소리로 이
렇게 대꾸했다. 「그걸 당신이 어떻게 알아요?」 그러자 유안은
이렇게 말했다. 「내가 당신을 쭉 지켜봤기 때문이며, 또 여러
주일 동안 그가 안 나타난 것이 그 증거 아닌가?」
　그래서 그녀는 이제 경주용 말의 마구간 근처의 집에 유안
과 함께 있다. 시원한 저녁 바람을 맞으며 그들은 휴지 하나
없이 깨끗이 쓸어 놓은 마당을 거닐었다. 축사의 여러 문들

위로 커다란 눈망울을 가진 말들이 긴 머리를 삐죽이 내밀고
는 주름진 부드러운 입술과 크지만 그다지 사나워 보이지 않
는 이빨로 사과를 널름널름 받아 우물거리고 있었다. 벽돌로
지은 야트막한 그 집은 벽을 타고 기어오른 장미와 등나무로
한껏 운치가 감돌았다. 그리고 거기서 아침 식사로는 강낭콩
과 베이컨, 버섯, 혹은 케저리[1] 등이 은접시에 담겨 나왔다.
멋들어지게 꾸며진 침실에는 크림색과 장미색의 친츠[2]가 단
단해 보이는 낡은 가구들을 물결처럼 뒤덮고 있었다. 발과
유안은 장밋빛 불빛이 은은히 비치고, 열려진 창문으로는 어
두운 그림자가 보이고, 또 그 창을 통해 향긋한 장미꽃 내음
이 바람에 실려 오는, 동굴과 같은 집에서 사랑을 나누었다.
　발은 벌거벗은 유안 맥킨타이어의 몸을 내려다보았다. 그
는 흡사 그의 말을 거꾸로 닮은 꼴이었다. 그의 몸의 모든 중
심은 하얗고, 끝부분은 모두가 갈색이었다. 리버브레이터는
그 반대였던 것이다. 그리고 그의 얼굴은 말의 얼굴과 비슷
했다. 발은 웃었다.
　「먹을 수 있을 때 사과 많이 드세요.」 그녀가 말했다.
　「무슨 소리야?」
　「시예요. 로버트 그레이브스의 시. 나는 로버트 그레이브
스가 좋아요. 감동과 흥분을 가져다 주거든요.」
　「그럼, 어디 한번 읊어 봐.」 그는 그녀에게 두 번 낭송하게
한 다음 자신이 직접 그 시를 읊어 보았다.

　　「어둠과 어둠 사이를 걸어라 ── 그곳은 빛나는 공간
　　　평화로움은 없지만 무덤으로 향하는 길은 아닐 것이니.」

1 쌀이나 렌즈 콩 등으로 만든 인도 요리.
2 화려한 프린트 무늬가 있는 사라사 무명천.

「좋은 시로군.」 유안 맥킨타이어가 말했다.

「좋아할 줄 몰랐는데요.」

「당신은 여피[3]라고 해서 시는 안 좋아한다고 생각하는 모양이야. 너무 그렇게 단순하게 보지 말라고.」

「미안해요. 모르겠어요. ― 사실대로 얘기하자면 ― 당신이 왜 나를 좋아하는지 모르겠어요.」

「우린 함께 일하잖아, 안 그래? 침대에서 말야.」

「아, 예.」

「누구든지 그쯤은 다 알아. 그리고 나는 당신의 웃는 모습 좀 봤으면 좋겠어. 이렇게 아름다운 얼굴을 왜 학대하는 거야? 왜 늘 실망스런 표정을 짓는 거냐고. 그러다가 나중에 후회해도 소용없어.」

「자비를 베푸시는 거로군요.」 발의 목소리에는 푸트니에 있을 때의 어조가 반쯤은 섞여 있었다.

「괜히 그러지 말아.」

그러나 그는 항상 망가진 물건을 고치는 일에 신명이 나 있는 사람이었다. 깨진 모형이나 집 잃은 고양이 새끼, 혹은 땅바닥에 곤두박질친 연 등이 늘 그의 손길을 기다리고 있었다.

「봐요, 유안. 나는 행복과는 거리가 먼 사람이에요. 아마 당신을 엉망으로 만들어 놓을지도 몰라요.」

「그건 내가 알아서 할 일이야. 내게 달린 문제라고. 자, 먹을 수 있을 때 사과를 먹어야지.」

3 화이트칼라의 젊은 엘리트 층에 속하는 사람.

23

추적이 중단된 것은 트레파스 만에서였다. 브르타뉴의 화창한 날들 중 어느 하루였다. 그들은 모래 언덕 사이에 서서 대서양을 건너 조용하게 밀려오는 넉넉한 물결을 바라보고 있었다. 바다는 짙은 녹색의 파도 속에 황갈색 모래빛을 반사하며 일렁이고 있었다. 대기는 따뜻한 우유처럼 훈훈했고 소금 냄새와 따사로운 모래 내음, 그리고 히드인지 아니면 노간주나무인지 그도 아니면 소나무인지, 아무튼 멀리서 잎이 뾰족한 식물의 향기를 실어 나르고 있었다.

「트레파스란 이름만 아니라면 정말 매력적이지 않아요? 아니면 불길하다고 할까요?」 모드가 물었다. 「온화하고 밝아 보이기만 하는데요.」

「당신이 해류에 대해서 알고 있다면 그 위험을 알게 될지도 모르죠. 당신이 만약 선원이라도 된다면 말입니다.」

「『녹색의 안내자』를 보면 이 이름은 〈시냇물의 만*boe an aon*〉에서 〈고통받는 영혼들의 만*boe an anaon*〉으로 말이 계속 변하여 잘못된 것이라고 해요. 또 이즈의 도시도 전통적으로 강어귀의 늪지에 있었다고 하고요. 죽은, 불법침입한, 지나간, 이미 없어진. 이름들에는 의미가 붙기 마련이에요. 우리도 그 이름 때문에 왔고요.」

롤런드는 그의 손을 잡고 있는 모드의 손을 어루만졌다.

***

그들은 모래 언덕들 사이 한 움푹한 곳에 서 있었다. 모래 언덕 너머 대서양을 가로질러 오는 풍요롭고도 기이한 파도 소리가 크게 들려왔다. 「그리고 바로 저기가 틀림없이 셍 섬일 거예요. 언제나 저곳을 바라보는 꿈을 꾸곤 했지요. 섬 이름을 따서 셍, 세나 또는 세네라고 불리던 아홉 명의 무서운 처녀들이 살았다는 곳이죠. 섬의 이름은 환상적인 암시와 여러 의미를 지닌 단어예요. 여성 육체의 신성을 나타내고 있지요. 그 이유는 셍이라는 단어가 여성의 성 기관인 젖가슴과 자궁을 뜻하기 때문이라는 건 당신도 아실 거예요. 또 이런 뜻에서 고기 잡는 그물이란 의미와 바람을 맞아들이는 부풀은 돛이란 의미가 생겨났고요. 이 아홉 명의 처녀들은 태풍을 뜻대로 다스릴 수 있었고 마녀 사이렌처럼 선원들을 함정으로 유인하기도 했었다는군요. 그리고 이들은 죽은 드루이드 교인들을 위해 이 장례식용 사원을 세웠다고 해요. 내 추측엔 또 다른 여성의 형상인 돌멩이였던 것 같아요. 이 사원을 세우는 동안 대지에 손대지 말라든가 돌을 땅에 떨어뜨리지 말라는 등 온갖 금기 사항들이 있었답니다. 태양이나 대지가 이들을 오염시키거나 아니면 반대로 태양이나 대지가 이들에 의해 오염될까 봐 두려워했기 때문이라는군요. 마치 땅에 손대지 않고서만 거둘 수 있는 겨우살이 나무들처럼 말이죠. 종종 이즈의 다후드 여왕은 이 여마법사들 중 하나의 자식이라 여겨지고 있어요. 그녀가 익사자들 도시의 여왕이 되었을 때 그녀는 마리 모르간 — 사람들을 죽음으로 이끄는 일종의 사이렌이나 인어를 뜻하는 — 이 되었다는 거예요. 그래서 그녀는 그들의 섬에서 세네들이 그러했듯 모계 중심 사회의 유물 같은 존재로 여겨지고 있지요. 당신, 크리스타벨의『물에 잠긴 도시』를 읽어 보셨나요?」

「아니오. 그냥 넘겨 버렸던 것인데 한번 읽어 봐야겠어요.」

「레오노라.」모드가 말했다.
「그리고 블랙커더.」롤런드가 말을 받았다.

두 사람이 바다 쪽을 향해 걸어오는 모습을 볼 수 있었다. 부풀은 레오노라의 머리칼은 바람을 막아 주던 모래 언덕에서 빠져나왔기 때문인지 가벼운 바닷바람에 마치 또아리 튼 검은 뱀처럼 곱슬곱슬 위로 말려 올라가 있었다. 은빛 달무늬들이 그려진 잔주름이 풍성한 주홍빛 드레스는 그녀의 풍만한 젖가슴 위에 천으로 만든 폭 넓은 은빛 밴드가 고정되어 있는 것으로, 영국의 태양 아래서는 도저히 만들어질 수 없는 황금빛 어깨를 드러내 놓고 있었다. 큼직하고 모양새 좋은 그녀의 발은 맨발이었고 발톱에는 주홍색과 은색이 번갈아 칠해져 있었다. 그녀가 발걸음을 옮길 때마다 주름 잡힌 드레스 자락이 바람에 펄럭거렸다. 위로 쳐든 그녀의 팔에서 매력적인 팔찌들이 부딪쳐 차임처럼 아름다운 소리를 냈다. 무거워 보이는 구두를 신고 주름진 짙은 바지 위에 역시 짙은 색 파카를 걸친 차림의 제임스 블랙커더가 그녀의 뒤를 따르고 있었다.
「저 너머는 분명 낸터키트일 거요. 신세계의 부드러운 녹색 언덕도.」
「피츠제럴드는 드루이드 여신도들에 대해선 할 말이 거의 없었을 거예요.」

「하지만 그는 이 세상의 낙원을 여성화시켰소.」

「실망스러운 것이죠.」

「물론이오.」

모드가 말했다.「저들은 틀림없이 우리가 있었던 곳을 조사하고 다녔을 거예요.」

롤런드가 말했다.「저들이 여기에 머물렀다면 틀림없이 아리안느를 봤을 테죠.」

모드가 말했다.「일기도 읽었을 테고요. 레오노라가 아리안느를 찾고 싶었다면 그렇게 했을 거예요. 게다가 블랙커더는 프랑스어를 잘할 거예요.」

「저들은 틀림없이 우리한테 무척 화가 나 있을 겁니다. 자기들을 속이고 이용했다고 생각할 수밖에 없겠지.」

「우리가 가서 저들을 만나야 한다고 생각하세요? 아니면 저들이 우릴 먼저 보게 되든가.」

「그렇게 생각합니까?」

모드가 두 손을 내밀자 롤런드가 맞잡았다.

모드가 말했다.「그래야 한다는 생각도 들고 도저히 그렇게 할 수 없다는 생각도 들어요. 우리가 떠나야 한다는 사실은 분명해요. 그것도 빨리.」

「어디로?」

「아마 돌아가야겠죠.」

「마법에 걸리지 않은 채로?」

「우리가 홀린 건가요? 우리 처음부터 다시 생각해 봐야 할 듯싶어요. 언젠가 말이죠.」

「아직은 아닙니다.」롤런드가 재빨리 말했다.

「그럼요. 아직은 아니에요.」

***

　그들은 차를 타고 묵고 있는 호텔로 말없이 돌아갔다. 주차장으로 들어설 때 커다란 메르세데스가 주차장을 빠져나오고 있었다. 메르세데스의 짙은 창유리 때문에 모드는 지나치면서 크로퍼가 운전석에 앉아 그녀를 눈여겨보는지 전혀 알 수 없었다. 어쨌든 메르세데스는 속도를 늦추지 않고 그들이 왔던 곳으로 사라져 갔다.

　호텔 주인이 말했다. 「어떤 미국인 신사분이 손님들 행선지를 물으셨습니다. 그분 말씀이 오늘 저녁 이곳에서 식사를 하시겠답니다.」

　「우리가 뭐 잘못했습니까?」 롤런드가 영어로 말했다.

　「아무도 그렇게 말한 사람은 없어요. 그 사람은 우리가 알고 있는 것을 사고 싶어하거나 아니면 우리가 더 많은 것을 알고 있는지 캐내고 싶은 거예요. 그는 편지를 원해요. 이야기를 알고 싶은 거죠.」

　「어떻게 막을 수도 없고……. 」

　「그렇다고 도울 수는 없어요. 안 그래요? 우리가 당장 떠나 버리면 말이에요. 그 사람이 아리안느를 보았다고 생각하세요?」

　「레오노라와 블랙커더를 따라왔을지도 모르죠.」

　「그들은 끝까지 싸울 수 있을 거예요. 이야기의 마지막도 알아낼 수 있겠죠. 기분이 좋지 않아요. 내 기분은 — 지금 당장 기분으로는 — 알고 싶지 않아요. 아마 나중에나 가서야.」

　「자, 집으로 돌아갑시다. 짐을 꾸려 떠납시다.」

　「그래야겠어요.」

***

  그들은 브르타뉴에 3주 동안 있었다. 서둘러 도망쳐 나오면서 그들은 벌은 시간만큼을 낭트 대학의 도서관에서 점잖게 쓸 수 있으리라 생각했다. 그런데 도서관 문이 닫힌데다 아리안느 르 미니에가 휴가를 떠나고 없는 바람에 그들은 함께 지내야 했다. 휴가 온 기분이었다. 여름 들어 두 번째로 함께 보내는 시간이었다. 그들은 각자 다른 방을 썼다. 당연히 하얀 침대를 갖춘 방으로 골랐다. 하지만 그들이 그렇게 함께 시간을 보내는 데에는 어딘가 함께 여행 온 부부, 아니면 신혼여행을 온 신혼부부와 같은 분위기가 없지 않았다. 두 사람 다 대단히 혼란스럽고 매우 애매한 기분을 느끼고 있었다. 퍼거스 월프와 같은 사람이라면 이런 상황을 어떻게 이용할지 잘 알았을 뿐 아니라 아마 즐기면서, 자신에게 유리하게 이용하는 것이 당연하다는 듯 행동했을 터이다. 하지만 모드는 다시는 퍼거스와 어디든 함께 다니고 싶지 않았다. 그래서 이렇게 롤런드와 함께 떠나지 않았는가. 그들은 함께 도망쳤고, 그리고 그들의 이런 행동이 어떤 의미를 지니는지 모르는 바도 아니었다. 그들은 평화롭게 얘기를 나누었다. 〈우리〉라는 단어를, 그 깊은 의미는 애써 드러내지 않으려는 듯이 아주 자연스럽게 사용하였다. 「우리 아벤 다리에 가볼까요?」라고 한쪽이 조용히 물으면 다른 한쪽은 「우리, 고갱의 황색 그리스도의 모델이 된 십자가에 못 박힌 예수 상을 보러 가면 어떨까요?」라고 되물었다. 그들은 그 〈우리〉라는 대명사의 깊은 속뜻에 대해 생각은 하고 있으면서 굳이 따지고 들지는 않았다.
  자물쇠를 채워 감춘 편지 어딘가에서 애쉬는 죽은 연인들을 사로잡은 듯 보였던, 아니면 그들을 어떤 충동으로 내몬

듯 보였던 어떤 운명의 책략에 관해서 언급했었다. 롤런드는 한편으로는 꼼꼼한 포스트모더니스트의 즐거움 속에서, 다른 한편으로는 알 수 없는 두려움 속에서, 자신과 모드가 그들 자신의 책략이나 운명이 아닌 바로 그 죽은 연인들의 운명에 휘둘리고 있는 것이 아닌가 생각했다. 그는 문득 찾아든 이런 생각을 계속 확대시키고 있었다. 그는 스스로 자문해 보았다. 자기 반성적이고 내향적인 어느 포스트모더니스트의 거울 게임 속에는 사실 미신적인 두려움이 자리 잡고 있는 것은 아닌지. 그리고 그 두려움이란 그의 게임이 이제는 자기 선을 떠나 통제할 수 없는 단계로 나아가고 있음을 깨닫는 데서 비롯된 것은 아닌가? 뭔가 질서를 부여하려는 강력한 원칙에 대한 맞대응 속에서 이런저런 많은 상관관계들이 제멋대로, 아무렇게나 확산되고 있다는 불안에서 비롯된 두려움은 아닌가? 질서 부여의 원칙. 당연히 포스트모더니스트의 원칙인 이것이 분명 우연성과 다의성과 〈자유〉를 요구하면서 동시에 어떤 목적 — 그것이 무엇일까? — 에 따라 형태를 띠고, 통제되고, 이끌리는 것은 아닐까? 무엇인가에 일관성을 부여하고, 또 그것이 어떤 결론으로 결정될지 보고 싶은 마음이 인간 내면 깊숙한 곳에 자리 잡은 욕망이 아니던가. 물론 지금이야 누구도 심각하게 생각하지 않는 욕망이겠지만, 부인할 수 없는 것은 그 욕망이 분명 두려우면서도 사람의 마음을 사로잡고 있음에 틀림없다는 점이었다. 〈사랑에 빠진다는 것〉 — 그것은 그 속성상 세상의 온갖 외양들을, 어느 특정 연인의 삶의 그 모든 것들을 단정하게 추슬러 뒤엉킨 복잡한 가닥들을 하나의 일관성있는 구도 속에 자리 잡게 하는 것이리라. 그런데 롤런드가 혼란스러워하는 이유는 어쩌면 그 반대의 생각이 맞을지도 모른다는 불안 때문이었다. 아무튼 어떤 구도 속에 진입한 이상 그들은 그것이 바로 그런 사랑의 구도, 즉 자신들의 구도가 아니라 죽은 연인들의 사랑의 구도 속에 끼어들었다 여기고 행동하는 편이 적절하다고 생각했다. 또한 그것이 처음 출발할 때 그들이 지니고 있었던 마음과도 일치했다.

그래서 그들은 다른 것은 거의 신경 쓰지 않은 채 죽은 자들의 문제들을 계속 토론했다. 모드와 롤런드는 아벤 다리에서 메밀로 만든 팬케이크 앞에 앉아 차가운 토기 주전자에서 사이다를 따라 마시며 어려운 질문들을 주고받았다.

아이는 어떻게 되었을까?

얼마나 무지한 상태에서, 아니면 지식을 습득한 상태에서 블랑슈는 어떻게 또는 왜 버려졌던가? 애쉬와 라모트는 어떻게 헤어졌을까? 애쉬는 아이가 있을 수 있다는 사실을 알았던가?

크리스타벨에게 편지들을 되돌려주며 쓴 편지는 날짜가 기록되어 있지 않았다. 편지는 언제 보내졌을까? 두 사람 사이에 좀더 접촉이 있었을까? 오랜 연애 끝에 순간적인 결별이었나?

모드는 아리안느가 동봉한 시들을 읽고는 입을 다물고 슬픈 기분에 잠겼다. 그녀는 두 번째 시를 아이가 사산했다는 뜻으로 해석했다. 그리고 「엎질러진 우유」라는 시는 그것이 무엇이든 간에 크리스타벨의 입장에서 보면 아기의 운명에 대한 끔찍한 죄의 증거를 뜻한다고 해석했다.

「우유는 상처를 입혀요.」 모드의 말이었다. 「아기에게 모유를 먹일 수 없어 우유를 먹이는 산모의 마음은 고통스럽지요.」

모드는 또한 크리스타벨의 관점에서 플롯이 가지고 있는 패러디를 논했다.

「그녀는 대략 그때쯤 괴테의 『파우스트』에 대해 꽤 많이 썼어요. 무지에 의한 유아 살해는 그 당시 유럽에서는 통상적인 주제였지요. 그레첸, 헤티소렐, 「가시나무」에 나오는 워즈워스의 마사 등은 죽은 아이들 때문에 절망하는 여인들이죠.」

「그 아이가 죽었는지 살았는지도 우린 모르고 있잖아요?」

「난 그렇게 생각할 수밖에 없어요. 만약 그 애가 죽을 운명이 아니었더라면 어째서 그녀가 도망쳤을까요? 그녀는 그곳에 은신처를 구해 갔었던 거예요. 어째서 그녀는 안전한 곳에 머물지 않았을까요?」

「그 누구에게도 무슨 일이 생겼는지 알게 하고 싶지 않았겠지요.」

「옛날엔 해산에 따르는 금기 사항이 있었어요. 멜루지나 신화의 초기판들은 목욕 대신 해산에 대한 이야기를 담고 있어요.」

「반복되는 패턴이군. 또다시.」

그들은 또한 다음엔 어디로 가야 할지 알지 못한 채 조사 계획이 앞으로 어떻게 될지에 대해서도 의견을 나누었다. 분명한 방법은 낭트로 되돌아가는 것이었다. 그렇게 해야 그들은 자신들의 머뭇거리는 행위를 합리화시킬 수 있을 듯했다. 모드는 크리스타벨이 1860년대 초반에 친구들과 함께 런던에 머물렀다고 말했다. — 그녀는 베스타[1]의 빛과의 연관성을 알지 못했다. 롤런드는 애쉬의 글에서 급류가 휘도는 곳에 관한 언급을 언뜻 보았던 대목을 기억했다. — 「죽음에 이르는 슬픔*trisitis usque ad mortem*」, 애쉬는 그렇게 말했었다. — 그러나 그것이 결코 애쉬가 그곳에 갔는지를 보증해 주지는 않았다.

이 계획이 앞으로 어떻게 될지에 대한 염려 말고도 롤런드는 자신의 미래에 대해서 또한 걱정했다. 그가 자기만의

1 로마 신화에 나오는 벽난로와 불의 여신.

생각에 빠져 있었다면 아마 심한 공포에 휩싸였을 터이다. 그러나 꿈같은 나날들, 강렬한 청색과 엇갈리는 진줏빛과 또 그 무엇인가의 덕분에 생각하지 않아도 괜찮을 수 있었다. 상황은 좋아 보이지 않았다. 그는 단지 블랙커더를 저버렸던 것이었다. 그는 발에게도 똑같은 짓을 했다. 발은 용서하지 않을 것이고 당한 만큼 똑같이 갚으려 하리라 롤런드는 생각했다. ─ 그는 호된 비난을 감수하러 돌아가야 하리라. 그리고 그다음엔 어떻게 떠날 수 있을 것인가. 어디로 가며, 어떻게 살아가야 하는가?

하지만 이제는 상황이 바뀌었다. 그들은 사랑, 낭만적인 사랑, 강렬한 로망스를 불신하는, 그러면서도 그 앙갚음으로 성적인 언어, 언어에 나타난 성적 관심과 분석, 해부, 해체 및 노출 등을 양산해 내는 시대와 문화의 자식들이었다. 그들은 이론적으로는 알고 있었다. 그들은 남근 숭배, 구멍 뚫기, 침투에 대해서도 알고 있었고 다양한 형태와 의미를 지닌 성적 도착, 구강 성교, 풍만한 가슴과 빈약한 가슴, 음핵 팽창, 소낭 학대, 분비액, 고형 물질, 이런 것들에 대한 은유, 욕망과 손상의 체계, 유아의 탐욕과 억압 및 위반, 자궁의 도해, 그리고 욕망에 불타고 공격받고 소진하여 두려워하는 육체의 팽창과 수축의 이미지에 대해서도 알고 있었다.

그들은 침묵에 싸여 있었다. 그들은 아무 말도 하지 않고 다른 행동도 취하지 않은 채 서로 어루만지고 있었다. 한 손 위에 다른 손이, 옷에 싸인 팔이 상대편의 팔에 기대어 있었다. 해변가에 앉아 있을 때 서로의 발목이 포개지기도 했지만 둘은 치우려 하지 않았다.

어느 날 밤 두 사람은 모드의 침대에 나란히 누워 잠들었다. 잠들기 전 그들은 침대에서 칼바도스 한 잔을 나누어 마셨다. 남자는 여자의 등과 반대로 돌아누워 몸을 웅크린 채 잠들었다. 그 모습은 마치 여인의 창백하고 우아한 문구에 맞서는 어두운 쉼표 같았다.

그들은 미리 말을 나누진 않았지만 또다시 그러한 밤이 찾아왔을 때 말없이 협상하였다. 접촉 행위에서 그 어떤 격렬한 행위라든가 의도적인 포옹 등으로 발전하지 않는 것은 두 사람 모두에게 중요했다. 그들은 어떤 면에서는 이같이 품위 있고 평화로우나 인정되지 않은 접촉이 그들 각자의 살갗 속에 각자의 개별적인 삶에 대한 의식을 되돌려준다고 생각했다. 그들이 알고 있는 종류의 말은 이러한 느낌을 주지 못할 것이었다. 바다 안개가 갑자기 뿌연 우윳빛 고치처럼 주위를 에워싸 전혀 원근을 구별할 수 없는 날이면 그들은 하루 종일 하얀 레이스가 달린 묵직한 커튼 뒤 하얀 침대에 꼼짝도 않고 한마디 말도 않은 채 느긋하게 함께 누워 있었다.

이 모든 것이 상대에게 얼마나 많은 것을, 또 무엇을 뜻하는지 아무도 확실하게 알지 못했다.

둘 중 그 누구도 용기를 내어 묻지 않았다.

****

롤런드는 이론적으로 자기 자신을 온통 느슨하게 연결되어 있는 많은 체계들의 교차지로 보는 법을 배웠었다. 그는 자신의 〈자아〉에 대한 스스로의 생각을 일종의 환상으로 보도록 훈련받았다. 아울러 그런 생각을 불연속적인 기계 장치, 다양한 욕망의 전기적 메시지 전달망, 이념적인 믿음들과 반응들, 언어 형식과 호르몬 및 생리적 유인 물질인 페로몬으로 대치하는 훈련도 받았다. 대체적으로 그는 이러한 것을 좋아했다. 그는 그 어떤 열렬한 낭만적 자기 주장에 대한 욕구도 전혀 없었다. 그러나 그는 많은 시간에 걸쳐 그들이 서로에게 느끼는 말없는 즐거움이 어떤 식으로 전개될지 궁금해 했다. 뭔가 있는가, 전혀 없는가, 어느 순간 그렇게 나타났듯이 또 그렇게 홀연히 사라져 버릴지, 아니면 어떤 변화가 있을지, 모든 것이 궁금했다.

그는 유리 언덕 위의 공주와, 그들이 처음 만났을 때 모드가 보일 듯 말 듯 지었던 경멸 어린 표정에 대해서 생각했다. 현실 세계에서는 — 즉 하나의 세계를 다른 세계보다 우위에 두어서는 안 되기 때문에, 그들 둘 다 이 잠 못 이루는 하얀 밤들과 화창한 날들로부터 돌아가야 하는 바깥 세계에서는 — 그들 사이에 실제적인 연관성은 거의 없었다. 모드는 그가 자기 여자로 고집할 수 없을 만큼 아름다운 여인이었다. 그녀는 확실한 직업을 가지고 있었고 국제적인 평판도 얻고 있었다. 더구나 확실히 믿지는 않았지만 불확실하게나마 그녀에게 걸림돌 노릇을 한다고 느끼고 있는, 어느 면에서는 어둡고 시대에 뒤떨어진 영국의 사회 제도 안에서 제법 이름있는 가문의 출신이었다. 그런데 롤런드는 도시의 중하류층 출신으로 어떤 곳에서는 모드보다 더 잘 받아들여지고 또 어떤 곳에서는 그 반대의 경우도 있긴 했지만, 어쨌든 거의 모든 면에서 둘의 신분은 양립할 수 없었다.

이 모든 것은 일종의 로맨스의 플롯이었다. 그는 천박한 현실에 거주하는 동시에 고귀한 로맨스 안에 있었다. 로맨스는 그것에 대한 기대감이 서구 세계의 거의 모든 사람들을 이런저런 점에서 더 낫거나 더 나쁜 쪽으로 향하게끔 통제하는 것처럼 롤런드를 통제하는 체계들 중 하나였다.

그는 설령 시대의 심미적 추세가 그와 대립된다고 해도 로맨스는 사회적 리얼리즘에 자리를 내주어야 한다고 생각했다.

아무튼 블랙커더와 레오노라 그리고 크로퍼가 왔기 때문

에 상황은 탐구 여행이라는 훌륭한 낭만적 형식에서 추적과 경주로 바뀌었다. 어느 쪽이든 가치있기는 마찬가지였다.

머물러 있는 동안 그는 일르 플러탕트라는 희고 차가우며 약간 단맛이 도는 푸딩에 열중하게 되었다. 이 걸쭉한 요리는 노란 바닐라 커스터드 소스 안에 거품이 섬처럼 하얗게 떠 있는 것으로 달콤한 맛이 엷게 감돌았다. 모드와 함께 서둘러 짐을 꾸리고 도버 해협을 향해 차를 몰면서 롤런드는 자신이 이 요리를 얼마나 아쉬워할지, 그 맛이 그의 기억 속에서 어떻게 희미해질지를 생각했다.

***

블랙커더는 레오노라와 함께 저녁에 호텔로 돌아오면서 메르세데스를 보았다. 그는 긴장감을 느꼈다. 아리안느는 레오노라에게 정말로 사진 복사한 사빈느의 일기를 주었다. 그는 레오노라를 위해 이를 번역하려 했고 상당한 성과를 거두었다. 처음에 그는 그녀라는 존재가 갖는 순수한 힘과, 롤런드와 모드가 그들보다 앞서 학문적 성과를 거두고자 함께 몰래 사라졌다는 그녀의 주장에 끌려 다녔다. 블랙커더는 그들이 일기를 손에 넣었을 때 집으로 돌아가 유능한 사람에게 번역을 맡긴 후 조사를 계속해 나가자고 제의한 적이 있었다. 롤런드와 모드에 대해 아리안느에게 많은 것들을 물어보고 난 레오노라는 모드 일행이 여전히 무언가를 찾는 중이며 의당 피니스테르를 질러갔으리라 생각했다. 날씨가 좋지만 않았더라도 블랙커더는 벌써 타이프라이터와 전화기가 있는 자신의 거처로 돌아가겠다고 고집을 부렸을 것이었다. 그러나 유혹적인 태양이 빛났고 두 번의 훌륭한 식사를 하고 난 그는, 이왕 이곳에 왔으니 케르느메와 그 주위 상황을 둘러보겠다고 말했다.

레오노라가 차를 몰았다. 그녀는 당당한 태도로 아주 빠르게 운전했지만 편안하지는 않았다. 블랙커더는 그녀의 옆에 앉아 자신이 어쩌다가 이 모든 상황에 말려들었는지 의아해하고 있었다. 레오노라의 향수 내음이 렌터카의 내부에 가득 퍼져 있었다. 사향과 백단향 그리고 어딘지 반항적인 기분을 자아내는 톡 쏘는 듯한 향이 어울린 냄새였다. 블랙커더는 숨이 막힐 것 같았다. 아랫도리 부근에서 그는 무언가 본능적으로, 두터워지는 살덩이를 느꼈다. 그는 한두 번 레오노라의 통통하게 드러난 맨살의 어깨와 옷 속에 갇혀 있는 젖가슴을 내려다보았다. 그녀의 피부는 자세히 보면 황금색 피부에 아주 자잘한 주름들이 잡혀 있었는데, 이 주름들은 나이 탓이 아니라 젊은 시절 피부를 부드럽게 매만지고 햇볕에 태운 덕분에 생긴 것들이었다. 그의 마음이 울렁거렸다.

「난 모드를 이해 못하겠어요.」 레오노라가 말했다. 「난 그녀가 어째서 내게 한마디도 없이 쫓기듯 떠났는지 모르겠어요. 결국 그 편지는 내 것이니까 만약 소유권 문제가 걸리게 되면, 친구 사이에 그런 일이 생긴다는 건 생각해 본 적도 없는데. 우리는 친구였어요. 아이디어도 공동으로 짜내고 논문도 공동으로 썼어요. 그런 모든 것들을 함께했어요. 롤런드미첼이 아주 사내다운 보스 기질이 있는 모양이지요? 그래도 이해가 안 되는데.」

「그 친군 그런 남자가 아니오. 강한 스타일이 아니죠. 그점이 그의 커다란 결점인걸요.」

「그럼 틀림없이 사랑이겠군요.」

「그렇다면 아리안느 르 미니에와의 부분은 설명이 안 되는데.」

「분명 그렇군요. 뭐가 이다지도 혼란스럽지. 레즈비언일 뿐 아니라 타락한 여자에 미혼모라. 모든 유형의 원형이군요. 이 호텔이 그들이 묵고 있는 곳 같아요. 아마 지금쯤 돌아오고 있는지도 모르죠.」

그녀는 호텔 주차장으로 방향을 돌려 들어가려 했으나 그만 메르세데스 때문에 막혀 버리고 말았다. 그 차는 현관 기둥을 가로질러 서툴게 되돌아오는 듯했다.

「제기랄, 꺼져. 꺼지라니까. 이 멍청아.」

「오, 이봐요. 저 친구, 크로퍼요.」 블랙커더가 말했다.

「저 차가 어서 꺼져야 해요. 출입구를 막고 있잖아요.」 기세등등하게 몇 차례 경적을 울려 대며 레오노라는 고압적인 태도로 말했다. 메르세데스는 몇 번 후진과 전진을 했다. 겨우 차 한 대가 들어갈 만한 공간에 정확하게 들어가려는 일련의 동작이었다. 레오노라는 차창을 내리고 소리를 질렀다.

「잘 들어. 이 망할 녀석아. 밤새 그러고 있을 거야? 난 당장 들어갈 거야. 그냥 서 있어. 알아들어?」

메르세데스는 전진했다가 다시 뒤로 물러섰다.

레오노라는 출입구 안으로 들어갔다.

메르세데스는 출입구를 가로질러 나아갔다.

「제발, 좀 비키라니까. 이 거지 같은 녀석아.」 레오노라가 고함을 질렀다. 메르세데스는 조금 더 물러섰으나 차체는 옆으로 더 비껴났다.

레오노라는 단호하게 액셀러레이터를 밟았다. 블랙커더는 쾅 하고 울리는 소리를 듣는 동시에 등골이 오싹함을 느꼈다. 레오노라는 다시 한 번 욕설을 내뱉으며 차를 후진시켰다. 금속이 찢기는 소리와 함께 그 느낌이 전해졌다. 범퍼가 맞닿은 두 차는 뿔을 맞대고 싸우는 황소들처럼 엉켜 있었다. 레오노라는 계속하여 후진했다. 블랙커더가 긴장하여 소리쳤다. 「됐소, 그만 스톱.」 메르세데스의 성난 엔진 소리가 갑자기 뚝 그쳤다. 어둡게 색을 입힌 차창이 내려지며 크로퍼가 머리를 내밀었다.

「제발 멈추시오. 차가 망가졌잖소. 난 프랑스에서 더 험한 꼴을 당하기 싫소.」

레오노라가 차문을 화들짝 열어젖히며 스타킹도 신지 않은 다리를 쭉 내뻗었다.

「우리 편하게 영어로 얘기하자고. 이 건방진 돼지 같은 녀석아. 난 네 녀석을 링컨에서부터 기억하고 있어. 넌 링컨에서 날 거의 죽일 뻔했지.」

「잘 있었나, 모트.」블랙커더가 끼어들었다.

「아, 제임스. 자네 내 차를 망쳐 놓았어.」

「내가 그런 거야. 당신의 그 한심한 매너와 멍청한 신호 탓이지.」레오노라가 쏘아붙였다.

「여기는 스턴 교수일세, 모티머. 탈라하세에서 오셨지. 크리스타벨 라모트의 시집을 편집한 분일세.」블랙커더의 소개였다.

「베일리와 미첼을 찾고 있군.」

「그렇다네.」

「그들은 이미 체크아웃했네. 세 시간 전에. 그들이 여기서 뭘 했는지는 아무도 모르네. 물론 어디로 갔는지도.」

「모티머, 자네가 등을 범퍼에 갖다 대고 난 우리 차 위에 앉아서 흔들어 대면 차들이 떨어지지 않을까?」

「그렇다고 원래처럼 될 리는 만무할 텐데.」크로퍼가 말했다.

「여기 이렇게 남아 있을 거예요? 술 한잔 하면서 이 문제를 토론할 수도 있을 텐데요. 이 차 사용료에 보험금이 얼마나 붙었는지 모르겠네.」

***

저녁 식사는 전혀 유쾌하지 않았다. 크로퍼는 블랙커더를 만난 이래 이렇게 당혹스러운 적이 없었다. 차가 입은 손상 때문이거나 아니면 롤런드와 모드가 떠나 버린 때문이거나, 그것도 아니면 레오노라의 존재 때문일지도 몰랐다. 크로퍼는 거창하게 식사를 주문했다. 해초를 주위에 깔고 금속 삼발이에 놓인 한 무더기의 조개와 단단한 껍질의 게가 나오더니, 다음에는 혹이 달리고 단단한 투구로 무장한 수많은 촉수를 가진 커다란 바닷가재가 주홍빛으로 익은 채 커다란 접시에 담겨 나왔다. 그는 이 성찬을 즐기기 위해 중세의 고문실에나 갖추어졌을 법한 펜치와 집게, 꼬챙이와 코르크 병따개 등으로 무장했다.

블랙커더는 음식을 절제하며 대구를 먹었다. 레오노라는 바닷가재를 먹으며 케르느메에 대해 이야기했다.

「애석하게도 주춧돌과 과수원 벽을 제외하고는 아무것도 남아 있지 않아요. 선돌은 아직 남아 있지만 집은 완전히 사라졌지요. 라모트가 이곳에 온 이후 그녀에게 무슨 일이 생겼는지 혹시 알고 있나요, 크로퍼 교수님?」

「아니오. 미국에 내 소유의 편지가 몇 통 있긴 한데 1861년의 그녀 행적을 그리고 있는 것들이오. 하지만 당신이 얘기하는 1860년 말에 대해서는 없소. 하지만 난 알아낼 거요.」

그는 집게발을 깔 때 쓰는 갈고리와 뱀의 헛바닥처럼 갈라진 숟가락을 흔들어 대며 말했다. 그의 접시에는 달콤한 흰 살점들을 뽑아 먹고 버린 껍질들이 원래 나왔던 음식들보다 더 높다랗게 쌓여 있었다.

「난 할 수만 있다면 그 편지들을 손에 넣을 작정이오. 나머지 편지들도 찾아낼 생각이고. 그들의 아이가 어떻게 되었는지에 대한 내용 말이오. 그들이 숨기고 있는 부분이죠. 난 알아낼 생각이오.」

「그건 아마도 무덤 속에 영원히 감춰진 채 있을 걸세.」 블랙커더가 안경을 추켜올리며 말하고 나서 식탁 맞은편에 앉아 있는 사나우면서도 우울해 보이는 얼굴을 쳐다보았다. 「우리 건배할까요? 랜돌프 헨리 애쉬와 크리스타벨 라모트를 위하여. 그들의 평화로운 안식을 위하여.」

크로퍼가 잔을 들었다.

「나도 그들을 위해 술을 들겠네. 하지만 난 찾아내고 말 걸세.」

***

그들은 계단에서 헤어졌다. 크로퍼는 블랙커더와 레오노라에게 머리 숙여 인사하고 사라졌다. 레오노라가 블랙커더의 팔에 손을 올려놓았다.

「저 사람 겁주는 타입이에요. 그것도 심하게 말이죠. 그는 모든 걸 개인적으로 받아들이는군요. 마치 그들이 자기를 속이려고 그렇게 한 것처럼 말이에요. 개인적으로.」

「그들이 아마 그랬을지도 모르지요. 다른 사람들 사이에서. 셰익스피어가 저주 섞인 말로 저런 친구를 예언하지 않았소.」

「저 사람의 커다란 영구차를 긁어 놓아서 기쁘군요. 나와 함께 방으로 올라가지 않겠어요? 난 몹시 우울해요. 우린 서로를 편하게 해줄 수 있을 거예요. 이 바다와 태양이 날 감상적으로 만든 모양이에요.」

「대단히 고맙지만 사양하겠소. 난 당신이 나를 여기 데려온 데 대해 감동하고 고맙게 생각할 뿐 아니라 무척 기쁩니다. — 아마 오래도록 후회할지 모르지만 지금 기분은 최고

762

요. 난…….」 그는 〈난 당신과 맞지 않아요〉라든가 〈당신과는 계층이 달라요?〉 아니면 간단히 〈마음이 모질지 못해서〉라고 말하고 싶었지만, 이런 표현들은 모두 막연하지만 모욕적으로 들릴 것 같았다.

「걱정하지 마세요. 좋은 협력 관계를 복잡하게 만들어서 유감이군요. 으흠?」 그녀는 그에게 열정적인 굿나잇 키스를 하고는 성큼성큼 걸어갔다.

***

다음 날 그들은 조금 우회해서 예배당에 들러 고갱의 그림 주제인 목상 그리스도를 보기로 하고 샛길을 따라 조용히 차를 몰고 있었다. 그때 뒤에서 낯설고 위협적인 소리가 들렸다. 규칙적으로 쿵쿵 하는 소리에 끽끽 하는 소리가 뒤따랐는데 마치 기침 소리 같았다. 때로는 고통스러워하는 야수 혹은 고르지 못한 바퀴를 단 수레가 비명을 울리는 소리 같기도 했다. 그 소리는 바로 다음 교차로쯤에서 그들을 따라잡으려고 이를 갈아 대는, 흙받이가 부서지고 팬 벨트에 손상을 입은 메르세데스가 내는 소리였다. 운전자의 모습은 여전히 볼 수 없었지만 차가 입은 손상은 처참할 정도로 뚜렷했다.

「끔찍스럽군요. 불길하기도 하고.」

「크로퍼는 고물이오.」 블랙커더가 갑자기 재치있게 말했다.

「물론이에요. 그걸 진작 알았어야 했는데.」

「저런 속도로는 베일리와 미첼을 따라잡지 못할 거요.」

「우리도 그렇죠.」

「내 생각엔 그들을 잡아 봐야 별 성과도 없을 듯싶소. 정말로 말이오. 우리 피크닉이나 즐깁시다.」

「그렇게 해요.」

24

모드는 책상에 앉아 메타포에 관한 논문을 쓰면서 프로이트의 글 가운데 인용할 부분을 골라 적어 넣고 있었다.

리비도[1]의 중요 부분이 대상으로 전이되고, 그 대상이 상당 부분 에고(자아)를 대신하게 되는 때는 사람이 사랑에 완전히 빠져 버릴 때뿐이다.

그녀는 이렇게 적었다. 〈물론 에고와 이드[2]와 초자아[3] 그리고 리비도 그 자체도 사실은 우리 경험의 총체적 덩어리 속에 포함된 어떤 사건들이라 여겨지는 것들의 은유적 실체화에 지나지 않는다.〉
그녀는 〈여겨지는〉이라는 말을 지우고 대신 〈느껴질 수 있는〉으로 고쳐 적었다. 둘 다 은유적인 표현이라고 느낀 그녀는 다시 〈설명될 수 있는〉으로 고쳤다.

1 원시적 충동에서 유발되는 본능적 욕망.
2 본능적 충동의 원천.
3 자아 억제의 무의식적 양심.

덩어리라는 단어 역시 은유적 표현이기는 마찬가지였다. 그녀는 〈경험〉이라는 단어를 두 번이나 썼다가 좀 어색하다고 느끼고는 〈사건〉이라고 고쳤었다. 그러나 〈사건〉이라는 단어 역시 은유적인 표현이었다.

모드는 자기 등 뒤에서 하얀 가운을 입고 앉아 있는 롤런드의 모습에 자꾸만 신경이 쓰였다. 그는 하얀 소파에 등을 기대고 앉아 있었다. 처음 그녀 집에 들어오던 날부터 그는 그 소파에서 잠을 잤고, 지금도 그 소파에서 잠을 자다 막 일어난 참이었다. 그녀는 등 뒤의 그의 모습을 의식하며, 그의 이마에 보풀보풀 나 있는 검은 잔털을 자신의 손으로 쓰다듬는 광경을 상상하고 있었다. 또한 그녀의 두 눈 사이로 씁쓸한 표정을 짓고 있는 그의 얼굴이 흐릿한 영상으로 다가왔다. 롤런드는 이제 자신의 일거리가 달아나 버렸다고 생각하고 있었고, 그녀는 그가 그런 생각에 잠겨 있음을 충분히 느낄 수 있었다. 롤런드는 〈숨어 있는〉 듯한 자신의 처지를 생각하지 않을 수 없었을 터이다.

만일 그가 방을 나선다면 스산하고 텅 빈 공허감만이 느껴질 것 같았다. 하지만 그가 계속 방에만 있다면 그녀는 어떻게 일에 집중할 수 있을까?

10월이었다. 이미 새 학기가 시작되었다. 그는 블랙커더에게 돌아가지 않았다. 자기가 살았던 집으로도 돌아가지 않았다. 딱 한 번, 계속 전화를 했지만 아무도 받지 않아 혹시 발에게 무슨 일이 있는 것은 아닌지 확인하러 갔던 때를 빼놓고는 집에 갈 생각조차 하지 않았다. 그때, 그가 집에 찾아갔을 때, 비어 있는 우윳병에 쪽지 하나가 꽂혀 있었다. 〈며칠 동안 집을 비움.〉

그는 단어들을 적고 있었다. 문학 비평이나 이론적인 글에 정연하게 삽입될 수 없는 단어들을 목록을 작성하듯 하나하나 적어 넣고 있었다. 사실 그는 시를 쓰고 싶었다. ― 아니 더 정확히 말하면 시를 꼭 써야 한다는 절박감 같은 것을 느끼고 있었다. 그러나 지금까지 그가 한 일이란 고작 단어를 나열해 놓은 데 불과했다. 다분히 충동적인 발상에서 떠오른 단어들이었다. 그럼에도 대단히 중요한 의미를 지니는 것들이었다. 모드가 보면 그 중요한 의미를 이해할 수 있을지, 아니면 무슨 바보 같은 짓이냐고 웃어넘길지……. 그도 모드를 의식하고 있었다. 일자리를 잃어버린 그의 심정을 그녀도 감지하고 있음이 분명했다. 그리고 그가 지금은 몰래 숨어 있는 처지임을 그녀도 눈치 채고 있을 것이 뻔했다.

그는 단어들을 적었다. 혈액, 진흙, 테라코타,[4] 카네이션.

다음 줄에는 또 이렇게 적었다. 금발, 불타는 잡목, 흩뿌리기. 그 밑에는 다음과 같이 주석을 달았다. 흩뿌리기란 존 던의 시에 나오듯이 〈극도로 밝게 확산되는 광선〉의 의미이지 무슨 분포나 확대 그래프 따위와는 상관없는 것임.

그는 또 단어들을 적었다. 말미잘, 산호, 석탄 덩어리, 머리카락, 머리카락들, 손톱, 손톱들, 솜털, 올빼미, 부레풀,[5] 왕쇠똥구리.

그는 〈나무로 된〉, 〈포인트〉, 〈고리〉 등 애매모호한 단어들은 삭제했으며, 또한 머릿속에 문득 떠오른 단어들이긴 했지만 〈얼룩〉, 〈공백〉 등의 단어들도 쓰지 않기로 했다. 다른 한편, 그는 이런 단순하고 투박한 언어들 가운데 동사의 위치를 어디에 두어야 할지 결심이 서지 않았다. 스프링, 스프링들, 올가미들, 튀어 올랐었다, 튀어 올랐다.

화살, 나뭇가지(잔가지도 아니고 뿌리도 아닌), 부엽토,

4 유약을 바르지 않고 구운 점토로 된 건축 재료.
5 물고기의 부레로 만드는 순수하고 투명한 젤라틴.

물, 하늘. 단어들은 서로 교차하며 원을 그린다. 우리 인간의 존재도 서로 교차되는 선에 의해 그 의미가 규정되고, 그 선에 의해 제한되는 것이 아닐까.

롤런드가 먼저 입을 열었다. 「밖에 좀 나갔다 와야겠어요. 그래야 당신이 생각을 집중할 수 있을 테니.」
「아니, 그럴 필요 없어요.」
「그래도 나가는 게 좋겠어요. 뭐 살 것 없어요?」
「없어요. 이미 다 봐뒀어요.」
「어디 술집이나 병원 같은 곳에 일자리라도 하나 얻었어야 하는 건데.」
「시간을 두고 생각해 봐요.」
「시간이 많은 것도 아니잖아요.」
「서두르지 말아요.」
「꼭 무슨 죄를 짓고 숨어 있는 것 같아서요.」
「알고 있어요. 이제 무슨 변화가 있겠죠, 뭐.」
「모르겠습니다.」
그때 전화벨이 울렸다.
「베일리 박사님이십니까?」
「네, 그런데요.」
「혹시 롤런드 미첼 씨가 거기 계신가요?」
「당신 전화예요.」
「누구죠?」
「젊은 남자 목소리예요. 실례지만 누구시죠?」
「아마 절 잘 모르실 겁니다. 유안 맥킨타이어라고 합니다. 사무 변호사죠. 실은 롤런드 씨가 아니라 박사님과 얘기 좀 하고 싶어서요. 아, 물론 롤런드 씨와 할 얘기가 있긴 있습니다만……. 어쨌든 재미있는 일이 하나 있는데, 박사님께 알려

드리면 대단한 관심을 보이실 것 같아서 이렇게 전화를 드렸습니다.」

모드는 전화의 송화구를 손으로 가리고 상대방이 한 말을 그대로 롤런드에게 일러 주었다.

「오늘 저녁, 7시 30분쯤 화이트 하트에서 저녁 식사나 같이하시지요. 두 분 모두 오셨으면 합니다.」

「그렇게 하라고 하죠, 뭐.」 롤런드가 말했다.

「예, 좋아요.」 모드가 말했다. 「예, 좋습니다.」

「좋은 일인지 나쁜 일인지 모르겠지만…….」 롤런드가 혼잣말처럼 낮게 중얼거렸다.

****

그날 저녁, 그들은 조금은 걱정스런 표정으로 화이트 하트에 들어섰다. 그들이 공식적으로 함께 외출한 것은 이번이 처음이었다. 푸른색 옷을 입은 모드는 반짝이는 머리를 단정하게 묶은 산뜻한 차림이었다. 롤런드는 애정과 절망이 뒤섞인 듯한 표정으로 그녀를 바라보았다. 이제 그의 곁에는 모드밖에 없었다. ― 집도 없고, 직장도 없고, 미래도 보장되지 않은 상황. ― 이런 부정적인 생각을 하다 보면 모드가 자신을 진지하게 대해 주고, 얘기하고, 또 함께 있기를 원할지, 모두가 불안하기만 하였다.

세 사람이 그들을 기다리고 있었다. 노란 셔츠에 검정 양복을 입은 유안 맥킨타이어, 보라색 셔츠 위에 퍼티 색의 맵시 있는 정장을 걸친 화사한 모습의 발, 그리고 트위드를 입은 또 한 남자. 유안이 보드라운 잔털이 빙 둘러진 벗겨진 머리의 그 남자를 소개했다. 「토비 바잉 씨입니다. 우린 경마에 함께 투자해 말의 다리 하나를 공동 소유하고 있죠. 사무 변호사입니다.」

「알아요.」모드가 말했다.「조지 경의 사무 변호사, 맞죠?」

「아, 걱정 마십시오. 사무 변호사로서 이 자리에 온 것은 아닙니다. 정말입니다.」

롤런드는 미끈한 모습의 발을 뚫어지게 바라보았다. 비싸고 좋은 옷을 입어서인지 더 환한 모습이었다. 그리고 더 중요한 것은 그녀가 성적인 문제에 있어서도 대단히 만족스러운지 얼굴에 화사한 행복의 기운이 감돌고 있다는 사실이었다. 머리도 새롭게 가다듬은 모습이었다. ― 전보다 짧게 자른 머리가 부드러운 인상을 풍겼다. 그녀가 고개를 쳐들자 머리카락들이 위로 부풀었다가는 다시 원래의 모습으로 착 가라앉았다. 엷은 자주색과 보기에 따라 색이 변하는 은빛 비둘기색이 그녀의 몸을 휘감고 있었다. 대단히 조화로운 색상, 예쁜 모습 ― 스타킹, 굽 높은 구두, 패드를 넣은 어깨, 루주를 칠한 입술. 롤런드는 본능적으로 입을 열었다.

「행복해 보이는군, 발.」

「행복해지기로 결심했으니까.」

「얼마나 찾았다고. 전화를 여러 번 했었어. 혹시 무슨 일이 있나 해서.」

「그럴 필요 없잖아. 당신이 그렇게 훌쩍 사라지는데 나라고 그러지 말라는 법 없잖아.」

「잘했어.」

「유안과 결혼하기로 했어.」

「기쁜 소식이로군.」

「그렇다고 기분이 그리 썩 좋은 건 아니야.」

「물론 그렇겠지. 하지만…….」

「그러는 당신은? 행복해?」

「어떤 면에선. 하지만 또 어떤 면에선 궁지에 몰린 셈이지.」

「10월 첫째 주까지 집세 내야 한다는 것 알지? 바로 이번 주야.」

「그런 종류의 난관이 아냐. 적어도……」

「유안이 정말 어려운 문제를 해결할 아이디어를 가지고 왔어. 랜돌프와 크리스타벨에 관한 문제야.」

***

그들은 눈부신 크리스털 샹들리에 벽면마다 장식 판지를 붙인 대형 식당으로 들어가 핑크색 식탁보가 깔리고 더 진한 핑크색의 냅킨이 올려져 있는 구석진 곳의 테이블에 자리를 잡았다. 테이블 위의 꽃병에는 가을의 정취를 물씬 풍기는 꽃들이 꽂혀 있었다. 흐린 핑크색의 애스터 꽃, 엷은 자주색의 국화, 그리고 프리지어 몇 송이. 유안은 샴페인을 주문하였고, 사람들은 열심히 훈제 연어와 꿩고기, 스틸튼 치즈, 레몬 수플레를 먹기 시작했다. 롤런드는 꿩고기가 질기다고 생각했으며, 브레드 소스를 보고는 어렸을 적 어머니가 만들어 주시던 크리스마스 요리를 떠올렸다. 흔히 영국인들이 그러하듯 그들은 날씨에 관해 이야기를 주고받았고, 현대의 성 문제에 관해 나름대로 우려를 나타내기도 했다. 롤런드는 발이 모드를 아름다우면서도 조금 차가운 여자라고 단정 짓고 있음을 눈치로 알 수 있었다. 또한 모드가 발을 눈치껏 요모조모 뜯어보며 발과 자신과의 관계를 판단하고 있는 것도 감지할 수 있었다. 물론 모드가 어떤 판단을 내렸는지는 알 수가 없었다. 그리고 두 여자가 모두 유안의 친절함과 열정적인 태도에 호감을 가지고 있는 것도 그의 눈에 들어왔다. 모든 사람들에게 웃음을 선사하는 유안의 모습을 보고 발은 자족감과 행복감에 취해 있었고, 모드는 그윽한 미소를 짓고 있었다. 그들은 브르고뉴 산 포도주를 마시며 마음 편하게 웃고 떠들었다. 이야기를 하다 보니 모드의 어렸을 적 친구가 토비 바잉의 친구이기도 했다는 사실이 밝혀졌다. 한편 유안과 모드는 사냥에 관해서 열심히 이야기를 주고받기도 하였다. 롤런드만이 멍하니 주변 인물로 처지고 말았다. 그는 토비 바잉에게 조안 베일리 부인이 어떻게 지내는지 물어보았고, 그녀가 오랫동안 병원에 입원해 있다가 지금은 퇴원한 상태라는 말을 들었다.

「모티머 크로퍼가 조지 경에게 그 편지들을 팔게 되면 — 그러니까 자기에게 판다면 — 실 코트를 보수할 수도 있고 부인에게 최신식의 의료 기구도 마련해 줄 수 있다고 계속 부추기는 바람에 조지 경이 이제는 그렇게 믿고 있어요.」

「적어도 누군가는 좋겠군요.」 롤런드가 말했다.

유안이 테이블 위로 몸을 바짝 기울였다.

「바로 그 문제를 논의하자는 것입니다. 과연 누가 득을 보겠습니까?」

그는 모드를 바라보았다.

「크리스타벨 작품에 대한 저작권은 누가 가지고 있죠?」

「우리요. 우리 가족입니다. 우린 그렇게 생각하고 있어요. 그녀의 원고들이 내가 일하고 있는 여성학 자원 센터에 보관되어 있어요.『요정 멜루지나』,『물에 잠긴 도시』, 동화책 두 권, 많은 서정시 등의 원고 말예요. 그녀가 쓴 편지는 많지 않아요. — 소더비 경매에서 블랑슈 글로버의 일기를 구입하기도 했죠. 아무도 그 일기의 중요성을 인식하지 못하고 있는 듯하기에 우리가 아주 은밀하게 구입을 할 수 있었어요. 하지만 요즘은 여성학에 대한 투자가 인색해요. 물론 그 작품들이 한번 인쇄되어 나오면 저작권은 한 50년 동안 계속 유지할 수 있어요. 다른 것들도 마찬가지겠지만……」

「이번에 발견된 편지들 가운데 크리스타벨 소유의 반 정도 분량에 대해서도 박사님이 저작권자라는 생각은 안 해보셨습니까?」

「해봤어요. 하지만 그렇진 않을 거예요. 물론 유언이나 그 비슷한 것이 있다고는 생각 안 해요. 사실은 이래요. — 1890년 크리스타벨이 죽었을 때 소피가 소포 뭉치 하나를 그녀의 딸인 메이에게 보냈어요. — 메이라는 분은 바로 저의 고조모이시죠. — 그때 그분이 한 30세쯤 되었을 거예요. 1878년에 결혼해서, 우리 증조부가 1880년에 태어나셨으니까 말예요. 그런데 그 당시 좀 불미스러운 일이 있었지요. — 당시의 조지 경이 친사촌의 결혼을 믿지 않으셨던 거죠. 집안 간에 불화가 생기게 되고, 그래서 소피가 편지 한 통과 더불어 그 원고들을 자기 딸에게 보냈어요. — 편지 내용이 잘 기억나지는 않지만 대충 이런 내용이었어요. 〈내 사랑하는 딸 메이 보거라. 아주 슬픈 소식 하나 전하마. 네 이모인 크리스타벨이 간밤에 정말 갑자기 세상을 떴단다. 네 이모는 종종 자신의 원고를 너에게 물려주었으면 한다는 희망을 피력했지. — 너는 내 외동딸이고, 또 네 이모는 이 물건들이 집안 여자들의 손으로 계속 전해지기를 원했기 때문이다. 그래서 내가 찾아낸 이 물건들을 모두 너에게 보내는 것이다. — 이것들이 어떤 가치가 있으며, 또 네가 얼마나 관심을 가질지는 나도 모른다. — 다만 네가 안전하게 보관하기만을 바란다. 네 이모는 자기 스스로도 그렇게 말하지만 다른 권위있는 사람들도 인정하기를, 지금까지 널리 인정된 어느 시인보다도 더 훌륭한 시인이었으니 내 말 잘 명심하여라.〉

그녀는 또 장례식에 자기 딸, 즉 나의 고조모가 참석할 수 있다면 더없는 위안이 되겠다고 했지만, 제 고조모가 마지막 아이를 낳고 산후 조리 중이었다는 사실을 잘 알고 계셨기 때문에 그리 크게 기대는 안 하셨던 모양이에요. 제 고조모가 참석하셨는지의 여부는 잘 모르겠어요. 그리고 그분이 그 물건들을 잘 간직하고 계시긴 했지만 그것에 관심을 보였는지 안 보였는지 아무런 증거가 없으니…….」

「아마 그 물건들이 당신을 기다렸을 테지요.」 유안이 말했다.

「예, 그럴지도 몰라요. 그래요. 하지만 소유권에 관해 말하면 — 만일 크리스타벨이 유언장을 남기지 않고 죽었다면 제가 가지고 있는 것들이 조지 경의 소유가 될 가능성도 있어요. — 크로퍼 같은 이들이 도덕적인 차원에서 제가 지니고 있는 권한을 인정할지도 모르겠군요.」

유안이 말했다. 「그 점이 바로 제가 생각한 문제입니다. 그래서 제가 발에게 알고 있는 것이 있으면 말해 보라고 했지요.」

「별것 없어요.」 발이 말했다.

「크로퍼에 관한 이야기인데 그것으로도 충분히 알 건 다 알았습니다. 그래서 제가 내 친구 토비에게 자기네 회사에서 보관하고 있는 옛날의 모든 권리 증서를 다 파헤쳐 보라고 했지요. 그랬더니 이 친구가 좀 겁이 났던 모양입니다. — 하기야 자신이 조지 경 가족의 사무 변호사니 그럴 수밖에 없지요. 실제로 이 친구는 이 문제에서 더 어떻게 손을 쓸 수가 없는 입장입니다. 그러나 이 친구가, 아니 우리는 당신이 반드시 알아야 할 문제를 알아냈지요. — 제가 당신을 대신해서 이렇게 행동하는 점 양해해 주시리라 믿습니다. — 우리는 일을 어떻게 처리할 것인지 매우 신중하게 생각해야 합니다. 어쨌든 저의 직업적인 견해에서 보자면, 이제는 그 편지들이 누구의 소유물인지 분명해졌다는 사실입니다. 제가 뭘 하나 복사해 왔습니다. 정말이지 복사라는 게 얼마나 소중한 기계인지 — 당신이 자리를 비운 사이에 제가 당신의 그 여성학 센터에 가서 서명을 확인했습니다. 어떻게 생각하십니까?」

모드가 복사 종이를 받아 살펴보았다.

1890년 5월 1일, 나는 글 쓸 힘도 없기 때문에 소피 베일리에게 구술하여 이 글을 쓴다. 내 돈과 가구와 도자기는 모두 소피에게 주고 싶다. 만일 리치몬드의 제인 섬머스가 아직 살아 있다면 그녀에게도 60파운드의 돈과 다른 무언가를 남겨서 나를 기억하도록 하고 싶다. 나의 모든 책과 원고와, 그리고 내 작품에 대한 저작권은 마이아 토마신 베일리에게 넘겨주겠다. 때가 되면 그녀가 시에 관심을 갖게 되길 바라면서. 크리스타벨 라모트 서명. 하녀인 루시 터크와 정원사인 윌리엄 마치몬트가 입회함.

유안이 말했다.「이 종이가 소피의 계산서 종이 더미 속에 접혀 있었습니다. 이 글로 봐서 그녀가 제인 섬머스를 찾아 그 여자에게 크리스타벨이 유산으로 남긴 것을 주었음이 분명합니다. 그리고 이 종이를 보관한 것이죠. 제 생각에 그녀는 자신이 처리해야 할 모든 일을 다 했다고 느낀 것 같아요. — 크리스타벨이 바라던 대로 말입니다. — 그래서 이 종이를 아무 데나 처박아 두지 않았나 싶습니다.」

모드가 입을 열었다.「그리고 이 사실로 보아 그 편지들이 제 소유란 말씀인가요?」

「출판되지 않은 편지의 저작권은 그 편지를 쓴 사람이 지니게 됩니다. 물론 편지 그 자체는 편지를 수령한 사람의 소유지요. 이번의 경우처럼 다시 되돌려주지 않는 한 말입니다.」

「그렇다면 — 당신 말이 맞다면 — 그 편지들 모두가 저의 소유물이란 말인가요? 그리고 그 편지들의 저작권도 제게 있다는…….」

「맞습니다. 물론 확정된 것은 아닙니다. 논란의 여지가 있어요. 조지 경이 시비를 걸 수 있으며, 또 분명 그렇게 할 겁니다. 아까 그 종이가 완벽한 유언장이 아니거든요. 서머싯 하우스에 등록도 안 되어 있고, 이의를 제기할 여지가 많습니다. 그래도 제 의견은 당신이 애쉬의 편지와 크리스타벨의 편지 모두에 대해 당신의 권리를 주장할 수 있어야 한다는 것입니다. 문제는 여기 이 토비를 보호하면서 어떻게 일을 추진하느냐 하는 점이죠. 사실 지금 이 사람이 윤리적인 면에서 매우 위험한 입장에 놓여 있거든요. 이 친구의 중개 없이는 이 문서가 어떻게 효력을 발휘하겠습니까?」

토비가 말했다. 「만일 조지 경이 당신의 주장에 대해 시비를 걸고 나온다면 당신이 소송 비용을 모두 부담해서라도 맞서야 하거든요.」

「『쓸쓸한 집』[6]에 나오는 것처럼 말예요.」 발이 거들었다.

「바로 그겁니다.」 유안이 다시 입을 열었다. 「그러면 그 사람이 합의를 해올지도 모르죠. 지금 우리에게 필요한 것은 토비를 개입시키지 않고 어떻게 이 문제를 진행시키느냐 하는 방법입니다. ── 그래서 제가 생각해 둔 게 있습니다. 이 친구를 나의 희생자로, 그러니까 내가 이 친구를 속이고 자료를 빼낸 듯이 이야기를 꾸미는 거죠. ── 뭘 조사한다고 속여서 자료를 좀 보여 달라 하고는 기습적으로 빼내 갔다는 식으로…….」

「멋진 해적 행위로군요.」 발이 감탄 어린 어조로 말했다.

「제가 당신을 대신해서 행동하도록 허락하신다면…….」

6 Bleak House, 영국 빅토리아 시대 소설가 찰스 디킨스의 1853년 작품.

「그렇다고 당신에게 돈이 나오는 것도 아닐 텐데.」 모드가 말했다. 「만일 그 편지들이 제 소유가 된다면 저는 그것들을 우리 여성학 자원 센터에 보관할 텐데요.」

「알고 있습니다. 무슨 돈을 바라고 하는 일이 아니니까요. 극적인 상황, 호기심, 그런 거죠. 물론 당신이 조지 경에게 일정한 대가를 지불하기 위해 크로퍼가 아닌 대영도서관 같은 데 그 원고를 팔 수도 있다는 점을 고려하기는 했습니다만.」

롤런드가 말했다. 「베일리 부인은 우리에게 잘해 줬어요. 휠체어를 어떻게든 해드리고 싶은데…….」

모드가 말했다. 「우리 여성 자원 센터도 문을 열기 시작한 이래 안타깝게도 자금난에 허덕이고 있는 실정이에요.」

「그 편지들이 대영도서관에 있어도 마이크로필름을 뜨면 되는 것이고, 또 기금을 확보하여 휠체어 정도 구입하는 데도 문제가 없으니…….」

모드가 아주 매서운 눈초리로 그를 쏘아보았다.

「만일 그 편지들이 자원 센터에 있으면 자금을 더 끌어 모을 수도…….」

「모드.」

「조지 베일리는 나를 아주 불쾌하게 만들었어요. ─ 그리고 레오노라에게도 말예요.」

「그 양반은 자기 아내를 사랑하고 있어요.」 롤런드가 말했다. 「그리고 그곳의 숲도.」

「예, 맞습니다.」 토비 바잉이 롤런드를 거들고 나섰다.

「나는 그렇게 생각 안 해요.」 밸이 나섰다. 「우리가 ─ 아니 이 여자분이 그 편지들을 갖고 계신 것도 아니잖아요. 우선은 그 문제부터 풀어야지요. 차근차근 한 단계씩 올라가야 해요. 먼저 이 모든 것을 궁리한 유안을 위해 축배를 들기로 하죠. 그런 뒤에 다음 문제를 풀기로 해요.」

「저에게는 한두 가지 생각이 더 있습니다.」 유안이 말했다. 「하지만 좀더 두고 생각하고, 또 조사도 해봐야지요.」

***

「당신은 제가 너무 욕심 부린다고 생각해요?」 집으로 돌아오자 모드가 먼저 말문을 열었다.
「아니, 그렇지 않아요. 내가 어떻게 ─?」
「당신은 내 의견에 동조하지 않는 것 같아요.」
「당신이 잘못 봤어요. 내가 동의하고 말고 할, 무슨 자격이 있어요?」
「자격이 있다는 말처럼 들리는데요. 유안에게 쓸데없는 소리 말고 꺼지라고 했어야 할까요?」
「그건 당신 마음에 달렸어요.」
「롤런드.」
「그 문제는 나와 아무 상관 없잖아요.」
그것이 바로 문제였다. 그는 자신이 소외되어 있다는 느낌을 받지 않을 수 없었다. 그녀의 집안, 그녀의 페미니즘, 사회적 신분이 비슷한 사람들과 익숙하게 어울리는 그녀의 모습 ─ 그는 이런 것들로부터 주변으로 밀려난 듯한 느낌이었다. 굉장히 많은 모임과 동아리들이 있지만 그는 그 주변을 서성이는 국외자에 불과했다. 이 일 ─ 뭐라고 이름을 붙여야 할까. ─ 조사? ─ 아무튼 이 일을 시작한 것이 바로 자기 자신이었지만 그는 모든 것을 잃고 말았다. ─ 반면에 모든 자료를 다 모드에게 건네주었으니, 이제 그녀가 그 자료들을 가지고 자신의 운명을 엄청나게 향상시킬지도 모르는 일이었다. ─ 직장, 미래, 크리스타벨, 돈…… 그는 자기가 값을 지불할 수 없는 저녁 식사를 마음 편히 먹을 수 없었다. 모드와 함께 사는 것이 몹시 혐오스러웠다.

모드가 말했다. 「지금 말싸움할 때가 아니에요. 모든 걸 다 얻은 뒤…….」

그는 이건 말싸움이 아니라고 말하고 싶었다. 그때 전화벨이 울렸다.

몹시 떨리고 흥분된 여자의 목소리였다.

「베일리 박사와 통화하고 싶은데요.」

「예, 제가 모드 베일리입니다.」

「아, 예. 그렇군요. 당신에게 전화를 걸어야 하나 말아야 하나 많이 생각했어요. ― 나를 혹시 미쳤다고 생각하지는 않겠죠. ― 아니면 그냥 단순히 뻔뻔스럽다고 생각하지는 않을지 ― 모르겠어요. ― 그냥 당신 생각만 떠오르더라고요. ― 저녁 내내 앉아서 생각했어요. 그런데 지금 이 시간에 누군가에게 전화 걸기엔 너무 늦었죠? 시간 감각도 잊어버렸어요. 내일 전화해야 하는 건데 ― 지금 시간이 너무 늦으면 내일 거는 편이 더 낫겠다 싶은 생각도 들고, 아니 내일은 안돼, 지금 빨리 전화해야지 하는 생각도 들었지요. ― 당신과 관련된 문제고, 또 분명 관심도 갖게 될 테니.」

「저어 ― 누구시죠?」

「아참, 제가 이름도 밝히지 않았군요. 전화를 걸어야 한다는 생각에만 빠져 있다 보니 ― 베아트리스 네스트라고 해요. 엘렌 애쉬를 위해서 일하죠. 아니, 위해서 일한다기보다는 ― 그냥 내가 그렇게 느끼고 있는 거예요. ― 내가 하는 일이 그녀를 위한 일이니.」

「네스트 박사님, 그래 무슨 일이시죠?」

「미안해요. 마음을 진정시키고 분명하게 말씀 드려야겠지요? 베일리 박사, 전화 한 번 했었어요. 아무도 안 받더라고요. 지금도 전화를 걸면서 아무도 안 받을 줄 알았어요. 그런데 당신이 받으니까 내가 이렇게 당황하고 안절부절못하는 거지요. 예, 맞아요.」

「이해해요.」

「모티머 크로퍼에 관한 얘기지요. 그 사람이 여기에 왔었어요. ─ 아, 지금 여기가 아니라, 난 지금 모트레이크에 있는 내 집에 있거든요. 그 사람이 박물관의 내 방에 왔었어요. 여러 차례 그곳으로 찾아왔었죠. 특히 그 일기의 어떤 특정 부분에 관심을 보였어요.」

「블랑슈 글로버의 방문에 관한 부분인가요?」

「아니, 아니에요. 랜돌프 애쉬의 장례식에 관한 부분이에요. 그리고 오늘은 그 젊은 힐데브란드 애쉬를 데리고 왔더라고요. ─ 아, 물론 그 사람이 아주 젊은 건 아니고, 나이도 제법 들었더라고요. 몸도 뚱뚱하고 ─ 하지만 애쉬 경보다는 젊었다는 거지요. ─ 애쉬 경이 죽으면 그 사람이 뒤를 잇는다는 사실, 모르고 있었죠? 제임스 블랙커더의 말에 의하면 그 사람 그렇게 좋은 사람이 아니라더군요. 편지를 써도 답장도 하지 않는 사람이죠. ─ 그렇다고 편지를 자주 쓰는 것은 아니죠. 그럴 필요도 없으니 ─ 하지만 편지를 보내면 전혀 답장이 없어요.」

「네스트 박사님.」

「알아요. 내가 내일 다시 전화 걸기를 바라는 것은 아니죠?」

「아니에요. 무슨 얘긴지 궁금해 죽겠어요.」

「내가 그 사람들이 하는 얘길 엿들었거든요. 그들은 내가 방 밖으로 나갔는 줄 알았나 봐요. 베일리 박사, 내가 분명히 확신하건대, 크로퍼 교수가 애쉬 부부의 무덤을 파헤치려고 하는 것 같아요. 호더샬에 있는 무덤 말예요. 그 사람과 힐데브란드 애쉬, 그 두 사람이 말예요. 그 상자 속에 무엇이 들었는지 알아보려고 하는 것이 틀림없어요.」

「상자요?」모드가 물었다.

베아트리스 네스트는 이리저리 둘러대느라고, 숨을 헐떡거리며 열심히 그 상자에 관해서 설명을 해주었다.

「그 사람은 이미 여러 해 전부터 그 상자를 파내야 한다고 말해 왔어요. 물론 애쉬 경이 찬성할 리가 없죠. 그리고 무덤을 파헤치려면 주교의 허락이 있어야 해요. 그 사람이 그 허락을 받을 수도 없겠죠. 그러나 그 사람이 얘기하길 힐데브란드 애쉬는 그 상자에 대한 도덕적 권리를 지니고 있고, 또 자기도 — 랜돌프 애쉬에 관해서 많은 일을 한 사람이니 — 최소한의 권리가 있다는 거였어요. — 내가 그 사람 애길 들었는데 — 이렇게 얘기하더군요. — 〈『동틀 녘의 감상』을 취한 도둑처럼 행동하면 안 될까요? 우선 파내고 나중에 그럴듯한 설명을 붙일 방도를 생각해 내면 되지 않겠소〉라고 말예요. — 내가 분명히 들었어요.」

「이 사실을 블랙커더 교수에게 애기하셨나요?」

「안 했어요.」

「하실 생각이세요?」

「그 사람은 나를 싫어해요. 그 사람은 좋아하는 사람도 없지만 특히 나를 더 싫어하는 것 같아요. 그 사람은 나를 미쳤다고 할 거예요. 아니면 모티머 크로퍼가 그런 엄청난 일을 꾸미게 된 것도 다 내 잘못이라고 할 거예요. — 물론 그 사람은 크로퍼도 싫어해요. — 하지만 내 말에 귀나 기울일지 모르겠어요. 난 아무리 사소하더라도 굴욕적인 일은 못 참아요. 당신은 나에게 말도 잘 해주었고, 또 엘렌 애쉬를 이해하는 사람이잖아요. 그녀를 위해서라도 이런 일은 사전에 막아야 한다고요.」

그녀가 계속 말을 이었다.

「롤런드 미첼 씨에게도 전화를 하려고 했는데, 어디로 사라졌다면서요? 그러니 내가 어떻게 해야 되죠? 어떻게 해야 할지…….」

「롤런드 씨는 여기 있어요, 네스트 박사님. 우리가 런던에 가야겠어요. 경찰을 부를 수도 없으니.」

「그 사람들에게 무슨 말을 할 수 있겠어요?」

「맞아요. 혹시 그 무덤이 있는 교회의 교구 목사를 아시나요?」

「드랙스 씨죠. 그 양반은 학자들을 좋아하지 않아요. 학생들도 마찬가지고. 아마 랜돌프 애쉬도 좋아하지 않을 거예요.」

「이 일에 관련된 사람들 모두가 다 귀찮은 존재들일 테니까요.」

「애쉬 그 사람은 굉장히 점잖은 사람이었잖아요.」 모드의 판단을 논박하려는 의도는 아니었겠지만 네스트 박사는 애쉬를 두둔하고 나섰다.

「그 교구 목사가 모티머 크로퍼를 만나지 않았으면 좋겠는데. 우리가 가서 그 목사님을 만나야 할까요?」

「모르겠어요. 어떻게 하는 게 좋을지 모르겠어요.」

「제가 한번 상의해 볼게요. 그리고 내일 전화드리겠어요.」

「제발 — 베일리 박사 — 서둘러야 해요.」

＊＊＊

모드는 흥분했다. 그녀는 롤런드에게 런던으로 가야 한다고 말했다. 그러곤 크로퍼가 취할 행동과 그를 속이는 방법에 관해선 유안 맥킨타이어와 상의하자고 제의했다. 롤런드는 좋은 생각이라고 말했지만 자신이 느끼는 고립감은 더욱 커질 뿐이었다. 그는 하얀 소파에 혼자 누워 여러 가지 고민 때문에 뜬눈으로 밤을 지새웠다. 이젠 비밀이라는 게 없어진 셈이었다. 그와 모드는 자신들의 〈조사〉를 비밀리에 수행해야 한다고 느꼈었고, 또 그것이 그들만의 비밀로 지켜지면서 두 사람만이 그 정보를 나누어 가질 수 있었다. 그런데 이제는 모든 것이 백일하에 드러난 상태가 되어 버렸으며, 크로퍼와 블랙커더의 욕심과 서로 간의 적개심만큼이나 유안과 토비가 대단한 호기심을 보이니 모든 것이 별 볼일 없게 된 것이다. 유안의 매력과 정열 덕택에 발의 얼굴에서 분노와 언짢음이 사라졌을 뿐 아니라 모드도 더 쾌활해지고 대담해진 듯했다. 롤런드는 모드가 자신보다는 유안이나 토비에게 더 자연스럽게 말을 붙인다고 생각했다. 또 자신 때문에 시작된 추적에 발이 몹시 즐거워하며 끼어든 일도 내심 불쾌했다. 그는 모드를 처음 보았을 때의 인상을 떠올렸다. ― 대단히 거만하고 비판적이며, 군림하는 듯한 태도였다. 그녀는 한때 퍼거스의 여자였다. 그들이 벌였던 그 묘한 침묵의 게임은 억지로 만들어 낸 고독 내지는 은밀함의 결과였다. 공개적으로는 그들 사이가 지속될 수 없었다. 그는 과연 그들의 관계가 지속되길 바라는 것일까? 그는 자신의 최초 생각을 기억해 냈다. 모드가 나타나기 전에는 그에게 적어도 랜돌프 애쉬가 있었고, 또 자신의 언어가 있었다. 그런데 이제는 모든 게 바뀌었고, 또 엉망이 되고 말았다.

그는 이런 사실을 모드에게 말하지 않았으며, 그녀도 모르고 있는 듯했다.

*＊＊

다음 날 이야기를 들은 유안은 역시 흥분하기 시작했다. 그는 그들 모두 런던으로 가서 네스트를 만나 애기한 다음 일대 결판을 벌이기 위해 무슨 전쟁 위원회 같은 조직을 결성하자고 했다. 어쩌면 크로퍼를 추적하여 그를 현장범으로 잡아들일 수도 있다고 전의를 불태웠다. 무덤을 훼손하는 일에 적용되는 법률은 교회 묘지 혹은 공동묘지에 따라 아주 미묘한 차이가 있는데 호더샬은 아마 영국 국교회에 소속된 교회의 묘지인 것 같다고 했다. 그는 발과 함께 포르셰를 타고 롤런드와 모드를 뒤쫓아가겠다고 했다. 자기네 집에 가서 네스트 박사에게 전화해도 될 텐데 — 그는 바비칸에 아주 안락한 아파트가 있지 않은가? 토비는 계속 링컨에 있으면서 권리 증서 상자와 조지 경의 동정을 살피겠다고 말했다.

***

모드가 말했다. 「나는 레티스라는 우리 이모 집에 머물겠어요. 카도간 스퀘어에 사시는 할머니죠. 같이 가실래요?」
「푸트니에 있는 제 집에 있겠습니다.」
「그럼 내가 같이 갈까요?」
「아닙니다.」
그곳은 우중충하고 고양이 냄새가 나서 그녀에게는 어울리지 않았다. 그리고 또 그곳은 발과 같이 살던 기억과 논문을 쓰던 때의 기억이 잔뜩 서려 있기도 했다. 그곳으로 모드를 들이고 싶지는 않았다. 「몇 가지 생각 좀 해야겠어요. 미래에 관해서. 무엇을 할지 말입니다. 그리고 집에 관해서 — 어떻게 집세를 낼 것인지……. 나 혼자서 하룻밤 지냈으면 합니다.」
모드가 말했다. 「뭐 안 좋은 일이라도 있어요?」
「내 인생에 관해서 생각 좀 해야겠습니다.」
「미안해요. 우리 이모 집에 같이 가면 좋을 텐데……..」
「격정하지 마세요. 혼자 있고 싶으니까요, 하룻밤만이라도.」

25

엘렌 애쉬의 일기

1889년 11월 25일

새벽 두 시, 나는 그이의 책상에 앉아 이 글을 쓴다. 잠이 오질 않는다. 그이는 지금 마지막 잠을 자고 있다. 아주 조용히. 그의 영혼은 떠나갔다. 내가 앉아 있는 주변에는 그이의 유품들이 흩어져 있다. — 지금은 내 소유지만, 아니 어느 누구의 것도 아닐지 모른다. 그의 삶, 그의 모습이, 한때는 살아 있었던 그이를 생각할 때보다 이 움직이지 않는 유품들을 보니 더욱 그립기만 하다. 글을 쓸 수가 없다. 괜히 쓰기 시작한 것은 아닌지. 여보, 나 여기 이렇게 앉아 글을 씁니다. 당신이 아니면 누구에게 쓰겠어요? 여기 당신의 유품들 가운데 앉아 있으니 그래도 기분이 좀 괜찮군요. — 이곳에 없는 당신을 〈당신〉이라 부르며 쓰려니 펜이 잘 나가지 않습니다. 하지만 당신의 모습은 늘 제 곁에 있어요.

여기 미완성의 편지 한 통이 있어요. 현미경, 슬라이드, 서표가 끼여 있는 책 한 권, 그리고 자르지 않은 종이들.

랜돌프, 잠을 자기가 두려워요. 어떤 꿈을 꾸게 될지 두려워요. 그래서 여기 이렇게 앉아 글을 쓴답니다.

그이가 이 방에 누워 〈다른 사람들이 봐서는 안 되는 것들은 다 불태워 버리시오〉라고 말했을 때 나는 〈그러지요〉라고 대답했고, 또 그 약속을 지켰다. 머뭇거리다 약속을 지킬 수 없게 되기 전에 얼른 행동을 취해야 한다. 그이는 현대의 전기가 내보이는 저속함이나 사사로운 메모를 찾으려고 디킨스의 책상을 뒤지는 행위, 혹은 칼라일 집안의 사적인 고통이나 감춰진 비밀들을 들추어내려는 포스터의 행위 등을 끔찍이 싫어한 양반이었다. 그이는 종종 나에게 우리 삶의 기억이 서려 있는 모든 것들을 다 태우자고 말했었다. 다른 사람들에게 엉뚱한 호기심을 유발하거나 거짓 이야기를 날조하게 빌미를 제공하기 싫다는 뜻이었다. 해리어트 마티노라는 여자가 자신의 자서전에서 사적인 편지를 공개적으로 출판하는 행위를 배신이라고 했던 말이 기억난다. ― 겨울 밤, 두 친한 친구가 난로 철사망에 발을 올려놓고 나눈 사사로운 이야기를 다른 사람들에게 발설하는 행위와 같다는 뜻이었다. 나는 지금 이 방에 불을 피우고는 몇 가지를 불태웠다. 그러나 태워야 할 것이 더 있다. 그이를 독수리들에 의해 살점이 뜯기도록 해서는 안 되리라.

하지만 내가 불태워 버릴 수 없는 것들도 있다. 다시는 들추어 보고 싶지도 않은 것들이다. 내 소유가 아니기에 내가 감히 태워 버릴 수 없는 물건들이다. 그리고 우리 두 사람이 서로 헤어져 있는 동안, 그 바보 같은 세월 동안, 서로 주고받았던 우리의 소중한 편지들도 있다. 어떻게 해야 할까? 내가 죽을 때 함께 묻어 달라고 남겨 놓을 수도 없는 것들이다. 믿음이 배신으로 변하면 어떻게 하나. 그래서 나는 이것들을 지금 그이와 함께 묻으려 한다. 내가 그이 곁으로 갈 때까지 나를 기다리도록 말이다. 땅속에 묻으리라.

모티머 크로퍼: 『위대한 복화술사』, 1964, 26장, 「인생의 열병을 앓고 난 뒤」, 449쪽 이하 참조.

이 위대한 시인을 웨스터민스터 사원에 매장하는 일이 가능한가의 여부를 결정 짓기 위해 급히 위원회가 소집되었다. 리튼 경이 랜돌프 애쉬의 종교적 믿음에 대해 회의적인 시각을 갖고 있다고 알려진 사제장을 만났다. 애쉬가 죽기 전까지 그의 침상에서 헌신적으로 그를 돌봐 주었던 애쉬의 미망인은 리튼 경과 사제장에게 편지를 띄워 노스 다운즈의 변두리에 있는 호더샬이란 곳의 한 조용한 시골 교회인 성 토머스 교회에 그를 안장하는 것이 자신의 소원이자 자기 남편인 애쉬의 소원이기도 하다고 하였다. 또 그곳은 자기 여동생인 페이스의 남편이 교구 목사로 있으며, 자기도 그곳에 묻히길 원한다고 하였다. 이런 그녀의 소망에 따라, 11월 어느 날, 수많은 문인들이 비 맞은 낙엽들이 아직도 축축히 젖어 있는 다운랜드의 오솔길을 걷게 되었다. 말발굽에 밟힌 낙엽들이 진흙 속에 묻혔고, 하늘에는 붉은 태양이 낮게 드리워져 있었다.[1] 리튼, 할렘 테니슨, 로랜드 마이클 경, 그리고 화가인 로버트 부르난트가 관을 잡고 따랐다.[2] 관이 진흙 구덩이 속에 놓이고, 그 위에 커다랗고 하얀 화관이 덮이자 엘렌이 작은 상자 하나를 올려놓았다.

1 스윈번이 시어도어 워츠던톤에게 보낸 편지에 기록되어 있음. A. C. 스윈번, 『서한 모음집』, 제5권, 280쪽. 스윈번의 「늙은 물푸레나무와 교회 마당의 주목」이라는 시는 R. H. 애쉬의 죽음을 생각하며 쓴 시라고 알려져 있다 — 원주.

〈불태우기에는 너무 소중하고, 또 대중들의 눈에 드러내기에는 너무 귀중한 우리의 편지들과 그 밖의 다른 유품들〉이 담겨 있다는 상자였다.[3] 장례식 참석자들이 관 위로 무수히 많은 꽃들을 던지고 돌아선 다음 그 위로 흙을 덮는 일꾼들의 슬픈 삽질이 이어졌다. 흑단의 상자와 연약한 꽃들이 석회석과 플린트와 진흙이 한데 섞인 묘소의 흙 속에 함께 파묻히고 말았다.[4] 엘렌의 조카인 에드먼드 메러디스가 묘지 주변에서 한 움큼의 제비꽃을 뜯어서는 그의 셰익스피어 책 속에 조심스럽게 끼워 두었다.[5] 몇 달이 지난 뒤 엘렌 애쉬는 줄기와 뿌리가 확산되는 모양의 물푸레나무(애쉬)를 새긴 검은색의 평범한 묘석을 세웠다. 묘석에 조각된 나무의 모양은 애쉬 자신이 몇몇 편지에서 자신의 서명 옆에 장난처럼 그려 넣곤 했던 그림과 같은 것이었다.[6] 그리고 그 묘석 아래에는 판테온에 있는 라파엘의 묘 둘레에 조각된

2 1889년 11월 30일자 「타임스」에 기사화. 그 기사를 쓴 기자는 〈모여 든 많은 사람들의 눈에서 흐르는 하염없는 눈물의 홍수 속에, 문단의 거물들 곁에 몇몇 아름다운 젊은 여자들이 서 있었다〉라고 하였다 — 원주.

3 1889년 12월 20일에 엘렌 애쉬가 에디스 워튼에게 보낸 편지. 크로퍼가 편집한 『R. H. 애쉬의 서한집』 제8권, 384쪽에 재수록. 이 비슷한 그녀의 생각이 시인의 사망 직후 이틀 밤 동안 씌어졌다는, 출판되지 않은 그녀의 일기에도 나타난다. 그녀의 그 일기는 런던 대학의 프린스 앨버트 칼리지에 있는 베아트리스 네스트 박사가 곧(1967년에) 출간할 예정이다 — 원주.

4 나는 꽤 오랜 시간 동안 이 시골길을 걸으며 독특한 지층의 모습을 관찰한 적이 있다. 갈아 놓은 밭에 쌓인 눈처럼 눈 밝은 하얀 석회석에 검은 플린트가 파묻혀 있는 모습이었다 — 원주.

5 그 셰익스피어 책과 제비꽃들은 현재 로버트 데일 오언 대학의 스탄트 컬렉션에 소중하게 보관되어 있다 — 원주.

6 예를 들어 스탄트 컬렉션에 소장되어 있는 테니슨에게 보낸 그의 편지를 보라(1859년 8월 24일자 편지). 그 편지는 뿌리와 가지들이 서로 뒤엉켜 있는 나무 그림이 그 테두리를 장식하고 있는데, 윌리엄 모리스가 재현한 그림과 아주 흡사하다. 스탄트 원고 일련 번호 146093a — 원주.

벨보 추기경의 비문을 애쉬 자신이 번역한 글이 새겨져 있었다. 그 글은 바티칸에 있는 「신성과 범속」이라는 스탄체의 그림에 관해 쓴 애쉬의 시에도 나온다.

여기 그 사람이 누웠으니, 살아 숨쉬는 동안에는
월등한 재주로 우리의 위대한 성모를 떨게 만들었지만
지금, 죽음에 임해서는, 그녀의 힘이
영원히 더욱 커짐을 두려워하노라.[7]

그리고 그 아래에는 다음과 같은 글이 적혀 있다.

이 묘석을 랜돌프 헨리 애쉬에게 헌정합니다. 위대한 시인이자 진실되고 친절한 남편이었던 그를 기리며, 45년 이상의 세월을 그의 아내로서 정성을 다하였던 엘렌 크리스티나 애쉬가 〈짧은 잠에서 영원히 깨어나〉[8] 더 이상 이별이 없는 곳에서 만나길 바라며…….

후대의 비평가들은 다작의 이 빅토리아조 시인을 위대한 라파엘과 동류로 취급한 미망인의 감상적인 태도[9]를 재미있다고 보기도 했으며, 또한 조롱의 웃음을 보내기도 하

7 라틴어 원문은 이렇다: Ille hic est Raphael timuit quo sospite vinci rerum magna parens et moriente mori — 원주.

8 존 던, 『죽음이여, 뽐내지 마라』, 「종교 시편」, 헬렌 가드너 편, 9쪽 — 원주.

9 『스크루티니』 XIII권, 130~131쪽에 수록된 F. R. 리비스의 신랄한 평을 보라. 〈빅토리아조 사람들이 랜돌프 애쉬를 진정한 시인으로 생각했다는 사실은 당시 사람들의 죽은 사람에 대한 격찬의 풍습을 잘 반영한 것이다. 그들의 그러한 태도는 그 시인의 아내가 만들었다는 감상적인 묘석과 함께 애쉬가 셰익스피어, 밀턴, 렘브란트, 라파엘, 그리고 라신느 등 위대한 예술가들과 동급임을 주장하는 것과 다를 바 없다.〉 — 원주.

였다. 물론 두 사람 다 금세기 초에 대중들의 지지를 받은 예술가들은 아니었다. 그러나 더욱 놀라운 것은 그 묘석에 기독교 신앙에 관한 언급이 전혀 없다고 불만을 터뜨렸다는 기록이나, 아니면 거꾸로 그런 교회의 태도를 엘렌이 잘 피했다고 칭찬한 기록이 전혀 없다는 사실이다. 그녀가 앞의 인용문을 묘석에 새겨 넣고자 한 이유는 그의 시와 라파엘과 벨보를 한데 묶어 그녀의 남편을 전반적으로 애매모호한 기조를 띠고 있는 르네상스의 전통과 연결시키려 했기 때문이 아닌가 싶다. 그런 르네상스의 전통이란 바로 로마 시대 사원으로 세워진 기독교 교회로서의 원형 판테온, 바로 그것이 아니겠는가. 비록 두 내외가 그 문제를 함께 논의했을지는 모르겠지만 그런 생각이 그녀의 정신에 불가피한 것으로 자리 잡았다고는 우리가 추측할 수 없는 문제이다.

우리는 랜돌프 애쉬와 함께 묻혔었고, 그로부터 7년 후 그의 아내의 관이 그의 곁에 나란히 묻히게 될 때까지 전혀 손도 안 댄 상태로 보이는 그 상자 속에 무엇이 들었는지 추측해 보지 않을 수가 없다.[10] 엘렌 애쉬에게서도 우리는 사적인 글을 출판하는 문제에 관해서 그녀의 동시대인들이 보여 주었던 고상한 태도나 결벽증 같은 것을 찾아볼 수 있다. 물론 사적인 일을 공개하는 데에 — 엘렌이 아니라 — 랜돌프 자신이 주저와 의구심의 눈길을 보냈다는 지적이 종종 제기되기도 한다.[11] 다행인 점은 랜돌프 자신이 그런

10 페이션스 메러디스가 페이스에게 보낸 편지에 기록되어 있다. 현재 그 편지는 에드먼드 메러디스의 증손녀인 메리앤 워말드의 소유로 되어 있다 — 원주.

11 앞의 주 3을 참조. 그리고 출판되지 않은 1889년 11월 25일자 일기에도 그런 말이 적혀 있다 — 원주.

문제에 대해 자신의 견해를 피력한 그 어떤 증거도 남겨 놓지 않았다는 사실이며, 더욱 다행인 것은 남편의 지시에 따랐다는 미망인의 행위가 일관성을 유지하지 못하고 자기 기분에 따라 이루어졌다는 사실이었다. 얼마나 귀중한 물건들이 불태워졌는지 우리는 모른다. 그러나 그녀의 일기를 보면서 우리는 남겨진 물건들이 굉장히 소중한 의미를 지니고 있는 것임을 쉽게 알 수가 있다. 여하간 우리는 1896년에 그의 편안한 잠을 깨워 놓았던 사람들이 숨겨진 상자를 열고 후손들을 위해 그 속에 무엇이 들어 있는지 조사하고 기록해 두었더라면 하는 소망을 지울 수가 없다. 어떤 모범적인 삶의 기록들을 없애 버리고 감추려는 결정들은 경황이 없는 가운데 이루어지는 경우가 보통이며, 또 흔히 죽음 뒤에 찾아오는 절망감에서 비롯되는 일시적 충동일 수도 있다. 그런 행위는 사려 깊은 판단 끝에 결정된 행위가 아니며, 마음의 동요나 불안 뒤에 찾아오게 마련인, 무엇을 알고자 하는 욕망과도 어긋나는 행위이다. 심지어 로세티는 자신의 시와 비극적으로 삶을 마감한 자신의 아내를 함께 묻어 버리는 게 좋겠다고 생각했다가 나중에 다시 그 시들을 파내는 어리석음을 범하지 않았던가. 나는 종종 원시 시대의 우리 조상들과 죽은 자와의 관계를 언급한 프로이트의 말을 생각한다.

〈악령이라는 존재가 항상 최근에 죽은 사람들이 영혼으로 간주되고 있다는 사실은 애도가 바로 악령의 존재를 믿는 근원적 행위임을 보여 준다. 애도가 수행하는 각별한 정신 작용이 있다. 이는 망자로부터 살아남은 자의 기억과 희망을 분리시키는 일이다. 이런 일이 이루어지면 고통이 덜하게 되고, 또 그것과 더불어 회한이나 자기 경멸, 그리고 악령에 대한 두려움 등이 모두 경감된다. 동시에 악령으로서 두려움의 대상이 되었던 영혼도 좀더 친숙하게 대할 수 있게 되며, 그 결과 그런 영혼을 조상으로 섬기고 또 그들에게 도움을 청하는 행위가 이루어지는 것이다.[12]

우리는 감추어진 물건을 보고 싶다는 욕망을 빌미로 해서 가장 가깝고 가장 소중한 사람의 영혼에 악령의 껍데기를 씌워 우리가 사랑하는 조상으로 섬기고, 또 그들이 남겨 놓은 유산을 이렇게 소중하게 여긴다고 애써 주장하는 것은 아닐까?

1889년 11월 27일

그 늙은 여자는 어두운 복도를 따라 천천히 발걸음을 옮기더니 계단을 오르며 각 층계참마다 뭔가 주저하는 표정으로 멈추었다. 뒤에서, 어둠 속에서 보더라도 그녀는 나이 든 여자로 보였다. 그녀는 벨벳 가운을 입고 있었으며, 발에는 부드러운 자수 슬리퍼를 신고 있었다. 살이 좀 붙은 몸이었지만 그래도 꼿꼿한 자세를 유지하고 있었다. 한 가닥으로 길게 땋아 양 어깨 사이로 늘어뜨린 그녀의 머리는 그녀가 들고 있는 촛불의 불빛을 받아 금빛으로 반짝였지만, 실상은 연한 갈색을 띤 백발이었다.

그녀는 귀를 기울였다. 여동생 페이션스는 비워 둔 방 가운데 가장 좋은 방을 골라 그곳에서 잠을 자고 있었으며, 2층 어딘가에서는 유망한 젊은 변호사로 각광받고 있는 그녀의 조카 조지가 잠들어 있었다.

랜돌프 헨리 애쉬는 그의 침실에서 손을 한데 모으고 눈을 감은 채 말없이 누워 있었다. 그의 부드러운 하얀 머리는 속을 넣은 공단으로 감싸여 있었으며, 수놓은 비단 베

---

12 지그문트 프로이트, 『토템과 티부』(1955년 스탠더드 판), 『전집』 제13권, 65~66쪽.

개가 그의 머리를 받치고 있었다.

잠이 오지 않을 때면 그녀는 조용히 그의 방으로 가, 정말 조용하게 문을 열고서 누워 있는 그의 모습을 물끄러미 내려다보곤 하였다. 임종 직후의 그의 모습은 예전의 모습 그대로, 오랜 갈등 끝에 부드럽고 침착한 모습으로 돌아와 평온을 유지하고 있었다. 그러나 이제 그의 그런 모습은 사라지고 말았다. 쑥 들어간 눈, 말라 뾰족해진 턱, 뼈마디 위에 팽팽하게 늘어진 누런 살갗 — 정말 앙상한 환영으로만 존재할 뿐이었다.

그녀는 몹쓸 만큼 변해 버린 그의 모습을 바라보고는 적막한 허공에다 대고 작은 기도를 올렸다. 그러고는 그의 시신을 향해 이렇게 말을 붙였다. 「당신은 어디 있나요?」

여느 밤과 다름없이 집에는 꺼져 버린 석탄 냄새, 싸늘하게 식은 벽난로 냄새, 이미 오래전부터 배어 있는 연기 냄새가 풍기고 있었다.

그녀는 그녀가 글을 쓸 때 사용하는 작은 방으로 들어섰다. 책상 위에는 답장을 해야 할 위로의 편지들과 내일 있을 장례식 참석자들의 명단이 널려 있었다. 그녀는 서랍에서 자신의 일기를 꺼내 한두 장 무심히 넘기더니, 다시 고개를 들어 잠과 죽음의 소리에 귀를 기울였다.

그녀는 집의 맨 꼭대기 층으로 향하는 또 다른 계단을 올랐다. 그곳엔 랜돌프의 작업실이 있었다. 그녀는 그와 함께 사는 동안, 그곳에서 그가 일을 할 때면 그녀 자신을 포함하여 그 누구도 거기에 들어가지 못하도록 하는 것을 아내로서의 자신의 임무라고 생각하고, 또 그렇게 해왔었다. 커튼은 걷혀 있었다. 창으로 집 밖의 가스등 불빛이 들어왔으며, 하늘에 떠 있는 보름달로부터 유영하듯 은은하게 밀려오는 달빛 또한 창을 넘보고 있었다. 그의 담배 냄새가 아직도 그윽히 배어 있었다. 그리고 책상 위에는 그가 마지막 병을 앓기 전부터 쌓여 있던 책들이 아직 그대로였다. 또한 일에 열중하던 그의 모습이 아직도 잔영처럼 남아 있었다. 그녀는 그의 책상에 앉아 정면에 촛불을 올려놓았다. 아래층에 돌처럼 아무 말 없이 누워 영원의 잠을 자고 있는 수척하고 끔찍한 그의 모습보다는 이 방에서 열심히 일을 하고 있던 그의 모습을 떠올리는 일이 그나마 위안이 되었다.

그녀의 가운 주머니에는 몇 장의 종이와 그가 차고 다니던 시계가 들어 있었다. 그녀는 시계를 꺼내 시간을 보았다. 3시. 그가 이 집에서 마지막으로 머무는 날 새벽 3시.

그녀는 유리문이 달린 서가를 빙 둘러보았다. 그녀 뒤에서 타오르는 촛불이 유리에 반사되었다. 책상 서랍을 하나하나 열어 보았다. 그의 글씨가 적혀 있는 종이들, 그리고 다른 사람의 글씨가 적힌 종이들 — 이것들의 운명을 그녀가 어떻게 판단하고 결정한단 말인가?

한쪽 벽면을 따라 그가 채집해 놓은 물건들이 쭉 놓여 있었다. 목재 보관함 속에 들어 있는 현미경들. 슬라이드와 그림과 표본들. 알 수 없는 식물들이 내뿜는 호흡으로 증기가 뿌옇게 서려 있는 워디언 케이스들. 해초와 말미잘과 불가사리가 들어 있는 수족관 — 그 수족관을 배경으로 태고의 늪지 혹은 밀물과 썰물 사이의 해안을 연상시키는 양치류 식물들에 둘러싸여 있는 시인의 모습을 마네가 그림으로 그리기도 했었다. 이 모든 것들은 이 집을 떠나야 한다. 그녀는 과학 박물관에 있는 남편의 친구들과 이 물건들을 전시할 수 있는 적당한 장소가 있는지 상의해야겠다고 마음먹었다. 어쩌면 적당한 교육 기관을 찾아 그곳에 기증이라도 하고 싶었다. 그녀는 그의 물건 가운데 유리 테두리에 밀폐된 특수한 표본 상자가 하나 있었음을 기억해 내었다. 그는 물건들을 항상 제자리에 잘 보관하는 사람이었기 때문에 쉽게 찾아낼 수가 있었다. 그것은 그녀의 목적에 가장 적합한 상자였다.

결정은 되도록 신속히 내려야 했다. 내일이면 이미 때가 늦을지도 모르는 일이었다.

그는 한 번도 중병을 앓은 적이 없는 사람이었다. 그러나 죽기 전의 그 마지막 병은 정말 오랫동안 계속되었다. 그는 지난 3개월 동안 내내 병상에 누워 있어야 했다. 두 사람 다 어떤 일이 일어날지 모르는 상태에서, 그리고 언제, 얼마나 빨리 그 순간이 찾아올지 모르는 상태로 그렇게 3개월을 보내야 했었다. 그 기간 동안 그들은 그의 침실에서만 생활했다. 그녀는 항상 그의 곁에서 방의 습도를 조절해 주고, 베개를 고쳐 주며, 또 마지막까지 그에게 음식을 먹이고, 아주 얇은 책마저 들지 못하는 그를 위해 대신 책을 읽어 주었다. 아무 말이 없어도 그녀는 그가 무엇을 원하고, 무엇을 불편해 하는지 느낌으로 알 수 있었다. 그의 고통이 무엇이든지 함께 나누어야 한다는 의무감도 늘 지니고 있었다. 그녀는 그의 곁에 말없이 앉아 백지장처럼 하얀 그의 손을 잡으며, 그의 생명이 하루하루 꺼져 감을 느끼고는 그 안타까움을 안으로 삭여야만 했다. 그러나 그의 지적 욕구는 꺼질 줄을 몰랐다. 처음에는 존 던의 시에 빠져 입가의 수염이 날리도록 우렁차고 아름다운 목소리로 천장에 대고 던의 시를 암송하곤 했었다. 시행이 생각 안 나면 그는 얼른 그녀를 찾았다. 「엘렌, 엘렌, 빨리, 잊어버렸단 말야.」 그러면 그녀는 책장을 넘겨서 그가 잊어버린 부분을 찾아 주었다.

「당신없이 내가 무엇을 할 수 있을까요? 여기 이렇게 우리, 인생의 막바지에 가까이 있어요. 당신은 나의 커다란 위안이에요. 우리는 행복하게 살았어요.」

「우린 행복하게 살았어요.」 그녀는 이렇게 말하곤 하였다. 사실 행복했었다. 늘 행복한 삶을 살아왔다고 느끼고 있었기에 아무 말 없이 가까이 곁에 앉아 똑같은 사물을 바라보고 있는 그때가 더없이 행복하게만 느껴졌었다.

그녀는 그의 방에 들어가 그의 목소리를 듣곤 했었다.

「현세의 멋없는 연인들의 사랑은
(그 영혼이 분별있긴 하지만) 부재를
인정하지 않으려 합니다. 부재란
사랑의 모든 것을 빼앗아 가는 것이기에.」

그는 당당하게 마지막 말을 남기려 하였다. 후에 그녀가 기억할 만한 말을 남기기 위해 고통과 구역질과 공포를 이겨 내며 애써 말하려는 그의 모습을 그녀는 안타까운 마음으로 지켜보았다. 그가 하는 말은 이런 것들이었다.「왜 스바메르담이 고요한 어둠을 갈구했는지 알 것 같아.」「나는 진실된 글을 쓰려고 했어. 나의 현 위치에서 내가 볼 수 있는 것만을 보려고 노력했어.」「당신, 정말 44년 동안 화도 하나 내지 않고……. 얼마나 많은 부부들이 우리처럼 많은 대화를 나눌 수 있었을까.」

그녀는 그의 이 말들을 적었다. 말 그 자체가 좋아서가 아니었다. 그 말들이 그녀에게 자신을 바라보던 그의 얼굴과, 땀방울이 송송 맺힌 주름진 그의 이마 아래 반짝이던 지적인 눈매와, 힘없이 떨며 그녀의 손을 잡던 그의 손을 기억나게 해주기 때문이었다.「당신 — 기억이 나는지 모르겠어. — 왜 당신이 그 바위 위에 — 물의 요정처럼 앉아 있던 때 말야. — 잡초 속에 솟아 있던 그 바위 — 이름이 잘 생각나지 않는군. — 아니, 말하지 마. — 그래, 시인의 샘 — 샘물가 — 보퀼르즈 샘. 햇빛을 받으며 당신이 앉아 있었지.」

「그땐 겁도 났어요. 모든 것이 저에게 달려드는 듯했어요.」
「아냐, 그렇지 않아. 무서워하던 얼굴이 아니었어.」

모든 것이 다 지나가 버린 뒤 이제 그들은 침묵만을 함께할 수 있었다.

「모든 게 침묵의 문제였어요.」 그녀는 그의 작업실에서 그에게 큰 소리로 말했다. 그러나 이제는 그 방에서 더 이상 아무 대답도 기대할 수 없었다. 분노와 이해도 찾을 길이 없는 밤이었다.

그녀는 자신의 결심과 관련된 물건들을 내놓았다. 색 바랜 자주색 리본으로 묶어 놓은 편지 꾸러미. 지난 여러 달 동안 그의 머리카락과 자신의 머리카락을 엮어 만든 것으로 그와 함께 묻히게 될 팔찌. 그의 시계. 그녀가 진작에 그의 책상에서 찾아낸, 날짜도 적혀 있지 않은 그가 쓴 미완성의 편지 한 통. 그녀 자신에게 온 가는 글씨의 편지 한 통.
그리고 봉인된 편지 한 통.

그녀는 떨리는 손으로 한 달 전에 자기 앞으로 온 편지를 집어 들었다.

애쉬 부인 보세요.
제 이름이 낯설지 않으시리라 믿고 있어요. — 저에 관해서도 어느 정도는 알고 계시겠지요. ― 모르진 않으실 겁니다. ― 그래도 혹 저의 이 편지가 부인을 놀라게 해드렸다면 용서해 주세요. 아무튼 이런 때, 부인에게 주제넘게 나서는 저를 용서해 주세요.

애쉬 씨가 병석에 누워 계신다는 소식을 들었습니다. 신문에 그렇게 났습니다. 그분의 상태가 위독하다고 말입니다. 이제 얼마 못 사신다고 하더군요. ― 혹 제가 잘못 알았다면 다시 용서를 빕니다.

제가 그분이 꼭 아셨으면 하고 바라는 점을 몇 자 적어 보냅니다. 이런 때, 이렇게 나서는 일이 현명한 짓이 아님을 잘 알고 있습니다. ― 저의 죄를 용서해 달라고 쓰는 것인지 아니면 그분을 위해 쓰는 것인지 ― 저도 잘 모르겠습니다. 이 문제에 있어서 저는 부인의 판단에 따를 수밖에 없겠지요. 부인의 현명하신 판단과 관대함과 선의를 믿어야 할 수밖에 별 도리가 없으니까요.

우리도 이제는 나이 든 여자들입니다. 그러니 예전의 저의 정열이 어디 남아 있겠습니까. 이미 오래전에 다 식어 버렸답니다.

저는 부인에 대해서 아무것도 모르고 있습니다. 그분이 저에게 부인에 관해서 아무 말씀도 하지 않으신 것은 좋은 의도에서였겠지요.

몇 자 적어 편지를 썼습니다만 그 편지는 그분만이 봤으면 합니다. ― 무슨 내용인지 말씀 드리지 못하는 저의 심정 이해해 주세요. ― 그래서 편지를 봉인했습니다. 그분이 그 편지를 읽고 결정을 내려 주길 바라지만 혹 부인께서 꼭 읽고 싶으시다면 저로서도 어쩔 수 없는 일이지요.

그리고 만일 그분이 그 편지를 읽지 못하시거나, 아니면 읽으려 하지 않으신다면……. 오, 애쉬 부인, 저는 부인의 뜻에 따를 수밖에 없습니다.

제가 너무 괴롭게 해드린 것은 아닌지요. 하지만 맹세코 그럴 의도는 아니었습니다. 부인에게 — 추호도 마음의 고통을 드리지 않으려고 애썼습니다.

용서의 글이든 — 연민의 글이든 — 아니면 분노의 글이든 — 부인으로부터 한 줄의 편지라도 받을 수 있다면 더없이 기쁘겠지만.

저는 늙은 마녀처럼 작은 탑 속에 살고 있습니다. 그 누구도 원하지 않는 시를 쓰면서 말입니다.

만일 부인께서 정말 따뜻한 마음으로 저에게 그분의 상태를 알려 주신다면 부인을 위해 하나님께 기도드리겠습니다.

저는 부인의 손안에 있습니다.

당신의
크리스타벨 라모트

그가 숨을 거두기 전 마지막 한 달 동안 그녀는 그 두 통의 편지, 그녀에게 온 편지와 또 한 통의 봉인된 편지를 날 세운 칼처럼 늘 주머니 속에 넣고 다녔다. 그의 방을 드나들 때나 그와 함께 있을 때, 언제나 자신의 몸에 품고 다녔다.

그녀는 그에게 직접 꽃꽂이를 해서 갖다 주었다. 겨울 재스민, 성탄꽃, 온실에서 키운 제비꽃.

「검은 헬리보어. 왜 이 녹색의 꽃잎이 이리도 신비스러울까 — 엘렌? 당신, 기억나는지 모르겠군. — 우리가 괴테를 읽을 때 말야. — 식물의 변신 — 모두가 하나잖아. — 잎이며 — 꽃잎이며.」

「당신이 라자러스에 관한 작품을 쓰던 해였어요.」

「아, 라자러스……. 당신 — 진심으로 — 나중에라도

우리가 계속 존재하리라 생각하오?」
　그녀는 고개를 숙이고 진실을 찾았다.
　「우리는 약속받은 존재죠. ─ 훌륭하고 유일한 존재 ─ 우린, 우리 존재를 잃을 수가 없어요. 모르겠어요. ─ 랜돌프 ─ 난 모르겠어요.」
　「만일 아무것도 존재하지 않는다면 ─ 나는 ─ 조금 춥구려. 하지만 나를 넓은 대기 속에 묻어 주오. ─ 난 ─ 사원에 갇히기 싫소. 너른 땅속에, 대기 속에 묻어 주오. 알겠소? 울지 마오, 엘렌. 회피할 수 없는 일이잖소. 이젠 안타까움도 없소. 나는 ─ 나는 아무것도 한 것이 없소. 나는 그저 살아왔을 뿐이니.」

　그의 침실을 나와 그녀는 머릿속에서 상상의 편지를 썼다.

　「그이에게 당신의 편지를 줄 수가 없어요. 그는 너무도 편안하고 행복합니다. 그러한 지금 내가 어떻게 그이 마음의 평정을 깨뜨릴 수 있을까요?」
　「당신은 아셔야 합니다. 내가 항상 알고 있었다는 사실을 말입니다. 당신과의 그 ─ 어떤 단어를 써야 하나? 관계, 교제, 사랑?」
　「당신은 이해하셔야 합니다. 이미 오래전에 내 남편이, 아무 거리낌 없이, 진실한 마음으로, 당신에 대한 자신의 감정을 솔직히 나에게 털어놓았다는 사실을 말입니다. 그리고 그 문제는 우리 두 사람 사이에 이미 다 이해되었습니다. 이미 지나간 과거로 치부하고는 서로 이해를 한 상태입니다.」
　〈이해〉라는 말을 반복해서 사용했지만, 그런대로 좋았다.

「당신이 나에 대해서 아무것도 아는 바가 없다니 고맙군
요. 그 답례로 나도 당신에 관해서 본질적으로는 아무것도
모른다고 해야겠지요. ─ 내가 아는 것이란 몇 가지 분명
하게 드러난 사실뿐입니다. ─ 그리고 내 남편이 당신을
사랑했다는 사실, 당신을 사랑한다고 말했다는 사실, 그뿐
이지요.」
　한 늙은 여자가 또 다른 늙은 여자에게 상상으로 보내는
편지. 스스로를 작은 탑 속에 사는 마녀라고 묘사한 여인.
　「당신이 어떻게 이런 일을 요구할 수 있나요? 내가 그이
와 함께하는 이 짧은 시간, 부부간의 애정으로 유지해 온
우리의 삶을 어떻게 당신이 깨뜨릴 수 있습니까? 우리의
이 마지막 나날들을 당신이 어떻게 위협할 수 있단 말인가
요. 그이는 나의 행복입니다. 그런데 이제 얼마 안 있으면
그이가 내 곁을 영원히 떠납니다. 내가 어떻게 당신의 편
지를 그이에게 건네줄 수 있겠습니까.」

　그녀는 더 이상 써내려 가지 않았다.

　그녀는 그의 곁에 앉아 그들의 머리카락을 한데 엮어서
는 검은 비단띠에 고정시켰다. 그녀의 목에는 그가 휘트비
에 있었을 때 보내 준 브로치가 걸려 있었다. 검은 흑옥 속
에 새겨진 요크의 백장미들. 검은 바탕 위에 하얀 머리카
락들.

　「해골 주위에 ─ 가는 머리카락의 팔찌. 내 무덤이 다시
파헤쳐지면 ─ 엘렌? ─ 그 시 ─ 그 시 생각나오. ─ 우
리들의, 당신의, 그리고 나의 시 ─ 맞아.」

　그날은 그의 상태가 썩 좋지 않은 날이었다. 한순간 의식이 분명하더니 곧 그의 정신이 오락가락했다. — 어디를 헤매는 것일까?

「묘해요. — 잠이라는 것은. 당신은 잠 속으로 들어가는 거지요. 들녘, 정원들, 다른 세계들. 당신은 잠 속에 — 또 다른 세계 속에 들어가시는 거랍니다.」

「그래, 맞아. 우린, 우리들의 삶에 관해 아는 게 별로 없어. 우리가 알고 있다고 하는 것도 사실은 별게 아니지.」

「여름날의 들녘 — 눈 한 번 깜짝 하는 사이에 — 나는 그녀를 봤어. 내가 — 그 여자를 돌봤어야 하는 건데. 내가 무엇을 할 수 있었을까? 나는 그저 — 그저 그녀에게 상처만을 안겨 주었지. — 당신 뭐하고 있는 거요?」

「팔찌 만들고 있어요. 우리 머리카락으로.」

「내 시계를 들여다봐. 그녀 머리카락이오. 그녀에게 말해.」

「뭘 말예요?」

「잊어버렸어.」

　그의 눈이 감겼다.

　시계 속에 머리카락이 있었다. 길고 가는, 아주 연한 황금빛의 머리카락. 그녀는 책상 위에 그것을 올려놓았다. 그것은 연한 푸른색의 무명실로 단정하게 묶여 있었다.

＊＊＊

「당신은 이해하셔야 합니다. 이미 오래전에 내 남편이, 아무 거리낌 없이, 진실한 마음으로, 당신에 대한 자신의 감정을 솔직히 나에게 털어놓았다는 사실을 말입니다……..」

　만일 그녀가 이렇게 편지를 썼다면 그것은 진실, 그 이상도 그 이하도 아니었다. 그러나 그것은 진실처럼 들리지 않으리라. 진실된 마음을 담고 있지 않으리라. 말로 하다 보면 그 전에, 그리고 그 이후에, 영원히 있을 침묵의 진실을 다 전달하지 못하리라.

1860년 가을, 그들은 서재의 벽난로 주변에 함께 앉아 있었다. 테이블 위에는 국화와 구릿빛의 너도밤나무 잎, 그리고 엷은 황갈색과 자주색과 황금색으로 변해 가는 양치 식물이 있었다. 그리고 그때는 바로 그의 유리 식물원이 활기를 띠는 시기였다. 누에의 시기 — 따뜻한 온도가 유지되면, 이 따뜻한 방에, 담갈색의 작은 나방과 잔가지마다 통통하게 살찐 어린 누에고치가 생겨나는 것이다. 변신에 관한 그의 연구였다. 그녀는 『스바메르담』을 받아 적고 있었고, 그는 그의 작품을 바라보다가는 생각에 잠겨 방 안을 왔다갔다하고 있었다.

「잠깐 멈춰 봐, 엘렌. 당신에게 꼭 해줄 얘기가 있소.」

순간 그녀는 온갖 감정이 한 곳으로 몰려오는 듯한 느낌을 받았다. 목구멍에 무언가 걸린 듯, 혈관 속에 뾰족한 못이 박힌 듯 — 그녀는 그의 말을 듣고 싶지 않았다.

「하실 필요 없어요.」

「아니 꼭 해야겠소. 우리는 늘 서로를 믿으며 살아왔잖소, 엘렌. 당신은 나의 소중한 아내고, 난 당신을 사랑하오.」

「하지만.」 그녀가 말했다. 「그런 말씀만 하시면 나는.」

「작년에 나는 어느 여자와 사랑에 빠졌더랬소. 미친 짓이었다고 할 수 있겠지. 악령에 씌었던 거요. 눈멀었었다고나 할까. 처음에는 단순히 편지를 주고받다가 — 그다음엔 — 요크셔에서 — 나는 혼자가 아니었소.」

「알고 있어요.」

침묵이 흘렀다.

그녀가 다시 말을 반복했다.「알고 있어요.」

그가 말했다.「언제부터?」한풀 기가 꺾인 목소리였다.

「그리 오래진 않아요. 당신의 행동이나 당신의 말을 통해서 눈치 챈 것이 아니에요. 누가 얘기했어요. 우리 집에 찾아온 사람이. 당신에게 보여 드릴 것이 있어요.」

그녀는 최초의 『스바메르담』 원고를 그녀의 이동식 테이블에 감춰 두었었다. 그 원고는 〈베다니, 마운트 아라라트 로드, 리치몬드〉라고 라모트 양의 주소가 적힌 봉투 속에 들어 있었다. 그녀가 그 원고를 꺼냈다.

그녀가 말했다.「이 원고에 있는 세상의 달걀에 관한 부분이 지금 당신이 불러 주던 부분보다 더 좋은 것 같아요.」

더 긴 침묵이 흘렀다.

「내가 당신에게 — 이 이야기를 — 라모트 양에 관한 이야기를 하지 않았더라도 — 당신, 이것을 나에게 보여 줄 생각이었소?」

「모르겠어요. 생각 안 해봤어요. 어떻게 했을 것 같아요? 하지만 이제 당신이 얘기하셨으니까.」

「글로버 양이 이걸 줍디까?」

「저에게 두 번씩이나 편지를 보냈었고, 집에도 찾아왔었어요.」

「그 여자가 당신 마음을 상하게 하는 얘기는 안 했소, 엘렌?」

***

많이 닳긴 했어도 깨끗하게 닦은 부츠를 신고, 당시 여자들이 흔히 즐겨 입던 치마를 입은 하얀 얼굴의 여자가 그녀의 작은 손을 오므렸다 폈다 하며 방 안을 서성였다.

철테 안경 너머로 매우 푸르게 빛나는 그녀의 두 눈이 보였다. 붉은 머리카락, 그리고 백악처럼 하얀 피부에 몇몇 오렌지색의 작은 반점이 있는 여자였다.

「애쉬 부인, 우린 행복했었어요. 우리 두 사람 사이엔 서로가 전부였어요. 우린 순진한 여자들이었어요.」

「당신네들의 행복을 두고 저더러 어떻게 하란 말씀인가요.」

「부인의 행복도 깨졌잖아요. 행복하시다면 그건 거짓말이에요.」

「제발 이 집에서 나가 주세요.」

「부인의 선택 여하에 따라서 부인이 저를 도와주실 수도 있어요.」

「제발 나가 주세요.」

***

「그녀는 별로 말을 하지 않았어요. 굉장한 적개심을 품고 있었고, 또 제정신이 아니었어요. 저는 그 여자더러 나가 달라고 했지요. 그 여자가 이 시를 주더군요. ― 증거라며 ― 그러곤 돌려달라고 하더군요. 나는 어떻게 남의 물건을 훔칠 수가 있느냐며 부끄럽지도 않느냐고 따졌죠.」

「무슨 말을 해야 할지 모르겠소, 엘렌. 이제 다시는 ― 그녀를, 라모트 양을 만나지 않을 것이오. 그렇게 서로 합의를 했었소. ― 그해 여름이 마지막이어야 한다고 말이오. 그리고 설혹 그렇게 되지 않는다 해도 ― 이젠 그녀가 사라져 버렸으니 ― 어디 멀리 떠나갔다고 하니.」

그녀는 그의 목소리에 고통이 서려 있음을 알고는 더 이상 아무 말도 하지 않았다.

「어떻게 설명해야 할지 모르겠소, 엘렌. 하지만 내가 당신에게 말할 수 있는 것은……」

「그만요, 그만. 이젠 더 이상 그런 얘긴 하지 말아요.」

「당신 화났구려. ── 마음이 상했겠지.」

「모르겠어요. 화 안 났어요. 더 이상 알고 싶지도 않아요. 제발 이제 그 얘기는 하지 마세요. 랜돌프 ── 우리 두 사람의 얘기가 아니잖아요.」

***

잘한 일일까, 못한 일일까, 그녀는 자기 마음에서 우러나온 대로 그대로 행동했을 뿐이었다. 그런 격한 순간에는 차라리 모르는 척하는 편이, 문제를 피해 가는 쪽이 더 좋겠다는 뜻에서 나온 말인지도 몰랐다.

***

그녀는 결코 그의 편지들을 읽은 적이 없었다. 호기심이 작동하여 몰래 훔쳐본 적이 없었다. 그녀는 그저 그를 대신해서 독자들이나 찬양자들, 번역가들, 한 번도 그를 만난 적이 없는 아름다운 여인들 등 여러 사람들에게서 온 편지들에 답장하는 일을 해주었을 뿐이었다.

그가 이 지상에서의 삶을 마감하기 마지막 한 달 전 어느 날, 그녀는 주머니 속에 그 두 통의 편지, 즉 그녀에게 온 개봉된 편지와 나머지 한 통의 봉인된 편지를 넣고 꼭대기 다락방으로 올라가서는 그가 쓰던 책상을 찬찬히 훑어보았다. 알 수 없는 야릇한 두려움이 그녀의 몸을 엄습하였다. 한낮의 그의 작업실에는 싸늘한 광선이 내리비치지만 밤이 되면 드문드문 박혀 있는 별 몇 개와 흐르는 구름들이 보일 때가 많았다. 그러나 그녀가 그곳을 찾았던 그날은 창가에 나타난 하늘이 굉장히 맑고 텅 비어 있었다.

시를 적어 놓은 종잇조각이 여기저기 흩어져 있었다. 구겨진 종이들이 많이 쌓여 있었다. 이 모든 일의 책임이 그녀에게 있다는 생각은 이미 접어 둔 지 오래였다. 적어도 아직까지는 그녀에게 아무런 책임이 없었다.

그 미완성의 편지를 발견했을 때 그녀는 마치 자신이 일부러 그 편지를 찾으러 올라온 것이 아닌가 하는 생각이 들었다. 그 편지는 계산서와 초대장 따위가 잔뜩 쌓여 있는 서랍의 맨 뒤쪽에 아무렇게나 처박혀 있었다. 그런 편지를 애써 찾으려 했다면 아마 몇 시간이 걸렸을지 모르지만 실제 그 편지는 금방 그녀의 눈에 띄었다.

내 사랑 그대,

나는 매년 위령의 날[13] 즈음에 그대에게 편지를 보냈습니다. 그대가 답장하지 않으리라는 사실을 잘 알면서도 그렇게 하지 않을 수가 없었습니다. 혹시나 하는 기대라도 가져야 했습니다. 그대가 기억을 하든 잊어버렸든, 혹은 그대가 나에게 답장 보낼 생각을 해서 나를 조금이나마 고무시키고, 내가 지고 있는 무거운 짐을 그대가 덜어 줄지도 모른다는 희망 말입니다.

그대에게 용서를 받아야 할 것이 있습니다. 그 일 이후 그대의 침묵, 그대의 그 완고한 침묵이 곧 나를 비난하는 행동이기에, 그리고 나 자신 양심상 잘못한 일이라는 것을 잘 알기 때문입니다. 그때 무턱대고 케르느메로 서둘러 찾

13 모든 죽은 이를 기리는 날로 대개 11월 2일.

아갔던 나의 경솔함을 용서 바랍니다. 그대가 그곳에 있을지도 모른다는 생각에 갔었지만, 내가 그곳에 가도 좋은지 그대에게 물어보지도 않았으니…… 더욱이 돌아오는 길에 리즈 부인에게 모든 것을 털어놓고 도움을 요청했으니 그대가 얼마나 당황하고 놀랐을지. ─ 그런 나의 이중적 태도 역시 용서를 빌어야 할 일이겠지요. 그 이후로 그대는 나에게 벌을 가하기 시작했습니다. 나는 매일 형극의 길을 걷는 기분입니다.

그러나 내가 왜 그런 행동을 했는지, 나의 절박한 심정을 그대는 충분히 생각해 본 적이 있습니까? 그대의 행동은 곧 나를 비난하는 행동입니다. 내가 그대를 사랑하지만 그 사랑이 강제적이고, 또 내가 어느 시시한 로맨스에나 나오는 무자비한 약탈자와 다름없기 때문에 그대가 나를 피해 도망간다는 식의 비난이 아니고 무엇이겠습니까. 그러나 그대의 기억을 하나하나 되살려 보십시오. ─ 진실된 마음으로 돌이켜 보십시오. ─ 그대는 그렇지 않음을 잘 아실 것입니다. ─ 우리가 함께한 행동을 곰곰 생각해 보십시오. 어디에 그런 무자비함이 있었으며, 어디에 그런 강요가 있었습니까. 크리스타벨, 그대에 대한 사랑과 존경에 어디 부족한 점이 있었습니까? 그 여름 이후 우리가 다시는 연인으로 지낼 수 없다는 사실은 우리 두 사람이 서로 합의한 사항입니다. ─ 그러나 그렇다고 그것이 이렇듯 갑자기 어느 하루와 그다음 날 사이에 검은 장막을, 아니 단단한 철의 장막을 드리울 이유가 되는 것입니까? 그때 나는 정말 그대를 온 마음 다 바쳐 사랑했습니다. 그러나 지금은 그대를 사랑한다고 말하지 않으렵니다. 이건 실제로 무슨 낭만적인 사랑도 아니고 잔뜩 마음 부풀어 기대할 수 있는 것도 아니기 때문입니다. ─ 사랑은 갔습니다. 마치 험프리 다

비의 항아리에 꽂힌 촛불처럼 그렇게 꺼지고 말았습니다. 불꽃을 일으킬 공기도 없이 그렇게 질식해 버리고 말았습니다. 그러나,

　그대가 원하기만 한다면, 모든 이들이 다 그를 포기했어도,
　그대는 사망에서 삶까지, 그를 다시 살아나게 할 수 있습니다.

어쩌면 내가 이런 시구나 인용하는 즐거움 때문에 이러는 것은 아닌지…… 아, 크리스타벨, 크리스타벨, 나는 이 문장을 애써 찾아냈습니다. 그리고 그대에게 다시 한 번 생각해 보라고 요청합니다. 우리가 서로 무슨 생각을 하는지, 마음에서 마음으로 서로의 생각을 읽던 그때를 기억해 보십시오.

내가 반드시 알아야 할 것이 있습니다. 그대는 그것이 무엇인지 잘 알고 계실 겁니다. 내가 〈반드시 알아야〉 한다고 한 말이 거만하게 들리지나 않을지 모르겠습니다. 그러나 나는 그대의 손안에 있습니다. 제발 말해 달라고 이렇게 애원합니다. 내 아이는 어떻게 되었습니까? 살아 있습니까? 알지도 못하면서 어떻게 물어볼 수 있느냐구요? 모르고 있는데 어떻게 안 물어볼 수 있습니까? 나는 그대의 사촌인 사빈느와 많은 얘기를 했습니다. 그녀가 알고 있는 사실은 모조리 나에게 얘기해 주었습니다. — 알고 있는 사실뿐 — 그 결과는 어떻게 되었는지 모른다고 하니…….

그대는 내가 그곳 브르타뉴에 사랑과 염려와 근심을 안고 갔었다는 사실을 알아야 합니다. 그대와 그대의 건강이 염려되어 — 그대를 돌보아야 한다는 마음에서 — 그곳

으로 달려갔었습니다. ― 그런데 왜 그대는 나를 피하나요? 자존심에서? 두려움에서? 독립심에서? 아니면 남자와 여자의 서로 다른 불공평한 운명에 갑자기 증오심이 폭발했기 때문인가요?

그러나 자기의 아이가 있다는 사실을 알고는 있지만 그 이상은 아무것도 모르는 한 남자도 어느 정도 동정을 받아야 하는 것 아닙니까?

어떻게 내가 이런 말을 할 수 있을까요? 그 아이가 어떻게 되었든지 간에, 아니 지금 어떤 상태에 있든지, 나는 이미 최악의 상황을 상상하고, 체념하고 ― 다만 어떻게 되었는지 알 수만 있다면…….

더 이상 쓸 수가 없습니다. 그래서 이 편지를 그대에게 부칠 수도 없습니다. 덜 직접적인 얘기로 이 글을 마치렵니다. 답장도 하지 않을 그대이기에, 그대는 나의 악마, 나의 박해자입니다……. 나는 받아들여질 수 없는 존재.

내가 어떻게, 영혼을 불러내기 위해 모인 그 끔찍한 곳에서 소리쳐 울리던 그 무시무시한 말을 잊을 수 있겠습니까?

〈당신은 저를 살인자로 만들었습니다〉라고 울리던 그 말. 나를 비난하던 그 말에 나는 아무 대답도 할 수 없었습니다. 그리고 나는 지금도 그 비난의 외침을 매일 듣고 있습니다.

그 바보 같은 여자가 〈아이는 없어요〉라고 하더군요. 교활함, 억지로 꾸며 댄 탄식, 진정한 텔레파시, 이 모든 것이 한데 섞인 목소리였습니다. 크리스타벨, 내가 그대에게 말합니다. ― 그대는 이 편지를 결코 읽을 수 없을 것입니다. 이 편지는 이미 가능한 의사 소통의 한계를 넘어섰기 때문입니다. ― 나는 혐오와 공포와 책임감과, 그리고 아직도 내 가슴을 쥐어짜는 사랑의 자취를 안고 그대에게 말합니다. 나는 진정으로 나 자신을 죽이고 싶은 심정입니다.

　그녀는 이 편지의 한쪽 끝을 마치 잘못 건드렸다가는 톡 쏘는 말벌이나 전갈을 들어 올리듯 조심스럽게 집어 들었다. 그런 다음 랜돌프가 쓰던 다락방의 벽난로에 불을 피우고는 편지를 태웠다. 그녀는 또 한 통의 편지를 꺼냈다. 봉인된 편지. 그것마저 태우려다 잠시 생각을 하고는 불꽃이 사그라지도록 그냥 내버려 두었다. 그도 분명 자신이 쓴 편지가 계속 남아 있기 원하지 않았을 것이다. 크리스타벨도 마찬가지리라. ── 은연중 비난의 목소리를 담고 있는 편지 내용으로 보아 당연하지 않겠는가. ── 그런데 무엇에 대한 비난일까? 더 이상 깊게 생각하지 말자.

　그녀는 으스스 한기를 느끼고는 나무와 석탄 덩어리로 불을 피웠다. 불꽃이 일어나 자신의 몸을 따뜻하게 해주기를 기다리며 그녀는 난로 옆에 쪼그리고 앉았다.

　그녀는 생각했다. 내 인생은 거짓말을 중심으로 세워진 인생이야. 거짓말을 기반으로 해서 세워진 허름한 누각에 불과해.

　그녀가 늘 둔감하게, 그러나 끈질기게 믿어 온 것이 있었다. 그것은 그녀가 이따금씩 내보이는 그녀의 회피나 접근이나 전체적인 몸짓이 그녀가 자기 자신에게 충실해야 한다는 나름대로의 엄격한 자기 요구에 의해 비록 정당화되지는 않지만 적어도 어느 정도는 억제되고 중화되었다는 사실이었다.

　랜돌프는 그 거짓된 삶을 같이 살아온 공범자였다. 그러나 그녀는 그들의 삶의 이야기가 그에게는 어떤 모습으로 비쳤는지 알 수가 없었다. 그 문제만큼은 그들이 함께 논의한 사항이 아니었다.

그러나 설혹 그녀가 그들 삶의 진실을 알지 못했다 하더라도 이따금씩 그 진실을 눈여겨보았더라면 자신이 웅덩이로 흘러 미끄러지는 이판암 위에 서 있다는 사실을 알았을 것이 아닌가.

그녀는 자신의 의식 속에 그리고 있는 진실을 찰스 라이엘 경의 『지질학 원리』에 나오는 아름다운 구절로 대신해 생각해 보았다. 언젠가 저녁 무렵 그녀는 랜돌프에게 그 책을 읽어 주었고, 그는 그녀가 아름답다고 생각한 부분 바로 앞의 암반 형성에 관한 지각화성론 부분을 듣고는 매우 흥분했던 적이 있었다.

그녀는 그 부분을 적어 두었다.

화강암이나 각섬석과 같은 결정체가 우리가 그 기원을 익히 잘 알고 있는 다른 물질들과 뚜렷이 구분되는 점은 그 암석들이 지금 이 순간에도 지하에서 활동 중인 어떤 생성 작용의 결과로 생겨난다는 사실이다. 그것들은 이미 지나가 버린 구 질서 속에 편입되는 것이 아니다. 다시 말해 그 결정체들은 어느 죽은 언어의 단어나 구절을 사용하여 판독할 수 없는 문자를 새겨 놓은 태곳적의 기념물이 아니다. 그것들은 우리에게 살아 있는 자연의 언어를 가르쳐 준다. 그리고 그 자연의 언어는 우리가 적당히 지표면 위에 나타난 것들과 매일 아무리 접촉을 한다 해도 도저히 배울 수 없는 언어이다.

엘렌은 이 딱딱한 결정체들을 좋아했었다. 이 지상의 〈적당히 살기에 좋은〉 표면 아래, 강렬한 열기 속에 형성되는 물질들 — 태고의 기념물이 아니라 〈살아 있는 자연의 언어의 일부〉인 결정체들.

나는 평범한, 혹은 히스테릭한 자기 기만의 인간이 아니야. — 그녀는 생각했다. 그 뜨거운 열기나 결정체에 더 믿음이 갈 뿐, 살기에 적당히 알맞은 표면이 전부는 아니야. 그러니 나는 파괴자도 아니고, 외부의 어둠에 내버려진 존재도 아니지.

불길이 여러 가닥을 이루며 위로 솟아올랐다. 그녀는 가끔 그러하듯이, 그 옛날 그들의 신혼여행을 떠올렸다.

말로는 어떻게 기억을 되살릴 수가 없었다. 신혼여행과 연관된 말도 없었다. 그저 두려움으로만 남아 있었다. 그녀는 그때의 그런 기분을 아무에게도 이야기하지 않았었다. 심지어는 랜돌프에게도 결코 입을 열지 않았었다.

그녀는 그때를 이미지로 기억하고 있었다. 남부 어느 곳의 포도 넝쿨과 담쟁이들이 기어오르던 창문, 그리고 저물고 있던 뜨거운 여름 태양.

신혼여행의 밤에 입었던 물망초와 장미가 예쁘게 수놓인 하얀 케임브릭의 나이트 드레스.

떨고 있는 여리고 하얀 동물 — 그녀.

벌거벗은 남성 — 곱슬곱슬한 머리카락과 물기에 젖어 반짝이는 알몸으로 느린 듯하면서도 돌고래처럼 민첩했던 동작, 숨이 턱턱 막힐 것 같은 야생의 내음.

다정하게 내민 커다란 손. 한 번이 아니라 여러 차례나 툭 치고, 밀어내고, 찰싹 때려 저지했던 그 손.

뿌리치고 달아나서는 방 한쪽 구석에 웅크리고 앉아 있던 연약한 동물. 덜덜 떨리던 이, 경련이 일 듯한 혈관, 가쁜 숨. 그녀.

잠시 동안의 소강 상태. 황금빛의 포도주가 담긴 술잔. 며칠 동안의 피크닉. 하늘색 포플린 치마를 입고 바위 위에 걸터앉아 웃던 여인. 페트라르카를 인용하며 그녀를 들어 올리던 잘생긴 구레나룻의 남자.

또 한 번의 시도. 저지당하지 않은 손. 강철처럼 단단한 근육. 아픔에 꽉 깨물었던 입.

접근. 잠겨진 대문. 공포. 흐느껴 울며 도망가는 여인.

여러 차례 반복되는 행위들.

언제부터 그는 아무리 그가 부드럽게 대하고, 아무리 인내하며 기다려도 소용없는 짓이라는 것을 알았을까?

그때의 그의 얼굴을 그녀는 떠올리기가 싫었다. 진지하면서도 다소 당황해 하는 표정. 부드러우면서도 의아해 하던 눈길.

정성 어린 무서운 사랑. 그의 절제. 그에게 온갖 사사로운 안락함을 안겨 주던 그녀. 그의 노예가 된 그녀. 한마디 말에도 몸을 떨던 그녀. 그녀의 사랑을 받아 주었던 그.

그래서 그를 사랑한 그녀.

그는 그녀를 사랑했었다.

그녀는 크리스타벨의 편지를 집어 들었다.

그녀는 소리쳤다. 「당신없이 나보고 어떡하라는 건가요?」 그러곤 얼른 손으로 입을 막았다. 집 안에 있는 사람들이 달려온다면 지나간 세월을 반추할 수 있는 그녀의 시간이 끝나 버리는 것이었다. 그녀는 그들에게 거짓말을 했었다. 그들은 아주 행복했었다고 뻔뻔스럽게 거짓말을 했었다. 아이가 있으면 그런 행복도 누리지 못했을 것이라고……

어떤 의미에선 그 여자가 그의 진정한 아내였는지도 모른다. 적어도, 잘은 모르지만 적어도 짧은 순간이나마 그의 아이를 갖고 있지 않았는가.

그녀는 그 편지 속에 무슨 내용이 담겨 있는지 알고 싶지 않았다. 그래, 이것도 외면하고 피하는 쪽이 더 좋을지도 모른다. 알려고 하지도 않고, 말하지도 않는 편이 내용의 좋고 나쁨을 떠나 정신적인 고문을 덜 당하는 셈이 되리라.

그녀는 검은빛 옷칠을 한 표본 상자를 꺼내서는 그 속에 편지를 집어넣었다. 마찬가지로 머리카락으로 만든 팔찌도 집어넣었으며, 팔찌 안쪽에는 그의 시계에서 떼어 낸 긴 금발의 머리카락 ― 이제는 더 이상 금발이 아니었다 ― 을 넣었다. 그녀는 그들의 사랑의 편지들도 한데 끈으로 묶어 그 상자 안에 집어넣었다.

24세의 한 젊은 처녀가 꽃다운 시절이 다 지나가 버린 34세가 되어서야 결혼을 할 수 있었다.

그녀는 앞뒤로 기울여 전신을 비추는 체경 속에 벌거벗은 알몸으로 드러난 자신의 모습을 딱 한 번 바라보았던 일을 기억했다. 겨우 18세 때였을 것이다. 따뜻하고 작은 원을 그리며 부풀어 오른 작은 가슴, 상아색의 살갗과 은빛으로 빛나던 긴 머리. 예쁜 공주의 모습.

사랑하는 엘렌에게,

내 마음에서 지울 수가 없군요. ― 오로지 당신만을 생각하며, 상상 속에 푹 젖고 싶어하는 사람이 어떻게 지울 수가 있겠습니까. ― 난 정말 당신의 모습을 내 마음에서 지울 수가 없습니다. 접시꽃, 제비고깔, 참제비고깔 등 불타는 듯한 진홍색과 푸른색과 자주색 정원의 꽃들을 뒤로 한 채 장미처럼 붉은색 찻잔을 앞에 놓고 앉아 있는 하얀 드레스의 당신 모습. 눈이 부시도록 아름다운 당신의 하얀 모습이 더욱 돋보일 뿐이었습니다. 그리고 오늘 당신은 연한 핑크색 리본이 달린 하얀 모자를 쓰고 다정한 미소까지 지어 보였습니다. 고개 숙여 절을 하듯 흔들리는 작은 움직임 하나하나, 주름이 지듯 부드럽게 일렁이는 움직임 하나하나가 내 기억에서 떠나질 않습니다. 아, 내가 시인이 아니라 화가였다면 ── 그러면 당신은 그 작은 움직임과 미세한 부분까지도 얼마나 내가 소중히 여기는지 알 수 있을 텐데…….

소중히 여길 것입니다. ── 그들의 사망 때까지, 나의 사망이 아니라 그들의 사망 때까지 ── 당신을 사랑하고 소중히 여기기에 나에게는 긴 인생의 기간이 필요합니다. ── 나는 소중히 여길 것입니다. 당신이 나에게 준 꽃들을. 이 편지를 쓰고 있는 지금도 내 앞에 예쁜 푸른색의 유리 화분에 담겨 있습니다. 나는 백장미를 특히 좋아합니다. ── 아직 꽃을 피우진 않았더군요. ── 그 꽃들을 즐기려면 아직 초조하게 더 많은 날을 기다려야 하겠지요. 보기에는 단순한 한 가지 색으로 보이지만 실은 그렇지가 않습니다. 눈처럼 하얀색, 크림색, 상아색 등 모두가 뚜렷이 구별되는 색을 가지고 있습니다. 그리고 중심은 아직 초록의 싱그러움을 유지하고 있습니다. ── 새로움과 희망을 안고 있는 심장, 꽃을 피울 때면 살며시 붉은 기운을 띠게 될 싸늘한 식물의 혈액이 흐르는 곳. (아실는지 모르겠습니다. 옛날 화가들은 초록의 밑바탕에 물감을 칠해 짙은 색 피막에 상아색의 하얀빛이 감돌게 만들곤 했었다는 사실을 말입니다. ── 기묘하고 멋있는 시각의 패러독스지요.)

나는 그 꽃들을 내 얼굴로 들어 올려 찬미합니다. 은은한 향기, 풍요로움의 약속. 나는 코를 꽃 가까이 대어 봅니다. ― 소용돌이치며 둥글게 말린 그 아름다움에 상처를 입히려는 뜻이 아닙니다. ― 나는 참을 수 없습니다. ― 매일매일 조금씩 펼쳐질 아름다움 ― 언젠가는 그들의 하얀 아름다움에 내 얼굴을 파묻을 날이 있겠지요. ― 양귀비 꽃봉오리를 가지고 놀던 어린 시절의 놀이를 해보셨는지 모르겠군요. ― 우리는 많이 했었습니다. ― 꽃받침과 꽃잎들을 하나하나 다시 접어서는 온통 구겨 놓습니다. ― 그러면 한때는 그 화려함을 자랑하던 주홍색의 꽃이 불쌍하게도 시들어 죽어 버립니다. ― 자연과 그다지도 빨리 꽃을 피우는 뜨거운 태양에 대한 최고의 짓궂은 호기심이었지요.

나는 오늘 70행의 시를 썼습니다. 당신이 바쁘다는 것을 알고 방해하지 않기 위해 혼자 시를 썼습니다. 발더를 불태운 화장용 장작더미 ― 그리고 그의 아내인 난나의 슬픔 ― 그리고 지하의 여신인 헬에게 그를 풀어 달라고 애원하기 위해 저 세상으로 용감하게 떠났지만 아무런 소득도 못 얻었던 헤르모두르 ― 엘렌, 얼마나 재미있는 이야기입니까. 위대하고 아름답고, 그러나 제한되어 있는 우리 존재의 모습을 설명해 주는, 인간의 상상력이 창조해 낸 멋진 인간의 이야기 ― 떠올랐다가는 사라지는 황금 태양, 봄날에 화사하게 피어나는 꽃(난나) ― 겨울이면 시들어 버리는 그 꽃 ― 어둠의 고집(여신 퇴크는 발더의 죽음을 애도하지 않겠다고 했습니다. 그녀는 살아 있을 때나 죽어 있을 때나 그가 자신에게는 아무 쓸모 없는 존재였다고 말했지요). 이것이 우리 조상들의 신화적 상상력이기도 하지만 또 위대한 현대시의 멋진 주제가 되지 않겠습니까?

그러나 나는 차라리 어느 한 정원에 앉아 있고 싶습니다. ― 어느 경내에 ― 초록과 하얀 장미들 가운데 ― 그리고 어느 여인 ― 심각한 표정을 짓다가는 돌연 환한 미소로 바라보는 하얀 옷을 입은 젊은 여인과 함께.

엘렌은 더 이상 읽지 않았다. 이 편지들, 그와 함께 묻혀서 그녀를 기다리리라.

그녀는 휘트비에서 그가 보내 준 흑옥의 브로치도 상자 속에 넣을까 생각하다가는 그만두기로 했다. 호더샬로 가는 동안 목에 걸고 있어야겠다고 마음먹었다.

그녀는 난로에 석탄과 나무를 더 집어넣었다. 그러고는 난롯가에 앉아 그녀 일기가 담고 있는 진실을 조심스럽게 편집해서는 신중히 확대 왜곡시킬 손길을 상상해 보았다 (젤리를 만드는 행위에 비유될 수 있으리라). 일기를 어떻게 할지는 나중에 결정하기로 했다. 그 일기가 몰려드는 무덤 도굴꾼들이나 탐욕스러운 사람들에 대한 방어이자 미끼가 되리라.

왜 편지들은 상자 속에 넣어져야 하는 것일까? 그녀가 앞으로 가야 할 곳에서도 그 편지들을 읽을 수 있을까? 그도 읽을 수 있을까? 그가 마지막으로 머무르는 이 집은 안전한 곳이 못 되었다. 왜 이 편지들을 그 눈먼 벌레들, 보이지 않는 입으로 갉아먹고 파괴시킬 그 짐승들에게 남겨두어야 한단 말인가?

나는 이 편지들이 계속 살아남았으면 좋겠어. 영원히.

만일 무덤 도굴꾼들이 다시 파헤쳐 낸다면?

그러면 내가 이 지상에 없더라도 그녀에게 정의의 심판이 내려지겠지.

그녀는 언젠가, 지금이 아니라 나중에, 펜을 들어 그녀에게 편지를 써야겠다고 생각했다. 그녀에게 말해야겠다고 생각했다. 그런데 무엇을 말하지?

그가 평화롭게 세상을 떴다고 말해야지.

그녀에게 말해야 할까?

그리고 편지를 쓰지 않겠다는 생각과 더불어 검게 빛나는 결정체들, 화강암과 각섬석들, 썼다간 다시 지우고 또다시 쓰는 변화무쌍한 편지 내용이 그녀의 머릿속에 떠올랐다. 이제는 때가 너무 늦었다는 생각이 마음 한구석에 자리 잡았다. 그 여자도 죽을 테고, 자신도 죽을 테니 ― 두 사람 다 늙어 죽음의 길을 향해 터벅터벅 걷고 있지 않은가.

다음 날 아침 그녀는 검은 장갑을 끼고, 검은 상자를 들고, 또 집을 온통 뒤덮고 있던 온실에서 자란 향기없는 하얀 장미 꽃다발을 들고, 마지막 눈먼 여행의 길을 떠나는 그를 따라나섰다.

나는 당신 손안에 있습니다.

수수께끼가 요즘의 유행이니
내 사랑 이리 오소서, 내 그대에게 하나 들려드리리라.

모든 시인들이 찾아오는 곳이 있었네.
어떤 이들은 오랜 세월 찾아 헤매고, 어떤 이들은 무심히
찾아오고,
어떤 이들은 괴물과 싸워 찾아오고, 또 어떤 이들은 꿈속
에서
우연히 마주친 그 길을 따라오고,
어떤 이들은 미로와도 같은 길에서 헤매고, 어떤 이들은
죽음의 공포를 피해, 혹은 삶과 사고를 갈구하여 찾아오
는 곳
그리고 어떤 이들은 아카디아에서 길을 잃고 말았으니…….
그곳에 있네. 정원과 나무
그 뿌리의 뱀, 황금 과일
나뭇가지 그늘 속의 여인
흐르는 물과 푸르른 초원이

그곳에 있고, 예전에도 있었네. 고대의 경계,
헤스페리데스 요정들이 지키는 숲,
영원의 가지 위에 과일이 황금빛으로 빛나는 그 낙원을
라돈 용이 지켰다네. 보석으로 빛나는 볏을 곧추세우고
황금 발톱을 비벼 대고 은빛 이빨을 날카롭게 세우며,
영겁의 시간 속에 감기는 눈 치켜뜨며 지켰다네.
교활한 영웅 헤라클레스가
그를 축출하고 황금 과일 빼앗을 때까지.
저 먼 곳, 또 다른 곳에, 단단하게 얼어붙은
북구의 얼음 가운데, 날카로운 얼음 이빨과
유리처럼 반짝이는 기다란 뾰족 창의 바다 가운데
서리와 안개 속에 숨겨진
프레이야의 울타리 쳐진 정원, 여름날 사방을 뒤덮는 나뭇
잎들과
빛나는 과일로 눈부신 그 푸른 과수원 자리한 곳으로
아사 신들이 몰려와
영원한 젊음과 건강의 따뜻한 사과를 먹네.
가까운 곳에선, 어둠 속에 자란 세상의 애쉬 나무가
갈라진 혓바닥의 니드호그가 몸뚱이를 또아리며
거듭 다시 태어나는 생명의 뿌리를 갉아먹는 곳,
그 어두운 동굴로 뿌리를 힘차게 내리네.
그곳에도 물과 푸른 초원은 있으니
우드의 샘, 과거와 미래가 한데 섞이며
형형색색으로 빛나다가도 아무 색도 띠지 않는,
고요히 유리처럼 빛나다가도 요동치며 휘감기는 샘도 있
으니.

이 모든 곳들이 어느 한 곳의 그림자인가?

그 나무들은 어느 한 그루 나무의 그림자인가? 그 신화 속
의 짐승은
인간 마음의 어두운 곳에서 만들어진 상상의 짐승인가,
아니면 도마뱀이 나무처럼 큰 다리로 이 지상을 걸어다니던
그 먼 옛날부터 있어 온 짐승인가, 아니면
인간의 발길이 전혀 닿지 않는 곳
강어귀 태고의 습지에서 돌연 솟아난 짐승인가?
그는 우리가 추방한 어둠의 신인가?
아니면 우리의 잔인함과 비열함을 이름 짓기 위해,
빛나는 생명의 줄기를 질투심에 비틀어 버리기 위해
우리 마음이 만들어 낸 흉악한 존재인가? 우리의 상처받은
자존심?

최초의 인간들이 이곳에 이름을 붙이고 세상에 이름을 붙
였네.
그들이 만들어 낸 단어들: 정원과 나무와
용 혹은 뱀, 그리고 여자, 풀과 황금과
사과들. 그들은 이름을 짓고 시를 썼다네.
모든 사물은 그들이 이름 붙여 만든 것들. 다음엔
그 이름들을 한데 섞어 메타포, 혹은
진리, 혹은 눈에 보이는 진리, 황금 사과들을 만들었다네.
황금 사과들과 더불어 쏟아져 나온 단어들.
은빛의 물줄기, 뱀과 같은 짐승의
곤두선 무시무시한 비늘, 활처럼 굽은 가지 위에
푸르른 빛으로 하늘거리는 나뭇잎들,
(뱀처럼 굽은 가지들) 여인의 아름다운 손짓과
그녀의 부드러운 팔, 부드러운 곡선의 팔을 생각나게 하는
가지들,

숲은 그 어두운 나뭇가지를 울타리 삼아
푸른 초원을 보호하고, 그곳을 신성한 곳으로 만들었다네
작은 태양처럼 황금의 과일들이
나뭇잎이 만들어 놓은 그늘진 동굴 속에 빛나는 곳.
그러기에 모든 것이 더욱 뚜렷하고, 모든 것이
서로 얽혀 또아리 트는 뱀처럼 비비 꼬여 있으며,
모든 것이 하나의 전체를 구성하는 일부가 되는 곳.
그곳에서 빛나는 사물들이 얽힘과
그 움직임(낚아채고 훔치고 찌르는 움직임들)을 본
후세의 사람들이 이야기를 만들어 내었다네.
옛날 고독 속에 늘 빛나던 나무가 한 그루 서 있었다고.

오 사랑하는 이여, 우리도 보고 만들어 봅시다.
그곳을 우리 마음의 창조물로 가득 채워 봅시다.
반인반수의 라미아, 숲의 요정 드라이아드, 멜루지나,
불꽃을 일으키며 미끄러지듯 소용돌이쳐 오르는 화룡들.
우리 그곳을 소란스럽게 만들어 봅시다. 신비와
굶주림과 한탄과 기쁨과 비극이 가득하도록.
덧붙였다가는 빼앗아 가며, 나뭇잎과 새들을
번식시켜 시끄럽게 만들어 봅시다.
나뭇가지 위엔 낙원의 새들을 앉히고,
물줄기를 피로 물들였다간 다시 맑게 흐르게 합시다.
작은 보석들 위로, 다이아몬드와 진주와
푸른 에메랄드와 사파이어 위로. 그러고는 곧
그 보석들을 씻어 떠내려 보내고 시원한 모래펄을 남겨 놓
읍시다.
시간이 시작된 이래로 늘 그렇듯이
물줄기의 흔적을 기억하고 있는 그 모래펄을.

나는 봅니다. 옹이투성이의 등걸 둘레에 코르크와 같은
나무껍질을 두툼하게 차려입은 나무.
은빛 기둥이 우뚝 서 있는 듯한 모습, 맨살로 숨쉬는
곧게 뻗은 줄기와 우아한 팔들.
그곳은 미로의 중심
가시덤불 속에 파묻혀 인간이 죽어 가던 그곳.
그곳은 갈증에 목말라 인간이 죽어 가던
사막 속에 있으니, 아무도 알지도 보지도 못하는 곳,
그 진정한 모습을. 거듭되는 신기루,
그 찬란한 빛을 보고 허우적거렸지만
뜨거운 태양 아래 녹아내리는 얼음처럼
혹은 해변에 부서지는 파도의 포말처럼
그렇게 사라져 버리는 곳.
이 모든 것이 사실이고 또 사실이 아니니, 그곳은
우리가 이름 붙인 곳, 아니 알 수 없는 곳. 그냥 존재하는 곳.
— 랜돌프 헨리 애쉬,
『프로세르피나의 정원』 중에서

롤런드가 안마당의 층계를 따라 내려가려고 할 때 난간에
몸을 기대고 서 있는 앞치마 차림의 뚱뚱한 여자가 눈에 들
어왔다.
「그곳엔 아무도 없다우, 총각.」
「저 여기 삽니다.」
「아, 그래요? 대체 어딜 갔었수? 우편함 밑에 이틀씩이나
고통스럽게 그냥 누워 있었던 모양인데 ─ 사람들이 병원에
데려갔지요. 기절을 한지라 울음소리 하나 못 낸 모양이던데.
우윳병이 쌓여 있기에 무슨 일이 있나 싶어 가보고 내가 신고
를 했으니 망정이지. 퀸 메리 병원으로 데려갔어요.」

「친구들과 링컨에 갔다 왔거든요. 어빙 부인 말씀하시는 거죠?」

「그래요. 뇌졸중인지 그대로 쓰러져서 엉덩이도 깨진 모양입디다. 전기는 안 끊었는지 모르겠구만. 사람이 아무도 없으면 간혹 그냥 끊어 버리던데.」

「잠시 돌아온 거라서.」 롤런드는, 런던 사람들 특유의 위구심이 발동하여 자신을 좀도둑으로 오인하기 전에 얼른 자신의 상황을 설명했다. 「다른 아파트를 구하기 전까지만 잠깐 있다 갈 겁니다.」 그는 조심스럽게 말을 이었다.

「고양이들 조심하슈.」

「고양이요?」

「사람들이 와서 그 여잘 데려갈 때 웬놈의 고양이들이 온 천지에 오줌을 갈기고 소리를 지르더니 거리로 뛰쳐나왔지 뭐요. 그놈들 여기저기 몰려다니며 쓰레기통이란 쓰레기통은 다 뒤지고 돌아다닌다우. 내가 보건 당국에 전화해서 제발 잡아 달라고 했더니 와보겠다고 하긴 했는데. 내 생각엔 문도 제대로 안 잠긴 것 같아요. 담요 속에서 기어나오는 벌레들처럼 뛰쳐나오니 ― 아마 열두 마리는 될 거요.」

「그래요?」

「냄새가 지독하게 날 겁니다.」

정말 냄새가 났다. 오래전에 부패된 냄새, 그리고 이제 방금 풍기는 듯한 더 지독한 냄새.

***

집 안은, 늘 그랬듯이 어두웠다. 그는 홀의 불을 켰다. 전기를 끊지는 않은 모양이었다. 불이 켜지자 그는 발 밑에 자기 앞으로 온 많은 편지들이 잔뜩 쌓여 있는 것을 보았다. 오래

전에 온 것은 많이 눅눅해져 있었다. 그는 편지들을 한데 모아 집어 들었다. 그러고는 집 안을 돌아다니며 곳곳에 불을 다 켜놓았다. 이른 저녁이었다. 안마당으로 통하는 창은 푸른색의 페리윙클이 가려서인지 더욱 어두워 보였다. 밖에서 고양이 한 마리가 울음을 터뜨리자 잇따라 멀리 떨어진 곳에서 화답이라도 하듯 또 다른 고양이 울음소리가 들려왔다.

그는 큰 소리로 말했다.「조용히 해.」그러자 그의 목소리 주위로 언제 그랬냐는 듯 더욱 짙은 정적이 깔렸다.

불 켜진 홀에서 먼저 눈에 띈 것은 마네의 초상화였다. 짙은 그림자가 드리운 머리, 날카로운 인상을 주면서도 사색에 잠겨 있는 듯한 얼굴, 호기심이 서려 있는 듯하면서도 침착하게 앞을 응시하는 시선. 홀의 전등이 두꺼운 크리스털 구체에 채색된 불빛처럼 초상화를 비치고 있었다. 초상화 머리 뒤쪽의 유리관에 담긴 뒤엉킨 식물과 바다의 깊은 심연 같은 물에 희미하게 반사된 광선의 엷은 자취가 불빛에 더욱 밝게 빛나는 듯했다. 마네는 아주 가까이에서, 이미 오래전에 죽은 두 눈에 생명의 기운을 불어넣는 그 광선의 줄기를 유심히 관찰하였음이 분명했다.

반대편에는 G. F. 워츠의 그림이 있었다. 검은 그림자가 드리워진 몸통으로부터 백발의 머리가 솟아나는 듯한 그림이었다. 어슴푸레하게 비치는 프록코트의 모습, 반대편의 움직이는 물체를 뚫어지게 응시하는 고대의 매처럼, 예언자의 눈빛을 닮은 확신에 찬 강렬한 눈빛.

분명 동일한 인물을 그린 것임을 알 수는 있었지만 두 그림은 사뭇 달랐다. 세월의 차이가 있었고, 시각의 차이도 있었다. 그러나 분명 동일한 인물의 초상화임을 알아차릴 수는 있었다.

롤런드는 한때 그 초상화를 자신의 일부로 생각한 적이 있었다. 그러나 지금은 자신과 굉장히 멀리 떨어져 있는 인물로밖에 보이지 않았다.

그는 홀에 있는 스토브에 불을 피우고, 거실의 가스불에도 불을 붙였다. 그리고 침대에 앉아 편지를 읽기 시작했다. 하나는 블랙커더 교수에게서 온 것이었다. 그는 그 편지를 즉각 편지 꾸러미 맨 밑으로 집어넣었다. 청구서와 휴가를 떠난 친구들로부터 온 엽서도 있었다. 또한 그가 집을 나서기 전 일자리를 알아보기 위해 마지막으로 보냈던 지원서에 대한 답장이 몇 통 와 있었다. 겉에는 외국 우표가 붙어 있었다. 홍콩, 암스테르담, 바르셀로나.

미첼 박사 보십시오,
저희 홍콩 대학 영문과 학과 위원회에서 당신을 강사로 채용하기로 결정했음을 알려 드리게 되어 무척 기쁩니다. 계약 기간은 처음에는 2년으로 하고, 그 이후는 다시 연구 검토를 거쳐 결정하기로 하였습니다…….
봉급은…….
물론 당신이 저희 대학의 제의를 기꺼이 받아 주시리라 믿습니다. 지원서와 함께 보내 주신 당신의 R. H. 애쉬에 대한 논문 「꼼꼼한 시 읽기」는 훌륭한 글이었습니다. 언제 기회가 되면 그 논문에 대해 같이 논의하고 싶습니다.
교수직에 대한 경쟁이 무척 치열하기 때문에 저희들의 제의에 되도록 빠른 시일 안에 답장을 해주셨으면 합니다. 전화를 드렸지만 아무도 안 받으시더군요.

미첼 박사 보십시오,
우리 암스테르담 자유대학에 조교수직을 지원하신 당신의 지원서가 순조롭게 받아들여지게 되었음을 기쁜 마음으로 알려 드립니다. 당신과의 계약은 1988년 10월부터 시작됨을 통보합니다. 직책을 맡게 되는 처음 2년 안에 독일어를 배워야 한다는 점은 양해하셔야 합니다. 물론 대부분의 당신 강의는 영어로 진행되도록 준비해 두었습니다.
　조속한 시일 내에 답장을 해주시면 감사하겠습니다. 드 그루트 교수가 당신이 쓴 R. H. 애쉬의 언어에 관한 논문 「꼼꼼한 시 읽기」를 굉장히 높이 평가한다고 전해 달라고 합니다…….

　미첼 박사 보십시오,
　우리 바르셀로나의 오토노머스 대학에 강사직을 신청하신 당신의 지원서가 받아들여지게 되었음을 통보합니다. 그리고 당신의 강의가 1988년 1월부터 실시됨을 알려 드립니다. 특히 우리 대학은 19세기 연구를 강화하기 위해 각별한 노력을 기울여 온 대학임을 알아주셨으면 합니다. R. H. 애쉬에 관한 당신의 논문은 정말 훌륭한 논문입니다…….

실패와 좌절에 익숙해 있던 롤런드는 이처럼 쇄도한 성공의 소식에 미처 마음의 준비가 안 되어 있었다. 숨소리도 예전과는 달랐다. 잠시나마 그의 두 눈에 칙칙하고 음침한 모습으로 자리 잡았던 작은 방이 이제는 예전의 그 숨막히고 갑갑한 모습에서 벗어나 조금 멀리 떨어진 곳에 존재하는 하나의 흥미 대상으로 느껴졌다. 그는 다시 편지들을 읽었다. 세상이 그 앞에 열려 있었다. 그의 상상이 시작되었다. 비행기들, 하위치에서 후크로 가는 페리 호의 선실, 가르 도스테를리츠에서 마드리드로 가는 침대차, 운하들, 렘브란트, 지중해의 오렌지들, 가우디[1]와 피카소, 정크와 마천루들, 멀리

보이는 미지의 중국, 그리고 태평양의 태양. 그는 자신의 논문 「꼼꼼한 시 읽기」를 생각했다. 처음 그 글을 쓸 때의 흥분이 다시 몰려오는 듯했다. 모드의 이론적 확신과 예리함에 주눅이 들어 늘 마음속에 품고 있었던 우울한 자기 비하가 연기처럼 사라져 버렸다. 세 명의 대학 교수가 이구동성으로 그 논문을 칭찬하지 않았는가. 사람이 자기 존재를 확실히 인식하기 위해선 다른 사람들의 평가가 필요하다는 말이 진실로 와 닿았다. 그가 쓴 글은 변함없이 예전과 똑같았지만 나머지는 모든 것이 다 바뀌었다. 그는 자신감이 사라지기 전에 얼른 블랙커더 교수의 편지를 뜯었다.

롤런드 보게나,
상당히 오랫동안 자네에게서 아무런 소식이 없어 걱정이 좀 앞선다네. 적당한 때를 잡아 애쉬와 라모트 간의 서신 교환에 관해 나에게 얘기를 들려줄 수 있었으면 좋겠네. 그 편지들이 우리 나라에 보존되기 위해서는 어떤 조치를 취해야 하는지 자네도 알고 싶을 걸세. 아니, 어쩌면 알고 싶지 않을지도 모르지. 하지만 이 문제를 처리하는 자네의 방식에 나로서는 이해가 안 되는 부분이 많다네.
하지만 그 문제 때문에 혹은 자네가 돌연 아무런 설명도 없이 대영박물관에 나오지 않는다는 사실 때문에 편지를 쓰는 것은 아니고, 실은 암스테르담의 드 그루트 교수와 홍콩의 류 교수, 그리고 바르셀로나의 발베르드 교수로부터 긴급한 전화가 와서 이렇게 펜을 들었다네. 이 세 교수 모두 자네를 채용하고 싶어한다네. 나는 자네가 이번 기회를 놓치지 않았으면 하네. 그리고 내가 그 사람들한테 자

1 Antoni Gaudiy Cornet(1852~1926). 스페인의 건축가이자 디자이너.

네가 돌아오는 대로 곧 답장을 하리라 다짐해 두었네. 그러나 또 한편으로는 자네의 이익을 보호한다는 입장에서 자네의 계획이 어떤지 듣고 싶기도 하다네.
어디 아픈 것은 아니길 바라네.

제임스 블랙커더

편지 속에 담긴 블랙커더의 빈정거리는 듯한 스코틀랜드 어투에 잠시 화가 나기도 했지만 롤런드는 이내 이 편지야말로 얼마나 다정한 편지인가를 깨달았다. ── 정말 과분할 정도로 애정이 담긴 편지였다. 혹 다시 자신과 접촉하여 그다음에 자신을 맹렬히 비난하려는 마키아벨리적인 음흉한 의도가 숨겨져 있는 것은 아닌가? 그렇게 보이지는 않았다. 대영박물관 지하의 그 위협적이고 억압적인, 악마와도 같던 그의 모습이 이제는 그 자신이 억지로 상상해 낸 허구의 존재처럼 여겨졌다. 블랙커더는 롤런드의 운명을 쥐고 흔들었던 사람이었다. 또 그에게 어떤 도움도 주지 않으려는 사람처럼 보였었다. 그러나 이제 롤런드는 그에게서 자유로울 수 있었다. ── 그리고 이제는 그도 그의 자유를 방해하지 않고 적극적으로 도와줄 것 같았다. 롤런드는 모든 문제를 다시 곰곰 생각했다. 왜 자신은 도망을 갔던가? 부분적으로는 모드 때문이었다. ── 자신들의 발견의 반은 모드 몫이었다. 두 사람 중 어느 누구도 상대방을 배신하지 않고서는 다른 사람과 그 발견을 공유할 수 없었다. 그는 모드에 대해서는 생각하지 않기로 마음먹었다. 지금 이곳에서, 이런 상황에서 모드 생각은 일단 접어 두기로 했다.
그는 집 안을 이리저리 돌아다니기 시작했다. 모드에게 전화를 걸어 자신이 받은 편지들에 관해 이야기할까도 생각해 봤지만 그만두기로 했다. 그는 혼자 생각할 시간이 필요했다.

집 안에서 이상한 소리가 들렸다. —— 마치 누가 억지로 안으로 들어오려고 애를 쓰는 듯한 소리, 무슨 톱질 같기도 하고 벽을 긁는 소리 같기도 했다. 이상한 소리는 잠시 멈췄다가는 다시 들렸다. 롤런드는 귀를 기울였다. 무엇을 긁어 대는 소리가 들리더니 곧이어 야릇한 간헐적인 신음 같은 것이 들렸다. 잠시 무서운 생각이 들기도 했지만 이내 롤런드는 그 소리가 고양이들이 문 밖의 매트를 긁어 대는 소리임을 알게 되었다. 정원에서 한껏 목청을 돋운 고양이 소리가 들려오자 잇따라 근처 어디에선가 화답을 하는 듯한 또 다른 고양이 소리가 들렸다. 대체 고양이가 몇 마리나 되는지, 어떻게 될 것인지…….

그는 랜돌프 헨리 애쉬를 생각했다. 애쉬 편지의 추적이 그를 애쉬의 삶에 더 가깝게 다가가도록 만든 만큼이나 사실은 애쉬로부터 더 멀어지게 만든 셈이었다. 순진했던 시절의 롤런드는 사냥꾼이 아니라 한 사람의 독자에 불과했으며, 자신이 모티머 크로퍼보다는 훨씬 월등한 학자고, 또 어떤 의미에서는 애쉬에 비견될 만한 인물로까지 느껴지기도 했었다. 아니, 적어도 자신에게 최선을 다해 지적인 읽을 거리를 써준 애쉬와 끈끈한 관계를 유지하는 인물로 느꼈었다. 그런데 그 편지들은 애쉬가 롤런드를 위해서 쓴 것도 아니었고, 다른 누구를 위해 쓴 것도 아니었다. 오로지 크리스타벨 라모트를 위해서 쓴 편지들이었다. 롤런드의 발견이 일종의 상실로 입증된 셈이었다. 그는 책상 위의 〈아이네이스 VI^2의 노트〉라는 표시가 붙어 있는 파일 안에서 자신이 몰래 감추어 둔 최초의 편지들을 꺼냈다. 그러곤 다시 읽어 보았다.

2 트로이 함락 후 아이네이아스의 모험을 그린 베르길리우스의 장편 서사시.

〈우리가 서로 각별하게 대화를 나눈 이후로 저는 아무것도 생각할 수가 없었습니다.〉

〈기대치 못했던 즐거운 대화 이후로 저는 줄곧 한 가지 생각에만 사로잡혀 있었습니다.〉

그는 R. H. 애쉬가 소유하고 있던 비코의 책에서 그 검은 종잇조각들이 흘러나왔던 바로 그날을 기억 속에 떠올렸다. 비코의 「프로세르피나」를 열심히 뒤적이던 자신의 모습도 떠올려 보았다. 그리고 애쉬의 『황금 사과들』을 읽고, 또 애쉬가 그 시에서 그렸던 프로세르피나와 비코의 「프로세르피나」 사이에 어떤 연관이 있는지 조사하던 시절도 기억 속에서 찾아보았다. 그는 선반에서 애쉬의 시집을 꺼내서는 책상에 앉아 읽기 시작했다.

***

한 작가가 독자를 위해 적어도 먹고, 마시고, 구경하고, 섹스를 하는 그런 원초적인 즐거움을 구성하고 또 재구성하는 일은 가능한 일이다. 소설은 반드시 그 나름의 세련된 기교를 지니고 있어야 한다. 버터처럼 형체없는 물질로 녹아내리면서 여름의 맛을 한껏 돋우는, 귀중한 식물을 넣어 푸른빛이 감도는 황금색의 오믈렛. 혹은 단단하면서도 따뜻하고, 아름다운 곡선을 따라 시선을 옮기면 달아오른 계곡과 한두 개의 털이 보이고, 섹스가 연상되는 허연 사람의 엉덩이. 이런 것들이 소설이 아니었던가. 소설이 늘 강력한 독서의 즐거움을 가져다 주지는 않는다. 여기에는 분명한 근거가 있다. 가장 분명한 근거는 즐거움이 지니고 있는 속성, 이를테면 퇴화의 속성이다. 즉 언어의 힘과 즐거움에 끌려서 심연 속에 빠진 듯 끝없이 열중하다가는 서서히 상상의 경험에 긴박감이 줄어들고, 그 경험이 무미건조해지기 때문이다. 그러나 꾸준히 살아 있는 책 읽기의 행위가 이루어질 때 롤런드가 맛보는 즐거움은 늘 깨어 있는 흥분이었다. (〈흥분〉이라는 단어는 얼마나 멋진가. 예민하게 깨어 있는 감각과 그 반대로 내장이 아닌 두뇌의 즐거움을 동시에 암시하는 단어가 아닌가.)

이런 생각을 하며 롤런드는 『프로세르피나의 정원』을 다시 읽었다. 아마 열두 번째, 아니 스무 번째 읽는 것인지도 몰랐다. 그 시는 그가 잘 〈아는〉 시였다. 그 시 속의 모든 단어들을 익히 경험한 바 있었기 때문이었다. 순서대로 혹은 순서를 벗어나서, 기억 속에, 인용문과 잘못된 인용문 속에서 그 단어들을 다 경험했다. 또한 다음에 어떤 말들이 오는지 예측할 수도 있고 때로는 암송할 수도 있으니, 그리고 나뭇가지 위에 발을 딛고 선 새처럼 멀리서 전체적으로 조망할 수도 있으니, 그 시는 분명 그가 잘 〈아는〉 시였다. 작가는 혼자 글을 쓰고, 독자는 혼자 글을 읽는 것임을 생각해 보라. 사실이다. 스펜서가 『페어리 퀸』에서 황금 사과들을 그렸을 때도 그는 혼자였으리라. 프로세르피나의 정원에서 잿더미 속에 밝게 빛나던 그 황금 사과가 그의 마음의 눈에는 프리마베라의 황금 과일로 보였을 수도 있고, 이브가 포모나와 프로세르피나를 회상하는 낙원에서 그는 실낙원을 보았을 수도 있었으리라. 그는 글을 쓸 때 혼자였다. 그러나 그다음에는 혼자가 아니었다. 모든 목소리들이 노래 불렀으니 ─ 똑같은 단어들, 황금 사과들, 다른 곳에서의 다른 단어들, 아일랜드의 어느 성, 보이지 않는 오두막, 멀어 버린 잿빛의 둥근 두 눈.

동일한 텍스트에서도 여러 가지 독서법들이 적용될 수 있다. 세밀하게 찾아내어 해부하는 독서, 들리지 않는 소리에 귀 기울이는 독서, 또한 사적인 의미들을 낚아채는 — 사랑과 혐오와 공포를 몸소 느끼거나 그것들을 꼼꼼히 찾아내는 — 개인적인 독서법들도 있다. 한편 보편적인 독서법도 있다. — 마음의 눈으로 글의 움직임을 보고, 마음의 귀로 글의 노랫소리를 듣는 독서.

이따금씩 목덜미의 잔털을 곤두서게 하는 독서도 있다. 모든 단어들이 마치 밤하늘의 별처럼 불타는 듯 밝고 명료하게 빛나고, 또 정확하게 표현될 때가 그런 경우이다. — 그런 때는 우리가 말로 표현하기 이전에 이미 그 글이 제대로 씌어졌는지 과장되게 씌어졌는지 혹은 만족스럽게 씌어졌는지 알게 된다. 또 그럴 때면 이 글은 이전엔 한 번도 본 적이 없는, 정말 새로운 글이라는 생각이 들다가도 금방 이 글은 이미 늘 있어 왔던 글이라는 생각이 뒤따른다. 즉, 독자인 우리는 그 글이 늘 있어 왔음을 과거에도 알았고, 지금까지도 알고 있었다는 느낌을 갖게 된다. 물론 그 사실을 그때야 비로소 처음 깨닫긴 했지만.

롤런드는 『황금 사과들』을 읽고 또 읽었다. 단어들이 살아 움직이는 생명체들 같았다. 불길 속에 생성되는 암석과도 같았다. 그는 나무와 과일과 샘물과 여자와 풀과 뱀을 각기 하나의 형태로, 그리고 복합된 형태로 보았다. 그는 애쉬의 목소리를 들었다. 분명 그의 목소리였다. 그리고 그는 언어가 작가든 독자든 인간의 영역 너머에서 그 자체의 모양을 그리며 움직이는 소리를 들었다. 그는 최초의 인간은 시인이었고, 최초의 단어는 사물들의 이름이라는 비코의 목소리를 들었다. 이제는 그것들이 무엇인지 알 것 같았다. 그는 또한 크리스타벨이 뮤즈이자 프로세르피나임을 알게 되었다. 그리고 또 그렇지 않다는 것도 알게 되었다. 애쉬 때문에 시작된 이 탐구 ― 이 탐구의 단서를 찾은 사람이 바로 그 자신이었다. 그 편지, 편지들, 비코, 사과들, 그의 단어 목록, 이 모든 것들이 흩어지고 있었다.

***

〈정원에서 그들이 소리친다, 그들의 목소리를 높여 굶주림과 쓸쓸함의 소리를 울린다.〉

***

그의 책상 위에 놓인 랜돌프 애쉬의 데스마스크를 찍은 사진이 흐릿하게 보였다. 그 모습을 이렇게 이해할 수도 있으리라. ― 마치 당신이 그 텅 빈 뼈대를 조사하고 있는 것처럼, 그리고 그 조각된 뺨과 이마와 멍한 두 눈이 당신을 바라보고 있는 것처럼. 당신이 마치 마스크를 쓴 배우처럼 그 감긴 두 눈 속에 들어가 있는 것처럼, 그리고 당신이 밖에서 그 모습을 아주 가까이 들여다보고 있는 것처럼. 그의 책의 권두 삽화는 바로 임종 직전의 애쉬의 모습을 찍은 사진이었다. 생명에서 죽음으로 넘어가는 바로 그 순간에 찍은 백발이 성성한, 피로에 지친 표정의 얼굴이었다. 이 죽은 자들, 그리고 마네와 워츠의 초상화 인물들 ― 초상화 인물들은 또한 마네와 워츠이기도 하지만 ― 이들은 모두 한 사람이었다. 모든 단어들 ― 나무, 여자, 물, 풀, 뱀, 그리고 황금 사과들 ― 역시 하나였다. 롤런드는 이 모든 것들을 롤런드 미첼, 즉 자기 자신의 일부로 항상 생각해 왔다. 그는 그것들과 함께 살아온 것이었다. 서로 상충하는 신념과 욕망과 언어와 분자의 체계로 이루어진 일관성없는 자아, 그는 그 자아에 관한 현대의 여러 이론들을 모드에게 들려주었던 일을 기억 속에 떠올렸다. 그는 애쉬가 만졌던 그 편지를 만졌다. 급하게 움직이다가 머뭇거리던 애쉬의 손길 — 그 손길이 닿았던 곳을 그도 만져 보았다. 그는 그 편지가 남겨 놓은 격정의 흔적을 바라보았다.

애쉬가 말한 것 — 물론 롤런드가 그때 우연히 그곳에 있어, 또 그것을 이해했지만, 그렇다고 각별하게 그에게 말한 것은 아니다 — 은 사물을 이름 짓는 단어들, 곧 시적 언어의 중요성이었다.

그는 언어란 본질적으로 부적절한 것이기에 존재하는 것을 이름 지을 수 없으며, 오로지 그 스스로를 말할 뿐이라고 배웠었다.

그는 데스마스크에 관해서 생각했다. 그는 그 마스크와 그 인물이 둘 다 죽었다고 말할 수도 있었고 그렇지 않을 수도 있었다. 중요한 것은 말로 나타내는 쪽이 말로 나타낼 수 없는 생각보다는 마음에 든다는 사실이었다.

***

그는 몹시 배가 고팠다. 사탕옥수수 깡통을 가지러 가는 길에 그는 다시 한 번 고양이 울음소리를 들었다. 고양이들이 문을 긁어 대며 울고 있었다. 그는 밴댕이 통조림과 참치 통조림들이 아직도 많이 쌓여 있는 것을 보았다. — 그와 발은 검소하게 살았고, 그 통조림들은 그들의 필수 식품이었다. 그는 그중의 하나를 따서 접시에 쏟아 부었다. 그러고는 문을 열었다. 여러 얼굴들이 그를 바라보고 있었다. 황금빛 눈을 지닌 삼각형의 매끈매끈한 검은 얼굴들, 호랑이 줄무늬에 올빼미 얼굴 모양의 구레나룻이 나 있는 얼굴들, 하얀 새끼 고양이 한 마리, 그리고 몸집이 커다란 누런색 수고양이. 그는 접시를 내려놓았다. 그 늙은 여자가 부르는 소리가 들려서 그는 아무것도 아니라고 대답했다. 잠시 후 고양이들이 허겁지겁 접시로 달려들었다. 일렬로 머리를 박고 먹이를 먹는 고양이들의 모습과 그들의 콧구멍이 벌어지는 모습을 그는 지켜보았다. 얼마 후 또 다른 고양이들이 포복하듯 그의 곁을 쏜살같이 지나쳤다. 음식이 다 없어졌다. 두 마리의 고양이가 숨을 헐떡이며 접시를 박박 긁어 대고는 긴 실망의 울음소리를 냈다. 그는 깡통을 더 따서 여러 개의 접시에 담아 바닥에 내려놓았다. 부드러운 다리들이 안마당의 층계를 따라 내려오는 소리가 들리더니 뾰족한 하얀 이빨로 생선을 마구 뜯어먹기 시작했다. 그는 그 고양이들을 지켜보았다. 모두 열다섯 마리였다. 고양이들이 그를 올려다보았다. 푸른 빛의 유리알처럼 맑은 눈들, 황갈색의 눈들, 노란색의 눈들.

그는 자신이 정원으로 나가지 못할 이유가 없다고 생각했다. 지하실을 통해 집 뒤쪽으로 돌아 나가는 그의 뒤를 몇 마리의 고양이들이 따라왔다. 먼지가 잔뜩 쌓여 있는 닫힌 빗장을 당겨 풀었다. 문 옆에 쌓여 있던 신문지 뭉치들을 치워야 했다. (발은 신문지가 잔뜩 쌓여 있으면 화재의 위험이 있다고 말했었다.) 중앙 자물쇠는 원통형이었다. 그는 자물쇠를 돌려 문을 열었다. 시원한 밤공기가 몰려왔다. 싸늘하고 습한 밤공기, 풋풋한 흙내음이 섞인 공기. 고양이들이 그를 따라 나오더니 앞질러 달려갔다. 그는 돌계단을 올라가 좁은 시야였지만, 담장을 따라 걸음을 옮겼다. 그러곤 폭이 좁은 정원의 나무 아래 멈추어 섰다.

습기가 많은 10월이었다. 잔디밭에는 물기에 젖은 나뭇잎들이 나뒹굴고 있었다. 몇몇 나무는 아직도 그 푸르름을 잃지 않고 있었다. 뒤엉킨 나뭇가지들이 불그레한 가로등 불빛을 받아 더욱 검게 보였다. 그는 이 정원으로 발을 들여놓지 못했을 때는 이곳이 숨쉬는 나뭇잎과 진짜 흙이 뒤덮인 넓은 공간이리라 상상했었다. 그러나 실제 밖으로 나와 보니 다소 좁아 보이는 곳이었다. 그러나 그래도 무엇인가가 자라고 있는 그 흙 때문에 여전히 신비스럽게 보일 뿐이었다. 그는 구불구불한 벽돌담에 마치 담을 받치는 시렁 모양으로 심어진 복숭아나무들을 볼 수 있었다. 그 담은 한때 페어팩스 장군의 푸트니 영지와 경계를 이루던 담이었다. 그는 발걸음을 옮겨 그 담을 만져 보았다. 여전히 단단한 느낌을 주는 벽돌담이었다. 페어팩스 장군의 비서였던 앤드류 마벌은 페어팩스 장군의 정원에서 시를 쓰지 않았던가. 왠지 알 수 없이 롤런드는 행복하다는 느낌을 받았다. 그가 이따금씩 몹시 필요로 했었지만 최근에 결국 잃어버리고 만 것이 그 편지들이었나, 애쉬의 시였나, 미래에 대한 전망이었나, 아니면 그저 단순히 혼자 있고 싶다는 생각이었나? 그는 담 안쪽으로 나 있는 좁은 길을 따라 정원의 끝까지 걸어 보았다. 두세 그루의 과수가 정원 너머로 향하는 시야를 가리고 있었다. 그는 고개를 돌려 잔디밭 건너편의 스산한 집을 바라보았다. 고양이들이 그를 따라오고 있었다. 그들의 몸뚱이들이 나무 그림자 속을 들락날락거렸다. 불빛을 받으면 광택이 나는 몸뚱이였지만 어둠 속에서는 검은 벨벳 색깔과 다를 바 없었다. 간헐적으로 반짝이는 그들의 눈, 속이 빈 것 같은 불그레한 동공들. 그들의 모습을 보고 있자니 기분이 한결 나아지는 듯했다. 그는 얼굴에 바보 같은 미소를 지으며 서 있었다. 그는 눅눅한 냄새가 사라지지 않았던 시절을 생각해 보았다. 그가 살았던 물이 떨어지던 동굴 — 이제는 떠나야 한다는 느낌이 들었다. 그것들의 인상을 곱게 간직하려면 떠나야 했다. 내일이면 틀림없이 그는 이 고양이들을 어떻게 처리해야 할지 생각하리라. 그러나 오늘 밤에 그는 자신의 머릿속에서 나온 단어들을, 그리고 시 속에 배열되는 단어들을 생각하리라. 〈데스마스크〉, 〈페어팩스의 담〉, 〈많은 고양이들.〉 그는 알 수 없는 어느 한 목소리가 만들어 내는 형태를 듣고, 느끼고, 볼 수 있었다. 시는 조심스러운 관찰이 아니며, 어떤 마술도 아니며, 삶과 죽음에 관한 명상도 아니었다. 그는 얼른 〈실뜨기 놀이〉라는 말을 떠올렸다. 내일 공책을 한 권 사서 이 단어들을 적어야겠다고 생각했다. 오늘 밤엔 이런 기억으로 충분하다고 느꼈다.

그는 시간을 두고 이전과 이후의 기묘한 낯선 변화를 느끼기 시작했다. 한 시간 전에는 시가 없었다. 그런데 이제는 쏟아지는 비처럼 시가 한꺼번에 몰려오면서 실제의 존재들로 모습을 드러내는 것이었다.

27

어떤 우울한 기분에 우리는 물러설 줄 모르는 탐욕이
우리의 삶을 다 물어뜯어 소멸시키니, 더 많은 삶이 필요
하리.
비록 그것이 그나마 남아 있는 우리의 시간과 평화를
고갈시키는 것이라도. 우리는 굶주림에 끌려가듯
멸망에 이끌려 가는 존재. 알아야 하리.
그 멸망이 어떻게 오는 것이며, 전체의 모양, 그 엮어진
실타래가 약한지 단단한지, 엉클어져 있는지
아니면 원시적인 기술로 만들어진 투박한 고리 속에
뚜렷하게 결합되어 있는지. 그 연결 고리를 따라
길을 더듬어 가는 우리, 우리는 풀어헤칠 수가 없으니
그 빛나는 호기심의 쇠사슬을
우리의 속박이 되는 사슬을. 그래서 시간 속으로
끌려가는 우리들 ── 「그리고 그다음은, 그다음은, 그리고
그다음은,」
이미 형성된 절정의 순간으로 내몰리는 우리들.
그리고 우리는 칼과 화살과 올가미를 가져야 하리.

　　마지막 포옹과 금빛의 결혼반지
　　전장의 나팔 소리, 혹은 임종시의 거친 숨소리를 지녀야
하리.
　　비록 우리가 그 모든 것이 하나임을 알고 있고, 또 알아야
한다 해도.
　　마지막, 종말, 단 한 번의 충격의 극치
　　모든 충격과 우리 자신을 마감시키는 절정의 충격. 우리는
바라는가
　　뛰어다니고, 명상하며, 긴장된 삶들,
　　정지된 움직임, 혹은 달콤한 확신으로 가득 찬
　　목구멍을. 그러나 그런 축복과 함께
　　우리의 존재는 끝나 버리고 마는 것이니, 짜릿한 신부의 춤
속에서
　　순간적인 희열을 맛보던 수컷의 말벌이 이내
　　공중에서의 자신의 짧은 시간을 마감하고 마는 것처럼.
　　　　　　　　　　　　　　　　　　— 랜돌프 헨리 애쉬

　　모트레이크의 회합은 유쾌함과 음모가 뒤섞인, 전혀 어울
릴 법하지 않은 분위기에서 이루어졌다. 회합은 베아트리스
네스트의 초대에 따라 그녀의 집에서 열렸다. (모티머 크로
퍼의 날카로운 추적의 눈에 걸리지 않도록 은밀히 모의한 끝
에 모트레이크에서 모이게 되었다.) 베아트리스는 전에 자신
의 대학원 학생들에게 대접했듯이 양파와 크림을 넣은 파이
와 녹색 샐러드, 그리고 초콜릿 무스를 만들어 손님들에게
내놓았다. 파이와 무스는 맛있어 보였고 베아트리스는 행복
한 기분이었다. 모티머 크로퍼의 위협이라는 눈앞의 문제에
정신을 집중하다 보니 그녀는 초대한 손님들 간에 흐르는 긴
장감, 아직 말해지지 않은 것들과 이를 대신하여 먼저 건성

으로 오가는 말들 따위에 신경을 쓰지 않고 있었다.

제일 먼저 모드가 뭔가에 깊이 몰두하고 있는 듯한 심각한 표정으로 도착했다. 머리에는 예의 그 녹색 스카프를 두르고 있었는데 흑옥으로 만든 인어 상의 핀이 꽂혀 있었다. 모드는 한쪽 구석에 서서 베아트리스의 작고 좁은 책상 위에 놓여 있는 헨리 애쉬의 은빛 테를 두른 사진을 물끄러미 바라보고 있었다. 사실 아버지나 연인의 사진이 놓여 있어야 할 듯한 장소였다. 애쉬의 사진은 말년의 은발이 성성한 현자의 모습이 아니라 젊은 시절의 것으로, 숱이 많은 검은 머리와 거의 약탈자에 가까운 표정을 짓고 있었다. 모드는 자동적으로 기호적인 측면에서 사진을 분석하기 시작했다. 정교히 새긴 은빛 당초 무늬, 이미지의 선택, 사진의 모델이 찍는 사람의 시선을 정면으로 대하고 있었다는 사실 ― 이것은 19세기적 자세였다 ― 이와 같은 것들이 모드의 분석 대상이었다. 사진이 시인의 아내를 찍은 것이 아니라 시인을 찍었다는 사실도.

모드의 뒤를 이어 발과 유안 맥킨타이어가 도착했다. 베아트리스는 두 남녀가 이렇게 짝지어 왔다는 사실이 영 이해되지 않았다. 그녀는 애쉬 공장에서 연구하는 사람들의 말석에 앉아 음울한 시선을 던지고 있던 발을 이따금 만난 적이 있었다. 베아트리스는 발이 전에 볼 수 없던 약간 도전적인 화려함을 띠고 있음을 주목했지만 학자다운 단순한 마음으로 그것을 굳이 설명하려 들지 않았다. 유안은 베아트리스가 침착하게 모티머 크로퍼의 의도를 엿듣고 이를 알려 준 데 대해 깊이 감사 드린다며 모든 일이 대단히 흥미롭게 진행되고 있다고 말했다. 유안의 말은 파이와 무스의 성공과 더불어 처음에는 경계심과 압박감으로 답답해져 있던 베아트리스의 기분을 한결 가볍게 바꾸어 놓았다.

발과 유안 다음으로 롤런드가 도착했는데 그는 모드에게
는 한마디 말도 하지 않은 채 집 없는 고양이 떼에게 먹이를
주고 동물 복지소에 전화하는 일을 화제로 발과 긴 대화를
나누기 시작했다. 베아트리스는 모드와 롤런드가 서로 말이
없는 데에 신경을 쓰지 않았을뿐더러 롤런드가 홍콩, 바르셀
로나, 그리고 암스테르담에 대해 아무한테도 이야기하지 않
은 사실도 물론 알지 못했다.

베아트리스가 직접 블랙커더에게 전화를 걸었었다. 그녀
는 사무적인 말투로 자신이 베일리 박사와 롤런드 미첼과의
만남을 주선했으며 이들이 애쉬와 라모트 사이의 서신 왕래,
또 자신이 엿들었던 크로퍼 교수의 말에 대해 논의하고자 만
나고 싶어한다는 뜻을 전했던 것이었다. 베아트리스가 모임
의 마지막 손님인 블랙커더를 맞기 위해 문을 열자 그는 당
황하면서도 재미있어하는 표정을 지으며 베아트리스를 레오
노라 스턴 교수에게 소개했다. 레오노라는 후드가 달린 자줏
빛 모직 케이프를 두른, 아주 화려해 보이는 모습이었다. 검
은색 비단술이 달린 케이프는 폭 넓은 중국식 검은 통바지
위에 걸쳐져 있었다. 그것은 두텁게 짠 비단으로 만든 일종
의 러시아 식 주홍빛 튜닉을 덮고 있었다. 레오노라가 먼저
베아트리스에게 말을 걸었다.「제가 온 것에 신경 쓰시지 않
기 바랍니다. 누구도 위협하지 않겠다고 약속할게요. 전 그
냥 이 모임에 학문적인 관심만 갖고 있을 뿐이에요.」베아트
리스는 자신의 둥그스름한 얼굴에 아무래도 환영의 미소가
떠오르지 않고 있음을 느낄 수 있었다. 레오노라가 다시 말
했다.「오, 부탁이에요. 쥐새끼처럼 잠자코 있겠어요. 은밀하
게든 공개적이든 어떤 원고도 낚아채러 온 것이 아니라는
점, 미리 맹세할 수 있어요. 전 단지 그 말썽 많은 원고를 읽
어 보고 싶을 뿐이에요.」

블랙커더가 말했다. 「내 생각엔 스턴 교수가 우리에게 아주 중요한 도움을 줄 수 있을 것 같소.」

베아트리스는 문을 열어 주었고 그들은 좁은 층계를 올라 2층의 작은 응접실로 향했다. 베아트리스는 자연 롤런드를 보고 끄덕거리는 블랙커더의 고갯짓에 감도는 어떤 복잡한 침묵의 분위기는 주목했지만, 레오노라와 모드가 오랫동안 극적으로 포옹하고 있는 몸짓에서 서로 정보를 나눈다거나 비난하는 기색이 없다는 것은 전혀 읽지 못했다.

****

그들은 각자 방의 네 귀퉁이에 안락 의자와 주방에서 가져온 의자에 앉아 무릎 위에 음식 접시를 올려놓고 있었다. 유안 맥킨타이어가 먼저 자신의 입장을 설명해야겠다며 토론의 서두를 열었다. 그의 설명에 따르면 그는 모드의 일종의 법률 고문이었다. 그의 의견으로는 모드가 라모트 편지의 소유권을 가진 상속자이며 애쉬 편지의 원고에 대한 소유권도 거의 갖고 있는 상황이라는 것이었다. 하지만 이 편지들에 대한 저작권은 랜돌프 애쉬의 상속자들에게 있다고 유안은 설명했다.

「편지는 구체적인 실물로서, 받은 사람의 재산입니다만 저작권은 보낸 사람의 권리로 남아 있습니다. 이번 편지의 경우에 크리스타벨 라모트가 자신이 보냈던 편지를 자기가 갖겠다고 부탁했음이 분명합니다. 랜돌프 애쉬도 기꺼이 승낙했고요. 두 사람 사이에 오간 편지를 모두 보았던 롤런드와 모드가 이 점을 분명히 확인했습니다. 나는 법적 증거를 갖고 있습니다. 크리스타벨 라모트가 서명하고 증인을 세운 유언장이 그것입니다. 자신의 모든 원고를 모드의 고조모였던 마이아 토마신 베일리에게 물려준다는 내용이었죠. 내가 보기에 진정한 상속인은 아직 살아 있는 모드의 아버님일 겁니다. 하지만 그분은 유증 당시 자신의 조상이 남긴 원고를 모드에게 이미 선물로 주었었지요. 모드는 이 원고를 링컨에 있는 여성학 연구소에 맡겨 놓았었죠. 모드는 아버지한테 내가 알아낸 사실을 아직 말하지 않았습니다. 또한 그녀는 조지 베일리 경에게 거액을 제공하겠다는 크로퍼 교수의 제안에 대한 신문 기사에 자기 아버지가 흥미를 가지리란 생각도 하지 않고 있습니다. 조지 베일리 경은 자신이 편지의 소유주라고 믿고 있지요. 그러나 모드는 아버지가 이 편지들을 스탄트 재단에 팔 가능성은 거의 없다고 생각하고 있거든요. 그 서류들을 이 나라에 보관하는 데 대한 자신의 관심을 고려한다면 말입니다. 여러분이 저작권의 법률에 대하여 생각하고 계신다면 이런 말을 덧붙일 수 있겠습니다. 저작권의 소유권은 저자의 생전에 출판된 시기로부터 50년간 보호를 받습니다. 사후에 출판된 경우라면 출판된 시점부터 50년 동안 보호받습니다. 이 편지들은 출판되지 않았으므로 저작권은 원래 편지를 쓴 사람의 상속인들의 권리로 남아 있습니다. 내가 앞서 말씀 드린 대로 원고는 그걸 받은 사람의 소유이며 저작권은 편지를 보낸 사람의 소유입니다. 애쉬 경이 어떤 일이 일어나기를 기대했는지는 분명치 않습니다만, 네스트 박사가 우리에게 해주신 말씀으로 판단하건대 크로퍼는 자기에게 편지와 판권을 다 넘겨주도록 힐데브란드 애쉬를 설득한 것 같습니다.」

블랙커더가 말했다. 「그는 정말 짜증나는 인물인데다가 비양심적으로 일을 처리하고 다니긴 하지만 그의 편집본은 철저하고 아주 꼼꼼하게 연구되었습니다. 내 견해로는 이 편지들을 책으로 출판하도록 허용치 않는 것은 좀 야비한 행동

같습니다. 만약 편지들이 이 나라 안에 남아 있다면 크로퍼가 편지에 손대지 못하게 하는 일이 이론적으로 가능할 겁니다. 또 힐데브란드 애쉬가 누구에게도 편집권을 거부하는 것도 이론적으로 가능합니다. 그렇게 되면 막다른 골목에 다다르는 셈이죠. 물론 애쉬 경 자신이 있긴 합니다. 그는 크로퍼의 접근을 허용하기 전에 판권을 보호할 수 있는 초기 영국판을 허용할지도 모릅니다. 조지 베일리 경과의 사이에 지리한 법적 분쟁이 생길 수도 있음을 예상할 수 있습니까, 맥킨타이어 씨?」

「그의 호전적인 성격과 편지에 대한 사실상의 소유권을 고려한다면, 네, 그렇습니다.」

「애쉬 경은 중병을 앓고 있소.」

「물어봅시다, 모드 박사. 전체 편지의 소유권이 당신에게 있다면 그 편지들을 어떻게 하실 생각이오?」

「편지들이 어디에 있어야 한다고 말하기는 아직 때가 이르다고 생각해요. 또한 일종의 미신 같은 두려움도 있고요. 그 편지들은 내 소유도 아니고 결코 그렇게 되지도 않을 것 같아요. 난 당연히 이 편지들이 여성학 연구소에 있었으면 좋겠어요. 그렇게 안전하다고는 할 수 없지만, 저, 내 가문에서 나온 라모트의 나머지 유품들도 이미 그곳에 보관되어 있으니 말이에요. 다른 한편으로는, 원하지는 않지만 그 편지들을 읽고 나서 느꼈는데, 그 편지들은 함께 보존되어야 마땅해요. 편지들은 함께 있어야 해요. 제대로 의미가 통하려면 편지들을 연속적으로 읽을 필요가 있을 뿐 아니라, 그것들은 서로서로의 부분들이에요.」

그녀는 이쯤에서 롤런드를 쳐다보았다가 재빨리 그의 뒤에 있는 애쉬의 사진에 시선을 고정시켰다. 발과 롤런드의 사이였다.

「당신이 만약 그 편지들을 대영박물관에 파신다면」하고 블랙커더가 말했다.「여러 다른 방법으로 여성학 연구소에 이득이 돌아가게 할 수 있을 것입니다.」

레오노라가 말했다.「전 세계 학자들이 연구소로 온다면 그것도 이득이 되겠죠.」

롤런드가 말했다.「난 베일리 부인이 새 전기 휠체어를 가질 수 있기를 바랍니다.」

모두가 갑자기 롤런드에게로 관심을 돌렸다.

「그분은 우리에게 잘해 주셨습니다. 그리고 지금 병중이십니다.」

모드의 얼굴이 온통 붉게 물들었다.

「나 자신도 그런 생각을 했어요.」그녀의 목소리는 화난 기색을 담고 있었다.「만약 그 편지들이 내 소유라면, 반이나 아니면 전부를 대영박물관에 판다고 한다면 휠체어를 사는 데 도움이 될 수 있을 거예요.」

「조지 경은 아마 그걸 당신한테 도로 던져 버릴 거요.」롤런드가 말했다.

「당신은 내가 그에게 편지를 주기 원하는 거예요?」

「아니오. 단지 방법을 찾기 위해서.」

블랙커더는 원래 이 탐구를 시작했던 두 사람 사이에 언쟁이 커져 가는 상황을 지켜보고 있었다.

「난 당신들이 처음에 어떻게 이 편지들을 접하게 되었는지 꼭 알고 싶소.」그가 말했다.

모두 모드를 쳐다보았다. 그녀는 롤런드를 바라보고 있었다.

진실의 순간이었다. 또한 홀림에서 벗어나는 순간이기도 했다. 아니, 아마도 엑소시즘이란 말이 더 적합할 듯했다.

「난 비코를 읽고 있었죠.」롤런드가 말하기 시작했다.「애쉬가 갖고 있던 미슐레의 비코 번역판 사본이었습니다. 런던 도서관에서였죠. 그런데 이 모든 서류들이 쏟아져 나왔습니다. 문구류 청구서, 라틴어로 쓴 쪽지, 편지 및 초대장들이었죠. 난 물론 블랙커더 교수님에게 말했습니다. 하지만 이건 말하지 않았지요. 난 애쉬가 어떤 여인에게 보내는 편지의 첫머리에 대한 두 장의 초안을 찾아냈던 겁니다. 그 여인이 누군지는 밝혀져 있지 않았습니다. 그래서 난, 그래요. 퍼거스 월프가 권했던 대로 모드를 만나러 갔습니다. 가족의 연관성 같은 거야 알 리가 없었지요. 그래서 그녀가 블랑슈 글로버의 일기를 보여 주었고, 그다음에 우리는 실 코트에 뭔가 있지 않을까 궁금해 하기 시작했죠. 그래서 이를 알아보러 떠났고요. 그렇게 해서 베일리 부인을 만나게 됐고 크리스타벨이 거처했다는 작은 탑에도 안내받았습니다. 그런데 모드가 비밀을 간직한 인형들에 대한 시를 한 편 기억해 냈기에 한 인형의 침대를 조사해 보았더니, 있었습니다, 바로 그곳에 편지들이 있었지요. 매트리스 밑의 구멍 안에 숨겨져 있었습니다…….」

「그리고 베일리 부인은 롤런드가 마음에 들게 되었지요. 롤런드가 부인의 목숨을 구했거든요. 그가 여러분에게 말씀드리는 걸 잊었나 보군요. 부인은 그가 다시 와서 편지를 보고 조언도 할 수 있다고 했어요. 그래서 우리가 크리스마스에 갔던 겁니다.」

「그리고 그 편지들을 처음으로 읽고 메모도 했지요.」

「롤런드는 라모트가 애쉬의 1859년 동물학 탐사 여행에 요크셔로 따라갔을지도 모른다는 사실을 알아냈어요.」

「그래서 우리는 그곳에 가서 찾아냈습니다. 둘이 같이 있었으리라는 많은 텍스트상의 증거를 두 시인에게서 찾아냈지요. 『멜루지나』에서 요크셔를 언급한 구절들과 풍경 묘사들 말입니다. 두 시인들에게서 같은 시행이 있더군요. 우린 크리스타벨이 분명 그곳에 있었다고 생각합니다.」

「그다음에 우리는 라모트가 블랑슈 글로버의 자살 전 혼란스럽던 해에 브르타뉴에 있었다는 사실을 알아냈지요.」

「아, 그래요, 당신들이 알아냈지.」 레오노라의 말이었다.

모드가 말했다. 「내가 큰 잘못을 저질렀어요, 레오노라. 난 당신한테 온 아리안느 르 미니에의 편지를 갖고 당신에게 말도 없이 떠났어요. 그 비밀이 내 것이 아니라 애쉬의 것 ─ 그리고 롤런드의 것 ─ 이었기 때문이었어요. 그 당시엔 그렇게 느꼈었죠. 어쨌든 르 미니에 박사는 우리한테 사빈느 드 케르코즈의 일기를 주었고 그래서 그곳에서 아기가 태어났다는 사실이 분명해진 겁니다. 아기의 행방은 추적할 수 없었지만.」

「그다음에 당신들이 왔고 크로퍼 교수도 왔으며, 우린 집으로 돌아온 겁니다.」 롤런드가 간략하게 말했다.

「그리고 마치 마법처럼 유안이 유언장을 갖고 나타났단 말이죠.」

「난 조지 경의 변호사를 알고 있습니다. 말을 한 필 공동으로 갖고 있거든요.」 유안의 말에 베아트리스는 크게 당황스러워했다.

「『악마에 씌인 미라』가 헬라 리즈와 라모트의 관계에 초점을 맞추었음이 분명한 듯싶습니다.」 블랙커더가 말했다. 「라모트가 교령회에 참석했던 일도 말이죠. 애쉬는 이 모임을 지독하게 방해했거든요. 난 이렇게 추측할 수 있을 것 같습니다. 애쉬는 라모트가 교령회에서 자기의 죽은 아이에게 말을 걸려 한다고 믿었던 겁니다. 만약 그 애가 자신의 아이였다면 애쉬는 무척 분노했겠지요.」

「나도 알고 있는 사실이 있는데요.」 레오노라가 거들었다.

「스탄트 컬렉션의 사무실에서 일하는 친한 친구이자 여성 운동가 자매들 덕분에, 라모트가 크로퍼, 프리실라 펜 크로퍼에게 보냈던 편지들 — 커다란 죄를 털어놓고 있는 — 의 팩시밀리 사본을 크로퍼가 읽고 있음을 알게 되었지요.」

「그건 우리에게 두 가지, 아니 세 가지 최종적인 질문을 안겨 주는군요.」 블랙커더가 말했다.

「첫째, 아이는 어떻게 되었는가, 살았는가, 아니면 죽었는가? 둘째, 크로퍼가 찾으려 하는 것은 무엇인가? 어떤 지식을 근거로 하고 있는가? 셋째, 편지의 원본들은 어떻게 되었을까?」

모두가 다시금 롤런드를 바라보았다. 그는 안전한 속주머니로부터 지갑을 꺼내어 그 속에 있는 편지들을 펼쳤다.

그가 말했다. 「내가 편지들을 갖고 있었습니다. 왜 그랬는지는 모르겠어요. 영원히 간직할 의도는 전혀 없었습니다. 무엇에 홀려서 그렇게 했는지는 모르겠습니다만 아주 쉬워 보였어요. 게다가 그 편지들을 내가 발견했다고 여겼고요. 내 말뜻은 아무도 그 편지들에 손을 댄 사람이 없었다는 얘깁니다. 애쉬가 비코의 책 속에 서표처럼 끼워 놓았기 때문이지요. 난 이 편지들을 다시 갖다 놓아야 할 겁니다. 이 편지들은 누구의 소유지요?」

유안이 말했다. 「만약 그 책이 런던 도서관에 선물한 것이거나 유증한 것이라면 당연히 도서관의 소유지요. 판권은 애쉬 경에 속하고요.」

블랙커더가 말을 받았다. 「자네가 만약 그 편지들을 내게 넘긴다면 어쨌든 자네한테 아무것도 묻지 않고 편지들이 도서관으로 되돌아갈 수 있도록 보장하겠네.」

롤런드는 일어서서 방을 가로질러 걸어가 블랙커더에게 편지들을 건네주었다. 블랙커더는 편지를 읽고 싶은 표정이

역력했고, 글씨체를 확인하며 애정 어린 손길로 편지를 들춰
보는 태도로 보아 자신의 손에 편지가 들어왔음을 분명히 해
두려는 듯이 보였다.

「자네는 대단히 꾀가 많군.」 블랙커더가 감정없는 건조한
목소리로 롤런드에게 말했다.

「한 가지만 해결되면 다른 것은 그렇지요.」

「정말로 그렇군.」

「그리고 끝이 좋으면 다 좋은 거지요.」 유안이 말했다. 「이
건 마치 셰익스피어의 희극에 나오는 결말 같은 느낌이 드는
군요. ─『뜻대로 하세요』의 마지막 부분에서 그네를 내려오
는 꼬마가 누구였지요?」

「하이멘이오.」 블랙커더가 살짝 미소를 띠며 말했다.

「아니면 탐정 소설의 끝에서 사건이 해결되는 것 같다고나
할까. 난 내 자신이 언제나 앨버트 챔피언이 되고 싶었지요.
우린 아직 악당을 덮친 것은 아닙니다. 네스트 박사가 엿들
었던 얘기를 해주십사 제안하는 바입니다.」

「글쎄요.」 베아트리스가 입을 열었다. 「사람들이 엘렌의
일기 끝부분을 보러 왔어요. 그것은 끝은 아니지만 애쉬의
마지막을 엘렌이 묘사해 놓은 부분입니다. 크로퍼 교수가 언
제나 대단한 관심을 기울였던 그 상자에 대한 언급이지요.
여러분들도 아시겠지만 엘렌이 매장될 때 온전하게 사람들
눈에 띄었던 그 상자 말입니다. 그리고 난 화장실에 갔지요.
─ 블랙커더 교수님, 그날은 당신 사무실에 아무도 없었던
날이에요. ─ 아시다시피 옷보관소까지 갔다가 돌아오는 길
은 꽤나 많이 걸어야 하지요. 그래서 내가 돌아왔을 때 아무
도 그곳에 있으리라고는 예상치 않았었나 봐요. 그때 크로퍼
교수의 말을 들었던 겁니다. ─ 그의 말 그대로는 아니지만
난 말에 대한 기억력이 꽤 좋은 편인데, 꽤나 충격을 받았지

요. ― 그가 이렇게 말하더군요. 〈이건 몇 년 동안 철저하게 비밀로 남아 있을 수 있소. 우리 둘 사이의 비밀로 말이오. 그런 다음 당신이 유산을 물려받게 되면 그때 이것이 나타날 터이고, 우린 우연히 이걸 발견한 척할 수 있을 거요. 당신이 이걸 발견할 수 있을 터이고 ― 난 당신한테서 사들일 수 있겠지. ― 아주 공명정대하게 말이오.〉 그러니까 힐데브란드 애쉬가 이렇게 말하더군요. 〈사제가 뭐라고 하든지 도덕적으로 그것은 내 소유요. 안 그런가요?〉 크로퍼가 대답했죠. 〈그렇소. 하지만 사제는 아주 방해만 되는 인물인데다가, 매장을 방해하거나 주교로부터 위원회를 소집하는 일 등에 대해 영국법은 온갖 어리석은 조항들로 가득합니다. 우리가 그런 위험을 모두 감수할 여력이 있다고는 생각하지 않습니다.〉 그러자 힐데브란드 애쉬가 다시 말하더군요. 〈그것은 내 소유예요.〉 이에 크로퍼 교수는 그것은 힐데브란드와 세상 양쪽의 소유라고 하더군요. 자신이 〈신중한 관리인〉이 될 수 있다고도 했어요. 그러자 힐데브란드가 하는 말이 마치 만성절 모형 같다는 거예요. 크로퍼 교수는 엄격한 말투로 이 일은 매우 신중하고 전문적인 성격을 띠어야 한다고 하더군요. 그리고 곧 자신이 뉴 멕시코로 되돌아가야 하기 때문에…….

그때 난 그들이 내가 그늘 속에 서 있는 걸 볼지도 모르는 사태에 대비해서 기침이나 뭐, 그런 기척을 내야 한다고 생각했어요. 그래서 한참 뒤로 갔다가, 일부러 소리를 좀 내면서 다시 왔지요.」

「나는 그가 무덤을 파헤쳐 도둑질할 수 있다고 믿습니다.」 블랙커더가 단호한 표정으로 말했다.

「나도 그가 그러리라는 걸 알아요.」 레오노라 스턴이 말했다. 「미국에는 온갖 소문이 다 떠돌고 있어요. 지방의 작은 컬렉션에 있는 유리 캐비닛에서 물건들이 없어졌다고 하잖아요. 아주 귀중한 것들인데, 에드거 앨런 포가 저당 잡혔다는 넥타이핀, 멜빌이 호손에게 보낸 메모 같은 종류의 물건들이죠. 내 친구 하나가 마거릿 풀러의 친구 후손을 거의 설득하다시피 해서 마거릿이 그 운명의 항해를 하기 전에 플로렌스에서 영국 작가들과 만났던 일을 적은 편지를 팔라고 했던가봐요. 그런데 크로퍼가 나타나서 백지 수표를 내놓았다가 거절당했었죠. 다음 날 사람들이 원고를 찾으러 갔더니 원고가 사라졌다는 거예요. 다시는 찾지 못했다는군요. 하지만 그가 「모나리자」와 「감자 먹는 사람들」 같은 그림들을 도둑들에게서 사들이는 음흉한 백만장자라는 점을 생각한다면…….」

「아마 그는 그 원고들이 진정 자기 소유라고 느끼고 있을 겁니다.」 롤런드가 말했다. 「그 사람 정말 말할 수 없을 정도로 그 원고들을 아끼고 있으니까요.」

「꽤나 호의적으로 말하는구먼.」 블랙커더가 손에 든 애쉬의 편지 원본을 펼쳐 보며 말했다. 「그러니 그가 사람들 손에 닿지 않는 은밀한 골동품 캐비닛을 갖고 있다고 생각할 수밖에요. 한밤중에 아무도 볼 수 없는 것들을 마음껏 연구하는 거죠.」

「그런 소문이 돌고 있어요.」 레오노라가 말했다. 「소문이란 것이 어떤지 아시잖아요. 이리저리 떠돌며 부풀기 마련이죠. 하지만 이번 소문은 어느 정도 근거가 있는 듯해요. 풀러에 관한 이야기가 진실이라는 걸 난 확실히 알고 있거든요.」

「그 친구를 어떻게 막아야 되겠소?」 블랙커더의 말이었다. 「경찰에 알려야 하나? 로버트 데일 오언 대학교에다 항의해야 할까요? 아니면 그를 직접 만나 봐야 할까요? 두 번째나 세 번째 방법으로는 그 친구 끄떡도 하지 않을 거요. 첫 번째 방법은 좀 우스꽝스럽고. 앞으로 몇 달 동안 무덤에 경비를 세울 만큼 경찰 인원이 충분하지도 않을 테고. 만약 지금 그

를 저지한다면 그 친구 아마 정중하게 포기했다가 다시 시도
하려 할 거요. 그 친구를 쫓아낼 수는 없을 거요.」

유안이 말했다. 「나는 호텔과 시골에 있는 힐데브란드의
집에 전화를 했었습니다. 그들의 변호사처럼 꾸몄지요. 급하
게 전해야 할 중요한 정보가 있다면서 말입니다. 그래서 그
들이 실제로 있는 곳을 알아냈지요. 노스 다운즈의 로우언
트리 호텔입니다. 그렇게 가깝지는 않지만 호더샬 근처예요.
둘 다 그곳에 있어요. 이건 아주 중요한 겁니다.」

「드랙스 사제에게 조심하라고 일러두어야 하겠군요.」 블랙
커더가 말했다. 「그다지 소용은 없겠지만 말이오. 그 사제는
애쉬를 연구하는 학자들과 애쉬의 시를 찾아다니는 사람들
을 모조리 미워하니까요.」

「내 생각에는 말입니다.」 유안이 말했다. 「멜로드라마처럼
들릴지도 모르고, 또 언제나 남의 눈에 뜨이려 한다고 할지
모르겠지만, 난 정말로 그가 무덤을 파헤쳐 뭐든지 손에 넣
었을 때 그를 붙잡아야 한다고 생각합니다. 그가 손에 넣은
건 뭐든 찾아야지요.」

사람들은 만족스러운 듯 가볍게 이야기를 주고받았다. 베
아트리스가 말했다. 「그가 무덤을 손상시키기 전에 현장에서
잡을 수 있을 거예요.」

「이론상으로는, 이론상으로야 그렇지요.」 유안이 하는 말
이었다.

「실제로 그곳에 무엇이든 있기만 한다면 안전 조치를 취해
놓아야 합니다.」 발이 물었다. 「당신 생각에는 그 사람이 이
야기의 끝부분은 그 상자 안에 있다고 생각하는 것 같아요?
그 안에 꼭 있어야 한다는 이유는 전혀 없기 때문이에요. 상
자 속엔 뭔가 있을 수 있겠지만 아무것도 없을 수도 있어요.」

「우리도 그 점은 알고 있고 그도 알고 있습니다. 하지만

이 편지들 덕에 ── 어떤 면에서는 ── 우리 모두 좀 우스운 꼴이 됐어요. 우리가 가지고 있던 증거로 시인들의 삶을 요약하는 과정에서 말입니다. 1859년 이후에 씌어진 애쉬의 시 중 그 어느 것도 이 연애 사건에 영향을 받지 않은 작품이 없어요. ── 모든 것을 다시 평가할 필요가 있습니다. ── 심령술들에 대해 그가 증오를 품은 이유 같은 것이 적절한 사례입니다.」

「그리고 라모트는……」 레오노라가 말했다. 「언제나 레즈비언이자 페미니스트 시인으로 인용되곤 했어요. 그녀에게 그런 면이 있긴 하지만 철저하게 그랬던 것은 아니거든요.」

「또 『멜루지나』는……」 모드도 말했다. 「만약 초기의 풍경 묘사를 부분적으로 요크셔 풍경을 그린 것으로 볼 수 있다면, 사뭇 다르게 보이거든요. 난 요즘 다시 읽고 있어요. 〈애쉬〉라는 낱말이 한 번도 순수하게 사용되었다고 추정할 수 없을 듯싶어요.」

유안이 말했다. 「그 시체 도둑들을 어떻게 따돌리지요? 내가 보기엔 우리가 이렇게 모인 목적도 그 문제 때문인 것 같은데요.」

블랙커더가 망설이는 투로 말했다. 「내가 애쉬 경에게 도움을 부탁할 수 있을 듯싶은데.」

「나한테 좋은 생각이 있습니다. 스파이를 보내서 크로퍼를 감시하도록 하는 거지요.」

「어떻게 말이오?」

「내 생각엔 네스트 박사 말씀이 옳다면, 크로퍼는 틀림없이 곧 무덤을 파헤치러 갈 겁니다. 그가 전혀 알지 못하는 사람들로 둘을 뽑아 같은 호텔에 머무르게 한다면 ── 다른 사람들에게 사전에 알려 줄 수 있을 겁니다. ── 아니면 필요한 경우에는 그만을 따로 대면하든가, 교회 묘지로 그를 따라가

서 차를 멈추게 하고 법률 서류처럼 보이는 무언가로 제지하
는 거죠. ── 우린 귀동냥으로나 들었던 그런 역을 맡아 해야
할 겁니다. 발과 내가 갈 수 있습니다. 난 휴가를 좀 얻었거든
요. 그리고 블랙커더 교수님, 유산자문위원회가 지시 사항을
결정할 때까지 애쉬의 서류를 반출 금지하는 명령서를 당신
이 갖고 있다고 알고 있습니다만.」
　「크로퍼가 시인들의 안식을 방해하기 전에 막을 수 있다
면.」 베아트리스가 말했다.
　「나도 그 상자 안에 무엇이 있는지 퍽 궁금하오.」 블랙커더
가 말했다.
　「그리고 누구를 위해서 그 안에 넣어 두었는지도 말이에
요.」 모드가 덧붙여 말했다. 「엘렌이 여러분들을 은근히 끌어
들이고는 당황케 만들고 있는 거예요. 그녀는 여러분들이 사
실을 알아내기를, 또 알아내지 못하기를, 양쪽 다 바라고 있
어요. 그녀는 아주 주의 깊게 상자가 그곳에 있다고 써놓고
는 묻어 버렸던 겁니다.」

　발과 유안이 서로 손을 맞잡고 제일 먼저 베아트리스의 집
을 떠났다. 롤런드는 모드를 보고 있었다. 그녀는 곧 격렬한
대화와 노골적으로 다 용서한다는 분위기를 풍기는 포옹 속에
서 레오노라에게 이끌리고 있었다. 롤런드는 블랙커더와 단둘
이 남았음을 알았다. 그들은 포장된 길을 따라 함께 걸었다.
　「고약하게 처신했습니다. 죄송합니다.」
　「이해할 수 있다고 생각하네.」
　「완전히 뭔가에 홀린 듯한 기분이었습니다. 그걸 알아내지
않으면 안 될 것 같았어요.」
　「전에 제의받았던 자리에 대해 이야기 들었나?」
　「어떻게 해야 할지 모르겠습니다.」

「아마 일주일쯤 시간이 더 있을 걸세. 내가 그들에게 모두 얘기해 놓았네. 칭찬도 곁들여서 말이야.」

「감사합니다.」

「자네 글은 훌륭해. 난 「꼼꼼한 시 읽기」란 논문, 마음에 들었어. 아주 철저한 연구야. 그리고 애쉬를 연구할 전임 연구원을 둘 만한 기금을 얻어냈다네. 내가 그동안 시치미를 떼고 있던 걸 감안하면 변변찮은 것이겠지만, 자네가 관심을 갖고 있다면…… 자네가 그렇게 여기리라 생각하네. 기금은 애쉬한테 푹 빠진 어떤 변호사가 맡고 있는 스코틀랜드 박애 재단 신탁 기금에서 나온 걸세.」

「어떻게 해야 할지 결정할 수 없군요. 저 스스로가 과연 학계에 남기를 원하는지 그조차도 확실히 모르겠습니다.」

「어쨌든 내가 말한 대로 일주일 시간이 있어. 가부를 논의하고 싶은 생각이 들면 들르도록 하게.」

「감사합니다. 조금 더 생각해 보고 그렇게 하도록 하죠.」

로우언 트리 호텔은 호더샬에서 1마일 정도 떨어진 노스 다운즈의 한쪽 구석에 편안한 안식처처럼 자리 잡고 있었다. 그 호텔은 18세기에 돌과 슬레이트로 세워진 건물로, 이끼가 낀 슬레이트 지붕 아래 길고 납작한 모양을 하고 있었다. 건물 정면에는 황량한 초원 구릉을 가로지르는 구불구불한 도로가 하나 있는데 현대식으로 많이 보수도 하고 또 폭도 넓혀 놓은 상태였다. 그 도로를 가로질러 긴 풀밭을 따라 1마일쯤 올라가면 12세기에 세워졌다는 호더샬 교구 교회가 나타난다. 땅에 웅크리고 앉은 모양의 석조 건물로, 지붕은 마찬가지로 슬레이트이며, 그리 두드러지지 않는 교회탑 하나와 용이 비상하는 모양의 풍향기가 단조로운 건물의 모양에 그나마 시선을 끌게 하고 있었다. 이 두 건물은 호더샬 마을로부터 떨어져 초원 구릉 지대 하구 뒤쪽에 위치해 있었다. 로우언 트리 호텔에는 객실이 12개 있었다. 그중 5개의 객실은 정면의 도로를 마주 보는 쪽에 있었고, 나머지 7개는 본 건물 뒤쪽에 마찬가지로 이 지방에서 나는 돌로 지은 현대식 부속 건물에 있었다. 또 호텔에는 과수원이 하나 있었으며, 그 안에는 여름철 투숙객들을 위한 테이블과 나무 그네가 설치되어 있었다. 이 모두는 『진미의 먹거리 안내서』라는 책자에 소개된 내용이었다.

10월 15일, 몇 명의 방문객이 그 호텔을 찾았다. 그 무렵은 일 년 가운데 제법 날씨도 따뜻한 때였다. ── 나무들이 아직은 잎을 떨구지 않고 있었다. ── 그러나 비가 많이 내려 매우 습한 때이기도 했다. 5개의 객실에 사람이 들어 있었다. 그 가운데 두 객실은 모티머 크로퍼와 힐데브란드 애쉬가 차지하고 있었다. 크로퍼의 방은 멋진 모양의 호텔 현관 바로 위, 교회로 이어진 길이 훤히 내다보이는 곳이었고, 힐데브란드 애쉬의 방은 바로 그 옆방이었다. 그들은 벌써 일주일째 그곳에 묵고 있었다. 그리고 날씨에 아랑곳하지 않고 긴 부츠를 신고, 왁스를 바른 재킷과 파카를 걸친 채 다운즈 주변 여기저기를 쏘다니기도 했다. 한번은 칸막이가 되어 있고 어슴푸레한 조명에 다소 어두워 보이기까지 하는 바에서, 모티머 크로퍼는 간혹 찾아와 글이나 쓰고 하는 용도로 이 지역에 집을 하나 살까 생각 중이라고 말했다. 실제 그는 여러 부동산 업자들을 만나 여러 군데를 둘러보기도 했다. 그는 삼림 관리에 어느 정도 지식이 있었고 또 자연 식품 재배에도 관심이 많은 사람이었다.

14일, 애쉬와 크로퍼는 레더헤드로 들어가 덴셔와 윈터본의 사무실을 방문했다. 그러곤 마을에서 나오는 길에 한 원예 용품점에 들러 여러 종류의 튼튼한 삽과 쇠스랑, 그리고 곡괭이 하나를 현금으로 구입하여 메르세데스의 트렁크에 실었다. 그날 오후, 그들은 교회를 찾았다. 평상시와 다름없이 교회의 문은 도둑들을 대비해서인지 굳게 잠겨 있었다. 그들은 교회의 공동묘지 주변을 둘러보며 묘석들을 살펴보았다. 이제는 많이 부식되어 조금만 건드려도 금방 허물어질 듯한 철

책이 빙 둘러싸고 있는 작은 교회 묘지 입구에는 안내판이 하나 세워져 있었다. 성 토머스 교회가 속한 이 교구는 세 교구가 한데 모여 이룬 그룹 가운데 하나로 퍼시 드랙스 목사가 담당하고 있다는 내용이 안내판에 적혀 있었다. 그리고 매달 첫 일요일에 성찬식과 아침 기도회가 열리며, 마지막 일요일에는 저녁 기도회가 열린다는 안내문도 있었다.

「저는 이 드랙스 목사가 누군지 모릅니다.」힐데브란드 애쉬가 말했다.

「아주 기분 나쁜 사람이오.」모티머 크로퍼가 말했다.「셰넥타디 시우회에서 이 교회에 애쉬가 미국 여행 중에 사용하던 잉크병과 그가 미국 독자들에게 그의 사진을 붙이고 사인을 해주었던 책 몇 권을 기증했었소. 또 그 물건들을 전시할 때 쓰라고 유리 진열장도 주었었지. 그런데 저 드랙스라는 사람이 그 진열장을 사람들 눈에 안 띄는 가장 어두운 구석에다 처박아 놓고는 더러운 녹색 베이즈 천으로 덮어 놓는 바람에 대체 그 속에 무엇이 들었는지 알 수 없게 만들어 버렸지 뭐요. 그러니 무심히 지나치는 사람들 눈에 뜨일 리가 있나…….」

「정말 아무도 모르겠군요.」힐데브란드 애쉬가 맞장구를 쳤다.

「그렇다니까요. 그리고 이 드랙스라는 사람은 애쉬를 연구하는 학자들이나 독자들이 찾아와 경의를 표하겠다며 열쇠 좀 내주면 안 되겠느냐고 하면 눈에 쌍심지를 켜고 반대한다고 합디다. 그 사람이 나에게 여러 번 편지를 쓴 적이 있었는데 한번은 이런 글을 보냈어요. 교회는 하나님의 집이지 랜돌프 헨리 애쉬의 무덤이 아니라는 얘기였지요. 틀린 말은 아니잖소.」

「그 물건들을 다시 사들이면 되지 않겠습니까?」

「그럴 수 있지요. 그 물건들을 대여해 주는 조건으로 상당한 액수의 헌금을 하겠다고 제의했었지요. 책이야 이미 우리 스탄트 컬렉션에도 전시되어 있으니 별것 아니라지만 그 잉크병은 하나밖에 없는 것 아니오. 그런데 그 사람 대답이, 안타깝지만 그 물건들이 교회에 맡겨진 것은 무슨 선물이나 기증의 조건이 아니라고 했소. 그는 기증의 조건을 변경시키는 일에 전혀 관심이 없는 모양이오. 정말 그렇소.」

「여기 온 김에 살짝 빼내 가지고 올 수도 있잖습니까?」힐데브란드의 말이었다.

그는 웃었지만 모티머 크로퍼는 얼굴을 찡그렸다.

「내가 무슨 도둑인 줄 아시오?」크로퍼의 목소리에는 힘이 담겨 있었다.「우리가 여기 온 것은 그 상자 때문이오. 그 속에 무엇이 들었는지 추측만 할 수 있을 뿐이니⋯⋯. 우리가 그것을 파낼 수 있는 법적인 권리를 얻으려고 애쓰는 동안 땅속에서 썩는 것은 아닌지, 생각만 해도 — 그 속에 무엇이 들었는지도 모르고 그냥 없어져 버리는 것은 아닌지, 어휴⋯⋯.」

「가격은⋯⋯.」

「그거야 이미 내가 어느 정도는 정해 놓았지요.」

「높게 쳐주시겠죠?」힐데브란드가 궁금하다는 투로 말했다.

「당연하죠. 설혹 그 속에 아무것도 안 들어 있다 해도 마찬가지요.」크로퍼가 말했다.「내 마음의 평화를 위해서도. 하지만 그 속엔 틀림없이 뭔가가 들어 있소, 내가 알고 있지.」

그들은 교회 묘지를 두어 바퀴 더 돌아보았다. 주위는 고요했고 온통 빗물에 젖어 있었다. 무덤은 대개가 19세기에 세워진 것들이었고, 그 이전과 이후의 무덤도 몇 개 있었다. 랜돌프와 엘렌의 무덤은 묘지 한쪽 가장자리의 풀이 무성한 작은 둔덕 같은 곳에 위치해 있었다. 그런데 그 둔덕에는 고대의 히말라야 삼목과 더 오래된 듯 보이는 주목이 각기 한 그루씩 심어져 있어 그 조용한 안식처가 교회문을 드나드는 사람들의 눈에 안 띄도록 막아 주고 있었다. 울타리는 무덤 높이로 둘러쳐져 있었고, 그 너머로는 양 몇 마리가 풀을 뜯고 있었으며 한쪽에는 시냇물이 가로지르고 있는 들녘이 펼쳐져 있었다. 누군가가 이미 어느 무덤을 파냈는지 푸른 뗏장들이 울타리에 수북이 쌓여 있는 모습도 보였다. 힐데브란드가 13까지 숫자를 헤아렸다.

「머리 쪽에 하나, 길이로는 두 줄로……. 할 수 있을 것 같습니다. 뗏장 파내는 일쯤이야. 우리 집 잔디밭과 다를 게 없을 테니……. 파헤친 흔적이 보이면 안 되겠죠?」

크로퍼는 잠시 생각을 하더니 입을 열었다. 「그렇게 하도록 합시다. 다시 원래 상태로 복구시킨 다음 낙엽 같은 것을 살짝 뿌려 놓으면 아무도 눈치 채지는 못할 거요. 그렇게 하도록 합시다.」

「아니면 눈속임을 할 수 있죠. 무슨 사교의 숭배자들이 이곳에서 망자를 위한 미사를 하고 간 것처럼 거짓 흔적을 남겨 놓으면…….」 힐데브란드는 또 한 번 코로 숨을 크게 들이마시더니 혼자서 뭐가 그리 좋은지 웃음을 터뜨렸다. 크로퍼는 그의 그 커다랗고 붉은 얼굴을 바라보았다. 역겨움이 목까지 치밀어 올랐다. 그는 재미라고는 전혀 없는 이 친구하고 같이 있느니 차라리 앞으로 혼자 더 많은 시간을 보내야겠다고 속으로 다짐했다.

「우리의 최대 희망은 아무도 눈치를 채지 못하게 하는 것이오. 그 밖에 다른 것은 꺼림칙해서 안 돼요. 만일 누군가가 무덤에 손을 댄 자국을 발견하게 되면 금방 우리가 이곳에 왔다는 사실이 들통 날 거요. 감쪽같이 해야 하오. 우리가 상자를 찾아 싹 가져가 버리면 아무도 그 무덤 속에 상자가 있었는지조차 모를 것 아니오. 그들이 다시 무덤을 파서 살펴

보더라도 말이오. 물론 그럴 수도 없겠지만 — 드랙스가 그렇게 하도록 내버려두지도 않을 테니까……. 그러나, 다시 말하지만, 우리는 조용히, 아무도 모르게 해야 하오.」

교회 묘지에서 나오는 길에 그들은 두 사람의 방문객과 마주쳤다. 녹색 옷에 재킷을 걸치고 진창길을 대비한 긴 웰링톤 장화를 신은 남자와 여자였다. 그들은 커다란 두 묘석에 조각된 환한 얼굴의 게루빔 천사와 아기 천사들의 머리를 이리저리 뜯어보고 있었다. 「안녕하십니까?」 힐데브란드가 자기 지방의 억양을 섞어 인사를 하자 그들도 마찬가지 말투로 「안녕하세요?」 하고 답례했다. 물론 누구도 서로의 얼굴을 마주 보지는 않았다. 정말 영국적인 인사치레였다.

***

15일, 크로퍼와 힐데브란드는 호텔 레스토랑에서 저녁을 함께 먹었다. 레스토랑에는 바와 마찬가지로 칸막이가 설치되어 있었으며, 한쪽에 설치된 벽난로에서는 장작이 탁탁 소리를 내며 타오르고 있었다. 크로퍼와 힐데브란드는 실내를 둘러보고는 어느 젊은 부부가 있는 곳으로 가서 그 옆에 자리를 잡았다. 그 젊은 부부는 테이블 위로 손을 맞잡은 채 서로에게만 신경을 쓰고 있을 뿐이어서 옆에서 은밀한 대화를 나누어도 괜찮아 보였다. 18세기의 성직자와 대지주들의 초상을 그린 멋진 유화들이 촛불 연기에 검게 그을리고 색이 바랜 채 칸막이 위에서 그들을 내려다보고 있었다. 그들은 촛불의 불빛을 받으며 식사를 했다. 새우 소스를 넣은 연어 무스, 꿩고기, 스틸튼 치즈, 소르베. 크로퍼는 별로 맛을 느끼지 못했다. 그는 앞으로 한동안은 이곳에 오지 못할 것 같은 생각이 들었다. 사실 그는 이곳을 즐겨 찾은 셈이었다. 로우언 트리 호텔도 그런대로 마음에 드는 편이었다. 고르지 못한 바닥, 그리고 위층에서 들리는 삐거덕거리는 소리, 키가 큰 그로서는 구부정하게 고개를 숙이고 지나가야 하는 좁고 낮은 복도 등 이런 모든 것이 오히려 낭만적인 분위기를 풍겼다. 욕실의 물도 무엇을 두드리는 듯한 소리와 가래 뱉는 듯한 소리를 냈다. 시원스럽게 쏟아지지는 않았지만 뉴 멕시코에 있는 그의 집 욕실의 화려한 금빛 수도꼭지를 통해 흘러나오는 물만큼이나 소중한 느낌을 주었다. 두 곳 다 나름의 정취가 있었다. 아늑하지만 조금은 답답한 듯한, 예스러운 분위기의 안개 낀 영국. 그리고 건조하고 햇빛이 눈부신, 유리처럼 투명한 대기의 뉴 멕시코의 광활한 대지. 피가 혈관을 통해 마구 내달리며 그를 흥분 속으로 몰아넣었다. 어느 한 땅덩이에서 다른 한 땅덩이로 비상하며 자신의 궤적을 그릴 때 달처럼 허공에 매달린 마음, 그것은 그가 어느 곳에 속한 것이 아니라 항상 움직이고 있다는 느낌이 들 때마다 전해 오는 흥분이었다. 바로 지금 그런 감정의 소용돌이가 찾아온 것이다. 그는 저녁을 먹으러 나오기 전에 방에서 운동을 했다. 다리도 풀고, 근육 운동도 하고, 이리저리 몸을 흔들며 권투하는 흉내도 내며 신체의 경직된 부분들을 모두 유연하게 만들었다. 그는 그런 식의 운동을 좋아했다. 아직 그런대로 괜찮은 몸이었다. 그는 검은색의 긴 바지와 테리 천으로 짠 스웨터 차림의 운동복을 입은 채 거울 앞에 서서 자신의 몸을 바라보았다. 그는 해적이었던 그의 조상을, 아니 영화에 나오는 해적의 모습을 닮았다. 은빛 머리카락들이 그의 이마 위로 헝클어진 채 낭만적인 얼굴을 연출하고 있었다.

힐데브란드가 말했다. 「그리고 내일, 미국에 가는 거죠? 한 번도 가본 적이 없어서. 텔레비전에서 봤을 뿐이죠. 강연을 어떻게 하는지 좀 가르쳐 주셔야 합니다.」

크로퍼는 이 일을 혼자서도 할 수 있지 않았을까, 애초부터 혼자서 시작했어야 했던 것이 아닌가 하는 생각을 했다. 그러나 그렇게 되면 자신의 행동이 명백한 절도 행위, 또는 타인 재산의 불법 점유가 될 것이 뻔했다. 대신에 이런 식으로 일을 하면 힐데브란드에게서 구입하는 셈이 될 테니 그냥 어떻게든 자연스럽게 진행될 일을 조금 앞당긴다는 것밖에는 다른 의미가 없었다. 어차피 애쉬 경의 건강 상태로 보아 그리 오래지 않아 자신의 소유가 될 물건이 아닌가?

「메르세데스를 어디에 주차시킬 겁니까?」 힐데브란드가 물었다.

「저, 애기 좀 한번 해봐요, 당신.」 크로퍼는 화제를 엉뚱한 곳으로 돌렸다. 안전을 위해서였다. 「당신네 집 정원, 잔디밭 말이오.」

「우리 집에 잔디밭이 있다는 건 어떻게 알았습니까?」

「당신이 애기했잖소. 자, 신경 쓰지 마시고, 그래 어떤 정원이죠?」

힐데브란드는 장황하게 설명하기 시작했다. 크로퍼는 식당을 둘러보았다. 그 젊은 부부는 테이블 위에 머리를 맞대고 있었다. 검은색의 크리스천 디오르 캐시미어 재킷을 입은 남자가 여자의 손을 잡고 자기 입으로 가져가 키스했다. 그 여자는 자주색 치마에 상아빛 실크 셔츠를 입고 있었으며, 가날퍼 보이는 목둘레에는 자수정 목걸이가 매달려 있었다. 그녀는 남자의 머리를 쓰다듬으며, 그 순간만은 다른 사람들이 쳐다보든 말든 상관이 없는 듯 충동적인 상념 속에 빠져 있는 것 같았다.

「얼마나 늦게 출발해야 합니까?」 힐데브란드가 물었다.

「여기서 그런 애긴 하지 맙시다. 그러지 말고 다른 애기 좀 해보시오, 다른 애기.」

「우리 체크아웃할 거라고 얘기했나요?」
「내일 밤까지의 숙박비를 이미 지불했소이다.」
「정말 좋은 밤입니다. 고요하고, 달도 좋고.」
객실로 올라가는 길에 그들은 다시 홀에 있는 공중전화 부스에서 나오는 그 젊은 부부와 마주치게 되었다. 모티머 크로퍼는 고개를 숙였고, 힐데브란드는 「안녕하시오?」라고 인사말을 건넸다.
「안녕하세요?」 부부가 함께 인사했다.
「운동을 했더니 피곤해서 일찍 자려고 합니다.」 힐데브란드의 말이었다.
여자가 미소 지으며 남자의 팔을 잡았다.
「우리도 들어가 자려고요. 안녕히 주무세요. 좋은 꿈 꾸세요.」

***

크로퍼는 새벽 한 시가 될 때까지 기다렸다. 온 주위가 고요와 적막에 휩싸여 있었다. 공기도 무겁게 가라앉은 듯했다. 그는 자신의 메르세데스를 주차장 입구에 세워 두었다. 방 열쇠마다 호텔 현관의 열쇠가 딸려 있었기 때문에 다시 돌아와 객실로 들어오는 일은 문제가 아니었다. 대형 승용차가 조용하고 부드럽게 빠져나와서는 도로를 지나 교회로 향하는 길로 접어들었다. 크로퍼는 차를 교회 입구의 한 나무 밑에 세웠다. 그러고는 트렁크에서 폭풍 대비용 랜턴과 새로 구입한 도구들을 꺼냈다. 비가 조금씩 뿌리고 있었다. 발 아래 질척한 땅이 제법 미끄러웠다. 그와 힐데브란드는 어둠 속을 더듬어 애쉬 부부의 묘지로 향했다. 「저기 좀 보세요.」 힐데브란드가 교회와 주목과 히말라야 삼목이 서 있는 작은 둔덕 사이의 달빛이 어슴푸레 비치고 있는 곳에 서서 말했다. 한 마리의 큼지막한 흰 부엉이가 천천히, 그리고 아무 소리도 내지 않고, 그러나 힘찬 동작으로, 교회탑 둘레를 빙빙 돌고 있었다.

「으스스한데요.」 힐데브란드 애쉬가 말했다.

「아름다운 짐승이오.」 모티머 크로퍼가 반박하는 투로 말했다. 사실 그는 자신의 흥분과 자신의 몸과 마음의 당찬 기운이나 확실한 움직임이, 그 짐승의 규칙적인 날갯짓과 느긋하면서도 편안한 비행과 다를 바 없다고 생각했다. 부엉이 위쪽에서는 용 모양의 풍향기가 이리저리 회전하며 종잡을 수 없는 공기의 흐름을 붙들려 하고 있었다.

그들은 신속하게 움직여야 했다. 동틀 때까지 단둘이서 끝내기에는 제법 힘든 일이었다. 그들은 뗏장을 벗겨 내어 한쪽 옆에 쌓아 두었다. 힐데브란드가 숨을 헐떡거리며 입을 열었다. 「그 상자가 어디쯤 있을지 생각해 봤어요?」 크로퍼는 그 상자가 아마 사람 크기보다는 조금 큰 그 묘지의 중간쯤 위치에 놓여 있을 거라고 늘 생각해 왔었다. 상자를 파묻는 모습을 머릿속에서 자꾸 상상하다 보니 자기도 모르는 사이에 묻힌 장소가 사람으로 치면 심장 부분쯤에 해당하는 곳이 틀림없으리라는 생각이 확신처럼 자리 잡았다. 하지만 그가 무슨 심령술사의 후손도 아니고 직관에 따르는 수밖에 없었다. 「먼저 머리 부분부터 파봅시다. 알맞은 깊이로 판 다음, 그다음에 점차 다리 쪽으로 차근차근 내려가는 거요.」

그들은 무덤을 파내려 갔다. 그들이 파낸 흙이 제법 조그만 둔덕을 형성했다. 진흙과 플린트, 잘린 뿌리들, 죽은 들쥐와 새의 뼈, 돌멩이들, 체질에서 걸러진 듯한 자갈들. 힐데브란드는 일을 하면서 연신 끙끙댔다. 그의 벗겨진 머리가 달빛을 받아 반짝였다. 크로퍼는 즐거운 기분에 열심히 삽질을 했다. 마치 출입이 허용된 금지 구역을 넘어서는 듯한 짜릿한 느낌이 들었다. 모든 것이 순조롭게 진행될 때의 만족스러운 기분, 바로 그것이었다. 그는 엉덩이를 깔고 앉아 램프 냄새나 맡는 백발의 늙은 학자가 아니었다. 끊임없이 움직이고 활동하는 것, 그것이 자신의 운명임을 그는 진작에 알았다. 그는 뾰족한 삽을 땅 위에 꽂고 발로 힘차게 누른 다음 흙을 퍼냈다. 재킷도 벗어 던졌다. 등 뒤로 굴러 떨어지는 빗방울은 그에게 만족감을 주었고, 어깨로 해서 가슴으로 흘러내리는 땀은 기쁨을 주었다. 그는 계속 삽질을 했다. 「조심하십시오.」 힐데브란드의 말이었다. 「계속 파시오.」 크로퍼가 맨손으로 뱀처럼 꾸불꾸불한 주목의 뿌리 한 부분을 잡아당기며 말했다. 그는 묵직한 칼을 꺼내더니 그 뿌리를 잘랐다.

「이쯤일 거요. 맞아, 여기야.」

「조심하세요. 될 수 있는 한 관은 건드리지 말았으면 좋겠습니다.」

「당연하지. 그렇게 하지 않도록 해야지요. 자, 어서.」

바람이 점차 강해졌다. 제법 세차게 휘날리는 바람이었다. 교회 묘지의 나무들 가운데 한두 그루가 삐걱이면서 신음 소리를 내는 듯했다. 갑자기 한차례 강풍이 불더니 돌 위에 얹혀 있던 크로퍼의 재킷을 날려 땅바닥에 떨어뜨렸다. 순간 크로퍼는 자신이 파내려 가고 있는 웅덩이 밑바닥에 랜돌프 애쉬와 그의 아내 엘렌이 누워 있다는 생각이 떠올랐다. 사실 지금까지는 그 생각이 상자를 찾는다는 생각에 밀려나 있었다. 섬광이 삽자국이 난 땅과 석탄 냄새 나는 흙더미를 한순간 비추다 사라졌다. 크로퍼는 숨을 들이마시며 공기 냄새를 맡았다. 그 속에서 무언가 자신을 후려치려는 듯 소용돌이치며 다가오는 것 같았다. 분명 무엇인가가, 사람은 아니지만 움직이는 무엇인가가 주위에 있음을 느낄 수 있었다.

그는 삽질을 멈추고 그 위에 엉덩이를 걸친 채 잠시 쉬었다. 그 순간 엄청난 폭풍이 서섹스 지역을 강타하고 있었다. 강풍의 긴 혓바닥이 우레와 같은 소리를 내며 스치고 지나갔고, 밀려오는 바람이 힐데브란드를 몰아붙였다. 그는 갑자기 진흙 더미 위에 털썩 주저앉아 몸을 구부렸다. 크로퍼는 다시 무덤을 파기 시작했다. 무딘 고함 소리와 휘파람 소리를 내며 바람이 다시 불어오자 여기저기서 쓰러지지 않으려고 애를 쓰는 나무들의 신음하는 듯한, 갈라진 목청으로 한숨을 쉬는 듯한 소리들이 합창처럼 들려오기 시작했다. 교회 지붕에서 타일 한 장이 떨어져 소용돌이치며 공중으로 솟구쳤다. 크로퍼는 입을 벌렸다가 다시 다물었다. 바람이 다른 세계에서 날아온 짐승인 양 비명을 지르며 교회 묘지로 불어 닥치고 있었다. 주목과 삼목의 나뭇가지들이 절망의 몸부림을 치기 시작했다.

크로퍼는 계속 흙을 파냈다.「찾아야 해. 찾고 말 테다.」

그는 힐데브란드에게 계속 파라고 말했다. 그러나 힐데브란드는 그의 말을 들을 수도 없었고, 그를 볼 수도 없었다. 그는 묘석 옆의 진흙 더미 위에 앉아서는 바람이 안으로 들어오지 않도록 재킷의 깃을 꼭 잡고 있었다.

크로퍼는 계속 흙을 파냈다. 힐데브란드는 크로퍼가 파낸 흙더미 주위로 천천히 기어서 다가갔다. 주목과 삼목의 밑동이 움직이더니 옆으로 비스듬히 기울기 시작했다.

힐데브란드가 크로퍼의 소매를 잡아끌었다.

「그만 하고 돌아갑시다. 이건 —— 예사 바람이 아니오. 다 칩니다. 위험해요.」바람 때문에 거의 수평으로 몰아치는 빗방울들이 그의 뺨을 채찍질하듯 후려갈기고 있었다.

「지금은 안 됩니다.」크로퍼는 이렇게 말하며 신성이 깃든 지팡이인 양 삽을 땅에 꽂더니 다시 흙을 파냈다.

삽 끝에 뭔가 금속이 닿는 느낌이 들었다. 그는 얼른 땅바닥에 주저앉아 양손으로 마구 흙을 파헤치기 시작했다. 드디어 그것이 모습을 드러냈다. ── 덮개가 심하게 부식된 장방형의 물건, 금괴 모양임을 한눈에 알 수 있었다. 그는 옆에 있던 돌 위에 앉아 그 상자를 양손으로 꼭 쥐었다.

바람이 교회 지붕을 날려 버릴 듯 세차게 불자 지붕의 타일이 몇 개 더 떨어졌다. 나무들은 비명 소리를 내며 심하게 흔들렸다. 크로퍼는 손가락에 힘을 주어 뚜껑을 열려고 하였지만 소용이 없자 칼을 꺼내 한쪽 구석을 쪼아 댔다. 바람에 그의 머리카락이 미친 듯이 휘날리고 있었다. 손으로 귀를 틀어막고 있던 힐데브란드 애쉬가 크로퍼에게 바싹 다가와 그의 귀에다 대고 소리쳤다.

「이겁니까? 이거?」

「그래요. 크기로 보아 이거요. 바로 이거요.」

「이젠 어떻게 하실 겁니까?」

크로퍼는 손으로 웅덩이를 가리켰다.

「저걸 메우시오. 나는 이 상자를 차 트렁크에 넣고 오겠소.」

그는 교회 묘지를 가로질러 나가기 시작했다. 주위에는 온통 시끄러운 소리뿐이었다. 길을 따라 서 있는 나무들의 울부짖는 듯한, 무엇이 찢어지는 듯한 소리, 땅에서 하늘까지 그리고 다시 땅으로 정신없이 흔들리는 나뭇가지들의 이리저리 채찍을 휘두르는 듯한 소리. 땅바닥과 묘석 주위로 지붕의 타일이 떨어지며 깨지는 소리. 크로퍼는 상자를 안고 발걸음을 서둘렀다. 얼굴에는 흩날리는 나뭇잎과 진득한 수액이 뒤범벅되어 붙어 있었다. 그러나 그런 폭풍우 속에서도 그는 길을 가며 상자의 테두리를 손가락으로 더듬었다. 다시 한 번 상자의 존재를 확인하는 것이었다. 그가 애써 교회 입구까지 돌아왔을 때 교회의 문 역시 이리저리 흔들리고 있었다. 순간 땅에서, 마치 텍사스 지역의 땅속에서 석유가 치솟아 오르며 내는 소리와 비슷한 소리가 들렸다. 그리고 그 소리와 더불어 또 다른 소리. 무엇인가가 찢어지고 팽팽하게 당기며 쪼개지는 소리가 격한 비명과 고함이 되어 울려 퍼졌다. 그가 딛고 선 발 주위의 땅이 갈라지며 흔들거렸다. 그는 바닥에 주저앉았다. 그의 눈앞에서 마치 사태로 허물어지는 산처럼 어슴푸레한 커다란 웅덩이의 물체가 쓰러지고 있었다. 그리고 곧이어 북을 치고 심벌즈를 울리는 듯한 소리가 뒤범벅되어 울렸다. 진흙과 수액과 가솔린 냄새가 코를 찔렀다. 나무 한 그루가 메르세데스 위를 덮친 것이었다. 그의 차가 날아가 버렸다. 그리고 호텔로 향하는 길 역시 쓰러진 나무들로 다 막혀 버린 상태였다.

그는 휘몰아치는 바람을 헤치고, 쓰러지는 나무들의 비명 소리를 들으며 다시 애쉬의 무덤이 있는 곳으로 돌아왔다. 무덤이 있는 작은 둔덕에 다다른 그는 랜턴의 불을 켰다. 순간 가지를 위로 치켜든 주목의 밑동이 갈라지며 그 속에서 딱 벌린 하얀 입 같은 것이 나타났다. 무엇이 깨어지는 듯한 소리가 계속 울리는 가운데 심한 요동과 함께 주목이 무덤 위로 쓰러지고 있었다. 무덤이 완전히 그 밑에 파묻히고 말았다. 그는 이제 오도 가도 못하는 신세가 되고 말았다. 그는 「힐데브란드!」 하고 외쳤다. 그러나 그의 큰 외침 소리도 멀리까지 퍼지지 못하고 바람 속의 연기가 무력하게 흩어지듯 작아지고 말았다. 교회 쪽으로 가는 게 더 안전할까? 거기까지 갈 수나 있을까? 힐데브란드는 어디에 있는 걸까? 잠시 바람 소리가 멎은 틈을 타 그는 다시 큰 소리로 그의 이름을 불렀다.

힐데브란드의 목소리가 들렸다. 「도와줘요. 도와줘. 어디 있습니까?」

또 다른 목소리가 들렸다.「여기요. 교회 옆으로 오시오. 땅바닥에 바짝 엎드려 오시오.」

쓰러진 주목들의 가지 사이로 크로퍼는 힐데브란드가 무덤 사이의 풀밭을 기어 교회 쪽으로 향하고 있는 모습을 발견했다. 누군가가 방향을 알려 주려는 듯 손전등을 흔들며 크로퍼를 기다리고 있었다.

「크로퍼 교수요?」아주 맑고 권위가 담겨 있는 남자의 목소리였다.「괜찮습니까?」

「쓰러진 나무들 때문에 오도 가도 못했소이다.」

「우리가 모시겠습니다. 그래, 상자는 찾았습니까?」

「상자라뇨?」크로퍼가 말했다.

「예, 이 사람이 가졌습니다.」힐데브란드의 말이었다.「제발 여기서 빠져나가게 해주십시오. 정말 지독한 날씨요. 더 이상 못 있겠습니다.」

또다시 나무 부러지는 소리가 들렸다. 마치 헬라 리즈 부인의 교령회에서 들리던 전기 불꽃 튀는 듯한 소리와 흡사했다. 손전등을 든 사내가 한쪽 허공에다 대고 소리쳤다.

「그 사람이 여기 있습니다. 그가 가졌다는군요. 나무가 길을 다 막아 놓은 모양입니다. 괜찮습니까?」

무엇인가가 딱딱거리는 소리가 났다.

크로퍼는 도망가야겠다고 마음을 먹었다. 그는 몸을 돌렸다. 다른 나무들만 없다면 교회에서 빠져나가는 길에 쓰러져 있는 그 나무는 빙 돌아서 가면 될 듯싶었다.

「소용없습니다.」그 사내가 말했다.「당신은 포위됐습니다. 그리고 당신의 메르세데스에 나무가 덮쳐 갈 수도 없잖습니까.」

크로퍼는 몸을 휙 돌렸다. 사내의 손전등 불빛을 통해 나뭇가지들 사이로 무슨 기괴한 꽃이나 과일이 열린 듯 비에 젖은 허연 물체들이 서 있는 것이 보였다. 롤런드 미첼, 모드 베일리, 레오노라 스턴, 제임스 블랙커더, 그리고 무슨 여마법사라도 된 듯이 흰머리를 풀어헤쳐 달라진 모습의 베아트리스 네스트……

***

그들이 모진 바람을 뚫고, 걸어서 로우언 트리 호텔까지 오는 데는 한 시간 반이 걸렸다. 런던 측 사람들은 폭풍이 몰아치기 전 모트레이크에서 두 대의 승용차를 타고 출발하였었지만 이곳에 도착하여 교회로 출발하기 전에는 폭풍의 기미를 알아차리고 블랙커더 교수의 푸조 승용차에서 꺼낸 작은 톱 하나와 유안이 마련해 준 워키토키를 들고 왔었다. 이 외에 크로퍼의 삽까지 손에 든 그들은 쓰러진 나무들의 가지를 잘라 내고, 그 위로 기어오르거나 밑으로 빠져나오며, 손을 내밀어 서로 밀어 주고 끌어 주며 폭풍 속을 뚫고 호텔 앞 도로까지 나왔다. 호텔의 창문은 모두 불이 꺼져 있었다. 전기가 끊어진 모양이었다. 크로퍼는 여전히 상자를 꼭 쥐고는 다른 사람들도 모두 자기 방으로 들어가도록 하였다. 홀에는 길 잃은 트럭 운전수들, 오토바이 여행객들, 그리고 소방관 서너 명이 폭풍을 피해 들어와 있었다. 호텔 주인은 병에 꽂은 촛불을 들고 홀 안을 이리저리 돌아다니고 있었다. 그리고 부엌에서는 냄비에 물 끓이는 소리가 요란하게 들려왔다. 이런 새벽녘에, 흙투성이에다 흠뻑 비를 맞은 여러 명의 학자들이, 그것도 아무렇지도 않다는 듯 아주 평온한 얼굴로 호텔의 홀 안으로 들이닥치리라고 그 누가 생각했겠는가?

커피포트와 따뜻한 우유 — 그리고 유안의 제의에 따라 브랜디 한 병 — 가 크로퍼의 방으로 올려졌다. 비에 젖은 옷을 갈아입기 위해 사람들이 크로퍼의 가방과 힐데브란드가 새로 산 가방을 뒤져 잠옷과 여분의 스웨터를 찾아냈다. 도무지 꿈 같은 일이었다. 그리고 모두가 함께 살아 돌아왔다는 생각에 그들은 엷은 미소를 띠고 멍청하게 앉아 있을 뿐이었다. 크로퍼든 다른 사람들이든 모두가 화를 낸다든가 분개할 만한 여력이 없어 보였다. 창가의 테이블 위, 여러 개의 촛불들 사이에 녹슬고 흙이 묻은 채 빗물이 여전히 떨어지고 있는 그 상자가 놓여 있었다. 파자마를 입은 세 여자 — 크로퍼의 검은 실크 파자마를 입은 모드, 그의 주홍색 면 파자마를 입은 레오노라, 힐데브란드의 하얀 줄무늬 파자마를 입은 베아트리스 — 는 침대 위에 나란히 앉아 있었다. 발과 유안만이 자기네들의 옷을 그대로 입고 있었다. 블랙커더는 힐데브란드의 스웨터와 면바지를 입고 있었다. 유안이 말했다.

「항상 말하고 싶었습니다. 〈당신은 포위되었습니다〉라고 말입니다.」

「말씀 잘하셨소.」 크로퍼가 말했다. 「나는 당신을 잘 모르긴 해도 본 적은 있는 것 같소. 레스토랑에서 말이오.」

「그리고 가든 센터에서요. 또 덴셔와 윈터본에서, 그리고 어제 교회 묘지에서요. 저는 유안 맥킨타이어라고 합니다. 베일리 박사의 변호사입니다. 그 편지 원고들의 법적인 소유권자가 그녀임을 입증하려고 왔습니다. 두 사람 모두의 편지들이 다 해당됩니다. 물론 지금이야 조지 베일리 경이 소유하고 있지만 말입니다.」

「그러나 이 상자는 그녀와 아무런 상관도 없소.」

「그건 내 것입니다.」 힐데브란드가 말했다.

「만일 당신이 주교단의 허락도 없이, 그것도 드랙스 목사와 애쉬 경의 허락도 없이 이 상자를 꺼냈다면 이는 범의를 가지고 무덤을 파헤쳐 훔친 행위로밖에 볼 수 없습니다. 내가 당신에게서 이 상자를 빼앗고, 시민이 당신을 현행범으로 체포한 명목으로 구금시킬 수도 있습니다. 더구나 블랙커더 교수는 상자 안의 내용물이 국가적 유산으로서의 지위가 입증될 때까지는 국외 반출을 금한다는 편지도 한 통 받아 놓은 상태입니다.」

「무슨 소린지 알겠소.」 크로퍼가 말했다. 「그러나 이 안에 아무것도 없을 수도 있소. 어쩌면 먼지만 잔뜩 쌓여 있을지도 모르잖소. 그러니 우리 함께 이 상자의 내용물을 조사해 보는 것이 어떻겠소? 우리든 당신네들이든 이곳을 당장 떠날 수 있는 상황도 아니잖소?」

「그 상자, 열어선 안 돼요.」 베아트리스가 말했다. 「다시 갖다 놔야 해요.」

그녀는 주위를 둘러보았지만 아무도 그녀의 말을 지지하는 것 같지 않았다. 모티머 크로퍼가 말했다. 「그렇다면 내가 이 상자를 찾아내기 전에 현행범으로 체포될 수도 있었다는 애깁니까?」

블랙커더가 말했다. 「사실이오.」

레오노라가 말했다. 「그런데 왜 그 상자를 파내도록 그냥 내버려 두었지요?」

모드가 말했다. 「우리는 이야기의 끝을 보고 싶어요.」

「그 속에 우리가 찾고자 하는 물건이 들어 있다는 보장도 없지 않소?」 블랙커더의 말이었다.

「하지만 우리는 꼭 봐야 해요.」 모드가 말했다.

크로퍼가 오일 깡통을 가지고 와서는 상자의 이음새 부분에 바른 다음, 칼로 녹가루를 털어 내기 시작했다. 잠시 시간이 흐른 뒤 이음새 부분 아래에 칼을 푹 집어넣고 힘차게 열어젖혔다. 뚜껑이 날아가자 부옇긴 해도 아무도 손댄 흔적이 없는 랜돌프 애쉬의 유리 표본함이 나타났다. 크로퍼가 이번에는 표본함의 뚜껑을 칼로 조심조심 조금씩 들어 올려 그 뚜껑마저 열고는 내용물을 꺼내기 시작했다. 기름 먹인 실크 주머니에는 기도하는 두 손의 은빛 장신구가 달린 머리카락으로 만든 팔찌가 들어 있었고, 푸른색 봉투에는 아주 가느다란 은발의 긴 머리카락이 들어 있었고, 또 하나의 기름 먹인 실크 꾸러미에는 리본으로 묶인 두툼한 편지 다발이 들어 있었고, 그리고 나머지 하나는 갈색의 글씨가 적힌 봉인된 긴 봉투였다. 〈랜돌프 헨리 애쉬에게.〉

크로퍼가 묶여 있는 편지 꾸러미를 풀며 말했다. 「그들의 사랑 편지로군요. 엘렌이 말했듯이 말입니다.」 그러고는 봉인된 편지를 물끄러미 바라보다가 그 편지를 모드에게 넘겨 주었다. 모드가 겉봉에 쓰인 필체를 보더니 입을 열었다.

「제 생각엔…… 이건 확실히…….」

유안이 말했다. 「만일 이 편지가 개봉되지 않았다면 소유권의 문제가 매우 재미있게 됩니다. 이게 전달되지 않았으면 보내는 사람의 소유인지 ── 아니면 개봉되지 않은 채 그의 무덤에 있었으니 받는 사람 소유인지…….」

크로퍼가 다른 사람들이 미처 무슨 생각을 하기도 전에 그 편지 봉투를 다시 빼앗아서는 칼로 봉인된 부분을 뜯었다. 안에는 편지 한 통과 사진이 하나 들어 있었다. 사진은 모서리 부분에 때가 묻어 있고 또 하얗게 긁힌 자국이 나 있었지만, 백합과 장미꽃의 다발을 가슴에 안고 있는 어느 신부의 모습을 분명하게 보여 주고 있었다.

레오노라가 말했다. 「미스 하비샴. 고린스의 신부.」

모드가 천천히 입을 열었다. 「아녜요, 아녜요. 이제 알 것 같아요…….」

유안이 말했다. 「누군지 알 것 같습니까? 제 생각이 맞군요. 어서 읽어 보세요. 다 알게 되겠죠.」
　「읽어 볼까요?」

***

　그래서, 그 호텔방의, 본질적으로 성격이 다른 추적자와 사냥꾼들의 모임에서, 바람이 세차게 불고 그 바람에 날린 잔해들이 창에 부딪치고, 창틀이 덜거덕거리는 가운데, 크리스타벨 라모트가 랜돌프 애쉬에게 보내는 편지가 촛불 속에 큰 소리로 읽히기 시작했다.

　내 사랑 — 내 사랑에게,
　당신이 매우 아프다는 소식을 들었습니다. 이런 때에 온당치 못한 기억을 떠올려 당신의 평화를 깨뜨리는 것이나 아닌지 모르겠습니다. — 하지만 당신에게 꼭 해야 할 애기가 있어 이렇게 펜을 들었습니다. 당신은 왜 28년 전에 이 애기를 하지 않았느냐고 — 그렇다면 계속 하지 말 일이지 이제 와서 왜 하느냐고 따지실지도 모르겠습니다. — 어쩌면 당신 말대로 그렇게 했어야 했겠지만 — 전 그럴 수가 없었습니다. 그리고 전 당신을 늘 생각했습니다. 당신을 위해 기도도 올렸습니다. — 그러곤 지난 몇 년 사이에 깨닫기 시작했습니다. — 제가 당신에게 몹쓸 짓을 했다는 사실을 말입니다.
　당신에게는 딸이 있습니다. 아주 예쁘고, 결혼도 했고, 이젠 잘생긴 사내아이의 어머니가 되었지요. 당신에게 그녀의 사진을 보냅니다. 얼마나 아름다운지 한번 보세요. — 제 부모 모두를 꼭 빼닮은 것 같지 않으세요? 비록 제 부모가 누군지 전혀 모르고 있지만 말예요.

많은 일들이 적어도 그렇게 단순하답니다. — 비록 기록으로 남기기는 쉽지 않겠지만 말예요. 그러나 역사는? 진실의 입장에서 볼 때 저는 당신에게 그 역사를 밝힐 빛을 진 셈이지요. — 저는 당신에게 죄를 지었습니다. — 하지만 여러 가지 이유가 있었어요.

모든 역사는 움직일 수 없는 사실들의 흔적입니다. — 그 밖의 다른 것들은 인간이 투여한 정열에 의해 채색된 것들이고요. 저는 당신에게 말하렵니다. — 그 움직일 수 없는 사실들을 말입니다.

우리 두 사람이 헤어졌을 때 저는 알았습니다. — 분명한 증거가 있었던 것은 아니지만 — 우리 만남의 결과가 — 일어난 그대롭니다. 우선 — 그 마지막 날 — 서로 떠나기로 합의했습니다. 뒤돌아보지 않기로 했었죠. 그리고 저는 그 약속을 제 자존심 때문이라도, 그리고 당신을 위해서라도, 무슨 일이 있더라도 지키기로 다짐했었습니다. 그래서 몇 가지 준비를 하기 시작했습니다. — 당신은 제가 얼마나 치밀하고 계획적인지 잘 모르실 겁니다. — 우선 제가 머무를 곳을 찾았어요. — (그곳을 나중에 당신이 찾으셨다고 하더군요.) 우리 — 그 아이와 나의 — 운명의 책임을 저 혼자 감수할 수 있는 곳을 말예요. — 그다음엔 나를 도와줄 사람과 상의했었어요. — 소피랍니다. — 그녀가 이전의 조용했던 내 삶보다는 로망스에나 어울릴 법한 거짓말로 나를 도와주었답니다. — 어쩔 수 없는 숙명은 기지를 더욱 날카롭게 하고 결의를 더욱 공고히 해주더군요. — 그래서 우리의 딸이 브르타뉴의 수녀원에서 태어나 영국으로 가게 되었고, 약속한 대로 소피가 자기 딸처럼 잘 키워 주었습니다. 그리고 알려 드릴 것은 소피가 우리 아이를 다른 누구 못지 않게 사랑하며 소중히 키웠다는 사실입니다. 아마 친엄마라도 그렇게는 못했을 겁니다. 영국의 들녘을 자유롭게 뛰어다니던 그 아이가 노포크에 있는 사촌과 결혼하여(물론 진정한 의미에서는 사촌이 아니지요) 아름다운 대지주의 아내가 되었지요.

그리고 또 하나, 당신과 제가 마지막으로 만나고 나서 얼마 되지 않아 — 저는 리즈 부인의 교령회에 참석했습니다. 그곳에서 당신은 대단히 화를 내고 분노하시더군요. — 저 역시 그랬습니다. 당신이 제 영혼의 상처를 감싸고 있던 붕대를 찢어 버렸기 때문이었습니다. 보통 여자들이 그렇듯 저는 생각했습니다. 저의 좋은 뜻에도 당신은 고통을 받을지 모른다고 말입니다. 그러나 우리는 그 고통을 감수해야 했어요. 제가 당신에게 — 당신은 저를 살인자로 만들었다고 — 말했을 때 저는 불쌍한 블랑슈 글로버를 생각했던 겁니다. 그녀의 끔찍한 죽음이 저를 매일 고문하고 있었습니다. 그런데 당신은 제가 하는 말이 그레첸이 파우스트에게 말하는 것과 같다고 생각하신 모양이더군요. 그래서 저는 생각했답니다. — 몸과 마음이 극도로 병들어 있던 그 당시로서는 저에게 싸늘한 악의가 꿈틀거리고 있었던 모양입니다. — 그래, 그렇다면 그가 그렇게 생각하도록 내버려 두자 — 그리고 그가 나를 저토록 모르는데 그냥 혼자 지치게 내버려 두자, 이렇게 말입니다. 아이를 낳는 여자들은 그것이 자신의 불행이라고 생각하기에 아이를 잉태케 한 남자를 원망하며 비명을 지릅니다. 그를 위한 한순간의 열정이 그렇게 지속적으로 계속 남아 있는 것도 아니고, 그렇다고 그것이 육체와 영혼의 그 끔찍한 파국이라고도 생각하지 않습니다. — 그래서 저는 그때 생각했어요. — 나는 더 침착해야 돼, 더 침착해야 돼 하고 말입니다.

오, 나의 사랑이여, 저는 이곳 작은 탑에 늙은 마녀처럼 앉아 있습니다. 촌스런 내 동생 남편의 허락을 받아 — 전혀 그럴 뜻은 없었지만 저는 귀찮은 기식자가 되어 버렸습니다. — 그리고 내 동생의 재산 덕(금전적인 의미에서)을 보며 — 이곳에 앉아 시를 쓰고 있습니다. 그러곤 이렇게 당신에게 편지를 씁니다. 마치 어제의 일인 양, 불에 달군 쇠막대기가 제 가슴을 짓누르듯이 한때 불타올랐던 강렬한 욕망에 관해, 원한과 사랑에 관해(당신에 대한, 내 아름다운 마이아에 대한, 그리고 불쌍한 블랑슈에 대한 사랑에 관해) 이렇게 글을 씁니다. 그러나 그건 어제의 일이 아니지요. 그리고 당신은 지금 몹시 심한 병을 앓고 있습니다. 당신이 얼른 회복되기를 빕니다, 랜돌프. 당신에게 축복이 있기를, 그리고 당신 또한 저에게 축복을 빌어 주세요. 당신의 용서를 빕니다. 당신이 정말 관대하고 인자한 성품이라는 것, 당신이 분명 우리를 — 저와 마이아를 — 돌봐 주리라는 것, 잘 알고 있었고 또 당연히 그렇게 알고 있어야 하겠지요. — 하지만 저에게는 남모르는 두려움이 있었답니다. — 결국에는 다 떨쳐 버리긴 했어도 — 마음의 진실을 털어놓는 것이 좋겠지요? — 저는 두려웠습니다, 당신과 당신 부인이 제 아이를 빼앗아 가버리면 어쩌나 하는 두려움 말입니다. — 그 아이는 제가 낳은 제 아이이고 — 또 저는 그 아이를 당신들에게 가도록 내버려 둘 수도 없었습니다. — 그래서 아이를 숨긴 것입니다. — 그리고 그 아이에게 당신도 숨겼습니다. 왜냐하면 그 아이가 분명 당신을 좋아하게 될 테고, 그러면 그 아이의 생에 당신의 공간이 영원히 자리 잡게 될까 봐. 아, 제가 무슨 짓을 한 건가요?

여기서 잠시 멈춰야겠습니다. 아니 몇 줄 앞의 용서를

빈다는 부분에서 진작에 잠시 멈춰야 하지 않았나 모르겠습니다. 이 편지를 당신 부인 몰래, 당신 부인이 보지 못하도록, 쓰고 있습니다. ― 어쩌면 그녀가 읽어 볼 수도 있겠죠. ― 저는 그녀의 손에 달려 있으니까요. ― 하지만 이만큼 세월이 흘렀는데, 이처럼 말할 수 있다는 게 아름답지 않을까요? ― 저는 당신의 부인과 당신의 호의를 바랄 뿐입니다. ― 이 편지가 어떤 의미에선 저의 증언이기도 하니까요. 저에게는 평생 친구가 그리 많지 않았습니다. 그리고 그 가운데에서 제가 믿을 수 있는 친구라면 ― 블랑슈 ― 그리고 당신입니다. ― 그리고 두 사람 다 제가 얼마나 사랑했는지 아십니까? 저를 미워하며 끔찍하게 생을 마감한 블랑슈, 그리고 당신. 그러나 이렇게 나이가 든 지금 저는 후회하지 않습니다. 격정 속에 보냈던 그 아름다웠던 날들 ― 모든 정열이라는 게 비슷한 길을 걷다가 비슷하게 끝나 버리는 것이기에 다른 사람들의 경우도 마찬가지겠지만 ― 아무튼 저는 후회하지 않습니다. 순탄하지 않은, 그런 벗어난 삶을 살아온 데에 ― 시와 그 밖에 관한 우리의 옛 편지들, 서로를 믿고 따랐던 우리의 마음. 당신은 몇 권 안 팔린 제 불쌍한 『요정 멜루지나』를 읽어 보셨습니까? 〈내가 없었으면 이 이야기가 생겨나지 않았을걸〉 하고 생각하시진 않았는지요. 저는 당신 덕분에 멜루지나와 마이아를 얻었던 셈입니다. 그런데 아직 그 빚을 못 갚고 있으니. (제 멜루지나가 죽으리라고는 생각하고 있지 않습니다. 언젠가는 분별있는 독자가 나타나 구해 주지 않을까요?)

지난 30년 동안 저는 멜루지나였습니다. 말하자면 저는 이 요새와도 같은 곳의 돌담 주위로 마구 날아다닌 셈이었습니다. 내 아이를 만나고 싶고, 밥도 먹이고 싶고, 또 사랑으로 돌봐 주고도 싶은 욕망의 바람을 타고 소리치며 날아다녔습니다. 그 아이는 저를 몰랐습니다. 행복한 아이 — 태양처럼 밝고, 꾸밈없고 숨김이 없는 고운 마음씨를 지닌 아이였지요. 그 아이는 자신을 키워 준 부모를 무척 사랑하고 있습니다. — 조지 경 역시 자신의 피 한 방울 안 섞인 아이였지만 예쁜 그 애의 모습, 착한 마음씨에 매혹되고 말았답니다.

그 아이는 저를 사랑하지 않았습니다. 이 말을 제가 당신 말고 누구에게 할 수 있겠습니까? 그 아이는 저를 여마법사, 동화 속에 나오는 처녀로 보고 있습니다. 마치 반짝이는 두 눈으로 자신을 노려보고, 자신의 연약한 손가락을 꼭 찔러서는 잠 속에 빠지게 만드는 존재처럼 여기고 있습니다. 제 눈이 눈물로 반짝여도 그 아이는 그렇게 보질 않습니다. 안 돼, 나는 이런 식으로 계속 그 아이에게 두려움을 심어 주고 반감을 심어 줘야 해 — 그 아이에 대한 나의 애정을 너무 노출시켜서는 안 돼 — 그러나 잘못된 것이지요. 그런데 그 편이 오히려 자연스러우니……. 당신은 생각하실 겁니다. — 만일 제가 당신에게 말씀 드린 이 모든 사실이 어떤 충격처럼 당신에게 제 좁은 세계를 생각하게 할 힘을 조금이라도 남겨 놓을 수 있다면 — 저와 같은 낭만주의자가(아니면 당신과 같은 진정한 드라마티스트가) 어떻게 거의 30년 동안(랜돌프, 생각해 보세요, 30년이란 세월을) 그런 비밀을 지킬 수 있는가를. 어떤 운명의 역전도 초래하지 않고, 어떤 대단원의 막도 내리지 않고, 어떤 암시나 공개적인 드러냄도 없이 어떻게 그런 비밀을 지킬 수 있었는지 말입니다. 아, 그러나 만일 당신이 이곳에 오신다면 당신은 어째서 제가 그러지 못했는지 아시게 될 것입니다. 그 아이는 너무나 행복하기에. 저는 — 그 아이의 맑은 두 눈에 어떤 공포가 깃들까 봐 두려웠습니다. 만일 그 아이에게 말한다면 ─ 그 아이가 뒤로 물러나 곰곰 생각해 볼까요? 저는 소피에게 맹세했습니다. ─ 이것은 돌이킬 수 없는 일이고 절대적이라고 ─ 모든 것이 그녀가 얼마나 친절한가에 달려 있다고 ─ 소피의 그 따뜻한 마음이 없었으면 그 아이에겐 집도, 자신을 지탱시켜 줄 사랑도 없었을 것입니다.

그 아이는 마치 콜리지의 경쾌한 요정처럼 웃고 놀았습니다. ─ 〈저 혼자 노래하고 춤을 추며〉 말입니다. 그 아이는 책을 좋아하지 않습니다. 제가 짧은 이야기들을 글로 써서 주기도 하고, 그 이야기들을 책으로 만들어 주기도 했지만 그저 그 아이는 살짝 미소를 지으며 고맙다는 말과 함께 그만이더군요. 즐겁게 책 읽는 모습을 본 적이 없습니다. 말을 타고, 활을 쏘고, 그리고 자기 남자 형제들과 어울려 사내아이들이나 하는 놀이를 즐겨 했답니다……. 그러다 결국엔 결혼까지 하게 되었습니다. 다섯 살 때 건초 더미에서 같이 뒹굴던 사촌에게 시집을 갔습니다. 저는 그 아이가 평탄한 삶을 살게 되길 바랄 뿐입니다. 그리고 그렇게 살고 있답니다. ─ 물론 제 아이가 아니죠. 저는 그저 사랑받지 못하는 처녀 이모에 불과하니까요…….

그 아이를 당신에게 감춘 대가로 제가 벌을 받은 것이지요.

제가 옛날의 어떤 편지에서 당신에게 말했던 달걀에 관한 수수께끼를 기억하십니까? 그것을 당신은 제 고독과 자기 집착의 환영이라고 하시지 않았던가요? 그리고 그 달걀을 당신이 깨뜨리셨습니다. ─ 물론 저에겐 많은 도움이 되었다고 믿고 있고, 또 그렇게 생각하고 있습니다. 그러나 저는 ─ 제가 만일 그 닫힌 성안에 계속 머물러 있었다면 — 저도 당신처럼 위대한 시인이 되지 않았을까 하고 생각해 봅니다. 그리고 또 — 내 정신은 당신에 의해 깨져 버리고 만 것이 아닐까요? — 시저의 정신이 안토니에 의해 허물어졌듯이 — 아니면 제가 당신이 의도하셨던 대로 당신의 관대함에 의해 더욱 넓은 정신의 소유자가 되었나요? 이 모든 것들이 한데 섞이고 혼합되어 지금 제 머릿속에 떠오릅니다. — 우리는 서로 사랑했습니다. — 서로를 위해 — 그리고 그것은 결국 마이아를 위한 것이었습니다. (더 이상 그 아이는 그 〈이상한 이름〉을 지니지 않게 되었습니다. 그냥 평범한 메이라고 불린답니다.)

저는 너무나 오랫동안 화가 나 있었습니다. — 우리 모두에게, 당신에게, 블랑슈에게, 그리고 불쌍한 제 자신에게. 그런데 이제 인생의 종착역에 가까이 오면서 〈모든 정열이 다 소진되어 버린 마음의 평정 속에〉 다시 한 번 고운 사랑으로 당신을 생각하고 있습니다. 요즈음 『투사 삼손』[1]을 읽다가 제가 당신을 생각할 때마다 늘 떠올렸던 그 용을 우연히 만나게 되었습니다. — 그리고 저는 〈길들여진 농장의 가축〉에 불과하지요.

> 그의 불 같은 힘이 잿더미 아래서 분출하여
> 돌연한 불길이 되면
> 저녁의 용이 찾아와
> 둥지에 앉아 홰를 트는 무리들을 공격하며
> 길들여진 농장의 가축들을
> 하나하나 무력하게 만든다 —

1 Samson Agonistes, 영국의 대시인인 존 밀턴이 1671년에 발표한 작품.

멋있지 않으세요? 우리가 그렇지 않았던가요? — 당신
이 불꽃을 피우고, 저는 그 불꽃을 잡지 않았던가요? 우리
는 우리의 잿더미에서 다시 일어나 살아날 수 있을까요?
밀턴의 불사조처럼?

불쑥 솟은 아라비아 숲 속에서
스스로 태어난 그 새
둘째도 셋째도 모르고
조금 전 대학살이 있었던 그곳에서
대부분이 움직이지 않을 때
그녀의 재의 자궁에서
다시 살아나 번창하며 가장 힘차게 움직인다.
비록 그녀의 몸은 죽지만, 그녀의 명성은
세속의 새보다 더 무수한 삶의 세월을 사노니.

저는 혼자 살았어야 했나 봅니다. 그러나 삶이 그런 것이
아니기에 — 그리고 그런 힘이 누구에게도 주어지지 않았
기에 — 저는 당신을 위해 하나님께 감사드립니다. — 분
명 용이 있다면 — 그는 당신이옵니다.

여기서 줄여야겠습니다. 한 가지만 더. 당신의 손자(그
리고 저의 손자이기도 하니 얼마나 묘한가요) 이름은 월터
라고 합니다. 그 아이가 시를 노래하며 마구간과 밭고랑에
미쳐 있는 자기 부모들을 즐겁게 해준답니다. 제가 그 녀석
에게 『늙은 어부의 노래』를 거의 다 가르쳐 주었습니다. 그
아이는 뱀의 축복과 달까지 치솟아 올라간 바다의 반짝이
는 눈이 나오는 부분을 아주 감정까지 넣어 가며 줄줄 외운
답니다. 튼튼한 아이지요. 그리고 앞으로도 잘살 겁니다.

이만, 마쳐야죠. 당신이 마음이 내키고 또 그럴 기력이라도 있으시면 — 저에게 이 편지를 봤다는 말 한마디라도 보내 주십시오. 당신에게 용서를 비는 제가 이런 주문을 감히 하다니.

크리스타벨 라모트

침묵이 흘렀다. 처음에는 무덤덤하게, 맑은 목소리로 시작되었던 모드의 목소리가 끝에서는 감정을 애써 억누르는 목소리로 바뀌어 버렸다.

레오노라가 내뱉었다. 「우 —!」

크로퍼가 말했다. 「난 알고 있었소. 이런 엄청난 일이라는 걸 알고 있었소이다.」

힐데브란드가 말했다. 「저는 이해를 잘 못하겠습니다.」

유안이 말했다. 「불행하게도 그 당시엔 본처의 자식이 아닌 아이들은 유산을 물려받을 수가 없었습니다. 아니면 모드, 당신이 모든 원고나 편지들의 실질적 소유자가 되는 겁니다. 물론 이 일이 그런 경우에 해당되는지는 잘 모르겠습니다만 — 빅토리아 시대에는 이런 식으로 아이를 돌봤습니다. 아이를 적법한 가정에 숨겨 그 아이에게도 어느 정도 유산을 물려받을 수 있는 기회를 주곤 했었죠.」

블랙커더가 말했다. 「모드, 당신이 양쪽 집 모두의 후손이라니 참 기묘한 일이로군요. — 그러니 당신 자신의 출생의 비밀을 당신이 추적했다는 사실이 또 얼마나 당연하면서도 기가 막힌 일이오.」

모든 사람들이 모드를 쳐다보았다. 그녀는 사진을 바라보며 앉아 있었다. 그녀가 입을 열었다. 「전에도 이 사진을 본 적이 있어요. 우리 집에 하나 있었거든요. 이분은 저의 4대조 할머니랍니다.」

베아트리스 네스트는 눈물을 흘리고 있었다. 그녀의 눈가에 고인 눈물이 반짝 빛나더니 이내 방울로 맺혀 떨어지고 있었다. 모드가 손을 내밀었다.

「베아트리스.」

「미안해요, 바보 같은 말만 하고 돌아다녀서. 생각만 해도 끔찍해요. ── 그가 이 편지를 읽을 수 없었다니. 그녀가 어느 누구를 위해서 이 편지를 쓴 것은 아녜요. 그래도 틀림없이 답장은 기다렸겠죠. ── 그런데 답장이 갈 수 없었으니.」

모드가 말했다. 「당신은 엘렌을 알잖아요. 왜 그녀가 이 편지를 상자 속에 집어넣었을까요? ── 그녀 자신의 사랑 편지와 함께 말예요.」

「그리고 그들의 머리카락도.」 레오노라가 말했다. 「그리고 크리스타벨의 머리카락도. 이 금발, 그녀 것이 틀림없죠?」

베아트리스가 말했다.

「아마 어떻게 해야 할지 몰랐을 거예요. 그에게 주지도 않고, 또 자신이 읽지도 않았잖아요. ── 제가 상상하기로 ── 그냥 없애 버리려고 했겠죠.」

「모드를 위해서요.」 블랙커더가 말했다. 「드러난 그대로요. 그녀가 모드를 위해 보존한 셈이지요.」

모든 사람들이 다시 모드를 쳐다보았다. 그녀는 편지를 들고, 사진을 물끄러미 바라보며 앉아 있었다.

모드가 말했다. 「계속 생각할 수가 없을 것 같아요. 잠 좀 자야겠어요. 피곤해요. 우리 아침에 다시 생각해 보기로 하죠. 왜 이 편지가 이처럼 큰 충격으로 다가오는지 모르겠어요. 하지만…….」 그녀는 롤런드에게로 얼굴을 돌렸다. 「잠잘 곳을 좀 찾아 주세요. 이 모든 물건들은 일단 안전을 위해 블랙커더 교수님께서 보관하세요. 사진은 오늘 밤만 제가 가지고 있겠어요.」

***

　롤런드와 모드는 네 기둥이 솟은 침대의 한쪽 끝에 나란히 앉아 있었다. 그들은 은촛대의 촛불 아래서 결혼식 날 찍은 마이아의 사진을 바라보았다. 어두워 잘 보이지 않았기 때문에 자연히 그들의 머리가 맞닿을 수밖에 없었다. 그들은 서로의 머리카락 냄새를 맡을 수 있었다. 머리에선 아직도 폭풍과 빗물과 진흙과 찢긴 채 날아다니던 나뭇잎 냄새가 떠나지 않고 있었다. 그리고 그 머리 아래, 그들 자신의 독특하고 각별한 인간적인 따스함이 있었다.

　마이아 베일리가 그들을 향해 잔잔한 미소를 던지고 있었다. 크리스타벨의 편지 덕택에 그들은 그녀의 얼굴을 제대로 읽을 수 있었다. 비록 허옇게 긁힌 자국도 있고 흘러간 세월 탓에 조금은 흐리게 변해 있었지만, 정말 행복해 하는 구김살없는 얼굴이었다. 아주 편안하게 풍성한 화관을 둘러쓰고 있는 얼굴. 기쁨이 잔뜩 서려 있는 얼굴.

　「그녀가 크리스타벨처럼 보여요.」 모드가 말했다. 「보세요.」

　「당신하고 좀 닮은 것 같은데요.」 롤런드가 말했다. 「랜돌프 애쉬도 닮고요. 이마 넓은 것 좀 봐요. 그리고 큰 입하며. 이쪽, 눈썹 끝도 보세요.」

　「그러니 나도 랜돌프 헨리 애쉬를 닮았겠군요.」

　롤런드가 그녀의 얼굴에 손을 갖다 대었다. 「한 번도 본 적이 없지만 그런 것 같아요. 똑같아요. 이쪽 눈썹 끝부분이 닮았어요. 입가의 모습도 그렇고. 이젠 그 모습을 항상 볼 수 있겠군요.」

　「이 사진이 그렇게 썩 마음에 드는 건 아녜요. 뭔가 미리 결정된, 자연스럽지 못한 구석이 있어 보여요. 악마적인 — 그들이 나를 덮친 듯한 느낌이 들어요.」

「누구든 조상에 대해서 그런 느낌을 많이 받죠. 아주 평범한 사람이라도 조상의 내력을 알게 되면 그런 느낌을 받게 되는가 봐요.」

그는 그녀의 젖은 머리칼을 아주 부드럽게 쓰다듬었다.

모드가 말했다.「다음엔 뭐죠?」

「다음이라니, 그게 무슨 뜻입니까?」

「다음엔 어떤 일이 일어날까요? 우리 두 사람에게 말예요.」

「처리해야 할 법적인 문제가 많을 겁니다. 그리고 편집해야 할 일거리도 많을 테고요. 난 — 나도 계획이 있어요.」

「이런 생각을 해봤어요. — 우리가 함께 이 편지들을 편집하면 어떻겠어요?」

「고맙지만 그럴 필요까지 있을까요? 당신은 이 이야기의 중심 인물임이 입증되었어요. 난 그저 도둑질로 인해 이 일에 끼게 되었지만, 아무튼 많은 것을 배웠으니까요.」

「뭘 배웠어요?」

「음 — 애쉬와 비코에게서 좀 — 뭐랄까, 시적 언어가 무엇인지. 난 — 난 꼭 써야 할 것이 있어요.」

「당신 나한테 화를 내는 것처럼 보여요. 왜 그러죠?」

「아니, 그렇지 않아요. 예, 한때는 그랬죠. 당신에게는 자신감과 확신이 있잖아요. 문학 이론, 페미니즘. 유안의 말을 빌리자면 일종의 사회적인 여유랄까, 당신이 속해 있는 세계의 여유. 난 아무것도 가진 것이 없어요. 그전에도 마찬가지였지만. 그리고 점차 — 당신에게 기대는 것 같기도 하고. 남자의 자존심을 내세우는 일이 시대에 뒤떨어진 생각이고 또 그다지 중요하지도 않지만 나에게는 그렇지 않아요.」

모드가 말했다.「난 이렇게 느껴요.」그러곤 말을 끊었다.

「뭘 말입니까?」

그는 그녀의 얼굴을 바라보았다. 촛불에 비친 그녀의 얼굴은 마치 조각상의 그것과 흡사했다. 선이 분명하고, 놀라울 정도로 무표정한 얼굴. 그는 그녀의 얼굴을 볼 때마다 자주 그런 생각을 했다.

그가 말했다. 「내가 말 안 했죠? 세 곳에서 일자리 제의가 있었어요. 홍콩, 바르셀로나, 암스테르담. 이제 세상이 내 앞에 전개되기 시작한 겁니다. 여기 있으면서 편지나 편집하는 일은 하지 않을 겁니다. 나하곤 상관없는 일이잖아요.」

모드가 말했다. 「난…….」

「뭡니까?」 롤런드가 물었다.

「내가 뭔가를 느낄 때면 온몸이 얼어붙는 것 같아요. 그래서 말을 제대로 할 수가 없어요. 난 — 나는 사람들과의 관계에 익숙하지 못해요.」

그녀는 몸을 떨었다. 여전히 싸늘하고 약간은 경멸기가 어린 얼굴이었다. — 그것은 그녀의 아름다운 얼굴 생김새에서 나오는 심술인지도 몰랐다. 롤런드가 말했다.

「왜 추위를 느끼죠?」 그의 목소리는 여전히 부드러웠다.

「분석해 봤어요. 이유는 내 얼굴 표정 때문인 것 같아요. 당신이 좋은 인상을 지니고 있다면 사람들은 당신을 일종의 소유물로 취급할지 몰라요. 활기에 넘친 얼굴이 아니라 뭐랄까 윤곽이 뚜렷한…….」

「아름다운 얼굴.」

「예, 그래요. 그러면 당신은 어떤 소유물이나 인형처럼 취급당하고 말죠. 난 그런 게 싫었어요. 그런데 그런 일이 자주 일어나잖아요.」

「그럴 필요는 없잖아요.」

「우리가 만났을 때 당신도 머뭇거렸어요. 지금도 그런 걸 기대해요.」

「그래요. 그렇지만 당신은 늘 혼자 있기를 원하지는 않잖아요. 원해요?」

「그녀가 그랬듯이 나도 그런 느낌이죠. 내 일을 해야 하기 때문에 높이 방어벽을 쌓고 내 자신을 보호하는 것이죠. 깨지지 않는 달걀에 대한 그녀의 느낌이 어떨지 알 것 같거든요. 자기 감정의 억제, 자율성. 물론 꼭 그런 식으로 생각하고 싶지는 않아요. 알죠?」

「아, 예.」

「난 의식의 경계에 관한 글을 썼어요. 두 세계의 경계, 성채, 요새.」

「침입, 방해.」

「맞아요.」

「그건 내 영역이 아니죠. 난 내 자신의 고독을 지니고 있으니까요.」

「알아요. 당신은 — 당신은 결코 그 경계를 무너뜨릴 사람은 아니죠.」

「포개고 덧붙이는…….」

「그래요, 그래서 내가…….」

「나하고 있으면 안전하다는 느낌을 받는다는 것.」

「오, 아녜요. 아녜요. 난 당신을 사랑해요. 그러지 말아야겠다는 생각은 하지만.」

「나도 당신을 사랑합니다.」 롤런드가 말했다. 「하지만 사랑은 불편해요. 내가 지금 미래를 확실히 잡은 것도 아니고, 하지만 그렇게 됐어요. 가장 최악의 길이죠. 우리는 아무것도 안 믿었잖아요. 완전한 몰입, 밤과 낮, 그런 것들 말이에요. 내가 당신을 봤을 때 당신의 표정은 살아 있었어요. 나머지는 다 희미하게 사라져 버렸죠. 모두가.」

「선이 분명하고, 놀라울 정도로 무표정한 얼굴.」

「어떻게 내 생각을 알았죠?」

「누구든 다 그래요. 퍼거스도 그랬어요.」

「퍼거스는 탐욕스러운 사람입니다. 나는 제의할 것이 없어요. 하지만 당신을 그냥 내버려 둘 수는 있어요.」

「홍콩에서요? 바르셀로나? 아니면 암스테르담?」

「내가 그런 곳에 있다면 그랬을 겁니다. 난 당신의 자율성을 위협하고 싶지는 않아요.」

「아니면 이곳에 있으면서 나를 사랑할 텐데 말이죠?」 모드가 말했다. 「오, 사랑은 무시무시해요. 파괴자예요.」

「교활하기도 하죠.」 롤런드가 말했다. 「방법이 하나 있긴 해요. ― 현대적인 방법 ― 암스테르담은 그리 멀지 않으니.」

그들은 차가운 손을 마주 잡았다.

「침대로 들어가죠.」 롤런드가 말했다. 「궁리를 해보죠.」

「나는 그것 역시 두려워요.」

「당신 정말 겁쟁이로군요. 내가 당신을 보살피죠, 모드.」

그들은 몸에 익숙지 않은, 입고 있던 크로퍼의 옷들을 벗어 던졌다. 그러곤 알몸으로 침대의 장막 속으로 들어가 푹신한 이불 속에 몸을 파묻고는 촛불을 껐다. 잠시 뒤, 부드러운 지연, 섬세한 전환, 그리고 다양한 간접 공격을 통하여 롤런드는 서서히 그녀의 하얀 싸늘함 속으로 들어가 그것을 소유하고, 그 싸늘함을 자신의 몸으로 따뜻하게 만들어 주었다. 이제는 경계도 사라져 버렸다. 동틀 무렵이 되어 그는, 멀리 떨어진 곳에서, 환희와 승리감에 젖어 억제되지 않고 부끄럼도 없이 울려 퍼지는 그녀의 외침을 들었다.

아침이 되자 세상은 새롭고 진기한 내음으로 가득했다. 그것은 폭풍 뒤에 찾아오는 내음이었다. 푸르름의 내음, 찢긴 나뭇잎과 새어 나온 송진의 내음, 부러진 나무와 흩뿌려진 수액의 내음, 썩은 사과에서 풍기는 듯한 시큼한 내음. 죽음과 파괴의 내음이자 신선함과 활기와 희망의 내음이었다.

추기 1868

　세상에는 과거에 분명히 일어난 일이지만 얘기되지도 않고 글로 기록되지도 않은 채 아무런 흔적도 남기지 않고 그냥 잊혀 버리는 일들이 있기 마련이다.

　햇볕이 따가운 5월 어느 날, 두 사람이 만났다. 그러나 그들의 만남은 나중에 아무도 모른 채 그냥 잊히고 말았다. 이야기는 이렇다.

***

　어린 목초들이 더욱 싱그러움을 더해 가던 초원에 여름의 꽃들이 흐드러지게 피어 있었다. 푸른 수레국화, 주홍 양귀비, 황금빛 미나리아재비, 꼬리풀, 풀들이 아직 높이 자라지 않은 곳에 카펫처럼 깔린 데이지, 딱지투성이의 노란 금어초, 자주색의 팬지, 하얀 냉이들 ― 그리고 이 들녘을 빙 둘러싸고 있는 야생 당근과 디기탈리스의 높은 생울타리, 가시나무 울타리 위에서 여린 빛으로 빛나는 들장미, 크림색의 향긋한 인동, 그리고 무성하게 뻗은 브리오니아 덩굴과 벨라도나의 별꽃. 영원히 빛날 듯 온통 사방에서 저마다 자태를 뽐내는 꽃들. 잔디 역시 에나멜을 입힌 듯 반짝거리면서 보석처럼 쏟아지는 햇빛과 만나고 있었다. 아름답고 청아한 목청으로 노래 부르는 종달새와 지빠귀와 찌르레기들. 그리고 이 꽃에서 저 꽃으로, 클로버에서 살갈퀴와 참제비고깔로, 꽃잎에 떨어지는 광선의 무늬를 따라 이리저리 날아다니는 나비들…….

푸른색 치마에 하얀 앞치마를 두른 한 여자 아이가 야트막한 사립문 위에 올라앉아 발을 흔들면서 낮게 중얼거리듯 노래 부르며 데이지 화환을 만들고 있었다.

그리고 한 손에 애쉬나무 지팡이를 쥐고 높은 울타리 사이 오솔길을 따라 걸어오는 한 남자가 있었다. 챙 넓은 모자로 얼굴을 가린 키가 크고 수염이 텁수룩한 남자였다.

그는 걸음을 멈추고 아이에게 말을 걸었고, 아이는 여전히 발을 흔들며 미소 가득한 얼굴로 명랑하게 대답했다. 그는 이곳이 어디며, 저 아래 좁은 골짜기에 있는 집의 이름이 무엇인지 물었다. 사실은 그도 이미 잘 알고 있었지만 그런 질문으로 말을 붙여야 했다. 그런 다음 그는 그 여자 아이의 이름을 물었고, 아이는 메이라고 대답했다. 아이는 자기에게 또 다른 이름이 있지만 그 이름이 싫다고 말했다. 그 남자는 지금의 이름도 앞으로 바뀔지 모르며, 세월이 흐르다 보면 이름이 사라질 수도 있다고 말하면서 성과 이름 모두를 알고 싶다고 했다. 그러자 아이는 더 빠르게 발을 흔들면서 자기의 이름은 마이아 토마신 베일리라고 했다. 아버지와 어머니는 저 아래 있는 집에 살고, 자기에게는 두 남자 형제가 있다고 했다. 그는 아이에게 마이아는 도둑이자 예술가였던 헤르메스의 어머니였다고 가르쳐 주면서 토마신이라는 이름의 폭포도 알고 있다고 말했다. 그러자 아이는 자기는 바람처럼 빠르게 달리는 헤르메스라는 이름의 조랑말을 아는데 그 말과 얘기도 할 수 있다고 자랑했다. 하지만 토마신이라는 이름의 폭포는 들어 본 적이 없다고 말했다.

그 남자가 말했다. 「네 어머니를 조금은 아는데, 너는 네 어머니를 꼭 닮았구나.」

「그렇게 얘기하는 사람 아무도 없어요. 제 생각에 저는 아버지를 닮은 것 같아요. 아버지는 힘도 세시고, 친절하시며, 바람처럼 빨리 달리는 말도 태워 주시거든요.」

「그럼, 네 아버지도 닮은 모양이로구나.」 그는 이렇게 얘기하고는 아이를 번쩍 들어 사립문에서 내리더니 자기 옆에 세워 놓았다. 그들은 나비가 어지럽게 날아다니는 근처의 작은 둔덕에 앉아 많은 이야기를 나누었다. 그날의 일을 그는 아주 분명하게 기억하겠지만 아이에게는 점점 희미한 흔적으로 남으리라. 흑옥의 색으로 반짝이는 딱정벌레들이 그들의 발 아래로 지나갔다. 아이는 자신의 즐거운 삶과 흥겨움과 야망에 관해서 신나게 떠들었다. 그가 말했다. 「너는 정말 굉장히 행복한 아이로구나.」 아이가 답했다. 「예, 그래요. 정말 행복해요.」 남자는 아무 말 않고 앉아 있기만 했다. 그러자 여자 아이가 그에게 데이지 화환을 만들 수 있느냐고 물었다.

「내가 너에게 왕관을 하나 만들어 주마.」 그가 말했다. 「메이 여왕님이 쓰실 왕관. 그 대신 나에게도 뭘 줘야 한다.」

「아저씨, 전 아저씨께 드릴 게 아무것도 없어요.」

「오, 아냐, 그냥 네 머리카락 몇 올이면 돼. ― 아주 가느다란 네 머리카락 ― 내가 두고두고 기억할 수 있게 말이다.」

「동화에 나오는 것처럼 말이죠?」

「그래.」

그래서 그는 아이에게 왕관을 하나 만들어 주었다. 울타리에서 뽑은 유연한 나뭇가지를 밑바닥으로 하고, 그 속에다 여러 가지 색깔의 나뭇잎과 덩굴들을 엮어 만든 다음, 장미와 인동을 꽂고, 가장자리엔 벨라도나를 쭉 꽂아 두었다(「하지만 이 꽃은 먹으면 안 된다」 하고 그가 말하자, 그 아이는 자기도 얘길 자주 들어서 먹을 것과 못 먹을 것은 구별한다고 하였다).

그는 아이의 작은 머리에 자신이 만든 화관을 씌우며 말했다. 「자, 정말 예쁘구나. 동화에 나오는 아이 같다. 아니, 프로세르피나 같구나. 너 이런 시 아니?

> 엔나의 그 아름다운 들녘
> 프로세르피나가 꽃을 꺾던 그곳에서
> 그녀는 더 아름다운 한 떨기 꽃, 그러나 우울한 디스가
> 그 아름다움을 꺾었으니 케레스가 얼마나 고통스러웠는가?
> 온 세상 돌아다니며 그녀를 찾기에.」

그가 만들어 준 왕관을 쓴 채 아이는 여전히 당당한 태도로 그를 바라보았다.

「저에게 언제나 시를 읊어 주던 이모가 한 분 계세요. 그렇지만 저는 시가 싫어요.」

그는 주머니에서 작은 가위를 꺼내 그 아이의 어깨를 구름처럼 덮고 있는 긴 고치솜과 같은 머리칼을 아주 부드러운 손길로 몇 올 잘라 냈다.

「이리 주세요. 제가 흐트러지지 않게 땋아 드릴게요.」 아이가 말했다.

작은 손가락을 열심히 움직이는 아이의 모습을 그는 한동안 물끄러미 바라보았다. 그가 말했다.

「네가 시를 좋아하지 않는다니 아저씨가 섭섭하구나. 아저씨는 시인인데 말이다.」

「아, 아녜요. 전 아저씨가 좋아요. 아저씨가 아름다운 화관을 만들어 주셨잖아요. 그리고…….」

아이는 다 땋은 머리카락을 그에게 주었고, 그는 그것을 가는 코일처럼 말아서는 시계 뒤판에 넣었다.

「네 이모님한테 말 좀 전해 주려무나. 네가 어느 시인을 만났는데, 그 아저씨가 사실은 무정하지만 아름다운 여인을 찾고 있다가 너를 만나게 되었다고 말이다. 그리고 그 여인에게 경의를 표하고, 그녀를 더 이상 괴롭히지 않으며, 이젠 새로운 곳의 숲과 초원을 찾아 떠나는 중이라고 말이다.」

「예, 제가 꼭 기억했다가 전하겠어요.」 아이는 왕관을 흔들리지 않게 잘 고쳐 쓰며 말했다.

그는 아이에게 살짝 입 맞추고는 길을 떠났다.

그리고 아이는 집으로 돌아가는 도중에 자기 형제들을 만나서는 한바탕 야단법석을 벌이는 바람에 왕관을 망가뜨리고 말았으며, 아저씨의 말도 다 잊어버리고 말았다. 그의 말은 아이의 이모에게 전달되지 않았던 것이다.

사랑 독해(讀解): 근시안의 세계를 넘어

로맨스 탐색 여행

이 소설은 〈한 편의 로맨스〉라는 부제가 붙은 작품이다. 로맨스를 구성하는 기본 골격은 탐색의 이야기(quest narrative)다. 이 소설은 롤런드 미첼과 모드 베일리라는 두 젊은 학자가 빅토리아 시대 가상의 두 시인인 랜돌프 헨리 애쉬와 크리스타벨 라모트(실제 19세기 시인 로버트 브라우닝과 크리스티나 로세티의 모방이다)의 은밀한 애정 행각을 발견하고 재구성하는 탐색 과정을 그린 작품이다. 주인공인 롤런드 미첼이 런던 도서관에서 랜돌프 애쉬가 소장하던 책에서 발견한 미지의 여인에게 보내는 두 장의 연서(戀書)를 갈등 끝에 절취하는 데서 시작하는 이 소설은, 그 여인이 애쉬와 같은 시대의 시인이었던 크리스타벨 라모트라는 사실을 확인하게 되고, 그래서 크리스타벨 라모트를 연구하던 모드 베일리와 함께 옛 두 시인의 행적을 쫓아가면서 그들 사이의 관계를 밝혀내는 과정을 그리고 있다.

이 탐색의 과정에는 두 편의 사랑 이야기가 겹쳐진다. 로망스의 주된 내용이 사랑 이야기이듯, 이 작품은 랜돌프 애쉬와 크리스타벨 라모트의 시대의 금기를 넘어선 은밀한 사랑 행각과 그들의 사랑의 비밀을 추적하는 과정에서 싹트는 현대의 두 학자 롤런드 미첼과 모드 베일리의 사랑을 평행선처럼 이어 놓는다. 이 두 겹의 사랑은 작가인 바이어트의 복화술적인 창작 능력으로 만들어진 여러 텍스트들(편지, 일기, 시 등)의 복원과 독해로 재구성되는 과거 19세기 사랑이 20세기 학자인 두 주인공의 관계 안에 재창조되고 재현되는 과정을 통해 한데 모아진다. 이를테면 텍스트의 독해를 통한 사랑의 재구성, 그리고 그것으로 창조되는 또 하나의 사랑 이야기가 이 소설의 줄기다.

〈소유〉의 의미

이 소설은 〈소유〉 혹은 사로잡힘이라는 주제를 다루는 작품이다. 여기서는 소유 혹은 사로잡힘의 개념이 여러 형태의 욕망으로 나타난다. 한 사람을 온전히 소유하고픈 사랑의 욕망, 한 개인의 삶을 송두리째 파헤쳐 소유하고픈 전기 작가적인 소유의 욕망, 모든 자료와 소유물을 자신의 소유로 세상에 알리고 싶은 피상적인 박물관적 소유의 욕망. 실제적이든 비유적이든 환상에 사로잡히는 영혼의 들림, 그리고 이론적 틀에 맞춘 텍스트 분석을 통해 획득하려는 지적 소유 등이 그것이다.

그러나 우리는 이 작품에서 이러한 소유의 욕망으로부터 벗어나려는 노력이 더 소중하며, 또 그것이 얼마나 중요한가를 읽을 수 있다. 소유적 사랑에 대해 자신의 독립성을 지키려는 자기 보존의 충동(모드 베일리의 예), 전기 작가의 소유의 욕망과 박물관적 소유의 욕망(모티머 크로퍼의 예)에 대항하여 개체적 삶의 소중함을 깨닫고 그 존재의 영역을 지켜 주려는 사람들의 노력(롤런드, 모드, 베아트리스 네스트의 예), 지적 소유의 욕망(레오노라 스턴이나 제임스 블랙커더의 예)을 무산시키는, 달리 말해 우리의 해석 능력을 넘어서 존재하는 텍스트와 사실을 밝히려는 인간의 탐구를 회피하는 역사적 사건의 엄연함 등이 그러하다.

이 작품을 쓰기 오래전부터 소유의 개념을 생각하면서 〈원초적인 두려움〉을 느꼈다는 바이어트는 〈나는 다른 사람의 삶, 그 어느 누구 단 한 사람의 삶에도 내 삶의 대부분을 허비하고 싶지 않다〉고 말한 바 있다. 그러면서 바이어트는 우리가 다른 사람의 삶에 관심을 가지느냐, 아니면 그들의 삶을 우리 것으로 접수하느냐의 문제는 우리가 〈공감하는 자〉가 되느냐 〈사냥꾼〉이 되느냐에 달려 있다고 하였다. 물론 이 작품에서 바이어트는 롤런드와 모드와 베아트리스를 개인의 삶의 영역을 지켜주려는 〈공감하는 자〉로, 크로퍼와 레오노라와 퍼거슨를 집요하게 사실을 수집하고 대상을 소유하여 자신의 존재를 부각시키려는 〈사냥꾼〉으로 설정하였다 할 수 있다.

개인 삶의 영역을 지켜주느냐, 그곳에 침입하여 탈취하느냐 하는 〈소유〉의 개념을 둘러싼 이런 대비를 보여 주면서 작가인 바이어트는 특히 이 소설의 얼개인 빅토리아 시대 두 시인의 삶에 초점을 맞춰 중요한 문제를 제기한다. 그것은 〈어떤 형태로든 우리가 과연 다른 사람의 삶을 소유할 수 있는가?〉 하는 물음이다. 사랑에서는 그 물음이 〈서로 소유하지 않고 각자의 독립성을 존중해 주면서 진정한 사랑의 행위가 가능한가?〉 하는 문제가 되고, 〈전기 쓰기나 개인 소장품의 수집을 통해 복원해 낸 어느 개인의 삶이 과연 그 개인의 진정한 삶의 궤적으로 이어질 수 있는가?〉 하는 의문이 되고, 〈학문적 노력으로 분석하고 연구한 개인의 삶의 자취가 과연 그 삶의 진실을 보여 줄 수 있는가?〉 하는 회의가 된다.

이런 물음들로써 바이어트는 우리가 상대의 모든 것을 소유할 수 없음을 라모트가 랜돌프 애쉬 몰래 낳은 자식의 예를 통해, 탐색의 과정이 다 끝난 뒤 각자의 길로 돌아서는 롤런드와 모드의 예를 통해, 그리고 소설의 전개 과정에서 무엇이든 소유하려고 하는 사람들의 시도가 무산되고 좌절되는 여러 예를 통해 보여 주고 있다.

진실에 이르는 길

〈소유〉의 문제는 또한 이 작품을 통해 바이어트가 제기하는 또 하나의 중요한 문제인 지식의 문제와도 연결된다. 우리의 지적 탐구는 어떤 의미에서 해석이나 분석, 감춰진 것의 드러냄, 얽힌 것의 풀어냄, 흩어져 있는 것의 짜 맞춤 등을 통해 탐구 대상의 진실에 가까이 다가가려는 노력이라 할 수 있다. 이 작품에 등장하는 롤런드, 모드, 모티머, 레오나르 등이 모두 그런 지적 탐구를 업으로 삼고 사는 사람들이다. 그러나 이야기의 전개 과정에서 드러나는 것은 현대의 정교한 이론들, 해부하듯 정밀하게 분석하는 이론적 노력(전기 작가의 노력도 포함하여)이 결코 진실에 다가갈 수 없다는 사실이다. 두 시인의 사랑을 오로지 성애적인 관심(프로이트적인 시각)에서 바라보려는 현대 학자들의 예를 통해 바이어트는, 현미경으로 들여다보듯 세밀하게 분류하고 정리하며 분석하는 작업으로는 두 사람의 관계의 진실을 꿰뚫어 보지 못하는 한계를 지니고 있음을 보여 준다. 드러난 사실과 증거를 이론적 틀에 맞춰 설명하고 보충하는 해석적 노력은 임시방편에 불과하므로, 〈과연 그게 전부일까〉 하는 우리의 본능적인 의구심을 해소시키지는 못한다는 얘기다.

이 점을 바이어트는 『전기 작가의 이야기』를 발표하고 난 뒤 이루어진 어느 인터뷰에서 분명하게 밝힌 바 있다. 그 인터뷰에서 바이어트는 소설과 대조되는 것으로서의 전기를 예로 들면서, 우리가 소설을 통해 어느 한 사람을 알기보다는 전기를 통해 더 많이 알 수 있다고 생각하는데 사실은 그 반대라고 주장한다. 이런 바이어트의 생각은 개인적이든 전체적이든 역사가 객관적인 사실의 모음에 의해 이루어지는 것보다는 하나의 스토리, 즉 내러티브라는 탈현대적 시각에서 보면 더욱 쉽게 이해된다. 역사가 하나의 스토리, 즉 허구의 이야기라는 시각에서 보면 우리가 흔히 생각하듯 역사적 사실의 축적이 진정한 역사의 복원이 아닐 수 있다는 생각으로 이어진다. 이런 점은 역사를 바라보는 시각에 따라 그 이야기가 달라질 수 있다는 생각에 우리가 사실로 간주하는 것이 진정으로 엄밀한 의미에서 객관적 사실이냐는 회의로 이어지고 있음을 우리는 근래에 자주 목격한 바 있다.

따라서 이것을 개인의 삶의 복원으로 축소시켜 볼 때 소설이라는 장르가 오히려 전기보다는 한 개인의 삶을 더욱 진솔하게 보여줄 수 있다는 것이 작가인 바이어트의 생각이다. 그러니 우리의 삶이 겉으로 드러난 객관적 증거나 사실에 의해서만 구성되지 않고 감춰진 감정의 비밀도 있다고 생각하면, 소설 또한 단순히 객관적 사실의 묘사에 그치는 리얼리즘보다는 바이어트가 『소유』에서 제사(題詞)로 인용한 너대니얼 호손의 『칠박공의 집』 서문에 나오듯이, 현재와 과거를 자유롭게 넘나들며 인간 감정의 진실을 표출하는 로맨스가 어쩌면 삶의 진실에 가까이 다가가는 한 방식인지 모른다. 허구가 사실보다 더 진실에 가까울 수 있다는 역설, 그러므로 우리 삶에 가까이 다가가는 길은 객관적 사실의 진실보다는 상상적, 문학적 진실이 더 유효하다는 생각, 어쩌면 이것이 문학이 우리에게 주는 위안일지 모른다.

그러나 스토리의 복원을 통한 과거 인물의 삶의 재구성 혹은 역사 쓰기를 통해 진실에 다가가는 노력도 완벽할 수는 없다. 소설 마지막에 애쉬의 무덤에서 발견된 크리스타벨 라모트의 편지로 모든 것이 해결되었다는 환상을 작가인 바이어트는 등장인물들이 모르는 또 하나의 감춰진 이야기를 드러내는 〈추기 1868〉을 덧붙여 여지없이 깨버린다. 한 편의 이야기 구성으로 모든 것이 완성되었다는 안도는 착각이며, 그러한 착각을 넌지시 암시하는 마지막 부분의 이야기를 통해 우리는 간접적으로나마 아무리 진실에 가까이 다가가도 우리가 모르는 상실의 부분이 있다는 사실을 알게 된다. 결국 진실이란 우리 손이 닿지 않는 더 먼 곳에 있으며, 우리가 알아내는 진실은 사실, 진실이 아니라 기껏해야 진실의 근사치에 불과하다는 것 아니겠는가.

몇 가지 단상(斷想)들

이 작품은 과거의 시인인 랜돌프 헨리 애쉬와 크리스타벨 라모트의 사랑을 추적하는 현대의 젊은 학자 롤런드 미첼과 모드 베일리의 이야기를 중심축으로 만화경처럼 온갖 장르가 뒤섞인 현란한 구성을 내보인다. 장르의 구분에 제한을 넘어서고 그 우월을 배격하면서 작가는 편지, 시, 일기, 자연의 역사, 논문, 로망스 등 온갖 문학 장르를 소설의 구도 속에 배치시켰다. 이야기 속의 이야기를 이루는 텍스트들은 단편적인 삶의 파편들을 이어 주고 의미의 그물망을 더욱 촘촘하게 엮어 주는 역할을 한다. 따라서 흔히 우리가 글을 읽을 때 그런 삽입된 글을 다 알고 있다는 듯이 건너뛰는 행위를 이 작품은 허락지 않는다. 그러기에 쉽지 않는 독서가 된다.

그러나 퍼즐을 맞춰 하나의 완성된 그림을 복원하듯이, 인내하며 읽으면 우리는 이 작품 속에서 많은 이야기들을 만날 수 있다. 개인의 사적 영역을 보존해 주려는 19세기의 문화적 풍토와 모든 것을 낱낱이 파헤쳐 드러내고 싶은 오늘날 세태와의 대조, 결혼을 성적 행위와 연관시키지 않으려는 빅토리아 시대의 풍조와 그로 인해 진솔한 사랑을 어쩔 수 없이 결혼이라는 제도 밖에서 은밀하게 찾을 수밖에 없었던 시대의 갈등과 너무나 흔하게 성적 표현을 일삼는 현대와의 대비, 이기적인 학문적 성취를 위해 소중한 비밀을 파헤치려는 현대 학문세계의 추잡함, 진정한 사랑의 쓸쓸함과 그렇지 못한 사랑의 공허감, 존재와 소유…….

우연히 발견된 편지로 시작해서 무덤 속에 감춰진 한 장의 편지로 끝나는 영혼의 추적 그 중간 중간에 작가의 교묘한 서술 구도에 따라 엮어진 많은 일기와 편지와 허구의 작품들이 작은 지류(支流)처럼 이야기를 다채색으로 물들이며 우리의 눈을 어지럽게 만드는 작품. 해체의 시대에 통합의 힘을 알려 주는 작품. 끈질기게 붙들고 읽으면 분명 우리 자신의 또 다른 이야기를 창조할 수 있는 작품. 인내력을 요하는 이 작품을 독자 여러분에게 감히 권한다.

윤희기

앤토니어 수전 바이어트 연보

1936년 출생 8월 24일 영국 요크셔의 셰필드에서 존 프레더릭 드래블과 캐슬린 마리 블러어 사이에서 앤토니어 수전 드래블Antonia Susan Drabble이란 이름으로 태어남. 여동생은 소설가인 마거릿 드래블Margaret Drabble이고, 그 아래 또 다른 여동생은 미술사가인 헬렌 랭던Helen Langdon. 셰필드 고등학교, 요크의 마운트 스쿨, 캐임브리지의 뉴험 칼리지, 미국 펜실베이니아 주의 브린 머 칼리지 등에서 수학하고, 옥스퍼드 대학교의 섬머빌 칼리지에서 대학원 과정을 다님.

1959년 23세 후에 경(卿)의 칭호를 얻게 되는 이언 바이어트Ian Byatt와 결혼. 이 결혼으로 인해 옥스퍼드 대학교에서의 연구 활동이 중단됨.

1962년 26세 런던 대학교에서 1971년까지 공개 강좌를 함. 센트럴 세인트 마틴스 칼리지 오브 아트 앤 디자인에서도 강의함.

1964년 28세 억압적인 아버지 밑에서 자라는 딸의 성장 이야기를 그린 첫 소설 『태양의 그림자*Shadow of a Sun*』 출간. 이 소설은 1991년 『태양의 그림자: 한 편의 소설*Shadow of the Sun: A Novel*』이란 제목으로 재출간됨.

1965년 29세 영국 소설가인 아이리스 머독Iris Murdoch의 소설 작

품을 연구 분석한 비평서인 『자유도: 아이리즈 머독의 초기 소설들
Degrees of Freedom: The Early Novels of Iris Murdoch』 출간. 센트
럴 세인트 마틴스 칼리지 오브 아트 앤 디자인에서 문학 강의를 다시
시작함.

1967년 31세   어느 자매의 관계를 다룬 소설 『게임*The Game*』 발표.

1969년 33세   첫 번째 남편인 이언 바이어트와 이혼하고 피터 존 더
피Peter John Duffy와 재혼.

1970년 34세   낭만주의 두 시인 윌리엄 워즈워스와 새뮤얼 테일러 콜
리지의 작품 연구 및 두 시인의 개인적 친분관계를 다룬 『워즈워스와
콜리지의 시대*Wordsworth and Coleridge in Their Time*』 출간. 이 비
평서는 1989년 『주체할 수 없는 시대: 워즈워스와 콜리지, 시와 삶
Unruly Times: Wordsworth and Coleridge, Poetry and Life』이란 제
목으로 재출간됨.

1972년 36세   유니버시티 칼리지 런던에서 전임 강사로 영미 문학을
가르치기 시작함.

1974년 38세   영국 BBC 방송국에서 TV의 사회적 영향에 관한 자문
그룹 위원이 되어 1977년까지 활동함.

1976년 40세   아이리스 머독에 관한 연구서 『아이리스 머독: 비평 연
구서*Iris Murdoch: A Critical Study*』 발표.

1978년 42세   요크셔의 어느 가족 이야기를 다룬 4부작의 첫 번째 작
품 『정원의 처녀*The Virgin in the Garden*』 발표. 또한 이때부터
1984년까지 영국에서 대학이 아닌 기타 고등 교육 기관의 학위 수여
를 관장하는 〈국립 학위 수여 위원회Council for National Academic
Awards〉에서 커뮤니케이션 및 문화 연구 이사회 위원으로 활동.

1979년 43세   『조지 엘리엇 선집: 수필, 시 및 기타 창작 글*George Eliot
Selected Essays, Poems and Other Writings*』 편집.

1981년 45세   유니버시티 칼리지 런던의 조교수로 승진.

1983년 47세   창작 활동에 전념하기 위해 유니버시티 칼리지 런던을 떠남. 그 후로 해외를 여행하며 영국 문화 협회와 협력하여 강연도 하고 자신의 작품에 관한 소개도 함.

1984년 48세   영국 작가 협회 관리 위원이 됨. 1986년에서 1988년까지는 협회 의장으로 선출되어 활동함.

1985년 49세   요크셔의 어느 가족 이야기를 다룬 4부작의 두 번째 소설『정물*Still Life*』발표. 〈국립 학위 수여 위원회〉에서 1987년까지 창작 및 공연 예술 이사회 위원으로 활동함.

1986년 50세   『정물』로 PEN/맥밀런 실버 펜 수상.

1987년 51세   고독, 죽음, 슬픔을 주제로 묶은 자전적 요소가 강한 첫 번째 단편집『설탕과 그 밖의 이야기들*Sugar and Other Stories*』발표. 브레드포드 대학교에서 명예 문학 박사 학위 받음. 영국 교육 과학부에서 설립한 킹맨 영어 교수법 조사 위원회 위원으로 선발되어 1988년까지 활동.

1990년 54세   현대의 두 젊은 학자가 19세기 빅토리아 시대 가상의 두 남녀 시인의 로맨스를 추적하는 과정을 그린, 바이어트 작품 중 최고 걸작으로 꼽히는『소유*Possession: A Romance*』출간. 이 작품으로 같은 해 〈부커상〉, 「아이리스 타임스」〈국제 소설상〉 수상. 〈커맨더 Commander〉 기사 작위(CBE) 받음. 영국 문화 협회 문학 자문 패널 위원을 시작으로, 1993년부터 1998년까지 협회 이사로 활동. 빅토리아 시대 시인인 로버트 브라우닝의 극적 독백의 시를 선별한『로버트 브라우닝의 극적 독백들*Robert Browning's Dramatic Monologues*』편집에 참여. 런던 인스티튜트 명예 교수로 임명됨.

1991년 55세   자신이 좋아하는 작가인 로버트 브라우닝, 조지 엘리엇, 토니 모리슨*Toni Morrison*, 화가 반 고흐*Van Gogh*, 프로이트 및 후기구조주의 문학 이론 등에 관한 자신의 생각을 담은 에세이집『마음의 열정: 글 모음집*Passions of the Mind: Selected Writings*』발간.『소유』로 〈영연방 작가상(유라시아 지역 최고의 책)〉 수상. 요크 대학교와 더럼 대학교에서 명예 박사 학위 받음.

1992년 56세   빅토리아 시대 자연과학에 대한 관심과 초자연적인 것에 대한 관심을 다룬 두 편의 중편을 모은 『천사와 벌레*Angels & Insects*』 발표. 이 작품은 1996년 필립 하스*Philip Haas* 감독에 의해 영화로 만들어짐. 노팅엄 대학교에서 명예 박사 학위 받음.

1993년 57세   후기 인상파 화가 앙리 마티스의 그림에서 영감을 받아 쓴 세 편의 단편을 모은 책『마티스 스토리*The Matisse Stories*』 발표. 리버풀 대학교에서 명예 박사 학위 받음.

1994년 58세   페미니즘 관점에서 쓴 동화 다섯 편을 모은 『나이팅게일 눈에 비친 신령*The Djinn in the Nightingale's Eye: Five Fairy Stories*』 출간. 포츠머스 대학교에서 명예 박사 학위 받음.

1995년 59세   상상에 의한 인물 구현의 방식으로 19세기 여성 작가인 제인 오스틴*Jane Austen*, 샬럿 브론티*Charlotte Bronte*, 조지 엘리엇 및 20세기 작가인 아이리스 머독, 토니 모리슨 등에 관해 이그네스 소드레와 나눈 대화를 모은『인물 상상하기: 여성 작가들에 관한 여섯 차례의 대화*Imagining Characters: Six Conversations about Women Writers*』 발표. 런던 대학교에서 명예 박사 학위 받음.

1996년 60세   요크셔의 어느 가족 이야기를 다룬 4부작의 세 번째 소설『바벨탑*Babel Tower*』 발표.

1998년 62세   고독을 주제로 쓴 단편을 모은 『자연의 원소들: 불과 얼음에 관한 이야기들*Elementals: Stories of Fire and Ice*』 발표. 미국에서 『나이팅게일 눈에 비친 신령』으로 〈신화를 만드는 성인 판타지 문학상〉 수상.

1999년 63세   기사 작위 가운데 최상위 작위에 속하는 〈데임 커맨더(DBE)〉 받음. 이로써 바이어트는 이름 앞에 〈Dame〉을 붙이는 영광을 누림. 케임브리지 대학교에서 명예 문학 박사 학위 받음.

2000년 64세   현대 영국의 역사 소설, 유럽의 스토리텔링 및『아라비안 나이트』 등을 다룬 에세이 모음집『역사와 이야기에 관해: 에세이 선집*On Histories and Stories: Selected Essays*』 발표. 현대 문학 이론에 환멸을 느낀 어느 대학원생이 가상의 전기 작가의 전기를 쓰면서 겪는 일을 그린 『전기 작가의 이야기*The Biographer's Tale*』 출간. 셰필드 대학교에서 명예 박사 학위 받음.

2001년 65세　에밀 졸라Emile Zola, 마르셀 프루스트Marcel Proust, 아이리스 머독의 작품을 예로 들어 소설 작품 속에 나타난 그림에 관한 연구서 『소설 속의 초상화들*Portraits in Fiction*』 출간. 사진작가인 빅터 슈레이저Victor Schrager의 사진에 그녀가 에세이를 쓴 『손 안의 새*The Bird Hand Book*』 출간.

2002년 66세　요크셔의 어느 가족 이야기를 다룬 4부작의 마지막 소설 『휘파람 부는 여인*A Whistling Woman*』 발표. 닐 라뷰트Neil LaBute 감독에 의해 『소유』가 영화화됨. 독일 알프레드 퇴퍼 재단에서 영국 문화에 기여한 공로로 수여한 〈셰익스피어상〉 수상.

2003년 67세　단편을 모은 『리틀 블랙 북*Little Black Book of Short Stories*』 출간.

2004년 68세　켄트 대학교에서 명예 박사 학위 받음.

2007년 71세　윈체스터 대학교와 옥스퍼드 대학교에서 명예 문학 박사 학위 받음.

2009년 73세　유명 작가가 주변의 아이들과 이야기하는 가운데 각 아이들을 위해 책 한 권씩을 써주면서 벌어지는 이야기를 다룬 『어린아이들의 책*The Children's Book*』 발표. 이 작품이 2009년 〈부커상〉 후보작으로 오름. 캐나다에서 〈블루 메트로폴리스 국제 문학 대상〉 수상.

2010년 74세　네덜란드 라이든 대학교에서 명예 박사 학위 받음. 현재 런던에 거주하고 있음.

열린책들 세계문학 **107** 소유 하

옮긴이 윤희기 1958년 부산에서 태어났다. 고려대학교 영어영문학과를 졸업하고 동 대학원에서 박사 과정을 수료했다. 숙명여자대학교, 강원대학교 등에서 강의했으며 현재 고려대학교 국제어학원 연구 교수로 있다. 역서로는 『비평과 이데올로기』(테리 이글턴), 『의심스러운 싸움』(존 스타인벡), 『소설』(제임스 미치너), 『샤먼』(노아 고든), 『마티스 스토리』(A. S. 바이어트), 『무의식에 관하여』(지그문트 프로이트), 『일상의 작은 은총』(켄트 너번), 『동행』, 『폐허의 도시』(폴 오스터), 『예수의 생애』(마크 털리), 『나는 아버지가 하느님인 줄 알았다』(폴 오스터 엮음), 『연상의 여인에 대한 찬양』(스티븐 비진체이), 『단테』(R. W. B. 루이스), 『욕망의 발견』(윌리엄 B. 어빈), 『막스 티볼리의 고백』(앤드루 숀 그리어) 등 다수가 있다.

지은이 앤토니어 수전 바이어트 **옮긴이** 윤희기 **발행인** 홍지웅 · 홍예빈
발행처 주식회사 열린책들 **주소** 경기도 파주시 문발로 253 파주출판도시
전화 031-955-4000 **팩스** 031-955-4004 **홈페이지** www.openbooks.co.kr
Copyright (C) 주식회사 열린책들, 2010, *Printed in Korea.*
ISBN 978-89-329-1107-6 04840 **ISBN** 978-89-329-1499-2 (세트)
발행일 2010년 4월 20일 세계문학판 1쇄 2019년 12월 15일 세계문학판 3쇄

이 도서의 국립중앙도서관 출판시도서목록(CIP)은 e-CIP 홈페이지(http://www.nl.go.kr/ecip)와 국가자료 공동목록시스템(http://www.nl.go.kr/kolisnet)에서 이용하실 수 있습니다.(CIP제어번호 : CIP2010001145)

열린책들 세계문학
Open Books World Literature

각 권 8,800~15,800원